HOE DE MADONNA OP DE MAAN BELANDDE

ROLF BAUERDICK

Hoe de Madonna op de maan belandde

Vertaald door Meindert Burger

MOURIA

Uitgeverij Mouria en Drukkerij Koninklijke Wöhrmann BV vinden het belangrijk om op milieuvriendelijke en duurzame wijze met natuurlijke bronnen om te gaan.

Om het fictionele karakter van deze roman te onderstrepen is bewust afgezien van het gebruik van diakritische tekens in Roemeense algemene begrippen, plaatsnamen en eigennamen.

© 2009 Rolf Bauerdick
© 2009 by Deutsche Verlags-Anstalt, München, in der Verlagsgruppe
Random House GmbH
All rights reserved
© 2010 Nederlandse vertaling
Meindert Burger en uitgeverij Mouria, Amsterdam
Alle rechten voorbehouden
Oorspronkelijke titel: *Wie die Madonna auf den Mond kam*
Omslagontwerp: Rudy Vrooman
Omslagfotografie: Glanegger.com

ISBN 978 90 458 0168 1
NUR 302

www.mouria.nl
www.watleesjij.nu

Voor Louisa, Leonie en Lutz

Proloog

Dat de visioenen van Ilja Botev niet ontsproten aan de profetische gaven van een ziener maar aan de waan van een dwalend verstand, werd in Baia Luna door niemand betwijfeld. Het minst nog door mij, zijn kleinzoon Pavel. In mijn vroege jeugd deed ik de waanvoorstellingen van mijn grootvader nog af als doorgedraaide hersenspinsels, een gevolg van de invloed die de zigeuner Dimitru Gabor op hem uitoefende, die niet veel ophad met de wetten van verstand en logica. Later echter, toen de bodem van het gezond verstand onder grootvaders voeten dunner en brozer werd, had ikzelf er een behoorlijk aandeel in dat de oude zich steeds heillozer in het web van zijn waanbeelden inspon. Uiteraard was het niet mijn bedoeling om grootvader het onderwerp van spot of een dwaas te laten worden. Maar wat te denken van een kroegbaas die met een span paarden op een dag met onbekende bestemming vertrekt? Om de president van de Verenigde Staten te waarschuwen voor raketwetenschapper Wernher von Braun, voor een twijfelachtige Vierde Macht en een geopolitiek debacle van monsterlijke proporties. En dat met een geheim dossier: een lachwekkende verhandeling over het mysterie van de lichamelijke hemelvaart van Maria, de Moeder Gods. Handgeschreven en driemaal ingenaaid in de voering van een wollen jopper.

Tegenwoordig zie ik mijn grootvader Ilja en zijn zigeunervriend Dimitru in het milde licht van de ouderdom. Ik heb weet van mijn

7

schuld, en ik weet wat ik aan hen beiden te danken heb, ook al verbleekt in Baia Luna mettertijd de herinnering aan hen.

In deze tijd moet je vooruitkijken. Wie stilstaat en terugkijkt, geldt als verliezer. Er heerst democratie. Geen Conducator trotseert nog de zon, geen Partij eist nog blinde gehoorzaamheid, en de geheime staatsveiligheidspolitie komt niet langer van opstandige onderdanen af door ze in een kerker op te sluiten. Iedereen mag denken en geloven waar zijn pet naar staat. Opruiende pamfletten, die vroeger in het diepste geheim het land uit gesmokkeld werden, verspreidt niemand meer. De grenzen met de buurlanden zijn open. Wij zijn vrije burgers. Onze kinderen groeien op in een vrij land.

Ik ben pas laat vader geworden, van twee dochters. Zij zijn in vrijheid geboren en opgevoed. Twee decennia zijn sindsdien vervlogen, alsof een dol geworden wijzer van de klok mij door de tijd heen geslingerd heeft. Vroeger, tijdens de hoogtijdagen van het socialisme, hadden we aan haast alles gebrek. Maar tijd hadden wij in overvloed. Het kan best zijn dat wij hem opgemaakt hebben, dat wij onze levensjaren in slaapverwekkende rijen wachtenden vergooid hebben. Maar tegenwoordig is tijd een zeldzaam, kostbaar goed. Bij mij raakt hij op, terwijl jongere generaties zonder enig historisch besef door een eeuwigdurend heden jakkeren. Als kinderen niet meer weten waar ze vandaan komen, hoe moeten ze dan weten waar ze naartoe willen?

Het ziet ernaar uit dat mijn dochters mij binnenkort tot grootvader zullen maken. In afwachting van toekomstige kleinkinderen draai ik de tijd terug naar mijn jeugd in de jaren vijftig. Als ik nu aan kinderen en kleinkinderen vertel hoe de Madonna op de maan belandde, dan klinkt in mijn stem de echo van mijn grootvader Ilja en de zigeuner Dimitru. De twee vrienden droomden hun idee van vrijheid, en als een erbarmelijk restje gloeiende kooltjes tussen de afgekoelde as zou deze droom aan het eind van hun levensdagen in vervulling gaan. Maar dat zou ik pas na die historische Kerstmis van 1989 begrijpen, toen het gouden tijdperk van ons land op de vuilnisbelt der geschiedenis belandde.

Het was de dag dat de grote Conducator met geknevelde handen 'Judasbende!' siste voordat hij met de tranen op zijn wangen voor de laatste keer de 'Internationale' zong en voor het militair tribunaal koppig de woorden 'Leve de vrije en socialistische Republiek!' uitriep. Niemand applaudisseerde. Niemand wapperde meer met vlaggetjes. Met zijn echtgenote wist hij nog maar net halverwege de gang tot de executiemuur op de binnenplaats van de kazerne van Targoviste te komen. Zelfs geen ordentelijk bevel tot vuren was de president van de revolutionaire milities nog waard. Alleen een paar salvo's. Zonder commando. Rattatata. Rattatata. Patroonhulzen vlogen rond en maakten een dansje over de koude stenen. Kruitdamp kringelde op. De knieën zakten onder de met kogels doorzeefde Conducator weg. Weg gouden tijdperk. Maar toen het genie van de Karpaten, die in de liederen van de hofpoëten als 'de zoetste zoon der vaderlandse bodem' was bezongen, levenloos in zijn bloed lag met zijn colbert als bij een staatsman dichtgeknoopt naar boven verschoven, gebeurde er iets merkwaardigs.

De soldaten van het executiepeloton sloeg de schrik om het hart. In plaats van de triomf van de overwinning te vieren, werden ze bang. Uit onbegrip over hun eigen daad durfden de militairen de gevallen dictator niet in het gezicht te kijken. Als versteend wendden zij de blik af van de titan der titanen, die met open ogen, niet-begrijpend, de hemel in staarde. Een paar jonge kerels wierpen een steelse blik op hun commandant en sloegen achter zijn rug snel een kruis. Toen namen ze een schop en gooiden de dode een paar scheppen aarde over zijn gezicht. Die ogen! Niemand kon ze verdragen. Behalve de uitgehongerde straathonden, die op de geur van warm bloed afkwamen. Ze slopen naderbij met likkende tongen en hun staart tussen de poten en hadden totaal geen boodschap aan de laatste, eerlijke blik van een man die op zijn stervensuur met ontwapenende oprechtheid demonstreerde dat hij werkelijk niet begreep wat er eigenlijk gebeurde op eerste kerstdag 1989.

De arts Florin Pauker, die na de executie 14.45 uur noteerde op de overlijdensakte, was eigenlijk toevallig aanwezig bij het zelfbenoemde Revolutietribunaal voor Nationale Redding. Een paar dagen eerder had de Partij hem van zijn taken als directeur van de psychiatrische inrichting Vadului ontheven en hem een nieuwe baan als legerarts in Targoviste verschaft. En omdat hij en zijn vrouw Dana geen speciale betekenis aan het kerstfeest hechtten, had dokter Pauker met een collega van dienst geruild. Nu was aan hem de taak de klinische dood van de Conducator en zijn echtgenote ambtshalve vast te stellen.

Florin Pauker boog zich over het lijk, voelde geen pols meer en keek de dode in de ogen. Misschien net iets te lang. Gehaast zette Pauker zijn krabbeltje onder de akte. Toen greep hij een telefoonhoorn en liet zich met de presidentiële suite van hotel Athénée Palace in de hoofdstad verbinden. Na de drie woorden 'Het is voorbij' stapte hij in zijn Dacia en reed terug naar zijn vrouw in de Boekarestse Strada Fortuna. Daar vertelde hij dat het Revolutietribunaal op de binnenplaats van de kazerne niet het kwaad tegen de muur had gezet, maar de onschuld.

Zijn echtgenote Dana en hun enige dochter Irisetta verklaarden dat hun man en vader na deze Bloedkerstmis, zoals zij de dag van de Revolutie noemden, helemaal veranderd was. 'Zijn ziel was honderdtachtig graden gedraaid. Hij werd sentimenteler en sentimenteler. Hij was niet langer de energieke arts met het messcherpe verstand met wie ik dertig jaar lief en leed had gedeeld,' verklaarde Dana tegenover een Franse journalist die later een poging deed om de val van de Conducator te reconstrueren.

'Triest, dat was het,' vond ook dochter Irisetta. 'Vader veranderde in een sentimentele slappeling zonder verstand. Hij moest er steeds uit, niet om van de frisse lucht van de vrijheid te genieten, maar om snotjongens op straat die hij zielig vond te troosten.' Hij had zijn zakken vol met Amerikaanse kauwgom en kleurige lolly's die de commissaris met de kale kop die je toen steeds op televisie zag tijdens zijn naspeuringen in zijn mond stopte. Op iedere straathoek verzamelde haar vader kinderen om zich heen en deelde grif uit. Het ergste was dat hij, zodra hij een kind met grote ogen aankeek, verschrikkelijk begon te huilen. Uiteindelijk durfde ze niet meer met hem onder de mensen te komen uit schaamte voor zijn gejank.

Om zijn vertroebelde gemoed op te frissen ondernam dokter Pauker in de jaren negentig ontelbare reizen. Die voerden hem naar de heilige plaatsen van de christenheid, vooral naar plaatsen waarvan gezegd werd dat de Moeder Gods er in het verleden was verschenen. Eerst bezocht hij de nationale pelgrimsoorden in Transmontanië en vervolgens het Portugese Fatima en het Bosnische Medjugorje. Maar noch in het Franse Pyreneeënstadje Lourdes, noch bij de Zwarte Madonna in het Poolse Czestochowa vond de zenuwarts verlichting voor zijn zwaarmoedigheid.

Voor Dana was de persoonsverandering in haar kwezelachtige echtgenoot nauwelijks te verdragen. Zij ervoer het als krenkend, als een intellectuele belediging zelfs, dat Florin van zijn reizen koffers vol kitscherige souvenirs meenam: Madonnabeelden van gips, wijwatervonten, plastic rozenkransen, flesjes gewijd water en bewegende ansichtkaarten waarop de gekruisigde met de doornenkroon nu eens lijdend de ogen neerslaat, dan weer verlicht hemelwaarts kijkt. Dana wist het bij iedere golf devotionalia die het huis binnenkwam: zij en haar man zouden voor de rest van hun leven nooit meer op hetzelfde spoor zitten.

Je kunt niet zeggen dat ze niet haar best had gedaan. Jaar in jaar uit bleef Dana Pauker een beroep doen op haar mans reeds lang teloorgegane geestkracht. Ze herinnerde hem aan zijn tijd als directeur van een neurologisch instituut en smeekte hem weer bij zinnen te komen. Tevergeefs.

Toen ze op de laatste avond van de vorige eeuw, tien jaar na de Revolutie, de huiskamer wilde inrichten voor de oudejaarsavondmaaltijd, zag ze tot haar verbijstering dat Florin het portret van de Conducator van de wand gehaald had. Tien jaar had zij ervoor gestreden het te laten hangen, tien jaar verzet tegen 'de willekeur van het historisch bewustzijn', zoals zij dat noemde. En nu had Florin het gewoon weggenomen en er de foto van een Mariabeeld voor in de plaats gehangen. Vanaf dat moment wist Dana Pauker: ze had de strijd verloren. Ze stond er alleen voor. De laatste Partijvrienden van vroeger hadden zich van haar afgekeerd, het echtpaar Pauker was in het vacuüm van de maatschappelijke onbeduidendheid terechtgekomen. Wie wilde er nu in één ruimte zitten met een mislukte arts die met een rozenkrans over straat liep en kleverige snoepjes uitdeelde?

In een laatste woede-uitbarsting trok Dana de Maria-afbeelding van de wand, rukte een venster open en smeet het konterfeitsel op straat. Ze ging naar de medicijnkast. Terwijl ze in blinde razernij alles aan pillen in haar mond propte wat ze inderhaast te pakken kon krijgen, keken buiten de voorbijgangers, die met flessen goedkope schuimwijn onder de arm op weg waren naar een of ander oudejaarsfeest, verbaasd toe. Op het asfalt van de Strada Fortuna lag in een gebroken lijst onder versplinterd glas de afbeelding van een Madonna. Ze hield haar hand beschermend boven het naakte Jezuskind, dat op een wereldbol zat, en haar rechtervoet steunde op een maansikkel.

Ruim acht maanden na het begin van het nieuwe millennium dook er een grijze, maar kwieke midzeventiger in Baia Luna op. Op 14 augustus, de dag voor het feest van Maria-Hemelvaart, vroeg hij in het dorp naar de heer Pavel Botev. Hij werd naar mij gestuurd. Ik herkende hem meteen. Zijn priemende blik achter de ronde bril was niet meer zo scherp als op de foto van hem die ik uit mijn jeugd kende, maar het was onmiskenbaar: hij was het. Hij stelde zich voor met een vreemde naam, die ik niet meer weet, en verzocht mij hem de volgende dag op de Maanberg naar boven te voeren, naar de kapel van de Madonna van de Eeuwige Troost. Ik zegde toe.

Bij de beklimming vertelde hij mij zijn geschiedenis. Ik vroeg me natuurlijk af waarom hij uitgerekend mij als begeleider gekozen had. Nu denk ik dat de oude man wist dat ik bekend was met zijn geschiedenis, niet tot in de details, maar zeker in grote lijnen. Boven aangekomen liet hij de Mariakapel links liggen en schreed doelbewust op de steile zuidflank van de berg af in de richting van een klein kerkhof met vijf witte kruizen zonder naam.

'Welk kruis is voor Angela?'

'Het middelste.'

Hij knielde neer, bad hardop het Weesgegroet en ging weer staan. 'Ik dank u zeer, mijnheer Botev.' Hij reikte mij de hand.

'Bent u waar u wezen wilt, dokter?'

Hij glimlachte. 'Jawel, mijnheer Botev, binnenkort wel. Zeer binnenkort.' Hij sprong in de diepte, met uitgespreide armen, als een adelaar. Hij vloog, als een koning der luchten die het koningschap zat was. Dokter Florin Pauker was vrij.

1

Baia Luna, New York en de angst van Angela Barbulescu

'Hij vliegt! Hij vliegt! Leve het socialisme! Op de Partij!' De drie gebroeders Brancusi, Liviu, Roman en Nico, stormden tegen acht uur 's avonds in opperbeste stemming, met gezwollen borst en zichtbaar van plan het er eens goed van te nemen, ons dranklokaal binnen.

'Wie vliegt?' vroeg mijn grootvader Ilja.

'De hond, natuurlijk! Laika! Het eerste levende wezen in het heelal! Onderweg met de Spoetnik-2! Sterkedrank, Pavel! Iedereen een *tsoeika*! Avanti! Op onze kosten,' pochte Liviu, en ik begreep dat ik me de komende uren het vuur uit de sloffen zou lopen.

'De zwa-wa-waarte-kracht is overw-w-wonnen! Nu houdt niets de v-v-vooruitgang meer tegen. We-we-wereldwijd. Sp-poetnik p-piept en Laika b-blaft,' stotterde Roman, zoals altijd wanneer zijn stem zijn opwinding niet meer kon bijbenen. 'Nou en of. Vooruitgang,' viel de jongste Brancusi, Nico, zijn stotterende broer bij. 'Op de Unie van Socialistische Sovjetrepublieken! Met haar aan onze zijde zullen wij zegevieren! Wij veroveren de hemel!'

'Drink maar zonder ons verder.' De Saksen Hermann Schuster en Karl Koch wierpen hun mantel over hun schouder en gingen weg.

Er zat narigheid in de lucht op 5 november 1957. Het was een dinsdag, en de vooravond van de vijfenvijftigste verjaardag van mijn grootvader Ilja. Ik was vijftien. 's Morgens bezocht ik tegen mijn zin de achtste en laatste klas, 's middags doodde ik de tijd en 's avonds en op zondag hielp ik mijn grootvader in de bediening van de familieschenkerij. Ik moet erbij zeggen dat het niet om een herberg in de gewone betekenis ging. Ilja, mijn moeder Kathalina en tante Antonia hadden een kruidenierswinkel die de huisvrouwen uit Baia Luna van de hoognodige gruttterswaren voorzag. 's Avonds veranderden wij de winkel met een paar tafels en stoelen in een kroeg en deed hij dienst als dranklokaal voor de mannen.

Uit het vooruitgangsgekwaak van de Brancusi's kon ik slechts opmaken dat er een hond in de hemel rondtolde in een piepende Spoetnik zonder straalmotoren of propeller, die in niets op een gewoon vliegtuig leek. Daar stond tegenover dat hij nooit meer kon terugkeren naar de aarde. Satellieten waren op weg naar hun eeuwige vlucht in het heelal aan de wetten van de zwaartekracht ontsnapt.

Het verhitte gesprek van de mannen in het dranklokaal over de zin en het doel van de nieuwe hemelreiziger hoorde mijn grootvader Ilja gelaten aan. 'Gewichtloosheid, niet slecht. Mijn complimenten. Maar Russische magen vult dat gepiep niet.'

Dimitru Carolea Gabor richtte zich op en nam het woord. Sommigen van de mannen lieten vol verachting hun kinnebak zakken – zei men van de zigeuner niet dat hij zijn voeten in de hemel had en dacht met zijn tong? Dimitru sloeg zich op zijn borst om een eed af te leggen. Zijn rechtervuist rustte op zijn hart. Hij stond pal als een rots, zwoer dat die tsjirpende vliegmachine het werk was van de opperste kameraad aller kameraden. Nog tijdens zijn leven had Jozef Vissarionovitsj Stalin hoogstpersoonlijk een armada van Spoetniks besteld. 'Bloedlinke machines, vermomd als onschuldige blikken bollen, op weg naar hun gevechtsmissie. Met een hond aan boord nog wel. Wat dat keffertje tussen de sterren moet, daar kan ik met mijn pet niet bij. Maar ik zeg jullie dat die aluminium spinnen niet voor de lol hun sprieten naar de hemel uitstrekken. De Sovjet heeft plannetjes. Dat gepiep, dat kosmische cicadengekrijs, berooft vredelievende mensen niet alleen van hun nachtrust, maar ook van hun verstand. En weten jullie wat er dan gebeurt? Zonder verstand debiliseert de mens, en de wereldrevolutie marcheert in paradepas voorop. En dan, geachte kameraden,' Dimitru keek de drie broers recht in hun gezicht, 'dan hebben jullie het voor mekaar met de gelijkheid van alle proleten. Voor een domme is iedereen slim. Onder zijns gelijken.'

'Bij jou begint het al aardig te werken,' spotte Liviu. Hij drukte zijn wijsvinger even tegen het voorhoofd van de zigeuner en smaalde: 'Op jullie zwarten valt sowieso geen staat te maken. Produceer eerst eens meerwaarde. Onder Stalin waren jullie allemaal...'

'Precies! Exactamente! Dat zeg ik toch,' onderbrak Dimitru hem. 'Jozef was een sluwe vos. Maar hij had problemen met de proletarisering. Grote problemen. Want met zijn staatsbestuurlijke methode kreeg hij de gelijkheid van alle Sovjets gewoonweg niet voor elkaar. Hij heeft wel zijn best gedaan: grotere tuchthuizen, hogere gevangenismuren, water en brood, half rantsoen. Met steeds meer galgen en executiepelotons probeerde hij de laatste uitwassen van de ongelijkheid de baas te worden. En wat bleek? Jozef moest de werkkampen voor de ongelijken steeds verder uitbreiden. De grenzen van de gevangenissen werden onafzienbaar. Niemand weet tegenwoordig wie erbinnen en wie erbuiten is. Een dilemma. De Sovjet is het overzicht kwijt. Vandaar de Spoetnik. Het piepen elimineert de geest en de wil. En waar geen wil is, is ook...'

'Wie gelooft deze flauwekul nou?' riep Nico Brancusi. Briesend van woede sprong hij op en hij staarde de omstanders aan. 'Wie wil deze rotzooi horen? Verdomme nog an toe!' Hij rochelde uit het diepst van zijn keel en spuwde met de woorden 'zigeunerleugens' en 'zwartengezwatel' op de plankenvloer.

Dimitru trommelde zenuwachtig met zijn vingers op tafel. 'Ik lieg niet,' zei hij. 'Als de berekeningen juist zijn, zal de Spoetnik in de vroege morgen op de verjaardag van mijn vriend Ilja tussen de zesenveertigste breedtegraad en de vierentwintigste lengtegraad over de Transmontaanse Karpaten vliegen. En piepen zal hij. Recht boven onze hoofden. Ik zeg jullie: wat met de Spoetnik begint, zal eindigen in een catastrofe. En jij, Partijkameraad Nico, wie jij je blanke kont toesteekt, moet jij weten. Maar ik ben een zigeuner – en zigeuners spelen geen doktertje met bolsjewieken.'

Nico, die de tzigaan naar de keel wilde vliegen, werd door zijn broers tegengehouden. Dimitru dronk zijn glas leeg, boerde en verliet zonder groeten het dranklokaal, maar niet zonder grootvader toe te fluisteren: 'Ik wacht op je. Vijf uur precies.'

Ik wist niet wat ik van de consternatie denken moest. Toen ik in bed lag, kon ik de slaap niet vatten. Waarschijnlijk hadden zijn angstaanjagende gissingen over de piepende Spoetnik de zigeuner weer eens uit de baan van het geordende denken geslingerd. Zoals zo vaak.

Maar van mijn avondgebed, dat ik, eerlijk is eerlijk, meestal vergat, keek ik wel even op. 'Onze Vader, die in de hemel zijt, Uw Rijk kome...' Goed, op mijn vijftiende was mij wel duidelijk dat het met het komen van het Rijk Gods binnen afzienbare tijd wel niets zou worden. In elk geval niet in Baia Luna. Maar met de Spoetnik waren de kansen gekeerd. Het Rijk Gods breidde zich niet uit op aarde, maar de mens ging zelf naar de hemel. Een levend wezen tenminste. Een hond. Het dier zou wel gauw verhongeren. Maar wat had een dode teef in de oneindigheid van de hemel te verliezen? Daar waar God de Heer met zijn heerscharen troonde, zoals onze grijze pater Johannes Baptiste iedere zondag vanaf de kansel predikte.

De nacht was al bijna voorbij, toen de plankenvloer kraakte. Ik hoorde voetstappen als van iemand die niet gehoord wil worden.

Grootvader deed zijn best mijn moeder Kathalina, tante Antonia en mij niet wakker te maken. De stappen gingen in de richting van de trap en vielen stil in de winkel. Ik wachtte even, kleedde me aan en sloop er nieuwsgierig achteraan. De buitendeur was niet op slot. Het was pikkedonker.

'Heilige schijt,' siste een stem, 'wat een snertweer.' Het was Dimitru.

'Gebeden heb ik. Wat zeg ik, Ilja, gesmeekt heb ik de Schepper dat hij die verdomde wolken met een zuchtje van Zijn almachtige adem een halfuurtje zou wegblazen. En wat gebeurt er als een zigeuner hem één keer iets vraagt? Hij krijgt deze helse mist. Met die derrie boven ons hoofd kunnen we de Spoetnik wel vergeten.'

Ik verschool me achter de deurpost en keek naar boven. Dimitru had gelijk. Dagenlang was de regen met bakken uit de lucht gevallen en nu was de mist uit de bergen naar beneden gekropen. Je kon niet eens het silhouet van de kerktoren zien. Vijf doffe klokslagen klonken door de nacht. Ilja en Dimitru keken naar de hemel. Luisterden aandachtig. Ze hielden hun hoofd schuin, legden hun handen om hun oren en luisterden nog eens. Blijkbaar tevergeefs. Teleurgesteld schuifelden de twee de winkel weer in. Ze hadden mij niet gezien.

'Ilja, ik zit te denken of het niet verstandig is nog een uurtje onder de wol te kruipen,' vroeg Dimitru zich hardop af.

'Verstandig is het zeker.'

Toen viel de blik van de zigeuner op de tinnen trechter waarmee grootvader gewoonlijk de zonnebloemolie die in vaten uit Walachije kwam in flessen goot voor de dorpsvrouwen.

'Hé, Ilja, dat is het! De trechter. We gebruiken de trechter als megafoon. Als toeter, maar dan omgekeerd. Je kent toch het principe van de bundeling van geluidsgolven? Sonatus concentratus of zoiets. Daarmee kun je zelfs het miniemste geluid dat voorbijkomt opvangen.'

Ze gingen nogmaals naar buiten en staken de trechter ter versterking van het geluid om beurten in hun linker- en hun rechter-oor. Een stief kwartiertje lieten ze hun hoofd in alle windrichtingen roteren.

Toen ik eindelijk mijn keel schraapte en hun goedemorgen wenste, gaven ze het op.

'Zeg, Dimitru, wil je door die Spoetnik je verstand kwijtraken?' sarde ik.

'Spot er maar mee, Pavel. Zalig zijn zij die niet zien en horen, maar desondanks geloven. Let op mijn woorden: hij piept. Evidentamente. Wij kunnen het alleen niet horen.'

'Geen wonder,' huichelde ik, 'de novembernevel slokt alles op. Je hoort helemaal niets meer. Het loeien van de kalveren niet, zelfs het kraaien van de hanen niet. Om nog maar te zwijgen van de Spoetnik, die niet bepaald dichtbij is. Namelijk aan de andere kant van de zwaartekracht, voor zover ik weet.'

'Pavel! Hoe kom je erop? Je hebt helemaal gelijk, voor mist is de Spoetnik niet gemaakt. Daar had de opperste kameraad even niet aan gedacht. Onder ons, in dit licht was Stalin nogal een idioot. Maar niet verder vertellen, daar krijg je tegenwoordig last mee. En nu, heren, excuseer – mijn bed roept.'

Grootvader keek een beetje verlegen. Hij was onaangenaam getroffen door het feit dat ik hem op zijn vijfenvijftigste verjaardag met een trechter aan zijn oor betrapt had, voor de deur van de winkel nog wel.

'Pavel, breng Dimitru thuis. Straks breekt hij zijn nek nog; je ziet geen hand voor ogen.'

Mismoedig daalde ik op de tast met Dimitru af naar de rand van het dorp, waar zijn familie woonde. Voor de drempel van zijn hut legde hij nog eenmaal zijn hand aan zijn oor en luisterde.

'Laat dat toch, Dimitru. Het heeft geen zin.'

'Sic est. Je hebt gelijk,' zei hij. Hij bedankte mij voor het meelopen en verdween.

Ik zou niet weten of het toeval was of niet, maar net toen ik terugliep naar het dorp begon het hanengekraai en tegenover de nederzetting van de zigeuners schemerde een mat licht door de mist. Voor de tweede maal deze morgen liet ik me door mijn nieuwsgierigheid leiden. Het licht kwam uit het stulpje van de dorpslerares Angela Barbulescu. En dat op dit tijdstip. Barbu, zoals ze genoemd werd, sliep meestal een gat in de dag. Ze kwam bijna nooit op tijd in de les, en als ze voor de klas stond, keek ze met dikke ogen voor zich uit vanwege de nawerking van de brandewijn van de vorige avond. Ik week af van mijn route en gluurde door het venster. Ze zat aan de keukentafel, met een warme, wollen deken om haar schouders. Ongelofelijk! Ze zat daar te schrijven. Soms hief ze haar hoofd op en keek naar de deken, als zocht ze naar de juiste woorden. Veel meer dan het feit dat Barbu op dit tijdstip blijkbaar iets belangrijks aan het papier toevertrouwde, verbaasde mij haar gezicht. Ik had de laatste schooljaren een afkeer van haar gekregen; ze keek nooit anders dan met verachting, soms zelfs afschuw.

Maar de Barbu die ik op de vroege morgen van 6 november 1957 te zien kreeg, was anders. Ze was licht en helder. Mooi zelfs. Op een dag, binnen niet al te lange tijd, zou ik begrijpen wat er deze morgen in het stulpje van Angela Barbulescu gebeurd was. Ik zou in een peilloze diepte storten. Maar hoe kon ik dat op deze troebele novembermorgen vermoeden?

'Pavel, je vertelt Kathalina toch niets van dat malle gedoe met die trechter? Je moeder houdt niet van dat soort grappen.'

'Ik heb niets gezien. En zeker niet op je verjaardag. Erewoord.'

Dat was een pak van grootvaders hart. Ik schudde hem de hand, feliciteerde hem met zijn vijfenvijftigste en overhandigde hem een pakje in rood glanzend papier.

Zoals ieder jaar had mijn moeder Adamski de postbode gevraagd om uit de districtshoofdstad Kronauburg een kistje sigaren mee te nemen. Ilja pakte zijn cadeau uit, ook al wist hij dat hij weldra een houten doos met zestig duimdikke *Caballeros finos* in zijn handen zou hebben. Het aantal sigaren paste precies in grootvaders rookpatroon en voorzag hem voor een jaar van rook-waar: zestig stuks volstonden voor een sigaar op zondag, een op de kermis voor Maria-Hemelvaart in augustus – het feest van de schutspatrones van Baia Luna, de Maagd van de Eeuwige Troost – en nog twee, drie andere feestdagen. Met inbegrip van de verjaardagen van zijn meest nabije vrienden en de verdubbeling die plaatsvond als een kerkelijke of wereldlijke feestdag als Allerheiligen, kerstavond of de Dag van de Republiek op een zondag viel meegerekend, kwam het er altijd op neer dat hij de laatste Caballero nog voor zijn eigen verjaardag overhad voordat hij een nieuw kistje moest aanbreken.

Ilja bedankte mij en besloot, tegen zijn gewoonte in pas 's avonds te roken, zich nu al een 'cubaan', zoals hij zijn sigaren noemde, te gunnen. Hij haalde de laatste Caballero tevoorschijn, stak hem aan. 'Amerika,' verzuchtte hij en hij blies een paar rookkringen in de lucht. 'Amerika! Wat een land.'

Mijn moeder Kathalina en ik wisten natuurlijk dat Ilja's cubanen nooit in de buik van een vrachtschip de Atlantische Oceaan waren overgestoken. De cyrillische letters op de zegels verrieden dat de tabak in een Bulgaarse fabriek bij Blageovgrad gedraaid, en waarschijnlijk in een dieselvrachtwagen over de nieuwe Brug van de Vriendschap van Russe naar Giurgiu over de Donau gereden was. Maar moeder zweeg en liet haar schoonvader in de waan dat Cuba de verrukkelijkste staat van de Verenigde Staten van Amerika was.

Dat opa amper kon lezen, begon ik al op mijn vijfde of zesde te vermoeden. Tot die tijd had ik vol overgave aan zijn lippen gehangen als hij verhalen vertelde of net deed alsof hij voorlas uit een boek. Maar het was mij opgevallen dat hij soms helemaal de draad kwijtraakte, dat hij plaatsen, tijden en personages door elkaar haalde en bijna nooit de bladzijden omsloeg. Toen ik naar school ging, werd mijn vermoeden bevestigd. Om grootvader niet te kwetsen hield ik mijn ontdekking voor mijzelf. Omdat Ilja zich echter met gemak door de wereld der getallen jongleerde en mijn ongetrouwde tante Antonia, die haar onderkomen op zolder had, de boekhouding deed, bleef Ilja's gebrek jarenlang verborgen voor het hele dorp en zelfs voor de zigeuner Dimitru.

Mijn vader Nicolai daarentegen had met lezen en schrijven geen enkele moeite. Dat concludeerde ik uit de onderstrepingen en aantekeningen die hij in zijn jonge jaren in een boek met het lyrisch werk van Mihail Eminescu had aangebracht. Verder waren *Het kapitaal* van Karl Marx en een versleten schaakspel waarvan de witte dame door een kaarsstomp was vervangen de enige twee zaken uit zijn bezittingen die in later tijden van pas zouden komen.

Herinneringen aan mijn vader had ik niet. Nicolai Botev was een vreemde, die voor mij alleen op een foto achter een glasplaat in de woonkamerkast bestond. Daarop was hij te zien als soldaat met verlof; de datering december 1942 viel op te maken uit een notitie aan de achterkant. Met ingevallen wangen zat Nicolai met mijn moeder voor de sneeuwbedekte helling van de heuvel bij het kerkhof van Baia Luna. Ik stond voor hem, waarschijnlijk een jaar oud, onherkenbaar met een sjaal om en een Kozakkenmuts over mijn oren getrokken. Er was iets op deze familiefoto wat pijn deed aan mijn ogen en bij mij een verontrustende indruk achterliet. Het waren mijn vaders handen. Ze hingen slap en krachteloos over mijn schouders, niet in staat om steun te geven.

Op winteravonden haalde moeder de foto achter het glas vandaan, legde hem op haar schoot en zat zwijgend in haar stoel. Urenlang kon ze daar zo zitten, tot de slaap haar een afwezige glimlach op het gezicht toverde. Ze sprak nooit over mijn vader. Ik denk dat ze niet wilde laten merken dat haar gedachten voortdurend om hem draaiden en dat ze mij niet aan het verlies wilde herinneren. Voor mij was zijn afwezigheid de gewoonste zaak van de wereld. Bovendien zorgde grootvader ervoor dat niemand in het dorp zich zorgen maakte over het ontbreken van een vaderhand.

In Baia Luna woonden in de jaren vijftig tweehonderdvijftig mensen, verdeeld over dertig huizen. In het zuidoosten verhief zich de Maanberg met de bedevaartskapel van de Madonna van de Eeuwige Troost, in het westen werd het dorp door de machtige rotspieken van de Karpaten begrensd en in noordelijke richting strekten zich de landelijke velden en weidegronden uit zover het oog reikte, tot aan het Transmontaanse heuvellandschap. Aan de voet van de Maanberg stroomde de Tirnava. In de lente, na het smelten van de sneeuw, veranderde de rivier in een bulderende stroom; in de zomer daarentegen slonk de Tirnava tot een smal gootje smerig water waaruit de vissen op het droge sprongen om niet te stikken. Als je de loop van de rivier volgde, kwam je langs het houten kruis langs de weg dat herinnerde aan het ongeluk in de sneeuwstorm in de winter van 1935 en bereikte je te voet in anderhalf uur het buurdorp Apoldasch.

Drie uur duurde de tocht naar de Maanberg. Toen mijn benen sterk genoeg waren om de beklimming zonder mopperen of morren te doorstaan nam opa mij dikwijls mee naar de Maagd van de Eeuwige Troost. Bij het betreden van de kapel sloegen wij een kruis en brachten de Moeder Gods onze groet. Als kind vond ik de Madonna altijd een beetje eng. Haar gezicht, dat een niet al te getalenteerde beeldhouwer eeuwen geleden uit de stam van een rode beuk had gewrocht, was allesbehalve mooi. De hemelkoningin stond op een sokkel en als ik naar haar opkeek, ontdekte ik in haar gelaat eerder gekwelde dan majesteitelijke trekken. De kunstenaar was met zijn guts behoorlijk grof te werk gegaan, zodat haar zachtmoedigheid pas bij de tweede of derde blik tot mij doordrong. De rechtervoet van de Moeder Gods stak onder haar mantel uit en stond op een maansikkel. De houtsnijder had duidelijk geen gevoel voor verhoudingen. Het kindeke Jezus, dat op een wereldbol zat waarboven Maria haar beschermende hand hield, was te klein uitgevallen, de machtige borsten van de Madonna echter te groot. Net als de maansikkel. Generaties van gelovigen zagen de voet op de sikkel als een zinnebeeld van de overwinning van de goddelijke Moeder over de Turken, die onder het teken van de halve maan geprobeerd hadden Europa tot de islam te dwingen – wat hun echter dankzij de hemelse bijstand van de Madonna van de Eeuwige Troost niet gelukt was.

Na het bezoek aan de Moeder Gods ging ik met grootvader op de rotsen tussen de braamstruiken zitten. Met altijd dezelfde woorden – 'Eens kijken wat Kathalina voor ons heeft ingepakt' – opende opa de rugzak en haalde een thermosfles gezoete zwarte thee, gekookte eieren, tomaten, spek en hambroodjes tevoorschijn. Na het eten ging Ilja in het warme gras liggen tot hij na een verkwikkend hazenslaapje van een halfuur weer wakker werd. Wij zaten een tijd lang stil en keken uit over het land.

Als je zoals de Moeder Gods, van wie bekend was dat ze in haar fysieke verschijning ten hemel gevaren was, van de Maanberg af kon vliegen, legde grootvader uit, zou je, gewichtloos, uiteindelijk in Amerika landen. Daarbij strekte hij zijn arm uit en wees in de richting waar hij de wolkenkrabbers vermoedde van een stad die hij 'Noejorke' noemde. Deze geweldige stad, zei grootvader, was eigenlijk het enig logische eindpunt van een dergelijke vliegreis. Die mening was ook Dimitru toegedaan, die verklaard had dat het hemelruim tussen de plaatsen Baia Luna en Noejorke zich net zo gedroeg als het spanningsveld van een elektromagneet: plus en min, waarbij de ene pool zonder de andere tot het ledige niets veroordeeld zou zijn. Het Amerikaanse Noejorke kon, als je het zo bekeek, niet groot lijken zonder Baia Luna. Van grootvader leerde ik dat de Amerikaan zich vanwege zijn ingeboren vrijheidsdrang nooit met kleinigheden inliet en daadwerkelijk uitsluitend in cyclopische verhoudingen dacht. De Amerikanen zouden de hoogste gebouwen ter wereld bouwen, de beste sigaren draaien en ter ere van de Moeder Gods het kolossaalste van alle mariabeelden hebben opgericht, voor de poorten van Noejorke, midden in het water. Maria zou de bewoners van de wolkenkrabbers vrede, welvaart en bescherming tegen aanvallen van de vijanden bieden. De brandende fakkel in haar hand wees niet alleen schepen uit alle windstreken de weg, maar de verbroken ketenen aan haar voeten bevrijdden de nieuw aangekomene van alle knechting. Daarom zou zij een stralenkrans om haar hoofd dragen waarvan elk van de zeven stralen groter was dan de kerktoren van Baia Luna. Dat aantal had Dimitru geduid als de kring van Maria's zeven naaste vertrouwelingen, van wie God de Vader, haar Zoon en de Heilige Geest voor de hemelse belangen verantwoordelijk waren en de vier evangelisten voor de aardse.

Op de wereldbol op school kon ik geen stad met de naam Noejorke vinden. Maar het verhaal van de reuzen-Madonna en haar vurige fakkel scheen te kloppen, want ik had bij een bezoek aan mijn schoolkameraad Fritz Hofmann in de huiskamer van het gezin een indrukwekkende Mariaposter zien hangen, waar ik met open mond als aan de grond genageld voor bleef staan. Dat was haar. Ik vond het wel vreemd zo'n Madonna-afbeelding uitgerekend in het huis van de vakfotograaf Hofmann aan te treffen; Fritz en zijn uit Duitsland afkomstige ouders stonden onverschillig tegenover het geloof en gingen als enigen van het dorp nooit naar de heilige mis. Merkwaardig was ook dat het standbeeld niet in Noejorke stond, maar onmiskenbaar in New York, zoals in zwarte letters op de poster te lezen was. Daar mijnheer Hofmann in de districtshoofdstad Kronauburg een fotostudio had, lag voor mij de vraag voor de hand of hij het imposante beeld zelf geschoten had met zijn fototoestel. Ik moest het doen met een knorrig: 'Nee!'

Met leeftijdgenoot Fritz Hofmann ging ik 's morgens naar de volksschool in het dorp, waar we ons met zestig jongens en meisjes in de leeftijd van zeven tot vijftien in een krap klaslokaal wrongen. Dat er toch voor iedereen plaats was, lag aan de zigeuners, die hun kinderen zelden of nooit naar school stuurden. Wij kregen les van juffrouw Angela Barbulescu. Begin jaren vijftig was zij door het ministerie van Onderwijs van de hoofdstad overgeplaatst naar Baia Luna, naar men vermoedde onder dwang – een maatregel waarvan de motieven in duisternis gehuld bleven. Men noemde haar uitsluitend 'Barbu'. Vroeger, zo had ik bij mannengesprekken in grootvaders kroeg opgevangen, moest zij best leuk om te zien zijn geweest en zich nog moeite getroost hebben haar neiging tot drinken te verbergen. Totdat zij op een bepaald moment ieder decorum had verloren. De vrouwen van het dorp hielden vol dat Barbu het contact met de grenzen van het toelaatbare nooit kwijtgeraakt had kunnen zijn als zij ook maar een greintje van het natuurlijke vrouwelijke instinct voor fatsoen had bezeten. Iedereen had toch haar handen gezien, toen ze op de eerste zondag sinds haar komst tijdens de mis naar het altaar liep om het lichaam van Christus te ontvangen? Van haar nagels knalde een bloedrode hoogglanslak. Kora Konstantin verkondigde zelfs dat het ordinaire wijf het haar onmogelijk had gemaakt om zich te concentreren op de woorden van de pastoor. Kora verspreidde het gerucht dat die Barbu een 'nymfomane stoornis' aankleefde en dat men haar de bergen in gestuurd had om van haar ziekelijke neiging te genezen. Ikzelf had dergelijke argumenten al een tijd niet meer gehoord. Angela Barbulescu's nagellak schilferde. Bovendien lieten de getrouwde dames haar vanachter hun gordijnen geen gelegenheid om ook maar een stap te zetten zonder in de gaten gehouden te worden.

In mijn laatste schooljaar slofte Barbu 's morgens op rubberlaarzen de klas binnen, gekleed in een donkerblauwe jurk die vettig glansde van het vuil en de geur van ranzige boter verspreidde. Vaak stond ze te tollen achter haar bureau, in een poging overeind te blijven staan. Als ze na enig zoeken haar stok te pakken had en het volkslied begon te dirigeren, moesten wij rechtop in de houding blijven staan en met de hand op ons hart alle acht coupletten uit onze strot persen. Vervolgens overhoorde ze onze vaderlandse geschiedenis, waarbij de jongsten luisterden hoe de oudsten de heldhaftige daden van Turkenbedwinger Michaël de Dappere prezen, jaartallen van de Daciërs tot Gheorghe Gheorghiu-Dej opdreunden en voor de duizendste keer uitlegden waarom het katholieke Baia Luna zich in vroeger eeuwen niet bij de Reformatie aangesloten had en nooit door de Turken was ingenomen. Daarbij zongen wij het Marialied van de Patrones vol van Goedheid met haar schutsmantel. Aansluitend gingen we rekenen.

De klassen een tot en met vier telden cijferreeksen van nul tot honderd op en trokken die weer af, de klassen vijf tot en met acht moesten duizend- en tienduizendtallen vermenigvuldigen en de groeiquota van melkproductie en varkensmesterij na de collectivisatie van de landbouw in procenten omrekenen, hoewel die bij de boerderijen in het district Kronauburg nog helemaal niet had plaatsgevonden. Gelukkig wierp Barbu slechts een vluchtige blik op onze resultaten. Mijn buurman Fritz Hofmann en ik waren dan ook in een ommezien klaar en wijdden ons aan het schrijven van avontuurlijke fantasieverhalen.

Als juffrouw Barbulescu echter een goede dag had en niet dronken was, ging ze op haar bureau zitten, streek haar jurk glad en vertelde ons over het leven in het Parijs van het oosten, zoals onze hoofdstad genoemd werd. 'Een fonkelend juweel van het Avondland.' Dat benadrukte ze keer op keer. Ze prees de mysterieuze stemmen van de chansonnières en de zwier en charme van de ballerina's in *Het Zwanenmeer*, ze dweepte met de spiegelzeeën van cultuurpaleizen, theatertempels en cinemazalen, waar begenadigde acteurs uit Amerika de toeschouwers via het witte doek in vervoering brachten. Het verhaal van een liefdespaar genaamd Rhett en Scarlett vertelde ze zo spannend dat ik door een zweempje van medelijden getroffen werd en graag naar haar woorden luisterde.

Op de momenten dat ze dromerig uit het raam keek, waande de lerares zich in de wereld van de 'apprè-cultuur'. Zo ongeveer noemde zij de gewoonte van deftige lieden om na een avondje uitgelezen cultuurgenot niet te gaan eten, laat staan de maaltijd te gebruiken, maar te gaan dineren of souperen in exclusieve restau-

rants. Ik had geen idee wat 'soepheren' met de blijkbaar verfijnd-
ste vorm van voedselinname te maken hadden, maar ik zag daarbij toch duidelijk voor me dat je niet zelf hoefde op te scheppen.
Wat het gecultiveerde drinken betrof, vertelde ze over kelners in
zwarte frakken, die in eersteklas gelegenheden geruisloos rond-
renden en voor honderd verschillende dranken over honderd verschillende glazen beschikten. Wat mij met ontzag vervulde, daar
wij in grootvaders schenkerij slechts één soort glazen hadden.
Maar als ik hoorde hoe Barbu de frakdragers prees, die de wijn
slechts druppelsgewijs in kristallen kelken schonken en de flessen
vervolgens nauwgezet afdroogden met een damasten servet, en ik
in het door de brandewijn getekende gezicht van mijn juf keek,
dan werd het ook mij duidelijk dat er iets in haar leven verkeerd
gelopen moest zijn.

Haar minder goede dagen, waarop staatsburgerkunde op het
programma stond, waren dan ook in de meerderheid. Onlangs had
de regering ook een trouwbelofte aan het vaderland voorgeschre-
ven, gecombineerd met het lidmaatschap van de Arbeiderspartij,
waar je in die tijd aan alle kanten over hoorde. De *Kronauburger
Bode* berichtte dagelijks over de oprichting van nieuwe lokale afdelingen. In Baia Luna timmerden vooral de drie gebroeders
Brancusi en hoefsmid Emil Simenov aan de weg als het erom ging
de boeren te bewegen tot de Partij toe te treden en de collectivisatie van de landbouw als stap naar de toekomst te omarmen –
waar ze zich niet geliefder mee maakten, maar wat ook geen openlijke weerstand opriep. Waartegen had die zich ook kunnen richten? Tegen die opgeblazen Brancusi's, die weliswaar in het dorp
propagandatoespraken hielden, maar verder niets te melden hadden? Tegen de heren van de Partij in de verre hoofdstad, die wetten uitvaardigden waarvan in Baia Luna toch niemand de hand-
having controleerde? Men wachtte rustig af, met het vaste
voornemen de collectivisten een poepie te laten ruiken als ze op
een dag hun opwachting zouden maken in het dorp. Ook bij Barbu kreeg ik steeds sterker de indruk dat ze met tegenzin de Par-

tijstatuten onderwees. Onder andere doordat het leek alsof ze haar Partijgezwatel expres overdreef, teneinde bij haar leerlingen een kiem van afkeer van de saaiheid ervan te leggen.

'Misschien wil zij ergens wraak voor nemen,' had ik in het wilde weg tegenover Fritz geopperd. 'Voor iets wat zij in het Parijs van het oosten heeft meegemaakt. Misschien een bittere teleurstelling. Of een groot onrecht.'

'Dat kan ik me niet voorstellen,' had Fritz daartegen ingebracht. 'Bedoel je dat ze ons die Partijfrasen door de strot duwt om ons te laten kotsen? Nee, zo slim is Barbu niet.'

Zo bleef als verklaring voor Barbu's socialistische geblaat alleen de schnaps over, die de loop van haar hersenstromen blijkbaar had verstoord. Iemand met een onaangetast verstand was nooit op het idee gekomen om onschuldige scholieren gedichten van Alfred Margul-Sperber te laten overschrijven. Zeker dertig keer hadden wij het poëem 'De Partij' aan het papier toevertrouwd.

Komaan, kijk om: zo ver het oog kan kijken
zie je een nieuwe wereld die ontstaat;
sta op het punt om morgen te bereiken
wat nu nog je verstand te boven gaat.

Zo luidde de eerste strofe. En zo stond het in de staatsleesboeken, afgedrukt op pagina vijf, direct na het portret van president Gheorghiu-Dej.

Omdat hij het overschrijven zo dodelijk saai vond, had Fritz de gewoonte aangenomen om de strofen te verdraaien. Tijdens een van de lessen schoof hij mij zijn schrift toe. Ik las:

Kijk om, al kun je beter maar niet kijken:
Partij-eikels regeren onze staat.
Juf Barbu helpt hen mee om te bereiken
dat heel het land naar de vernieling gaat.

'Ben je niet goed snik!' siste ik. 'Doe weg.' Ik was niet geschrokken van de opstandige woorden, maar van de koelbloedigheid waarmee Fritz de rijmen in zijn netschrift had opgeschreven. Maar iedere vrees voor ontdekking door Barbu was ongegrond. Omdat ze bij het nakijken van de schriften geen grote ijver aan de dag legde, merkte ze nooit iets van Fritz' weerspannige rijmelarij – wat hem ertoe aanzette zijn parodieën op de Partij met groeiend enthousiasme tot grote hoogten te stuwen. Tot zijn vader Heinrich het schrift ontdekte. Daarna verscheen Fritz Hofmann twee weken niet op school en hij hoefde van toen af, met een excuusbrief van zijn moeder, niet meer mee te doen met lichamelijke oefening, zonder dat hij een woord losliet over wat er bij hem thuis gebeurd was.

Van mijn bezoeken aan mijn schoolkameraad kreeg ik mee dat Heinrich Hofmann, ondanks zijn oer-Duitse naam, geen enkele waarde hechtte aan de tradities van zijn landgenoten. Van de uit Duitsland afkomstige Saksen wier voorouders zich al generaties geleden in Baia Luna gevestigd hadden, leefde de familie Hofmann als enige niet van de landbouw en veeteelt. Bij hen in de tuin kakelden niet eens kippen. Hofmann vermeed elke omgang met de dorpelingen, en men liet hem met rust. Heel soms zag of hoorde ik hem, als hij in zijn zwartleren pak naar Kronauburg scheurde op een brullende motorfiets van Italiaans fabricaat, een zware motor die niemand anders in Baia Luna zich kon veroorloven.

Door de week dreef Heinrich Hofmann in de districtshoofdstad een fotostudio. Waren de mensen vroeger naar mijnheer Hofmann gegaan voor een huwelijksfoto of foto's voor hun paspoort, in de jaren vijftig verdiende hij zijn geld met het vervaardigen van artistieke portretstudies. Zo noemde Fritz de activiteiten die zijn vader van een keurig inkomen voorzagen. In elk geval had ik de indruk dat de familie Hofmann allesbehalve armlastig was. Fritz' moeder Birta was de enige vrouw in het dorp die voor het koken geen houtvuur hoefde te stoken. Zij zette haar pan-

nen domweg op elektrische ijzeren platen, die met een simpele
draai aan de bakelieten knop begonnen te gloeien en iedere ke-
tel in een mum van tijd aan het fluiten brachten. Birta was een
vrouw van midden dertig, met korte, blonde lokken en staalblauwe ogen. Als ze lachte, lichtten haar witte tanden op tussen haar
rode lippen. Toch viel het mij op dat ze alleen een ontspannen
vrolijkheid uitstraalde als haar man in Kronauburg was. Zat
Heinrich Hofmann in de weekenden in zijn leesstoel onder de
poster met de fakkel-Madonna uit New York en een boekenplank
met meerdere boeken van ene F.W. Nietzsche, dan maakte Birta op mij altijd een zenuwachtige indruk. Ze beet op haar nagels
en als ze lachte, klonk het geforceerd. Ook Fritz werd opeens veel
zwijgzamer als zijn vader binnenkwam. Anders dan op school
slikte hij brutale opmerkingen in en beperkte zich als hem wat
gevraagd werd tot ja en nee.

Ik mocht de vader van Fritz niet. Als ik hem bij het betreden
van de woonkamer van de Hofmanns een hand wou geven, liet
hij een ogenblik het boek van Nietzsche waarin hij op dat moment las zakken en bekeek mij met een priemende blik over zijn
leesbril. Dan schudde hij kort zijn hoofd, als iemand die een lastige vlieg van zich afschudt, en verdiepte zich weer in zijn lectuur.
Ooit had ik gezworen dat ik mijnheer Hofmann gewoon zou ne-
geren. Mijn eed hield stand tot kort voor de herfstvakantie in oktober 1957.

In het laatste lesuur gaf Barbu ons, de oudste leerlingen, opdracht om het groeipercentage van de export van mestvarkens
in de Sovjet-Unie te berekenen. Zoals gewoonlijk sloot ik een
wedje met Fritz over welke bizarre uitkomsten de juf zou opdreunen. Ik schreef een zeven met veertien cijfers achter de komma neer. Toen Fritz er met speels gemak drieëntwintig van maakte, tikte Barbu hem op zijn schouder en zei: 'Correct, correct.
Jij zult het nog ver schoppen met je precisie, Fritz. Waanzinnig
ver.'

Fritz keek naar haar op, knikte met gespeelde braafheid en zei:

'Dank u wel, wonderschone juffrouw Barbulescu.'

Ik was verbaasd dat Fritz niet eens een glimlach op zijn gezicht had, terwijl ik me allang niet meer kon inhouden en het uitproestte. Het was iedereen in de klas bekend wat een dergelijke lachstuip betekende. Barbu hief haar rietje en staarde mij aan. Haalde uit. Ik dook in elkaar.

Op dat ogenblik gebeurde er iets waar ik niet op had gerekend. Terwijl ik wachtte en hoopte dat het rietje doel zou missen, sprong Fritz overeind. Hij greep Barbu bij de arm en hield hem vast omklemd. Met kille blik sprak Fritz kalm, half fluisterend: 'Sla dan! Sla mijn vriend maar, als je wilt dat mijn vader je leven tot een hel maakt.'

Ik begreep dat regelrechte dreigement aan het adres van de juf niet. Het had mij weliswaar een pak slaag bespaard, maar leek toch nog monsterlijk wreed. Geschrokken wendde zij zich van mij af en werd lijkbleek. Fritz liet haar arm los en een moment zag het ernaar uit dat zij haar hazelroede zou laten zakken. Maar ze sloeg toe. Keer op keer mepte ze op Fritz in. Niet uit woede, maar uit vertwijfeling. Zo zag het er tenminste uit. Fritz bleef gewoon staan. Zonder een kik te geven. Hij grijnsde, terwijl zij rood aanliep als een kalkoense haan. Toen knakte haar roede, en uitgeput hield ze op met slaan.

Toen ik aan het einde van de les mijn schooltas pakte om naar huis te gaan, riep ze: 'Botev! Jij, ja. Je blijft een uur na! Overschrijven!' Met die lichte straf sprak mijn onderwijzeres geen bevel uit, maar een verzoek.

Ik plofte neer op een bank in het lege klaslokaal en stelde vast dat Barbu nog nerveuzer was dan ik. Ze liep voor het bord heen en weer en frummelde met haar handen aan een stuk krijt. Ten slotte zei ze met geforceerde strengheid dat het haar niet ontgaan was dat de lesstof veel te saai voor mij was en dat mijn capaciteiten bij lange na niet allemaal aangesproken werden.

'Maar wat moet ik nou overschrijven?' vroeg ik mokkend.

'Je hoeft niets over te schrijven.'

'Wat doe ik hier dan?'

De onderwijzeres slikte, keek naar het plafond en beet op haar lippen, als om te verhinderen dat haar een onvertogen woord zou ontsnappen.

'Pavel, ik dacht dat jij en Fritz vrienden waren. En misschien, ik bedoel, Fritz' vader is...' Ze hield haar hand voor haar mond en viel stil.

Ik werd brutaal. 'Je bent alleen maar bang voor mijnheer Hofmann!'

Het krijtje in haar handen brak in tweeën en een wolk van wit stof daalde neer op haar blauwe jurk.

'Ja,' antwoordde ze, 'ja, Botev, jullie Barbu is bang.'

Ik beet op mijn tong. Het duurde even tot ik wist uit te brengen: 'Maar waarom dan? "Mijn vader zal je leven tot een hel maken." Wat bedoelde Fritz daarmee? Ik dacht dat hij gewoon hoog van de toren blies. Dat doet hij wel vaker. Die grote bek van hem. Zo is hij nu eenmaal.'

Angela Barbulescu keek uit het raam. 'Fritz wordt net als zijn vader.' Meer zei ze niet, maar ik wist genoeg: ik was een jongen van vijftien en geen man. Volwassenen kenden blijkbaar geheimen waarvan ik nog geen flauw vermoeden kon hebben.

'Het nablijven is over,' zei ze plotseling.

Ik maakte geen aanstalten om op te staan. 'Mijnheer Hofmann zal u heus niets doen,' flapte ik er uit.

Ze lachte wrang. 'En jij zou mij wel even beschermen. Dat is lief van je, jongen, maar nu moest je maar eens naar huis gaan.'

'Nee! Ik ga pas als u mij vertelt waarom u zo bang bent voor mijnheer Hofmann!' Ik was verrast door de gedecideerdheid in mijn stem.

'Geloof me, Pavel, daar ben je nog te jong voor.'

Ik bukte en pakte een stuk van het gebroken krijtje. 'Klopt. Ik ben jong. Net zo jong als Fritz. Maar om een lerares te laten verbleken van angst, zo wit te laten worden als dit krijtje, daarvoor is Fritz blijkbaar oud genoeg.'

Ze keek mij aan. 'Niet hier. Niet op school. Kom vanavond maar langs. Als het donker is. En spreek er met niemand over.'

Onder het voorwendsel dat ik nog even bij Fritz Hofmann langsging, liet ik mijn moeder, tante Antonia en grootvader Ilja alleen achter aan de avonddis. In de schemering sjokte ik langs de dorpsstraat omhoog. Vlak voor het tuinhekje van de Hofmanns draaide ik me om – niemand te zien – en drukte me rechtsom bliksemsnel tegen de muur van de weerkerk. Achter de kerk, na de Kerkhofheuvel, rende ik in tegengestelde richting naar het laaggelegen gedeelte van het dorp, waar Barbu woonde in haar houten stulpje tegenover de zigeuners.

Ik had nog niet geklopt of de deur zwaaide al open. Ik ging naar binnen en trok, zoals dat hoorde wanneer je andermans huis betrad, mijn schoenen uit. Zij nam mijn jas aan, leidde mij naar haar heet gestookte woonkamer en gebaarde mij op de bank te gaan zitten. Tot mijn verbazing droeg ze niet haar donkerblauwe, groezelige jurk, zoals 's morgens nog op school. Ze had een frisgewassen en luchtig zomerjurkje met geel oplichtende zonnebloemen aangetrokken. Het verspreidde de geur van een veld rozen. Tegen mijn verwachting in maakte de huiskamer een opgeruimde en propere indruk. Maar ik voelde me toch niet op mijn gemak. Op een rond, brokaten kleed op een lage salontafel brandde een waskaars. Daarnaast stond een aangebroken fles tsoeika met een kurk erop. Een glas was nergens te bekennen. Naast de fles lag een stukgelezen boek, opengeslagen, met de bladzijden naar beneden. Ik pakte het op om iets te doen te hebben. Het waren gedichten van Mihail Eminescu.

'Mag ik er even in kijken?' vroeg ik om mijn verlegenheid te verbergen.

'Voor deze gedichten ben jij nog te jong.'

Ik negeerde haar tegenwerping. Een potloodstreep begeleidde de regels: 'In mij brandt één verlangen: o, gun mij toch de dood, aan 't verre, witte strand en in 't stille avondrood.' Ik ving nog een glimp op van woorden als 'koele avondwind', 'kale bomen' en 'bleke maneschijn boven de graven', maar klapte toen gauw het werk van Eminescu dicht.

Er viel een stukje papier tussen de bladzijden vandaan op de tafel. Het was een vierkante foto met een witte kartelrand.

'Kijk gerust, jongen,' zei de juf en ze reikte mij de foto aan.

'Ik ben geen jongen meer,' hield ik me groot. 'U wilt met mij over mijnheer Hofmann praten. Nou, hier ben ik.'

Ze pakte de fles, trok de kurk eruit en dronk.

'Geen jongen meer, tuttut! We zullen zien.'

Ik zweeg en staarde gefascineerd naar de foto.

'Zoals je ziet was ik vroeger niet bepaald een slechte partij.'

Ik moest inwendig toegeven dat Barbu daar gelijk in had. Op de foto was zij te zien met een man die, zoals bij mannen die gestudeerd hadden gebruikelijk was, zijn donkere haar met pommade naar achteren gekamd had. Met open colbert en losjes geknoopte stropdas, een brandende sigaar in zijn mondhoek, grijnsde hij kwajongensachtig, vond ik, in de camera. Uitdagend zelfs. Tussen de middel- en ringvinger van zijn linkerhand balanceerde een dikbuikig glas van een soort dat ik uit grootvaders dranklokaal niet kende. De gepommadeerde had zijn rechterarm stevig om de schouders van juffrouw Barbulescu geslagen, terwijl haar gezicht slechts van opzij te zien was. Anders dan nu had ze lang, blond haar, dat ze met een doekje in een paardenstaart had gebonden. Ze straalde, haar ogen gesloten, en tuitte haar lippen, een fractie van een seconde vóór de kus op de wang van de man aan haar zij. Als ik me niet vergiste, droeg ze op de zwart-witfoto dezelfde zonnebloemenjurk als nu naast mij op de bank.

'Een kiekje uit de hoofdstad?' vroeg ik met nadrukkelijke onverschilligheid.

'Ja. En zal ik je eens vertellen wie er op de ontspanner van het fototoestel heeft gedrukt?'

'Heinrich Hofmann?'

'Helemaal goed, jongen. Bingo. Het was Hofmann.'

'En die man op de foto? Uw verloofde?'

'Die had meerdere verloofden.' Barbu lachte – een lach die mij angst aanjoeg. Als jongste bediende in de kroeg was ik met de meest uiteenlopende manieren van lachen vertrouwd. Besmuikt grinniken, smalend grijnzen, melig gejoel. Ik kende het beschaamde lachen van iemand die in verlegenheid is gebracht, de voorspelbare lachsalvo's van notoire grappenmakers en het gebral van de drinkebroers. Ik kon aan hun gelach zelfs de mate van dronkenschap van de gasten in grootvaders schenkerij afmeten. Maar de manier waarop Barbu op dat moment lachte, had ik nog niet eerder gehoord. Zij bevreemdde en verwarde mij. Ik dacht even dat ik ver weg was, terug naar grootvader Ilja, terug naar mijn moeder en tante Antonia, met wie ik kort tevoren nog aan het avondeten gezeten had en aan wie ik een leugen had verteld.

'Hij is een tovenaar.' Barbu's lachen hield abrupt op. 'Hij kan heksen. Hij kan wijn in water veranderen en vruchtbare akkers in een woestijn. De fotograaf Hofmann is zijn rechterhand. Wees op je hoede, mijn jongen. Pas op met die lui.'

Voordat ik de dwaasheid van deze woorden goed en wel begreep, rukte ze de foto uit mijn handen en hield hem boven de brandende kaars. Met blauwe tongen vrat de vlam zich door het papier. Toen het vuur de helft van het tafereeltje verzengd had, blies ze er een paar keer krachtig op. Asvlokken zweefden door de kamer. De man aan haar zijde was verdwenen. Ze reikte mij het overgebleven gedeelte van de foto, van haar en haar kus in de leegte.

'Die is voor jou. Pak aan!'

Ik protesteerde. 'Wat moet ik ermee?'

'Pak aan! Steek hem bij je, als herinnering aan het feit dat jullie Barbu eens Angela Maria Barbulescu zelf was.'

Met tegenzin stak ik het portret in mijn broekzak. Ze ging naast mij op de bank zitten en legde de dichtbundel van Eminescu op haar schoot. Zonder het boek te openen droeg zij voor: 'Gij hebt mijn ogen gans omduisterd, voorgoed, met innig-zoete nacht, ik voel uw warme mond, die fluistert, maar ook uws armen kille macht.'

Zij dronk uit haar fles en drukte zich tegen mij aan. De rozengeur vervloog door haar scherpe spiritusadem. Ze was dronken. Ik verstarde vanbinnen toen haar vingers door mijn haren gleden.

'Ben je bang, jochie?'

'Nee,' piepte ik.

Geschrokken van haar verboden toenaderingspoging trok zij haar hand terug en streek haar jurk glad. Net zoals zij placht te doen als ze tijdens de les op haar bureau ging zitten en over het Parijs van het oosten vertelde. Ik ging gauw staan.

'Vergeef me, Pavel, wil je. Het spijt me,' gooide zij het over een andere boeg. Ik stond al op de gang en trok mijn schoenen aan. 'Pavel, de dingen zijn niet wat ze lijken. En geloof me, de mensen ook niet.'

Maar ik stormde al de dorpsstraat op, struikelde over mijn schoenveters, viel, krabbelde overeind en zette het op een lopen.

De volgende morgen op school was alles zoals altijd. Volkslied, blauwe jurk, percentages en Partijgedichten. De daaropvolgende weken, waarin de winter naderde, verliepen even monotoon, behalve dat ik iedere vorm van medewerking tijdens de lessen weigerde. Barbu liet mij met rust en vermeed op haar beurt mij aan te spreken. Tot op de dag waarop mijn grootvader Ilja en zijn vriend Dimitru in alle vroegte probeerden het piepen van de Spoetnik op te vangen met hun trechter.

'Pavel, een tsoeika!' 'Pavel, een karaf silvaner!' 'Pavel, ik sta droog!' De gasten zouden naar mij schreeuwen. En ik zou me het vuur voor ze uit de sloffen lopen. Zo ging het ieder jaar op Ilja's verjaardag op 6 november. Na school zou ik de groentekratten, emmers suikerstroop en zware aardappelzakken aan de kant schuiven, de kassa, decimaalweegschaal en gewichten van de toonbank halen en opbergen en de houten tafels en klapstoelen uit het magazijn tevoorschijn halen. Als de wijn en de flessen schnaps op tafel stonden, zou iedereen binnendruppelen. Geen man uit Baia Luna zou het uit zijn hoofd laten hun kruidenier en waard Ilja Botev op zijn verjaardag met een bezoekje te vereren. De uit Duitsland afkomstige kleermaker Hans spuugde niet in een pruimenbrandewijntje, net zomin als zijn landgenoten Hermann Schuster en Karl Koch. Alexandru Kiselev en de nurkse hoefsmid Simenov zouden voor een uurtje of wat langskomen. De Hongaar Istvan Kallay zou midden in de nacht stomdronken naar moeder de vrouw zwalken en Trojan Petrov zou voor de gelegenheid zijn zeventienjarige zoon Petre in de kring van de volwassenen introduceren. Natuurlijk zouden ook de heethoofdige Brancusi's niet ontbreken, en de tzigaan Dimitru al helemaal niet. Maar of de bejaarde pastoor Johannes Baptiste met zijn negentig jaar de weg naar onze schenkerij zou weten te vinden was nog niet zeker.

Dat wordt een lange dag vandaag, ging het door mijn hoofd toen ik grootvader 's morgens de doos sigaren met het rode pakpapier overhandigde. Terwijl opa genoot van zijn cubaan viel mijn blik op de klok. Ik moest naar school. 'Maar je hebt nog niets gegeten!' riep mijn moeder mij achterna toen ik lusteloos mijn schooltas over mijn schouder zwaaide en het huis verliet. Ik wenste dat de uren op de houten schoolbank al voorbij waren, wat was die achtste en laatste klas toch een gebed zonder end. Nog een lange winter, dan de lente, en dan had ik die geestdodende schooltijd eindelijk uitgezeten. Toen ik op de morgen van 6 november 1957 de dorpsstraat afsjokte, kon ik niet bevroeden dat het rinkelen van de bel mijn laatste schooldag inluidde.

Angela Barbulescu verscheen stipt om acht uur. Ze was helemaal veranderd. Ze staarde niet wezenloos voor zich uit met matte ogen, maar haar blik was open en helder. Precies zoals ze eruitzag toen ik haar had bespied terwijl ze op dat onchristelijke tijdstip aan haar keukentafel zat te schrijven. Onder haar arm klemde ze een grijs pakket. Ik wist al wat daarin zat, maar ik wist nog niet dat de inhoud ervan mijn leven een geheel andere wending zou geven.

Daags ervoor was er in de stromende regen een bode in Baia Luna verschenen. Hij was onze winkel binnengegaan, had zijn papieren als koerier van het districtsbestuur laten zien en naar 'onderwijzend burgeres' Barbulescu gevraagd. Grootvader bood de man een paraplu aan, die hij met een woord van dank aannam.

'Daar zal dan wel iets erg belangrijks in zitten,' meende opa, wat voor de pakketbezorger aanleiding was een zucht van frustratie te slaken, die als stoom uit zijn mond kwam.

'Godzijdank! De laatste bestelling. Driehonderd dorpsscholen in twee weken. Ik kan jullie vertellen: dat gaat je niet in de kouwe kleren zitten. Ik heb geen rug meer over. En dan dat hondenweer. Twee uur in die rammelbak heeft mij het tochtje naar dit gat gekost. Drie keer met m'n dieseltje in de blubber vastgezeten. Drie keer! En maar mopperen in het districtshuis dat ik mijn schema niet haal – maar dat die wegen hierboven een lachertje zijn, daar hoor je niemand over. Gaten zo groot als bomkraters.'

Ik had maar met een half oor geluisterd naar wat de koerier van de nieuwe Kronauburger Partijsecretaris zei, maar dat scheen een bekwaam man met toekomst te zijn, en aan alle scholen in het district werd verzocht zijn portret op te hangen. Die middag was, dacht ik, de eerste keer dat ik de naam Stefan Stephanescu hoorde. De koerier liet tenminste doorschemeren dat de nieuwe secretaris heel wat anders was dan die opgeblazen Partijbaronnen, en niet een van die slimmeriken die alles weten maar nergens verstand van hebben.

Barbu sloeg het volkslied over die dag. In plaats daarvan maakte ze het grijze pakket open en haalde er een ingelijste foto uit. Hoewel er toch bepaald handiger jongens dan ik in de klas zaten, verzocht ze uitgerekend mij om de lijst aan de muur te spijkeren. Rechts naast de kwiek uit zijn ogen kijkende president Gheorghiu-Dej, die de mannen uit Baia Luna met de hand voor hun mond respectvol 'Kleine Stalin' noemden. Schoorvoetend liep ik naar voren en klom op een stoel. In de klas ontstond een onrustig geroezemoes. Angela Barbulescu reikte mij een hamer aan en een portret in een matgouden lijst. Ik ging door de knieën om de foto aan te pakken. Ik werd lichtelijk bevangen door dezelfde rozengeur als op die verschrikkelijke avond op de bank in haar woonkamer. Zij fluisterde mij iets in het oor. De strekking van haar woorden drong niet meteen tot mij door. Het waren maar twee zinnetjes. Ik kon ze, ondanks het geroezemoes in de klas, duidelijk verstaan, maar hun betekenis ontvouwde zich pas na enige tijd ten volle. Ik hield de lijst omhoog om de plaats van de spijker te bepalen. Toen herkende ik degene die ik aan de muur moest ophangen.

'Jaag deze man naar de hel! Vernietig hem!'

De hamer gleed uit mijn hand en viel op mijn grote teen. Een stekende pijn schoot door mij heen. Ik viel van de stoel. De klas gonsde van leedvermaak.

Jaag deze man naar de hel! Vernietig hem!

Ik kende degene op de foto. Ik had die man, die mij met zijn innemende lach aangaapte, ergens eerder gezien. Alleen glom zijn haar nu niet van de pommade en zat zijn das stevig op zijn plek. Onder de foto stond de spreuk 'Kinderen zijn onze toekomst'. Het was de man met de vele verloofden. De man voor wie Barbu in betere tijden haar mond getuit had voor een kus. De man die zij met de kaarsvlam verwijderd had van de foto die nu op mijn kamer in *Het kapitaal* van Karl Marx zat.

'Stilte! Stilte graag!' riep Barbu en ze verloste mij uit de verstarring van de schrik. 'Dit vakkundige portret hebben wij te danken aan een fotograaf die het in de fotografie ver geschopt heeft. Héél ver. Zoals jullie weten zal ook zijn zoon Fritz weldra zijn weg naar de volwassenheid moeten vinden en misschien zelfs op een dag in zijn vaders voetsporen treden.'

Alle ogen richtten zich op Fritz. Hij leunde traag achterover en deed alsof hij moest geeuwen. Onder het uitroepen van 'Bravo, bravo, bravo!' klapte hij in zijn handen. Barbu weerstond de provocatie en verklaarde dat het een afbeelding betrof van de nieuwe Partijsecretaris van Kronauburg, doctor Stefan Stephanescu, een cum laude aan de hoofdstedelijke universiteit gepromoveerde deskundige op het gebied van de economie en het openbaar bestuur.

'Maar besef wel: het is niet alles goud wat er in een lijst blinkt.' Het werd stil in de klas. 'Om het echte van het valse te onderscheiden,' ging ze verder, 'moet je over veel verstand beschikken. Hart en hersens. Misschien zal doctor Stephanescu op een dag iemand vinden die tegen deze taak opgewassen is.'

'Amen!' riep Fritz.

Ik sloop met mijn beurse teen terug naar mijn plaats. Verbaasd merkte ik dat mijn verbouwereerdheid verdampte, om plaats te maken voor een mij onbekende duidelijkheid. 'Vernietig deze man!' Bij deze opgave was ik door mijn knieën gezakt, maar nu stond ik weer overeind, geheel beheerst en geconcentreerd. 'Jaag hem naar de hel!' Zo'n krankzinnige opdracht kon alleen een gekkin, een drinkster wier verstand in de tsoeikafles was beland, mij, een vijftienjarige, influisteren. Ik, Pavel Botev, moest deze doctor Stephanescu vernietigen? Belachelijk! Een man die ik niet kende, en die op foto's allesbehalve onsympathiek overkwam. Nee. Ik zou mij niet door een nachtbraakster als Barbu voor haar karretje laten spannen om haar smerige zaakjes op te knappen. Nooit.

'Die Barbu is geschift. Stephanescu is een prima vent. Een goede vriend van mijn vader.' Fritz' opmerking klonk als een terzijde, maar ik hoorde ervan op. Heinrich Hofmann! Mijn stille argwaan jegens het schimmige kunstenaarschap van Fritz' vader kreeg ogenblikkelijk nieuwe, bittere voeding. Mijn wantrouwen zwol aan tot een gemene verdenking, die evenwel in het ongewisse bleef steken omdat ik behalve een flinke portie afkeer geen enkele reden vond die het zou kunnen staven. Duidelijk was alleen: Barbu en Stephanescu hadden een gemeenschappelijke kennis. Waarbij 'kennis' zwak uitgedrukt was. Fritz' vader Heinrich kon best een vriend van deze doctor zijn, en die was op zijn beurt in vroeger jaren de minnaar van mijn juf geweest. Er moest iets tussen die twee zijn voorgevallen, iets onaangenaams, iets kwaadaardigs misschien zelfs – waarom had Barbu het gezicht van de man die zij op de foto wilde kussen anders tot as verbrand? Als Barbu met hem nog een appeltje te schillen had, wat dan nog? Dat was haar zaak. Maar wat had mijnheer Hofmann ermee te maken? Minstens tweemaal had hij Stephanescu gefotografeerd: als student en nu als Partijsecretaris te Kronauburg. Hofmann verkeerde in de hogere kringen. Hij had invloed. Hij beschikte over macht. En met die macht had hij Barbu in het vizier. Fritz had haar voor de herfstvakantie nog gedreigd dat zijn vader haar het leven tot een hel zou maken. De lerares was krijtwit geworden. Ze was bang. Maar waarvoor? Ik was klaarwakker. De nieuwsgierigheid had mij in haar greep.

Opeens begon het mij te dagen waarom Fritz zijn desinteresse voor zijn medeleerlingen de laatste tijd had gemotiveerd met de woorden: 'Mijn dagen in Baia Luna zijn toch geteld. Vader is bezig een huis te zoeken in Kronauburg, een geschikt object, en als dat rond is, zijn wij weg uit deze negorij.' Ik had me nog niet kunnen voorstellen dat Fritz dat serieus meende. De gedachte alleen al vrijwillig het dorp te verlaten zou bij de andere 'Duitsers' als de Schusters of de Schneiders niet in het hoofd opgekomen zijn. Maar toen het portret van mijnheer Hofmanns vriend Stephanescu aan de wand van het klaslokaal hing, zag ik in dat Fritz de waarheid had gesproken. Hij zou weldra Baia Luna de rug toekeren. Ik keek naar hem. Fritz hing zoals altijd verveeld op de houten bank. Hij was geen vertrouweling meer van mij, maar een vreemde. Ongenaakbaar, afwijzend. De kilheid van de vervreemding ging niet meer alleen van Fritz uit. De kloof die tussen ons in lag, gaapte in mijzelf, alsof hij er altijd al geweest was en nu pas zichtbaar was geworden.

'Leesboek, bladzijde elf,' riep Barbu. 'Het "Vaderlandslied" van Hans Bohn. Julia, jij leest!'

Julia Simenov, het beste meisje van de klas, ging staan en sprak met heldere stem:

'Ik heb u lief, gij woudzoom der Karpaten,
waar de natuur in al haar rijkdom prijkt,
waar helden steigers bouwen in de straten,
en niets meer op de dag van gist'ren lijkt.'

Wij moesten onze schriften tevoorschijn halen. Terwijl iedereen, behalve Fritz en ik, de strofen van het 'Vaderlandslied' neerpenden, stond Barbu achter in de klas tegen de muur geleund. Ze plukte aan haar blauwe jurk en wreef over haar kin, terwijl ik op mijn potlood kloof. Ik bemerkte haar overtreding pas toen het al te laat was. Ze liep op Fritz toe. Ze streek met haar hand over zijn hoofd, helemaal weggedroomd en in extase. Achteloos, leek het wel. Ik hoorde hoe ze zei: 'Zeg je vader dat het over is. Barbu is niet meer bang.'

Fritz keek haar in de ogen. Spottend. Toen stond hij van zijn plaats op en liep doodgemoedereerd naar het bord. Hij pakte een krijtje en schreef:

Komt Barbu bij ons op bezoek,
krijg ik een schoorsteen in mijn broek.

Ik kreeg het warm en koud tegelijk. Fritz' lef imponeerde mij evenzeer als dat zijn onbeschaamdheid mij deed schrikken. Ik wist zeker dat de oudsten in lachen zouden uitbarsten. Maar het bleef stil. Ergens vooraan viel een potlood op de grond. Barbu liep naar voren, tergend langzaam. Zo dadelijk zou ze haar rietje grijpen en erop losslaan, gillend met haar kijfstem. Slaan, slaan en nog eens slaan. En Fritz zou geen spier vertrekken. Hij zou grijnzen, zoals altijd wanneer Barbu kachelhout op hem hakte en haar longen uit haar keel blèrde totdat ze van uitputting ineenzeeg. Maar Barbu sloeg niet. Ze pakte een lap en wiste het bord schoon. Toen snoot ze haar neus in de droge lap en wreef ermee in haar ogen. Het krijtstof vermengde zich met haar tranen en zat over haar hele gezicht.

'Jullie mogen naar huis,' zei ze zacht.

Haar stem klonk oneindig moe. Iedereen bleef zitten. Alleen Fritz pakte vlug zijn schooltas en ging ervandoor. Toen ging de schoolbel. Angela Barbulescu nam het portret van Stephanescu van de muur en kloste op haar rubberlaarzen de klas uit.

2

Eerlijke zigeuners, vrome Saksen en de studies van de zwarte filosoof

'Jaag deze man naar de hel! Vernietig hem!' Wat Barbu ook bedoeld kon hebben, het ging mijn voorstellingsvermogen te boven. Naar de hel met jou! Loop naar de duivel! Hoe vaak had ik zulke verwensingen niet in het dranklokaal gehoord? Zelfs pastoor Johannes Baptiste keek, als hij zijn schimpscheuten aan het adres van de vijanden van het geloof van de kansel slingerde, bepaald niet op een vloek meer of minder. Maar iemand vernietigen? Vooruitgrijpen op de dag des oordeels? Dat nooit!

Vernietigen! Wat was dat eigenlijk? Vernietigen deed je met onkruid, insecten of ratten als ze een plaag werden. En vijanden, natuurlijk. Maar alleen in de oorlog of uit noodweer, en als je een held was. Voorzichtigheid was geboden bij alle vernietigers van wie de noemer op '-isten' eindigde. Dat verkondigde Johannes Baptiste elke week weer. De hitleristen vernietigden de Joden, de fascisten vermoordden de socialisten, de stalinisten lieten de staatsvijanden creperen in Siberië en ook de kapitalisten waren vernietigers. Zij joegen hun concurrenten het faillissement in en stortten arbeidersgezinnen in het verderf.

Maar niet in Baia Luna. Hier had bij mijn weten nog nooit iemand een ander vernietigd en was er ook niemand vernietigd van buitenaf. Zeker, de gebroeders Brancusi waren communisten en konden niet ophouden dat met de tong te belijden, maar ze zouden die patsers van een grootgrondbezitters en die parasieten van de bourgeoisie heus niet echt uitroeien, ook al begon het behoorlijk op vernietiging te lijken. Maar Liviu, Roman en Nico Brancusi waren in wezen geen slechte kerels. Dat ze echt iemand zouden ombrengen leek mij onvoorstelbaar.

Natuurlijk was er in het dorp wel eens onenigheid. Over en weer sloeg dan de vlam in de pan, ontstond er een woordenwisseling die een enkele keer uitliep op een handgemeen. Wat vandaag nog de gemoederen verhitte werd in de regel de volgende dag met een handdruk bijgelegd of werd na een paar dagen vergeten. Aanwijzingen voor afgrondelijke boosaardigheid of onverzoenlijke vijandigheid had ik in het dorp nooit kunnen vinden. Met mijn vijftien jaren leek mij Baia Luna een vreedzaam dorp, waar de oorspronkelijke bewoners al eeuwenlang met de Hongaarse en Saksische immigranten samenleefden in de stilzwijgende afspraak elkaar het leven niet te moeilijk te maken.

Daar hielden ook de zigeuners zich aan. Als er over hen gesproken werd, had men het, zoals in Transmontanië gebruikelijk, gewoon over 'de zwarten', hoewel er onder de zigeuners in het dorp ook een paar stroblonde kinderen met blauwe ogen waren die volstrekt buiten die benaming vielen. Op hun beurt noemden de zigeuners ons niet 'de witten', maar spraken van 'gadjo's', wat 'vreemde' betekende, maar ook 'lomperik' en 'domkop'.

Toch golden de zwarten uit Baia Luna voor ons gadjo's als arme, maar eerlijke mensen. Ze behoorden tot de stam van Gabor. Hun voorvaderen kwamen uit Hongarije. De mannen droegen zwarte broeken, zwarte jakken en breedgerande, zwarte hoeden. De vrouwen hadden rode rokken aan en vlochten vergulde munten en bonte linten in hun haarstrengen. Als kind hield ik de kleurenrijkdom van de linten voor een kwestie van smaak, tot ik Buba Gabor op het schoolplein naar de betekenis van de kleuren vroeg. De beeldschone Buba was het enige zigeunermeisje in het dorp dat op grond van haar eigen koppigheid en op voorspraak van haar oom Dimitru voor elkaar had gekregen dat ze in ieder geval de oneven dagen, maandag, woensdag en vrijdag, naar school mocht. Zij vertelde mij dat je onder de haren aan de kleur van de linten kon zien of een meisje ongetrouwd, weggegeven of reeds getrouwd was. Ik verschoot van kleur toen ik haar vroeg hoe het met haarzelf gesteld was met betrekking tot dit gegeven. Buba antwoordde bits dat ze dat aan een gadjo als ik niet mocht verklappen. Toen streek ze haar zwarte lokken uit haar gezicht en floot het wijsje: 'Mij krijgt alleen een man met mooie handen', waarop ik, Joost mag weten waarom, mijn handen bliksemsnel in mijn broekzakken stopte en Buba lachend wegrende.

's Zomers sjokten de Gabors de dorpsstraat op en af of ze hingen voor hun huizen, waar ze zaten te kaarten en filterloze Carpati's rookten. Hun trotse bezit bestond uit hun kinderschaar en twee dozijn zware Percheron-paarden, die aan de rand van het dorp graasden. In oktober trokken ze naar de paardenmarkt in Bistrita, waar ze het samenkomen met andere families benutten om hun zoons en dochters te koppelen en de kleuren van hun linten te wisselen. Als de Gabors naar Baia Luna terugkeerden, vierden ze dagenlang wervelende huwelijksfeesten, totdat het treurige alledaagse bestaan weer zijn intrede deed. In het dorp werd het nietsdoen van de zwarten weliswaar argwanend bekeken, maar ook zonder openlijke vijandigheden geaccepteerd. Zelfs door de uit Duitsland afkomstige dorpelingen, die vanwege hun vlijtige natuur iedere vorm van ledigheid ten diepste verachtten.

Dat de Saksische harten niet aan al te vlijtig beleden vroomheid ten onder gingen, hadden zij te danken aan de goede werken van pater Johannes. Ik kende zijn geschiedenis slechts bij benadering. Vaststond dat in 1935, twee jaar nadat in Duitsland de hitleristen de macht gegrepen hadden, Baptiste door de abt van het benedictijnenklooster in het Oostenrijkse Melk van het Donaubekken naar de bergen van Transmontanië was gezonden.

Nadat Johannes Baptiste met karrenvrachten theologische boeken en geschriften in de leegstaande pastorie van Baia Luna getrokken was, deden in het dorp de wildste geruchten de ronde, die

met name werden verspreid door de zwaarlijvige Kora Konstantin en haar moeder Donata, die eveneens aan overgewicht leed.
Johannes Baptiste zou een onecht kind opgevoed hebben met een
Weens meisje van plezier. Ook werd er gefluisterd dat hij niet van
de knapen van het kerkkoor af kon blijven, ook al beoefende hij
de pijnlijkste vormen van zelfkastijding. Het ergste verwijt dat de
katholieke geestelijke gemaakt werd, was dat Baptiste naar Baia
Luna gezonden was omdat hij ketterse, opruiende preken tegen
de Heilige Stoel en paus Pius in Rome had gehouden.

Het gif van de geruchten zou mijn grootvader destijds geen rust
gelaten hebben. Op een zondag in de herfst van 1935 vatte hij moed
en vroeg de pastoor bij zijn morgenborrel in het café: 'Eerwaar-
de, is het waar wat men over u rondvertelt?'

Johannes Baptistes antwoord zou als de 'kroegpreek' de geschiedenis van het dorp ingaan.

Eerst had pater Johannes luidkeels gelachen, op zijn dijen geslagen en beweerd dat de kracht van zijn lendenen hem niet één
bastaard had opgeleverd, maar minstens een dozijn. Vervolgens
werd de pater toch wel heel ernstig. 'Ja,' zei hij tegen de mannen,
'ik ben de bergen in gestuurd omdat ik mijn geweten gevolgd heb
in plaats van de gelofte van gehoorzaamheid aan mijn orde en de
vader in Rome.'

Johannes had het over een bilaterale overeenkomst, een concor-
daat, tussen het Vaticaan en het Duitse Rijk, waarvan de kanselier de wereld in een gapende afgrond zou storten. De beklemmende voortekenen stonden al op de wand geschreven, voor
iedereen leesbaar, maar zijn Oostenrijkse vaderland was verworden tot een land van blinden; zijn landgenoten waren verblind van
trots dat hun zuiver Arisch bloed in de aderen vloeide en bezeten
van het idee met het Duizendjarige Rijk van de Duitsers mee te
mogen doen. In plaats van dat de pauselijke macht zich verzette
tegen de waan van het bloed, kroop het Vaticaan op de schoot van
die Duitse misdadigersbende en lonkte naar de gunst van de
Führer, opdat hij de kerk maar lief zou behandelen.

'Maar ik zeg jullie: dáárvoor heeft Onze-Lieve-Heer zich niet aan het kruis laten nagelen, niet voor een kerk die de duivel verzoekt de clerus te sparen en de pastoors met rust te laten. Wie met Satan zakendoet, staat al met één been in de hel. Net als de dorpelingen hier, die 's avonds aan de radio gekluisterd zitten en naar die Berlijnse schreeuwlelijk luisteren, met zijn beloftes dat hij ze allemaal zal terughalen naar het Rijk.'

Grootvader vertelde mij dat de jonge Saksen Karl Koch, Anton Zikeli en kleermaker Hans bij deze rede overeind waren gestoven, hun glazen tegen de muur hadden gesmeten en het bijna tot een handgemeen was gekomen. Wat zij na de wereldoorlog stuk voor stuk zouden berouwen. Toen echter verweten ze de uit Duitsland afkomstige pater Johannes dat hij zich met wereldlijke aangelegenheden als de politiek bemoeide in plaats van zich als geestelijke om het zielenheil van zijn gemeente te bekommeren – een verwijt dat Johannes Baptiste niet over zijn kant liet gaan.

'Katholiek of hitlerist! Het ene sluit het andere uit. Hemel of hel! Jullie mogen kiezen. Of we hebben onze naaste lief gelijk onszelf, of we vernietigen degene die wij tot onze vijand verklaren. En ik zeg jullie: de hitleristen worden de ergste vernietigers die het kwaad ooit heeft voortgebracht. Eerst zullen de Duitsers de Joden ombrengen. Dan de zigeuners. En daarna iedereen die niet zo is als zij. De katholieken zullen geen kik geven als het moorden begint. Ze gaan gewoon 's zondags naar de mis, slaan een kruis en zingen hun "Looft de Heer". Maar niet met mij. Ik zal iedereen eraan helpen herinneren dat Jezus Christus zelf een Jood was. Als zijn volk niet het zware lot op zich genomen had hem aan de kruisbalken te nagelen, wie had ons dan moeten verlossen? Zonder Golgotha geen hemelvaart. De geschiedenis zal uitwijzen of ik gelijk heb of niet. En geloof mij, ik bid iedere dag dat God de Heer maakt dat ik het bij het verkeerde eind heb. Zelfs als ik daardoor mijn ongehoorzaamheid jegens de Heilige Vader in Rome met eeuwige verdoemenis moet bekopen.'

Na deze woorden was bij mijn grootvader Ilja alle twijfel aan de oprechtheid van de geestelijke geweken. Iedereen die zijn stem verhief tegen de benedictijn werd door Ilja ogenblikkelijk de toegang tot de kroeg ontzegd. Zo werd Johannes Baptiste de meest gerespecteerde pastoor die ooit van de kansel van Baia Luna gepredikt had, hoewel zijn Bijbelvastheid in mijn kindertijd al behoorlijk tanende was. De gemeente zou de kerstpreek van het jaar ervoor niet licht vergeten, toen hij Judas mengde tussen de Wijzen uit het Oosten en aan de kribbe liet verschijnen, alwaar de berouwvolle verrader zijn dertig zilverlingen inclusief rente teruggaf.

De zigeuners hielden van 'papa' Baptiste. Ze hadden het aan hem te danken dat ze nooit uit Baia Luna verdreven waren. Dimitru en zijn familie doken in de late zomer van 1935 in het dorp op, toen de geruchten rondom pater Johannes de bizarste vormen aannamen. Hun *bullibasha*, Dimitru's vader Laszlo, had bij de dorpsraad om verblijfsrecht voor zijn clan gevraagd. Als aanvoerder had hij voorgesteld onder aan het dorp neer te strijken, aan de oever van de Tirnava, waar een paar vervallen schuren in vroeger jaren ten prooi waren gevallen aan het wassende water. Als tegenprestatie voor het woonrecht zouden de mannen in de zomer bereid zijn de boeren te helpen met de oogst. Bovendien konden ze uitstekend omgaan met paarden van alle rassen en was niemand uit zijn familie – daar stond hij, de bullibasha Laszlo Carolea Gabor, persoonlijk voor in – ooit aangeklaagd wegens diefstal of vanwege openbare dronkenschap in aanraking met de politie gekomen. De dorpsraad, die bestond uit vier plaatselijke bewoners, vier Hongaren en vier Saksen, trok zich ter beraadslaging terug. Vervolgens werd Laszlo meegedeeld dat de zigeuners tot zondag de tijd kregen om te verdwijnen.

Toen de mannen, vrouwen en kinderen uit Baia Luna ter kerke gingen, waren de zigeuners er nog. Johannes Baptiste droeg de mis op als altijd. Van grootvader wist ik dat de katholieke misorde voor deze zondag de gelijkenis van de wonderbare broodvermenigvuldiging en de spijziging van de vijfduizend voorschreef, maar daar hield de pastoor zich niet aan. Hij las voor uit het kerstverhaal. Vier maanden te vroeg. Alleen verkondigde hij niet de blijde boodschap van de geboorte van de Heer, maar de minder blijde van het vertwijfelde zoeken naar een herberg door de zwangere Maria en de vader van haar kind, Jozef. Het hoogtepunt van de dienst was het moment nadat Johannes Baptiste het brood en de wijn voor de viering van de eucharistie gezegend had. De gelovigen stonden op en liepen naar de communiebank. Knielden neer, met uitgestoken tong, maar wachtten vergeefs op de hostie. Baptiste ontzegde hun het lichaam van Christus. In plaats daarvan slingerde hij een cascade van wijwater het kerkvolk in en riep uit: 'En Jezus zeide: "Wat gij uw naasten gedaan hebt, hebt gij Mij gedaan." En gaat nu heen naar de zigeuners en denkt na over dit gebod.'

Tot op de dag van vandaag lacht mijn grootvader nog schalks als hij vertelt wat er daarna gebeurde. De dikke Donata viel, vergeefs ondersteund door haar jammerende dochter Kora, pardoes voor het altaar flauw. Enkele mannen voelden zich zo voor het hoofd gestoten door de geestelijke dat ze naar buiten stormden en ter plekke een gepeperd bezwaarschrift aan de bisschop van Kronauburg opstelden. De geheel uit het lood geslagen postbode Adamski riep zelfs onder luid kabaal op tot een schisma en eiste dat de hele gemeente zich bij de gereformeerden zou aansluiten. Uit de boze menigte maakte zich Hermann Schuster los. Hij maande tot rust, en daar hij in het dorp een gezien man was en nog steeds is, wist hij de schreeuwende meute tot bedaren te brengen.

'Wij hebben te doen wat mijnheer pastoor ons opgedragen heeft. Wij moeten ons kruis dragen zoals de Verlosser het zijne droeg.' Niemand waagde het Schusters woorden te weerspreken. Toen stapte grootvader Ilja's jonge vrouw Agneta uit de deur van de kruidenierswinkel. In haar handen hield ze de goudgele tulband die ze voor de middagkoffie gebakken had. Ze werkte zich door de menigte en ging linea recta naar het laagste deel van het dorp, naar de kampplaats van de zigeuners. Ilja ging achter haar aan. Ook Hermann Schuster en zijn vrouw Erika sloten zich bij hen aan, en nog een dozijn dorpelingen van Baia Luna; anderen bedachten opeens dat ze nog een zieke koe op stal hadden en vrouwen herinnerden zich plots dat het hoog tijd werd om het zondagsgebraad uit de oven te halen.

Toen Laszlo Carolea Gabor het groepje zag naderen, kwam hij hun langzaam tegemoet. Agneta reikte hem de tulband aan. Een dikke traan rolde over de wang van de bullibasha en drupte in zijn machtige snor. Toen begon hij als een kind te huilen. Zijn clan stond eerst zwijgend om de cake heen, tot ook de mannen huilden, daarna de vrouwen en ten slotte de kinderen, waarbij hele bergbeken aan snot en traanvocht vergoten werden, zodat hun vreugdegeween tot het hogere deel van het dorp doordrong. Laszlo Gabor knipte met zijn vingers en de tranenstroom droogde op.

'Slacht drie schapen en richt een feestmaal aan,' beval hij. Weldra brak er in de clan een geweldig gejoel los, mannen begonnen de messen te slijpen. De zigeuners haalden hun hakkeborden, fiedels en trommels tevoorschijn en trokken met een oorverdovende herrie door het dorp. De eersten die hen volgden, ook al hadden hun ouders dat streng verboden, waren de schoolkinderen, daarna, aarzelend, de eerste dorpelingen, totdat de Hongaren en zelfs de Saksen zich bij de optocht aansloten. Uiteindelijk maakte men zich in alle huizen zorgen dat men geen getuige zou zijn van een buitengewone gebeurtenis.

Vroeg in de middag werd er door iedereen op het dorpsplein gedanst. Met een gelukzalig gelaat en met zegenende hand schreed Johannes Baptiste rond en offreerde een vat rode wijn van de Kalterer See uit de kelder van de pastorie, en twintig flessen *obstler* die hij uit Oostenrijk meegesleept had op zijn diaspora. Alleen de dames Konstantin zaten binnen achter de gordijnen weesgegroetjes op te dreunen tot ze er hees van werden.

Toen tegen middernacht de laatste bewoners, met onvaste stap maar des te rotsvaster geloof, huiswaarts gingen en de oude Adamski hardop verkondigde dat de gereformeerden zijn bochel op konden, was men in Baia Luna van mening dat het het mooiste feest was geweest dat er in het dorp ooit gevierd was. De zigeuners mochten blijven.

Opdat de bijzondere feestdag niet in de achterkamertjes van de herinnering terecht zou komen, verordonneerde pater Johannes Baia Luna ieder jaar een omvangrijke boeteprocessie te houden. Bij wijze van preventieve loutering van verstokte harten. Daartoe liet hij op de Maanberg een houten kapel bouwen. Dat werd de nieuwe thuishaven voor de Madonna van de Eeuwige Troost, wier standbeeld sedert generaties in de weerkerk van Baia Luna had gestaan. Binnenkort zou de Moeder Gods ons niet alleen aan de overwinning van de christenheid op de moslims herinneren, maar de dorpelingen ook beschermen tegen gemoedskoude. Niets leek de priester daarvoor geschikter dan een boetemars in de bergen op 24 december, de dag dat Maria met haar ongeboren kind vertwijfeld op zoek was naar onderdak.

Dat ik mijn grootmoeder Agneta nooit heb gekend is het gevolg van het noodlot dat mijn grootvader in de winter van 1935 trof. Een week voor Kerstmis spande hij zijn paard in en reed met Agneta en de beide kinderen, mijn tante Antonia en Nicolai, die mijn vader zou worden, naar Kronauburg. Terwijl Ilja de voorraden voor zijn winkel aanvulde, kon de rest van het gezin zo verre familie opzoeken. Daar de snel invallende duisternis de terugtocht op dezelfde dag bemoeilijkte en bovendien de eerste sneeuw begon te vallen, besloten zij de nacht in de stad door te brengen en pas de volgende morgen in alle vroegte weer naar Baia Luna terug te keren.

Rond het middaguur hadden ze met het volgepakte rijtuig reeds Apoldasch bereikt. Stroomopwaarts langs de Tirnava zouden ze met het vermoeide trekdier binnen een uur thuis zijn.

Dat dachten ook de zigeuner Laszlo en zijn zoon Dimitru. Het toeval wilde dat zij ook voor zaken in Kronauburg moesten zijn: ze hadden bij de Kronauburger apotheker György vijfhonderd medicijnflesjes met bijbehorende kurken besteld. Pas twee decennia later hoorde ik wat hun bedoeling met die rare, bruine flesjes was. Maar ik wil niet op de zaken vooruitlopen. In elk geval hadden Laszlo en Dimitru hun paarden met kisten vol van die flesjes beladen en waren ze ook op weg naar Baia Luna. Na Apoldasch hadden ze grootvaders gezin ingehaald en ze besloten de rest van de weg gezamenlijk af te leggen.

Voor zover ik weet kwam het noodweer uit het zuidwesten, van de Fogaras. Binnen een minuut was het er, eerst de dichte, grijze wolken, toen de windvlagen en uiteindelijk de sneeuwstorm. Laszlo en Dimitru sprongen van hun paard. Meteen gingen de Percherons met hun kont in de wind staan. Grootmoeder Agneta, mijn toen twaalfjarige vader en zijn zesjarige zuster kropen achter in de wagen onder hun wollen dekens, terwijl opa probeerde het geschrokken paard tot rust te brengen. In wilde paniek verhief het ros zich hinnikend op zijn achterbenen en maaide met zijn hoeven naar de storm. Toen grootvader de twee zigeuners te hulp riep, schoot het dier plotseling naar rechts. In de dichte wand van sneeuw. In de Tirnava. Het paard sleurde de wagen mee in de ijzige stroom. Op het laatste ogenblik kon Nicolai uit de omvallende wagen springen. Laszlo stormde op de wagen af. Maar voordat hij Agneta en de kleine Antonia te pakken kreeg, sloeg de ijzeren wielband hem zo ongelukkig tegen het voorhoofd dat het bloed uit zijn mond en neus kwam en hij, als door de bliksem getroffen, in de sneeuw viel. Zonder zich te bedenken sprongen grootvader en Dimitru in het water. Verblind door de striemende sneeuwstorm vochten zij zich door het borsthoge ijswater in de richting van het hulpgeroep van Agneta en Antonia. Terwijl het paard vertwijfeld om zich heen sloeg en in zijn ongelijke gevecht tegen de verdrinkingsdood steeds verder in zijn tuig verstrikt raakte, omklemde grootmoeder met één hand de houten spijlen van het rijtuig, terwijl ze met de andere mijn tante tegen zich aan drukte.

Toen grootvader en Dimitru eindelijk door de bijtende koude het tweetal bereikt hadden, hing Antonia nog slechts blauw weggetrokken en stijf aan de arm van haar moeder. Met hun laatste krachten trokken ze het tweetal aan land. Dimitru sjorde Antonia meteen de natte kleren van het lijf en wikkelde haar in een paardendeken. 'Wrijven, wrijven!' schreeuwde hij tegen Nicolai. 'Wrijf je zuster warm, anders gaat ze dood.' Toen viel zijn blik op zijn vader. Laszlo lag levenloos in de sneeuw, die om zijn hoofd in een bloedrode krans was verkleurd.

'God schenke mij een lang leven om jou te bewenen,' riep Dimitru en hij wendde zich tot Ilja en Nicolai. 'Pak de paarden en breng moeder en kind naar bed. Nu.' Hij klapte in zijn handen en de Percherons kwamen aangerend. 'Ilja, jij pakt je dochter, en jij, Nicolai, neem jij je moeder mee. Zitten en rijden. Ik loop.'

'Nee.' Ilja protesteerde. 'Wij laten jou en je vader hier niet alleen achter.'

Dimitru luisterde niet. Hij stond te dansen op zijn benen en schreeuwde zich de ziel uit het lijf. Daarbij stiet hij zulke grove scheldwoorden uit dat de klappertandende Agneta een ogenblik door haar eigen schaamrood verwarmd werd. 'Laat me alleen!' huilde de zigeuner en hij sloeg de paarden met de vlakke hand op hun billen, zodat ze er gauw vandoor draafden. Dimitru wrong zich uit zijn stijf geworden mantel en deed zijn schoenen en broek uit. Toen rende hij ervandoor. 'Een tzigaan is taai!' schreeuwde hij tegen de sneeuwstorm. 'En ik ben een zigeuner! Ik ben een zigeuner! Eeuwig zal ik leven! Eeuwig zal ik leven om mijn vader te bewenen. Vader, mijn vader.' Zijn stem verwaaide in de storm.

Dankzij het uithoudingsvermogen van de Percherons kwam het gezin van mijn grootvader al een halfuur later doodmoe in het dorp aan. De buren kwamen aangesneld, stopten de halfbevroren reizigers in dikke verenbedden en sleepten kannen pepermuntthee aan.

Verbazingwekkend genoeg stond de kleine Antonia als eerste weer op haar benen. Al de volgende morgen was zij helemaal genezen en ook Ilja vertoonde behalve een zware verkoudheid geen tekenen van lichamelijk letsel. Zijn vrouw echter was zo onderkoeld geraakt dat ze ook onder een dubbel ganzenverenbed niet meer warm werd. Drie dagen trokken de koude rillingen door het lichaam van Agneta, zodat grootvader grote moeite had haar met een lepel warm vlierbessensap toe te dienen. Om beurten waakten Ilja en Nicolai aan haar zijde, wreven haar handen warm en legden hete doeken op haar voorhoofd.

Na een tijdje leek het beter met grootmoeder te gaan. Ze ging al een beetje zitten en kon een kop warme melk met honing zowaar eigenhandig naar haar mond brengen. Toen sloeg de kou in haar lichaam om in hitte. Agneta gloeide en de koortsthermometer klom tot boven de veertig graden. Ze zuchtte onder vreselijke borstpijnen, kon haast niet meer ademen en hoestte ten slotte alleen nog maar. Toen ze uiteindelijk om dokter Bogdan uit Apoldasch vroeg, stelde deze een vergevorderde longontsteking vast. De laatste hoop voor Agneta zou bestaan uit een medicament met de naam 'Penicilline' – waar hij nog niet over beschikte, maar wat hoogstwaarschijnlijk bij apotheker György in Kronauburg verkrijgbaar was. Hermann Schuster sprong in het zadel. Toen hij na tien uur met de felbegeerde pillen terugkwam, was mijn grootmoeder in opa Ilja's armen overleden.

Bosarbeiders vonden Dimitru in Apoldasch, bij de kruising waar de weg naar Schweischtal en Kronauburg zich aftakt. In de sneeuwstorm was hij de weg kwijtgeraakt en hij was meerdere malen in een cirkel gelopen, totdat hij in de duisternis van de nacht zijn richtingsgevoel helemaal was kwijtgeraakt. De werklui wikkelden het bevroren lichaam in schapenvachten en brachten het naar de Apoldascher smidse, waar toen de jonge hoefsmid Emil Simenov werkzaam was, die later naar Baia Luna zou verhuizen om er de smederij over te nemen. Het was bekend dat de knorrige Simenov geen zigeunervriend was. Eigenlijk was hij niemands vriend. Als de mannen in grootvaders kroeg de barse kerel een slecht humeur en een gebrek aan sociale vaardigheden verweten, reageerde Simenov altijd hetzelfde: 'En wie, wie heeft toen die zwarte linkmiegel gered? Ik of ik? Een ijsklomp kwamen ze op de werkplaats brengen. Als ik die Dimitru Carolea Gabor niet pal naast de schoorsteen had neergezet, was hij nooit meer ontdooid. En wie heeft die zwarte toen een warm onderhemd, een overall en bergschoenen geleend en die nooit meer teruggekregen? Ik of zij? In hoogsteigen persoon heb ik dat scharminkel terug naar Baia Luna gesleept. Samen met die ellendige kisten. Honderden kleine flesjes. Die zwarten halen alleen maar rottigheid uit.'

Als Emil Simenov dan van de drie broertjes Brancusi een instemmend knikken opving, bedaarde hij en hield zich verder gedeisd.

Johannes Baptiste bepaalde dat de gelijktijdige begrafenis van mijn grootmoeder Agneta en Dimitru's vader Laszlo op de ochtend van 22 december zou plaatsvinden. Zoals men zich later herinnerde, was deze begrafenis in het jaar 1935 de grootste in de geschiedenis van het dorp. Tientallen delegaties reisden uit Bessarabië en Boekovina, de Banaat en Walachije, uit Dobroedzja en zelfs uit het verre Boedapest af om de doden de laatste eer te bewijzen.

Bij het aansluitende dodenmaal waren er zoveel monden te voeden dat de Gabor-clan zich voor jaren in de schulden stak en al hun goud en paarden moest verkopen. Niemand in Baia Luna mocht op deze dag ontbreken op het kerkhof, en de blaasmuzikanten uit Apoldasch speelden zo aangrijpend dat de adem de treurenden in de keel stokte en hun tranen tot ijzige parels bevroren. Het leedwezen van de dorpelingen gold zeker ook de zigeuner Laszlo, maar meer nog mijn grootvader en de halfwezen Antonia en Nicolai. Om hun deelneming met de dood van de jonge moeder Agneta te betuigen waren zelfs de groothandelaren, de gebroeders Hossu, uit Kronauburg verschenen. Zij beloofden de in de Tirnava verdwenen waar te vervangen zonder deze in rekening te brengen, en ze hielden woord.

Dat het bij de dubbele begrafenis niet tot een schandaal kwam, daar had Johannes Baptiste een dag eerder voor gezorgd. Bij een inspectie van de grafheuvel ontdekte hij dat de bestelde doodgravers al een gat gegraven hadden. Toen hoorde hij zachte stemmen. Het geluid kwam van buiten de kerkhofmuur. De organist Konstantin en de koster Knaup waren onder het toeziend oog van Markus' schoonzuster Kora met houwelen en schoppen bezig een gat in de grond uit te hakken.

'Wat moet dat daar?' vroeg de pater.

'Dit is het gat voor de zigeuner,' antwoordde Julius Knaup. 'Hij is niet gedoopt.'

De blos van de heilige toorn overtoog het gezicht van de benedictijn. Geen seconde had pater Johannes zich afgevraagd of Laszlo Gabor een doopbewijs had. Nooit zou het in zijn hoofd opgekomen zijn om de rechtschapen zigeuner in ongewijde grond te begraven.

'Ik geef jullie vijf minuten,' donderde hij, 'vijf minuten precies. Zo niet, dan zal ik iedere avond en iedere nacht bidden dat jullie onreine zielen aan het einde der tijden voor altijd in de blubber van de hel mogen kruipen!'

Twee minuten later was, zoals grootvader graag gnuivend verkondigde, het gat weer gedicht.

Voor zover ik weet was Laszlo Carolea de eerste van de Gabor-clan wiens stoffelijke resten in gewijde grond hun laatste rustplaats vonden. Vol dankbaarheid trokken de zigeuners na de begrafenis van hun bullibasha naar het huis van de pater, waar ze bepaalden dat iedereen de gewijde hand van de geestelijke moest kussen. Toen verzochten ze onder aanvoering van Dimitru om het sacrament van de doop. Het werd hun vergund. Zonder tegensputteren liet Dimitru toe dat pater Johannes zijn woeste hoofd driemaal met beide handen, in de naam van de Vader, de Zoon en de Heilige Geest, in het wijwater van de doopvont duwde – wat Kora Konstantin weer de gelegenheid gaf tot in het diepst van haar fatsoenlijke ziel gechoqueerd te zijn.

Nadat de zigeuners drie dagen hun nieuwe status als kinderen Gods hadden gevierd, barstte de kerk van Baia Luna 's zondags zowat uit zijn voegen. Een halfuur voordat de klokken luidden, dromden de Gabors reeds voor de kerkdeur, klaar om het lichaam van Christus te ontvangen. Goed, hun enthousiasme voor de magie van het sacrale nam mettertijd snel af. Toen ze eenmaal vaststelden dat de zorgen van alledag ook met wierook, wijwater en de priesterlijke zegen hetzelfde bleven, begonnen de rituelen van de mis hen te vervelen.

Dat gold niet voor Dimitru.

Ik kan me niet herinneren hem op zondag ook maar één keer niet in de kerk te hebben gezien – behalve 's zomers, als onduidelijke zaken hem tot reizen noopten. Als Johannes Baptiste op de kansel klom, zat Dimitru met open mond op de voorste rij. Naast zijn vriend Ilja. Ik zag Dimitru ieder woord van de kansel bijna letterlijk in zich opzuigen – in tegenstelling tot grootvader, die tijdens de preek meestal zat te knikkebollen.

Het ongeluk bij de rivier had tot een vriendschap tussen beiden geleid, een verbroedering in de geest, die, laat ik dat vast zeggen, de stormen van de tijd zou doorstaan. Ook al wist grootvader niet bijster veel over Dimitru's leven.

'Kun je eigenlijk zwemmen?' had hij de zigeuner gevraagd, jaren nadat ze allebei in de ijzige Tirnava gesprongen waren.

'Wat denk jij dan?' antwoordde Dimitru. 'Ik was al een vis in mijn moeders buik.' Maar iedereen in het dorp wist dat de waterschuwe Dimitru Gabor al de bibbers kreeg als hij in een plas stond.

Grootvader vond dat er in Dimitru door het verdriet over de dood van zijn vader een bepaalde ernst was gevaren, die, naar ik zelf meende, vanwege zijn wispelturige aard nog niet goed was ingedaald. Toch moet de doop bij hem toen een heuse waterval aan belangstelling voor de diepere levensvragen hebben opgewekt.

Het staat wel vast dat de vaderlijke en vriendschappelijke houding van Johannes Baptiste daaraan heeft bijgedragen. De boeken die de benedictijn uit Oostenrijk meegesleept had naar Baia Luna stelde hij in de pastorie publiekelijk ter beschikking, al maakte bijna niemand er gebruik van. En als het al gebeurde, dan hoefde men niet de priester om toestemming vragen, maar Dimitru, die in de loop van twee decennia uitgroeide tot heer en meester over de boeken.

In de zomer zag je hem met zijn neus in een boek op het grazige gazon van de pastorietuin liggen; in de winter brandde zelfs tot diep in de nacht licht in de bibliotheek als Dimitru zich bij het schijnsel van de petroleumlamp in de een of andere studie verdiepte. Om hem het lezen te vergemakkelijken had Johannes Baptiste een afgedankte rode bank met een warm donzen dekbed in de bibliotheek laten zetten.

Dat de mannen uit Baia Luna hem 'de zwarte filosoof' noemden, was niet zozeer terug te voeren op een blijk van erkenning als wel op een fikse dosis spot. Dimitru stoorde zich daar absoluut niet aan. Hij bediende zich gewoon rijkelijk van de kookpot van het menselijk weten, nam een hapje hier en een likje daar, en combineerde ten slotte alles naar eigen goeddunken met de rest. Naar oorzakelijk verband in zijn gedachten zocht hij niet. Voor hem telde niet óf het een óf het ander, maar zowel het een als het ander. Wanneer hij heilloos in logische ongerijmdheden verstrikt was geraakt, kon hij de knoop van zijn tegenstrijdigheden al de volgende dag ontwarren met een nieuw standpunt vanuit het niets. Wat vandaag waar was, kon morgen onwaar zijn, en omgekeerd. Dimitru leerde gevleugelde woorden van grote wijsgeren van buiten zonder zich ook maar iets aan te trekken van de juiste rangschikking van denker en gedachte. De bijnaam 'wijswauwelaar' had Liviu Brancusi hem gegeven nadat pater Johannes Dimitru een paar grondbeginselen van het Latijn had bijgebracht. Grootvader Ilja had zijn vriend aangeraden niet te vaak met moeilijke woorden te smijten; er af en toe een laten vallen wekte eerder de indruk met een gestudeerd iemand te maken te hebben. Dimitru nam de raad ter harte, maar confucioneerde (dat was een van zijn lievelingswoorden) toch de kwantiteit van de wijsheden.

Als grootvader ongestoord met zijn vriend wilde praten, zocht hij Dimitru op in de bibliotheek. Als kind had hij mij vaak mee-genomen, maar daar was hij weer mee gestopt omdat ik misselijk werd van de muffe geur van papier. Toen ik vijftien was, in de herfstdagen van 1957, trok ik me pas weer vrijwillig terug in de boekerij. Maar in plaats van te lezen, zoals moeder Kathalina dacht, wou ik alleen maar onder mijn huishoudelijke taakjes uit komen. Ik nam het op de koop toe dat Dimitru mij de oren van mijn kop kletste.

Gezien het feit dat Johannes Baptiste de tzigaan in de biblio-theek de vrije hand liet, had Dimitru de boeken naar eigen in-zicht gesorteerd. 'Orde moet er zijn, Pavel, anders gaat het er hier net zo uitzien als bij de zigeuners in Moldavië.' Vrijmoedig ver-telde hij mij dat zijn carrière als bibliothecaris was begonnen met boeken uit de kisten halen en in de rekken zetten. 'Een hele uit-daging,' verzuchtte hij twintig jaar later nog, 'Pavel, dat is nou een uitdaging voor een man van de geest. Eerst ordende ik de boeken op volgorde van grootte, van de dikke folianten tot de dunne in-voegschriftjes, toen op kleur van de rug, van donker naar licht. Toen naar het jaar van verschijnen. Dat staat namelijk op de eer-ste bladzijde. Nu staan ze zoals ze staan moeten: alfabetisch. Van Augustinus tot Zola. Emilio Zola, daar heb je op school toch wel eens van gehoord?'

'Nee.'

'Wat leert juffrouw Barbulescu jullie eigenlijk? Zola! Dát is li-teratuur. Heel wat anders dan die zogenaamde pennenvruchten van Partijsukkels in jullie leesboeken. Dat is allemaal tinnef. Hoe kan ik mijn Buba zo nog met een gerust geweten naar school la-ten gaan? Zola heeft trouwens een boek over Lourdes geschreven; ken je dat dan tenminste?'

'Nooit van gehoord.'

'Nooit van gehoord! En dat terwijl jullie gadjo's zo nodig ieder jaar naar de Madonna van de Eeuwige Troost op bedevaart moeten. Sneeuw en ijs trotserend. Wat een domheid! Jullie gadjo's zijn rare lui, hoor. Malloten. Waarom hebben jullie de Moeder Gods niet in jullie hart? Dan kun je je de reis besparen. Net als in Lourdes. Daar bidt men niet voor een houten beeld, maar daar is de Maagd in levenden lijve verschenen! In levenden lijve, Pavel! Weet je wel wat dat betekent? Daar zou je je hoofdje eens over moeten breken, in plaats van 's avonds schnaps in te schenken. Ik heb niks tegen tsoeika en ook niks tegen het eerbare beroep van waard, maar jij? Jij bent voor het hogere geschapen. Wat zeg ik? Je hebt een roeping.'

Dimitru werkte op mijn zenuwen. Ik vond zijn geslijm pijnlijk. Ik had weg moeten gaan. Maar dat deed ik niet, ik vroeg: 'Maria. In levenden lijve verschenen? Hoe gaat dat in zijn werk?'

'Ik wist het. Je bent een bolleboos, jongen. Hoe kan Maria, die niet meer onder ons is hier op aarde, toch in levenden lijve verschijnen? Dat is de vraag! Je moet hem alleen omdraaien, met dialectische logica, begrijp je wel? Dan wordt het: waarheen moet een mens opstijgen, teneinde na zijn dood naar de aarde te kunnen weerkeren en zich aan de levenden te laten zien?'

Ik had medelijden met de tzigaan. Hoe kon iemand nu zo raar denken? 'Ik begrijp niet waar je heen wilt, Dimitru. Waar zit het probleem?'

'Pavel, jij bent jong. Maar ik word gepijnigd door deze vraag. En ik zal je ook vertellen sinds wanneer en waarom. Ik mis mijn vader Laszlo zaliger. Sinds ik de deksel van zijn kist heb gesloten, wil ik maar één ding weten: hoe kom je in de hemel? Ik bedoel, niet alleen je ziel, maar ook je lichaam. De wederopstanding van het vlees. Ik bedoel de mens in zijn geheel.'

'Dat kan niet, Dimitru. Als ik de christelijke leer goed begrijp, is de wederopstanding des vlezes tot op heden alleen Jezus gelukt.'

'Maar bij de Moeder Gods is het toch ook gelukt? Maria werd met lichaam en ziel in de hemel opgenomen. Dat heeft paus

Pius zelf gezegd. Maar hoe ging haar hemelvaart in zijn werk? Hoe precies? Lichaam en ziel? Waar gaan die heen? Als ik dat weet, Pavel, dan weet ik alles.'

'Waarom vraag je het niet aan Johannes Baptiste? Die heeft verstand van dat soort zaken.'

'Ik heb het hem al gevraagd. "Mijn zoon Dimitru," antwoordde hij, "voordat je daarachter komt, ben je een heel leven verder." Misschien zelfs wel langer. Maar ik weet niet, Pavel, of ik zoveel tijd heb.'

Tijd, wat moest ik ermee? Afgezien van mijn verlangen naar het einde van mijn geestdodende jaren op school speelde de tijd in mijn leven geen enkele rol. In Baia Luna was vandaag hetzelfde als gisteren en morgen. Daar konden zelfs Margul-Sperbers propagandaverzen niets aan veranderen. 'Zo ver het oog kan kijken zie je een nieuwe wereld die ontstaat.' Nou, in Baia Luna ontstond helemaal niets. In elk geval niet voor mij.

Tot de vijfenvijftigste verjaardag van mijn grootvader.

Ilja had de laatste cubaan van het voorjaar opgerookt en wachtte in de zaak op klanten, terwijl mijn moeder Kathalina in de keuken het middageten voorbereidde. Tante Antonia lag nog in bed. Zoals altijd zou ze af en toe haar hand uitsteken naar de nogabonbons op haar nachtkastje, de chocola in haar mond laten smelten en weer verder slapen.

Ik zat op school, waar behalve ik niemand er een vermoeden van had dat de vrouw in haar blauwe jurk ons nooit meer opdracht zou geven Hans Bohns 'Vaderlandslied' over de schoonheid van het Karpatenlandschap over te schrijven, een land op weg naar een grandioze toekomst, waarin 'niets meer op de dag van gist'ren lijkt'. Tot dan toe leken de gedichten in de schoolboeken mij maar betekenisloos gezwam. Maar nu niet meer. Vandaag wás niet meer hetzelfde als gisteren, sinds Angela Barbulescu mij die onbegrijpelijke opdracht ingefluisterd had: 'Jaag deze man naar de hel! Vernietig hem!'

Wat betekende dat? Was de oproep van Barbu een verzoek om de Kronauburger Partijsecretaris Stephanescu om het leven te brengen? Dat kon ze onmogelijk bedoeld hebben, dat kon ze toch nooit vragen, zij had immers in de godsdienstles altijd de heiligheid van de Tien Geboden geprezen. 'Gij zult niet doden.' Dat was van alle zonden de allergrootste. Zelfs een halvegare wist dat, ook zonder Mozes. Nee, een moord had ze niet van mij verlangd. Uitgesloten. Natuurlijk waren er middelen en manieren om een vijand te laten verdwijnen in het hiernamaals en tegelijkertijd je handen in onschuld te wassen. Als je in hekserij geloofde.

Men zei van de zigeunerinnen dat zij zich met zwarte magie inlieten. Ik vond die toverkunsten met gemalen schaamhaar, menstruatiebloed en kattenpoep flauwekul. Dat ik het daarin bij het rechte eind had, was mij ook met een knipoog duidelijk gemaakt door Buba Gabor, wier moeder Susanna, naar men fluisterde, contacten onderhield met occulte machten. 'Wij luisteren naar de mensen, hebben oog voor hun zorgen, rekenen af en doen een beetje hocus pocus. Soms werkt het, meestal niet, maar wij hebben weer een paar dagen brood op de plank.' Ik geloofde haar. Omdat ze zo prachtig lachte, omdat ze mooi was, en omdat een heks onmogelijk zo heerlijk kon ruiken.

Angela Barbulescu daarentegen was bijgelovig. Dat stond als een paal boven water. Het gezicht van een voormalige minnaar uit een foto branden leek mij geen functioneel magisch ritueel, maar een zinloos gebaar van hulpeloos ongeluk, dat geen blijk was van Barbu's geheime macht, maar eerder van haar onmacht. Dubieus was wel: deze doctor Stephanescu had ooit met haar onder één hoedje gespeeld. Onbeantwoorde liefde, waarschijnlijk. Misschien had zij zich daarom naar de verdoemenis gedronken. Ze wenste deze man liever dood dan levend. Maar in haar eentje stond ze te zwak. Nu moest ik voor haar een man naar de hel helpen van wie ik alleen wist dat hij vroeger sigaretten zonder filter rookte, *konjaki* dronk en tegenwoordig een hoge Partijfunctionaris was. In de hel geloofden sowieso alleen mensen als de domme Konstantin.

Waarom moest ik voor Barbu op oorlogspad? Moest ik haar vijand tot de mijne verklaren? In de onopgeloste stronthoop van haar verleden poeren, mijn handen vuilmaken? Natuurlijk was die Stephanescu een donjuan, een schuinsmarcheerder. Maar een doctor, een hoge piet in staat en Partij, die vernietig je niet zomaar even. Vooral niet als je niet weet waarom en vanwege wat.

'Jaag deze man naar de hel.' Toen ik uit school lusteloos met mijn vork in mijn middageten zat te prikken, veranderde er iets. Ik veranderde. Niet door het dolzinnige verzoek. Maar dat portret! De foto die ik in het lokaal had opgehangen! Iets daaraan deugde niet. Waarom had Barbu hem weer van de muur gehaald en mee naar huis genomen? Toen mijn moeder mij maande: 'Jongen, eet eens wat, je moet er nog van groeien. Kijk je bassie nou eens bibberen!' zag ik de glimlach van Stephanescu voor me.

3

Ilja's verjaardag, de Spoetnik vliegt en de brandende zorgen van pater Johannes

Het grijze weer hield de hele dag aan, zodat vrijwel geen enkele vrouw de weg naar onze winkel vond op 6 november 1957. Terwijl ik rillend voor de kachel zat, knikkebolde grootvader achter de toonbank. Tegen drieën kwam de weduwe Vera Raducanu binnen, een stroblonde, pezige vrouw van midden veertig van wie men zei dat ze er patent op had om verontwaardigd en beledigd te zijn.

In plaats van grootvader te feliciteren met zijn verjaardag wees Vera op haar vieze schoenen en klaagde dat de dorpsstraat was veranderd in een modderpoel. Zoals altijd bekeek ze de kruidenierswaren argwanend en vroeg om Luxor in goudfolie, een sneeuwwitte zeep met rozengeur, terwijl ze heel goed wist dat wij dergelijke reukwerken niet in het assortiment hadden. Vriendelijk bood grootvader haar als alternatief kamillezeep aan, waarop Vera hem een ordinaire marskramer noemde, zich op haar hakken omdraaide en met haar neus in de wind vertrok.

Even later kwam Elena Kiselev met haar vierjarige tweeling Drina en Diana, die grootvader met een schattig buiginkje nog vele jaren toewensten.

'Je bestelling is binnen,' zei Ilja, terwijl ik een gloednieuwe koffer van bruin kunstleer uit het magazijn haalde.

'Het is een cadeautje voor mijn man.' Elena bekeek de koffer met beschroomde trots. 'Voor zijn nieuwe baan, als hij zondag met de spoortrein naar Stalinstad gaat.'

Het was allang uitgelekt in Baia Luna dat Alexandru Kiselev een nieuwe betrekking als versnellingsbakmonteur bij de nieuwe tractorfabriek van de staat had gevonden. Dat het loonzakje van haar man in de toekomst driemaal zoveel geld zou bevatten als de landbouw in het dorp opleverde, kon haar verdriet over zijn op handen zijnde vertrek niet verhelen.

Terwijl zij de koffer betaalde, loerden haar dochtertjes vol verwachting naar de glazen snoeppot op de toonbank. Grootvader schroefde de pot open en drukte hun allebei een echt stuk kauwgom in hun knuistje, waarmee hij niet alleen blijk gaf van zijn begrip voor de kleine gelukzaligheden van de kindertijd, maar ook van zijn hartstocht voor Amerika. Ooit in zijn leven, hoopte hij, zou hij aan boord van een schip de Atlantische Oceaan oversteken, naar het land van de Madonna met de stralenkrans.

Het wordt een verjaardag als alle andere, dacht ik deze 6 november. Als ze binnenkomen, gaan de mannen zich warm kletsen. Onschuldige, makkelijke onderwerpen eerst. Waarschijnlijk beginnen ze met hondsdolheid. Op een bepaald moment zal de herder Avram Sjerban de wolven en beren vervloeken, omdat die 's nachts zijn schapen verscheuren. En omdat hij zich zonder jachtgeweer niet tegen de vraatzuchtige roofdieren kan verdedigen. Omdat alleen de heren van de Partij mogen jagen. Avram zal eindeloos zeuren. En drinken. Eerst de jonge silvaner. Een karaf, dan nog een en nog een. Dan stappen de heren over op tsoeika. Dat gaat er wel in, een brandewijntje. Dat zullen ze allemaal zeggen. Ik zal me rot rennen en ze gaan steeds harder praten. Ze worden alsmaar overmoediger. En vooral heel zeker van hun zaak. Ze zullen over de dalende melk- en vleesprijs bekvechten en zich kwaad maken over de toenemende geldontwaarding. Dan piepen ze wel anders, de kameraden, de collectivisten. 'Weg met de roden!' zullen de zoons van Sjerban brullen. Hun dronken vader zal met zijn handen in de lucht maaien. Rattatata. Rattatata. Omdat hij zijn geweer moest inleveren, omdat ze alle vuurwapens in beslag hadden genomen, die kantoorpikken. Ze hebben de mannen zelfs hun trots afgepakt. Dat wekt hun boosheid op. Die moeten ze wegklokken. Tot ze erbij neervallen. Dan gaan ze slapen. Tot de volgende morgen. Alleen waard en feestvarken, mijn grootvader Ilja, zou een hevige kater bespaard blijven: hij dronk niet.

En dat had zo zijn reden.

Armoede mocht dan leren bidden, leren zuipen deed hij nog beter, zegt men in Transmontanië. Vanwege de ernstige hongersnood in 1907 was Ilja kort voor zijn eerste schooldag, vertelden de oudjes, in een van de tonnen gevallen waarin de boeren van het dorp aardappelschillen lieten gisten. Gelukkig hadden de illegale stokers de jongen meteen ontdekt en uit de prut gehesen. Maar grootvader kreeg, vergiftigd door de onzuivere spiritus, een delirium waaruit hij pas uren later bijkwam. Hij had geen zichtbare schade opgelopen en het voorval raakte in de vergetelheid. Maar zijn vroegere klasgenote, de kwezelachtige en praatzieke weduwe Kora Konstantin, verspreidde te pas en te onpas het gerucht dat Botev bij de schrijfles in de eerste klas totaal niet mee kon komen, om er verontwaardigd aan toe te voegen dat ze ab-so-luut niet begreep hoe zo iemand als kruidenier oprecht en zonder schulden het hoofd boven water kon houden.

Ik had genoeg ervaring als kroeghulp om de pesterijen van mevrouw Konstantin in het juiste licht te zien. Kora was een van die vrouwen met een altijd lege huishoudkas en een half dozijn blèrende snotjongens, die van hun vader ook nog eens meer slaag dan brood kregen. Totdat iets grootvader in de Goede Week van 1956 deed besluiten Raswan Konstantin geen druppel alcohol meer te schenken, waarop de drinkebroer het hele dorp bij elkaar schreeuwde, dreigde Ilja de nek om te draaien en de hele tent van die Botev-clan in de fik te steken. Maar zo ver kwam het niet.

Toen Kora op de dag van de kruisiging des Heren van de biecht ter kerke naar huis terugkeerde, stormden de kinderen haar huilend tegemoet. Raswan lag dood in de gang. Men fluisterde dat zijn gulp open had gestaan. In zijn handen zou Raswan een beduimelde, gedetailleerde tekening hebben gehad, die Kora ter plekke had verbrand in de kachel. Nadat ze de kleren van haar onbeminde man rechtgetrokken had, maakte ze met veel gesnotter en hoge uithalen zijn dood bekend. Omdat in het geval van plotseling overlijden de volkspolitie erbij moest komen, haalde men uit Apoldasch de jonge *plutonier* Cartarescu, die als uiterst correct te boek stond, maar geen verstand had van lijken in kasten, en obductie in het ziekenhuis van Kronauburg gelastte. Na een paar dagen kwam de dode in een simpele vurenhouten kist op een paardenkar naar Baia Luna terug, gek genoeg een paar pond lichter. Als doodsoorzaak was een hartstilstand vastgesteld ten gevolge van een staat van verregaande opwinding. Door 'agitatie van interne organen' zou zijn lever de hartspier hebben afgekneld – een lever overigens die je eerder in een ossenbuik zou aantreffen.

In plaats van grootvader dankbaar te zijn dat hij had geprobeerd Raswan van de drank af te brengen, moest Kora hem bij elke gelegenheid hebben. Alleen wat betreft Ilja's leesprobleem zat de haatdragende weduwe er niet naast. De molens van grootvaders verstand maalden langzaam, en ook het logisch denken waarmee men in de regel verbanden ontdekt of tegenstellingen aan het licht brengt, behoorde niet tot zijn sterke punten. Maar met tellen had grootvader nooit moeite. Als negenjarige kon hij al rijen dubbele getallen delen en vermenigvuldigen zonder zich ooit te verrekenen. Om vanwege deze gave onder de jongeren in Baia Luna niet voor zonderling te worden versleten, had hij als puber af en toe best een slokje sterkedrank meegenipt. Maar hij was daar gauw weer mee gestopt, want op een vingerhoedje tsoeika reageerde hij al met knallende hoofdpijn, bibberaties en blackouts. Ikzelf had mijn grootvader tenminste nog nooit een glas alcoholhoudende drank zien drinken.

Ze kwamen allemaal. Vroeger dan gewoonlijk zaten ze in het dranklokaal, alsof ze er de hele dag op hadden gewacht deze waterkoude novemberdag te ontvluchten. Ze feliciteerden Ilja met een krachtige handdruk, zetten flessen die ze als cadeau hadden meegebracht neer en zochten een zitplek. Sommige mannen zaten in zichzelf gekeerd op hun stoel, andere lieten zich door mij van kaarten en dobbelstenen voorzien.

'Wat scheelt eraan, Pavel?' vroeg Karl Koch. 'Je kijkt nog somberder dan het weer. Gaat het niet goed op school?'

Ik luisterde niet. Hoe meer ik de gedachten aan Angela Barbulescu wilde uitbannen, hoe heviger ze zich opdrongen. Vanwaar die krankzinnige opdracht? Waarom moest uitgerekend ik de foto van Partijsecretaris Stephanescu ophangen? Waarom mocht ik de half verbrande foto van haar terwijl zij iemand kuste niet vergeten? Mijnheer Hofmann had beide foto's genomen; hij wist waarschijnlijk precies waar het misgegaan was in Barbu's leven. Tussen haar zonnebloemenjurk in het Parijs van het oosten en haar groezelige, blauwe soepjurk lagen werelden van verschil. Bovendien beschikte mijnheer Hofmann over de middelen om haar het leven tot een hel te maken. Barbu was vast niet vrijwillig in het dorp. Goed, als onderwijzeres was ze een gruwel. Maar ze was niet altijd zo geweest. En dan dat vieze verhaal van Fritz en zijn schoorsteen... Hoe levendiger ik me die les voor de geest haalde, hoe meer de juf mijn medelijden opwekte.

'Trek niet zo'n gezicht, Pavel. Kop op, jongen!'

Ik deed mijn best, maar de last van mijn gedachten drukte zwaar op me.

Hermann Schuster nam het woord. Hij sloeg de hondsdolheid over en begon meteen over het laatste vijfjarenplan van de Partij. Nu krijgen we het gedonder in de glazen, dacht grootvader. Je zag het aan zijn gezicht. Maar de Saks sprak doodkalm verder, hij had het over de erfenis van zijn voorouders, van de clan, trots en vaderland, en dat hij niet van plan was de eeuwenlange arbeid van zijn voorvaderen als een hapklaar brok in de muil van het staatscollectief te werpen. 'Het is alles voor de Partij en niks voor ons!' riep hij uit. 'En dan zeg ik: nee, nee en nog eens nee.'

Hans Schneider viel hem bij en vertelde van de plannen om vlak bij Apoldasch gigantische varkensmesterijen uit de grond te stampen.

'Alles voor de export, voor de Russen,' vulde Hermann Schuster aan. 'De kolchoz stort ons in het ongeluk.'

Verbazingwekkend genoeg reageerden de broertjes Brancusi, die toch meestal onafhankelijk van het onderwerp opvliegend waren, opvallend zakelijk op de openingszetten van Schuster en Schneider. Liviu Brancusi verdedigde de geplande collectivisatie van de landbouw en de industrialisering van Transmontanië met het voortschrijden van de vooruitgang. 'Wij moeten eindelijk uit de schaduw van de achterlijkheid tevoorschijn treden,' zei hij. Getrouw aan het Sovjetvoorbeeld en onder leiding van het Centraal Comité zou al negentig procent van de eigendommen van de bourgeoisie aan het volk teruggegeven zijn, verklaarde Liviu. De industrie en de banken, het transportwezen en de groothandel zouden succesvol in de handen van de werkende klasse overgegaan zijn, net als ziekenhuizen, theaters en bioscopen. Vervolgens dreunde Liviu de statistieken op van de quotastijging van de melkproductie en rundermest in de districten Prahova, Covasna en Buzau, tot hij in zijn cijferlawine ten onder dreigde te gaan.

Op dat moment had Hermann Schuster gewacht. 'Laten we eindelijk eens toosten op het feestvarken.'

De mannen hieven het glas. Er werd buiten met harde trappen tegen de deur geramd.

Grootvader deed open. Voor hem stond de zigeuner Dimitru, hoestend en doorweekt, met in zijn handen een enorm krat dat in een kletsnatte wollen deken gepakt was.

'Aan de kant! Maak plaats!' riep hij, snakkend naar adem, en hij stommelde met het krat de schenkerij binnen. De gebroeders Sjerban sprongen naar de toog en duwden de flessen aan de kant, en de sterke Karl Koch schoot de uitgeputte Dimitru te hulp. Met z'n allen hesen ze de kist op de toog. Daarna sprak hij met feestelijke stem: 'Bij de heilige bochel van Simon van Cyrene, ik zweer jullie, die vervloekte techniek breekt je rug. Ilja, een borrel graag.'

Opa onderdrukte een lachje en schonk hem persoonlijk in. Dimitru dronk. Iedereen staarde verwachtingsvol naar de ingepakte doos. De zigeuner ging staan, tikte Ilja op de schouder en verzocht hem zijn verjaardagscadeau uit te pakken. 'Voor jou, omdat je jarig bent.'

Ilja aarzelde.

'Toe dan,' drong Liviu Brancusi aan, die zich beledigd voelde omdat uitgerekend een warhoofdige tzigaan zijn propagandatoespraak had onderbroken, iemand die hij voor de opbouw van de Nieuwe Natie als volstrekt nutteloos beschouwde. Grootvader trad naar voren. Voorzichtig trok hij de natte deken van de kist. De mannen verstarden van ontzag. Voor hen stond een fonkelnieuw televisietoestel.

Het was een enorm buizenapparaat, met een gepolijst beeldscherm, een chique houten kast, met ivoorkleurige draai- en drukknoppen. Sprakeloos staarde Ilja naar het toestel. Tranen van geluk biggelden over zijn wangen.

Zo'n luxueus speeltje hebben de Hofmanns niet eens, schoot het door mijn hoofd. Ik moest de televisie aan Fritz laten zien. En wel nu meteen. Hij zou stomverbaasd zijn. Ik rende ervandoor. Fritz had aan een half woord genoeg. 'Dat moet ik zien,' zei hij.

Toen we terugkwamen, stond grootvader nog steeds sprakeloos voor de uit de kluiten gewassen kijkkast, en toen drukte hij aarzelend op een van de knoppen. Er gebeurde niets.

'Stroom,' zei Dimitru, 'hij heeft stroom nodig.'

'Hier!' riep de jonge Petre Petrov. Onder het rek met ingemaakte augurken had hij een stekkerdoos ontdekt. Petre zette twee houten schragen voor de kast. Voorzichtig tilden Karl Koch en

Alexandru Kiselev het zware apparaat op de schragen en Petre stak de stekker in het stopcontact.

'Zet jij hem maar aan,' zei grootvader tegen Dimitru. De zigeuner zette zijn glas weg en posteerde zich voor de kijkbuis, terwijl de mannen zich in een halve cirkel om de nieuwe verworvenheid verdrongen.

'Welnu dan,' sprak Dimitru en hij hief met een theatraal gebaar zijn rechterwijsvinger en liet hem langzaam neerdalen op de aan-uitknop. Er klonk een plop. Na een tijdje flakkerden er minibliksemschichten op in de buizen onder het beeldscherm en er begon een blauwgroen lampje te gloeien. 'Dat,' sprak de zigeuner op bezwerende toon, 'is het magische oog.'

Tegelijkertijd lichtte het beeldscherm op met miljoenen kleine lichtpunten die als sneeuwvlokjes rondwarrelden, slechts onderbroken door een zwarte balk die steeds van boven naar beneden over het scherm zakte. Uit de luidspreker klonk een zacht geruis, dat echter steeds luider werd en aanzwol tot een oorverdovend geknetter. Petre Petrov draaide de volumeknop terug.

'We moeten een zender vinden,' zei hij.

Dimitru knikte instemmend. 'Inderdaad. Zonder zender geen ontvangst. En zonder ontvangst geen beeld.'

Petre draaide een tijdje aan alle mogelijke knoppen, maar er was nog steeds geen beeld. 'De antenne! Dimitru, waar is de antenne?'

'O, heilige schijt!' De zigeuner sloeg met zijn vuist tegen zijn voorhoofd. 'Catastrofe, catastrofe. Mijn neef Salman is een sukkel. Tienmaal, nee, twintigmaal heb ik hem gezegd: vergeet die lamme spriet niet als je die televisie voor mij regelt. En wat doet die stommeling? Vergeten. De zondvloed hale hem, de overgehaalde oen. Hoe laat is het?'

'Bij vijven,' antwoordde Petre Petrov.

'O, kosmische kak. Om vijf uur, vijf uur precies, zullen jullie zien dat die zwarte filosoof van jullie geen wijswauwelaar is. Spoetnik, zeg ik jullie. Klokke vijf. Nee, o, nee...' kreunde de tzigaan. Daarbij drukte hij op alle knoppen, draaide, plukte aan de kist en sloeg erop. 'Vijf uur en geen beeld! Mijn neef, die idioot, die achterlijke stommeling.'

'Gij zult niet vloeken!' Iedereen keek naar de deur. Met slepende pas, met in de ene hand zijn wandelstok en in de andere een in bruin papier gewikkeld pakje, kwam Johannes Baptiste binnen. Iemand bood hem meteen zijn stoel aan. De pater overhandigde grootvader zijn cadeau en ging zitten. Vervolgens hief hij zijn hand als om de zegen te geven. 'Ik vraag slechts een glas water. En gij, broeders, laat u in uw bezigheden niet storen.'

Dimitru sloeg een kruis. 'Het spijt mij, vader Baptiste.' De zigeuner greep de hand van de priester, lebberde die met zijn vochtige lippen af en stamelde: 'Papa Baptiste, wilt u mij helpen? U kunt toch door de kracht van uw gewijde handen de nukken van de techniek uit deze kast verdrijven. Eén woord van zegening slechts, een schietgebed, een straaltje wijwater...'

Eer Johannes Baptiste kon antwoorden, riep iemand: 'Hou toch op met die schijnheilige vertoning. Pak gewoon een stuk ijzerdraad.'

Iedereen schrok op en keek verbaasd naar de spreker: Fritz Hofmann. Een schooljongen! Het zoontje van een fotograaf, nog niet eens droog achter zijn oren! Wat dacht hij wel dat hij de kring volwassen mannen te vertellen had?

'Neem een stuk afrasteringsdraad als antenne. Het werkt.'

De mannen waren sprakeloos, alleen pater Johannes merkte op: 'De jongen heeft gelijk.' Ik verdween met Hermann Schuster naar het magazijn, waar we een paar meter prikkeldraad van een rol afknipten. Ik trok de draad door een geopend venster en wikkelde het uiteinde om de dakgoot, terwijl Schuster het andere uiteinde in de antenne-ingang van de televisie frommelde.

Opeens klonk er een strijkorkest uit de luidspreker. De aanwezigen applaudisseerden en sloegen elkaar op de schouder. Dimitru straalde, knielde neer, kuste het beeldscherm en deinsde toen geschrokken terug.

'Elektriek,' riep hij paniekerig en hij wreef bevangen over zijn lippen. 'De kast zit vol met elektriek.'

'Dan gebruiken we hem als radio,' besliste Petre Petrov. Dimitru kalmeerde alweer. 'Bene bonus. Een televisie met geluid is nog altijd beter dan een radio zonder beeld.' Daar bracht niemand iets tegen in.

Na een regelmatig getuut klonk er een gong. 'Het is zeventien uur.' Vervolgens kondigde een sonore mannenstem een toespraak van de secretaris-generaal van de Communistische Partij van de Sovjet-Unie aan. Bij het flakkerende beeldscherm hoorden wij de stem van Nikita Sergejevitsj Chroesjtsjov, met daaroverheen de woorden van de tolk.

'Van nu af aan moet de geschiedenis van de mensheid opnieuw geschreven worden. Met de Spoetnik is een nieuw tijdperk ingeluid. Wie is er nog geïnteresseerd in de televisiehond Lassie als onze Laika al honderdmaal rond de aarde is gevlogen? Amerika is overwonnen.'

Geïrriteerd sprong grootvader op. 'Dat nooit!'

'De Unie van Socialistische Sovjetrepublieken,' klonk het uit de kast, 'is bij de wedloop om de verovering van het heelal met de beslissende zege op de imperialistische macht van de Verenigde Staten weggelopen. De Unie van Socialistische Sovjetrepublieken heeft de elite van haar proletarische intelligentsia ingeschakeld om voor de eerste keer in de geschiedenis van de mens de zwaartekracht te overwinnen. De Unie van Socialistische Sovjetrepublieken is de schepper van de toekomst.'

'Zet die onzin af,' riep Hermann Schuster, wiens bloed al begon te koken bij het woord 'socialistisch', sinds hij zes jaar na de oorlog graatmager uit de kolenmijnen van Donetsk in zijn Transmontaanse vaderland teruggekeerd was.

'Nee, moet je horen! Proletarische intelligentsia! Schepper van de toekomst! Daar hebben wij het nou al die tijd over!' riep Liviu Brancusi.

'Tot nu toe is geen volk ter wereld in staat geweest levende wezens uit de geweldige aantrekkingskracht van de aarde te schieten. Maar binnen niet al te lange tijd zullen wij niet alleen satellieten, maar ook onze kosmonauten de gewichtloosheid in sturen om de vlag van de Unie van Socialistische Sovjetrepublieken op de maan te hijsen, alwaar zij het bewijs zal zijn van de prestaties van onze productiekrachten. De Amerikaanse bommenwerpers zijn tegenwoordig al rijp voor het museum. Zij kunnen met hun raketten ternauwernood...' De luidspreker knetterde.

Ongeduldig draaide Ilja aan de zenderknop. Steeds vermengden zich gorgelende en fluitende geluiden storend tussen de losse flarden van de toespraak, tot het geluid weer helder werd.

'De bruine coca-limonade, de drugsroes en de afschuwelijke wanklanken van de jazzmuziek zullen de kapitalistische bourgeoisie naar de ondergang leiden. Hun jeugd verdoet haar tijd in cinematheken en schimmige bars. Zij maakt animale gebaren bij het uitvoeren van barbaarse dansen en uit midden op straat de schunnigste obsceniteiten. In plaats van de wetenschappen te bestuderen, kauwt de jeugd van 's morgens vroeg tot 's avonds laat op plakkerig rubber, dat het menselijk gezicht verandert in de domme snoet van een herkauwende koe.'

Een paar mannen lachten en wezen op grootvaders snoeppot. Deze onderbrak hen met een kortaf 'Koppen dicht'. Meteen klonk er geblaf uit de luidspreker, dat de tolk onvertaald liet. De commentator lichtte toe dat het ging om een opname van het blaffen van teefje Laika, dat met de kracht van een half miljoen kilopond in de gewichtloosheid van het heelal geschoten was en thans in ruimtecapsule Spoetnik-2 om de aarde cirkelde.

'Onvoorstelbaar,' riep toekomstig versnellingsbakmonteur te Stalinstad Alexandru Kiselev. 'Onvoorstelbaar gewoon. Een half miljoen kilo, wat een kracht!'

'Dat komt overeen met de kracht van zesenzestigduizend zeshonderdzesenzestig paarden,' had grootvader in de gauwigheid uitgerekend.

'Domme troep! Propagandaleugens! Russenrotzooi!'

Rood van woede sprong Hermann Schuster van zijn stoel en rukte het snoer uit het stopcontact. Het televisietoestel zei weer 'plop' en het beeldscherm werd zwart.

'Weg met die rot-Russen.' Ook Petre Petrov werd het zwart voor de ogen. 'Die lui schieten voor miljarden het heelal in, en op de grond moeten de mensen gras eten. En wij gaan precies dezelfde kant op met die vermaledijde collectivisten.'

'En de nieuwe tractorfabriek dan? Wie heeft die dan gebouwd, als mijnheer hier het beter weet?' pareerde Alexandru Kiselev 'Hoe moet ik een vrouw en zes kinderen anders te vreten geven, hè? Leg mij maar eens uit hoe je van twee koeien en een paar varkens nog kunt leven in deze uithoek. Met de winter voor de deur. Als jij zo goed een uitweg weet uit deze ellende, zeg het dan, wijsneus. En hou anders je brutale bek.'

Petre fluisterde in mijn oor dat er tegen die armoede misschien wel wat te doen was als Alexandru dat oude wijf van hem niet steeds een bolle buik bezorgde, maar hij was zich er terdege van bewust dat een zeventienjarige met deze opmerking, als hij die hardop zou uitspreken, ver buiten zijn boekje ging als minderjarige.

De Brancusi's en de hoefsmid Simenov onthaalden de woorden van Kiselev met stormachtige bijval. 'De vooruitgang afwijzen is onze achterlijkheid verdedigen,' zei Liviu. 'Iedereen in het dorp bewerkt zijn eigen stukje grond, en van de oogst valt nauwelijks te leven. Wij slepen met een ploeg achter onze knol aan, waar de Partij allang tractoren fabriceert. Wij hebben de beste weilanden, maar we verkopen geen liter melk. Tja, aan wie ook? Naar Apoldasch leidt slechts een hobbelweg, ook al legt de Partij overal in het land nieuwe wegen aan. Het hele land gaat met de bus, maar wij verplaatsen ons nog steeds met de benenwagen. En dan heb ik het nog niet eens over onze school: zestig, zeventig kinderen in één klaslokaal, onderwezen door een ideologisch onstandvastige leerkracht. Kinderen zijn de toekomst. Willen wij dat onze jeugd zo eindigt als die in Amerika? Kauwgom kauwend, zelfzuchtig, verdorven door ledigheid? Kameraad Chroesjtsjov heeft mooi gelijk.'

Liviu Brancusi constateerde dat zijn cursus bij het politkader ergens goed voor was geweest. De stemming in de kroeg sloeg helemaal om. In zijn voordeel, welteverstaan.

'Waarom oriënteren wij ons niet op de succesvollen? Waarom blijven wij aan de kant van de verliezers in de geschiedenis staan? Laten we liever zij aan zij met de overwinnaars gaan staan. Ik zeg jullie: van de Sovjet-Unie leren betekent leren overwinnen! De Spoetnik is de uitkomst van de strijd om de vooruitgang, met zijn vele overwinningen.'

Daarmee gaf Liviu een voorzet aan zijn broer Nico.

'Hoor eens, wijswauwelaar,' richtte deze zich eigener beweging tot Dimitru, 'nu even over jouw reactionaire Spoetnik-gezwam van gisteravond. Dat de Spoetnik met zijn gepiep de mens van zijn verstand berooft, is wel het domste wat ooit beweerd is.'

'Quod erat demonstratum,' wierp Dimitru onverzettelijk tegen.

'Zwijgt! Gij twist gelijk blinden strijden met mensen die niet kunnen zien!' De mannen keerden zich naar Johannes Baptiste.

'Zondag aanstaande,' kondigde hij aan, 'zal ik mij over de prangende vragen van de huidige tijd buigen. Vanaf de kansel. En daartoe verwacht ik ieder van jullie in de kerk. Of je nu katholiek, communist of ongedoopt bent.' Johannes Baptiste wees op Ilja's televisietoestel. 'Wat wij uit dit apparaat gehoord hebben, is het begin van het einde. De doos van Pandora is geopend, en voorwaar, ik zeg jullie dat er een grens overschreden is. Ruimtereizen van iedere slag of soort, van hond of mens, horen in principio en ex cathedra verboden te zijn. Reisjes naar het heelal zijn hoe dan ook een doodzonde tegen de Heilige Geest. De mens heeft niets anders in de oneindigheid van het firmament te zoeken dan zijn eigen, almachtige Schepper.'

'Sic est,' beaamde Dimitru. 'Een waarachtig waar woord.'

'Wat kan dat socialistenzooitje nou de geboden van de Heer schelen?' riep de Saks Schuster. 'Zij verzoeken God,' siste hij en hij proclameerde met luide stem: 'Naar de hel met de communisten!', waarop Roman, de middelste Brancusi, niet langer op zijn stoel kon blijven zitten.

'V-v-vaderland-v-v-ver-ra-ra-rader!' schreeuwde hij Schuster toe, zoals altijd stotterend als de opwinding hem te machtig werd. Hij vloog op de Saks af en versplinterde met de woorden 'V-v-ver-vloekte hitlerist' een lege silvanerfles op zijn hoofd. Schuster schokte. Toen viel hij om als een natte zak. Terwijl een paar mannen zich met de bewusteloze bezighielden, lukte het grootvader met grote inspanning de overige gasten bij de Brancusi's uit de buurt te houden.

'Jullie horen nog van ons,' dreigden de drie. En ze kozen bliksemsnel het hazenpad.

Behoorlijk aangepakt door de klap op zijn schedel, kwam Schuster langzaam weer bij. Begeleid door Kristan Desliu, Karl Koch en mij sleepte hij zich door de regen naar huis. Erika Schuster verbleekte toen zij haar man zag: zijn hoofd vertoonde een dikke buil. Ze zette theewater op en wikkelde haar man natte doeken om het voorhoofd. Hermann Schuster trok het verband eraf, schoof zijn kamillethee aan de kant en deed net alsof er niets bijzonders was gebeurd in de schenkerij.

Na de kloppartij liep de kroeg leeg. Met een verpest humeur en broodnuchter gingen de meeste mannen naar huis. Het was nog geen zeven uur. Het feest voor Ilja's vijfenvijftigste verjaardag was voorbij zonder goed en wel op gang gekomen te zijn.

Grootvader begreep niets meer van de wereld. 'Satellieten vliegen rond de aarde en wij mensen vliegen uit onze baan. Pavel, geloof mij maar, de orde der dingen raakt uit haar voegen. De maalstroom van het ongeluk, hij wordt weer gigantisch.'

Ik kon grootvaders gedachten lezen. Ik wist precies waar ze op dit moment waren. Bij zijn zoon Nicolai, mijn vader. Eenmaal eerder had grootvader de zuigende werking van het verderf meegemaakt: toen de Führer in Berlijn met zijn giftige tirades de Saksen naar de luidsprekers van de radio-ontvangers gelokt had, waarna zelfs vredelievende buren warmliepen voor het waanidee dat hun kanselier hen terug zou halen naar het Rijk van hun voorvaderen. Maar het liep anders. Er kwam een oorlog die zijn schaduw tot ver voorbij Baia Luna wierp, waarbij mijn vader aan de verkeerde zijde stond. Hij stierf, omdat hij in de veronderstelling verkeerde dat het de juiste was.

In de herfst van 1940 waren de eenheden van de Wehrmacht Transmontanië binnengevallen. Als geallieerden tegen Stalin. Gewoon weggelopen waren ze, de jongste, de beste jongens uit Baia Luna; voorop Karl Koch, Hermann Schuster en Hans Schneider. En Nicolai Botev. Vrijwillig hadden zij zich gemeld voor de op handen zijnde veldtocht tegen de Sovjets. Een glorierijke zege op de bolsjewieken wilden zij behalen, ze wilden de tanks en kanonnen van de goddelozen met de rode ster weer omsmelten tot klokken die kond zouden doen van de overwinning van het kruis op het communisme.

In mijn herinnering had de oorlog geen enkel spoor nagelaten. Ik was twee toen hij voorbij was. Maar voor grootvader bleef hij doorgaan. Hij leefde met een verlies. Hij was zijn toekomst verloren, zijn enige zoon. Ik geloof dat er sindsdien geen dag is geweest dat Ilja niet aan hem dacht, ook al had hij zijn schoondochter Kathalina en mij nog. En zijn dochter Antonia natuurlijk. Ik weet dat grootvader het liefst gewild had dat Antonia allang uit huis was gegaan. Hij wilde heel graag een fatsoenlijke man voor haar. Maar er was weinig vooruitzicht op een nieuw gezin en nog een paar kleinkinderen. Een op de klippen gelopen liefdesgeschiedenis had mijn tante dusdanig uit het lood geslagen dat zij in onverschilligheid en traagheid gevlucht was. De boekhouding en het stille werk voor de winkel deed zij gewetensvol, maar in huis liet ze alles op zijn beloop. Meestal lag ze in bed, snoepte met bonbons en zoetigheid haar verdriet weg en zag gelaten toe hoe haar toch al forse lichaam met de dag omvangrijker werd.

Ik was al vijftien; straks hoefde ik niet meer naar school. Grootvader vroeg mij de laatste tijd steeds vaker hoe ik me mijn toekomst voorstelde. Ik had geen idee.

'Geachte heer waard, mag ik nog een glaasje?'

Dimitru haalde ons terug naar het leven. Hij zat op de hoekbank bij de kachel, naast Johannes Baptiste en mijn schoolkameraad Fritz. Grootvader zette silvaner en tsoeika op tafel, terwijl ik naar het voorraadhok ging om stoffer en blik te halen. Ik veegde de scherven op van de fles die Roman Brancusi op de harde schedel van Hermann Schuster gebroken had, en ging bij het samengeraapte gezelschap zitten.

'Pavel, je hebt vrij,' zei opa. 'De kroeg is gesloten.'

Ik keek naar Fritz, die liet blijken nog niet naar huis te willen.

'Wij willen nog even blijven,' zei ik. 'Het is nog vroeg.'

Fritz knikte en pater Johannes zei: 'Voor mij heeft de jeugd altijd gelijk.' Grootvader sprak dat niet tegen.

Ik hoorde slechts het tikken van de klok, waarvan de uurwijzer net de zeven passeerde. Johannes Baptiste was aan het duimendraaien, een hebbelijkheid die verried dat hij naar een beginnetje zocht. Hij schraapte zijn keel.

'Dimitru, jij denkt dus dat er achter die Spoetnik een onfris verhaal zit, dat niemand doorziet?'

'Absoluut!'

'En welke duistere kracht, denk je, is daar dan aan het werk?'

Dimitru draaide om het antwoord heen. 'Ik sta op het punt van de conclusio... als ik maar eerst...'

'Je weet dus nog niets,' bauwde Baptiste zijn toontje na. 'Zegt de naam Sergej Pavlovitsj Koroljov jou iets?'

'Een Rus, leid ik daaruit af.'

'Een Oekraïner,' zei Johannes Baptiste. 'Een coryfee in de rakettechnologie. De beste. Koroljov ontwikkelt sinds jaren met duizenden ingenieurs een geheim programma voor de bemande ruimtevaart. Erg, heel erg. En sinds vandaag weten wij,' Baptiste wees naar de televisie, 'dat de Spoetnik slechts een voorstadium is van de menselijke waan van de almacht. Zoals de dingen er nu voorstaan, is het de bolsjewieken inderdaad gelukt de immense aantrekkingskracht van de aarde te overwinnen. Het is tegennatuurlijk. Eerst een hond, dan een aap, en dan de mens. Maar ik zeg jullie: een hemelvaart is volgens de Heilige Schrift uitsluitend aan Onze-Lieve-Heer Jezus Christus voorbehouden. Verder zou volgens het goddelijke heilplan tot nu toe nog maar één mens van vlees en bloed opneming in de hemel vergund zijn. En zoals je ongetwijfeld weet, Dimitru, was dat Maria, de moeder van Jezus. Zo heeft paus Pius dat in 1950 in een omineus dogma vastgelegd.'

'Sic est,' beaamde de zigeuner.

'Terug naar Koroljov. Wat deze listige Oekraïner in zijn schild voert, zit mij behoorlijk dwars. Het zit mij zelfs heel erg dwars. Wat wil Sovjetingenieur nummer één in de leegte van het uitspansel? Dat is de belangrijkste vraag. En het antwoord daarop is zo mogelijk nog belangrijker.' De priester nam een slokje water. 'Jullie hebben het vandaag uit die flikkerende onheilskast gehoord. Uit Chroesjtsjovs mond. De Sovjet wil kosmonauten de hemel in sturen en op de maan de communistenvlag hijsen.'

'En wat dan nog? Dat moet hij toch zelf weten,' viel Fritz de priester pardoes in de rede.

'Dus jij bent Fritz Hofmann, de knaap die met het idee voor de provisorische antenne op de proppen kwam. Een uitgekookt ventje, dat zeker, ook al kan ik me niet herinneren je ooit in de kerk te hebben gezien. Maar jij, wijsneus met je grote waffel, moet je mond houden als een oude man over zaken spreekt waar je zelf geen greintje verstand van hebt.'

Fritz probeerde te verbergen hoezeer de terechtwijzing hem had geraakt, terwijl de benedictijn voortging: 'Als ik goed geïnformeerd ben, werkt Koroljov samen met een man die luistert naar de naam Joeri Gagarin. Toen Chroesjtsjov vorig jaar opklom tot secretaris-generaal werden Gagarin en Koroljov op het politbureau aan hem voorgesteld. Ze spreidden hun raketplannen op zijn werktafel uit en vroegen om geld voor een ruimtevaartprogramma van titanische omvang. Heel veel geld.'

'En dat hebben ze gekregen ook,' wist Dimitru, 'waarschijnlijk zelfs het dubbele bedrag. Het leger deed vermoedelijk ook een flinke duit in het zakje.'

'In ieder geval kan Koroljov raketten bouwen zoveel hij wil. Op voorwaarde dat het onder strikte geheimhouding dient te gebeuren in de afzondering van de Kazachse steppe en dat hij het woord "hemelvaart" nooit ofte nimmer in de mond neemt. Hij mag alleen van "het project" reppen. Zo niet,' Baptiste knipte met zijn vingers, 'dan gaat zijn tong eraf.'

'Maar waarom zou de chef van de Sovjets tongen willen afsnijden?' mengde grootvader zich in het gesprek. 'Vanwege een Russische vlag op de maan, die je van hieruit toch niet kunt zien?'

'Het gaat niet om die vlag,' zei Johannes Baptiste geërgerd. 'Die zou daar alleen maar staan om de Amerikanen te pesten en hun de Sovjetdominantie te laten zien. Uit ijdelheid. Daarom zendt de Spoetnik ook een radiosignaal uit. Wetenschappelijk gezien heeft dat gebliep geen enkele zin. Eigenlijk wil dat alleen maar zeggen: Luister, luister. Ik ben hier, ik vlieg boven jullie hoofd. Daarmee maakt Chroesjtsjov zijn opponent Eisenhower ongetwijfeld witheet en laat hij zien dat de ingenieurs van de bolsjewieken sneller, vooruitstrevender en slimmer zijn. Bedenk wel dat we ons in de geopolitieke fase van een koude oorlog bevinden, die onder andere pittige schermutselingen veroorzaakt. Zelfs in Baia Luna. Zie de kloppende schedel van onze wakkere Hermann Schuster. Het lijdt geen twijfel dat het Kremlin in de wedloop der systemen de Verenigde Staten probeert op te jagen. Maar dat is niet de kern van het probleem. Het wezen van een hemelvaart is iets heel anders. En ik beweer dat Koroljov dat weet.'

Pater Johannes wilde nog een glaasje water en pauzeerde even, naar ik aannam om zijn gehoor de gelegenheid te geven vragen te stellen. Dat gebeurde niet, en hij vervolgde: 'Ik zie de wereld niet door de ogen van de politiek, maar als zielzorger. En dat eigenlijk steeds meer, naarmate ik sterker voel dat mijn dagen geteld zijn. En wat ik zie, baart mij grote zorgen. Grote zorgen. Waar komen we vandaan? Waar gaan we naartoe? Dat zijn de hoofdvragen van het menselijk bestaan. De aarde kent daarop maar één antwoord: stof ben je, tot stof keer je terug. Daarin bestaat er geen God, daarin bestaat er geen hemel. Maar ik geloof in de Drievuldigheid van de Vader, de Zoon en de Heilige Geest. Ik geloof in de hemel. En ik geloof ook dat daarboven nog iemand is.'

'Laika, misschien?' opperde ik.

'Laat dat beest er toch buiten. Nee, Pavel, ik bedoel een vrouw. Ik noemde al even dat mysterieuze Vaticaanse geloofsartikel van de lichamelijke tenhemelopneming van de Moeder Gods. Begrijpen jullie nu waarom Koroljov raketten bouwt? De reden dat de Sovjets kosmonauten naar de hemel willen schieten is een zodanig geheime operatie dat alleen Chroesjtsjov, Koroljov en Gagarin erin ingewijd zijn. Zij zoeken namelijk het antwoord op de vraag: bestaat God?'

'O, heremijntijd,' kreunde Dimitru en hij sloeg met zijn vuist tegen zijn schedel. 'De bolsjewiek vliegt naar de sterren, gewoon om een kijkje te nemen. Pure empiristiek! Het ultimatoire godsbewijs! Nooit meer Thomas van Aquinius!'

'Zo kun je het zien. Ik wil wedden dat Koroljov en Chroesjtsjov maar één ding willen weten als in de nabije toekomst de eerste kosmonaut uit de hemel terugkeert...'

'Heb je daarboven God gezien?' jengelde Fritz.

'Fritzje Hofmann. Je bent geen domme jongen. Je luistert alleen niet goed. Je gelooft dat je niets meer kunt leren. Niet in de kerk en niet van de Kerk. Mispoes, jongen! Mispoes! Als jij als vroegwijs opscheppertje eens ging nadenken, dan zou je wel weten hoe Koroljovs vraag luiden zou. Die kan namelijk alleen maar zijn: heb je daarboven Maria gezien?'

Ik registreerde een nerveuze trek bij Fritz. Hij, die nog onverstoorbaar koelbloedig bleef als Barbu's rietje hem boven het hoofd hing, was van zijn stuk gebracht. Hij zweeg en beet op zijn nagels. Ik zag dat hij erop zon de priester deze vernedering betaald te zetten. Hij wist alleen nog niet hoe.

'En waarom zou Koroljov niet naar God zelf vragen?' mengde ik me in het gesprek.

Baptiste klopte mij op mijn schouder. 'Jongen, probeer je eens in zijn situatie te verplaatsen. Denk eens zoals hij denkt! Koroljov is een wetenschapper: meten, wegen, tellen, aantonen – een materialist dus. Een verlichte atheïst, voor wie slechts de wetenschappelijke hypothese en haar bewijs tellen. En toch is hij niet dom. Hij is zich er uiteraard van bewust dat de kosmonauten, mocht God tegen de verwachting in bestaan, Hem nooit zouden kunnen zien. De Almachtige is onzichtbaar. Dat wisten de Joden al. Hij is onzichtbaar, niet alleen voor het mensenoog, maar ook voor optische instrumenten van elke soort. Net als de Heilige Geest. De spiritus sanctus schuwt alleen al daarom iedere pupil, omdat hij een geest is. Met Jezus Christus ligt de zaak gecompliceerder. Hij leefde, leed en stierf als een mens en is uit de dood opgestaan als Verlosser. In die hoedanigheid is Hij gewoon zichtbaar. In de gedaante van het gewijde brood en in de glans van het Eeuwige Licht, dat in onze kerk dag en nacht van de aanwezigheid van de Goddelijke Almacht getuigt. Maar hoe zit het met Maria? Maria was mens, bleef mens, in de dood en na de dood. Dat heeft paus Pius, die ik voor het overige niet erg hoog aansla, treffend erkend. In 1950, vijf jaar na de oorlog, kondigde hij de Apostolische Constitutie Munificentissimus Deus af. Daarin heet het ongeveer: "... roepen Wij uit, verklaren en definiëren Wij, dat het een door God geopenbaard dogma is: dat de Onbevlekte Moeder Gods altijd Maagd Maria, na het voltooien van haar aardse levensbaan, met lichaam en ziel tot de hemelglorie is opgenomen." Dat betekent dat niet alleen Maria's geest, maar ook haar vlees en bloed in de hemel zijn. Moet je je voorstellen wat dit Vaticaanse geloofsartikel voor een materialist betekent: een regelrechte uitdaging. Als het dogma waar is, dan is de Jodin uit Nazareth Koroljov voor geweest. De eerste hemelvaart uit de geschiedenis, de allereerste overwinning op de zwaartekracht. Zonder raket. Daarom wil de Rus kosmonauten naar de sterren schieten. Ze moeten het antwoord op de definitieve vraag naar God vinden. Als de zichtbare Moeder Gods bestaat, dan volgt daaruit dat de onzichtbare Schepper van alle dingen ook bestaat. Dat weet niemand beter dan ingenieur nummer één.'

'O, heilige schijt,' jammerde Dimitru. 'Dat ziet er niet goed uit. Slecht nieuws voor de katholieken. En nog slechter nieuws voor de zigeuners. Maria is onze moeder! Onze koningin! Onze pleitbezorgster bij de hemeltroon! Mater Regina der ellendigen! Zonder haar loopt alles spaak bij Onze-Lieve-Heer. O, o, ik zeg jullie, als Koroljov de Madonna vindt, moge God ons dan genadig zijn. Heb ik niet op tijd gewaarschuwd dat met de Spoetnik het onheil zijn beloop zou krijgen? Maar naar een zwarte luistert toch niemand. Ben ik niet uitgelachen? Bespot? Bespuugd? Maar ik profeteer, hier en nu: wat als piepen begon, zal als desastrum eindigen.'

'Momentje, momentje. Niet zo voorbarig,' wierp grootvader tegen. 'We kunnen Koroljov nog stoppen.'

'Daar ben ik niet zo zeker van,' zei pater Johannes zuinigjes.

Dimitru nam een slok en viel hem bij: 'Waar het niets heerst, blijft zelfs de ziener blind.'

'Het is zo simpel als wat,' zei grootvader gedecideerd. 'De Amerikanen moeten de Russen voor zijn. Ze moeten zich niet gek laten maken door dat Spoetnik-gepiep. Ze moeten het hoofd koel houden en zelf raketten maken. Betere dan die van de Russen. Raketten die verder en hoger vliegen. Je zou toch zeggen dat de Verenigde Staten van Amerika zekere verplichtingen hebben tegenover de Maagd Maria. Zij beschermt de stad Noejorke tegen vijandelijke aanvallen. Daarom wordt het tijd voor de Ami's om Maria op hun beurt te beschermen.'

Dimitru ging staan, traag, met een verwrongen gezicht van dronkenschap. Hij zwalkte naar Ilja, hield zich nog net staande en viel hem om de hals.

'Dat is het! Amerika bouwt raketten en redt de Madonna. En de Sovjet heeft het nakijken. Ik had het zelf kunnen bedenken. Dat zou natuurlijk de oplossing zijn!'

Ilja voelde zich gedwongen zijn vriend te corrigeren. 'De oplossing zou dat natuurlijk niet zijn. Dat is zij zelf.'

4

Het Eeuwige Licht, blonde haren in de wind en drie dagen de tijd

'Tijd om te gaan,' zei Johannes Baptiste en hij pakte zijn wandel-stok. 'Tot zondag bij de preek. Het wordt tijd om de collectivis-ten het hoofd te bieden.'

Hij klopte met zijn stok op het televisietoestel, mompelde iets over een apparatura diabolica non grata die het vreedzame drank-lokaal in een broeinest van oorlogszuchtigheid veranderde en wees op het bruine pakje dat Ilja naast de kassa gelegd had.

Grootvader reikte de priester zijn arm en bood aan hem naar de pastorie te begeleiden. Maar Baptiste sloeg dat aanbod geër-gerd af en zijn moeizame voetstappen verdwenen in de zwarte nacht.

Ook Fritz en ik stonden op. Ik geeuwde, maar ik was niet moe. Ik had behoefte aan beweging, aan frisse lucht. Fritz zweeg. Hij klemde zijn lippen als een bankschroef op elkaar. Hij mokte over de terechtwijzing door de pastoor.

Dimitru reikte naar de tsoeikafles en hield hem tegen het licht van de plafondlamp. De fles was leeg. Hij loerde naar het volle wijnglas dat pater Johannes had laten staan en lalde met dubbele tong: 'Wat de gewijde hand versmaadt, is goed genoeg voor een zigeuner.' Hij sloeg de silvaner achterover en struikelde naar de veranda. Hij wilde steun bij de houten leuning zoeken, maar zijn handen graaiden in de lucht. Dimitru gleed uit, viel voorover over de glibberige traptreden en sloeg met zijn hoofd in de blubber.

Hij kreunde erbarmelijk, vervloekte de heilige Jozef, de schutspatroon van de timmerlieden, en de noodlottigheid van houten trappetjes als het regent. Vervolgens voelde hij aan zijn dijen, knieën en kuiten en bemerkte de smurrie in zijn haar.

'Morfine,' steunde hij, 'geef mij morfiaten.'

Grootvader sprak hem streng toe: 'Stel je niet zo aan, schijtluis.'

Dimitru viel stil, met zijn mond nog opengesperd en zijn gezicht in zo'n gekwelde grimas dat ik een grijns van leedvermaak niet kon onderdrukken.

'Pavel! Fritz! Help Dimitru en breng hem naar huis.' Snikkend krabbelde de zigeuner overeind en leunde op mijn arm. Toen begon hij te strompelen, kermend en grienend, waarbij hij als een natte graanzak aan mijn schouder hing. Fritz stapte parmantig achter ons aan. De torenklok van de weerkerk sloeg halftien toen wij Dimitru's hut aan de rand van het dorp bereikten. Zijn nicht Buba ontfermde zich over haar straalbezopen oom. Dimitru ging op het kleed liggen, rolde zich op als een foetus en sliep ogenblikkelijk in. Buba deed zijn schoenen uit, legde een kussen onder zijn hoofd en dekte hem met dekens en schapenvachten toe.

'Oom Dimi heeft het snel koud. Hij zal in zijn vorige leven wel een ijsklomp zijn geweest,' zei ze glimlachend en ze reikte mij de hand. Hoewel het meisje met haar verwilderde, zwarte lokken gewoonlijk niet geneigd was tot grappenmakerij achter iemands rug om, bedankte ze ons voor onze hulp en vroeg of wij niet nog even wilden blijven.

'Ik moet nog iets afmaken,' hield Fritz de boot af.

Ik haalde mijn schouders op ten teken dat het mij speet. 'Een ander keertje.'

Buba wou mij nog een keer haar hand reiken, glimlachte en streek mij vluchtig over mijn wang. De geur van haar haren stroomde langs mij. Buba's haarstrengen roken, nee, ze geurden naar vuur, rook en vochtige aarde. Al mijn bloed stroomde naar mijn hoofd. Ik kreeg het warm.

Ergens krijste een hoge stem: 'Bu-baa! Bu-baa! Is daar iemand?' Het zigeunermeisje ging weg. 'Mijn moeder roept. Tot gauw, op school.'

Op school! Er leek wel een eeuwigheid verstreken te zijn sinds juffrouw Angela Barbulescu mij had opgedragen het portret van Partijsecretaris Stephanescu aan de muur te hangen. De vervolg-opdracht 'Jaag deze man naar de hel! Vernietig hem!' klonk nog maar zwakjes uit een grauwe verte. Toch zag ik Barbu nog voor me. Hoe ze met haar rubberlaarzen voor de klas stond, met op het bord Fritz' rijmpje over zijn schoorsteen. Hoe ze gehuild had in de lap vol wit stof.

Zonder een woord te zeggen lieten Fritz en ik de zigeunerne-derzetting achter ons. Waar de dorpsstraat licht omhoogloopt, lag aan de rechterkant het houten stulpje van Angela Barbulescu, waaruit ik zo halsoverkop weggevlucht was.

'Waarom zou er geen licht branden bij Barbu?'

'Moet ik dat weten?' mokte Fritz.

'Normaal is haar lamp altijd aan. Barbu gaat altijd laat naar bed.' Ik trad naderbij en zag dat de gordijnen ook niet gesloten waren. 'Ze is niet thuis,' concludeerde ik. 'Ze is altijd thuis. Ze gaat nooit de deur uit.'

'Waarschijnlijk heeft ze zich laten vollopen en ligt ze te maf-fen. Net als dat warhoofd van een zigeuner,' opperde Fritz.

Ik schudde mijn hoofd, zonder hem tegen te spreken. Wij gin-gen terug naar het dorp. Toen we de muren van de weerkerk be-reikten, sloeg ik linksaf. Ik wilde naar bed. Maar zonder te weten waarom veranderde ik van gedachte.

'Ik loop nog even met je mee naar huis,' zei ik.

Fritz bleef staan. Hij keek mij recht aan. Vijandelijk. Toen bra-ken de dijken door. Hij stortte de ergernis die hij in de loop van de avond had opgekropt met volle kracht over mij uit. 'Naar huis? Ik heb geen huis in dit achterlijke rotdorp. Begrijp dat nou eens een keer! Ik woon hier gewoon met mijn ouders. Jammer genoeg! Want iedereen hier is getikt. Die ranzige pater. Die zielige zigeuner. Jouw debiele grootvader, en jij ook. Jij hoort bij hen. Bij die gekken. Jullie begrijpen er helemaal niks van! De Partij, Barbu met haar stomme gedichten, Koroljov! Spoetnik! De hele doorgedraaide waanzin. Maria in de hemel! Waar haal je het vandaan! Om je dood te lachen.' Fritz schreeuwde het uit, in blinde woede. 'Er bestaat geen hemel. En er bestaat geen hel.' Hij deed pater Johannes na: '"Wij verkondigen dat de Onbevlekte Moeder Gods, altijd Maagd Maria, na het voltooien van haar aardse levensbaan, met lichaam en ziel tot de hemelglorie is opgenomen." Maria, flikker toch op, zeg. Opflikkeren, ja. Zij is nergens. En God ook niet. God is dood. Die maffe God van jullie is zo dood als een pier. En jullie zijn allemaal blind. Blinde gekken. Onnozele, stompzinnige idioten.'

Tot mijn verwondering moest ik constateren dat ik helemaal niet schrok. Ik keek er alleen van op. Zo had ik mijn schoolkameraad nog nooit meegemaakt. Razend, trillend van woede. De scheldkanonnades die Fritz afvuurde, bereikten mij wel, maar raakten me niet. Als handgranaten zonder ontsteking. Onschadelijke blindgangers. Maar nu was het dan wel eindelijk zover: ruzie. Ik was altijd bang geweest voor een ruzie als deze, was haar altijd uit de weg gegaan en had sluipwegen gezocht om woordenwisselingen te voorkomen. En nu was de ruzie een feit. Ik was verbaasd, verwonderd over mezelf. De ruzie maakte mij niet bang, deed mij zelfs niet weifelen. De sluizen der woede waren opengegaan en ik was klaarwakker, moedig, levend. En gelaten.

'Vertel mij wat. Ik weet allang dat jij op een dag weggaat uit Baia Luna. Je bent inderdaad niet een van ons. Je hoort hier niet. En ik weet ook dat je voor je vertrek een prijs zult betalen. Moet betalen.'

'Ik moet helemaal niks!' Fritz' verhitte toorn maakte plaats voor koppigheid. 'Ik moet niks, van niets niet en van niemand niet!'

Ik lachte honend. Pas op rijpere leeftijd zou ik inzien waarom ik Fritz onrecht deed toen ik hem toebeet: 'Vijf minuten geleden moest je nog van alles. Je zei tegen Buba dat je nog iets moest afmaken. Nu? Op dit tijdstip?'

Fritz probeerde op de kerkklok te kijken. De wijzers waren in de duisternis niet te zien.

'Je praat de hele tijd alsof je het beter weet, maar daar schieten we niks mee op,' provoceerde ik verder. 'Ga jij maar naar Kronauburg, ik ga naar bed.'

'Wacht!'

Fritz liep op de stenen muur af, de verdedigingswal die de weerkerk van Baia Luna ooit tegen de oprukkende muzelmannen had moeten beschermen. Hij liep door tot het eikenhouten portaal dat naar het inwendige van de kerk leidde.

'Kom mee!' riep hij.

'Wat wil je daar dan?'

'Gewoon meekomen,' herhaalde Fritz. 'Je wilt toch dat we ergens wat mee opschieten? Nou dan, ik zal je iets bewijzen.'

'Wat?'

'Dat Nietzsche slimmer is dan jullie gelovige katholieken. Jullie kerk is niets anders dan het graf van jullie God. Nou, kom dan.'

Ik liep achter hem aan. Zonder aarzeling. Niet geleid door de bazige toon van Fritz Hofmann, maar door een vaag instinct. Nietzsche! Ik had geen flauw idee wat die veelschrijver allemaal aan het papier toevertrouwd had. Maar mijn nieuwsgierigheid was gewekt. Ik had de naam meermaals gezien: F.W. Nietzsche, in gouden letters op donkerbruine, lederen banden. De boeken stonden op een plank bij de Hofmanns in de woonkamer, naast een poster van de fakkel-Madonna. Fritz' vader vond blijkbaar baat bij de boeken van deze Nietzsche. Maar waarom? Nietzsche zelf kon mij gestolen worden, mij interesseerde iets anders: het ondoorzichtige bestaan van Heinrich Hofmann. Hij was de enige in Baia Luna die iets over het verleden van juffrouw Barbulescu kon weten. Fritz had zijn vader en doctor Stefan Stephanescu 'goede vrienden' genoemd. Hofmann had het portret van de Partijsecretaris uit Kronauburg voor in klaslokalen en gemeentehuizen gefotografeerd. Bovendien had hij in het Parijs van het oosten de foto genomen waarop de mooie Angela verlangend haar mondje tuitte voor Stephanescu. Misschien, hoopte ik, kon ik via Fritz en Nietzsche iets over Heinrich Hofmann te weten komen. Over zijn opvattingen. Misschien kon die Nietzsche een mozaïeksteentje bijdragen aan de oplossing van het raadsel dat een man mij had opgegeven aan wie ik, zonder te kunnen benoemen waarom, niet durfde zeggen waarom mijnheer Hofmann mij verdacht voorkwam.

Toen we onder de kerktoren stonden, luidde de klok. Ik telde tien slagen. In de achtertuin van de familie Schuster sloeg de hershond aan. Eerst met een doordringend geblaf, daarna met grimmig gegrom, tot hij weer ophield. Op hetzelfde moment werd het donker. Zoals altijd om halftien, wanneer de elektriciteitscentrale in Kronauburg de stroom voor de straatlantaarns in de dorpen uitschakelde.

Fritz duwde tegen de klink van de kerkdeur, die op gezag van pater Johannes nooit gesloten mocht zijn.

'Waarom is het zo donker?' siste Fritz tussen zijn tanden.

'Misschien kun je het gordijn opzij schuiven,' raadde ik op verachtelijke toon aan. Ik zocht op de tast naar het zware fluweel dat de misbezoekers op koude dagen tegen de tocht beschutte. Ik hield het gordijn omhoog en wij kropen eronderdoor naar het koor.

Voor de eerste keer in zijn leven was Fritz Hofmann in een kerk. De bedompte lucht kroop in je neus, een muffe mengeling van koude wierook, verbrande was en mensenzweet.

'Meurt het hier altijd zo?'

Ik antwoordde niet en bleef een tijdje staan om mijn ogen aan het zwakke schijnsel te laten wennen. Het was afkomstig van een flakkerend olielampje aan de muur rechts naast het altaar en voorzag het binnenste van het godshuis van een roodachtig, warm schemerlicht. Ik keek om me heen. Alles was zoals het behoorde te zijn. Rechts naast mij de trap naar het koorgestoelte, de doopvont, de kansel, daaronder de kerkbanken, in twee rijen gescheiden voor de mannen en de vrouwen, de knielbanken voor het ontvangen van de heilige communie, daarachter het altaar met ambo, het hoogaltaar met het allerheiligste en de Christus Pancreator, de van houtsnijwerk voorziene zijaltaren met de gedoemden en rechtschapenen op de dag des oordeels. Ik wist dat de gedoemden hun haren uitrukten en met hun tanden knarsten, terwijl de gereddenen jubelden en juichten. Alles wat me tijdens de zondagse mis zo duidelijk voor ogen stond, was er, slechts waarneembaar als een schaduw in het matte schijnsel van het Eeuwige Licht. Ik had geleerd dat dit licht getuigde van de tegenwoordigheid Christi, dat het zijn aanwezigheid garandeerde in de gedaante van het heilige brood in het tabernakel, maar ik had dit lampje overdag nooit opgemerkt. Ook bij nacht schreeuwde het kleine, rode stoplicht bepaald niet om de aandacht. Het olielampje gaf wel licht, maar erg bescheiden en stilletjes. Alsof het bang was de wereld aan zijn licht bloot te stellen, maar wel iets van de duisternis wilde wegnemen.

Fritz stapte door het gangpad naar voren. Het klakken van zijn leren schoenzolen op de stenen vloer echode tegen de gewelven. Bij de doopvont bleef hij staan en petste met zijn vingers in het water. Er belandden een paar spatten op mijn gezicht. Toen dompelde hij zijn handen helemaal onder en maakte met de linker malle bewegingen voor zijn borst, die een kruisteken moesten verbeelden.

'Zie je wel,' zei hij, 'ik doop mezelf. Met water, H twee O dat te lang gestaan heeft.'

'Natuurlijk is het water,' zei ik zachtjes. 'Laten we gaan.'

'Ho! Eerst komt mijn bewijs. Moet je opletten. Ik zal je laten zien hoe dood jullie God hier in zijn grafzerk ligt. En ik verzeker je: hij merkt er niks van.'

Nog voordat ik begreep wat hij bedoelde, sprong Fritz over de communiebank naar de altaarruimte. Hij beklom de treden en pakte een van de stoelen waarop de misdienaars tijdens de preek zaten. Toen schoof hij de stoel onder de smeedijzeren lamphou der waaraan de dunne ketting van het roodglazen lampje hing. Ik zag dat het licht op het gezangenbord viel. De houten cijfers verwezen naar nummer 702 van de katholieke liedbundel. 'Grote God, wij loven U' was het laatste lied dat in de kerk gezongen was.

'Geen licht schijnt eeuwig,' schreeuwde Fritz. Hij bolde zijn wangen en blies. Het vlammetje flakkerde, als verzette het zich tegen de dood. Een, misschien twee seconden. Toen doofde het.

Ik kan me herinneren dat ik op dat moment aan het zigeunermeisje Buba moest denken, aan haar ruwe hand tegen mijn wang, haar geurende haar en de kakelende stem van haar moeder: 'Bubaa! Is daar iemand?' Toen Fritz Hofmann het Eeuwige Licht uitblies, flitste deze gedachte aan Buba kort op. Ik was ten tweeden male verbaasd. Het was alsof ik mijzelf in de duisternis aankeek met de blik van een vreemde, en tegelijkertijd met die van een goede vriend. Ik zag wat ik zou kunnen doen. Ik kon gaan schreeuwen. Fritz uitmaken voor een krankzinnige. Naar voren stormen, de heiligschenner grijpen en in elkaar slaan. Een vuist in zijn maag, een in zijn gezicht. Ik kon weglopen. Ik kon naar de pastoor hollen. De kerkklokken luiden. Alle mogelijkheden waren open, ik hoefde maar te kiezen. Maar ik koos niet. Mijn voeten wezen me de weg. Ik liep gewoon weg. Met mijn ogen dicht. De weg die ik honderden keren gegaan was. Elke zondag vanaf het moment dat ik kon lopen. Toen de kerkdeur kraakte, hoorde ik achter me een noodkreet. Uit de duisternis galmde een overslaande stem, doorkruist en doorbroken door vele malen zijn eigen echo: 'Wacht! Wacht op mij! Hoe kom ik hieruit?'

Ik lag te woelen in mijn bed. Grootvader Ilja en mijn moeder sliepen. Uit de kamer naast mij klonken de monomorfe snurkgeluiden van tante Antonia. Slapen kon ik wel vergeten. Mijn hart pompte het bloed zo heftig door mijn lichaam dat mijn halsaderen opzwollen en mijn hoofd dreigde te barsten. Twee, drie uur al.

Ik stond op, deed het raam open en keek de nacht in. Inademen, uitademen. Inademen, uitademen. Mijn gedachten uitschakelen. Rustig worden. Ik nam de stilte waarin Baia Luna gehuld was wel waar, maar kon er geen deel van worden. Bedrieglijk was deze stilte. Ze had geen plaats. Ze kwam uit het niets.

Fritz Hofmann had niet zomaar een pitje gedoofd, hij had een grens overschreden. Hij had een verbod overtreden dat zo buiten kijf stond, zo overduidelijk was, dat het niet benoemd, niet uitgesproken hoefde te worden. De grenslijn ervan was onzichtbaar, en toch bestond hij. Het was dé grens: de drempel die in het verborgene blijft tot het moment dat je hem overschrijdt. Een drempel waarachter geen weg terug was.

Was ik maar niet meegegaan. Had ik Fritz maar tegengehouden, de stoel uit zijn handen gerukt. Dan zou ik morgen gewoon naar school gaan, mijn rekensommen over de Sovjeteconomie maken, met plezier alles opschrijven wat juf Barbulescu mij opdroeg.

Van de andere kant: waarom moest ik me verantwoordelijk voelen voor andermans daden? Fritz was Fritz en ik was ik. Daarmee ging ik vrijuit, het verloste mij van mijn alles verterende schuldgevoel. Maar ik had Fritz laten begaan. Ik had hem gewoon laten praten met zijn Nietzsche. Ik had hem gebruikt, koel en berekenend, alleen om iets over zijn vader uit hem los te krijgen.

Ik trok mijn trui aan en schoot in mijn broek. Met mijn schoenen in mijn handen sloop ik geruisloos de trap af. In de winkel zocht ik een doosje lucifers. Vervolgens glipte ik door de achterdeur, strikte mijn schoenveters en rende naar de kerk. De poort stond open. In de duisternis struikelde ik bijna over het zware fluweel. Het tochtgordijn was losgetrokken en lag op de stenen vloer. Ik streek een lucifer aan en ging door het gangpad naar de altaarruimte. Voorzichtig naderde ik het sanctuarium. De stoel waar Fritz op geklommen was, stond nog steeds onder het gedoofde lampje. Het rook naar verbrande olie en de walm van een gedoofde lont. Ik deed het lucifersdoosje in mijn broekzak en kroop in het donker de treden naar het altaar op. Nog even, en dan zou alles weer zijn zoals het was. Ik kwam overeind. Mijn schedel knalde tegen iets hards aan. Met luid misbaar viel de ambo om. Er ging een scherpe, stekende pijn door mij heen. Ik greep naar mijn hoofd en voelde dat er warm bloed uit mijn haren stroomde en op de grond drupte. Toen stootte iemand de deur van de sacristie open. Iemand betrad de heilige ruimte, langzaam, met zware tred, een petroleumlamp in de hand. Johannes Baptiste. Hij kwam naar mij toe en hield de lamp voor mijn met bloed besmeurde gezicht.

'Pavel!' Er ging een schok van ontzetting door de priester heen. 'Pavel, jij! Wat heb je gedaan? Wat spook jij hier uit?'

'Ik... ik wou alleen maar...'

'Eruit! Verdwijn uit het Huis van God!' brulde de priester met donderende stem. 'Nooit! Nooit ofte nimmer zul jij dit huis meer betreden.'

Toen de verpletterende strekking van die woorden tot mij doordrong, was Johannes Baptiste al met een 'Loop naar de hel!' in de sacristie verdwenen. Ik ging.

Aan de rand van het dorpsplein boog ik me over een uitgeholde boomstam die als drinkbak voor het vee diende en waste mijn handen. Ik dompelde mijn hoofd in het koude water en spoelde het plakkerige bloed van mijn gezicht en haren.

Wat moest ik doen? Met wie moest ik praten? Grootvader Ilja zou te allen tijde de kant van de pater kiezen. Mijn moeder kon ik sowieso vergeten. En Johannes Baptiste zelf? Zou ik hem na een paar dagen opzoeken, het misverstand uit de wereld helpen en de kans krijgen om uit te leggen dat ik onschuldig was? Aan een oude baas die tegen mij was uitgevaren en mij, zonder te weten wat er precies gebeurd was, uit het godshuis had verbannen? Die mij vervloekt had, mij tot in de hel verdoemd had, mij, ik die alleen de oude orde maar had willen herstellen. Ik kookte van woede. Wat dacht die priester wel! Kon hij zomaar als een rechter over goed en kwaad oordelen?

Nee, tot hem zou ik mij niet wenden. Ook al was Fritz Hofmann voor mij die nacht als vriend voor het leven gestorven, verraden zou ik hem niet. Ik zou geen Judas worden, geen absolutie afsmeken bij deze autocratische man van de Kerk, om een daad die ik niet begaan had. Nooit.

Weldra zou ik zestien worden. Ik zat diep in het moeras, ergens halverwege de overgang van jongen naar man. Toen ik op het dorpsplein van Baia Luna midden in de nacht mijn bebloede gezicht waste in een drinkbak voor kalveren, besefte ik: ik was alleen. Voor de eerste keer voelde ik de pijn geen vader te hebben, ervoer ik de leegte, het verlaten zijn. Mijn vader had ik nooit gemist. De foto die mijn moeder op winteravonden uit zijn glazen lijst haalde, was voor mij genoeg. Als zij in haar stoel zat en terugdacht aan haar man, Nicolai Botev, mijn vader. Een onbekende. Nu verlangde ik naar die vreemde, die in een oorlog naar het slagveld was gegaan en nooit meer was teruggekeerd. Die mij iets ontnomen had, iets wat afgesneden en uitgedroogd in het verre Rusland lag, een stuk van mijn wortels, de bron van mijn zekerheid. Ik verlangde naar een vaste hand, een sterke arm, en het vertrouwen te kunnen geloven dat alles uiteindelijk goed zou komen. En toch, ik bespeurde niet alleen verdriet en woede. In mij ontkiemde een gevoel dat ik nog niet kende, het drong zich in mijn bewustzijn, groeide, eerst nog aarzelend, daarna machtig en sterk. In de nacht dat in Baia Luna het Eeuwige Licht uitging, ervoer ik voor het eerst dat ik alleen op de wereld was. Dat besef gaf mij een stimulans. Toen ik in het ochtendgloren in mijn bed lag, weende ik bittere tranen van geluk. Ik voelde me vrij.

Ik sliep nog toen de schoolbel luidde. Moeder en grootvader hadden mij laten uitslapen. Daardoor had ik niet meegekregen dat Buba Gabor even voor achten de winkel binnen was gekomen. Ze had poolshoogte genomen bij haar oom Dimitru, die na zijn val van onze verandatrap nog steeds onder een berg schapenvachten lag te slapen. Later vertelde Buba me dat ze zich erover verbaasd had dat oomlief zich nog had weten om te draaien in zijn slaap; zijn voeten lagen inmiddels op zijn kussen. Wat ze er niet bij vertelde, was dat ze gauw zijn jaszakken doorzocht had en hem een paar munten afhandig had gemaakt.

'Jongen toch, wat is er met jou aan de hand?' liet mijn moeder zich ontvallen toen ik de trap afkwam. Ik had donkere kringen onder mijn ogen en mijn haren vormden hard geworden pieken. 'Ga zitten,' beval ze en ze begon meteen mijn hoofdwond te onderzoeken. Boven mijn voorhoofd, onder mijn haar, gaapte een snee, een, naar mijn moeder meende, niet al te ernstige, oppervlakkige wond.

'Wat is er gebeurd?' wilde ze weten. Ook grootvader Ilja keek bezorgd. Ik maakte een wegwuivend gebaar en zei dat ik mijn hoofd aan de lage deurpost bij de zigeuners had gestoten toen ik de vorige avond de dronken Dimitru naar huis had gebracht. Mijn moeder nam genoegen met deze verklaring, ze haalde zwachtels voor een hoofdverband en droeg mij bedrust op. Knorrig wees ik dat van de hand.

'O, voor ik het vergeet,' zei moeder, 'je had vanmorgen bezoek. Buba was hier. Ik denk dat ze je kwam halen voor school.'

'Denk je dat of was het echt zo? Dat doet ze anders nooit.'

'Ze vroeg naar jou. Ik zei dat je nog sliep en misschien kou had gevat. Je had het gisteren toch zo koud, je zat de halve dag bij de kachel. Buba leek me in ieder geval teleurgesteld. Toen kocht ze kauwgom. Een hele hand vol. Moet je je voorstellen, ze haalde het zilverpapier er vanaf en propte ze zo in haar mond, allemaal tegelijk.'

'Ik moet naar de les,' zei ik en ik schoot in mijn jas en ging de deur uit. Het was koud geworden 's nachts. Weliswaar brak nu de zon door, maar je kon voelen dat de winter eraan kwam. Hoog in de bergen lag al sneeuw. Van het schoolplein klonk het geschreeuw van schoolkinderen. Ik keek op de kerkklok. Die wees kwart over negen aan. Dan was het nog geen pauze. De lerares was niet op school verschenen, en ik twijfelde er geen moment aan dat ze dat ook niet meer zou doen. Nooit zou Barbu meer lesgeven in Baia Luna.

'We hebben vrij! Barbu is er niet.' Buba had mij in de gaten gekregen en liep op mij af. 'Ik dacht dat je ziek was. Verkouden.'

'Hoe weet je dat?' Ik verzweeg dat mijn moeder me van haar bezoek verteld had.

Buba tikte tegen haar voorhoofd. 'Het derde oog. Je wist toch dat oom Dimi en ik het tweede zicht hebben. Hopelijk weet je het te waarderen dat ik een gadjo als jij dat überhaupt vertel. Want wij zigeuners...'

'Waar is Barbu?'

Buba wierp haar haar naar achteren.

'Ik weet het niet. Ze is er gewoon niet.'

'En wat ziet je derde oog dan?' vroeg ik spottend.

Buba liet haar hoofd zakken en deed haar ogen dicht.

Wat een onzin! wou ik zeggen, maar de woorden bleven steken in mijn keel. Buba stond daar als een standbeeld. Toen vouwde ze haar handen en hief haar hoofd oneindig langzaam ten hemel. Ik durfde haast niet te ademen. Prachtig zag ze eruit, morsig en mooi. Het stugge haar op haar hoofd, haar symmetrische gezicht, haar fluwelige huid en haar volle, donkere lippen.

Plotseling begon Buba te beven, ze beheerste zich abrupt weer en sperde haar ogen wijd open, als soepborden. 'Ik ben bang,' fluisterde ze.

Er liep een rilling over mijn rug.

'Wat zie je?'

'Ik zie bloemen. Geel glanzende zonnebloemen.'

'Wat nog meer?'

'Haar haren. Barbu's haren waaien in de wind.'

Buba rende ervandoor. Naar het laaggelegen deel van het dorp. Naar haar clan. Ik ging haar achterna. Zonder me te haasten, ik kon haar toch niet meer inhalen. Toen ik afdaalde naar de zigeuners zag ik dat de gordijnen van Barbu's ramen nog altijd niet dichtgetrokken waren. Voor de hut van Dimitru klapte ik in mijn handen.

'Men kome binnen,' riep een vreemde stem, 'en late alle narigheid buiten.'

Ik deed mijn schoenen uit en ging Dimitru's kamer binnen. Hij was er niet.

'Niet schrikken,' zei een zigeuner met een gigantische snor. 'Ik ben Salman, Dimitru's neef.' Salman zat op een kruk waar een poot aan ontbrak en had een houten plank op zijn schoot met daarop een pan met uien en schapenvlees dat droop van het vet. Hij bood mij een stuk brood aan en reikte mij de pan aan. 'Indopen en langzaam kauwen. Dat verdrijft de nachtgeesten.'

Ik bedankte. 'Waar is Dimitru? En waar is Buba?'

'Dimitru is in de boekerij. Dringende studie. Vraag mij niet wat hij heeft. Straks ga ik me nog zorgen maken. "Waar wil je zo vroeg naartoe?" vroeg ik hem vanmorgen nog. En weet je wat hij zei? "Als ik Maria niet red, ben ik verloren." Dat zei hij. Begrijp jij daar nou wat van? Welke Maria bedoelt hij? Gisteren had hij ze allemaal nog op een rij. Die vrouw heeft hem het hoofd op hol gebracht. Er moet iets gebeurd zijn gisteren, op die verjaardag. En ik zeg je, wat het ook was, het was niets goeds.'

'En waar is Buba?'

'Ja, waar is Buba? Op school.'

'Er is geen school vandaag. De lerares is verdwenen.'

Salman fronste zijn wenkbrauwen. 'Waar kan in dit gat een lerares naartoe verdwijnen?' Zonder een antwoord te verwachten zette hij de braadpan opzij, veegde met zijn mouw het vet van zijn mond en snor en ging staan. De kruk viel om. Na een poosje kwam hij met Buba terug. Hij ging weer op de wankele kruk zitten en gebaarde ons op Dimitru's slaapplaats te gaan zitten.

'Buba, ik moet weten wat je nog meer bij Barbu gezien hebt,' smeekte ik. 'Alsjeblieft, vertel nou.'

'Alleen gele zonnebloemen en haar haren in de wind.'

'Maar Barbu heeft kort haar; ik kan me niet voorstellen hoe dat in de wind zou moeten waaien.'

'Dat weet ik ook niet. Maar ik heb haar zo gezien. Met lang, blond haar. Zeker weten. En dat haar was met een doek samengebonden, in een paardenstaart.'

'Zoals op mijn foto,' liet ik me ontvallen.

'Wat voor foto? Heeft een blond meisje dan een foto van zichzelf aan jou gestuurd?'

Ik zag haar beledigde gezicht en ging niet in op de vraag naar het blonde meisje. 'Wanneer heb je Barbu voor het laatst gezien? Ze woont immers naast jullie.'

'Gisteren was ik niet op school. Eergisteren dus,' antwoordde Buba prompt. 'Daarna niet meer.'

'Barbu?' mengde Salman zich in het gesprek. 'Bedoelen jullie juffrouw Barbulescu?'

'Ja. Waar ken jij haar van?'

'Ik ken haar niet. Nooit gezien. Maar gisteren, toen heb ik iemand meegenomen. Ik heb toch die televisie naar Dimitru gebracht. Met paard-en-wagen, uit Kronauburg. Onderweg heb ik die man opgepikt op de weg hiernaartoe, na Apoldasch. Ik had met hem te doen, met dat snertweer te voet onderweg. Dus ik heb hem meegenomen. Had ik hem maar laten lopen. Hij kletste me de oren van mijn kop. Wie ik in Baia Luna zoal kende. Of ik de juf ook kende. En hoe dan. Aan het slot van het liedje loopt die kerel zonder blikken of blozen achter mij aan. Hier, waar we nu zitten, naar binnen en hij vraagt Dimitru op hoge toon naar het huis van leerkracht juffrouw Angela Barbulescu. Mijn neef zegt alleen: "Schuin aan de overkant." En weg was-ie. Geen bedankje kon eraf. Hij had toch tenminste even kunnen helpen met het uitladen van dat bakbeest van een televisie?'

'Hoe zag die man eruit?'

'Groot, kan ik je vertellen, twee meter. Een klerenkast. Lange, bruine jas. Hoed op. Snor. Zo ongeveer als ik. Maar lichter. Midden, eind dertig, schat ik, voor zover je bij jullie gadjo's de leeftijd überhaupt kunt schatten. Een ondoorgrondelijk sujet, geloof me. Met een wrat op zijn wang. Rechts. Nee, links. Van mij uit gezien links, een hele grote, wat ik je brom. Zag er maf uit. Ik vroeg me nog af: waarom laat hij dat ding niet gewoon weghalen? Een sneetje, en weg is je wrat. Maar hij bedankte dus niet. Hij had het niet op zigeuners. Dat ruikt een zwarte als ik.'

Ik stond op.

'Waar ga je heen?'

'Naar het huis van Barbu.'

'Ik ga mee.'

Voor het optrekje van de lerares hadden zich reeds enige mannen en vrouwen uit het dorp verzameld. Hermann Schuster junior had zijn ouders over de afwezigheid van de lerares ingelicht. Zijn vader had zijn vrouw Erika verzocht poolshoogte te gaan nemen, daar hij zelf nog hoofdpijn had na de klap met de wijnfles. Nu stonden zij en haar zoon ontdaan voor Barbu's huis, evenals Julia Simenov en haar vader Emil, de koster Julius Knaup en een stuk of tien schoolkinderen. De weduwe Kora Konstantin bleef op een afstandje, de eerste weesgegroetjes van het vertroostende rozenhoedje prevelend.

'Waar wachten we op?' drong Simenov aan. De hoefsmid had een moker over zijn schouder en duwde met zijn laars het tuinhek open. 'In geval van nood moeten we de voordeur inrammen,' bromde hij toen ik me langs hem wurmde. Ik drukte de deurklink naar beneden. De deur was niet afgesloten. De sleutel zat van binnen in het slot.

'Aan de kant. Ga jij eens weg daar, ventje,' baste de smid.

'Het is mijn juf en niet de jouwe,' protesteerde ik en ik betrad de gang. 'Juffrouw Barbulescu?' riep ik, 'juffrouw Barbulescu?'

'Hallo! Is daar iemand? Maak eens een geluidje,' probeerde Erika Schuster. Er kwam geen antwoord. 'We moeten gaan kijken wat daar loos is,' zei mevrouw Schuster. Met een ferme beweging duwde ze de deur naar de woonkamer open.

Barbu was er niet. De kamer zag er precies zo uit als ik me hem van mijn enige bezoek herinnerde. Proper en opgeruimd. Naast de kachel lag een stapel brandhout. Hermanns moeder voelde aan de kachel. 'Bijna koud. Ze heeft niet gestookt. Vannacht kan ze hier niet zijn geweest.'

'Ze heeft weer gedronken,' merkte Simenov op. 'En niet zo'n beetje ook.'

Op tafel stonden een lege fles en een glas.

'Geef hier!' De hoefsmid rukte het glas uit mijn handen en hield het onder zijn neus. 'Tsoeika! Zie je wel.'

Maar iets klopte er niet. De avond dat Barbu aan mij wilde zitten op de bank stond mij nog helder voor de geest. Toen dronk ze ook. Maar een glas – dat was mij met mijn geoefend oog van jongste bediende in de kroeg meteen opgevallen – was eenvoudigweg nergens te bekennen geweest. Barbu dronk uit de fles. Het glas hier in de woonkamer kon alleen maar betekenen dat ze in haar laatste uren in Baia Luna niet alleen was geweest. Ze had met iemand gedronken. Dit vermoeden hield ik voor mezelf.

'Een hele fles!' zei Erika Schuster ongelovig. 'Misschien is ze nog zo dronken dat ze ergens rondspookt. En dat bij deze kou, net nu de vorst invalt. Laten we even kijken of ze haar jas bij zich heeft.'

Emil Simenov draaide zich om in de gang. 'Een zwarte mantel met bontkraag?'

'Ja!' riep mevrouw Schuster.

'Die hangt hier.'

Erika Schuster opende de deur naar de slaapkamer. 'O! Ze maakt haar bed op.' De Saksische maakte een oprecht verraste indruk en liet haar blik door de kamer dwalen. Met een energiek 'Moet kunnen' trok ze de deur van de klerenkast open. 'Een, twee, drie. Drie wollen truien,' telde ze hardop.

'Hier hebben we niets meer te zoeken,' bepaalde de smid. 'We gaan. Ze komt wel weer terecht.'

'Een rok. En twee blauwe jurken!'

Mevrouw Schuster zat nog steeds met haar neus in Angela Barbulescu's garderobe. Ik keek over haar schouder mee. Het rook naar rozen. Ik wist wat ik zocht, en dacht ook dat ik het heus wel zou vinden. Eén hanger was leeg. De jurk met de gele zonnebloemen ontbrak. Ik keek om me heen. Ook het ingelijste portret van Stephanescu kon ik niet vinden.

Toen ik door de tuindeur de dorpsstraat op liep, fluisterde men later, had ik voor me uit gekeken als Magere Hein in eigen persoon. De schoolkinderen zouden naar de kant zijn gevlucht en mevrouw Konstantin had van schrik haar rozenkrans stukgetrokken toen ze de blik in mijn ogen zag, waardoor de kralen als een hagelbui op de toeschouwers belandden. De zigeunerin Susanna Gabor had aan het haar van haar dochter Buba getrokken, 'Meekomen, meekomen naar huis, nu!' schreeuwend en, terwijl ze met haar vinger naar het huisje van Barbulescu wees: 'Onder dat dak woont geen geluk!'

Ik herinner me alleen dat ik uitgeput mijn bed in dook, met Buba's woorden in mijn oor: 'Slapen, Pavel, je moet slapen.'

In die dagen kookte de geruchtenpot in Baia Luna over. En iedereen roerde mee. Behalve de tzigaan Dimitru, die de bibliotheek van de pastoor niet uit kwam. Zelfs het eten dat Buba voor de deur zette, raakte hij niet aan. De min of meer verstomde roddels over de in nevelen gehulde achtergrond van Angela Barbulescu werden weer van stal gehaald. Kora strooide wilde speculaties rond over de nymfomane driften die Barbu teruggelokt zouden hebben naar de hoofdstad, en de herder Sjerban was er stellig van overtuigd dat hij Barbu de nacht tevoren daarboven in de Fogaras met de wolven had horen huilen. Hoogstwaarschijnlijk poedelnaakt. Dat suggereerde Erika Schuster. Het was toch wel vreemd dat er in Barbulescu's klerenkast geen enkel kledingstuk ontbrak.

De aanname dat er bij de verdwijning van de lerares diabolische machten in het spel waren, voedde ook de fantasie van kerkdienaar Julius Knaup. Fatalistisch vertelde hij iedereen die het horen wilde dat er een gewelddadig gevecht had plaatsgevonden in de kerk. Eerst had hij het naar beneden gevallen gordijn ontdekt en toen gezien dat naast het heilige altaar de katheder omgestoten was. En dan al dat bloed! Overal zat bloed. Op de treden naar het altaar, aan de ambo, in het middenschip. Een paar mannen waren al meteen met Julius Knaup meegerend om het bloedspoor te volgen. Het liep dood bij de drinkbak, waar alleen hoefafdrukken te vinden waren, wat Kora Konstantins zwager Marku uitlegde als een onmiskenbare aanwijzing voor het feit dat de bokkenpotige zelf uit de krochten van de hel tevoorschijn was gekomen om hun kerk te schenden. Op de weg terug zou hij Barbu hebben meegenomen naar het Rijk der Duisternis. Dat het Eeuwige Licht in de kerk niet meer brandde, wisten Marku Konstantin en de koster nog niet.

De enige die licht had kunnen brengen in het duister van de geruchten, was pater Johannes Baptiste. Maar die had zich in de pastorie teruggetrokken om zijn preek voor de komende zondag voor te bereiden en liet iedereen die aanbelde door zijn onvermurwbare huishoudster Fernanda wegsturen. Het bericht dat de pastoor voor de zondag erop uitdrukkelijk de communisten, in de persoon van de Brancusi's, had uitgenodigd, was al lang en breed bekend en wees in de richting van een krachtige donderpreek. Maar niet iedereen in het dorp hechtte nog gewicht aan zijn woorden, want hij werd een dagje ouder. En grijzer, vermoeider en warriger. En aanstaande zondag? Zou hij nog eenmaal een strijdvaardig woord van de kansel smijten? Zou hij zich in de zaak-Spoetnik tegen de bolsjewieken teweerstellen? Hoe zou hij zich uitlaten over de plannen der kameraden, de collectivisatie van de landbouw, de kolchozen? Als de onteigenaars zouden komen, zou hij dan onvoorwaardelijke gehoorzaamheid aan de staat bepleiten? 'Geef de keizer wat des keizers is', was een van zijn lievelingsspreuken. Aan de andere kant was pater Johannes altijd op de hand van de boeren geweest. Maar zou hij ook nu nog aan hun kant staan? Zou hij tot ongehoorzaamheid oproepen, tot verzet, tot een revolte zelfs?

Van al deze vragen, van alles wat iedereen erover te zeggen had, hoorde ik pas later. Ik sliep. Mijn moeder Kathalina en grootvader Ilja lieten mij met rust.

Toen ik op vrijdagmorgen verkwikt wakker werd, stond mijn besluit vast: niets kon mij meer tegenhouden om uit te vinden wat er achter de verdwijning van Barbu stak. Allereerst moest ik mij echter bevrijden van de last der verdoemenis, die die verwaande Johannes Baptiste op mijn schouders had geladen. De diepe wrok jegens de oude man was in mijn slaap overgegaan in iets anders. Mijn woede was inmiddels bekoeld tot kille calculatie. Ten onrechte werd ik verdacht van een wandaad. Je vergrijpen aan het Eeuwige Licht kostte een katholiek zijn zielenheil. Maar ik had deze daad niet gepleegd. Met Fritz Hofmann wilde ik niets meer te maken hebben. Maar hem verraden? Dat nooit. Er was maar één uitweg uit mijn misère: via het biechtgeheim.

In weerwil van mijn oorspronkelijke voornemen om de priester geen blik meer waardig te keuren, zou ik bij Johannes Baptiste te biecht gaan. Vanzelfsprekend was het een ernstige misstap om in de biechtstoel een zonde opzettelijk te verzwijgen, maar kon het tegendeel verboden zijn? Kon het zondig zijn een schanddaad te bekennen die wel gepleegd was, maar niet door mij? Waren lieden die dat deden verachtelijke leugenaars? Zondaars? Of waren het juist martelaars, heiligen, zoals die eerste christenen, die zich liever in het colosseum door de leeuwen lieten verscheuren dan de munt met de afbeelding van de Romeinse keizer te kussen? Ik zou bekennen zelf het Eeuwige Licht in een vlaag van onverklaarbare geloofsnood te hebben uitgeblazen. Ik zou berouw tonen en boete doen. Daarmee zou de wrevel uit de wereld zijn, mijn gemoedsrust terugkeren, zonder dat ik Fritz Hofmann hoefde zwart te maken. Na de zondagsmis zou ik pater Baptiste buiten voor de sacristie opwachten en hem verzoeken mij het boetesacrament toe te dienen.

Op vrijdag 8 november, de tweede dag na de spoorloze verdwijning van Barbu, riep men, eerder vanwege de openbare orde dan uit bezorgdheid, plutonier Cartarescu uit Apoldasch erbij.

In de namiddag reed een grijze terreinwagen met de ruiten vol modder en gedeukte bumpers het dorpsplein op en stopte voor de drinkbak voor het vee. Tot ieders verwondering zaten er behalve Cartarescu nog twee andere mannen in de auto. Na de plutonier wurmde zich een geüniformeerde politieagent uit Kronauburg uit de jeep, de zwaarlijvige bezitter van een volle baard waarvan het peper-en-zoutkleurige, vlassige haar als een kraaiennest onder zijn pet vandaan kwam. Hij stak een Carpati op en reikte de mannen uit Baia Luna de hand. Mij en Petre Petrov negeerde hij. De derde man bleef nog even in de wagen zitten. Eerst zag ik alleen zijn glimmende zwarte schoenen uit het portier steken, waarbij ik de indruk kreeg dat het luxeschoeisel aarzelde om de modder van het dorpsplein te betreden. Toen steeg hij uit, majoor Lupu Raducanu. In burger. Zijn bruine overjas was zichtbaar uit betere stof gesneden en hing nonchalant om zijn schouders. Een elegante verschijning, die niettemin in schril contrast stond met zijn weke en baardeloze gelaatstrekken. Zijn bolle wangen verleenden hem eerder een puberaal dan een mannelijk voorkomen. Lupu Raducanu was midden twintig en zag er voor zijn leeftijd duidelijk te jong uit, waardoor een hoge functie bij de Securitate van het district Kronauburg hem niet bepaald op het lijf geschreven leek. Vanwege zijn afwezige en verveeld overkomende optreden hadden enkele kaders de voorlaatste herfst met ergernis kennisgenomen van zijn bevordering tot majoor en zelfs getracht die tegen te houden. De bedenkingen vervlogen toen via de tamtam bekend werd dat de securist met zijn even eigenzinnige als uitgekookte verhoormethoden iedere vijand van de Volksrepubliek aan het praten kon krijgen of, zoals Karl Koch schamperde, tot zwijgen bracht. Niemand in Baia Luna wist méér dan dat het beter was om niet te maken te krijgen met de Securitate in het algemeen en met Lupu Raducanu in het bijzonder.

Raducanu keek om zich heen, onbeweeglijk, maar met heen en weer flitsende ogen die niet tot rust kwamen. Ik zag hoe de mannen, die zo-even nog joviaal Cartarescu en de dikke agent begroet hadden, hun armen stijf over elkaar sloegen. De vrouwen spraken alleen zachtjes. Onzeker geworden door de beklemmende sfeer verstomden ook de schreeuwende kinderen.

'Mijn zoon, mijn beste jongen! Hoe lang ben je hier al niet meer geweest?' Met uitgestrekte armen stormde de weduwe Vera op Lupu af. Al een jaar had zij niets meer van hem gehoord. Alleen voor Kerstmis was er met een bevoorradingstruck van het leger een pakje gekomen. Naast een salami, bonenkoffie en een stuk Luxorzeep in goudfolie had Vera daarin slechts een briefje met drie schrale woorden aangetroffen: 'Fijne dagen. Lupu'. Maar nu was ze haar teleurstelling prompt vergeten. Ze vloog haar zoon, die met demonstratieve bezonnenheid op het dorpsplein stond, tegemoet.

'Lupu, mijn zoon, weet je niet hoezeer je moeder je mist? Je komt nooit op bezoek. Waarom haal je mij niet weg uit deze ellendige negorij? Vanwaar al die ondankbaarheid?'

Vera, geboren Adamski, was in haar jonge jaren getrouwd met Aurel Raducanu, een hoge officier bij de geheime staatsveiligheidspolitie, en was met haar neus in de wind van Baia Luna naar Kronauburg verhuisd en in een deftige villa aan de Kloosterberg getrokken. Tot zij drie jaar geleden haar man in de badkamer vond. Hij lag naast de closetpot, zijn gezicht geel verkleurd en met een opgezwollen buik als van een dood varken. De diagnose levercirrose deed de ronde. De vrije val in de afgrond kwam nu voor Vera Raducanu razendsnel naderbij. Haar pensioen werd ingetrokken en haar onderkomen aan de Kloosterberg diende ze te verlaten. Om te ontsnappen aan de vernedering als aanzienlijke dame in een miezerig flatje aan de rand van de stad te moeten wegkwijnen had Vera er de voorkeur aan gegeven haar toevlucht te zoeken in het huis van haar neef in Baia Luna, de postbode Adamski. Tijdelijk, zoals ze wanneer ze de kans maar kreeg, benadrukte. Want haar zoon Lupu, die in de voetsporen van zijn vader een bliksemcarrière bij de Securitate maakte, zou haar weldra terughalen naar de betere kringen van de stad.

Majoor Lupu Raducanu wuifde de klaagzang van zijn moeder

weg met een afgemeten 'Ik heb dienst' en wendde zich tot de omstanders. 'Woont zij daar beneden?' Hij gebaarde in de richting van de nederige woonstee van Angela Barbulescu. Er werd geknikt. De securist hief alleen kort zijn kin, wat voor Cartarescu en de oudere politieagent uit Kronauburg opgevat werd als teken hem te volgen.

Tien, vijftien minuten keken de drie rond in het huis van de lerares en kwamen tot de conclusie dat uitgebreid veilig stellen van de sporen niet nodig was. Plutonier Cartarescu nam slechts de lege schnapsfles en het glas in beslag. De bewijsstukken golden als aanwijzing dat de alcohol weer eens een mens tot een daad van vertwijfeling had gedreven.

Op het dorpsplein verklaarde de oudere politiebeambte dat alleen al in het district Kronauburg ieder jaar vierhonderd personen als vermist werden opgegeven. De helft dook na een week weer op; een groot aantal zou wegens familie- of echtelijke plichten op de vlucht zijn geslagen of was er met zijn minnares of een publieke vrouw vandoor, en de verdwijning van de overige dertig à veertig personen was het directe gevolg van drankzucht.

'Ja, ja, het is toch wat met die zuiplappen,' viel Cartarescu zijn meerdere bij. 'En wij mogen ze weer identificeren. Vooral in de lente, als de sneeuw smelt en hun lijken tevoorschijn komen. Eerst drinken de zelfmoordenaars zich bewusteloos en dan vriezen ze in hun slaap dood. Weet je nog, van de zomer, toen met dat gebit?'

'Hou op, zeg,' zuchtte de dikke en hij duwde een nieuwe Carpati tussen zijn lippen. 'Drie gouden kiezen. Wie heeft dat nou? We konden eerst alleen haar schedel vinden. In de Fogaras onder aan de kloof van Ortuella. Alleen die kale knikker met een paar plukjes haar. Toen de botten, overal verspreid. Armen, ribben, heupen. Die wolven en beren ruimen niet netjes hun rommel op. Net als de zwarten. De plaats delict wisten we pas toen we de fles vonden. Met de kurk er nog in. Zich vol laten lopen en dan de kurk weer op de fles doen zie je bij zelfmoordenaars niet. De fles was ook maar halfleeg. Willen jullie weten waarom? Het was een vrouw! We dachten al: dat wordt een heel gezoek bij alle tandartsen in de omgeving. Maar we hadden algauw de goeie te pakken. Die zei meteen: "Haar ken ik. Drie gouden kiezen, twee rechtsboven en een linksonder." Was de echtgenote van Dasclescu, de tweede man bij de Kronauburger elektriciteit. Een geile bok, zeg ik, zit achter alles aan wat een rokje draagt. Had-ie het vast te bont gemaakt. Echtgenote zijn en altijd tweede keus. Berooft zichzelf van het leven, in plaats van haar mijnheer. Twee jaar spoorloos verdwenen. Ik wil maar zeggen: niemand verdwijnt spoorloos. De resten, die moet je zien te vinden.'

Over juffrouw Barbulescu, vulde plutonier Cartarescu aan, hoefden wij ons voorlopig geen zorgen te maken. 'Die komt wel weer boven water. Het zou mij niet verbazen als die ergens met een geheime minnaar hokt.' Cartarescu lachte kort, keek onzeker naar de zwijgende Lupu Raducanu en zei toen dat het liefdesleven toch eigenlijk eerder een privéaangelegenheid was en derhalve niet onder de overheidscontrole viel. Hoewel het bij juffrouw Barbulescu om een persoon in staatsdienst ging en haar wegblijven van school toch als ernstig plichtsverzuim moest worden aangemerkt, zou men toch tenminste op dit ogenblik moeten afzien van een zoekactie.

De dikkerd knikte en trapte zijn sigaret uit. 'Met zoeken schieten we niks op. Net nu in de bergen de eerste sneeuw valt.'

Cartarescu maande ons nog om onze ogen en oren open te houden en opvallende zaken direct aan het politiebureau van Apoldasch door te geven. Daarna bracht hij zijn hand naar zijn pet, salueerde en opende het portier aan de bestuurderskant van de terreinwagen.

'Momentje! We hebben nog even.'

Lupu Raducanu, die de hele tijd de indruk wekte dat het lot van vermiste drinkebroers hem even weinig kon schelen als het verdwijnen van een dorpsonderwijzeres, richtte het woord tot de mannen van Baia Luna.

'Slechts een paar vragen,' zei de securist. Hij keek rond en liep op de Saks Hermann Schuster toe. Iedereen kon de buil op zijn voorhoofd zien, die inmiddels donkerblauw gekleurd was, nadat Partijkameraad Roman Brancusi op grootvaders verjaardag een fles op zijn hoofd aan diggelen had geslagen.

'U moest zich eigenlijk in het ziekenhuis laten onderzoeken,' zei Raducanu. 'Als een hersenschudding niet tijdig herkend wordt, kan ze blijvende schade aanrichten.'

'Nergens voor nodig,' wierp de Saks tegen.

'Het ziet er lelijk uit.'

'Ik zeg toch, nergens voor nodig.'

Raducanu graaide in zijn jaszak en haalde een wit pakje sigaretten tevoorschijn. Kent, een merk dat in Baia Luna onbekend was. De majoor knipte een zilveren benzineaansteker open. In alle kalmte rookte hij zijn sigaret en inhaleerde de rook.

'Ik hoorde dat u een paar dagen geleden een klein verschil van mening hebt gehad?'

'Ik? Nee, hoor. Ik kan alleen maar herhalen dat dit nergens voor nodig is.' Schuster maakte een onzekere indruk.

'Juist. Dat alles was gewoon een misverstandje.' Liviu Brancusi en zijn broers Roman en Nico maakten zich los uit de kring mannen en gingen bij Raducanu en Schuster staan.

'G-g-gewoon een m-m-misverstand onder m-m-mannen,' herhaalde Roman. 'Een onb-b-betekenend verschil van m-m-mening onder mannen die m-misschien een beetje te veel gedronken hebben. Ziet u, majoor, de r-ruzie is al-l-lang weer bijgelegd.'

Demonstratief reikte Roman Brancusi Hermann Schuster de hand. De Saks accepteerde die.

'Zo, zo, de ruzie is bijgelegd. Heel fijn. Dat mag ik graag horen. En u bent het uiteindelijk eens geworden?'

Schuster en de broertjes Brancusi knikten bedrukt.

'Erg prettig. Ik hoorde dat deze ruzie om de effectuering van het vijfjarenplan van de regering te doen zou zijn geweest. De aanstaande collectivisatie van de landbouw.'

'Wie zegt dat?' wilde Schuster weten.

'Zou dat, nu u zich verzoend hebt, nog wat uitmaken? U, een uit Duitsland afkomstige Saks, en de kameraden Brancusi?'

Hermann Schuster zweeg.

Majoor Raducanu wendde zich tot Roman. 'Kameraad, heb ik goed begrepen dat dit verschil van mening werkelijk uit de wereld is?'

'J-j-jazeker, ka-ka-kameraad majoor.'

'Mooi. Dat betekent dat met het overdragen van het privaatbezit in Baia Luna aan de staat, als collectief eigendom, per direct een begin kan worden gemaakt?'

Liviu Brancusi deed ook een duit in het zakje. 'Mogelijkerwijs is er nog enige overredingsarbeid noodzakelijk. Maar wij hebben de argumenten mee. Baia Luna heeft de vooruitgang nodig.'

'Betekent dat, kameraad Brancusi, dat genoemde overredingsarbeid nog niet afgerond is?'

'Bijna wel, kameraad majoor! Bijna wel.'

'Ik begrijp iets niet. Zojuist was er sprake van twee kampen die het eens waren geworden. En nu? Zijn er problemen met de voorlichting over de noodzaak van de vooruitgang? Koppigheid? Protest? Verzet?'

De omstanders zagen hoe het gezicht van Partijlid Liviu rood kleurde. 'Protest? Verzet? Hier in het dorp? Nee, nee, zo kun je dat niet noemen.'

'Dat kun je heel goed zo noemen!' Karl Koch werkte zich naar voren.

Hij keek majoor Raducanu recht in de ogen.

'Na de oorlog heeft jouw vader Aurel ons naar de Russische mijnen gestuurd. Daarbij hebben jullie net zo hard tegen de Führer gebruld als wij. Wij Saksen hebben voor jullie de kolen uit het vuur gehaald. Toen wij terugkwamen, hebben jullie ons onze grond afgenomen, onze huizen en zelfs het stemrecht dat iedere burger rechtshalve heeft. Wij hebben er lang voor gevochten om terug te krijgen wat ons toebehoort. En nu willen jullie ons andermaal onteigenen. Ik zal je één ding vertellen, vlegel! Ik geef niks op. Helemaal niks! Van mij krijgen jullie bolsjewieken niks, noppes. Over mijn lijk.'

Lupu Raducanu bleef kalm, knikte zelfs. 'U bent een rechtlijnig man, een eerlijke hals, mijnheer, mijnheer, mijnheer...?'

'Koch,' zei de Saks, 'Karl Koch.'

Raducanu stak nog een Kent op. 'Ons land heeft eerlijke mannen nodig. Mensen zoals u, mijnheer Koch. Mensen die zeggen wat ze denken.'

De Saks was even uit het lood geslagen.

Ik stond op een afstandje en schrok toen Lupu Raducanu opeens zijn arm uitstrekte en met zijn vinger naar onze winkel wees. 'Mijnheer Koch, bij die winkel hebben ze toch wel papier en potlood?'

'Natuurlijk,' antwoordde de andermaal beduusde Saks. 'Wat is dat nou voor een vraag?'

Tot verbazing van Karl Koch trok Raducanu zijn aktetas onder zijn jas vandaan en frommelde er een bankbiljet uit. Voordat Koch met zijn ogen kon knipperen had de majoor het hem in de jaszak gestoken.

'Mijnheer Koch. U gaat naar die winkel en u koopt schrijfbenodigdheden. Vervolgens gaat u aan de keukentafel zitten en schrijft u alle namen op. Alleen die van de mannen in het dorp, in twee kolommen. Links schrijft u de namen van hen die de kolchoz willen, rechts de namen van hen die de vooruitgang tegen willen houden. Ik weet dat u eerlijk bent. U zult heus niemand overslaan. Ik geef u drie dagen. Dan wil ik de lijst zien. Wij begrijpen elkaar. Drie dagen.'

Raducanu schoot zijn peuk op de grond.

'Een drol kun je krijgen, melkmuil.'

Koch spuwde op Raducanu's glimmende schoenen en versnipperde het biljet. De majoor grijnsde, draaide zich om en stapte in de auto.

De dikke agent haalde kort zijn schouders op, waar ik een gebaar van meewarigheid in zag, en Cartarescu startte de motor. Het voertuig begon te loeien en de banden slipten over het dorpsplein. Toen de wolk walmende dieseldamp opgetrokken was, werd het me duidelijk dat ik me ergens in had vergist. Ik dacht altijd dat de Securitate haar ondervraagden liet zweten, maar bij Lupu Raducanu kreeg ik het koud.

5

De laatste dag van een priester, stilte en een ontbrekende grafsteen

Ik zag Karl Koch weliswaar nog door de ogen van een jongen, maar na alles wat ik had gezien, was het mij duidelijk dat de dappere Saks die vervloekte lijst nooit zou opstellen. Het was 8 november, een vrijdag. Op maandag zou de majoor van de Securitate weer in Baia Luna verschijnen en de lijst opeisen. Met links de namen van degenen die de kolchoz wilden, rechts de namen van degenen die zich ertegen verzetten dat hun land staatseigendom zou worden.

Toen de grijze terreinwagen naar Kronauburg wegsjeesde, sloegen verschillende mannen de gewezen Duitser op de schouders en betuigden hem hun bijval. Voor zijn duidelijke woorden, voor zijn durf.

'Melkmuil! Niet slecht,' vond Istvan, 'varkenskop was nog toepasselijker geweest.'

Voor zover de mannen konden inschatten, zou de Hongaar op de lijst die Karl Koch zeker niet zou leveren, in de rechterkolom staan. Net als de Petrovs en de Desliu's. En natuurlijk de gebroeders Sjerban en grootvader Ilja. In de linker de Brancusi's, die alle drie steile kameraden waren. Waarschijnlijk hun vader Bogdan, die toch zijn land al niet meer bebouwde en het liet verkommeren. Links ook de smid Simenov. Omtrent de Konstantins en koster Julius Knaup tastte ik nog in het duister, net als omtrent Alexandru Kiselev. Zou hij het als toekomstige arbeider bij de staatstractorenfabriek aandurven zijn naam in de rechterkolom te laten zetten? Waar de Saksen stonden, hoefde ik me niet af te vragen, behalve ten aanzien van fotograaf Heinrich Hofmann. De zigeuners telden niet mee: bij hen viel toch niets te collectiviseren.

'Karl, jongen, ben je gek geworden?'

Hermann Schuster duwde de schouderkloppers opzij en wees zijn landgenoot terecht. 'Moest je Raducanu nou echt een melkmuil noemen? Die vent is gevaarlijk!'

'Ik laat mij door niemand de mond snoeren. Een melkmuil is een melkmuil.'

'Daar heb je gelijk in,' beaamde Schuster, 'maar het was een vergissing om Raducanu zo uit te schelden. Een hele domme vergissing.'

Hans Schneider bemoeide zich ermee. 'Jongens, niet hier op straat. Laten we bij Ilja in alle rust verder praten.' Enkelen stemden toe en begaven zich naar het dranklokaal – alleen mannen wier namen in de rechterkolom terecht zouden zijn gekomen.

De schrik van de vorige nacht om het gedoofde Eeuwige Licht en de raadselachtige verdwijning van Angela Barbulescu zat er bij mij nog goed in en ik voldeed slechts schoorvoetend aan grootvaders verzoek hem in de kroeg te helpen. Toen ik aanstalten maakte een fles tsoeika te openen, maakten de mannen een afwerend gebaar. Degenen die Karl Koch zo-even nog gecomplimenteerd hadden met zijn verzet tegen Lupu Raducanu, gaven mondjesmaat toe dat zijn openlijke protest tegen de staatsveiligheidspolitie hoogst onverstandig geweest was en onwenselijke gevolgen zou kunnen krijgen.

'Als jij Raducanu niet zou hebben geprovoceerd, zou hij nooit op het idee van die namenlijst zijn gekomen.' Iedereen moest het verwijt in de stem van Hermann Schuster hebben gehoord.

'Je moet het nooit aan de stok krijgen met de Securitate. En al helemaal niet met die Lupu. Daar krijg je alleen maar last mee,' merkte Alexandru Kiselev, die in gedachten al versnellingsbakken in elkaar stond te zetten in Stalinstad, halfhartig op.

'Weet je eigenlijk wel waar je mee bezig bent, Karl?' voer Hermann Schuster tegen zijn vriend uit. 'De Securitate tegen je in het harnas jagen, weet je wat dat betekent? Dat betekent paragraaf 166: verzet tegen de staat, bedreiging van de nationale veiligheid. Daarvoor krijg je twee jaar, vijf jaar, zeven jaar. Dat wordt een enkele reis Aiud. Of Pitesti. Ze gaan je aan de schandpaal nagelen. Is een hufter op zijn schoenen spuwen je dat waard? Als jij die lijst gaat opstellen, krijgen wij er allemaal gedoe mee. Doe je het niet, dan komen ze je halen.'

'Laat die verdomde lijst er toch buiten!' pareerde de jonge Petre. 'Met of zonder, ze dringen ons hoe dan ook de kolchoz op. Als het vandaag niet is, is het wel morgen. En als Karl die lijst niet opstelt, doet een ander het. De Brancusi's of Simenov, weet ik veel. Wat telt is dat ze verdeeldheid in het dorp willen zaaien. Een tegenstander, eenmaal verdeeld, laat zich beter onteigenen.'

'Ik laat mij niet collectiviseren!' Karl Koch beukte met zijn vuist op tafel. 'Knoop dat maar in jullie oren. Ik heb al eens aan de verkeerde kant gestaan. Dat nooit meer! Ik was zo gek als een deur, toen ik zo nodig in die vermaledijde oorlog moest vechten. Ik heb meegeblèrd voor die schreeuwlelijk van het Derde Rijk. En ik heb dingen gedaan die een mens nooit mag doen! Nooit, echt nooit meer. Ik laat me niet meer tot handlanger van die misdadigers maken. Of ze nu zwart, bruin of rood zijn. Over mijn lijk.'

'Het is al goed, Karl. Wij waren allemaal dom.' Hermann Schuster sloeg zijn arm om de schouder van zijn vriend. 'Maar, Karl, het gaat niet alleen om jou, het gaat om ons allemaal. Om iedereen die hier in vrede wil leven. Ook je vrouw en je kinderen. Karl, denk aan je Klara, aan Franz en Theresa.'

Karl Koch zweeg.

'Maar het is waar. Petre heeft gelijk,' ging Hermann Schuster verder. 'Raducanu wil een wig tussen ons drijven. Dat laten wij ons niet gebeuren. We moeten eensgezind zijn.'

De mannen zaten nog een tijdje bij elkaar, maar ze kwamen er niet uit toen de vraag viel wat hun dan tegen de dreigende tweedracht in het dorp te doen stond. Het stond alleen vast dat Karl Koch geen namenlijst zou maken. Tips voor hoe de Saks moest handelen als Lupu Raducanu die maandag bij hem op de stoep zou staan werden echter niet gegeven. Het was eerder uit hulpeloosheid dan uit vastberadenheid dat men besloot eerst de zondagse preek van pater Johannes af te wachten. Toen besloten de mannen om de pastoor vanwege de netelige kwestie reeds de volgende morgen om raad te vragen. Met de hoop dat ze de autoriteit van de clerus achter zich zouden hebben staan, leek het hun minder moeilijk zich eensgezind tegen de macht van de Securitate te keren.

Ik schrok toen Karl Koch opstond om naar huis te gaan. Hij leek wel jaren ouder, zo grauw en moe zag hij eruit. Kleiner ook. Ineens begreep ik wat angst is. Zonder zelf bang te hoeven zijn zag ik wat angst met mensen deed. Het advies van Hermann Schuster aan Karl om aan het lot van zijn vrouw en twee kleine kinderen te denken, had angst in hem gewekt. Hun macht was verlammend. Die kwam aangeslopen met de vraag: 'Wat gebeurt er, als...?'

Ik probeerde me voor te stellen wat Karl Koch zou denken. Wat zou er gebeuren als hij de namen niet opschreef? Als hij op maandag gewoon de bossen in trok. Zich schuil zou houden. Een paar dagen maar. Raducanu zou weer vertrekken. Zonder lijst. Maar de securist zou terugkomen. Ooit. Met tien of twintig manschappen. Ze zouden een speurtocht naar hem beginnen. En hem zeker niet vinden. En wat gebeurde er dan? Met zijn vrouw, met de kinderen? Wie zou er voor hen zorgen? Wat zou er met de andere dorpelingen gebeuren? Zou de veiligheidsdienst Kochs vrienden erin betrekken? Als handlangers van een staatsvijand? En als Karl Koch in het dorp zou blijven en zich schrap zou zetten tegen Raducanu? Als hij zou zeggen: Luister eens, varkenskop, je kunt de pot op met je lijst. Stel hem maar lekker zelf op. Dat betekende Aiud of Pitesti. Ik wist niet eens waar die steden lagen; wel wist ik dat er grote tuchthuizen waren. Men zei dat wie eruit kwam niet meer dezelfde was. Na twee, drie jaar kerker zouden vrouwen en kinderen hun man en vader niet meer herkennen.

'Dat mens van Konstantin is kierewiet,' zei mijn moeder Kathalina onder het avondeten. 'Die gelooft in alle ernst dat de bokkenpotige 's nachts door het dorp trippelt. Soms vraag ik me echt af waar ik hier terecht ben gekomen.'

'Wie Kora serieus neemt, is niet meer te redden. Wat zij allemaal uitkraamt, kun je het beste je ene oor in en het andere uit laten gaan,' vond ook grootvader. 'Maar merkwaardig is de kwestie van dat bloed wel. Op Konstantin na heeft niemand in het dorp een flauw idee over hoe het zit met dat bloedspoor van het altaar naar de drinkbak. Ik zou ook wel eens willen weten wat daar gebeurd is, die nacht.'

Het stelde mij gerust dat niemand er in de verste verte ook maar aan dacht om mij en Fritz met het gebeurde in verband te brengen. Het was ook wel heel opmerkelijk dat niemand het had over het uitgedoofde Eeuwige Licht. Zou het weer branden? Had Johannes Baptiste het weer aangestoken? Of kerkdienaar Knaup? Dat moest ik controleren. De volgende morgen, als een deel van de mannen bij de pastoor zou zijn om te overleggen hoe men ongeschonden uit het dilemma rond Kochs lijst zou komen, zou ik naar de kerk gaan.

Hoewel het zwakke geflakker van het rode lampje op klaarlichte dag bijna niet waarneembaar was, zag ik dadelijk dat het niet brandde. Het was niemand opgevallen. In mijn zak had ik een doosje lucifers. Ik kon de orde der dingen weer herstellen als ik wilde.

Toch deed ik dat niet. Niet ik, maar Fritz Hofmann had het vlammetje gedoofd. Het was zijn taak de zaak weer in het reine te brengen. Als dat tenminste nog mogelijk was. Weliswaar was de god van de christenen genadig: hij kon iedere zondaar vergeven. Een leugenaar, een dief, misschien zelfs wel een moordenaar. Als hij maar oprecht berouw toonde. Maar aan iemand die het

Eeuwige Licht uitgeblazen had, viel vermoedelijk niet veel meer te redden. Fritz zou gestraft worden. Misschien niet vandaag of morgen, maar ooit zou hij voor zijn schanddaad boeten. Van de andere kant: wat als God echt dood was, zoals die Nietzsche beweerde? Dan had Fritz Hofmann niets te vrezen: een dode god kan niet straffen. Maar kon God dan dood zijn? Was God sterfelijk? Als hij dood is, redeneerde ik, moest hij eerst levend geweest zijn. Als hij ooit levend was, dan moest hij zowel almachtig als onsterfelijk zijn, want een god die niet almachtig en onsterfelijk is, is geen echte god. De ware God kon vanwege zijn onsterfelijkheid natuurlijk niet dood zijn. Als je het zo bekeek, moest Nietzsche zich vergist hebben. Maar was deze denker werkelijk zo beperkt dat ik, een kroegbediende, zijn stelling dat God dood was met een paar logische afwegingen op kon blazen? Ik moest erachter komen wat Nietzsche nou werkelijk bedoeld had. Dan kon ik meteen iets over Heinrich Hofmann te weten komen. Wat hij geloofde. Hoe hij dacht.

Het de vakfotograaf zelf vragen was uit den boze. En Fritz was voor mij dood. Misschien had ik onder andere omstandigheden de pastoor om raad gevraagd. Maar als ik Johannes Baptiste na het doven van het Eeuwige Licht ook nog het raadsel van de dood van God de Heer zou voorleggen, zou hij mij tot in de eeuwigheid iedere absolutie weigeren. Restte als enige mogelijkheid de zigeuner Dimitru, de beheerder van de boekerij. Wellicht waren op de planken daarvan ook de geschriften van Nietzsche te vinden. Zo ja, dan moest Dimitru er kennis van hebben genomen.

Ik verliet de kerk en begaf me naar de bibliotheek. De winter was op komst: een goede tijd om te lezen, wat ik overigens nooit deed.

Als het in de nacht van vrijdag op zaterdag al zou hebben gesneeuwd, dan waren de vreemde voetsporen naar de pastorie de vier mannen die zich 's morgens op het dorpsplein verzamelden om pater Johannes op te zoeken, opgevallen. Maar de eerste sneeuwval in de winter van 1957 zette pas rond het middaguur in. Karl Koch, Petre Petrov en de Hongaar Kallay stonden voor de deur van de pastoorswoning, terwijl Hermann Schuster op de bel drukte. Huishoudster Fernanda zou vast haar verstand gebruiken. Zij had de afgelopen dagen haar Johannes, die onder geen beding in de voorbereidingen van zijn zondagspreek gestoord wilde worden, van elk bezoek afgeschermd, maar de mannen waren vastbesloten zich niet met een kluitje in het riet te laten sturen. Ze hadden de raad van de zielzorger meer dan ooit nodig.

'Ik wil naar Dimitru, in de boekerij,' verklaarde ik, om vooral niet de verdenking op me te laden dat ik me met de zaakjes van de volwassenen wilde bemoeien.

'Dat gaat niet door. Er doet niemand open,' zei Petre. 'Wij staan al de hele tijd op de deur te bonzen.' Karl Koch sloeg met zijn vuist tegen het zware houtwerk. Hermann Schuster stelde voor de hoefsmid Simenov te roepen, die met ieder slot raad wist, toen Dimitru naar de pastorie sjokte, op weg naar de bibliotheek.

'O! Jullie hier? Zalig zijn zij die zoeken het wijze woord, want...'

'Er doet niemand open,' zei Karl Koch. 'Daar is iets niet in de haak.'

Dimitru haalde een sleutel tevoorschijn. 'Hebben jullie aangebeld?'

'Hé, wij zijn toch niet gek?' snauwde Petre. 'We staan al een eeuwigheid aan te bellen.'

'Dan is er iets niet in de haak.' Dimitru zwaaide de deur open.

Op de benedenverdieping en in de boekerij was alles stil. De mannen gingen, met de zigeuner voorop, de trap op en zagen dat de deur naar Johannes Baptistes privévertrekken op een kier stond. Toen ze hem en Fernanda riepen, maar geen antwoord kregen, ging ik achter de mannen aan. Niemand lette op mij. Hermann Schuster duwde tegen de deur en stuitte op onverwachte tegendruk. 'Het tapijt zal klem zitten,' meende hij, waarop ze met z'n allen tegen de deur duwden. Ze schoven iets zwaars opzij. Fernanda. Daar lag ze, met haar witte huishoudschort aan, zonder sporen van verwonding. Karl Koch knielde en voelde haar pols. De huishoudster was stijf en koud.

In een flits was duidelijk dat de mannen de pastoor nooit meer om raad zouden kunnen vragen. Hij zou nooit meer preken. Op het ergste voorbereid betraden ze eerst de woonkamer en toen ze Johannes Baptiste daar niet vonden, de studeerkamer. Ik had me op de achtergrond gehouden, tot zij een baaierd van verwoesting aantroffen. Boeken waren van hun planken en laden uit hun kasten gerukt. De schrijfmachine lag in stukken op de vloer, het tapijt was bezaaid met vellen papier en kaartjes. Te midden van dat alles zat Johannes Baptiste op zijn bureaustoel. Niet het feit dat hij dood was, deed mij huiveren, maar de manier waarop hij om het leven gebracht was. Johannes zat daar, naakt, zijn handen geknield, zijn hoofd gebogen, met zijn kin op zijn bloedbevlekte borst. Toen Karl Koch voorzichtig zijn hoofd optilde, gaapte ons een gruwelijke wond aan. Men had de geestelijke de keel doorgesneden.

Dimitru keek verbijsterd toe, sprong daarna naar de deur. Keer op keer timmerde hij met zijn hoofd tegen de deurpost. Zonder een kik te geven.

De andere mannen wreven in hun brandende ogen. Niemand zei een woord. Alle woorden waren dood, gestorven eer ze gedacht waren.

'Wat is dat?' vroeg Petre zachtjes. Hij wees op iets wat leek op een stuk grijs binddraad.

De mannen keken elkaar niet-begrijpend aan. De draad hing uit de mond van de priester.

'Een schoenveter,' bracht Hermann Schuster uit. 'Waarom is daar een schoenveter?'

Toen Petre Petrov aarzelend de grijze draad aanraakte, voelde hij dat het geen veter was. Schuster gaf hem een knikje. Petre trok eraan. Hij hield tussen zijn vingers een dode muis bij de staart.

'Wie doet zoiets?' fluisterde Karl Koch en hij duwde met zijn vuisten op zijn oogbollen.

'Dit hier is niets voor jou.' Hermann Schuster pakte mij bij mijn arm om me de studeerkamer uit te leiden. Ik stond als aan de grond genageld, zo verstard dat het de Saks niet lukte om mij ook maar een handbreedte van mijn plaats te krijgen. Versteend bleef ik staan voor de oude, naakte man op de stoel. Ik voelde niets. Maar ik zag alles. Ieder detail. Ik was veranderd in een mechanisch fototoestel, dat de sporen der gebeurtenissen weliswaar kan vastleggen, maar er niets van gewaar kan worden. Op die foto viel iets op, alsof het werd ingebrand, iets wat pijn deed aan mijn ogen. Het was niet de pastoor, niet de gapende wond, niet het bloed, niet de mannen die zich de handen voor het gezicht sloegen in ontkenning van hetgeen zij zagen. Midden tussen boeken en schrijfpapier lag op de vloer een klein, wit vodje. Een afgescheurd stukje papier. Veel woorden stonden er nict op. Een aantekening, handgeschreven. Het enige woord dat ik duidelijk kon herkennen was een naam: 'Barbu'.

Die naam verloste mij uit mijn verstarring. Wat er ook in deze kamer gebeurd was, ik had maar één gedachte. Ik moest dat vodje hebben.

'We moeten aangifte doen.' Hermann Schuster draaide zich om en maakte aanstalten om te vertrekken. Kallay en Koch volgden hem. Zij liepen achterwaarts, met starre ogen, opgeslorpt door het gruwelijke tafereel. Petre, die eerst niet echt op mij had gelet, pakte mijn hand. Als een vertrouweling, een goede vriend. 'Kom, Pavel. Dit hier is niet goed voor jou.'

Mijn blik kleefde aan het vodje. Ik wilde wel, maar ik kon de notitie niet gewoon meenemen. Maar het moest. Als de politie eerst alles zou onderzoeken, zou het te laat zijn. Uit het trappenhuis klonk gestommel. Hermann Schusters knieën begaven het. Hij viel. 'Petre! Gauw! Hou me vast!' Meteen rende Petre Petrov naar de trap. Twee, drie stappen, en ik stak het vodje in mijn broekzak.

De mannen besloten in Baia Luna eerst alleen het bericht van de dood van de pastoor bekend te maken. In geen geval zou op dit moment de toedracht van zijn sterven in de openbaarheid mogen komen, vooral om de vrouwen en kinderen geen angst in te boezemen. 's Middags zouden ze een vergadering beleggen, maar allereerst moesten ze doen wat er altijd gebeuren moest als er een dorpeling was overleden. Karl Koch zocht Julius Knaup op en gebood hem de rouwklok te luiden. Twee minuten later was het dorpsplein volgestroomd met mensen die de sneeuw uit hun haren schudden en zich afvroegen voor wie van de oudjes het gebeier bedoeld was. Toen de naam Johannes Baptiste rondging, stokte iedereen de adem in de keel. De vrouwen barstten in tranen uit. De mannen sloegen de blik neer of keken radeloos naar de geruisloos neerdwarrelende sneeuwvlokken en wisten zich met hun handen geen raad. Tot eindelijk iemand zijn buren de hand schudde, die zijn voorbeeld volgden en ten slotte alle mannen en vrouwen zonder een woord te zeggen door elkaar liepen om elkaar hun leedwezen te betuigen. Zelfs de Brancusi's, die hun afkeer van kerk en clerus altijd als een deel van hun revolutionaire opdracht hadden gezien, mengden zich onder de rouwenden, oprecht aangegrepen door de pijn van het verlies, met de gedachte dat Johannes altijd hun tegenstander was geweest, maar nooit hun vijand.

Karl Koch beging de fout om de dorpelingen te manen de pastorie onder geen beding te betreden voordat de politie in Apoldasch was verwittigd. Na deze mededeling heerste er een gespannen stilzwijgen, want toen pas begrepen de mensen wat de Saks gezegd had. Toen Avram Sjerban uitriep: 'Waar hebben wij agenten voor nodig als onze herder van bijna negentig sterft?' sloeg de rouw om in ontsteltenis en woede. In een of andere hoek rees het vermoeden dat de pastoor geen natuurlijke dood was gestorven. Iedereen praatte opeens door elkaar, er werd zelfs gevloekt en men verlangde op hoge toon van Koch te vernemen wat er eigenlijk aan de hand was. Tot Petre Petrov zijn verdriet hardop de vrije loop liet: 'Ze hebben zijn keel doorgesneden! Ze hebben hem gedood. Hem en Fernanda. Ze hebben hem vermoord.

Monddood gemaakt, voor eeuwig het zwijgen opgelegd!'

Petre zwalkte naar zijn moeder en stortte in. Terwijl Aldene Petrov zich over haar zoon boog, stormde iedereen naar de pastorie, mannen en vrouwen. Alleen de zigeuners bleven op een afstandje, rillend van de kou in hun veel te dunne kleren, met de stille vrees dat Baia Luna voortaan voor hen geen goede verblijfplaats meer zou zijn.

Schuster, Kallay en een paar sterke mannen deden een poging de te hoop lopende menigte de doorgang naar de pastorie te versperren. Maar die mislukte.

De eersten die de pastoorswoning bestormden, drongen tot de plek des onheils door, maar hun gegil verstomde. De stilte vulde de ruimte, breidde zich uit tot degenen die nog in de gangen en op de trap stonden, zelfs op het dorpsplein. Heel langzaam, heel geleidelijk werd het stil. Je kon de sneeuwvlokken horen vallen.

'Nu is hij een engel,' riep een stem. Iedereen keek naar Dimitru. 'Dan moet hij er ook als een engel uitzien. En Fernanda ook.' De menigte week uiteen om plaats te maken voor de zigeuner. In zijn armen hield Dimitru een stapel bloesemwitte beddenlakens.

Klokslag vier hingen Julius Knaup en Marku Konstantin aan de klokkentouwen en beierden tot diep in de nacht, tot ze de uitputting nabij waren. Zes mannen droegen Fernanda Klein op hun schouders, zes andere Johannes Baptiste. Drie links, drie rechts. Achter hen heel Baia Luna. Oneindig traag trokken de mensen door het dorp. Over de eerste sneeuw. Vlokken vielen op wit linnen. Op twee dode gezichten, opgebaard op schouders die sterk waren en tegelijkertijd te zwak. Witte vlokken op donkere mantels en blonde, bruine en zwarte hoofden die ze er niet af schudden. De mannen, de vrouwen en de kinderen hielden kaarsen in hun linkerhand, met de rechter beschutten ze de vlam tegen de wind.

Wij kwamen bij de kerk. De dragers legden beide lijken op het altaar, waar zij sliepen in het wit. Als een oud bruidspaar. Geen gezang, geen gebeden, geen geprevelde weesgegroetjes. Alleen het klokgelui en af en toe gekuch tussen de koude kerkbanken. De kerk was helder verlicht door alle kaarsen, terwijl de hete was op de handen druppelde. Zo helder dat niemand zag dat het Eeuwige Licht niet meer brandde.

Ik zat vooraan aan de rechterkant van het schip, naast grootvader Ilja en Dimitru. Links zaten de vrouwen. Rond middernacht sliepen de kinderen in de armen van hun moeders, de kaarsen waren opgebrand, het klokgelui verstomd.

Terwijl Hermann Schuster en Istvan Kallay met paard-en-wagen het politiebureau van Kronauburg naderden, keerden de eerste bewoners van Baia Luna terug naar hun huizen. Vervuld van rouw en de beangstigende vraag: Wie doet zoiets? Wat er ook voor slechts school achter de dubbele moord, het had meer gedaan dan doden alleen. De stilste dag die Baia Luna ooit beleefde, had de angst in het dorp gebracht. Ik wist het niet zeker, maar ik meende op de weg naar huis tussen alle donkere gezichten die de kerk uit kwamen ook Fritz Hofmann en zijn moeder Birta gezien te hebben.

Het vodje. Sinds ik het papier in de overhoop gehaalde studeerkamer, voor de ogen van de vermoorde priester, bij me gestoken had, spookte de notitie door mijn hoofd. Maar ik kon er niet bij nadenken. Het beeld van de ontblote Baptiste op zijn stoel spookte door mijn hersenen, groeide, werd groter en imposanter, dreigde mijn hoofd uit elkaar te doen knallen, en liet voor niets anders ruimte. Ik zat op mijn bed. Op mijn nachtkastje, in het schijnsel van de lamp, lag de aantekening: '6/11. A. Barbu, sleutel boekerij. Retour!!!'

Meer stond er niet op het afgescheurde strookje papier. In de gauwigheid met een potlood neergekrabbeld. Eén ding stond vast: zo'n hoekig en spits pootje kon alleen van een man zijn. Van huishoudster Fernanda kwamen de woorden niet. Johannes Baptiste had ze geschreven, blijkbaar op 6 november. Pas toen ik deze dag in zijn geheel voor mijn geestesoog zag voorbijtrekken, begreep ik hoe het tot dit geheugensteuntje gekomen was.

De zesde november was vorige week woensdag. Ik was vroeger dan anders opgestaan, had grootvader betrapt met een blikken trechter aan zijn oor en hem de cubanen voor zijn verjaardag gegeven. Vervolgens was ik naar school gegaan, met de gebruikelijke tegenzin. 'Jaag deze man naar de hel! Vernietig hem!' had Angela Barbulescu in mijn oor gefluisterd. Tussen de middag had ik de onderwijzeres voor het laatst gezien, hoe ze naar het bord kloste, de wislap pakte en de zin van Fritz en zijn schoorsteen uitveegde. 's Middags had Dimitru's neef Salman uit Kronauburg met zijn paard-en-wagen de televisie naar Baia Luna gebracht, onderweg een onaangename figuur opgepikt en mee naar het dorp genomen. Waarschijnlijk kende Barbu de vreemdeling en had zij met hem gedronken bij haar thuis. Hij uit een glas en zij, zoals gewoonlijk, uit de fles. Daarna was zij verdwenen. Maar de notitie toonde aan dat Angela Barbulescu nog bij de pastoor geweest was. Op de bewuste woensdagmiddag. Tegen drie uur 's middags. Want om die tijd tilde Dimitru het televisietoestel reeds de kroeg binnen. Terwijl de mannen het toestel bewonderden, was ik ervandoor gegaan om Fritz Hofmann van het cadeau van mijn grootvader te vertellen. Fritz was stante pede meegekomen. Meteen daarna was Johannes Baptiste het dranklokaal binnen gekomen, waar hij tot laat in de avond gebleven was. Barbu kon dus niet op een ander tijdstip dan tussen het einde van de les en een uur of drie 's middags bij de pastoor geweest zijn.

'Sleutel boekerij'. De pastoor had Barbu de sleutel van de boekerij overhandigd. Normaal gesproken had Johannes Baptiste met de bibliotheek van de pastorie niets te maken. Wie een boek wilde lenen, wendde zich tot Dimitru. Maar die was op dat tijdstip niet in de boekerij, aangezien hij met dat televisietoestel bezig was. Pater Johannes, van wie iedereen wist dat zijn geheugen hem in de steek begon te laten, had 'A. Barbu' de sleutel geleend en voor zichzelf een geheugensteuntje gemaakt. 'Retour!!!' Het vodje moest hem eraan herinneren de sleutel niet te vergeten, mocht de als sloerie bekendstaande lerares hem niet terugbrengen. Had Barbu de sleutel wel teruggegeven? Die vraag leek mij van ondergeschikt belang. Veel belangrijker was: wat wilde mijn lerares in de boekerij? Uitgerekend op de middag van 6 november? Had ze niet kunnen wachten tot de volgende dag, wanneer Dimitru weer op zijn rode chaise longue zou liggen en zijn tijd met studeren doorbracht? Welk boek was voor Barbu van zo'n urgent belang dat ze die middag persoonlijk de oude pastoor vanwege de sleutel moest lastigvallen? En waar was het nu? Mocht er een boek aan de bibliotheek ontbreken, dan kon maar één iemand dat vaststellen: Dimitru.

Maar was het wel juist om hem in mijn eentje op te zoeken? Ik had een bondgenoot nodig, een vriend. Fritz was dood voor mij. Hermann, de gelijknamige zoon van de Saks Schuster, was een nette jongen, maar ik had er helemaal geen behoefte aan om hem de hele geschiedenis uit de doeken te doen, van Barbu's zonnebloemenjurk tot de kwestie met het Eeuwige Licht. En Petre Petrov? Petre had op de plaats delict mijn hand gepakt, voor een ogenblik waren wij verbonden in ons verdriet. Maar ik kende de twee jaar oudere Petre amper; hij groeide steeds meer naar de wereld van de volwassen mannen toe en gaf zich gewoonlijk niet met jongeren af. Ik kende maar één mens aan wie ik alles vertellen wou: Buba. Alleen zag ik haar niet voor me, ik kon me haar niet voor de geest halen. Ik herinnerde me nog wel haar ogen, haar open lach, haar brutale opmerkingen, haar zachte handen en haar haar, dat naar aarde en rook geurde. Maar ik zag, hoorde, proefde haar niet. En ik zou Buba ook niet ruiken en proeven zolang het beeld van de naakte pater Johannes, aan zijn stoel vastgebonden, niet wijken zou voor een ander beeld.

Er was iets grimmigs over Baia Luna gekomen. Het kwaad had Fernanda en de zielzorger aan het dorp ontrukt en er angst voor in de plaats gebracht. Het mes door zijn keel had de pastoor niet alleen voor altijd het zwijgen opgelegd, het maakte hem ook voor altijd doof. Pater Johannes kon niet meer luisteren. Dat knaagde aan mij, bracht mij aan het twijfelen. 'Verdwijn uit het Huis van God. Loop naar de hel!' waren de laatste woorden die ik uit de mond van de priester gehoord had. Johannes Baptiste was gestorven in de verkeerde veronderstelling dat ik, Pavel Botev, het Eeuwige Licht gedoofd zou hebben. En de priester zou nooit meer horen: 'Nee, nee, nee, pater Johannes. Het is totaal anders gegaan.' Om niet te huilen van verdriet beet ik de hele nacht in mijn kussen.

Op zondagmorgen keerden Hermann Schuster en Istvan Kallay met het uitgeteerde karrenpaard uit Kronauburg terug. Ze hadden de hele nacht doorgereden. 'De politie is onderweg om de moord te onderzoeken,' verklaarde Istvan, terwijl Schuster zijn paard uitspande.

Ze arriveerden tegen de middag. Twee jeeps en een zwarte lijkwagen. In de ene terreinwagen zaten de plutonier Cartarescu en de dikke volkspolitieagent. In de andere zes geüniformeerden.

'Mooi klote,' mopperde de dikke met het vogelnesthaar. Ondanks de kou bette hij zich het zweet van zijn voorhoofd, klemde zijn pet onder zijn arm en stelde zich eerst met rang en naam voor: 'Districtscommissaris kapitein Patrascu. Van m'n levensdagen nog nooit in Baia Luna geweest en nou ben ik er alweer. Tweede keer in twee dagen. Zal wel wat aan het handje zijn hiero. Eerst een onderwijzeres weg en nou dit.' Hij stak een Carpati op. 'Waar is de plaats delict?'

Kristan Desliu wees naar de pastorie. 'Maar de doden liggen in de kerk.'

'Wat? De lijken liggen in de kerk! Wie heeft ze daarheen gebracht?' stoof plutonier Cartarescu op.

'Wij!'

'Zijn jullie nou helemaal betoeterd? Dat is ernstige belemmering van het politiewerk. Plaatsen delict dienen in geen geval aangetast te worden. Hoe moeten wij anders ons werk doen? Als alle sporen uitgewist zijn. Wie is er verantwoordelijk voor het onrechtmatige transport?'

'Kalm aan, mister,' meende Patrascu. 'Laten we eens rustig kijken hoe en wat.'

Terwijl een paar volkspolitiemannen op het dorpsplein wachtten, gingen de commissaris, Cartarescu en twee geüniformeerden naar de pastorie. Omdat de deur in het slot gevallen was, riep men de smid Simenov erbij, die het hout met een krachtige ruk van zijn breekijzer uit de deurpost rukte. Na een uur keerden de overheidsdienaren van hun onderzoek terug.

'Moeilijk, moeilijk,' zei Patrascu en hij nam een haal van zijn sigaret. 'Duizend voetafdrukken. Voor het huis, op de trap. Waar je ook maar kijkt. Daar kun je niks mee. Een behoorlijk zootje daarboven. Wat moeten we daar zoeken? We weten niet eens waarnaar we moeten zoeken. Het ziet ernaar uit dat ook de daders ergens naar gezocht hebben. Maar als ze zo tekeer zijn gegaan, zullen ze wel niets bruikbaars gevonden hebben.'

'Hoe bedoel je?' Cartarescu begreep het niet. 'Hoezo hebben de daders niets gevonden? Waarom wil je dat weten?'

'Kwestie van ervaring. Inbrekers gooien alleen alles overhoop als er niemand thuis is. Is dat wel het geval, dan is het een heel ander verhaal. Geloof me, als ik een scheermes tegen je keel hou, geef jij mij heus wel wat ik zoek. Geld, juwelen, drank, belangrijke documenten, weet ik veel. Dat haal jij allemaal voor mij uit je laatjes. Vrijwillig of minder vrijwillig. Tenzij er niks verstopt is. Dan keren die lui het hele huis om, tot ze erachter komen dat er niks te halen valt. Als ze goochem zijn, maken de ganneven daarna rechtsomkeert. Maar als ze lichtelijk geïrriteerd zijn, gaan ze met hun mesje zwaaien. Zo'n geval hebben we hier.'

Cartarescu haalde nors zijn schouders op en drong er bij zijn meerdere op aan eindelijk de slachtoffers te inspecteren.

'Doen jullie dat maar,' zei Patrascu, 'de vijftiende ga ik met pensioen. Moet ik mezelf na vijfenveertig dienstjaren nog die gore bende aandoen? Ik heb genoeg gezien.'

Toen plutonier Cartarescu eindelijk met twee sergeanten terugkwam van de inspectie van de twee lijken in de kerk, waren de

overige politieagenten nog bezig de vrouwen en mannen te on-
dervragen. Verdachte personen? Vreemden in het dorp? Persoonlijke vijanden van de pastoor, op privégebied of zelfs in het kleri-
kale? Bijzondere voorvallen? Veel geld in de pastoorswoning?
Sacrale kunst? Kerkgoud? Ze vroegen naar de betrekkingen tussen Fernanda en de priester, wilden alles weten over zijn levens-
wandel, voorkeuren, zaken waar hij een hekel aan had, en toen
sloeg Karl Koch door.

'Hij was tegen de Partij. Tegen jullie godverdomde communisme. En jullie weten precies wie er achter deze laffe moord zit. Jullie vervloekte Securitate! Die was er toch van op de hoogte dat
Johannes vandaag in de kerk tegen de kolchoz zou preken? Dus
ze hebben hem en Fernanda omgelegd. Daar zit alleen die varkenskop van een Lupu Raducanu achter. De geheime dienst schijt
drollen, en de politie zorgt dat er niemand in gaat staan.'

De Carpati van de districtscommissaris tuimelde in de sneeuw.
Hij zette zijn uniformpet op. 'Kunt u dat bewijzen?'

'Bewijzen? De pot op met jullie bewijzen! Het zijn misdadigers, verachtelijke misdadigers!'

'Misdadigersbende, socialistengespuis,' riepen nu ook Petre Petrov en Kristan Desliu. Petres vader Trojan stak zijn gebalde vuisten omhoog en de herder Avram Sjerban, die al gedronken had,
stoof in blinde woede op de Brancusi's af. 'Jullie communistenge-
broed!' brulde hij en hij omklemde met zijn beide handen Romans
nek en duwde hem in een wurggreep op de grond. Uitgerekend
Hermann Schuster, wie de stotteraar Roman een buil had bezorgd,
trok de oude Sjerban van Roman af, waarop Hans Schneider hem
toesnauwde: 'Eerst laat je je klappen geven, en dan trek je je an-
gel in.'

Het zweet parelde Liviu Brancusi op het voorhoofd. 'Wij hebben hier helemaal niets mee te maken! Geloof ons nou eens!'

Het angstgeroep van de Brancusi's ging verloren in de geheven
vuisten en het geschreeuw. Commissaris Patrascu keek schuins
naar zijn ondergeschikten en greep naar zijn gordel. De volkspo-

litieagenten trokken hun pistool. Daarna vuurden ze in de lucht. De menigte stoof uiteen en de rust keerde meteen weer. Cartarescu schoof de Brancusi's naar een van de auto's en rukte de laadklep open. 'Een politionele maatregel om jullie te beschermen. De veiligheid van het dorp is erbij gebaat dat jullie een tijdje verdwijnen.' De plutonier was nog niet uitgesproken of de drie broers klommen al in de laadbak van de politiewagen.

De volkspolitieagenten hielden hun wapen nog altijd op de hemel gericht, toen de commissaris verklaarde dat er bevel was van hogerhand om de doden voor obductie naar Kronauburg te vervoeren. De bestuurder van de lijkwagen monkelde dat men hem slechts opdracht voor één dode gegeven had, van een vrouw extra was geen sprake geweest, en of zich dan niemand van deze districtsheren had afgevraagd wat dat betekende, twee dode lichamen, ook nog zwaar en stijf, in één wagen te laden, wat in dat geval altijd met kwetsingen en blessures gepaard ging. Hoe kon een deskundige autopsie dan nog tot een zinnig resultaat leiden? Hem was hoogstpersoonlijk god weet wat gelegen aan een ordentelijk onderzoek van de lijken, omdat hij als vervoerder en laatste schakel van de ketting altijd de verwijten en narigheid te verduren kreeg dat er 'iets mis was gegaan tijdens het transport'.

'Hou op,' zei Patrascu. 'Weet je, ik vind dat helemaal niet erg. Wij ruimen ook alleen maar de schijt op. En vanaf volgende week ga ik voor je met mijn benen omhoog en hou mijn reet warm.' Toen wendde hij zich tot Karl Koch: 'Als ik jullie een raad mag geven. Maak er geen lopend vuurtje van. Hou het vlammetje klein. Anders hebben jullie hier een vuur, waar jullie je aan branden.'

Een van de sergeanten, die mee de kerk in was gegaan, had het woord 'vuur' opgevangen. 'Mensen, jullie zijn toch katholiek? Dan moeten jullie eens wat vaker naar de kerk gaan, en ervoor zorgen dat het Eeuwige Licht brandt.'

Mijn vrees dat nu het uur van Kora Konstantin zou slaan, werd bewaarheid.

'Het licht is gedoofd. Johannes achterbaks vermoord. *Het* is terug! Nu is *het* terug!' Kora rende als een kip zonder kop rond. Geheel buiten zinnen van angst verkondigde ze luidkeels de terugkeer van het apocalyptische Beest en krijste: 'De duivel, de demon, het Beest van de hel!' Ze wierp zich op de grond, rollebolde door de sneeuw en knorde als een varken. Julius Knaup bazelde over de wederkeer van de antichrist, over bloed dat van de altaarsteen naar de drinkbak stroomde. 'De hoeven, de hoeven!' riep de koster. 'Jullie hebben het gezien! Het Beest is terug! Het ondier bestaat! Johannes is dood. Het Licht is gedoofd. Het einde der tijden is nabij!'

Terwijl de mensen, voor een deel verstard van schrik, voor een deel van afschuw, niet op Kora's varkensachtige gewroet en de kerkdienaar reageerden, ebde de spanning weg. Ondersteund door haar zwager Marku en Julius Knaup, sleepte Kora zich hoestend van uitputting naar huis.

'Wilt gij tot waanzin vervallen? Gij onwetenden. Hebt gij dan niet naar papa Baptiste geluisterd?'

Dimitru was uit zijn boekerij opgedoken, en hij scheen mij in deze algehele waanzin de enige verstandige toe. Ik wist dat de tzigaan ieder woord van pater Johannes vanaf de kansel als een spons in zich had opgezogen. Van de priester was bekend dat hij buitengemeen kundig was als het ging om het onderscheiden der geesten. Hij kende het subtiele verschil tussen dier en duivel, Lucifer en Beëlzebub, tussen spoken, demonen en Satan zelf. Nu bleek dat Dimitru een goede leerling was geweest. Hij verhelderde aan de omstanders dat noch het apocalyptische Beest, noch de demon de veroorzaker kon zijn van de kwade gebeurtenissen van de laatste dagen. Het Beest vluchtte voor iedere kerk, vermeed de nabijheid van het Eeuwige Licht en kon dat derhalve ook niet uitgeblazen hebben. En wie broeder Baptiste vermoord had, kon ook beslist niet de demon zijn geweest.

'Demonen verspreiden slechts angst. Maar zij kunnen niet doden. Want zij hebben geen voeten, geen handen en geen messen. Zij dolen rond, en zoeken zich als omhulsel mensen die hol zijn vanbinnen. En als ze er een gevonden hebben, glimlachen ze aan één stuk door omdat ze blij zijn dat iemand ze draagt.'

'Ik moet hier weg!' Commissaris Patrascu beval de volkspolitieagenten: 'Pak de lijken in en dan als de wiedeweerga naar de stad.'

Tegen de avond haalden de Hongaar Istvan Kallay, Hermann Schuster en Trojan Petrov bij mijn grootvader potloden en papier. De drie wilden langs de huizen gaan. Karl Koch, die de afvaardiging beslist wilde begeleiden, werd van deelname uitgesloten, met als motivatie dat hij het de laatste dagen al moeilijk genoeg had gehad en nu maar eens bij vrouw en kinderen moest blijven om zijn getergde zenuwen te sparen. De volgende dag zou Lupu Raducanu verschijnen en de lijst opeisen. Die zou hij dan voor den duivel maar moeten krijgen. Maar niet van Karl Koch. Hij stond in de vuurlinie en moest buiten schot gehouden worden.

Die avond leerde ik een belangrijke les. Ik wilde erachter komen of ik in staat was mensen tegen hun zin naar mijn hand te zetten, ze te laten doen wat ik wilde. Het was niet moeilijk. Precies op het moment dat de drie mannen op pad gingen om alle gezinnen in Baia Luna langs te gaan, sloeg ik met mijn vuist tegen mijn voorhoofd en riep huilend: 'De hoeven, de hoeven, het bloed op het altaar!'

Dat was voldoende, iedereen maakte zich zorgen over mij. Ik voelde me verschrikkelijk doortrapt. Maar dat hoorde erbij.

'Die jongen heeft te veel gezien. Hij heeft frisse lucht nodig,' zei mijn moeder. Daar was iedereen het mee eens. Zelfs grootvader.

Ik klampte Hermann Schuster aan: 'Ik wil niet alleen naar buiten. Mag ik niet mee? Ik neem ook potlood en papier mee.'

Zo kwam het dat ik meeliep toen de delegatie door de sneeuw stapte. Geen van de drie was voor de kolchoz, maar ze hadden geen keus. De angst had zijn werk gedaan. Hij had het bittere inzicht doen postvatten dat men verstandig moest zijn en zich in het onvermijdelijke moest schikken. Om verdere rampspoed verre van het dorp te houden, zou ieder gezinshoofd zijn handtekening zetten op een lijst zonder linker- en rechterkolom. Een lijst met de namen van alle gezinnen. De vraag 'Willen jullie de kolchoz of willen jullie dat het onheil terugkeert?' hoefde na de moord op Johannes Baptiste niet meer gesteld te worden.

Onder aan het dorp begonnen we. Bij de zigeuners was een handtekening niet nodig. De zwarten bezaten geen eigen land en hadden de weiden voor hun paarden gepacht van de boeren. Allereerst ondertekenden Avram Sjerban, de oude Lopa en Vasili Adamski. En, zoals verwacht, Bogdan Brancusi, wiens zoons in Kronauburg wachtten tot de storm in Baia Luna weer zou zijn gaan liggen. De smid Simenov ondertekende met 'een daad van inzicht in een moeilijke tijd', Julius Knaup troffen wij aan in het huis van Marku Konstantin en diens schoonzuster Kora. Ze zaten rond de keukentafel geschaard en legden zowaar hun rozenkransen even opzij om hun toestemming te documenteren. Van de Saksen ondertekenden grimmig de Schneiders, de Zikeli's en de familie Klein. Bij Karl Koch brak het potlood toen hij tandenknarsend zijn naam op het papier kraste.

Boven in het dorp kwamen we uiteindelijk bij het huis van de Hofmanns. Ik had een naar voorgevoel. Ik had bij mijn gesimuleerde aanval van waanzin niet bedacht dat ik dan ook de van vriend in vijand veranderde Fritz op mijn weg tegen zou komen. Hermann Schuster klopte aan. Birta deed de deur open en liet ons binnen. Behalve ik was nog geen van de drie anderen bij hen over de vloer geweest. Zij waren onder de indruk van de ruime woonkamer en de poster van een reusachtige vrouw met stralenkrans en fakkel, tussen immens hoge gebouwen. Schuster verklaarde Birta dat ze voor een serieuze aangelegenheid kwamen, en vroeg naar haar echtgenoot.

'Heinrich is er niet,' zei zij, en Fritz voegde daar kribbig aan toe: 'En hij komt ook niet meer.'

De mannen keken elkaar vragend aan. Heinrich Hofmann was

weliswaar doorlopend in Kronauburg en zou in Baia Luna ook niet erg gemist worden, maar dat hij nu helemaal niet meer met zijn Italiaanse motorfiets door het dorp zou rijden, daar keken zij wel van op. Ik ook.

'Komt ook niet meer? Hoe moeten wij dat zien?' wendde Hermann zich tot Birta.

'Ik heb een verzoek ingediend! Om uitreispapieren. Voor mij en voor Fritz.'

'En je man, Birta?' vroeg Hermann verbluft. Voor hem was het aanvragen van uitreispapieren een volkomen onbegrijpelijke beslissing.

'Heinrich blijft in Kronauburg,' antwoordde ze verlegen. 'Fritz en ik gaan weg. Naar Duitsland.'

'Zonder je man? Birta, hoe moet dat dan?'

'Dat jullie het maar weten.' Fritz keek mij giftig aan. 'Mijn moeder laat zich scheiden. Het werd me daar tijd. Zodra de papieren binnen zijn, vertrekken we.'

Birta Hofmann bloosde. De even vrijmoedige als onbeschofte woorden van haar zoon waren pijnlijk om te horen.

'Ja, dat is waar. Heinrich probeert momenteel het huis en de grond te verkopen. Maar wie wil nou land kopen dat misschien onteigend wordt? Of een huis in een dorp dat geen toekomst heeft?'

Deze laatste opmerking pareerden de mannen met een halfhartig 'Dat zullen we nog wel eens zien', maar na het bezoek aan Birta hadden ze aan het verzoek om een handtekening voldaan, zodat de delegatie van de naam Heinrich Hofmann af kon zien.

Toen de kerkklok negen sloeg, ontbrak er op de lijst nog maar één handtekening, die Kallay, Schuster en Petrov probleemloos zouden krijgen. Dachten ze. Namelijk die van mijn grootvader. Wij liepen weer terug naar het dorp en koersten, daar de kroeg vanwege de rouw om Baptiste en Fernanda gesloten was, op de achteringang af.

Mijn familie zou niet getroffen worden door de op handen zijnde onteigening. Wij bezaten slechts een onbeduidend stukje weiland waar maar een paar schapen op konden grazen en dat zo klein was dat het onder de vastgestelde omvang viel waarboven privaat land in het collectief opgenomen moest worden. Bovendien druiste het tegen elk gezond verstand in een dranklokaaltje met een paar tafels en stoelen te collectiviseren en een winkeltje dat het dorp uitsluitend van het hoognodige voorzag, tot volkseigendom te verklaren.

Op de gang stond mijn tante Antonia, die zich uit verdriet om het verlies van haar geliefde pastoor geheel in het zwart gehuld had. Met roodgeweende ogen liet zij enkel los dat Ilja en Dimitru in de winkel waren.

'Wij willen niet storen,' zei Hermann zacht, 'Ilja, eventjes tekenen en wij zijn weer weg.' Schuster reikte hem het potlood aan en de lijst met de namen. Opa keek naar het papier en wekte de indruk alsof hij zijn handtekening als het even kon niet zou zetten.

'Ik moet eerst even mijn bril uit de woonkamer halen.'

Hermann Schuster was verbaasd, daar hij grootvader nog nooit met oogglazen gezien had. Mij verbaasde dat niet, ook al wist ik dat hij helemaal geen bril droeg.

Hij plukte Dimitru aan zijn mouw. 'Kom mee,' fluisterde grootvader zijn zigeunervriend toe.

Ilja reikte Dimitru het papier en het potlood. 'Vlug, schrijf mijn naam even op!'

'Hè, kun je dat niet zelf?' In Dimitru's stem klonk geen verwijt, maar medelijden. 'Ik had altijd al zo mijn vermoedens. Maar nu, mijn vriend, weet je dat je vriend het weet. Vanaf nu ben je niet meer alleen.' Hij schreef met ferme hand.

'Heb je je bril nou gevonden?' riep Schuster.

Grootvader antwoordde niet en reikte Hermann de lijst met namen. Helemaal onderaan stond duidelijk leesbaar: 'Borislav Ilja Botev'.

Kallay, Petrov en Schuster bedankten en vertrokken. 'Bid voor ons, als morgen die Raducanu komt,' zei de Saks nog. Grootvader knikte.

Lupu Raducanu kwam niet. De hele dag was in het dorp de spanning voelbaar. Wat zou er gebeuren als hij opdook? De mannen die bezig waren grafkuilen voor Fernanda Klein en Johannes Baptiste te graven, hadden veel meer tijd nodig dan gebruikelijk voor hun droeve klus. Ze onderbraken hun werk veelvuldig, keken op en spiedden in de richting van de weg naar Apoldasch, waar de terreinwagen het dorp binnen zou komen. Maar hij kwam niet. Maandag niet, dinsdag niet en ook woensdag niet. Donderdagmiddag liepen de mensen te hoop, toen Margitha Desliu vanaf de Kerkhofheuvel in de verte een zwart stipje in de sneeuw ontwaarde. Toen ze herkende wat daar langzaam het dorp naderde, rende ze naar beneden. 'De lijkwagen! De lijkwagen komt!'

De wagen stopte op het dorpsplein. Het was een andere chauffeur dan degene die Fernanda Klein en Johannes Baptiste ter obductie naar Kronauburg vervoerd had. Hij droeg een zwart pak, net als zijn jongere begeleider. De twee groetten eerder vormelijk dan vriendelijk en brachten met moeite enige piëteit op.

In het dorp had men verwachtingsvol uitgekeken naar de kisten en besloten om de lijken na aankomst in de kerk op te baren, zodat ze de volgende dag begraven konden worden. Bij de dood van een priester droeg in de regel de bisschop of een hulpbisschop van de diocese de uitvaartmis op. Daar het in Baia Luna een publiek geheim was dat de verhouding tussen de Kronauburger clerus en pater Johannes er een van wederzijdse afkeer was, had men de geestelijke in Schweischtal ervoor gevraagd. Hij had zich bereid verklaard de doden het laatste oliesel te geven en de waardige teraardebestelling van zijn ambtgenoot en diens huishoudster op zich te nemen.

De dorpsraad had als teken van erkenning besloten de twee doden niet, zoals gebruikelijk, op de Kerkhofheuvel te begraven, maar in de tuin voor de kerk. Omstreden was bij de raadsvergadering de beslissing over wat men met het gedoofde Eeuwige

Licht moest aanvangen. Er werd voorgesteld het met een lucifer gewoon weer aan te steken, tot het voorstel kwam dat men ook aan de pastoor uit Schweischtal kon vragen een kaars aan het Eeuwige Licht in zijn eigen kerk aan te steken en zo de geheiligde vlam naar Baia Luna te brengen. Uiteindelijk werd ook dit voorstel afgewezen, daar men tot de slotsom kwam dat het uitgedoofde Licht pas weer ontstoken mocht worden als de laffe moordenaar achter de tralies zat.

'Wij moeten de beide kisten nu naar de kerk dragen,' zei Hermann Schuster tegen de bestuurder. Die keek verbluft op. 'Beide kisten?' Hij opende de achterklep van de lijkwagen. Daar lag maar één kist in.

'Het moeten er twee zijn,' riepen meerdere stemmen tegelijk. De mannen, die paraat stonden om de dodenschrijnen te dragen, spoedden zich naar de zwarte auto en keken naar binnen. 'Eén kist! Het is echt maar één kist. Hebben jullie je gezonde verstand verloren?' De bestuurder en zijn begeleider wisten niets anders te zeggen dan 'Kalm aan, alstublieft' en 'Het moet een misverstand zijn'. Omdat men wel inzag dat in dit tumult deze ogenschijnlijke vergissing niet recht te zetten was, werd het weer rustiger.

De chauffeur liet zijn eerbiedige houding varen. 'Wij hebben de heldere opdracht ontvangen een doodskist met een lijk van Kronauburg naar Baia Luna over te brengen.' Hij haalde een papier tevoorschijn. 'We hebben het hier zwart op wit: "Vrijgave voor transport. Johanna Fernanda Klein, geboren 15 juli 1886 te Trappold, ongehuwd, gestorven 9 november 1957 te Baia Luna. Getekend: dokter Petrin, Pathologisch Instituut, Volkskameraadschappelijk Districtsziekenhuis Kronauburg." Eén gestorvene. Eén kist. Dat is onze order.'

'Fernanda is niet gestorven, ze is vermoord.' Petre Petrov ontstak in woede. De anderen vielen hem bij. 'Waar is onze priester? Waar is Johannes? Waar?'

'Wij weten niets van een priester,' hielden de chauffeur en zijn bijrijder vol. 'Er moet een misverstand in het spel zijn. Een of andere misser in de planning. Dat gebeurt aan de lopende band. De fout ligt in Kronauburg. Het is het beste als een van u mee teruggaat, om een en ander ter plekke opgehelderd te krijgen.'

De lijkwagen had helaas maar twee zitplaatsen, zei de bijrijder, een voor hem en een voor de chauffeur. Maar er zouden best twee, drie mensen naar Kronauburg mee kunnen rijden, als het ze niet uitmaakte dat ze dan achterin moesten zitten. Er hing wel een luchtje, maar alles was gegarandeerd schoon, je moest er gewoon even niet aan denken voor wie de plaats normaliter gereserveerd was.

'Mij maakt dat niets uit,' liet Petre weten. 'Ik ga mee.' De andere mannen aarzelden bij de gedachte om een goeie drie uur achter in een lijkwagen door de bergen te hobbelen, maar ze wilden ook niet toelaten dat uitgerekend een opgeschoten zeventienjarige als enige naar de politie en het districtsziekenhuis in Kronauburg zou gaan om de zaak recht te zetten.

'Petre, jij bent te jong,' zei de Hongaar Istvan vermanend.

'Ga dan zelf!' beet de smid Simenov hem toe.

Istvan dacht even na. 'Goed. Ik doe het.'

'En ik ga met je mee.' Petre toonde zich van zijn weerbarstigste kant en liet er geen enkele twijfel over bestaan dat hij niet van zijn voornemen was af te brengen.

'Ik ga ook mee!' De mensen draaiden zich om en keken even perplex als afkeurend mijn kant op.

'Dat verbied ik je!' Grootvader had nog nooit zo streng geklonken.

'Geen sprake van, Pavel,' viel Hermann Schuster mijn grootvader bij. 'Dan ga ik nog liever zelf mee.' Terwijl Erika Schuster haar mondhoeken omlaag trok en haar echtgenoot een verstoorde blik toewierp omdat hij zich weer eens meer voor het dorp dan voor zijn gezin dreigde in te zetten, bracht ik tegen mijn grootvader in: 'Iedere dag hoor ik van jou: Pavel, doe dit, Pavel, doe dat. Pavel, daar ben je oud genoeg voor. Nou, ik ben ook oud genoeg.'

Terwijl opa daar zo gauw niets tegen in kon brengen, schoot Karl Koch hem te hulp. 'Pavel, wat moet jij nou in de stad? Zo'n piepkuiken als jij wordt toch door niemand voor vol aangezien.'

'Dat bedoel ik nou,' zei ik, 'niemand neemt mij serieus. En daarin ligt juist onze kans om überhaupt nog iets over pater Johannes te weten te komen. Berust het ontbreken van pater Johannes' kist echt alleen op een misverstand, dan kan de vergissing rechtgezet worden. Maar als er iets achter zit waar wij geen weet van hebben, dan zou ik...'

'Waar voor den drommel zouden jullie geen weet van kunnen hebben?' De chauffeur van de lijkwagen viel mij in de rede. 'Het is een vergissing. Zoals altijd. In oktober hadden wij zeven lijken waarvan geen rijder meer wist waar ze hoorden. Wat denken jullie, we zijn van hot naar her gereden. En dat allemaal vanwege die bureaucratische idiotie, waardoor de linkerhand niet weet wat de rechter doet. Op een gegeven moment kijk je weer in je stapel papieren. Iedere dode komt terecht. Die priester van jullie komt heus wel weer boven water.'

'Goed, dan is er dus niets op tegen dat ik even met Istvan en Petre meega,' zei ik.

Daar behalve grootvader niemand daartegen protesteerde, was besloten: Istvan Kallay, Petre Petrov en ik zouden meerijden naar Kronauburg om te achterhalen waar het lijk van pater Johannes was. De kist van Fernanda Klein werd uitgeladen en wij klommen gedrieën achter in de zwarte wagen.

De chauffeur wist van doorrijden. Hoewel de sneeuw inmiddels een kwart meter hoog lag, stopte hij al na iets meer dan een uur voor het nieuwe, blikken bord VOLKSKAMERAADSCHAPPELIJK HOSPITAAL – GEZONDHEID VAN HET VADERLAND – DISTRICT KRONAUBURG.

'Jullie vinden het wel,' meende de bijrijder toen wij drieën uit de wagen klauterden. Wij haalden diep adem en snoven de stadslucht in ons op. Hoewel de stank van verbrande kolen van de kachels van duizenden woningen de lucht bezwangerde, scheen mij de geur van teer en as een frisse bries toe. Istvan, die nooit rookte, vroeg de bijrijder om een sigaret om de weeïge lucht van de lijkwagen uit zijn neus te verdrijven.

'Even voor de duidelijkheid, Pavel. Jij houdt je op de achtergrond. Laat mij het woord maar doen,' zei hij.

Wij zetten koers naar de ingang van het hospitaal en stapten linea recta op de receptie af. Istvan vroeg een corpulente vrouw in een jasschort naar dokter Petrin.

'Dat is pathologie. In de kelder. Drie trappen naar beneden en dan rechts aanhouden. Welke zaak? Paspoorten? Hebt u een vergunning?'

Maar wij waren al drie trappen lager. Wij hielden rechts aan, passeerden tientallen vergeelde deuren en vreemde geuren die ik, afgezien van het schoonmaakmiddel ammonia, niet kon thuisbrengen, maar die erop gericht leken te zijn een vieze geur met een nog viezere te bestrijden. Op de laatste gang fladderde een jonge vrouw in een wit jasschort voorbij.

'Hallo, hallo!' riep Istvan haar achterna. 'Dokter Petrin, wij zoeken dokter Petrin!'

Het wapperende schort bleef staan. 'Hebt u een afspraak?'

'Wij komen uit Baia Luna.'

'Gunst, van zo ver? Ligt daar al sneeuw? Je hoort wel eens dat daar het einde van de wereld is... Nou ja, in de zomer is het vast heel mooi in de bergen. Wat willen jullie van dokter Petrin?'

'Wij willen hem graag persoonlijk spreken om een misverstand op te helderen.'

'Wij zoeken een lijk. Onze dode priester is verdwenen, begrijpt u?' liet ik me ontvallen.

'Kop dicht, jij!' siste Istvan naar mij.

'Nee, jongeman, niet helemaal. Maar ik zal kijken of dokter Petrin tijd voor u heeft. Na zo'n lange reis. Helemaal uit Baia Luna. Maar niet langer dan een paar minuten. Meer kan ik u niet beloven.'

Ik ergerde me aan de aanspreekvorm 'jongeman'; zij was zelf allesbehalve oud, maar zoals ze voor mij uit beende, haar handen in haar jaszakken, haar schouderlange haar op de witte stof en met zo'n zachte schommeling in haar heupen, begon het mij te dagen dat de bruiden in de stad uit heel ander hout gesneden waren dan die in Baia Luna.

Ze bleef staan voor een van de geelbruine deuren waar de verf van afbladderde, en duwde de deurklink omlaag. Zonder kloppen. Wij hadden geen oog voor het naambordje DR. MED. PAULA PE-TRIN, SPECIALIST INTERNE GENEESKUNDE. De patholoog ging achter haar bureau zitten.

'Wat kan ik voor u doen?'

Mijn mond viel open. Die van Petre ook. Istvan Kallay deed alsof niets ter wereld hem kon verbazen. Hij schraapte zijn keel: 'U bent dus dokter Petrin? Ik had, als u mij niet kwalijk neemt, eigenlijk een man verwacht.'

'Een man, ja. Ik ook,' bracht Petre uit.

'Dat is niet geheel onjuist. Tot voor kort viel pathologie onder mijn vader. Maar die geniet van zijn pensioen, hoewel het nu in de winter aan de Zwarte Zee bepaald onplezierig is. Maar waarmee kan ik u van dienst zijn?'

Istvan gaf mij en Petre met een blik te kennen dat we onze mond moesten houden. 'Kan ik vrijuit tegen u spreken?'

'Alstublieft. Ga uw gang. Maar ik heb niet veel tijd.'

Paula Petrin luisterde ernstig toen de Hongaar de gebeurtenissen in Baia Luna zonder uitweidingen of dramatische details, maar aanschouwelijk en treffend uiteenzette.

'Twee mensen werden, zoals u zegt, vermoord. Vervolgens ter autopsie hierheen vervoerd, en slechts een van de lijken is teruggebracht naar uw woonplaats. Dat is inderdaad merkwaardig. Ik ben hier nog niet zo lang, maar als zo'n geval vroeger was voorgekomen, dan had mijn vader dat beslist thuis verteld. Mag ik het even nakijken?'

Paula Petrin trok de la van een dossierkast open en liet haar vingers door de kaarten glijden. Die vrouw schilt nooit aardappelen, dacht ik. Geen meisje in Baia Luna had zulke slanke, welgevormde vingers. Zelfs Buba niet.

'Afgelopen zondag zijn de lijken opgehaald?'

'Ja.'

'Dan moeten ze tegen de avond hier in het mortuarium aangekomen zijn. Maar 's zondags is hier niemand. Dan moeten we dus bij maandag kijken. 's Maandags is het hier altijd een drukte van belang, omdat de gevallen van het weekeinde uit het hele district dan liggen te wachten en verwerkt moeten worden. Hier heb ik het. Baia Luna. U hebt gelijk. Er is in het weekeinde in uw woonplaats een onduidelijk sterfgeval geweest.'

'Nee, twee!' riepen Istvan en Petre tegelijkertijd.

'Even wachten. Hier!' Paula Petrin legde een archiefkaart op tafel. 'Fernanda Klein. Ja, ik herinner het mij, een oudere dame uit Baia Luna. Ik herinner het me zelfs goed. Soms kijkt men naar doden alsof ze nog in leven waren. Zij moet een aangenaam persoon zijn geweest. Alleenstaand, maar verschrikkelijk nieuwsgierig. Klop dat? Angina pectoris. Geen twijfel mogelijk. Haar hart heeft te weinig zuurstof gekregen. Calciumafzettingen hebben haar aderen laten dichtslibben. Dat gebeurt in een tijdsbestek van jaren, en is geen zeldzame doodsoorzaak bij mensen in de leeftijd van mevrouw Klein. Als ik de gegevens goed bekijk, moet de dame in haar laatste jaren een enorm hoge bloeddruk gehad hebben. Het is zeer wel mogelijk dat haar lichaam een zware inspanning niet heeft kunnen verdragen, en dan, ja...'

'Fernanda hoefde zich nooit in te spannen,' onderbrak Istvan de arts.

'Het hoeft ook geen lichamelijke inspanning te zijn. Soms wordt een angina veroorzaakt door een grote emotionele belasting.'

'Bedoelt u een hevige schok?' vroeg ik.

'Ja, dat is niet uit te sluiten. In een extreme situatie, laten we zeggen bij panische angst of een gevaarlijke bedreiging, reageert het menselijk lichaam met een verhoogde bloedtoevoer naar het hart. Maar als de aderen ten gevolge van een arteriosclerose vernauwd zijn, komt de zuurstoftoevoer van de hartspier in gevaar. Maar wat zou die beste mevrouw Klein in 's hemelsnaam zo'n angst aangejaagd hebben?'

'De moord op onze priester,' zei de Hongaar. 'Fernanda Klein was de huishoudster van onze pastoor.'

'En daarvoor zijn wij dus hier,' vulde Petre aan. 'Die lui hebben pater Johannes in de pastorie de keel doorgesneden.'

'Zo is het,' bevestigde Istvan. 'Zijn lijk en dat van zijn huishoudster zijn door de politie ter obductie afgehaald, maar voor de begrafenis kwam er maar één kist terug, die met Fernanda erin.'

Paula Petrin beet op haar onderlip. 'Dat is uitermate ongebruikelijk. Maar ik geef u mijn woord dat er geen slachtoffer van moord met doorgesneden keel op mijn obductietafel heeft gelegen. Dat kan ik u met de hand op mijn hart verzekeren. Bij het zoeken naar het stoffelijk overschot van uw pastoor kan ik u helaas niet verder helpen. Hier is hij beslist niet geweest. Wie had de leiding over het onderzoek in Baia Luna?'

'Een oudere, dikke politieagent met vlassig haar. Ik bedoel, hij heette...' Istvan wreef over zijn voorhoofd.

'Patrascu!' riep Paula Petrin uit.

'Juist,' zei Petre. 'En die Patrascu deed niet alsof hij van plan was om op zijn oude dag nog een reet uit te voeren voor wat dan ook.'

'U bedoelt zeker dat hij een ongemotiveerde indruk maakte,' verbeterde dokter Petrin glimlachend. 'Maar Patrascu is een goede agent. Door mijn vader ken ik de commissaris al vanaf mijn kindertijd. Patrascu is dik in orde, ook al zet hij misschien, om het eens mal uit te drukken, niet meer overal zijn bips tegenaan. U kunt hem gerust opzoeken. Het politiebureau is niet ver weg. Ik denk zeker dat commissaris Patrascu u verder zal helpen. Neem anders een pakje Carpati voor hem mee en doe hem de hartelijke groeten van Paulientje. Zo noemt hij mij altijd, ziet u.' Paula Petrin reikte ons de hand. 'Ik wens u veel geluk. Laat u het mij weten als u licht in deze duistere geschiedenis hebt gebracht.'

Het begon al te schemeren en de straatlantaarns floepten aan toen wij tien minuten later de districtspost van de Kronauburger politie betraden. Istvan groette een van de sergeanten die hen na de moord op pater Johannes in Baia Luna naar eventuele waardevolle voorwerpen in de pastorie gevraagd hadden.

'Ah, bezoek uit de bergen krijgen we hier niet vaak. Komt u aangifte doen?' De beambte gedroeg zich als een oude bekende.

'Wij komen voor commissaris Patrascu.'

'Ai, dan zijn jullie net te laat. De chef is sinds gisteren weg. Ik bedoel, de gewezen chef. Na vijfenveertig dienstjaren eindelijk met pensioen. Maar jullie kunnen ook bij mij aangifte doen, hoor.'

Istvan zei, na lang aarzelen: 'Wij moesten in de stad zijn en dachten, nou, dan kunnen we mooi even navragen of er nog nieuwe informatie over de verdwijning van onze dorpslerares juffrouw Barbulescu is.'

'En ik dacht nog wel dat jullie vanwege die nare toestand met jullie pastoor langskwamen. We zitten erbovenop, dat kan ik jullie verzekeren. En nu is jullie lerares ook al verdwenen? Daar weet ik niets van.'

De volkspolitieagent wendde zich tot zijn collega's. 'Hebben jullie nog iets gehoord over een vermiste lerares? Daarboven in Baia Luna. Ene Barbulescu.'

Hoofdschudden was het enige wat de beambte ten antwoord kreeg, tot een van zijn collega's zei: 'Patrascu was toch vorige week tweemaal in de bergen. Misschien dat hij iets weet over een lerares.'

'Jullie zien het,' de politieagent wendde zich weer tot ons, 'een dergelijk voorval is hier niet bekend. Weten jullie wel hoeveel mensen er verdwijnen en weer opduiken? We kunnen toch niet achter iedereen aan gaan lopen? Maar als jullie het de vorige baas vragen willen, geen probleem. Hij woont boven, op de Burgberg, Oude Schanssteeg, een geel huis met blauwe luiken, je kunt het niet missen. Neem een pakje Carpati voor hem mee, en hij is tevreden. En doe hem de groeten van zijn collega's.'

Op het marktplein tegenover de politiepost sprong ons de verlichte gevel van een winkel in het oog die, te oordelen naar de witgesausde façade, pas onlangs geopend kon zijn. Boven de glazen ingang prijkte een reusachtige banderol waarop in rode letters DANK AAN DE REPUBLIEK, DANK AAN DE PARTIJ te lezen was. Daaronder stond iets over de onstuitbare vooruitgang van het socialisme en volksconsumptie op wereldniveau. Petre stelde voor een korte stop in de nieuwe winkel te maken om sigaretten voor Patrascu te kopen.

Toen ik door de dubbele deuren naar binnen liep, geloofde ik mijn ogen en neus niet. De enige winkel die ik kende, was de zaak van mijn grootvader, waar de geur van oude tabaksrook vermengd was met de geur van ingemaakte zuurkool. In deze winkel drongen de geuren van de hele wereld in één keer in mijn neusgaten, waarbij ik met grote zekerheid de geur van rozenolie, verse bakwaren en pas aangebrachte muurverf registreerde. Achter een schier eindeloze toonbank stonden een tiental leuk uitziende meisjes met witte schorten. Een tikje verwaand leken ze me wel toen ik zag hoe blasé de verkoopsters hun klanten afwerkten. De torenhoge rekken achter de toonbank verpletterden mij met hun aanbod. Ik stelde vast dat er in deze winkel vier verschillende merken tandpasta en twee keer zoveel soorten zeep te koop waren, waaronder Luxor in goudfolie, waar de truttige Vera Raducanu altijd om vroeg om grootvader de loef af te steken. Waar Ilja slechts één plank met conserven op voorraad had, waarbij je op de loslatende, vochtig geworden etiketten nauwelijks meer kon lezen wat erin zat, verrezen in de verkoophal van de socialistische volksconsumptie ontelbare blikjes met alle denkbare groenten voor mijn ogen, opgestapeld in ingenieuze piramiden. In tegenstelling tot in ons winkellokaal lagen de appels en peren niet gewoon in gehavende manden van wilgentenen: hier waren de appels achter een fruittoonbank hoogglanzend opgepoetst en droegen klinkende namen als 'golden delicious' of 'jonas deluxe', zoals op zwarte leitjes te lezen was. Daarachter schitterden bergen bananen, tot ik bij nadere inspectie ontdekte dat een geraffineerd spiegelsysteem het verlokkende aanbod optisch vermeerderde. Het toppunt van luxe vormden drie exemplaren van een curieuze bruine vrucht, die op een witte doek gedrapeerd rechtop in een glazen vitrine stonden en die door spotlampen uitgelicht werden. Ze deden mij denken aan het hoofd van een koning, waaruit een kroon van stekelig, groen loof groeide. De drie vruchten kwamen uit Hawaï, waaraan ik een vage herinnering bewaarde uit de aardrijkskundeles van Barbulescu, en wel dat het om een eiland ging waar het nooit sneeuwde. Toen ik las wat zo'n vrucht, 'pineapple' geheten, kostte, was dat een klap in mijn gezicht. Zoveel verdiende mijn grootvader in een maand. 'Moet je kijken!' Ik porde Petre met mijn elleboog in zijn ribben en wees op het bordje met de prijs.

Toen wij eindelijk aan de beurt waren, vroeg een verkoopster vinnig: 'Zeg het maar,' waarbij haar argwanende blik over mijn versleten jas gleed.

'Eenmaal Carpati, alstublieft, dame,' zei Istvan met overdreven beleefdheid.

De verkoopster liep naar de rookwaren, rukte de sigaretten uit het rek en smeet het pakje op de toonbank. 'Anders nog iets?'

Istvan antwoordde niet, peuterde een paar aluminium munten uit zijn zak en slingerde het kleingeld met een ontspannen gebaar onderhands over de gepolijste toonbank. Terwijl het winkelmeisje beledigd het geld van de grond raapte, stapte Istvan met geheven hoofd naar buiten.

Toen we de glibberige kinderkopjes van de Burgberg beklommen, schaamde ik me. Voor onze armzalige winkel thuis, voor grootvader, voor Baia Luna en voor mezelf.

In het schijnsel van een straatlantaarn viel het huis van de gepensioneerde commissaris inderdaad meteen op door het gele pleisterwerk. Het stond midden in een scheefgezakte, middeleeuwse gevelrij, die uitsluitend overeind bleef doordat het ene huis het andere stutte. Aan de blauwgeverfde, houten deur was een ijzeren leeuwenkop gemonteerd, met een ring door zijn neus. Ist-van bonsde driemaal tegen het hout. Kort daarop hoorden wij het rinkelen van een sleutelbos, en Patrascu opende de deur. Tussen zijn lippen brandde een Carpati, terwijl hij met beide handen zijn hemd in zijn broek propte.

'Goedenavond, heren. Wat is er aan het handje?' Patrascu keek ons onderzoekend aan. Zijn malende onderkaak verried dat hij zijn geheugen afzocht. Mijn gezicht en dat van Istvan zeiden hem blijkbaar niets, maar dat van Petre kon hij zich herinneren.

'Ben jij niet een van degenen die hun beheersing verloren en de Brancusi's naar de strot gevlogen zijn, na die kwestie met jullie pastoor?'

'Dat is precies wat ons hierheen brengt, mijnheer de commissaris. Kallay, Istvan Kallay, als ik mij mag voorstellen.'

'Dan hadden jullie je de reis kunnen besparen. Ik ben niet meer in dienst. En ik wil ook aan niets herinnerd worden wat ik in het grijze verleden gedurende mijn tijd in vaderlandsdienst moest doen. Begrijpen wij elkaar?'

'Wij komen u de groeten overbrengen van uw collega's op de districtspost,' probeerde de Hongaar de stemming om te buigen.

'Heb ik me niet duidelijk genoeg uitgedrukt?'

'En van Paulientje, van haar moeten wij u ook de hartelijke groeten doen,' kwam ik tussenbeide. 'Paulientje, ik bedoel dokter Petrin, dacht dat u ons zeker zou willen helpen met onze zaak.'

Patrascu schoot zijn sigaret de steeg in en streek met zijn vingers door zijn krans van haar. 'Jullie waren bij Paula? Wat moesten jullie dan in godsnaam van die lieverd van een vrouw? Was het jullie te doen om die priester?'

Wij knikten.

'Heb ik jullie niet aangeraden de vlam klein te houden? Heb ik jullie niet gezegd dat je anders nog een keer je billen brandt aan die geschiedenis?'

'Verbranden is beter dan bevriezen,' ronkte ik overmoedig.

Patrascu kon zijn lachen niet inhouden. 'Grappig, dat soort uitspraken heeft Paulientje ook altijd paraat. Nu goed, kom binnen. Maar ik vrees echt dat ik jullie niet kan helpen. Bovendien kan ik jullie niets aanbieden. Sinds de dood van mijn vrouw is hier niet veel meer te beleven.'

Patrascu's woonkamer maakte een beetje een verkommerde indruk, voor zover ik dat door de dichte rook van de opgebrande Carpati's heen kon zien. De verstikkende hitte bezorgde ons de zweetparels op het voorhoofd. Wij deden onze jassen uit. Patrascu haalde vier glazen en schonk Napoleon-konjaki in.

'Voor mij niet,' zei ik, met inachtneming van mijn vijftien jaar.

'Als we dan iets onder mannen te bespreken hebben, doe dan ook als een man. Op jullie gezondheid!'

Ik klonk en nam een slok. Istvan vertelde van de overbrenging van Fernanda Klein van het hospitaal in Kronauburg naar Baia Luna en van het lijk van Johannes Baptiste, over de verblijfplaats waarvan de bestuurder van de lijkwagen noch de arts Paula Petrin iets wist.

'Mijnheer de commissaris, u was er toch bij toen de chauffeur ze alle twee van Baia Luna naar Kronauburg vervoerde. Waarom is dan het ene lijk geschouwd en het andere niet? Eerst wordt onze priester op gruwelijke wijze vermoord en dan verdwijnt ook nog zijn stoffelijk overschot. Begrijpt u, wij moeten pater Johannes op z'n minst fatsoenlijk begraven.'

Patrascu streek door zijn baard en inhaleerde de rook van zijn sigaret. 'Dat is inderdaad niet zo mooi. Maar ik weet ook niet waar jullie priester is.'

'En als u het zou weten?' vroeg ik kordaat, aangemoedigd door de scherpe alcohol.

'Ik wil eerlijk zijn.' De commissaris zweeg een tijdje. 'Mijn waffel blijft dicht. Ja, ik hou mijn mondje toe. En ik zal jullie vertellen waarom. Vijfenveertig jaar heb ik voor dit land mijn reet omhooggestoken. En ik zeg jullie, ik heb nog nooit zoveel stront aan de knikker gezien als de laatste jaren. En als je op je oude dag een beetje te veel kwekt, dan weten jullie in Baia Luna onderhand zelf ook wel hoe men zulke kletskousen vandaag de dag tot zwijgen brengt. Maar zoals gezegd, dit alles is puur hypothetisch, alleen als ik echt een idee had waar het lijk van de priester zich zou bevinden.'

Ik trilde van opwinding. Als ik al als een man dronk, dan wilde ik ook praten als een man. 'Denkt u nou echt dat wij van dokter Petrin, eh, Paulientje, de groeten moesten overbrengen als zij meende dat commissaris Patrascu zijn eigen angst belangrijker vond dan gerechtigheid?'

Patrascu drukte zijn sigaret uit. Je kon plakken snijden van de lucht. Ik had jegens de man die gisteren nog in rang de hoogste politiebeambte van het district Kronauburg was, de grenzen van het respect geschonden. Maar tegen mijn verwachting in richtte Patrascu zich met oprecht vaderlijke woorden tot mij.

'Pavel heet je, hè? Ik zeg je, jongen, je begrijpt niet waarmee je je daar inlaat. Ik weet niet wat er met het lijk van de priester gebeurd is. En ik wil het ook niet weten. Alleen dit. Jullie krijgen daar in jullie bergdorp blijkbaar niet mee dat er hier wereldpolitiek in het spel is. Jullie Johannes Baptiste heeft het in zich om een martelaar te worden. Dat is zonneklaar. Begrijp het nou! Hier heerst het communisme. Een priester in de bergen is daarop tegen. Wat gebeurt er? Zijn keel wordt doorgesneden. Niet best. Mensenkinderen, er zijn kringen ver over onze landsgrenzen, laten we ze eenvoudigheidshalve streng katholiek en anticommunistisch noemen, die enorme belangstelling hebben voor zulke martelaarsfiguren. En dan mijn geheel persoonlijke mening. Ook als ik dat hele religieuze gedoe tamelijk grote onzin vind, zullen deze martelaars onze mesjokke socialistische collectivisatiewaanzin uitroeien. Niet vandaag, niet morgen, maar op een dag. Dat is de logica van de geschiedenis. De ene waanzin volgt op de andere. Royalisten, gardisten, fascisten, communisten, klerikalisten! Weet ik veel! En als jullie nou eindelijk eens inzien dat er in onze Republiek ook bepaalde kringen zijn die absoluut niet zitten te wachten op martelaars uit het verkeerde kamp, dan zullen jullie ook wel begrijpen waarom er lijken verdwijnen. De herinnering aan mensen wier bloed vergoten is, is altijd gevaarlijk. Offerbloed schept onvrede. Maar als deze figuren verdwijnen, zoals de sneeuw smelt in de lente, dan kunnen ze weer rustig slapen. Geschiedenis, vergeten, voorbij. Martelaars die niemand kent, zijn geen martelaars. De vergeetachtigheid van de mens wordt maar al te vaak onderschat. Als er geen graf is waarnaar ze op bedevaart kunnen gaan, dan is het in een vloek en een zucht gebeurd met de herinnering. Zonder graf geen bloemen. Zonder tempel geen goden. Nergens groeit het gras zo snel als op het Graf van de Onbekende Soldaat.'

'En voor het feit dat wij in Baia Luna geen graf ter nagedachtenis aan onze priester hebben,' zei Istvan Kallay aarzelend, 'daarvoor is de Securitate verantwoordelijk.'

'Jullie moeten gaan.' Patrascu hees zich vermoeid uit zijn gemakkelijke stoel.

'In de lente smelt de sneeuw,' zei ik ten afscheid. 'Mijnheer de commissaris, daar hebt u gelijk in. Maar in de winter valt er weer nieuwe.'

'Jongen, je hebt niet geluisterd. Ook die zal weer smelten. Dat is het rad van de geschiedenis. Jij bent nog jong. Je wilt de loop der dingen tot staan brengen. Daarvoor moet je heel dicht bij het rad komen. En dan zal het je vermalen.'

Zwijgend daalden wij van de Burgberg af. De avondbus naar Apoldasch was al twee uur tevoren uit Kronauburg vertrokken. Wij besloten de nacht door te brengen in het wachtlokaal van het station en de volgende ochtend de bus te nemen. Om zich warm te houden stak Istvan zijn handen diep in zijn jaszakken. Hij haalde een pakje Carpati tevoorschijn. Die nacht rookte ik mijn eerste sigaret.

6

Fritz Hofmanns ontdekking,
Dimitru gaat op zijn kop staan en iemand
die heel iemand anders was

's Nachts had het in de bergen weer gesneeuwd. Vanaf de eind-
halte van de omnibus in Apoldasch over de onverharde weg naar
Baia Luna stond ons een zware tocht te wachten. Daarbij druk-
ten het feit dat we niets over de verblijfplaats van het stoffelijk
overschot van Johannes Baptiste te weten waren gekomen en het
ontmoedigende besef dat zijn verdwijning geen uitwas van een
doorgeschoten bureaucratie was, als een last op onze schouders.
Er school een duister en dreigend geweld achter, waarvoor ik geen
naam had. Ook Petre en Istvan twijfelden er na het gesprek met
Patrascu niet aan dat de molens van deze macht iedereen vermaal-
den die hun omwentelingen stoorde. 'Hou de vlam klein.' Steeds
weer schoot de zin van de oude commissaris door mijn hoofd, en
het werd mij bang te moede.

Tot onze verwondering verliep de voettocht over de weg langs
de Tirnava uiterst voorspoedig. Wij konden het spoor van een
vrachtwagen volgen die zich in de vroege morgen met sneeuwket-
tingen een weg naar Baia Luna gebaand had. In de bandensporen
ontdekten wij een tweede, relatief smal spoor. Het was afkomstig
van een motorfiets. De volkspolitieagenten in Apoldasch reden op
dergelijke machines, en ook vakfotograaf Hofmann had er een. Istvan maakte zich zorgen. Wielsporen naar Baia Luna betekenden
dezer dagen niet veel goeds.

We kwamen rond het middaguur in ons plaatsje aan en zagen

dat de sporen in de sneeuw naar het huis van de familie Hofmann leidden. De vrachtwagen was van een fabricaat dat in Transmontaanse dreven maar zelden gezien werd. Op de radiatorgrille prijkte een ster, en er stond een D op de achterbumper. Op het besmeurde nummerbord was vaag de letter M zichtbaar.

'München,' zei Istvan.

Voor mijn voormalige kameraad Fritz Hofmann waren de laatste uren in Baia Luna aangebroken. Heinrich Hofmann stond in zijn zwarte motorpak naast zijn motor en instrueerde twee verhuizers. De Mercedes was bijna volgeladen. Fritz en zijn moeder zag ik nergens.

'Godzijdank, daar ben je weer.' Je kon zien dat moeder opgelucht en blij was over mijn terugkeer, maar aan grootvader zag je niets. Ik was tegen zijn zin in een lijkwagen naar Kronauburg gegaan en mengde me in zaken die mij, meende hij, op mijn leeftijd niets aangingen. Opa gebaarde slechts met zijn duimen naar de bank naast de potkachel. 'Je hebt bezoek.'

In de hoek zat Fritz. 'Ik heb op je gewacht.'

Ik trok mijn jas uit. 'Wat wil je?'

'Met je praten. Ik moet je wat laten zien. Het is belangrijk!'

'Voor jou misschien, maar voor mij niet.'

'Joh, snap het dan. Het is heel, heel belangrijk. En binnen een uur zijn wij hier weg. Denk je dat ik hier uren op je ging zitten wachten als het niet belangrijk was?'

'Zo'n toon ben ik van jou niet gewend, wilde kerkschender! Jij was er toch altijd zo trots op om op niets en niemand aangewezen te zijn? Onafhankelijk te zijn? Wij hier in Baia Luna zijn voor jou toch allemaal sukkels.'

'Hou op, Pavel! Echt! Ik meen het.'

'Laat dan maar zien wat je bij je hebt.'

Fritz draaide zich om en zag grootvader en mijn moeder.

'Liever niet hier. Kunnen we naar jouw kamer gaan?'

We gingen op mijn bed zitten. Fritz rechtte zijn rug en ademde diep in om de opwinding in zijn stem te onderdrukken.

'Weet je nog vorige week, toen je naar ons huis gerend kwam om mij jullie nieuwe televisie te laten zien?'

'Waarna jij zo heldhaftig een piepklein vlammetje hebt uitgeblazen en vervolgens lafhartig het hazenpad gekozen hebt.'

'Schei nou eens uit! Pavel, alsjeblieft. De middag dat jij mij voor de verjaardag van je grootvader hebt opgehaald, moet je nagaan, was ik blij dat ik eindelijk van huis weg kon. Het was om te stikken. Mijn vader en moeder hadden vreselijke ruzie gemaakt. Nu zijn ze gescheiden. Mijn vader wil naar Kronauburg verhuizen, misschien zelfs naar de hoofdstad. Mijn moeder gaat met mij naar Duitsland.'

'Naar München zeker.'

'Ja, naar München. In ieder geval, mijn vader kwam eergisteren hier om voor de verhuizing zijn spullen, die in Kronauburg moeten blijven, in te pakken. Hij verzamelde het een en ander in twee dozen en zei dat we met de rest van de troep mochten doen wat we wilden. Weggooien of verbranden, dat kon hem niet schelen. De twee dozen heeft hij in de gang gezet en er een deken overheen gegooid. Daarna zei hij tegen mij en mijn moeder: "En jullie blijven met je tengels van mijn spullen af."'

Fritz haalde diep adem. Ik zei niets.

'Maar je kent mij. Ik werd natuurlijk verschrikkelijk nieuwsgierig door dat verbod. En gisteren, toen mijn ouwe weer in Kronauburg was en mijn moeder in het dorp afscheid aan het nemen was van een paar mensen, heb ik die dozen overhoopgehaald.'

'En?' Mijn polsslag schoot omhoog.

'Dit heb ik gevonden.' Fritz greep onder zijn trui en trok een foto tevoorschijn.

'Maar dat kan niet!' Mijn mond zakte wagenwijd open. Van schrik, van schaamte en van de spanning. Hoewel het gezicht van de vrouw grotendeels schuilging achter twee wazige, blote mannenbillen, wist ik meteen wie daar met haar benen wijd op tafel lag. Haar jurk was bedrukt met een zonnebloemenmotief. Om Angela Barbulescu heen stonden vijf, zes mannen. Ze lachten. Van sommigen hing de broek op hun schoenen, bij anderen stak hun stijve lid uit hun omlaag geritste gulp. Een van de kerels herkende ik meteen. Hij was de enige die boven het naakte vlees niet de hand aan zichzelf sloeg. Hij droeg zijn gepommadeerde haar naar achteren gekamd, had een filterloze sigaret tussen zijn lippen en sprenkelde uit een dikbuikige fles schuimwijn over Barbu's onderlichaam.

'Ken je die met de sigaret?' vroeg Fritz.

'Natuurlijk. Het is niet te geloven. Die heb ik vorige week op school nog aan de wand gehangen.'

'Precies. Deze foto is vast wel een jaartje of tien oud, maar het is overduidelijk: dat is de nieuwe Partijchef van Kronauburg. Doctor Stefan Stephanescu en zijn geile maatjes. Op de gevoelige plaat vastgelegd door mijn vader.'

'Nou breekt m'n klomp!' flapte ik eruit. Alle vijandschap tussen mij en Fritz vervluchtigde. In plaats daarvan werd ik vagelijk een innige vertrouwdheid gewaar die ik niet voor mogelijk had gehouden. 'Zal ik jou nu eens wat vertellen? Weet je wie de vrouw op de foto is?'

'Moet ik dat weten? Je kunt haar gezicht niet eens zien. Misschien zo'n tippelaarster. Wat denk je, mijn ouwe heeft nog wel meer van zulk soort foto's. Die zitten in een van de dozen, verstopt tussen stapels oude huwelijksfoto's. Geloof me, de ene jonge vrouw na de andere. Stuk voor stuk knap, stuk voor stuk blond. Je kunt gewoon alles zien. Recht voor de lens. De mannen zijn allemaal ouder. Wat denk je dat er gebeurt als dat spul in de openbaarheid komt? Ik heb de foto's allemaal bekeken, maar dit is de enige waarop Stephanescu te herkennen is.'

'De vrouw die daar ligt, dat is Barbu.'

Fritz hapte naar adem. 'Je bent niet wijs! Waar wou je dat aan zien? Ze is toch onherkenbaar? Ik bedoel, haar gezicht?'

'Ik weet het. Honderd procent zeker. Geloof me. Maar om dat te bewijzen heb ik tijd nodig.'

'Shit, shit,' kreunde Fritz. 'Ik heb nooit begrepen wat vader bedoelde, een paar maanden geleden. Een keer in een weekend vroeg hij mij hoe het op school ging, en ik vertelde hem over Barbu's eeuwige gedweep met het Parijs van het oosten, waar alles zo beschaafd zou zijn. Vader zei alleen dat de lerares niet zo in het verleden moest zitten wroeten, maar ons beter iets zinnigs kon leren, anders zou hij haar leven tot een hel maken. Ik weet het zeker, Pavel, er zit een luchtje aan de dingen die hier gebeuren, en ik kom er maar niet achter wat het is. En straks ben ik onderweg naar Duitsland.'

'Jij zei toch altijd dat je naar Kronauburg zou verhuizen? Wil je vanwege deze ranzige foto's niet bij je vader blijven?'

'Dat ik niets meer met mijn vader te maken wil hebben, stond al veel langer vast.'

'Maar waarom? Ik dacht altijd dat jullie goed met elkaar konden opschieten. Jullie zijn allebei zo dol op die Nietzsche.'

Fritz stond op. Hij maakte zijn broekriem los. Toen hij zijn broek liet zakken, beet ik op mijn lippen om het niet uit te schreeuwen van woede. Fritz' bovenbenen waren bedekt met striemen, sommige blauwpaars, sommige zwart. Fritz ontblootte zijn met littekens bezaaide achterste.

'Het laatste pak slaag heb ik te danken aan ons Partijgedicht. Mijn vader was er niet helemaal content mee dat ik die mallotige gedichten een beetje verbeterd had.'

Plotseling begreep ik waarom Fritz niet meer meedeed met de gymles. Ik had hem heimelijk bewonderd. Terwijl ik en mijn medeleerlingen nog in korte broek naar school gestuurd werden, was Fritz de enige scholier in Baia Luna die zelfs in de zomer lange broeken van dure stof droeg. Zijn vader Heinrich had ze uit Kronauburg meegenomen. Uit een kledingzaak voor heren. Wat Fritz in mijn ogen zo volwassen had gemaakt, was niets anders geweest dan camouflage van de sporen van mishandeling. Het zinnetje 'Pavel, de dingen zijn niet wat ze lijken', dat juf Angela Barbulescu mij nageroepen had toen ik halsoverkop haar stulpje verliet, kwam in mijn hoofd op.

'Fritz! Je moeder wacht op je!' Kathalina riep door het trapgat.

'Ik moet gaan, Pavel. Hou die foto maar, en doe er iets mee. Maak het die kloothommels maar goed lastig.'

Ik verstopte de foto onder mijn matras. In de zaak stond Birta op ons te wachten. Ik ging met grootvader en mijn moeder voor de deur staan om Fritz en mevrouw Hofmann uit te zwaaien. Buiten stond de Mercedes met draaiende motor. Daarnaast stond de motor van mijnheer Hofmann geparkeerd met twee vastgesnoerde kartonnen dozen op de duozitting. Heinrich Hofmann liep op zijn zoon af en stak zijn hand uit. Fritz stak zijn handen in zijn broekzakken.

'Zorg dat er in Duitsland wat van je terechtkomt.' Hofmann wurmde zijn helm over zijn hoofd en sprong op zijn motor, zonder ook maar één keer om te kijken naar Fritz en zijn vrouw. Birta bracht van schaamte geen woord uit en reikte ons ten afscheid de hand.

'Het ga je goed,' zei Fritz. 'Jammer dat ik weg moet. En van dat verhaal van het licht in de kerk. Het spijt mij echt, als je daarmee zit. Maar of er in deze negorij een lampje brandt of niet, wat maakt dat nou eigenlijk uit?'

Toen ik naar binnen ging, sneeuwde het weer. De vlokken daalden traag en zwaar naar de aarde. De kalender wees vrijdag 15 november 1957 aan. Nu was het definitief winter. Baia Luna wachtten de lange maanden waarin het dorp zich afgesloten van de buitenwereld in een schemertoestand bevond. Als er sneeuw lag, kwam niemand Baia Luna in of uit. Maar de eenzaamheid had ook iets geruststellends. De securist Raducanu had nog steeds zijn opwachting niet gemaakt om de namenlijst in ontvangst te nemen. Tot het voorjaar zou Karl Koch de aanblik van de melkmuil bespaard blijven.

'6/11. A. Barbu, sleutel boekerij. Retour!!!'

Ik stak het vodje in mijn broekzak. Onder het voorwendsel dat ik me verveelde, zei ik tegen mijn moeder dat ik naar de pastoriebibliotheek ging om te kijken of Dimitru mij geen bruikbaar boek zou kunnen aanbevelen.

'Wil jij een boek gaan lezen?' vroeg moeder verbaasd.

Zelfs grootvader, die bij gebrek aan klandizie achter de toonbank in slaap gesukkeld was, hoorde ervan op. 'Pas op dat Dimitru je geen troep te lezen geeft.' Hij reikte mij een fles tsoeika aan. 'Van boeken word je niet warm. Zeg Dimitru dat hij zich weer eens moet laten zien, en dat hij deze keer niet de fles in één keer leegdrinkt.'

Ik drukte op de bel van de pastorie, maar ik hoorde geen gerinkel. Daar de hoefsmid Simenov bij het openbreken van het slot echter geen half werk had geleverd, kon ik de voordeur moeiteloos openduwen. Uit de boekerij klonk gescheld en getier. Eerst dacht ik dat Dimitru ruziemaakte met iemand uit zijn clan, maar toen werd mij duidelijk dat hij alleen was en een twistgesprek voerde met zichzelf. Van mijn klop op de deur nam de razende zigeuner geen notie. Ik duwde de klink naar beneden. Toen ik over de drempel stapte, moest ik vliegensvlug bukken om niet door een rondvliegend boekwerk geraakt te worden.

Ik schrok. Dimitru had zich bij de aanblik van de dode papa Baptiste een gat in zijn voorhoofd gebonkt, waar hij nu een paar lappen omheen had gewikkeld. Met dat armzalige verband zag hij eruit als een krijger na een verloren strijd, als iemand die uit de tijd gevallen was. Toen zag hij mij.

'O, o, o! Welk een eer, welk een vreugd, welk een geluk! Pavel, jij hier? In de troonzaal der geest.'

Zonder dat ik me ertegen kon verweren drukte Dimitru mij tegen zich aan en lebberde mijn wangen af. Ik wrong me los en Dimitru raapte de pil op die hij zojuist door de kamer geslingerd had. Met zijn knokkels klopte hij tegen de lederen band. 'Dit... is het handboek van het heelal. Ik zeg je, Pavel, de cryptologische taal van deze hemelvorser overleef je niet. Ellenlange formules, gravitatiewetten, cirkelrotaties, parabolische versnelling. Alles multiplicatorisch vermenigvuldigd met pi. Een en al kromme getallen, louter mathematische gruwelen.'

'Ben je daarom zo woedend? Drijft die turf over het heelal je zo tot razernij?'

Dimitru greep naar zijn provisorische zwachtels. 'De woedende vindt altijd gronden voor zijn woede. Alsof een sappige appel in het paradijs er iets aan kan doen dat die verfoeilijke Eva er een hap van neemt. Nee, Pavel, het zijn niet de hemelfunctionarissen die mij met hun berekeningen tot razernij brengen, het is, het is...' Dimitru wreef in zijn ogen om niet te huilen. 'Het is dat ik papa Baptiste zo mis. Ik kan hem nooit meer om raad vragen. Nooit meer, begrijp je?'

Dimitru kalmeerde. Ik vatte moed, en vroeg of zijn radeloosheid misschien verband hield met die piepende Spoetnik en de hemelvaart van Maria, de Moeder Gods.

'Absoluut!' Dimitru's ogen glommen als bij een kind dat zich begrepen voelt. Hij zong de lof van papa Baptiste, prees diens wijsheid en ruimdenkendheid, die de mensheid in het algemeen en de bewoners van Baia Luna in het bijzonder nu door laffe moordenaars ontnomen waren, en beklaagde zich erover dat de last der kennis nu enkel en alleen door de zwakke schouders van een arme zigeuner gedragen moest worden.

'Maar waar ligt het probleem?' vroeg ik met oprechte nieuwsgierigheid. 'Hoe zou pater Johannes jou uit deze doodlopende weg hebben geholpen?'

'Jongen, je slaat de spijker op z'n kop. Dubbele doodlopende weg zou nog beter zijn. Naar voren loopt het dood en achter je is de weg versperd. En weet je waar de doodlopende weg eindigt?'

'Geen idee.'

'Ik zal het je verklappen. De doodlopende weg van mijn onderzoekingen eindigt ver weg van hier. Om precies te zijn: ik ben vast blijven zitten ergens tussen hemel en aarde.'

'In het heelal. Daarboven?' Ik kon hem totaal niet volgen. 'Hoe kom je nou op zo'n idee?'

'Moet je luisteren. Laten we aannemen dat de lichamelijke tenhemelopneming van Maria een factum is. Vaticaans dogma. Onfeilbaar verkondigd door paus Pius en toch volkomen juist. Volg je mij zover?'

'Ja.'

'Goed. Lichamelijk verrijzen betekent natuurlijk niet slechts één, twee, hupsakee het firmament in per spiritus sanctus. Lichamelijk verrijzen, dat betekent bij een mens, in het bijzonder bij een vrouw, wat onze Moeder Gods tenslotte was, de hemel in met dijen, billen en borsten.'

'Klinkt logisch,' beaamde ik. 'Maar waar zijn die? Ik bedoel, waar is die vrouw ergens?'

'Dat is de vraag der vragen, ik ben nog druk bezig de beantwoording daarvan te laboreren. Een beslissende kennisdoorbraak kan ons ieder moment ten deel vallen.'

'Betekent dat dat je geen flauw idee hebt? Je weet dus helemaal niet waar de Moeder Gods is.'

'Dacht je dat ik gek was? Natuurlijk heb ik een vermoeden. Maar dat telt niet. Wat telt, is het bewijs. Ik verzamel indicatoren, ontwerp hypothesen en beroep me op de logica van het verstand. "Hou je aan de facticiteiten!" Dat heeft papa Baptiste mij altijd voorgehouden. Niet éénmaal. Wel duizendmaal. En daar hou ik me aan. Een van die feiten is: de Russen willen naar de maan. Hoe dan ook. Dat is toch verdacht, ik zeg: meer dan verdacht. Geen wodka, geen varkenskoteletten, nee, een maanvlucht heeft de Russenpresident zijn volk beloofd. Liefst op de Dag van de Revolutie. De bolsjewieken getroosten zich toch niet zo'n gigantische moeite met hun raketten, alleen om op de maan naar oude stenen te koekeloeren en een miezerig vaantje neer te zetten, dat vervolgens niet eens kan wapperen? Daarboven staat namelijk nog geen scheet wind.' Daarbij roffelde Dimitru weer op het Handboek van de Uitgestrektheid van het Heelal. 'Hier staat het. Als je het woord "atmosfeer" vervangt door "darmwind", begrijp je het ongeveer.'

'Wil je daarmee zeggen dat de Rus er zo kien op is naar de

maan te vliegen om Maria te zoeken? Geloof jij iets van die onzin? Net als Johannes Baptiste, die ook dacht dat de Rus in het
heelal naar God de Heer ging zoeken?'

'En als het geen onzin zou zijn, Pavel? Wat dan?'

'Stel dat de paus gelijk heeft, en Maria is inderdaad ten hemel
gevaren, waarom zou zij dan uitgerekend op de maan landen? Ze
kan toch net zo goed god weet waar zijn? Op Mars. Of op Ve-
nus. Of de ene keer hier en de andere keer daar. Gewichtloos zwevend tussen de sterren.'

Dimitru reageerde gebeten. 'Je bent niet lang genoeg naar
school gegaan. Pavel, jij begrijpt het principio van de dialectische
afleiding niet. Maar ik zal het je uitleggen. These: Maria is op de
maan. Antithese: Maria is niet op de maan. Nu op naar de conclusio. En daar ligt het probleem. Die is er niet. In elk geval niet
zolang de waarheid van de these niet door de verificatiemethode
bewezen is.'

Ik knikte. 'Dat begrijp ik ongeveer.'

'Aangenomen, en ik zeg uitdrukkelijk *aangenomen*, dat de stelling waar is en Maria is daadwerkelijk op de maan of ergens anders in het heelal, wat denk je dan, Pavel, dat er gebeurt als Koroljovs kosmonauten de Madonna ontdekken en haar op de korrel
nemen? Dat kunnen we niet eens van tevoren uittekenen. Pavel,
geloof jij echt in alle ernst dat de atheïsten dan zullen zeggen:
"Gut, hé, lieve Moeder Gods, wat een verrassing. Sorry. We hebben ons vergist. Het spijt ons dat we niet in u geloofd hebben.
Het moet een misverstand zijn geweest..."'

'Dimitru, niet boos worden, maar ik vrees dat ergens in jouw
hoofd een kanjer van een denkfout zit.'

Dimitru kromp ineen als een verwelkt blad. 'Waarom zeg je zoiets, Pavel? Dat is nou precies mijn hele vertwijfeling. Eén verkeerde afleiding, een minieme fopà, en hatsiekadee valt de logica
onder je uit. In mijn hersenpan dendert een locomotief. Kom je
bij je doel? Of ontspoor je? Maar waar? Een denker moet met duizend ogen zien, moet alle kanten van de medaille in aanmerking

nemen, tegenspraken onderzoeken, bewijzen, afwegen, nog eens bewijzen, tot aan het bittere einde van de conclusio correcto. Dwaalwegen liggen alom op de loer. En er is maar één mens op deze wereld die mij ervan af kon houden de verkeerde wegen in te slaan. Eentje maar! En die is dood! En ik weet niet eens waar zijn omhulsel ligt. Waarom was ik niet in de pastorie toen de moordenaars kwamen? Waarom was papa Baptiste alleen met Fernanda? Waarom heeft hij mij niet geroepen? Dan hadden ze mij gewoon een kopje kleiner gemaakt. Ik ben maar een zigeuner. Maar de goede papa Baptiste niet. Papa Baptiste, o, ik mis u zo! Ik mis uw wijze raad zo! Je moet weten, Pavel, over de belangen van de hemel hoefde niemand de papa iets te vertellen. Niemand! Hé, wat heb je daar eigenlijk onder je jas zitten?'

Ik haalde de fles tsoeika tevoorschijn. 'Met de groeten van opa.'

Toen Dimitru zich met uitgespreide armen voorbereidde op een tweede aanval van hartelijkheid en ik die met een behendige sprong zijwaarts wist te ontlopen, kuste hij in plaats van mij de fles aan alle kanten. 'De wereld,' sprak hij bezield, 'staat nog lang niet voor de afgrond.' Toen opende hij de fles, wierp de kurk in een hoek en dronk.

Behalve op school las ik vrijwel niet, en ik was ook helemaal niet naar de bibliotheek gekomen met het voornemen daar verandering in te brengen. Mijn nieuwsgierigheid gold niet de vele boeken die hier rijendik stonden, maar dat ene, omineuze boek dat nog ontbrak in mijn afwegingen. Maar ik wist niet zeker of dit het juiste tijdstip was om Dimitru aan te spreken met de vraag welk boek de lerares Angela Barbulescu uit de bibliotheek gehaald had. In plaats van het geheugensteuntje van Baptiste uit mijn zak te halen, vroeg ik: 'Dimitru, heb je hier in je boekerij ook geschriften van een zekere Nietzsche?'

De zigeuner sprong als door een horzel gestoken op en sloeg met zijn handen wilde kruistekens voor zijn borst, schouders en voorhoofd. Klokkend goot hij de halve fles tsoeika in zijn keel. 'Dat is niets voor een jongen als jij! Als jij de elaboraties van

Nietzsche wilt lezen, moet ik je uit hoofde van mijn verantwoordelijkheid als directeur van de bibliotheek uitlening weigeren.'

Ik drong aan. 'Je bent gewoon bang, Dimitru. Je wilt niet dat ik lees dat God dood is. Je bent bang dat die Nietzsche de waarheid gesproken heeft. Als God dood is, zijn namelijk al jouw hypothesen betekenisloos. Dan is er ook geen Maria in de hemel. Is het niet?'

Hij sloot zijn ogen en hield zijn hoofd bewegingloos naar het plafond gericht. Ik had spijt dat ik Dimitru zo hard had aangepakt. Er verstreek een eeuwigheid, tot de zigeuner bijna onmerkbaar met zijn hoofd knikte. Toen opende hij de ogen en rukte zijn verband naar beneden. Ik kreeg het te kwaad toen ik zijn met bloedkorsten overdekte voorhoofd zag, en hoorde de bedachtzaamste zinnen die ik ooit van Dimitru Carolea Gabor had vernomen.

'Wij komen van God en wij gaan naar God. Alfa en omega, begin en einde. Nooit, nooit heb ik gewaagd daaraan te twijfelen, Pavel. Tot ik papa Baptiste zag. Ik zag een oude, naakte man op een stoel en veel, heel veel bloed. Op dat moment was er geen hemel meer. Alleen nog aarde. Niets dan aarde. Stof waarvan wij gemaakt zijn, stof waartoe wij zullen wederkeren. Je hebt gelijk, ik ben bang. Niet voor de duivel en niet voor die Lupu Raducanu en zijn stelletje boeven voor wie iedereen in het dorp bang is. Ik vrees dat we uit het niets gekomen zijn en ook weer in het niets zullen eindigen.'

Dimitru nam een lange pauze. Toen vroeg hij of juf Barbulescu ons op school soms over Friedrich Nietzsche verteld had.

Dat ontkende ik. 'Nee, Fritz Hofmann heeft mij op het idee van de dood van God gebracht; hij beweerde zelfs dat kerken Zijn graf waren. En Fritz' vader had in de woonkamer een hele rij boeken van die Nietzsche. Minstens een meter. Ik heb er nog nooit in gelezen. Maar wat is er dan zo gevaarlijk aan?'

'Boeken zijn nooit gevaarlijk. Alleen mensen die boeken verkeerd uitleggen, zijn gevaarlijk.'

'Bid je veel?' vroeg ik plompverloren.

'Heel vaak, mijn jongen. Een zigeuner bidt overal waar hij gaat en staat. En als je weten wilt of mijn gebeden ooit verhoord worden, kan ik je zeggen: nee. God is een slechte partner als je iets van Hem gedaan wilt krijgen.'

'Maar dan maakt het toch niet uit of God leeft of, zoals Nietzsche zegt, dood is?'

'Ja, Pavel, dat maakt zeker wat uit. Besef wel: wie die Nietzsche goed begrijpt, wordt gek. En wie hem verkeerd begrijpt, kent geen grenzen meer. En voor wie geen grenzen meer kent, lijkt alles geoorloofd. Als de hemel sterft, blijft alleen de aarde over. En de aarde is onverschillig. Moeder aarde is een slechte moeder. Haar is alles om het even. Je zwaard erin steken, kreunen, gebaren maken, vreten, sterven. Van stof tot stof. Ertussenin een scheet uit de kont des levens. Verder niks.'

Dimitru klokte het laatste restje schnaps naar binnen. De lege fles gleed uit zijn krachteloze hand op de grond. Toen sprak hij de eigenaardige woorden: 'God sterft, omdat wij niet kunnen verdragen dat wij Hem doden.'

Met grote moeite kwam hij overeind van zijn chaise longue. Getekend door smart en de inhoud van de tsoeikafles struikelde hij naar de kasten. Hoewel hij straalbezopen was, greep hij trefzeker een boek uit een rij, sloeg het open en reikte het mij aan. Ik ging zitten en begon te lezen, het verhaal van een dwaas die op klaarlichte dag een lantaarn opsteekt en de markt op loopt, al roepende: 'Ik zoek God! Ik zoek God!'

Op de gang schopte iemand tegen de deur. Ik legde Nietzsche terzijde en deed open. Voor mij stond Buba, met in haar ene hand een kan fris water en in de andere een pan hete maïspap.

'Ik had helaas geen hand meer over om aan te kloppen,' zei ze met een glimlach naar mij. 'Ik kom eten brengen voor oom Dimi. Dat vergeet hij altijd als hij met zijn neus in de boeken zit.'

Dimitru sliep op zijn rode canapé en snurkte met open mond. Buba zette de maaltijd op de vloer, trok het scheefgezakte jasje van haar oom dicht, trok zijn schoenen uit en dekte hem toe.

'Lang niet gezien, Pavel. Ik wist helemaal niet dat je wel eens langsging bij oom Dimi en van boeken hield.'

Ik maakte van de gelegenheid gebruik. 'Heb je even?'

'Voor jou? Wil je mij iets zeggen?'

Buba straalde, maar probeerde dat te verbergen en zakte op haar hurken met haar rug tegen een boekenkast. Ik hurkte naast haar en alle deprimerende gedachten van de afgelopen dagen vielen van mij af. Ik vertelde van de ontbrekende kist, de zoektocht naar de dode priester, de reis naar Kronauburg en de ontmoeting met commissaris Patrascu. Via de verhuizing van Fritz Hofmann en zijn moeder naar Duitsland kwam ik op de kwestie van het Eeuwige Licht. Daarna haalde ik het vodje van de priester uit mijn zak en vertelde haar de eigenlijke reden voor mijn aanwezigheid in Dimitru's bibliotheek. Ik sprak mijn zorgen over Angela Barbulescu uit en mijn vermoeden dat de lerares op de dag van haar verdwijning een belangrijk boek uit de boekerij meegenomen moest hebben. En daar ik Buba's zwijgen opvatte als datgene wat het was, namelijk de uitdrukking van de verrukkelijke gave van het luisteren, werd het mij bij iedere zin minder zwaar om het hart, zodat er geen zelfoverwinning voor nodig was om ook over het duistere verleden van onze gemeenschappelijke lerares te spreken, over de hondse foto's van de kindermishandelaar Heinrich Hofmann en zijn vriend, Partijsecretaris doctor Stephanescu, met wie Barbu jaren geleden een verhouding had gehad die voor de lerares zeer ongelukkig verlopen moest zijn. Toen ik Buba van de mysterieuze opdracht vertelde, die mij steeds meer als een vertwijfelde smeekbede voorkwam, pakte ze mijn hand, zodat ik besloot te zwijgen over de avond waarop de dronken Angela Barbulescu in haar zonnebloemenjurk toenadering had gezocht.

Toen ik alles wat mijn ziel bezwaarde van me af had gepraat zei Buba: 'En ik dacht nog wel dat je mij niet meer zag staan.' Ze keek schuins naar haar oom, zag dat hij nog sliep en kuste mij op de mond. 'Vanaf nu ben jij mijn vriend. En ik ben jouw vriendin. Haal geen stomme streken meer uit zonder mij.'

Op zijn chaise longue draaide Dimitru in zijn roes zich onrustig op zijn andere zij. Hij mompelde iets, een prevelement dat klonk als Latijnse litanieën uit de mond van mummelende oude vrouwtjes. 'Oom Dimi praat in zijn slaap als hij gedronken heeft.' Buba legde haar hand op Dimitru's gewonde voorhoofd, kuste hem vluchtig en deed het licht uit. 'Wat Barbu in de boekerij zocht, kunnen we oom Dimi beter morgenvroeg vragen. Als hij uitgeslapen is. Als je het tenminste goedvindt dat ik erbij ben.'

'Geen stomme streken meer zonder jou.'

Toen ik naar huis ging, gloeide ik over mijn hele lichaam, alsof ik alle sneeuw in het dorp kon laten smelten. Mijn onmacht was verdwenen. De schaduwen van de laatste dagen waren geen bedreiging meer, maar een uitdaging, een duister dat opgehelderd wilde worden.

De volgende morgen stond ik al om zeven uur naast mijn bed. Ik waste me met koud water en poetste tegen mijn gewoonte in grondig mijn tanden. Toen ik naar de bibliotheek ging, was ik blij te zien dat Buba bij de deur van de pastorie al op mij stond te wachten. In weerwil van de vrees dat Dimitru na zijn gezuip van de vorige avond niet aanspreekbaar zou zijn, troffen wij hem niet aan met bonkende schedel, maar in opperbeste stemming. Hij zette de pan koude maïspap opzij, veegde met zijn mouw de etensresten van zijn lippen en bood mij en zijn nichtje een plaats op zijn divan aan.

'Na onze disputatie van gisteravond heb ik nog eens nagedacht,' richtte hij het woord tot mij. 'Eerst ging het over God, toen over Nietzsche en daarna, bij wijze van synchronaal onderzoek, over allebei tegelijk. De vraag is toch, bij daglicht bekeken: wie is de slimste van de twee, de evangelist van de dood van God of de Schepper van alle dingen? Wie van de twee heeft de langste adem? Het oneindige heilsplan van de asem der Schepping, of een vergankelijk werk van een, dat moet ik toegeven, uiterst listige filosoof?'

'Waar heeft oom Dimi het over?' Buba keek mij aan.

'Het lijkt mij,' zei ik, zonder op haar vraag in te gaan, 'dat God slimmer is dan alle denkers. Op de lange termijn. Maar alleen als hij niet dood is.'

Dimitru klapte verrukt in zijn handen. 'Correct, mijn jongen. Maar God is niet dood. God is een egel.'

Buba draaide geërgerd met haar ogen, omdat zij de ondoorgrondelijke paden van de ingevingen van haar oom niet kon volgen. Ook ik begon te vrezen dat de tsoeika van de avond ervoor nog niet uitgewerkt was. De vergelijking van God met een egel, merkte ik mismoedig op, was er toch wel erg met de haren bij gesleept.

'Beslist niet,' weersprak Dimitru. 'Jullie kennen toch de fabel van de wedloop tussen de haas en de stekelige vriend? De haas is zo snel als de wind, maar zo dom als een stuk peppelhout, en de egel heeft korte pootjes, maar is sluwer dan een vos. Daarom maakt hij gebruik van het principio duplex, de verdubbelingswet. Pa egel staat naast de haas in de startblokken. Op de plaatsen. Klaar voor de start? Af! Langoor jakkert door de voren van de akker alsof zijn leven ervan afhangt. Bij de eindstreep staat ma egel reeds. "Ik ben er al, ik ben er al!" De haas, dom als hij is, eist een onmiddellijke revanche. Hetzelfde traject, alleen andersom. Deze keer staat pa egel weer aan de finish, en ook hij roept: "Ik was er al, ik was er al!" De rammelaar krijgt haast een toeval en eist een nieuwe wedstrijd en nog een en nog een en nog een. Bingo. De haas jakkert zich dood, stort in elkander op de akker. De aarde neemt hem tot zich. Exitus finitus. Van stof tot stof.'

'Een duidelijk verhaal,' zei Buba. 'Maar als de dubbele egel God is, wie is dan de haas? Bedoel je soms lieden als je neef Salman, die altijd met zijn zaakjes overal en nergens heen moet sjouwen, maar nooit iets van de grond krijgt?'

Toen haar oom antwoordde: 'Ik bedoel Friedrich Nietzsche,' reageerde Buba met teleurstelling: 'Die ken ik niet.'

'Dimitru, er zit een addertje onder het gras in je verhaal,' zei ik.

'Jouw egel-God draait de haas een loer. Jouw God is een bedrieger, een valsspeler die alleen maar doet alsof hij er altijd is, zonder zich echt te bewegen, terwijl de arme haas, of voor mijn part Nietzsche, zich eerlijk en zonder goedkope trucs het schompes moet rennen.'

'Precies,' viel Buba mij bij, 'de haas sterft van uitputting, omdat God een loopje met hem neemt. Dat is vals.'

Dimitru schraapte zijn keel. 'Deze keer heeft de jeugd het mis. De haas verliest niet omdat de egel hem erin luist, maar omdat hij tegen iedere prijs de eerste wil zijn. Hij crepeert nog liever dan dat hij afziet van winnen.'

Ik nam Buba's hand in de mijne. Zij beantwoordde het zachte kneepje.

'Dimitru,' zei ik, 'wil je mij helpen?'

'Met plezier en altijd.'

Ik haalde het vodje uit mijn broekzak en gaf het hem.

'In casu Barbu! Dat is zijn handschrift! Dit heeft papa Baptiste geschreven!' Aandachtig, als had hij een kostbare relikwie in handen, bekeek Dimitru het stukje papier. 'Zes, schuine streep, elf, punt. Zoals je weet, Pavel, zijn getallen, in tegenstelling tot die beste opa Ilja van je, absoluut niet mijn terrein.'

'Hij bedoelt 6 november. Die dag was juffrouw Barbulescu in de pastorie. En het ziet ernaar uit dat pater Johannes haar de sleutel van de boekerij gegeven heeft.'

Rimpels plooiden Dimitru's gewonde voorhoofd. 'Het begint me te dagen. Die 6 november vergeet ik nooit. Dat is de verjaardag van je grootvader. Deze zes streep elf was ik niet hier in de bibliotheek. Ik zat immers de hele morgen thuis op hete kolen of mijn verstrooide neef Salman op tijd met dat televisietoestel aan zou komen zetten. Hij kwam 's middags pas. Met toestel, zonder antenne. In plaats daarvan had hij die reus met die snor en die wrat op zijn wang meegenomen, die vent die zo uit de hoogte naar de leerkracht juffrouw Barbulescu vroeg. Pas de volgende dag, na Ilja's verjaardag, ben ik weer naar de bibliotheek gegaan. Toen ik binnenkwam, zei ik meteen bij mezelf: Dimitru, hier is iets niet in de haak. Alles zag er precies zo uit als altijd, maar,' Dimitru trommelde met zijn wijsvinger tegen zijn neus, 'het rook hier anders. Eerst dacht ik dat iemand misschien bloemen had neergezet, maar die waren er niet. Ik zou zweren dat het naar rozen geurde. Stel je voor, met die winterkou, hoe kan het dan naar rozen ruiken? Maar ik zuig het niet uit mijn duim. Ik zuig nooit wat uit mijn duim.'

'Barbu heeft een parfum dat zo ruikt,' opperde ik.

'Dan is zij hier geweest!' Dimitru keek nog een keer naar Baptistes geheugensteuntje, bekeek het papiertje van alle kanten en hield het tegen het licht. 'Zeker weten was juffrouw Barbulescu hier. En omdat het tot de plichten van een bibliothecaris behoort de boeken tegen onbevoegde lezers te beschermen sluit ik altijd de deur af als ik hier niet ben. Zij is dus naar boven, naar papa Baptiste gegaan. Er zijn namelijk twee sleutels. De ene zit in mijn tas en de andere hangt altijd op een bord naast de kapstok, boven, in de pastoorswoning. Empiristiek is thans gewenst! Onderzoeken en controleren!'

Dimitru stormde de trap op. In een ommezien kwam hij terug en stak op zijn beide handpalmen twee sleutels naar mij uit.

'Ze zijn hetzelfde,' stelde ik vast.

'Ze zijn identiek,' verbeterde de tzigaan mij.

Unaniem trokken wij de conclusie dat Angela Barbulescu op de vroege morgen van 6 november de pastoor om de boekerijsleutel gevraagd had. Johannes Baptiste had haar de zijne overhandigd en daar bij wijze van geheugensteuntje een notitie van gemaakt. Barbu was de boekerij in gegaan, had haar rozenparfum achtergelaten en de sleutel teruggebracht naar boven, waar Johannes Baptiste of de ordelijke Fernanda hem weer aan het sleutelbord gehangen had. Tot zover waren de gebeurtenissen te reconstrueren.

'Nu moeten we nog uitvogelen wat Barbu hier tussen al die boeken heeft gedaan,' vatte Buba samen.

'Naar een bibliotheek ga je gewoonlijk om boeken te lenen,' zei ik.

'Of om een boek dat je geleend hebt terug te brengen,' vulde Dimitru aan.

'En,' vroeg ik nieuwsgierig, 'heeft Barbu eerder een boek geleend?'

'Nee. Nooit. Ze was nog nooit over de drempel van de pastorie gekomen. Dat wist ik. Ze woonde vlak bij mij, bij de zigeuners. Als zij naar het dorp ging, nodigde ik haar vaak uit. "Welkom in de wereld van het weten," zei ik haar dan. Niet eenmaal. Tig maal. Zij was tenslotte onderwijzeres. En ze beloofde altijd: "Dimitru, op een dag kom ik bij je op bezoek. Zeker weten." Maar de vrouw is, zoals jullie weten, een wispelturig wezen.'

'Nietes,' protesteerde Buba, 'zij was hier op 6 november, alleen was jij er toen niet.'

'Maar wat wilde ze? Dimitru, kun jij niet eens kijken of er ergens een boek ontbreekt?'

De zigeuner sloot zijn ogen. Buba legde haar wijsvinger op haar lippen en gebaarde mij te zwijgen.

'Hier is geen boek weg,' deelde Dimitru na een tijdje mede, 'alleen, er is iets in deze ruimte veranderd.'

Tot mijn verbijstering liep Dimitru naar een van de boekenwanden, nam een aanloopje van twee, drie stappen en ging in de handstand staan. Hij leunde met zijn voeten tegen een kast en gaf voor zijn merkwaardige gedrag de volgende verklaring: 'Wij kijken wel, maar wij zien niet. De dingen worden zichtbaar voor hem die de wereld op z'n kop zet.'

Ik was stupéfait. Eerst meende ik dat Dimitru's iele armen zouden bezwijken onder zijn gewicht, maar ik moest tot mijn verbijstering constateren dat hij in een toestand van schijnbare gewichtloosheid terechtkwam. Meer dan een uur bleef hij daar op zijn kop tegen de boekenkast staan. Met open ogen. Maar plotseling gleed Dimitru als een zak opzij, keek beduusd om zich heen en leek zich niets meer van zijn zonderlinge gedrag te herinneren.

Toen sprak hij: 'Alle boeken die in deze ruimte horen, zijn er nog. Angela Barbulescu heeft er niet één meegenomen. Ze heeft het tegendeel gedaan: ze heeft niets weggenomen, maar ze heeft iets toegevoegd. Zoekt en gij zult vinden. Ergens tussen de andere boeken. Het is een groen schrift. Op de kaft staat een plaatje met rode rozen. Het kan zijn dat de afbeelding al losgelaten heeft. Vergeef mij dat ik mij nu ter ruste leg. Ik ben zeer, zeer moe.'

Buba begeleidde haar oom naar zijn chaise longue. Een paar minuten later trok ze het bewuste schrift uit een rij boeken.

Wij gingen met onze rug tegen de boekenkast zitten waartegen we de avond tevoren onze vriendschap bezegeld hadden. Met bevende handen sloeg Buba een poëziealbum in een groenlinnen band open. Op de kaft zaten verdroogde lijmresten. Schoolmeisjes als Julia Simenov en Antonia Petrov hadden ook zulke boekjes, die ze onderling uitwisselden. Dit album echter behoorde toe aan een volwassen vrouw. Ik had het eerder gezien, kort weliswaar, toen Barbu er een foto uit had gehaald en Stefan Stephanescu tot as had verbrand. Aan de binnenkant van het omslag waren met een liniaal verbleekte potloodlijnen getrokken. Daarop stond in een meisjeshandschrift: 'Dit boek mag alleen gelezen worden door wie de toestemming heeft van: Angela Maria Barbulescu. Strada Bogdan Voda 18, Popesti'.

'Popesti!' riep Buba uit, 'dat ken ik. Dat ligt in de buurt van de hoofdstad. Daar woont oom Salman als hij niet voor zaken onderweg is.'

Buba sloeg de eerste bladzijde op. De eerste bijdrage was van 17 september 1930. 'Vroeg gebloeid is gauw verwelkt. Je vriendin Adriana.' Drie dagen later rijmde ene Juliana Dinescu: 'De liefde maakt van jou een koningin, dus slik de haat, als je die hebt, maar in.' En een 'allerbeste vriendin' die Alexa heette, verzekerde: 'Ben ik in Cluj en jij in Praag, besef dan steeds: ik mag je graag.' Van 2 oktober dateerde: 'Geloof maar sterk en sterk je hoop, al gaat 't geluk ook op de loop. Je juf Aldene Dima.' We sloegen de verdere spreuken die schoolkameraadjes, vriendinnen en tantes in het album geschreven hadden, over. Een spreuk was ondertekend met 'je moeder', en voorzien van de datum 24 december 1931: 'Wie niet hoopt, wordt ook niet teleurgesteld.'

'Dat klopt niet, Pavel,' zei Buba zacht. 'Wie geen hoop kent, is geen mens van vlees en bloed.'

Ik schatte dat Angela Barbulescu in het jaar waaruit de eerste bijdragen stamden een jaar of tien, elf moest zijn geweest en in Popesti op school zat. Ik bladerde terug naar de eerste datum en stelde tot mijn verrassing vast dat Barbu, als zij in het jaar 1930 tien was geweest, nu iets ouder dan midden dertig moest zijn. 'Ze zag er altijd veel ouder uit als ze voor de klas stond.'

'Ze was opgebrand,' veronderstelde Buba, 'omdat ze geen man kon krijgen.'

'Of te veel mannen.'

Bij de volgende bijdrage, ook weer geschreven in een meisjes-handschrift, stond geen datum. 'De hele tijd zitten wij thuis. Mama wil geen mensen zien. Dat kan ze niet aan. Ze wil nooit wat. En papa belooft alleen maar van alles. Waarom bof ik toch niet zo met mijn ouders als Alexa en Adriana? Zij gaan iedere zomer naar de bergen. Ooit gaat papa met mij naar de zee, zegt hij. Maar dat doet hij toch nooit!'

Met deze regels veranderde ook het karakter van het groene schrift. Wat in haar meisjesjaren een poëziealbum geweest was, werd een dagboek dat Barbu blijkbaar maar zeer sporadisch had bijgehouden. Jarenlang was er niets en dan volgden weer kleine opmerkingen, soms ook lange aantekeningen, waarbij het hand-schrift zijn meisjesachtige rondingen verloor en steeds grover en onverzorgder werd. De woorden waren vaak tot onleesbare flar-den verworden, steeds afgewisseld met lange passages die Barbu met een net pootje had neergeschreven, maar met vette strepen weer had doorgehaald, wat bij mij het vermoeden deed rijzen dat de lerares tijdens het schrijven wel stevig moest hebben gedron-ken en Buba tot de overpeinzing bracht dat ze zeer vertwijfeld moest zijn geweest.

'Laten we gauw kijken wat ze de laatste tijd geschreven heeft,' opperde ik.

'Niet zo ongeduldig,' wierp Buba tegen, 'ik wil in de juiste volgorde weten wat er destijds in de hoofdstad is gebeurd.'

Als je de aantekeningen van Angela Barbulescu mocht geloven was haar vader in 1942 als wachter bij een explosie op de olievelden van Ploiesti om het leven gekomen, zodanig dat er niet eens een stoffelijk overschot voor een begrafenis overgebleven was. Haar moeder Trinka leek het verlies van haar echtgenoot niet te deren. In ieder geval drong zich de indruk op dat de dagen van haar saaie leven zich vreugdeloos aaneenregen. Daar zij nooit gewag maakte van een broer of zus, kon je aannemen dat Angela als enig kind was opgegroeid. Had zij al toen haar vader nog leefde onder haar moeders zwaarmoedigheid geleden, na de oorlog was Trinka Barbulescu's haat jegens al wat vrolijk en levendig was nog toegenomen. Angela had wel op allerlei manieren geprobeerd aan haar moeders gevangenis van somberheid te ontkomen, maar na iedere vluchtpoging wist haar moeder haar blijkbaar toch weer met slinkse methoden aan zich te binden. Of de diverse ziekten, van migraineaanvallen en ijlkoorts tot hartaanvallen, nu echt waren of dat Trinka simuleerde, was moeilijk te bepalen. In ieder geval voelde Angela zich gevangen tussen de vier muren van haar moeders verstikkende benauwdheid, tot ze op zekere morgen in de week een opleiding tot volksschoollerares aan het nieuwe Partijcollege in de hoofdstad afsloot. 'Het studeren zou mij minder zwaar vallen als ik samen met de andere studenten mocht leren. Waarom maakt moeder het mij zo moeilijk?' schreef ze in maart 1946.

Op 14 augustus van hetzelfde jaar, ze was inmiddels al vijf- of zesentwintig, schreef ze enkele zinnetjes die voor de eerste maal getuigden van haar verlangen naar levensgeluk. Een studiegenoot, Fabian geheten, had Angela een ansichtkaart met een rode roos gestuurd en haar gevraagd zijn danspartner te zijn op het zomerbal van de Partij-jeugd. 'Ik heb nog nooit gedanst. Fabian heeft beloofd mij alle passen te laten zien. Hij is zo vriendelijk en ik verheug me zo!' Toen het haar moeder ter ore was gekomen dat Angela zich over zou geven aan dansgenot moest zij dagenlang niet tegen haar gesproken hebben, wat Angela weliswaar niet als toestemming, maar ook niet als uitdrukkelijk verbod had geïnterpreteerd. 'Alexa is aardig,' schreef ze in haar schrift. 'Hoewel wij elkaar bijna nooit meer zien, mag ik haar blauwe zomerjurk lenen.'

Toen we de volgende aantekening lazen, vielen op het dagboek van onze voormalige lerares voor het eerst Buba's tranen.

'20 augustus 1947. Ik haat haar. Ik haat haar. Waarom ben ik uit haar buik gekomen!!!'

Al in de middag vóór het bal had Angela een beetje rode lippenstift van Alexa opgedaan en de jurk van haar vriendin aangetrokken. Ze was in het raam gaan zitten wachten. Toen Fabian aanbelde, was Trinka op haar dochter afgekomen. Met in haar rechterhand een broodmes. Glimlachend had zij haar linkerhand opgeheven, er met het mes een jaap in gemaakt en de geleende jurk met bloed besmeurd. De bel rinkelde en rinkelde. De aanblik van haar krankzinnige moeder greep Angela zodanig naar de keel dat haar schreeuw naar binnen sloeg. Ze wierp zich op haar bed en beet op haar vuisten, nog uren nadat het gerinkel verstomd was.

Fabian had niets meer van zich laten horen en Alexa had de met bloed besmeurde jurk in de vuilnisbak gegooid.

'Ik wil haar graag een nieuwe geven,' stond er in het dagboek, 'maar Alexa zegt dat de jurk de kachel nog niet waard was omdat hij haar aan een van die klootzakken deed denken. Ze neemt wel grove woorden in de mond, maar ze is niettemin een beste meid.'

De vriendin had Angela destijds aangeboden bij haar in haar kleine stadswoning in te trekken. 'Ik moet hier weg. Moeder is gek en ligt alleen nog maar in bed. Ik breng al het geld dat we hebben naar de apotheek, maar zelfs met al die pillen gaat het nog niet beter met moeder. Ze is verloren. Maar ik toch zeker niet?'

Angela had het aanbod van haar vriendin blijkbaar niet aangenomen en weer een jaar lang nauwelijks een regel geschreven.

Ik kreeg een rood hoofd van opwinding toen ik bij de datum 2 september 1947 voor het eerst de naam las waar ik al de hele tijd op gewacht had: 'Stefan'.

'Dat moet onze Partijsecretaris uit Kronauburg zijn,' fluisterde ik tegen Buba.

'Ja. Precies.'

Mijn vermoeden werd bevestigd. Begin oktober, dat had Angela van Alexa gehoord, zou een zekere Stefan Stephanescu tot doctor in de economie promoveren. Allereerst zou er een formele procedure met de hoogwaardigheidsbekleders van de universiteit plaatsvinden waar je niets aan miste, maar 's avonds stond er een feest op het programma voor de fuifnummers onder Stefans vrienden.

'7 september 1947. Ik heb geen jurk, maar ik ga mee, zelfs als moeder...' Hier brak de regel af. Angela was vastbesloten om met Alexa naar Stephanescu's feest te gaan. De weken erna liep zij voor haar moeder weliswaar nog af en aan naar de apotheek, maar in plaats van de dure harttabletten te halen was ze naar het zich liet aanzien overgegaan op – goedkopere – vitaminepillen. 'Moeder heeft niets door. Eigenlijk moet ik nu een slecht geweten krijgen. Maar het komt maar niet. Nog even, en ik heb genoeg geld voor mijn jurk. Ik wil graag het rozenpatroon. Ik zie het alleen nergens in een etalage hangen. Maar de zonnebloemen zijn ook prachtig en misschien heeft Alexa gelijk dat die bruintinten beter bij mijn blonde haar passen nu het herfst wordt.' Op 11 september 1947 schrijft Angela: 'Aanbetaling gedaan! Over drie weken is-ie van mij.'

Daarna, dat viel mij overigens pas na herhaalde lezing van het dagboek op, repte Angela met geen woord meer over haar moeder. Iedere aanwijzing over wat er van Trinka Barbulescu geworden was, ontbrak.

Na het feest van doctor Stefan Stephanescu was Angela bij haar vriendin Alexa ingetrokken. De notities werden minder zwaarmoedig en gekweld van toon. Ze lieten zich niet lezen als de dagboekaantekeningen van een volwassen vrouw, maar eerder als die van een dweepziek meisje.

'3 oktober 1947. Hij heeft met me gedanst. Het was prachtig mooi. Dacht altijd dat ik dat niet kon. Maar met Stefan kan ik alles. Als hij mij vasthoudt tijdens het dansen, word ik vanzelf licht. Ik zweef. Hij is zo attent, helemaal niet zoals je je een doctor in de economie voorstelt: saai en streng. En verwaand is hij ook niet. Hij is grappig, maakt iedereen aan het lachen en iedereen mag hem. Vooral ik moet altijd om hem lachen. Hij wil mij vaker zien. Binnenkort zelfs, op de verjaardag van een van zijn vrienden. Hij heet Florin, een nieuwbakken arts, gespecialiseerd in zenuwtoestanden. Stefan wil mij meenemen en ik moet weer de jurk met de zonnebloemen aantrekken. Die bevalt hem. Ik beval hem. Het leven is prachtig.

11 oktober 1947. De party was mooi. Vanwege Stefan. Zijn vrienden zijn heel interessant. Ook al blijf ik liever uit de buurt van Florin, hij heeft zo'n priemende blik. Heinrich kwam zelfs helemaal uit zichzelf uit Kronauburg. Hij is iets ouder en al getrouwd. Hij had zijn fototoestel bij zich en heeft heel wat afgekiekt. Ook Stefan en mij. Bij onze vriendschappelijke kus. Hopelijk zie ik er niet al te belabberd uit op de foto, ik had vast mijn ogen dicht. Heinrich heeft beloofd de volgende keer een afdruk voor me mee te nemen, hij moet tegenwoordig regelmatig in de hoofdstad zijn. Veel vrienden van Stefan blijven een raadsel voor mij. Misschien omdat ze zo vrij en ongedwongen zijn. Die Koka is weerzinwekkend. Koka is een stuk ongeluk, zegt Alexa. Maar ze flirt wel met hem. Ze zegt dat ze kieskeurig is, maar ze zoent met iedereen. Stefan vindt dat het leven duizend mogelijkheden biedt, en ik zou er slechts een of twee benut hebben. Hij heeft gelijk. Hij wil ze mij allemaal laten zien. Ik moet leren dat het niet eng is om te leven.

28 oktober 1947. Vanmiddag kwam er weer een andere vent uit

Alexa's kamer. Ze is zo aardig, maar waarom wordt ze niet verliefd op de ware? Ze zegt dat ze op een man wacht die haar meer te bieden heeft dan zijn... Ik vind het niet leuk als ze zo spreekt. Alleen, hoe moet ik haar zeggen dat ik niet kan slapen als ze in de kamer naast mij zo hard ligt te gillen? Stefan was twee weken op reis. In opdracht van de Partij. Op hem te moeten wachten was vreselijk. Of hij mij ook zo mist? Ik werd flink ziek en kon geen hap meer door mijn keel krijgen. Toch ben ik naar college gegaan en heb me door de boeken heen geworsteld. Alexa denkt dat ik de laatste tentamens met gemak haal. Ik heb zo hard gestudeerd. Maar het valt me zwaar. Stefan zegt dat we juist nu, na de oorlog, goede onderwijzeressen nodig hebben. Maar ik weet niet of ik voor de klas wel echt een goede lerares zal zijn. Van het verleden leren, plannen maken voor de toekomst en van het heden genieten. Dat zegt Stefan altijd. De Partij heeft grootse plannen met hem. Dat heb ik van Heinrich. Ik ben blij voor hem.

2 november 1947. Gisteren niet naar het kerkhof geweest. Stefan heeft me uitgenodigd. Bij hem thuis. Eindelijk. Alexa maakte al grapjes over hoe lang ik nog als maagd door het leven zou gaan. Ze neemt totaal geen blad voor de mond. Ik dacht dat het pijn zou doen, maar Stefan is heel teder. Ik wist helemaal niet hoeveel plekjes je kunt kussen. Krijg het nog warm als ik eraan denk.'

De aantekeningen uit het jaar 1948 wezen erop dat Angela Barbulescu weliswaar veel energie in haar lerarenopleiding stak, maar ook van het leven genoot. De weekeinden bracht ze met Alexa en de kliek van Stefan door, vaak werd er nachtenlang gefeest en ze kwam met haar liefste, zoals ze Stefan was gaan noemen, soms hele dagen het bed niet uit. Met z'n tweeën gingen ze 's avonds naar de nieuwe bioscoop op de Boulevard van de Republiek. Na het culturele programma nam Stefan haar mee naar de chicste restaurants. 'Parijs kan niet mooier zijn dan dit.'

In de zomer van 1948 had Angela Barbulescu haar examen aan de lerarenopleiding gehaald, met de aantekening dat voor haar we-

reldbeschouwelijke vorming regelmatig bezoek aan de scholings-
dagen van de Partij onontbeerlijk waren. De volgende dag was ze
met Stefan voor twee weken naar Konstanta aan de Zwarte Zee-
kust gereisd. Overdag zwommen ze in het blauwe water, 's avonds
flaneerden ze arm in arm over de havenpromenade, voordat ze in
restaurant Rapsodia dineerden. 's Nachts woelden ze het beddengoed van het chique hotel Athénée Palace om, en Angela's aantekeningen onthulden dat zij iedere morgen haar Stefan in zich
te voelen verre prefereerde boven het ontbijt.

'Ik wil ook naar zee,' zei Buba opeens. Ik werd vuurrood.

Niets wees er in de dagboekaantekeningen van het jaar 1948 op
dat er ook maar iets was wat Angela's onbekommerdheid onder
druk zette of een schaduw over haar geluk wierp. Alleen na afloop van hun zomerreis naar de Zwarte Zee leek ze zich een beetje zorgen te maken. 'Heb Stefan gevraagd hoeveel geld deze heer-
lijke reis ons eigenlijk kost. Hij moest lachen: de man verdient, de
vrouw geeft uit. Er moet heel wat gebeuren voordat zijn ouders
aan de bedelstaf raken, zegt Alexa. Maar waarom stelt hij mij niet
aan hen voor?

23 december 1948. Heb geen zin in Kerstmis. Koka heeft ons
uitgenodigd. Op briefpapier van de Partij, "voor een schijnheilige
nacht". Dat vindt hij nou leuk. Stefan is de laatste tijd vaak op
reis. Iets met de collectivisatie. Er zijn boeren die de vooruitgang
willen dwarsbomen, zegt hij. Maar het lukt hem wel. Hij kan mensen overtuigen. Als hij in het weekend maar niet zoveel zou drinken. Hij heeft mij toch? Alexa vindt dat ik niks moet zoeken achter die kerstdagen bij Koka. Lief zijn en die kerels gewoon slikken,
zegt ze. Ach ja, Alexa en haar likeurtjes. Stefan luistert gewoon
niet als ik zeg dat ik met Kerstmis niet naar Koka wil. Hij mag
dan een domme schoenlapper en een windbuil zijn, hij is wel
plaatsvervangend lid van het Centraal Comité en heeft uitstekende contacten met president Gheorghiu-Dej. Zo'n uitnodiging kun
je niet afslaan, vindt Stefan. Zo ziet Alexa het ook. Ze stelt voor
dat we voor de afwisseling op kerstavond van jurk wisselen. Ik in

haar gestreepte! Waarom ook niet? Hoewel iedereen vindt dat de zonnebloemen mooi bij mijn haar staan.

26 december 1948. Alles is een boze droom. Ik kan niet meer. Hij heeft me ooit gevraagd wat ik voor hem doen zou. Alles, antwoordde ik. Voor jou zou ik van elke brug springen. Maar hij is het niet waard! Het doet zo'n pijn verraden te worden. Hij heeft zich niet tot mij bekend. Wat moet ik doen? Alexa ligt nog in bed. Ze heeft zich opgesloten. Wat zal ze zich schamen!'

De avond in Koka's villa was klaarblijkelijk niet onaangenaam begonnen, hoewel het Angela gekrenkt had dat Stefan Stephanescu er niet toe te bewegen was geweest met haar naar de nachtmis te gaan. De gastheer had voor zijn veertien gasten, evenveel mannen als vrouwen, een fortuin uitgegeven. Op de buffettafel in de salon stonden louter delicatessen opgetast: kaviaar uit de Kaspische Zee, langoustines en oesters uit Frankrijk, sint-jakobsschelpen uit de Atlantische Oceaan. Daarnaast waren feestelijke vlees- en wildpasteien opgediend en in een reusachtige gebraden ham staken buitenproportionele vorken en messen. Bij de drankafdeling stonden Russische wodka en Franse cognac klaar, naast de Amerikaanse whisky die Koka altijd met echte cola-limonade aanlengde. Zilveren champagnekoelers hielden flessen champagne op temperatuur en op een lange tafel stonden rijen regionale Tarnava-Riesling en rode Murfatlar uit Dobroedzja. Ook aan vruchtenlikeuren, speciaal voor de dames, was gedacht. Alexa had meteen haar weg ernaartoe gevonden onder het motto: niet bestuderen, maar proberen.

Omdat Angela Barbulescu bij het opschrijven van de gebeurtenissen van die avond kennelijk totaal aangeslagen was, waren niet alle passages voor mij en Buba makkelijk te lezen. Angela had veel doorgehaald of erdoorheen geschreven, zodat ik de gaten in de aantekeningen met mijn fantasie moest opvullen om de avond van Kerstmis 1948 ten huize van ene Koka in zijn geheel te kunnen reconstrueren.

De stemming moest er een van grote uitgelatenheid zijn geweest. Angela had tegen haar gewoonte in een paar glaasjes schuimwijn gedronken, Alexa hield het op Cherry Exquisit en liep met iedereen te dollen en te flirten, terwijl Stefan cognac met rode wijn door elkaar dronk. De vrouwen waren tipsy en de mannen flink aangeschoten, toen Koka en ene Albin erom wedden wie van de twee in één minuut de meeste Russenpis achterover kon slaan. Onder luide aanmoedigingskreten telde Stefan tot zestig. Ze hadden allebei hun fles wodka tot over de helft geleegd en aan het vloeistofpeil was niet af te lezen wie er uiteindelijk gewonnen had. Toch werd Koka tot winnaar uitgeroepen, omdat hij beweerde dat Albin buiten de tijd nog een slok genomen had. Wat niet klopte. Angela had de weddenschap 'haantjesgedrag op niks af' genoemd, waarop Koka zich als gastheer beledigd voelde en haar had uitgescholden voor 'goedkope katholiekenslet', die in zijn huis niets te vertellen had. 'Iedereen viel stil,' stond in het dagboek. 'Stefan deed alsof hij Koka niet gehoord had.'

Na de ontsporing van de heer des huizes dreigde de stemming om te slaan. Op een bepaald moment sprong Koka op, sloeg op zijn dijen en danste de polka om zijn humeur op te vijzelen. Eerst nog aarzelend, waren de anderen uiteindelijk op de maat in hun handen gaan klappen. Behalve Angela, die naar huis wilde maar er de kracht niet voor had dat voornemen gestalte te geven. Koka gebaarde steeds ruwer en obscener, greep naar de champagne, die hij klokkend achterovergoot. Zijn gasten lachten en verslikten zich proestend aan de fles die Koka hun in de mond duwde. Hij sprong op de buffettafel en huilde als een wolf: 'Stille nacht, heilige nacht.' Tot haar afschuw zag Angela dat hij zijn broek liet zakken en zijn lid ontblootte. Onder joelende bijval piste hij over de oesters. 'De dames mogen kiezen!' brulde hij. Hij sprong van de tafel en bood de jongedames de oesters aan. Lenutza en Veronika namen er eentje en begonnen te slobberen. Lenutza krijste en liet het weekdier tussen haar borsten glijden. Ze gilde lachend dat het vocht haar aan iets deed denken waar ze maar geen genoeg van kon krijgen. 'Laat dan zien hoe je het wilt, laat zien dan,' riep Florin. De gasten schreeuwden allemaal mee. Lenutza knielde voor de heer des huizes neer om hem een beurt te geven. De stomdronken Alexa duwde haar opzij en likte haar lippen af, om met haar mond af te maken waar Lenutza met haar handen aan begonnen was. Koka trok zich uit haar mond terug met de mededeling dat de geile Alexa wel meer nodig had dan één kerel. Stefan grijnsde toen Albin, Heinrich en de jonge medicus Florin de buffettafel vrijmaakten. Alexa stroopte de met haar vriendin geruilde jurk met de zonnebloemen van haar schouders tot op haar heupen, trok kousen, ondergoed en beha uit en ging op haar rug op de tafel liggen. Ze spreidde haar benen, terwijl de mannen gauw aan hun broeken begonnen te pulken. Behalve Stefan Stephanescu. Hij schudde een fles champagne en spoot het schuim over Alexa's naaktheid. Terwijl Heinrich Hofmann zijn camera over het tafereel liet flitsen en de mannen zich op Alexa ledigden, viel de huisdeur in het slot en ging Angela Barbulescu er totaal ontredderd vandoor, de kerstnacht in.

'Wat verschrikkelijk erg voor Barbu,' zei Buba zacht. 'Wat is die Stefan voor een man? Hij trapt op haar hart.' Ze huiverde en drukte zich dichter tegen me aan. 'Doe je je arm om mij heen?' zei ze, bijna onhoorbaar, toen ik haar allang dicht tegen me aan gedrukt hield. 'Ze was heel iemand anders dan zoals wij haar kennen,' zei ik zacht.

Ondanks het feit dat de ontboezemingen van Angela Barbulescu mij hadden gechoqueerd, was ik in stilte blij. De naakte vrouw op de foto onder mijn matras was niet mijn verdwenen lerares.

Vanaf de rode chaise longue hoorden wij Dimitru's gelijkmatige ademhaling, die zo nu en dan door onverstaanbaar gebrabbel onderbroken werd, voor Buba een onmiskenbare aanwijzing dat haar oom diep in de oceaan der dromen verwijlde en daar nog lange tijd in ondergedompeld zou blijven.

'29 december 1948. Alexa is zoals altijd. Ze vraagt mij in alle ernst waar we met oud en nieuw naartoe gaan.

31 december 1948. Brief van S. Heb hem ongeopend verbrand.

3 januari 1949. S. komt met bloemen. Hij wil hoe dan ook praten. Alsof er nog iets te zeggen valt.

5 januari 1949. S. belt doordringend aan. Ik wil hem niet meer zien.

10 januari 1949. Kan overmorgen naar een gemeubileerde kamer in de buurt van Piata Romana verhuizen. Werk? Geld voor de huur?'

Ergens gedurende deze dagen moest Angela Barbulescu een brief ontvangen hebben waarin ze opgeroepen werd aanwezig te zijn bij de verdeling van de lerarenplaatsen voor het schooljaar 1949-'50 op het Nationaal Ministerie van Onderwijs. 'Ik zou ernaartoe moeten gaan,' schreef ze, 'maar waarom eigenlijk? Ik wil helemaal geen lerares worden. Ik wil niets meer.'

Wat er in de maanden daarna in Angela Barbulescu's leven gebeurd was, bleef in nevelen gehuld omdat er geen enkele aantekening over was. Tot mijn en Buba's totale verwarring had ze het een halfjaar later, in juli 1949, opeens over trouwen. Buba kon een gil niet onderdrukken toen ze uit de regels opmaakte dat doctor Stephanescu wellicht Angela's echtgenoot zou worden.

'Als ze dat doet, knip ik mijn haar af!' sidderde Buba, die de grens tussen heden en verleden uit het oog verloren scheen te hebben nu ze een inkijkje kreeg in gebeurtenissen die zich jaren geleden hadden afgespeeld.

'Die haren hou je,' beval ik.

'En waarom dan wel?'

'Omdat ik ze graag ruik.'

'Oké. Maar dan mag ze nooit met zo'n man trouwen. Nooit!'

Het lezen van de volgende bladzijden deed vermoeden dat er met Stephanescu iets was voorgevallen, een ongeluk waarbij hij zwaargewond moest zijn geraakt. Eerst dachten we aan een verkeersongeval. Latere notities van Angela wezen eerder in de richting van een aanslag, die tijdens collectivisatiemaatregelen in Walachije op hem zou zijn gepleegd. Het stond slechts vast dat de

Partijfunctionaris lange tijd in een ziekenhuis had gelegen. Angela zat dag en nacht aan zijn ziekbed. Haar wonden uit het verleden schenen geheeld te zijn, aangezien ze het wederom over foute vrienden had die Stefan nu zou mijden. Vooral Koka. 'Stefan is een ander mens geworden. Hij heeft het over trouwen. Een gezinnetje! Kinderen! Ik kan het bijna niet geloven!'

'Als ze met die man trouwt, sterft ze.' Buba zuchtte en sloot haar ogen. Ik had al eerder meegemaakt dat Buba op sommige momenten een soort onzichtbare schakelaar omdraaide, waardoor ze kon zien met wat ik nooit meer spottend 'haar derde oog' zou noemen. Ik keek naar mijn vriendin. Er welden tranen op vanonder haar gesloten oogleden en ze neuriede zachtjes, zwevend en licht, alsof een ijle zingzang uit een lichte wereld door haar hoorbaar werd gemaakt. Toen kwam ze terug.

'Buba, wat is er?' vroeg ik bezorgd en ik veegde haar tranen weg.

'Als ze niet met deze man trouwt, hoeft ze ook niet meer te sterven. Dan is ze al dood.'

'6 juli 1949. Mijn maandstonde blijft uit. Al tien dagen.

18 juli 1949. Mevrouw dr. Bladogan zegt dat het nog te vroeg is voor een diagnose, maar dat de tekenen niet bedriegen. Ik krijg een kindje!!! Moet ik nog wachten voordat ik het Stefan zeg? Ja. Wil het zeker weten.

31 juli 1949. Ik weet het zeker! Mevrouw Bladogan zegt dat ik op 1 april komend jaar moeder zal zijn. Wij worden ouders! Misschien krijg ik Stefan deze keer wel de kerk in. Alleen op het gemeentehuis trouwen is niet mooi.

1 augustus 1949. Heb niet geslapen. Stefan is niet gekomen. En hij heeft nog wel beloofd me op te halen. Heinrich belde 's morgens om tien uur aan, moet duizend groeten overbrengen, Stefan moest dringend naar het Walachijse. Weer die narigheid met de boeren, vanwege de volksverhuizing. Stefan blijft twee weken weg. Hij zou zich moeten ontzien. Politiek is verschrikkelijk.

2 augustus 1949. Ben helemaal de kluts kwijt. Wat moet ik nog geloven? Sinds het bezoek van Heinrich weet ik zeker dat Stefan

iets voor mij achterhoudt. Hij liegt tegen mij. Ik móést de deur uit gisteren. Om te stikken was het hier. In dit kleine kamertje. Met die hitte. En wie kom ik in het park tegen? Alexa! Had haar niet meer gezien sinds ik niet meer bij haar in huis woon. Ze valt mij om de hals en is helemaal doorgedraaid. Ze praat en praat en praat. Doet heel vertrouwelijk. Ik denk dat ze dronken was, ook al heb ik niets geroken. Ze had een nieuwe jurk aan en mooie leren schoenen. Ze zegt dat ze tegenwoordig met Albin samen is, dat ze die moedervlek op zijn wang nu echt schattig vindt, heel wat anders dan vroeger, toen ze hem niet kon uitstaan. Alles was helemaal anders geworden. Koka was ook rustiger geworden. Hij was getrouwd met Lenutza, die geit die zo tuk was geweest op de oesters. Heinrich kwam tegenwoordig ook vaker uit Kronauburg. Vanwege de afstand had Koka hem zelfs geld voor een splinternieuwe motorfiets geleend en hem zijn grote woning ter beschikking gesteld als fotostudio, waar zij tegenwoordig met hem samenwerkte. Ik vraag Alexa of ze eigenlijk wel met een fototoestel kan omgaan. "Wat denk jij nou?" zegt ze tegen mij en ze lacht me recht in mijn gezicht uit. "Ik fotografeer niet zelf, ik laat me fotograferen," zegt ze trots. Voor geld. Mannen genoeg die geld neertellen om die foto's te zien. "Sommigen zelfs heel veel geld." Ze lacht. "Zodat niemand de foto's te zien krijgt."

Stomme trut die ik ben!!! Waarom moet ik uitgerekend tegen Alexa mijn mond voorbijpraten over mijn zwangerschap? Misschien wil ik alleen maar dat er iemand samen met mij blij is. Maar Alexa is verre van blij. Ik begrijp haar niet meer. Vroeger wou zij een hele stal vol kindertjes. Nu is ze zo verzenuwd. Ze is zo labiel, ze kan haar handen geen moment stilhouden. Ze luistert amper en dan vertel ik haar ook nog dat Stefan dat van het kindje nog niet weet, omdat hij vanwege die onrustzaaier in Walachije is. Alexa kijkt heel verbaasd. "In Walachije? Ja-ja. Wist ik helemaal niet, dat Stefan een baby bij je had gemaakt. Daar heeft hij niets over gezegd. Nou ja, een ongeluk zit in een klein hoekje." Hoe kan Alexa zoiets zeggen? Hoe krijgt ze het uit haar strot: dat ik naar Florin moet als ik er vanaf wil? Had ik maar niets gezegd, was alles nog maar koek en ei. "Meid," zegt ze, "ik wist echt niet dat hij ook nog je buik opgepompt..." Ik krimp ineen. Waarom toch??? Alexa bijt op haar lippen, ze roept: "De groeten!" en weg is ze. Ik word duizelig. Ik huil. Het wordt zwart voor mijn ogen. Ik herinner me nog dat ik moet zijn gevallen. Wat moet ik doen?

16 augustus 1949. Stefan is terug. Stond gisteren met bloemen voor de deur. Hij wilde mij omarmen, maar ik rukte me los. Hij sleept me de straat op. Staat daar een nieuwe auto. Hij merkte meteen dat ik daar niet blij mee was. Wilde weten wat eraan scheelt. Heb hem van de ontmoeting met Alexa verteld. Heb gevraagd of het waar was van de andere vrouwen. Ik stond te trillen op mijn benen! Het was verschrikkelijk. Waarom zegt hij zoiets gemeens, dat ik dat hele huwelijk wel op mijn buik kan schrijven? Omdat ik als een schoothondje achter hem aan loop en me door die troela van een Alexa wat op de mouw laat spelden. Waarom doet hij zo haatdragend? Ik zou zelf maar geld moeten gaan verdienen voor de huur. Net als Alexa, die zich tussen haar benen laat fotograferen. Over mijn zwangerschap durf ik niets te zeggen. Hoe moet ik hem nu vertellen dat wij een kind krijgen? Hij is een slecht iemand. Hij wil mij niet. Ik ben bang voor hem.'

'Ik ook.' Buba sidderde over haar hele lichaam. 'Ik heb het koud.' Op dit moment zou geen omarming ter wereld het meisje aan mijn zijde hebben verwarmd. Ik nog wel het allerminst, want ik had het ook koud. Buiten sloeg de torenklok het middaguur.

'Mijn god. Pavel, het is al laat. Ik moet naar huis. Mijn moeder zal mij wel zoeken.'

Ze kuste mij vluchtig op mijn wang. Ik stak Angela's schrift weer tussen de andere boeken. Buba rende ervandoor. Zo snel mogelijk zouden wij verder lezen.

Dimitru rekte zich uit op zijn chaise longue, kroop vanonder zijn dekens tevoorschijn en wreef in zijn ogen. Hij keek mij verbaasd aan, alsof hij net teruggekeerd was uit een oneindig verre wereld.

'Wat doe jij hier nou, Pavel? Zeg, is papa Baptiste al de deur uit? Is hij nog boos op mij?'

'Dimitru, hoe kom je daar nu bij? De pastoor is dood.'

'Maar hij was hier net nog.'

'Dimitru, dat heb je gedroomd. Word eerst eens even wakker.'

'Maar ik heb hem gezien. Papa Baptiste kwam door deze deur. Hij kwam op mij af en zwaaide naar mij met zijn stok. "Wat doe je daar, Dimitru?" donderde hij. Ik wou hem vergiffenis vragen, hem de hand reiken, en pats, weg was hij. Verdwenen!'

'Nee, Dimitru. Johannes Baptiste is vermoord. Hij kon niet verdwijnen, want hij was hier niet.'

'Hij was hier! En hij schold op mij.'

'Op jou? Wat zei hij dan?'

'Hij zei: "Dimitru, mijn hoogmoedige zoon! Blijf de aarde trouw! Blijf de mens trouw! Net als je vader Laszlo! Laat er van je vaders nageslacht niets anders overblijven dan stof en beenderen! Keer om! Wat heb ik je nou geleerd? Waar er twee of drie in mijn naam verzameld zijn, daar ben ik in hun midden. Maar jij, Dimitru Carolea Gabor, jij doet alleen jezelf plezier." Dat heeft Baptiste gezegd. Hij heeft mij verstoten, Pavel! Ik ben een verloren zoon! Verstoten tot in de eeuwigheid!'

'Maar je weet toch dat de Vader het meest houdt van de verloren zoon? Meer nog dan van gehoorzame zonen die altijd braaf en volgzaam zijn. Dat predikte Baptiste ook.'

'Maar die verloren zoon is dan ook naar zijn Vader teruggekeerd. Pavel, vergeet dat niet.'

7

Twee onoverwinnelijken, een bruin kruis en de laatste processie naar de Maanberg

Ik had het nog steeds koud. Sinds ik met Buba in Angela's dagboek gelezen had, was de kou niet uit mijn lichaam verdwenen. Met veren kussens en wollen dekens zocht ik het warmste plekje in huis op, het bankje bij de kachel in de kroeg. Daar hield ik het uit. De goede zorgen van mijn moeder deden me ook goed. Ze gaf me gebakken bloedworst met maïspap, zette pepermuntthee met extra veel honing en streek me over mijn haar, iets wat ze al in geen jaren meer had gedaan omdat ik altijd kopschuw reageerde op dergelijke tederheden. Ik lag met wijdopen ogen wakker en keek met nietsziende blik naar grootvader Ilja, die achter de toonbank van de winkel zat te soezen. Boven hem hing een scheurkalender. Het was woensdag 20 november 1957. Sinds mijn opa's verjaardag waren er pas veertien dagen verstreken. Grootvader was zichtbaar ouder geworden in deze twee weken.

Dimitru stapte in de schemering binnen. Hij stond weer met beide benen op de grond. Toen hij riep: 'Mijnheer de waard! Een klant! Met een vol hart en lege zakken,' sloeg grootvader zijn ogen op. Zijn grauwe gelaatstrekken kregen weer kleur.

'Ga zitten,' nodigde hij Dimitru uit. 'Er is hier al in geen dagen wat te doen. Ik kan de toko net zo goed sluiten.'

'En je zigeunervriend buiten zijn kont eraf laten vriezen, hè? Een mooie vriend ben jij!'

Ilja lachte wrang. 'Tsoeika of silvaner?'

'De eerlijkheid van mijn volk gebiedt me te zeggen: doe maar allebei.' Opa pakte twee glazen en zette de wijn en de schnaps op tafel. Dimitru raakte de glazen niet aan.

'Eerst maar liefst twee drankjes bestellen en ze vervolgens allebei laten staan? Wat is er met jou aan de hand?'

'Ik mag niet meer in mijn eentje drinken. Ilja, drink een glaasje met mij mee,' drong Dimitru aan, heel goed wetend dat grootvader sinds zijn val in het vergistingsvat toen hij klein was geen alcohol verdroeg.

'Waarom mag je niet in je eentje drinken? Dat is toch niet verboden? Je zuipt toch altijd alleen?'

'Dat is het juist. Nu niet meer. Niet meer, omdat ik op wijlen papa Baptiste wil klinken. Om hem in ons midden te weten, moeten we met z'n tweeën zijn. Minstens. Anders werkt het niet.'

'Ja, als het daarom gaat, mag ik je niet in de steek laten.'

Ik zag hoe grootvader zich inhield om niet in lachen uit te barsten. Hoewel dokter Bogdan uit Apoldasch hem had gewaarschuwd voor de uitwerking van ook maar het miniemste drupje alcohol, waarop zijn lichaam naar alle waarschijnlijkheid zou reageren met bibberaties en black-outs, schonk grootvader een glas silvaner voor zichzelf in en klonk. 'Op onze pater Johannes.'

'Wat heeft jouw Pavel eigenlijk? Is hij ziek?' Toen Dimitru mij onder het veren kussen op de kachelbank ontdekte, sloot ik mijn ogen en stootte een paar snurkklanken uit. Zo werd ik getuige van het gesprek van twee serieuze, maar eigenaardige mannen.

Grootvader moest de snelle uitwerking van het eenmalige kwart litertje wijn dat hij gedronken had als weldadig hebben ervaren. De matheid van de afgelopen dagen viel van hem af. Zijn tong werd losser en hij voelde zich zozeer op zijn gemak dat hij zijn diepste zorgen met Dimitru wilde delen.

'Dimitru, je weet dat ik als kruidenier en waard altijd eerlijk ben geweest. Tegenover iedereen. Maar ik weet tegenwoordig niet meer wie ik in het dorp nog kan vertrouwen en wie niet.'

De tzigaan zweeg, wat ik uitlegde als een bewijs van zijn bereidwilligheid om naar grootvader te luisteren.

'Er doen de gekste geruchten de ronde, geruchten die mij verontrusten. Het gereedschap waarmee ik waarheid en leugen van elkaar kan onderscheiden, is mij uit handen geslagen. Na de moord op pater Johannes vermoedde men in het dorp eerst dat de communisten, mogelijk zelfs de Brancusi's, achter de bloedige daad zaten. Zeker, iedereen weet dat de broertjes heetgebakerd zijn. Maar zo'n gruwelijke misdaad als tegen pater Johannes begaan, dat doet een Brancusi niet. Dat hebben de politie en meerdere getuigen bevestigd. De broers waren in de nacht van de moord helemaal niet in het dorp, maar namen in Apoldasch deel aan een kaderscholing. En dan die kwestie van het verdwenen stoffelijk overschot. Nog steeds heeft niemand een idee waar onze pastoor gebleven is. De Saksen fluisteren dat de Securitate voor de moord verantwoordelijk zou zijn. De Securitate zou Baptiste de mond hebben gesnoerd, omdat hij tegen de kolchoz wilde preken. Nu hebben ze het weer over iets heel anders. De dood van Baptiste zou in verband staan met lerares Barbulescu. Kora Konstantin zou gezien hebben dat Barbulescu voor haar verdwijning, een paar dagen voor de moord op pater Johannes, de pastorie binnen geslopen was. Ik weet niet of je die roddeltante moet geloven. Maar ze heeft gezworen dat Barbulescu bij de pastoor langs geweest is, en wel om te biechten. Voor alle onvoorstelbare doodzonden die zij in haar liederlijke leven sinds haar vroegste jeugd opeengestapeld had. Konstantin kwekt rond dat Barbu's zonden zo monsterlijk zwaar zouden zijn dat Baptiste haar het sacrament van de absolutie niet kon geven omdat ze ver buiten de maat van zijn priesterlijke bevoegdheden vielen.'

Eindelijk kreeg ik het warm onder mijn kussen. Ik was een en al oor. Dimitru zei: 'Ga verder.'

'Als het klopt wat Kora overal rondbazuint, dan moet het zo zijn gegaan: pater Johannes heeft Barbulescu de biecht afgenomen, maar geweigerd haar de absolutie te verlenen. En nu beweert Kora dat een biecht zonder vergeving ongeldig zou zijn, en Baptiste dus niet meer gebonden aan het biechtgeheim. Dimitru, jij weet toch net als ik, dat pater Johannes een vertrouwelijk gesprek altijd voor zichzelf hield? Er heeft nog nooit iemand bang hoeven zijn dat hij van een bekentenis ook maar een woord loslaat tegenover wie dan ook.'

'Hij zou nog eerder zijn tong afsnijden!'

'Maar wist Barbulescu dat ook? Kora meent te weten dat Johannes Barbu heeft aangespoord om Baia Luna te verlaten. Een dergelijk verloederd mokkel zou voor het onderwijzen van kinderen niet geschikt zijn. En nu wordt niet alleen door Konstantin, maar ook door koster Knaup beweerd dat Barbulescu iets met de bloedige daad jegens Johannes Baptiste te maken heeft. Wat precies, daarover houden ze hun mond dicht. Maar niet lang meer, roept Kora.'

Terwijl Dimitru zweeg, knipperde ik een beetje met mijn ogen en zag hoe hij zijn hand door zijn woeste haar haalde. Hij nam een slok tsoeika, spuwde en schoof het glas van zich af. 'Als de schnaps mij al niet eens meer wil smaken, dan is de toestand ernstig. Vooral wanneer de mensen naar gekken beginnen te luisteren.'

Grootvader knikte instemmend. 'Jij gelooft dus ook niet wat Kora Konstantin rondstrooit?'

'Vriend Ilja, ik consterneer. Ten eerste: nooit ofte nimmer heeft papa Baptiste een berouwvolle ziel ongetroost heengezonden. Nimmer. Ten tweede: de vrouw an sich handelt in principio altijd zuiver affectatoir. Ze kan haten, o ja, dat kan ze heel goed. Net zo goed als ze kan liefhebben. Ik zeg je, ik weet waar ik het over heb. Maar een haatvolle vrouw bindt geen naakte, oude man op een stoel, gooit geen hele werkkamer overhoop zodat die eruit komt te zien als een zigeunerinterieur en snijdt dan een keel door. En ten derde: waar heeft die Konstantin het over? Wat kan Barbu in godsnaam voor een zonde hebben begaan?'

'Moedermoord en het doden van de vrucht in haar schoot.'

Dimitru zweeg. In mijn aderen kookte het bloed.

'Toch vreemd,' zei Dimitru aarzelend. 'Het klopt wel. Barbulescu was inderdaad in de pastorie. Op de dag dat jij jarig was, voordat we hier in deze kamer zaten en naar die Spoetnik-toespraak van Chroesjtsjov moesten luisteren. Maar naar mijn bescheiden mening kwam ze helemaal niet om te biechten bij papa Baptiste, maar om de sleutel van de boekerij te lenen.'

'De sleutel van de boekerij? Van de pastoor? Maar iedereen in het dorp weet dat jij die beheert. Waarom moest ze de oude Johannes daarvoor lastigvallen? Waarom ging ze niet naar jou? Ze woont toch bij jou om de hoek?'

Dimitru wachtte even met antwoorden. 'Misschien moet ik mezelf die vraag ook eens stellen op een geschikt moment. Maar ik weet één ding sine dubio. Wat juffrouw Barbulescu ook op haar geweten mag hebben, het is zeker niet onze goede papa Baptiste.'

Het trappenhuis kraakte. Aan de slepende tred herkende ik tante Antonia. Ze groette de twee mannen en ik hoorde dat ze naar de kast liep waarin de chocola lag. Ze wenste hun goedenavond, en de traptreden kraakten weer.

'Er is nog iets wat mij door het hoofd spookt.' Grootvader pakte de draad van het gesprek weer op. 'Dimitru, denk jij dat Baptiste de waarheid heeft gesproken over "het project" van die Koroljov? Houd jij het voor mogelijk dat kosmonauten echt naar het heelal vliegen om Chroesjtsjov bij thuiskomst te berichten of ze God of de Madonna gezien hebben?'

'Ilja, vriend! Om dat te voorkomen zit ik hier. We moeten iets doen. Bij de borsten van alle heiligen, "het project" moet worden gesaboteerd. Zo waar als ik zigeuner ben. Wij zullen Koroljov eens een stel prachtige spaken in het wiel steken... alleen, ik weet nog niet hoe.'

'Als er iemand is die Koroljov kan stoppen, zeg ik, dan is het wel de Amerikaan. En niemand anders.'

'Maar de Ami is blind. Hij heeft geen idee wat de Sovjet bij elkaar knutselt. Geen stem die hem waarschuwt. En Koroljov lacht in zijn vuistje. Amerika is in zijn Spoetnik-valkuil gevallen en is ziedend van woede over dat stomme gepiep, en dat alles terwijl de zandloper loopt. Me dunkt dat Koroljov en Chroesjtsjov de dagen aftellen tot de countdown.'

'De wat?'

'Dat is de tijdsspanne tussen het tijdstip x en de start van de raket,' verklaarde Dimitru. 'Als de kosmonauten de zwaartekracht overwonnen hebben en op de maan aangekomen zijn, krijgen ze pas via de radio het bevel: "Verspreiden en Maria zoeken!"'

'En als ze de Madonna niet vinden, gaan ze overal rondbazuinen dat God niet bestaat...'

'En weet je wat dat betekent?'

Ik hoorde grootvader twee glazen vullen terwijl hij antwoordde: 'Niet precies, nee.'

'Ik zal het je vertellen. Als God niet bestaat, is dat het exitus van de Verenigde Staten van Amerika. Tot nu toe is de Ami met grote overmacht superieur aan de Sovjet. Hij heeft hogere huizen, grotere auto's...'

'Grotere Mariabeelden en betere sigaren,' vulde grootvader aan.

'Precies. In Amerika is sowieso alles beter. Maar zonder God is dat verleden tijd. Dan moet de Amerikaan zijn geld bij het oud papier gooien. Zonder God zijn al die mooie dollars waardeloos. *In God we trust!* Dat is Engels en staat op ieder Amerikaans bankbiljet, vanwege die parabel van Jezus. Van de heer en zijn knechten, en de talenten. Heb je één talent, maak er twee van. Heb je veel geld, maak er dan heel veel van. Zo doet de Amerikaan het. Net als in de Bijbel. Dat weet ik van neef Salman, die het eens in de deviezen geprobeerd heeft. Maar als er geen God is, kun je ook niet op Hem vertrouwen. Laat staan op een munt die op iets vertrouwt wat er niet is. Zonder God kan Amerika met zijn dollars de kachel aanmaken. Dan komt de roebel.'

'Nu begrijp ik het,' zei Ilja. 'Daarom moet de Amerikaan snel zijn. Sneller dan de Rus. Nog een glaasje?'

'Altijd, Ilja!'

'Iemand moet de president van Amerika waarschuwen. Maar hoe?'

'Sic est. Maar het is nog te vroeg voor een interventie. We moeten eerst weten of Maria echt ten hemel opgenomen is. Anders maken we onszelf tot het onderwerp van hoon en spot. Waarom denk je dat ik studeer? Ik onderzoek de mogelijkheid van de feilbaarheid der onfeilbare pauselijke leerstoel. Mocht blijken dat Pius in Rome met zijn dogma een error fatalis is overkomen, of dat hij de gelovigen opzettelijk om de tuin geleid heeft, dan is het een uitgemaakte zaak. Dan is van de Moeder Gods niets anders over dan stof en beenderen, ergens in het Heilige Land. Dan moeten wij eeuwig consterneren – vergeet de hemelvaart! Zo zie ik dat.'

'Zeer waar,' beaamde grootvader. 'Ik zie het precies zo.'

Hij schonk bij en stond op. De la onder de kassa knarste. Behalve dat hij dronk, brak grootvader blijkbaar met een andere gewoonte. Hij haalde de nieuwe sigarendoos tevoorschijn, die ik hem voor zijn vijfenvijftigste gegeven had.

'Hier, Dimitru, neem er een. Er gaat niets boven een goede cubaan.'

Lucifers vlamden op. In de stilte verspreidde zich de krachtige geur van de tabak. Toen sprak Dimitru uit wat al gebeurd had moeten zijn sinds de dag dat hij mijn grootvader een handje had geholpen en 'Borislav Ilja Botev' op de door Raducanu geëiste namenlijst zette.

'Je cubanen zijn gewoonweg heerlijk, Ilja. Laat dat sigaren draaien maar aan de Bulgaren over. Maar waarom ze bij dat cyrillische gepriegel de letters steeds omdraaien, is mij een raadsel. Dat kan toch niet een van de Latijns geletterde klanten lezen? Overigens wordt het tijd dat je eindelijk eens leert letters te ontcijferen.

'Ik weet het, Dimitru, ik weet het. Hoogste tijd.'

'Vanaf morgen krijg je les. Van mij persoonlijk. Iedere dag een uur. Als gastronoom kun je je misschien nog achter je onwetendheid verbergen, maar niet als verbondene in een hoogst netelige missie. Hoe wil je tegen die sluwe vos van een Koroljov opgewassen zijn als je niet eens je naam op een blanco stuk papier kunt schrijven?'

'En jij vertelt het aan niemand verder?'

'Hoe kom je daar nou bij? Ik ben je beste vriend! Ik zweer je dat ik zal zwijgen. Voel je je nou wat beter?'

Grootvader lachte. 'Veel beter. Maar er is nog iets...'

'Voor den draad ermee!'

'Kijk, ook al doet die kist het alleen als radio, geloof me, Dimitru, met dat televisietoestel heb je mij een enorm plezier gedaan. Maar soms denk ik dat de vreugde om zo'n apparaat te bezitten groter is dan nodig. Ik bedoel, dat ding moet toch een vermogen gekost hebben, en jullie zigeuners hebben echt niets te makken. Ik denk dat je mij nu, nu we niet alleen vrienden maar ook verbondenen zijn, wel kunt vertellen waar het geld voor dat apparaat vandaan komt. Niet dat ik wil zeggen dat je het toestel, om zo te zeggen, op de een of andere manier buiten de wet om hebt geregeld, maar...'

'Een goede Roma steelt niet!'

Ik wist zeker dat Dimitru straks beledigd zou opspringen en vloekend de vriendschap met mijn vader zou opzeggen. Maar het bleef rustig. Ik deed mijn ogen open en zag hoe de tzigaan dapper zijn best deed om zijn verdriet te verbergen.

'Dimitru,' vroeg opa bezorgd, 'wat is er met je?'

'Moest je mij uitgerekend op dit moment aan mijn vader Laszlo zaliger herinneren?'

'Maar Dimitru, het ongeluk bij de Tirnava is meer dan twintig jaar geleden. Jouw vader is al heel lang dood, en ik zal nooit vergeten hoe hij heeft geprobeerd mijn Agneta en Antonia uit de wagen te redden. Net zo min als ik ooit zal vergeten dat je met mij in dat ijskoude water bent gesprongen. Maar wat ter wereld heeft Laszlo's dood met dat televisietoestel te maken?'

Dimitru begon te snikken. 'Het was vaders idee. Ik bedoel, niet de geschiedenis met die televisie, maar de manier waarop we aan geld moesten komen. Net als de Amerikanen. Heb je geen geld, ga dan daarheen waar geld is. Zo kwamen wij op het idee van de kleine flesjes.'

'Het staat me nog vaag bij dat jullie toen inderdaad in Kronauburg flessen hadden gekocht. Heel veel flessen.'

'Geen flessen. Flesjes!' corrigeerde de tzigaan snotterend. 'Piepkleine fiolen met nog minusculere kurkjes, van bruin glas. Tegen het licht, als je begrijpt wat ik bedoel.'

'Nee, ik begrijp helemaal niet wat je bedoelt!'

'Goed dan, als je het zo graag wilt, zal ik alles aan je opbiechten.' Dimitru dronk zijn glas tsoeika leeg en vertelde dat het noodlottige geldgebrek van de zigeuners zijn vader tot steeds inventievere methoden van inkomstenverwerving had geïnspireerd. Kort na de aankomst van zijn clan in Baia Luna lag Laszlo op een mooie zomerdag in het jaar 1935 op een weitje aan de rand van het dorp. Druk, druk, druk, dat spreekt voor zich. Hij onderwierp de koeien van de boeren aan een nauwgezet onderzoek en vroeg zich af hoe je met het vee van anderen geld kon verdienen zonder dat daar iemand slechter van zou worden. Anders dan die domme gadjo-veedieven, die overal paarden en koeien stalen en op de eerstvolgende veemarkt gesnapt werden, had Laszlo Carolea Gabor een veel beter idee. Melk! We zouden 's avonds, nog voor de boerenkinderen naar de stallen gingen om te melken, in het geniep wat melk aftappen. Niet veel, hoogstens een paar borrelglaasjes vol.

Dimitru gebaarde daarbij naar zijn lege glas. Ilja opende een nieuwe fles en merkte op dat je met een paar druppeltjes melk nooit rijkdommen kon vergaren.

'Exactamente!' Juist om die reden had Dimitru's vader ook het idee gekregen clandestien voor te melken en de melk in flesjes te doen. Daarom hadden ze bij een familielid in Walachije een startkapitaal geleend en bij de Kronauburger apotheek vijfhonderd flesjes gekocht.

'Het kwam niet meer van een melkhandeltje doordat mijn goede vader in de sneeuwstorm het leven had gelaten. Driemaal zeven jaren van rouw heb ik gewacht, en toen kwam het moment dat de zoon de genialiteit van zijn vader in daden kon omzetten. Afgelopen zomer was het zover. En? Heeft iemand in het dorp zich over een verminderde melkopbrengst van zijn koeien beklaagd?'

'Daarvan is mij niets bekend.'

'Zie je wel!'

Wekenlang, bekende Dimitru, was hij heimelijk op zijn buik door de weiden gekropen en had de dorpskoeien vóór het melken een beetje verlicht en vervolgens de melk, het principio duplex indachtig, met water uit de Tirnava aangelengd. Daarmee had hij de flesjes gevuld, hij had de kurken erop gedaan en die met de gesmolten was van een offerkaars uit de kerk verzegeld. 'En klaar waren de relikwieën! De beste die ik ooit heb gehad.'

'Wat voor relikwieën?' Niet alleen grootvader begreep niet waar de zigeuner naartoe wilde, ook ik niet.

'Melk uit de borsten die eens het kindeke Jezus gezoogd hadden.'

'Je bent gek!'

'Geenszins,' verhelderde Dimitru en hij legde uit dat een paar druppels moedermelk van de heilige Maagd Maria een felbegeerd vereringsobject vormden dat de kruisridders ooit uit het Heilige Land als souvenir meegenomen hadden, en dat de bezitter ervan betrouwbaar voor duivelse bedreigingen behoedde. Wat natuurlijk zijn prijs had. Vooral omdat de melk van de Godenvoedster veel werkzamer zou zijn dan een splinter van de kruisbalken of een doorn uit de kroon die Jezus bij zijn kruisiging droeg. Deze wijsheid zou bij de katholieken met al hun theologische haarkloverij helaas in de vergetelheid zijn geraakt, maar bij de orthodoxen was ze nog bekend.

'Maar dan ben je een bedrieger! Je verkoopt die mensen geen Madonnamelk, maar koemelk met water!'

'Ho, ho! Als je in de kerk de heilige hostie ontvangt, wat eet je dan?'

'Het lichaam van Christus,' antwoordde grootvader zonder te hoeven nadenken.

'Correcto. Alleen heidenen, bolsjewieken en lieden die er geen idee van hebben, zouden beweren dat je een stukje oud brood zat weg te kauwen. Het geloof verandert de dingen. Water en meel evenzeer als water en melk.'

'Maar het brood was Christus heilig,' weersprak opa. 'Jezus heeft bij het laatste avondmaal brood uitgedeeld. En wijn uiteraard. Dat heeft Hij veranderd in Zijn vlees en bloed. Er kwam helemaal geen melk aan te pas. Wie de orthodoxen iets op de mouw speldt, is niet eerlijk.'

'Ik ben geen bedrieger. Daar protesteer ik tegen. Een bedrieger die andere bedriegers bedriegt, is volgens de wetten van de dialectische negatie geen oplichter, maar een strijder voor rechtvaardigheid. Kijk om je heen! Wie gelooft er nou een zigeuner? Geen mens! Maar van een pope in een gouden gewaad slikken de orthodoxen alles. Elk woord. Als een zwarte op het marktplein gaat staan en een flesje Madonnamelk aanprijst, wordt hij uitgelachen. Als hij geluk heeft. Als hij pech heeft, vliegen hem de stenen om de oren. Vandaar dat mijn vader al wist dat je alleen geld kunt verdienen bij degenen die zelf geld willen verdienen. Bij de gierigen. Ik heb dus van de zomer mijn kar gepakt en ben met flesjes en al naar Moldavië gereden. Het ene klooster na het andere, kan ik je vertellen. Onderweg kwam ik duizenden orthodoxen tegen die op weg waren naar het klooster van Humor. Dus ik met mijn waren achter de pelgrims aan. Eerst wou de pope mij helemaal niet ontvangen. Toen heb ik hem het bericht laten sturen dat de zigeuners een bijdrage wilden leveren aan een waterdicht dak voor de basiliek en aan de restauratie van de fresco's van het Laatste Oordeel. Toen mocht ik op audiëntie komen. "Ieder de helft," stelde ik voor, als hij die flaconnetjes aan de man bracht.'

'En,' vroeg grootvader, 'heeft hij gehapt?'

'Claro. In twee uur was alle melk erdoorheen. De mensen vochten erom. Wie een flesje kon bemachtigen was blij als een kind.

De pope heeft zelfs een maaltijd voor mij laten aanrukken, niks zuinigjes overigens, er een puike fles rood bij opengemaakt en mij te kennen gegeven dat ik weer zijn gast mocht zijn als ik volgende zomer met nieuwe relikwieën zou komen. Moet je nagaan, van het geld kon die orthodox drie kerkdaken bouwen. Ik heb het familielid zijn investering met dubbele rente terugbetaald en neef Salman mijn aandeel gegeven, met de opdracht een mooie kijkkast voor jou te kopen. Er was nog genoeg geld over voor een stuk of tien antennes, maar wat doet die stommeling? Nou, wat doetie? Gaat Amerikaantje spelen! Wil er meer geld van maken, en gaat zitten kaarten met die ratten van een zigeuners bij het station van Kronauburg.'

Ik lag nu zo te zweten naast de kachel dat ik het donzen dekbed van me af smeet en ging zitten. Het is onbegrijpelijk, maar de twee hadden mij niet eens in de gaten.

'Hier, ongelovige.' Dimitru trok een verkreukeld vodje papier uit zijn broekzak. 'Honderd procent eerlijk,' zei hij tegen grootvader en hij overhandigde hem de rekening van het televisietoestel. 'Die is voor jou. Goed bewaren.'

Toen Ilja de kwitantie onder het muntenvak van de kassa stopte, zag hij wat het apparaat gekost had. Hij werd bevangen door een duizeling.

'Mijn god, Dimitru, wat ben jij toch een goochemerd. Net David. Ik bedoel, David in de strijd tegen... hoe heette die reus ook alweer?'

'Onze reus heet Koroljov. Hij is onze Goliath. Wij hebben geen wapens en geen leger, daarom moeten wij slim zijn. De steen in onze slinger is onze list. Die is ons wapen.'

'En we zijn niet alleen!' Grootvader draaide de kurk uit een fles silvaner. 'Amerika is ons betrouwen. De Amerikaan zal betere raketten bouwen dan de Sovjet. De Ami wil geen roebel. Hé, Pavel, je bent wakker. Gaat het weer een beetje? Geef ons dan nog maar een kauwgompje. Dimitru, die echte Amerikaanse, zeg ik je, zijn de beste.'

'Ik ga even een frisse neus halen. Ik voel me een beetje slapjes,' zei ik. De ervaring had mij geleerd dat dat mij de toestemming garandeerde om een hele tijd weg te blijven. De boekerij in de pastorie was onbewaakt. Dimitru keek al lichtelijk lodderig uit zijn ogen en zou voorlopig zeker niet naar de boeken terugkeren. Ik schoot in mijn jas en ging de deur uit.

Met snelle pas liep ik door de sneeuw naar de nederzetting van de zigeuners. Toen ik voor Buba's lemen hut stond, had ik spijt dat we geen geheim teken hadden afgesproken om onze aanwezigheid aan elkaar kenbaar te maken. Het was, schatte ik, een uur of negen. Te laat om Buba te roepen. Voorzichtig gooide ik een sneeuwbal tegen het raam waarachter ik de slaapplaats van mijn vriendin vermoedde. Er leek een eeuwigheid te verstrijken, tot het venster openging en een stem fluisterde: 'Pavel?'

Buba klom uit het raam, op blote voeten en met alleen een dunne nachtjapon aan. Ik legde mijn jas om haar schouders en wij haastten ons in de duisternis naar de pastorie. Op de tast vond ik het pad dat naar de voordeur leidde. Opgelucht stelde ik vast dat de reservesleutel van de boekerij weer aan het bord naast de kapstok hing.

Toen ik mijn hand uitstak om hem te pakken, lichtte er iets zilverigs op, een klein, maar kunstig versierd sleuteltje. Met een vaag vermoeden op welk slot het kon passen deed ik het in mijn broekzak.

Twee minuten later kroop ik met de rillende Buba onder de dekens op Dimitru's chaise longue. Voor ons lag het dagboek van Angela Barbulescu.

'Ik heb geen goed gevoel,' zei Buba en ze drukte zich tegen mij aan. 'Ik heb de afgelopen dagen alleen maar aan juffrouw Barbulescu gedacht en wat zij allemaal moet hebben meegemaakt in de hoofdstad. Toen wou ik dat jij bij mij was. Maar ik mocht van moeder het huis niet uit. Onze lerares moest toch ook moeder geworden zijn. Ze was toch in blijde verwachting geraakt van die smeerlap Stefan? Maar ze is zonder kind naar

Baia Luna gekomen. Ik wil weten waar Barbu's kindje gebleven is.'

'Dat vraag ik me ook al de hele tijd af.' Ik legde een arm om Buba heen. Met mijn vrije arm pakte ik het groene schrift. Toen vloog de deur open. Susanna Gabor had alleen maar de sporen in de sneeuw hoeven volgen.

'Hoer! Stuk ongeluk! Kruipt met een gadjo onder de dekens! Jij slettenbak, jij veile fleer!' Susanna stormde op Buba af.

Ik sprong op om Buba te beschermen, maar tegen de uitzinnige razernij van de zigeunerin was ik niet opgewassen. Als een bezetene timmerde Susanna eerst met haar vuisten op mij, toen op haar dochter in. Ze kreeg Buba's haar te pakken en rukte er hele plukken van uit haar hoofd. Terwijl Buba vertwijfeld riep: 'Hij is mijn vriend, hij is mijn vriend. Ik wil geen andere. Nooit, nooit, nooit,' gilde haar moeder: 'Schande! Het is een schande. Weg met jou! Weg jij, geile gadjo-vrijer!'

Ze smeet de jammerende Buba de deur van de pastorie door en sleurde haar aan haar haren door het dorp. Susanna's gekrijs sneed als wolvinnengehuil door de winternacht. In sommige huizen ging het licht aan en de bewoners van Baia Luna schoven verstijfd van schrik hun gordijn opzij.

Ik ging ons dranklokaal binnen. Verblind van verdriet zag ik de twee geestverwanten op de bank naast de kachel snurken, in de roes van wijn en zelfgenoegzaamheid. Onder mijn jas zat Angela's dagboek.

Wat had ik me verheugd op het moment dat ik weer met Buba in de dagboekaantekeningen van de spoorloos verdwenen lerares zou zitten te lezen. Toen ik in mijn bed lag en het groene schrift met beide handen omklemde, had het eerst zo dierbare boek voor mij aan waarde ingeboet. Mijn bezorgdheid gold nu niet meer het verleden van Angela Barbulescu, maar de vraag wat er met mijn vriendin te gebeuren stond. Omdat ik op geen enkele manier de verlossende slaap kon vatten, stak ik de nachtlamp aan, in de overtuiging dat Buba het me niet kwalijk zou nemen als ik in deze omstandigheden alleen verder bladerde in het dagboek.

Ik sloeg de eerste pagina's open en las voor de tweede maal de zin die Trinka Barbulescu een kwart eeuw geleden, voor Kerstmis 1931, in het poëziealbum van haar dochter geschreven had: 'Wie niet hoopt, wordt ook niet teleurgesteld.'

Angela had wel gehoopt. Tegen de raad van haar vijandelijk tegenover het leven staande moeder in. En ze was teleurgesteld. Door een man die haar had leren leven, maar die achter zijn joviale façade en zijn glimlach alleen maar zijn eigen ijzige koude verborg. 'Hij zuigt haar leeg,' had Buba gezegd.

'3 november 1949. Onderzoek bij mevrouw dr. Bladogan. Zij zegt: "Juffrouw Barbulescu, nu wordt het toch eens tijd als u niet met een heel dikke buik voor het trouwaltaar wilt staan." Kon niet eens huilen. Ben nu in de vijfde maand. Misschien weet hij het al van Alexa. Heb S. sinds de zomer niet meer gezien. Ik ga mijn kind alleen ter wereld brengen. Zonder hem. Het minste wat ik kan doen is het hem recht in zijn gezicht zeggen. Morgen sta ik bij hem in zijn kantoor!'

Al na een paar regels was ik alweer ondergedompeld in het verleden van mijn verdwenen lerares, zonder het gevoel te hebben een indringer te zijn. Angela had haar dagboek niet in de boekerij verstopt met het doel het te verbergen, maar met het doel dat het gevonden zou worden. Wij hadden het gevonden, en daarmee was tenminste een van de dingen die zij gehoopt had, bewaarheid geworden. Toen ik verder bladerde, ontdekte ik dat er meerdere pagina's uit het dagboek waren gescheurd. Ik raakte steeds teleurgestelder, want ook de volgende bladzijden gaven niets prijs. Het handschrift was slordig, nauwelijks te lezen en bevatte bovendien woeste doorhalingen en rare strepen. Dat gedeelte sloeg ik over, totdat mij de haren te berge rezen. Op de rechterpagina van het dagboek prijkte een bruinig kruis. De dikte van de lijn maakte zichtbaar dat Angela Barbulescu twee duimbrede strepen naar boven en dwars over het papier gesmeerd had. Links eronder stonden met vette drukletters woorden die aan het opschrift op een grafsteen deden denken.

> Machtigen vallen van hun troon
> Nederigen worden verheven
> Zijn laatste uur heeft geslagen
> Als hij helemaal boven is
> Baia Luna, 15 augustus 1950

Ik miste Buba. Met haar had ik de zwaarte van het kruis en de woorden waarvan de afgrondelijke boodschap mij totaal ontstelde, tenminste een beetje kunnen relativeren. De 'hij' was niemand anders dan de Partijsecretaris uit Kronauburg, Stefan Stephanescu: de man die ik moest vernietigen en naar de hel jagen. Ik zette alles op een rij en dwong mezelf tot nadenken. De plaats- en datumaanduiding verrieden dat Angela Barbulescu de duistere aankondiging geschreven had toen zij niet meer in de hoofdstad, maar in Baia Luna woonde. Driekwart jaar was er sinds haar aantekening over haar gevorderde zwangerschap en haar voornemen om de vader van haar kind op te zoeken, verstreken. Op de vraag wat er met haar was gebeurd in haar laatste maanden in de hoofdstad, vond ik geen antwoord. Uitgerekend de belangrijkste puzzelstukjes van haar levensloop ontbraken.

In augustus 1950 was ik acht jaar en ik had geen enkele, ook geen vage, herinnering aan de komst van de lerares in het dorp. Ik ging naar de eerste klas, een beetje laat voor mijn leeftijd, maar eerder was er bij gebrek aan een leerkracht helemaal geen onderwijs geweest in Baia Luna. Het ministerie van Onderwijs had in de persoon van Angela Barbulescu een nieuwe onderwijzeres naar ons dorp gestuurd. Haar relatie met de dorpelingen stond vanaf het begin onder een slecht gesternte. Dat bevestigden ook haar dagboekaantekeningen in de maanden na haar aankomst. Ze schreef over het wantrouwen dat haar als vrouw uit de stad ten deel was gevallen, maakte gewag van de achterklap in het dorp, de geruchten, de kleine en grote hatelijkheden, waarbij steeds weer de naam 'dat mens KK' voorkwam, een afkorting waar niemand anders achter kon schuilen dan Kora Konstantin. Toch werd ik uit haar eerste aantekeningen uit Baia Luna niet veel wijzer dan ik uit eigen ervaring al was.

In het laatste gedeelte van het dagboek had Angela Barbulescu met bevende hand meerdere malen het voornemen geuit om van de drank af te komen. Hoewel dateringen ontbraken, boden de noties een weerslag van het geleidelijke verval van een labiele vrouw en drinkster. Tussendoor waren er ook momenten van helderheid, Angela Barbulescu beleefde het proces van haar zelfvernietiging heel bewust, zonder de kracht op te kunnen brengen zich tegen haar eigen ondergang te verzetten. Ze wist heel goed dat ze een slechte lerares was wier energie amper toereikend was om haar leerlingen eindeloze overschrijfopdrachten te geven. Ze wist ook dat ze door haar leerlingen eerder veracht dan gevreesd werd. Toen ik in het dagboek mijn eigen naam en die van Fritz Hofmann las, werd ik me er pijnlijk van bewust dat het haar geenszins was ontgaan dat wij bij rekenen vaak onzinnige getallen op ons papier zetten. Ze had zelfs gemerkt dat Fritz de stupide Partijgedichten naar eigen inzicht bewerkte. 'Fritz kan zo doortrapt zijn. De appel valt niet ver van de boom. Maar hij kan zelf ook nadenken. En hij heeft een dichterlijke fantasie. Ik hoop dat hij niet wordt als zijn vader, die...' Het laatste woord kon ik niet lezen, maar dat was met alles wat ik over de fotograaf Heinrich Hofmann wist ook niet nodig.

Ik bladerde door. Toen ik de allerlaatste aantekening van Angela Barbulescu zocht, wist ik al wanneer ze die had geschreven: op de morgen van de vijfenvijftigste verjaardag van mijn grootvader, toen hij met Dimitru naar de Spoetnik stond te luisteren. Ik had Dimitru toen door de mist naar huis gebracht en gezien hoe zij aan haar keukentafel zat te schrijven.

Het was een afscheidsbrief. In keurige, duidelijke blokletters. De aanhef was stijf en onpersoonlijk en zou niet misstaan hebben boven een formeel ambtelijk schrijven.

Geachte heer kameraad Partijsecretaris dr. Stephanescu,

Gisteren heeft de bode het pakket van de districtsregering afgeleverd. Hiermede bevestig ik de ontvangst van de foto. Gaarne zal ik aan uw verzoek, uw portret zo snel mogelijk op een duidelijk zichtbare plaats in het schoolgebouw van Baia Luna op te hangen, gehoor geven. Het zal naast het portret van de Staatspresident hangen. De kinderen zullen naar u opkijken. Opkijken naar uw glimlach. Uw partner Hofmann heeft geen half werk geleverd. Zoals altijd, ook al ligt zijn specialisatie elders.

Wat jullie mij bij mijn bevalling in de praktijk van dr. Pauker hebben aangedaan, is inslecht. De foto's die Hofmann met mij en jouw onfrisse kornuiten gemaakt heeft, zijn afstotelijk. Ik heb er jarenlang niet over kunnen praten. Nu doe ik dat. Wat mij betreft, mag hij ze naar de pastoor sturen. Doe er maar mee wat jullie willen. Hang ze desnoods aan iedere lantaarnpaal. Ik ben niet meer bang.

Ik heb een leerling van me eens verteld dat jij een tovenaar was die van wijn water kon maken. Natuurlijk kon ik het kereltje niet de waarheid vertellen. Jij verandert wijn in bloed. 'Kinderen zijn onze toekomst' staat onder je portret te lezen. Het is een mooie zin, en nog waar ook. Mijn toekomst werd nog geen negen maanden oud. Jij en je kameraden hebben mij voor altijd van mijn toekomst afgeholpen. In de vorm van een bloederige vleesklomp voor de vuilnisbak. Sindsdien maak ik niets meer mee wat niet allang gebeurd is.

Stefan, op een dag zul je helemaal bovenaan zijn. Maar je laatste uur heeft al geslagen. Daarvoor hoef ik niet tot een god te bidden, daarvoor breng ik het laatste offer dat ik nog kán brengen. En al begraven ze mij daarvoor in ongewijde aarde en al ga ik ervoor naar de hel... ik zweer het je, op een dag komen we je halen.

Baia Luna, 6 november 1957

get. Angela Maria Barbulescu en een kind zonder naam

Toen ik met een schok besefte dat het bruine kruis in het dagboek van mijn lerares met niets anders geschreven kon zijn dan met bloed, ging de deur van de slaapkamer naast de mijne open. Ik hoorde mijn moeder Kathalina lopen. Het moest tegen zessen 's morgens zijn. De nacht was ten einde, hoewel hij voor mij pas begon. Wat ze Angela in een artsenpraktijk ergens in de hoofdstad aangedaan hadden, kon ik me met mijn nog geen zestien jaar totaal niet voorstellen. Ik wist alleen dat doctor Stefan Stephanescu ervoor gezorgd had dat zijn kind in het lichaam van Angela Maria Barbulescu het levenslicht niet te zien kreeg. Maar dit feit mocht nooit ofte nimmer worden verdoezeld.

Doordat ik het groene schrift had gelezen waren de dagen van mijn kindertijd definitief voorbij. Mijn lerares was iemand anders dan de vrouw die ik meende te kennen. Uit dit besef kwam een verplichting voort.

'Jaag deze man naar de hel! Vernietig hem!'

'Ja,' zei ik. 'Dat zal ik doen.'

Kathalina klapte in haar handen. 'Mijne heren, de nacht is om.' Ilja en de tzigaan Dimitru lagen op de plankenvloer naast de kachel. Ze kwamen maar langzaam weer tot zichzelf en wreven de slaap uit hun ogen. Zonder morren volgden ze Kathalina's bevel op om hun gezicht een wasbeurt te geven, die bij Dimitru overigens bepaald minimaal uitviel. Verfrist door het ijzige water dacht Ilja meteen terug aan het drinkgelag van de vorige avond. Tevreden stelde hij vast dat hij door hoofdpijn noch hartkloppingen werd gekweld, terwijl Dimitru hem met opgeheven wijsvinger dreigde: 'Eerste uur. Lezen en schrijven. Les een. Het alfabet.'

De volgende weken begreep ik door grootvaders lessen aan de keukentafel dat Dimitru weliswaar niet de geduldigste, maar wel een goede leraar was. Gezegend met een grote rijkdom aan invallen stelde hij zelf de tekst van de oefeningen voor de dagelijkse lessen samen. Hij begon met losse woordjes, waarbij hij eerst alle begrippen met twee, drie, of vier letters opschreef die in zijn hoofd opkwamen. Daarna ging hij over op samengestelde woorden en korte gezegden, tot grootvader ten slotte eenvoudige gedichten van Dimitru's hand over de schoonheid van de vrouw en de verrukkingen van de lust kon voorlezen, eerst nog hakkelend, de letters volgend met zijn wijsvinger, maar allengs toch met groeiende zelfverzekerdheid. Algauw haalde Dimitru dunne, stichtelijke schriftjes over het leven der heilige martelaars en een geïllustreerde kinderbijbel uit de bibliotheek.

In weerwil van alle verwachting leerde Ilja op zijn vijfenvijftigste in een adembenemend tempo lezen, maar schrijven was een heel ander verhaal. Slechts met veel moeite kon hij twee woorden achter elkaar enigszins leesbaar op papier krijgen, maar al na vier weken les verlangde hij naar een 'echt boek'.

'Wat zweeft je zoal voor de geest?' vroeg Dimitru verheugd, content met het feit dat hij Ilja's wens vanuit de rijk gevulde bibliotheek gemakkelijk kon vervullen.

'Ik denk aan het Oude en het Nieuwe Testament. Ik ken de Bijbel alleen uit de woorden van onze goede pastoor. Nu wil ik de Heilige Schrift wel eens zelf bestuderen.'

'Prachtig, bravo. Je bent op de goede weg,' jubelde Dimitru. Toen viel hij stil en roffelde, zoals altijd als hij in een toestand van opperste nervositeit verkeerde, met zijn vingers op het tafelblad. 'Ik ken de Bijbel ook. Dat wil zeggen, ik denk dat ik hem ken. Maar bij mij gaat het net als bij jou. Ik ben alle zondagen in de kerk geweest – behalve die ene keer dat ik mijn relikwieën moest verkopen – en geloof me, iedere lezing, ieder evangelie en iedere preek van papa Baptiste klinkt nog in mijn oren na alsof hij justamente op de kansel stond. Maar tot mijn schande moet ik toegeven dat ik daardoor nog nooit puur om de studie in de Heilige Schrift gelezen heb. Waarom zou ik ook? Ik ken ieder woord des Heren, van de Bergrede via het Onzevader tot de laatste woorden van Christus aan het kruis, toen hij besefte dat Zijn vader Hem verlaten had. Ik weet ook wanneer en waar Christus welk wonder verricht heeft. Hij heeft broden vermeerderd, de arme Lazarus genezen, blinden ziende gemaakt. Op zijn woord zijn demonen weggevlucht en echtbreeksters behoed voor steniging. En niet te vergeten al het water dat Hij in wijn heeft veranderd. En wat betreft het Oude Testament kan ik de Tien Geboden van achteren naar voren en alle aartsvaders en dynastieën van Adam, via Abraham en Isaak en de wijze Salomo tot weet ik wie allemaal uit mijn hoofd opdreunen. Maar natuurlijk alleen als ik er jou een plezier mee doe, mijn vriend.'

'Nee, laat maar,' bedankte grootvader. 'Maar als je een echte Bijbel voor me hebt... te leen, natuurlijk.'

Dimitru zuchtte. 'Ilja, niet boos worden. Ik moet je wat opbiechten. Er is geen Bijbel in de boekerij. Er was er een. Vroeger, toen mijn loopbaan als bibliothecaris begon. In de winter, toen jouw vrouw Agneta zaliger en wijlen mijn vader Laszlo stierven, heb ik de Bijbel meegenomen naar de mijnen. Ook al had papa Baptiste mij dat verboden. En wat doen die zigeuners? Maken er de kachel mee aan. God de Heer zal hun vergeven, gelijk allen die niet weten wat zij doen.'

'Ik hoor dat de heren weer bij de beginselen aanbeland zijn.' Mijn moeder kwam de keuken uit.

'Stel je eens voor, Kathalina, tussen de duizend boeken in Dimitru's boekerij is niet één Bijbel te vinden.'

'Het belangrijkste is dat jij er tenminste een hebt nu je zelf kunt lezen.'

'Hoe bedoel je: dat jij er een hebt?'

'Daar, dat boek in die oude sigarenkist. Je begint echt een beetje vergeetachtig te worden.'

Het verjaardagscadeau van Johannes Baptiste! In pakpapier gewikkeld. Toen de priester hem het cadeau op zijn verjaardag overhandigde, had grootvader gevoeld dat er een boek in zat. Nu hij het uit de sigarenkist haalde, juichte hij: 'De Heilige Schrift, Dimitru, als dat geen toeval is!'

'Het is geen toeval. De hemel stuurt ons tekenen.'

Grootvader besloot met zijn Bijbellezing nog een paar dagen

te wachten. Hij wilde beginnen met het Nieuwe Testament. Wat zou er nou een toepasselijker dag zijn om te beginnen dan 24 december aanstaande? Christus' geboortedag was door de inspanningen van de benedictijn Johannes Baptiste in een heel ander licht komen te staan. De vreugde over de geboorte van het kindeke Jezus werd overschaduwd door de herinnering aan de vergeefse zoektocht van Jozef en zijn hoogzwangere Maria naar een slaapplaats voor de nacht. Uit toorn over de verstoktheid van zijn parochie, die de zigeuners hun verblijf in het dorp had willen ontzeggen, had Baptiste de Madonna van de Eeuwige Troost uit de parochiekerk naar een nieuwe kapel op de Maanberg laten brengen. Bij sneeuw en vorst moesten de gelovigen nu de berg op zwoegen, ze vervloekten hun zonden en beloofden berouwvol beterschap. Tot de Kerstmis erna. Dat ging al eenentwintig jaren zo. Het laatste jaar, Kerstmis 1956, was ik voor aan de stoet voor het eerst gaan beseffen dat de kruistocht tegen de harteloosheid allesbehalve een wandelingetje was. Dit jaar zou de tweeëntwintigste boetemars plaatsvinden.

Maar pater Johannes was dood en zijn stoffelijk overschot was spoorloos verdwenen. Er waren twee maanden voorbijgegaan sinds wij de doodgemartelde priester in de pastoorswoning ontdekt hadden, en reeds knaagde in Baia Luna aan veel geheugens de tand der vergetelheid. De vurige eden die gezworen waren de priester altijd en eeuwig trouw te blijven bekoelden. In het dranklokaal hoorde ik de eersten zich al aarzelend afvragen of zo'n urenlange processie helemaal naar de top van de Maanberg tegenwoordig nog wel zin had. Anderen lieten weten ook dit jaar graag de beslommeringen van zo'n boetegang op zich te willen nemen, maar gaven aan dat ze kerstavond liever met hun bejaarde vader of zieke schoonmoeder wilden doorbrengen.

In antwoord op het sluipende verval van de dorpsgemeenschap riepen Hermann Schuster, Istvan Kallay en Trojan Petrov voor de vierde adventszondag een dorpsvergadering van alle mannen en vrouwen uit. Het zou de treurigste vergadering worden die grootvader zich kon herinneren. Onder de zeven mannen waren vijf Saksen en de initiatiefnemers van de bijeenkomst Kallay en Petrov. Na minder dan een halfuur waren er drie besluiten genomen. Ten eerste: de processie vindt ongeacht de weersomstandigheden gewoon plaats, al is het aantal bedevaartgangers nog zo klein. Ten tweede: iedere aanwezige bij de vergadering verplicht zich minstens twee andere bewoners van Baia Luna van de noodzaak van de boetetocht te overtuigen. Ten derde besloot men, uit vrees dat het geharrewar over het voor en tegen van de processie de komende jaren alleen maar groter zou worden, de Madonna van de Eeuwige Troost weer van de Maanberg naar beneden te halen om haar de plaats in de parochiekerk terug te geven waar zij voor de komst van Johannes Baptiste gestaan had. Nadat koster Julius Knaup zich verlaat bij de vergadering had gevoegd en het vermoeden had uitgesproken dat het Eeuwige Licht vast wel weer zou gaan branden als de Madonna terug was in de kerk, werd de vergadering gesloten.

Toen we ons in de vroege morgen van 24 december onder de koude, met sterren bezaaide nachthemel even voor vijven in het dorp verzamelden, telde Hermann Schuster precies twee dozijn Madonnapelgrims. Zijn teleurstelling werd iets minder toen er het uur daarna nog een paar bedevaartwilligen bij kwamen. Zij verontschuldigden zich met de reden dat hun tijdsbesef nogal in de war geraakt was sinds de kerkklok niet meer sloeg. Ergens in de adventstijd waren de wijzers om kwart over twaalf stil blijven staan en zouden, vastgeroest en aangetast door de tand des tijds, ook niet meer van hun plaats komen.

Wij overschatten onze conditie. Tegen het advies van de ouderen in hadden Petre Petrov en ik erop aangedrongen de met het verlate vertrek verloren tijd in te halen door ons wandeltempo te verhogen. Het was nu midden op de dag en we kwamen steeds langzamer vooruit. De Carpati-roker Petre Petrov snakte ondanks zijn jeugdige leeftijd om de paar stappen naar adem en Hermann Schuster junior klaagde over zulke heftige steken in zijn zij dat iedere stap een marteling werd. Hij raakte steeds verder achterop. Toen hij moest overgeven van uitputting stuurde zijn vader hem terug naar het dorp. Dat wij het ondanks de strenge vorst niet koud hadden, hadden we te danken aan de kracht van de zon die aan de staalblauwe hemel op ons scheen. Boven de boomgrens zou de wind echter onbarmhartig om onze oren gieren. Tot daar was het nog een goed uur. Daarna was het nog een uur over een lichte helling tot aan de kapel van de Madonna van de Eeuwige Troost. Men had besloten daar voor een kort gebed halt te houden, het Mariabeeld in dekens te wikkelen en zo snel mogelijk terug te keren naar Baia Luna. Pas toen de zon achter de bergen verdween, werd het bitter koud.

In plaats van één hadden we bijna twee uur nodig om de boomgrens te bereiken. Misschien lag het aan onze uitputting, misschien ook aan het feit dat de zin van de pelgrimage ons met iedere stap een beetje meer ontging. Onze vurige boetvaardigheid had plaatsgemaakt voor doffe lethargie, zodat zelfs de jongeren die voorop liepen geen kreet van ontzetting konden uitbrengen. Waar de laatste rode beuken met hun kale, zwarte stammen naar de staalblauwe hemel rezen, stootte Andreas Schuster eerst Petre aan, daarna mij. In sprakeloos afgrijzen wees Andreas naar een plek in het lege, winterse woud. Als betoverd hielden ook de andere pelgrims de pas in, keken verstoord en naar adem snakkend om tot ze allemaal dezelfde kant op keken.

De dode hing aan een zwarte tak aan een strop. Ze wiegde in de wind. Haar haar was in strengen bevroren en op haar hoofd lag een kroon van sneeuw. Alleen ik wist in deze seconden van verschrikking meteen wie de vrouw in haar zomerjurk met zonnebloemen was.

Karl Koch reageerde als eerste. Hij nam Hermann Schuster en Istvan Kallay apart. De drie gaven elkaar een korte knik. Karl liep op de ouderen en de vrouwen toe, die zonder een woord van protest de kinderen bij de hand namen en zich op de terugweg naar Baia Luna begaven. Toen Karl Koch Kora Konstantin bij haar arm pakte om haar met zachte dwang te bewegen ook naar het dorp te gaan snoof ze naar hem en haalde bliksemsnel met haar scherpe nagels uit naar zijn gezicht, waarop drie bloedige schrammen ontstonden. Kora gilde: 'Ik wil niet terug! Ik wil naar de Madonna.' Hermann reikte zijn vriend een zakdoek, toen baanden wij jongens en mannen ons een weg door het beukenbos, gevolgd door de briesende Konstantin. Sprakeloos stonden wij onder de boom en keken omhoog naar het lijk, waarvan de blote voeten voor onze ogen bungelden.

'In de vorst blijven doden goed,' zei Karl Koch, 'ik vraag me alleen af waarom Barbu hartje winter in een zomerjurkje hiernaartoe gaat om zich zoiets aan te doen?'

'Haar jas en schoenen liggen vast onder de sneeuw,' vermoedde Petre, maar Schuster bracht hem met een scherpe blik tot zwijgen. De Saks vouwde zijn handen en sprak: 'Onze vader die in de hemelen zijt, Uw naam worde geheiligd...' Iedereen viel mompelend in en keek bedrukt voor zich uit over de flonkerende sneeuw, nog lang nadat het Amen verklonken was.

Ik kon niet de andere kant op kijken. Ik voelde geen verdriet. Alleen een oneindige, grenzeloze pijn, alsof mijn hart uit mijn borst scheurde. Het was een geluidloze pijn, maar mijn oren tuitten ervan. Een naam eraan geven kon ik niet, daarvoor was ik nog te jong. Pas jaren later zou ik begrijpen dat wat ik die kerstnacht gehoord had, de doodskreet van de liefde was.

Het werd koud. De processie van de Madonna van de Eeuwige Troost was ten einde zonder dat we ons doel bereikt hadden. Maar we moesten handelen. Istvan Kallay voelde zich sterk genoeg om in zijn eentje het Madonnabeeld te gaan halen in de kapel. Petre, die zo-even nog onder zijn ademnood dreigde te bezwijken, boorde een nieuwe energiebron aan en verklaarde zich bereid met de Hongaar mee te gaan.

'Gaan we weer met z'n drieën?' Istvan wendde zich tot mij. Hij maakte een toespeling op onze gemeenschappelijke tocht naar Kronauburg en ons bezoek aan commissaris Patrascu. 'Kom mee!'

Grootvader Ilja was het met Istvan eens. 'Ga maar met hem mee, Pavel. Dit hier is niets voor een jongen.'

'Mijn plaats is hier.'

'Mijn benen doen het nog.' Andreas Schuster pakte de wollen dekens die meegenomen waren om het Mariabeeld mee in te pakken. Toen ging hij met Istvan en Petre mee naar boven, naar de kapel, waarvan de spitse toren zich als een silhouet in de laag staande zon verhief.

Ik deed mijn ogen dicht zoals ik Buba had zien doen. Ik hief mijn gezicht. Het tweede zicht was helemaal niet moeilijk. Het beeld kwam tot stand zonder mijn toedoen. Ik zag. Maar ik zag niet de vriendin die ik zo deerlijk miste. Ik zag haar oom. Voor mijn geestesoog zag ik Dimitru in zijn bibliotheek, hij nam een aanloop van een paar stappen maakte een handstand, met zijn stakerige benen tegen een boekenkast. Toen hoorde ik de zin: 'De dingen worden zichtbaar voor hem die de wereld op z'n kop zet.'

Ik opende mijn ogen. Ik boog mijn hoofd en viel voorover met mijn gezicht in de sneeuw. Terwijl de mannen dachten dat de aanblik van de zelfmoordenares mij te veel was geworden, verdrong de koele helderheid van het denken de pijn die ik voelde. Ik krabbelde overeind en keek de gebroeders Sjerban in het gezicht.

'Kunnen jullie mij helpen, alsjeblieft? We moeten graven.'

'Je wilt toch niet nu haar schoenen en jas gaan zoeken?' vroeg Rasim. 'Dat doen we in het voorjaar wel.'

Ik antwoordde niet. Ik wroette in de sneeuw, waarbij het ijs in mijn handen sneed, tot bloedens toe. Sommige mannen pakten armdikke takken die door de storm van de bomen gerukt waren en gebruikten die als graafwerktuigen. Na een tijdje hielp iedereen mee met sneeuwruimen. Door het ingespannen gegraaf hoefden de mannen niet de hele tijd tegen de halfnaakte vrouw in haar dunne jurkje aan te kijken. Niemand wist waar hij eigenlijk naar zocht. Behalve ik. Als een levensmoede vrouw er in haar eentje een eind aan maakte, had de oude commissaris Patrascu gezegd, kon je er donder op zeggen dat ze de kurk keurig weer op de fles had gedaan waaruit ze zich moed had ingedronken. Maar als er een fles gevonden zou worden zonder kurk, zoals ik vreesde? Dan zou Angela Maria Barbulescu in haar laatste uren niet alleen geweest zijn. Dan had ze niet de hand aan zichzelf geslagen. Maar mijn vrees werd niet bewaarheid. We vonden helemaal geen fles.

'Hier! Hier ligt wat!' Hermann Schuster trok iets uit de sneeuw wat onder aan de stam van de beuk had gelegen. Hermann hield zijn vondst omhoog. Een foto in een matgouden, houten lijst, met een versplinterde glasplaat. 'Wie is dat? Kennen jullie hem?'

'Zou een van die Partijbonzen uit de hoofdstad kunnen zijn,' opperde Karl Koch. 'Hij ziet er wel zo uit.' Koch keek naar boven. 'Ze zal er wel wegens hem een eind aan hebben gemaakt. Ik zeg jullie: dat mens was gek. Als je je in zo'n jurkje verhangt, ben je niet goed wijs. Geen wonder dat die dure mijnheer niks van iemand als Barbu moest hebben.'

Daar had Karl Koch een punt, maar het was nét even bezijden de waarheid.

Had ik haar hand maar gepakt en vastgehouden die keer bij haar thuis, schoot het mij keer op keer door mijn hoofd. Toen ze Stephanescu verbrandde. Maar toen was ze alleen nog maar Barbu. Aan de tak hing Angela Maria, en alle verdriet, alle leed lag achter haar. En alle haat.

Andreas, Istvan en Petre kwamen eerder terug dan wij verwachtten. Uitgeput wierp Andreas de deken in de sneeuw en hijgde: 'De Madonna is weg.'

'Wat zeg je? Weg?'

'Ze, ze is niet meer in de kapel.' Petre kreeg nauwelijks lucht. 'De sokkel is leeg.'

Er brak een stortvloed van vragen los. 'Waarom? Hoezo? Wat is er gebeurd?'

'Gewoon, weg! Gestolen!' riep Istvan. 'Begrijp het nou gewoon, de Madonna is er niet meer.'

Hermann Schuster wist van radeloosheid niets anders te verzinnen dan een 'Wees gegroet, Maria, vol van genade, de Heer is met U...' aan te heffen, maar er viel niemand in. Toen Schuster de woorden 'Gij zijt de gezegende onder de vrouwen. En gezegend is Jezus, de Vrucht van Uw schoot' uitsprak, vestigde iedereen de blik op Kora.

De hele tijd had zij afgewend in de sneeuw gezeten en ze wekte de indruk dat ze aan het bijkomen was van de uitputtende beklimming. Maar nu zag iedereen in haar gezicht de enorme spanning waarachter ze haar kwaadaardigheid en venijn verborg. Het leek wel alsof Kora die spanning alleen maar had volgehouden om dit ene moment kapot te kunnen maken. Ze sidderde even, en voordat men de toestand goed en wel begrepen had, kwam al haar haat in één eruptie naar buiten.

'Gezegend de Vrucht van Uw schoot! Nee! Nee! Nee! Dit lichaam is vervloekt. Het is haar schuld! Die duivelin, die heks!'

Kora's oorverdovende gegil doorkliefde de stilte van de bergen, zodat mij het bloed in de aderen stolde. Als een bezetene stormde ze op het lijk in de strop af. 'Jij moordenaarshoer, vervloekte satansbruid! Naar de hel met jou!' krijste ze en ze sprong als een hond tegen het lijk op. Ze had een slip van de jurk te pakken gekregen, rukte eraan en trok aan de dunne stof tot de jurk aan flarden scheurde en het dode lichaam van Angela Barbulescu in al zijn naaktheid zichtbaar werd.

De mannen waren zo verbouwereerd door de razernij die over hen was uitgestort dat geen van hen ook maar een vinger uitstak om Konstantin tot bedaren te brengen. Ik liep rustig op haar af en stompte haar met alle kracht die ik in me had in het gezicht. Een straal bloed spoot uit haar neus en sproeide in de sneeuw. Kora Konstantin viel abrupt stil.

Nog een halfuur en dan zou de zon achter de Maanberg verdwijnen.

'Ook al moest zij zo eindigen, ze was toch ook een mens,' zei koster Julius Knaup.

'Daarom moeten wij haar niet aan de wolven en beren overlaten,' zei Hans Schneider, terwijl Karl Koch zich aan een tak ophees en in de rode beuk klom om het touw boven het hoofd van de dode los te snijden.

'Vang haar dan tenminste op,' riep hij geërgerd. De Sjerbans schoten te hulp en pakten met mij het stijf bevroren lichaam aan. We wikkelden de naakte dode in de dekens die bedoeld waren voor de Madonna van de Eeuwige Troost. Toen bond Karl Koch de bundel bijeen met de strop en gooide hem over zijn schouders. Wij begonnen de afdaling naar het dal. Het was ieder voor zich, niemand lette er nog op of zijn buurman hem nog wel bijhield of niet.

Niet alleen ik, ook grootvader wist dat de verbondenheid binnen de dorpsgemeenschap vanaf dat moment verstoord was. Dat de vrouwen in Baia Luna in de tussentijd de parochiekerk versierd hadden, kon daar niets aan veranderen. In voorgaande jaren was het slotgebed aan het eind van de boetetocht altijd kort en bondig uitgevallen, omdat de uitgeputte en door de kou versteende pelgrims na aankomst in het dorp naar niets anders verlangden dan naar een warme huiskamer. Nu echter hadden de vrouwen de kerk met dennengroen, witte kaarsen en rode linten helemaal in de kerstsfeer gebracht om de Madonna een waardige ontvangst te bereiden. Echter, toen ze hoorden wie er over de schouders van Karl Koch het dal in gedragen werd, doofden ze de kaarsen in de kerk.

Waar het lichaam van Angela Barbulescu begraven zou worden, hadden koster Knaup en organist Konstantin al op de terugweg van de Maanberg besloten, ook al was Hermann Schuster niet blij met die oplossing. Het was nog nooit gebeurd dat in Baia Luna iemand de hand aan zichzelf had geslagen. Goed, er was een keer op gezag van Johannes Baptiste een uitzondering gemaakt voor Laszlo Carolea Gabor: voor het eerst werd een ongedoopte op het kerkhof begraven. Maar dat een vrouw die door de drank aan lagerwal was geraakt en zelfmoord had gepleegd haar laatste rust in gewijde grond zou vinden, dat was zelfs de allesbehalve harteloze katholiek Schuster een tikkeltje te veel naastenliefde.

Met schoppen, houwelen en fakkels zette een groepje mannen koers naar de Kerkhofheuvel. Voor de toegangspoort sloegen ze links af en zochten een geschikte plaats, die men naast de oude eik meende te hebben gevonden. Omdat je van daaruit, zoals Julius Knaup ter overweging gaf, de spelende kinderen op het schoolplein kon zien, koos men toch voor een plekje achter de hoger gelegen kerkhofmuur. De doodgravers schoven de sneeuw weg, hakten een gat in de hard bevroren bodem en legden de dode erin. Het gat werd dichtgegooid en de grond werd met laarzen aangestampt.

Voor mij was er geen emplooi. Ik zwom in een zee zonder kust.

8

Een grote stommiteit, afscheid voor lange tijd en de waan van de halve waarheid

In zijn hele vijfenvijftigjarige leven was grootvader Ilja nog nooit buiten de grenzen van het Kronauburger land geweest. Ook al reisde hij in gedachten op momenten moeiteloos af naar zijn fakkel-Madonna in het verre Amerika, zijn geestelijke uitstapjes waren geenszins de vrucht van een ongebreidelde fantasie. Ze konden niet loochenen dat de kleine, veilige wereld van het dorp tot in de allerverste uithoeken van zijn ziel zijn thuis was. Baia Luna gaf zijn voeten wortels, zijn leven houvast en zijn dromen een plaats waar ze weer konden landen. Eerlijkheid ging bij hem voor alles. Daarvoor was een open blik nodig, vrij van wantrouwen of verdenkingen. Die maakte het mijn grootvader mogelijk de wel erg vrome koster Knaup of de steile Brancusi's zonder wrok te verdragen, evenals de haatdragende Kora Konstantin of de arrogante Vera Raducanu.

Tot die onzalige Kerstmis van 1957.

Terwijl mijn moeder Kathalina nog sliep, zat grootvader aan de keukentafel. Zijn terneergeslagen, door en door bittere blik verried dat het sluipende en ontbindende gif van de twijfel aan hem knaagde.

'Pavel,' zei hij na een zwijgen dat wel een eeuwigheid leek te duren, 'dit Baia Luna is mijn Baia Luna niet meer. En dat is mijn schuld.'

'Opa, waar heb je het over? Jij? Jij hebt nergens schuld aan.'

'Jawel, Pavel. Wat die doorgedraaide Konstantin met juffrouw Barbulescu gedaan heeft, heb ik te verantwoorden. Het doet mij tot in het diepst van mijn ziel verdriet. Als Dimitru hoort hoe dom ik ben geweest, verbreekt hij de vriendschap.'

'Wat is er dan gebeurd?'

Grootvader schonk een glas tsoeika in en nam een slok, alsof hij zijn tong moest losmaken.

'Vergeef me, Pavel, als ik je opzadel met praatjes waar jij nog te jong voor bent.'

'Ik ben oud genoeg.'

'Ja, jongen, dat ben je ook. Pavel, zolang ik me heugen kan, heeft in Baia Luna de ongeschreven wet gegolden dat we hier elkaar het leven niet zuur maken. En al zeg ik het zelf, ik heb daar altijd voor ingestaan. Redelijk zijn, dat zit de Botevs in het bloed. De mens niet tot vijand, maar tot vriend te zijn, die karaktertrek tekende mijn vader Borislav al, en ikzelf heb mijn best gedaan zowel je gesneuvelde vader Nicolai als jou die eigenschap mee te geven op je levensweg. Maar nu is er in het dorp iets losgebarsten wat niet alleen de regels van het fatsoen buitenspel zet, maar ook het leven van ieder van ons ontwricht. Hoewel ik met Dimitru het gepiep van de Spoetnik niet gehoord heb, blijkt het achteraf een voorbode te zijn geweest van het onheil dat zich nu over ons uitstort. Er is te veel gebeurd, Pavel. Het Eeuwige Licht in de kerk brandt niet meer. Johannes Baptiste is vermoord, zijn huishoudster is zich letterlijk doodgeschrokken. Het stoffelijk overschot van onze geliefde priester vindt geen laatste rustplaats, zijn graf blijft leeg – en nu is zelfs de Madonna van de Eeuwige Troost verdwenen, de schutspatrones van ons dorp. In moeilijke tijden was zij degene die onze hoop voedde op de uiteindelijke overwinning van het goede. In haar gekwelde gezichtsuitdrukking heb ik altijd zachtmoedigheid en genegenheid herkend. Honderden, nee, duizenden malen heb ik voor de Madonna geknield en naar haar opgekeken. Nu is zij in het niets opgelost. Sinds ik die arme juffrouw Barbulescu aan een tak heb zien bungelen, is de Madonna al weg.

Pavel, ik kan haar niet meer vinden. Ze is weg. Ik kan haar niet meer aanroepen.'

Ik was verrast, en ook een beetje trots, dat mijn grootvader zijn gedachten met mij deelde en mij met mijn bijna zestien jaar niet meer als een kind aansprak.

'Nooit, Pavel, nooit ben ik door geloofstwijfel gekweld. Maar sinds de moord op Johannes Baptiste vervliegt mijn vertrouwen als een opdrogende bron. Wie heeft die bron vergiftigd, vraag ik me af. Wie heeft de boom laten verdorren? Eerst dacht ik dat de staatsveiligheidsdienst overal achter zat. Maar waarom zou die zo ver gaan een eerbiedwaardige priester de keel door te snijden? Dat kan ik me zelfs bij de grootste gruwelijkheden die men de Securitate toedicht nog niet voorstellen. Ook al niet omdat een priester nooit alleen staat: hij heeft de autoriteit van de hele katholieke kerk achter zich. Daar kan geen staat aan beginnen zonder zijn eigen macht gevaarlijk in de waagschaal te leggen. Anderzijds, Pavel... Kan het niet zijn dat er toch een kern van waarheid zit in wat die krankzinnige Konstantin overal rondbazuint? Wat als juffrouw Barbulescu op de Maanberg de hand aan zichzelf geslagen heeft omdat ze wel degelijk iets met de moord op pater Johannes te maken heeft?'

'Dat heeft ze niet.'

'Dat geloof ik ook niet. Ook Dimitru is ervan overtuigd dat zij niet de moordenares van Fernanda en Johannes was. En ik geloof ook niets van de misselijke verdachtmakingen die Kora verspreidt. Maar ik ben bang dat... Pavel, ik heb een stommiteit begaan. En als de toestand niet gauw verbetert zelfs een heel grote.'

'Hoe, wat bedoel je?' stamelde ik. 'Wat voor een stommiteit?'

'Konstantin beweert dat lerares Barbulescu op woensdag 6 november, de dag van mijn vijfenvijftigste verjaardag, naar de pastorie is gegaan. De meesten in het dorp doen dat af als roddelpraat. Maar wat nou als die haatdragende leugenaarster voor één keer de waarheid heeft gesproken? Feit is: eerder is Barbulescu nooit in de pastorie geweest, ze heeft zelfs sinds ze in Baia Luna woont vrijwel ieder contact met de pastoor vermeden. Ik vind het al vreemd dat zij inderdaad die zesde november bij Johannes was. Maar Dimitru kan het bevestigen. Het schijnt dat Angela Barbulescu de sleutel van de boekerij wilde lenen. Kora liegt dus niet als ze beweert dat ze Barbulescu naar de pastorie heeft zien gaan. Dimitru was haar getuige. En ik, stomkop die ik ben, heb dat in de veronderstelling dat ik tegenover iedereen eerlijk moest zijn, ook aan iedereen die het horen wilde verteld. De vrouwen die boodschappen kwamen doen, maar ook de mannen in het dranklokaal. Natuurlijk had men het in het dorp over de beschuldigingen van Konstantin, voor wie alle ellende die Baia Luna treft steevast wordt veroorzaakt door Barbulescu. Aanvankelijk wist ik me nog buiten de roddel en achterklap te houden. Maar als iemand als die brave Elena Kiselev in mijn bijzijn beweert dat Kora niet goed bij haar hoofd is als ze Barbu de pastorie binnen heeft zien gaan, dan moet ik daar toch wat van zeggen. Geruchten, goed, maar feiten zijn iets anders. Waar Kora gelijk in heeft, daar heeft ze gelijk in, punt uit. Maar nu ik weer voor me zie hoe die zottin aan Barbulescu's jurk heeft staan rukken en trekken, o, dan zou ik bij de zin "Dimitru heeft haar ook gezien" nog het liefst mijn tong afbijten.'

Op deze kerstavond kwam mijn grootvader tot het pijnlijke inzicht dat er momenten in het leven zijn waarop strategisch handelen belangrijker is dan toegeven aan je verlangen het iedereen naar de zin te maken. Hij besefte maar al te goed dat zijn loslippigheid nog gevolgen zou krijgen.

Op Kerstmis, 25 december rond het middaguur, klopte er iemand op de achterdeur van ons huis. Kathalina deed open en riep in het trapgat: 'Pavel, een jongedame voor jou!' Ik sprong met meerdere treden tegelijk de trap af en verwachtte mijn vriendin Buba te zien.

'O, ben jij het.'

Mijn teleurstelling ontging Julia Simenov niet.

'Stoor ik? Zal ik dan maar weer gaan?' vroeg ze onzeker. In haar handen hield ze een krans van dennengroen en een eenvoudig kruis van houten latten. Omdat ik geen antwoord gaf, verklaarde mijn klasgenote: 'Ik wou iets voor onze lerares doen, ze heeft geen echte plek op het kerkhof. En ze heeft ook geen familie die zich om haar graf bekommert.'

'Ik ga mee.'

Dat had ik niet gedacht van Julia. Ze was al zestien en de oudste leerling van mijn klas. Als ik zou zeggen dat ik haar sympathiek vond, zou ik liegen. Maar op dit moment gooide Julia alles omver wat ik na acht jaar met haar op school te hebben gezeten over de dochter van de hoefsmid meende te weten. Op school stond ze bekend als een overijverige streber. Met haar hoofd zat het wel snor en met haar handen helemaal, zodat zij altijd degene was die braaf haar vinger opstak. Of het nu om kruislings vermenigvuldigen ging, het opdreunen van geschiedenisjaartallen of om het 'Vaderlandslied' van Hans Bohn, Julia had haar vinger al opgestoken voordat Angela Barbulescu goed en wel een vraag gesteld had. Ook had ze zich altijd onthouden van kwaadsprekerij over de lerares, naar Fritz Hofmann meende om met uitmuntende rapportcijfers haar weg naar de Hogere Internaatschool in Kronauburg te plaveien, wat nog geen leerling, laat staan een leerlinge, uit Baia Luna ooit gelukt was. Aan alles was het te merken: Julia's eerzucht kende geen grenzen. En nu stond ze voor mij met in haar hand een eenvoudige krans van dennentakken en een kruis zonder naam. Ik schaamde me.

Ik trok mijn schoenen aan en gooide mijn jas over mijn schouders.

'Ik zal trouwens een brief aan Fritz Hofmann schrijven. Mijn vader heeft zijn adres in Duitsland achterhaald. Dat hij op z'n minst weet wat je met grofheden kunt aanrichten,' zei Julia.

'Bedoel je soms dat dat verhaal met die schoorsteen onze juf de dood heeft ingejaagd?'

'Misschien. Als de druppel die de emmer deed overlopen. Kom, we moeten opschieten. Mijn ouders weten niet waar ik ben. En ik weet niet of ze het goedvinden dat wij naar Barbu's graf gaan.

Als het lente wordt, kunnen we ook een echt kruis timmeren, met haar naam en geboortejaar erop. Heb jij enig idee hoe oud ze was?'

'Ze is in 1920 in Popesti geboren, dat is vlak bij de hoofdstad.'

'Hoe weet jij dat?' riep Julia uit. 'In 1920! Dat kan toch niet? Dan zou ze maar zevenendertig zijn geweest. Ze was minstens tien jaar ouder. Minstens.'

'Wat je zegt,' beaamde ik op het nippertje. We liepen zwijgend langs de hooggelegen kerkhofmuur. De sporen die de doodgravers de vorige avond in de sneeuw hadden achtergelaten, leidden langs de oude eik naar het graf boven de stenen muur.

Plots kromp Julia ineen en stootte mij aan. 'Hé, daar ligt iemand.'

Naast de hoop aarde waarmee de doodgravers Angela Barbulescu bedekt hadden, lag, als een mummie, een mens. Toen ik het hoofd zag dat onder een hoop wollen dekens naar buiten stak, herkende ik de vervilte haren van Dimitru. Nog voordat ik kon vrezen dat de zigeuner naast het graf zelf mogelijkerwijs ook voorgoed was ingeslapen, bewoog de berg dekens.

Dimitru kwam overeind. Hij rilde, wreef zijn handen warm en knipperde tegen het felle zonlicht en de sneeuw. 'Is de nacht reeds ten einde?'

Julia kon van verwondering geen stom woord uitbrengen en ik zei alleen maar: 'De nacht is nog niet eens begonnen. Wat doe je hier?'

'Hetzelfde als jullie,' antwoordde Dimitru toen hij het kruis in Julia's handen zag. 'Ik bewijs een mens de laatste eer. Er moet tenslotte toch iemand de nachtwake bij deze arme ziel houden. Maar ik ben een waker van likmevestje. In slaap gevallen, gelijk de discipelen in de olijfgaard van eh... Gethsemane!'

'Die vergelijking gaat mank, Dimitru! De discipelen vielen in slaap terwijl de Heer Jezus Christus nog in leven was,' corrigeerde Julia hem terwijl ze de groene krans op de grafheuvel neerlegde. 'Jij bent ingedut tijdens een dodenwake. Dat moet kunnen voor een waker.'

Dimitru dacht even na en zei alleen: 'Mijn dank voor deze pientere woorden.'

Ik plantte het kruis in de sneeuw. Toen ging ik met mijn klasgenote voor het ongewijde graf staan, zwijgend, met mijn handen gevouwen, terwijl Dimitru met zwaaiende en slaande bewegingen probeerde de kou uit zijn botten te verdrijven.

'Zij was te goed voor deze wereld,' verbrak ik ons zwijgen.

'Nee,' antwoordde de zigeuner, 'deze wereld was niet goed genoeg voor haar!'

'Dat komt op hetzelfde neer.'

'Nee hoor, Pavel. Echt niet.' Dimitru pakte zijn baal dekens en sjokte terug naar de zijnen.

Het oude jaar liep ten einde. In de hoofdstad, maar ook in Kronauburg, zelfs in Apoldasch, werden op instigatie van de regering openbare gebouwen en pleinen van vlaggen voorzien. Aan de muren prijkten versgedrukte posters. Op rode banieren dankte de Communistische Partij zichzelf voor haar vooruitgangsprestaties en wenste het volk een nationale wedergeboorte en een glorieuze socialistische toekomst op wereldniveau. Terwijl in het hele land de mensen het nieuwe jaar begroetten in de hoop op betere tijden, voltrok de jaarwisseling in Baia Luna zich zonder dat er ook maar door iemand noemenswaardige notie van werd genomen.

Vroeger verzamelden Jan en alleman zich altijd op het dorpsplein, waar men gezamenlijk vol spanning op de klokslag van middernacht wachtte. Bij het aanbreken van het jaar 1958 was er geen mens op het plein, de vastgeroeste klokkentoren sloeg niet en in plaats van het glas te heffen en elkaar het beste voor het komende jaar te wensen lagen de mensen in bed te slapen. Alleen in de huiskamer van Vera Raducanu verspreidden twee flakkerende kaarsen een schemerig licht. Met een champagneflûte proostte Vera zichzelf toe en bezwoer stug dat het uur van haar triomf nog wel zou slaan, namelijk als haar zoon Lupu haar weer naar de betere kringen van de stad zou halen.

Al met al begon in Baia Luna het nieuwe jaar zoals het oude geëindigd was. De mensen kwamen nauwelijks hun huis uit en beperkten hun conversatie tot het hoogstnodige. Tot op het bot gekwetst vanwege de oplawaai die ik haar op de Maanberg verkocht had, liet Kora Konstantin zich niet meer in het dorp zien. Van boodschappen doen in onze winkel was al helemaal geen sprake meer, daar ze gezworen had van haar levensdagen geen stap meer te zetten in het huis van 'die Botev-bende'. Haar zes opgeschoten lummels, waarmee drinkebroer Raswan haar na zijn dood opgescheept had, stuurde ze met wat kleingeld de hele buurt door om een kopje suiker, zout of een zakje havervlokken. Het stond wel vast dat Kora haar kinderen de afgrijselijkste verwensingen toevoegde, mochten zij het in hun hoofd halen om een zuurtje of een Amerikaans kauwgompje van grootvader aan te nemen.

Ilja en moeder Kathalina zaten in de winkel te wachten op het einde van de winter en hoopten dat met het voorjaar niet alleen het leven in de natuur, maar ook het vertrouwen onder de mensen zou terugkeren. Dimitru was weggebleven uit de bibliotheek, niet wegens verminderde belangstelling in zijn mariologische studiën, maar omdat zijn clan hem nodig had bij de afhandeling van dringende familieaangelegenheden. Ikzelf was verlamd door nietsdoen en verlangde naar Buba. Van 's morgens vroeg tot 's avond laat waren mijn gedachten bij mijn vriendin geweest sinds haar hysterische moeder Susanna haar aan haar haren door het dorp gesleurd had en haar had gedreigd met verstoting uit de familie.

Op zaterdag 18 januari schoof moeder een notentaart in de oven. Maar pas toen ik haar in het magazijn stiekem een warme wollen trui en een donkerblauwe sjaal in cadeaupapier zag inpakken, begreep ik daar de reden van. Dat was ik. Kathalina was de enige die eraan gedacht had dat ik die zondag zestien zou worden. Zelfs grootvader Ilja en tante Antonia, die op mijn verjaardag altijd wel een klein presentje paraat hadden, was de datum ontschoten – wat

ik hun niet kwalijk nam, daar ik mijn verjaardag zelf ook vergeten was. Zonder echt moe te zijn kroop ik die avond vroeg onder
de wol, in de hoop dat de slaap mij even uit mijn verdriet zou verlossen.

Het moet na middernacht geweest zijn toen ik een dof geluid
hoorde. Meteen zat ik kaarsrecht in mijn bed en ik luisterde. Toen
er nog een sneeuwbal tegen de ruit bonsde, wist ik wie er buiten
mijn aandacht probeerde te trekken. Ik deed het raam open en
fluisterde in de duisternis: 'Kom naar de achterdeur.'

'Heb je poep in je oren? Ik sta hier al uren.'

Ik legde mijn vinger op haar lippen, nam haar zwijgend bij de
hand en trok Buba in het donker mee naar mijn kamer. In huis
bleef alles rustig.

'Op je verjaardag moet ik je zien,' zei ze zacht en ze overdekte
mijn gezicht met kussen. Ik tastte naar Buba's haar en bemerkte
dat ze een hoofddoek droeg. Even was ik bang dat we betrapt zouden worden, maar die vrees raakte geheel op de achtergrond toen
Buba haar armen om mijn nek sloeg en zich tegen mij aan drukte. Ik voelde haar onderkoelde lichaam onder een dun hemdje.
Buba beefde. Ik omklemde haar met mijn armen, mijn handen
omvatten haar heupen, gleden over de stevige bolling van haar
achterwerk, tot op haar dijen. Ik streelde haar naakte, koude huid,
terwijl Buba zich steeds dichter tegen me aan drukte en met haar
tong teder mijn lippen opende. Zij nam mijn hand en leidde die
naar de enige plek waar haar kleumende lichaam nog warmte uitstraalde. Mijn hart bonsde van opwinding en pompte het bloed
naar mijn zwellende geslacht. Buba stroopte haar hemd op en trok
mijn pyjama van mijn lijf. Ik trok haar in bed.

'Ik, ik weet niet goed...' stotterde ik toen Buba door mijn haar
streek. 'Maar ik weet alles.' Ze vlijde zich tegen mij aan, huid tegen huid, en toen ik aarzelend haar liefkozingen beantwoordde,
ging ze op mij liggen en liet zich behoedzaam over mij heen glijden, oneindig langzaam, tot ik diep in haar drong en wij verenigd
waren tot man en vrouw. Wij lagen daar heel rustig, als om het

moment tot een eeuwigheid te laten uitdijen. Ik voelde Buba warmer en warmer worden, merkte de gloeiende hitte die in haar opsteeg, rook haar zweet, haar geur van vuur, aarde en rook, en de scherpe zoetheid van haar schaamdelen. Heel kalm bewoog Buba haar schoot, totdat ik alles om mij heen vergat. Al mijn verdriet, alle zielenpijn van de laatste weken ontlaadde zich in dit moment van geluk, terwijl Buba in haar hand beet om niet te hoeven huilen van vreugde en lust. Heel geleidelijk kwamen wij terug uit de zwijmel der zaligheid. We lagen tegen elkaar aan, innig verstrengeld, toen ik haar tranen op mijn borst voelde.

'Buba, wat is er?' Mijn stem beefde van angst en bezorgdheid. Ik pakte op de tast een doosje lucifers en stak een kaars aan.

'Wij zullen lang niet meer zo samen zijn als nu. Heel lang niet.' Buba klonk bodemloos verdrietig.

'Waarom niet? Ik wil altijd bij je zijn. En niets kan dat ons verhinderen.'

'Jawel. Je vergeet, Pavel, ik ben een zigeunerin en jij bent een gadjo.'

'Dat maakt mij niet uit.'

Buba knoopte haar hoofddoek los. Ik schrok. Ze had geen haar meer op haar hoofd. Al die prachtige lokken waar ik zo van hield, waren verdwenen.

'Ze hebben me geschoren omdat moeder beweerde dat ik met jou onder de lakens was gekropen. Nu heeft ze dan tenminste nog gelijk.'

Mijn verbouwereerdheid over Buba's verdwenen lokkenpracht sloeg om in ontzetting en woede. 'Ze mag dan je moeder zijn, maar die vrouw is verschrikkelijk!'

'Ja,' zei Buba, 'mijn moeder is ziek. Maar dat is ze pas geworden nadat mijn vader er met een ander vandoor is gegaan. Eerst was het niet zo erg. En je moet niet vergeten: wij zijn zigeuners. Mijn moeder nog meer dan ik. Toen ze ons betrapt had in de bibliotheek wou ze mij verstoten. Ze meende het serieus. Maar de clanraad kon niet doorgaan omdat geen van onze familieleden bereikt kon worden vanwege de sneeuw. Ik heb het alleen aan oom Dimi te danken dat ik niet verstoten ben. Zonder hem zou ik hier nu niet geweest zijn. Dimi weet alles.'

'Wat weet hij?'

'Van ons. Ik heb hem gezegd dat ik nooit een ander wil dan jou.'

'En wat zei hij toen?'

'Hij wou weten wat mij zo zeker van mijn zaak maakte. Ik zei dat ik van je hou en dat je mooie handen hebt.'

Ik bloosde. Toen ik naar Buba keek en haar kale hoofd zag, wist ik dat geen schaar ter wereld haar ook maar een fractie van haar schoonheid kon ontnemen.

'En Dimitru vindt dat van ons goed?'

'Ja, hij zegt zelfs dat ik nooit een betere vind dan jou. Hij weet ook dat ik vannacht bij jou ben. Hij heeft thee voor mijn moeder gezet die ervoor zorgt dat ze de hele nacht slaapt als een blok.'

'En heeft Dimitru er ook voor gezorgd dat je niet door je familie verstoten wordt omdat je een gadjo wilt?'

'Hij heeft gedreigd: "Als jullie mijn Buba verstoten, ga ik haar achterna en ben ik geen zigeuner meer." Meer kon hij echt niet voor mij doen. Dat ik gestraft moest worden kon oom Dimi niet voorkomen, ook al gehoorzaamt iedereen in de familie hem.'

'En daarom hebben ze je haren afgeknipt?'

'Ja, maar dat geeft niet. Oom Dimi zegt dat ze driemaal zo mooi terugkomen. Veel erger is,' Buba barstte opnieuw in tranen uit, 'dat we deze zomer naar de markt in Bistrita gaan. Daar wil mijn moeder mij weggeven. Aan een man die ik nog nooit gezien heb.'

Mijn adem stokte. 'Maar, maar, ik wil niet dat een andere vent jou krijgt. Als ik er alleen al aan denk dat jij met een ander zo samen bent als met mij, dan...'

'Nooit. Nooit ofte nimmer. Zo ben ik alleen voor jou. Zo zal ik voor niemand anders ooit zijn.'

Buba had deze woorden nog niet uitgesproken, of ik zag in het zwakke kaarslicht dat haar ogen fonkelden. Ja, ze glimlachte zelfs en schudde zachtjes haar hoofd.

'Wat?'

'Oom Dimi is niet alleen een goed mens, hij is ook slim. Hij is ontzettend slim. Veel, veel uitgekookter dan wij ons kunnen voorstellen.'

'Hoe bedoel je?'

'Ik vroeg me al af waarom hij het goedvond dat ik vannacht naar jou toe ging. Nu weet ik waarom.'

'Waarom dan?'

'Omdat het er voor mij als zigeunerin niet op aankomt of ik geen andere man wil, maar dat geen andere man mij wil. Oom Dimi wist dat ik na deze nacht met jou geen meisje meer zou zijn. En met zo'n schande wil geen enkele toekomstige echtgenoot leven.'

'Betekent dat dat wij toch voor altijd samen kunnen zijn?'

Buba overlaadde mij met kussen. 'Ja en nee. Ik moet trouwen. Maar als de man die voor mij wordt uitgezocht, ontdekt dat ik niet meer ongerept ben, weet ik niet wat er gaat gebeuren. Maar trouwen moet ik. Begrijp je? Het gaat niet om mij. Het gaat om de eer van mijn hele familie.'

'Wat moeten we nu dan doen?'

'Oom Dimi zegt dat er een dag komt waarop de wetten van het hart sterker zijn dan de wetten van het bloed. Hij zegt ook dat dat geduld vergt. Veel geduld. Maar hij heeft mij beloofd dat die dag eens komt, zo waarlijk hij een zigeuner is.'

'Wanneer dan?'

'Ik weet niet, Pavel. Ik weet het echt niet. Het kan heel lang duren. Maar ik zal wachten. Beloof je dat je er zult zijn als die dag komt?'

'Ik zal er zijn.'

'Goed.' Buba deed haar hemd weer aan en wikkelde haar hoofddoek om. 'Oom Dimi zei ook nog dat minnaars een grote fout maken. Zij denken dat ze alleen op de wereld zijn en vergeten door hun geluk de mensen om zich heen. Maar als ze er opeens achter komen dat ze alleen zichzelf hebben, is de liefde gestorven.'

Ik zweeg. Plotseling was het beeld er weer, boven op de Maanberg: Angela Barbulescu die wiegde in de wind.

Buba pakte mijn arm beet. 'Je denkt aan onze juf.'

'Ja, ik heb haar gezien, ik heb gezien hoe ze in haar dunne zonnebloemenjurk aan die tak hing. Iedereen denkt dat zij zichzelf van het leven beroofd heeft. Maar ik weet het nog niet zo net. Op de dag van haar verdwijning had ze nog bezoek. Van die kerel met die wrat, aan wie jouw oom Salman een lift naar het dorp heeft gegeven toen hij de televisie vervoerde. Die man heeft in Angela's woonkamer gezeten en met haar gedronken. Misschien heeft hij haar wel vermoord en daarna opgehangen. Misschien ook niet. Ik begrijp niet wat die man van haar wilde. Ze had toch al aangekondigd haar zwijgen te doorbreken. Over dat wat er in de hoofdstad gebeurd was. Ze had Fritz ook al opdracht gegeven zijn vader te zeggen dat ze niet meer bang was. Ik heb Angela's dagboek uitgelezen. En nu weet ik wat er met haar kind gebeurd is.'

'Ik moet weten wat jij weet,' zei Buba, 'eerder kan ik niet gaan.'

Ik graaide onder mijn matras, trok het groene schrift tevoorschijn en gaf het haar. Toen haalde ik uit *Het kapitaal* van Karl Marx de foto waarop Angela Barbulescu in een gelukkig moment haar mond tuitte voor een kus. Buba pakte hem aan.

'Die ken ik! Dat is precies zoals ik de lerares een keer gezien heb. Weet je nog? De dag dat we op het schoolplein moesten wachten, toen ze niet kwam opdagen en jij mij plagerig vroeg of ik met mijn derde oog misschien kon zien waar ze bleef. Toen zag ik haar zo, met blonde haren in een paardenstaart. Maar er ontbreekt een stuk van de foto. Een man. Was dat Stefan?'

'Ja. Ze heeft het gedeelte waar hij op stond er met een kaarsvlam vanaf gebrand. Het is de foto die Heinrich Hofmann op een van die feestjes in de hoofdstad genomen heeft.'

'Waar maak je dat uit op?'

'Ik was afgelopen zomer een avond bij haar thuis, met haar alleen. Ze had mij uitgenodigd, dus ik moest wel.'

'Heb je het met haar gedaan of zo?'

Ik schudde mijn hoofd. 'Ik denk dat ze in mij een bondgenoot zocht. Maar ze had veel gedronken. Ze wilde mij verleiden. Maar ik wou niet. Nee, ik wou niet.'

Buba pakte het groene dagboek. Ze sloeg een bladzijde op en zag het bruine kruis, waarnaast geschreven stond:

> Machtigen vallen van hun troon
> Nederigen worden verheven
> Zijn laatste uur heeft geslagen
> Als hij helemaal boven is

Zonder een woord te zeggen bladerde Buba verder tot ze de afscheidsbrief van de lerares las.

Toen ik Buba's arm aanraakte, was haar huid weer ijskoud.

'Stephanescu en de zijnen hebben haar kind uit haar buik gesneden,' zei ze. 'Dat zullen ze bezuren. Op een dag krijgt Stephanescu de rekening daarvan op zijn bordje. En wij, Pavel, zullen hem die persoonlijk presenteren.'

'Maar Angela heeft voorspeld dat Stephanescu zal vallen als hij helemaal boven is. Ze heeft zelfs gezegd dat ze hem zal meesleuren in de ondergang. Waarom fluistert ze mij dan op haar laatste dag in Baia Luna in mijn oor dat ik hem naar de hel moet jagen? Wat kan ze daarmee bedoelen? Wat wordt er van mij verwacht?'

'Dat weet ik niet. Ik weet alleen dat ze gerechtigheid zoekt. Gerechtigheid, meer niet. Pavel, ik moet gaan.' Buba drukte zich tegen mij aan. 'Ik wacht op je,' fluisterde ze in mijn oor. En ze verdween, geluidloos.

De hele maand januari leek het erop dat grootvaders betreurde zinnetje 'Dimitru heeft Barbu ook gezien' zonder enige aandacht te krijgen in het dorp zou wegsterven, totdat op 1 februari, de dag voor Maria Lichtmis, de echo terugsloeg. Het was de dag waarop de zigeuner Dimitru Carolea Gabor 's ochtends met een ijzig

gezicht de winkel binnen kwam en mijn grootvader de vriendschap opzegde.

'Weet je soms niet dat de waarheid heel kwetsbaar is? Jij ver-
kwanselt haar zomaar aan lieden die overal leugens van weten te
maken. Waarom wil jij eigenlijk mijn bondgenoot zijn als je je
oren naar dat soort dwazen laat hangen?'

Dimitru draaide zich op zijn hakken om en liep weg. Grootvader was niet verbaasd. Dimitru had alleen maar woorden gevonden voor iets wat hij zelf ervoer. Hij was een dromer, kon niet
goed vooruitdenken, stond machteloos tegenover koele bereke-
ning en was al helemaal niet geschikt voor de strategieën van de
arglist, die de tzigaan hem zo dringend aangeraden had. Zolang
hij Dimitru kende, was grootvader ervan uitgegaan dat zijn zigeunervriend weliswaar bij de pinken was, maar ook een kinderlijke
ziel, terwijl hij zichzelf als waard en kruidenier de plichten van
een volwassene had opgelegd. Maar hijzelf was ook een naïeve
jongen. Van vijfenvijftig, weliswaar. Als een knaap had hij geloof
gehecht aan de woorden: 'Dimitru heeft haar ook gezien'. Toen
mijn grootvader eenmaal ontdekte welke gevolgen dit zinnetje
voor hun vriendschap had, verdwenen zijn dromen van Amerika
en de stad Noejorke voor lange, lange tijd achter de horizon.

Het was er allemaal mee begonnen dat Julia Simenov die middag voor Maria Lichtmis de zaak binnen kwam gestormd, helemaal over haar toeren en brullend van het huilen.

'Wat is er, meisje?' vroeg grootvader, juist toen ik uit de keuken
kwam.

'Wie kan er nu zo wreed zijn, Pavel? Wie doet nu zoiets?'

'Hoe bedoel je?'

'Ze hebben Barbu's graf geschonden. Iemand heeft de krans
vernield en ons kruis hebben ze ook versplinterd. En ze hebben
boven op het graf hun behoefte gedaan.'

Mijn bloed kookte. 'Je bedoelt, ze hebben op haar graf gesch...
Wie was dat?'

'Misschien waren het wel honden.' Ilja probeerde haar te sussen.

234

'Nee,' antwoordde Julia, 'het waren menselijke beesten. Honden vernielen geen kruizen.'

Grootvaders verdenking viel meteen op Kora Konstantin. Sinds zij de jurk van Angela Barbulescu's dode lichaam had gerukt, kon je van dat knettergekke mens alles verwachten. Maar dat iemand uit Baia Luna tot zoiets afgrijselijks in staat was, kon hij zich eigenlijk niet voorstellen.

Tot Vera Raducanu de winkel binnen kwam, met haar kin omhoog en haar neus opgetrokken als altijd. Deze keer kwam ze niet voor de zeep in goudfolie. In plaats daarvan knoopte ze met ongewone vriendelijkheid een praatje aan. Ze babbelde wat over het koude jaargetijde, klaagde even over de afgelegen ligging van Baia Luna en kwam toen tot de kern. Het ging om haar zoon Lupu. Het was haar niet ontgaan dat velen in het dorp, zonder daarbij natuurlijk de naam van haar zoon te noemen, de majoor van de Securitate verantwoordelijk hielden voor de moord op de priester. Daarbij gebruikte ze de uitdrukking 'in de schoenen schuiven'. Ze wilde geen namen noemen, maar dat de uit Duitsland afkomstige families rondom die Karl Koch bij het beschuldigen van haar Lupu vooraan stonden, kon geen toeval zijn. Haar zoon zou deze lasterlijke sujetten ter verantwoording roepen zodra die vieze sneeuw verdikkeme gesmolten was en de wegen naar Baia Luna eindelijk weer begaanbaar waren. Te meer daar over de moord op Johannes Baptiste geen enkele onklaarheid meer bestond.

'Hoe dat zo?' vroeg grootvader.

'Het was Barbu. Kora heeft gelijk. Dat weet toch zo langzamerhand iedereen, zeg. Zelfs de zigeuners hebben gezien hoe zij de pastorie binnen geslopen is.'

'Eruit!' was het enige wat mijn opa Vera Raducanu ten antwoord gaf. Maar toen in de loop van de middag eerst Erika Schuster, vervolgens Elena Kiselev en ten slotte ook Istvan Kallay, Karl Koch en Hermann Schuster grootvader allemaal met hetzelfde verhaal kwamen opzoeken, namelijk dat de getikte Konstantin haar zwijgen zou verbreken en met de onomstotelijke bewijzen zou komen dat Angela Barbulescu en niemand anders achter de moord op pater Johannes zat, besefte grootvader dat hij in al zijn argeloosheid een lawine had veroorzaakt. De enige die het hoofd koel hield, was Hermann Schuster: hij stelde voor om op Maria Lichtmis een dorpsvergadering bijeen te roepen en voor eens en voor altijd de deksel te kunnen sluiten van die overkokende heksenketel van geruchten. Om een einde aan het geroddel te kunnen maken moest Kora de gelegenheid krijgen haar visie op de gebeurtenissen kenbaar te maken, haar bewijzen voor te leggen en de dorpelingen antwoord te geven op hun vragen. Schusters idee werd meteen omarmd, zodat in minder dan geen tijd het bericht verspreid werd dat er de volgende dag om elf uur precies een buitengewone dorpsvergadering plaats zou vinden in het dranklokaal van de Botevs, waarbij ieders aanwezigheid dringend gewenst was. Toen Kora Konstantin daar lucht van kreeg, verklaarde ze dat ze zou zeggen wat ze te zeggen had, maar nimmer onder het dak van de familie Botev. Omdat ze in het geheel niet te vermurwen was, besloot men tot een vergadering in de parochiekerk, wat uit praktisch oogpunt geen slecht idee was, aangezien ons dranklokaal al bij een derde van de toestroom uit zijn voegen gebarsten zou zijn. Wie een halfuur voor het afgesproken tijdstip nog in de kerk aankwam, moest met een staanplaats genoegen nemen.

Kora kwam als laatste. Ondersteund door haar zwager Marku en kerkdienaar Knaup sleepte ze zich op haar dooie gemak door het gangpad naar de drie stoelen die vóór het altaar opgesteld stonden. In weerwil van de kou droeg Kora slechts een zwart mantelpak. Op haar hoofd droeg ze een bontmuts; een sluier van zwarte tule verhulde haar gezicht. Ze nam plaats tussen haar begeleiders en Istvan Kallay, die tot gespreksleider verkozen was, begroette de aanwezigen.

'Het woord is aan mevrouw Konstantin!'

Omstandig schoof Kora haar sluier opzij, stak haar borst naar voren en riep: 'We zijn hier niet in een rechtszaal, maar in een godshuis. Geloofd zij Jezus Christus. Wees gegroet, Maria!'

Enkele aanwezigen sloegen een kruis en mompelden: 'In eeuwigheid. Amen.'

'U mag zeggen wat u te zeggen hebt,' moedigde Istvan haar aan. Iedereen keek gespannen naar Kora, toen Marku ging staan, in de binnenzak van zijn jas graaide en een papier tevoorschijn frummelde. 'Ten behoeve van de nauwkeurigheid heeft mevrouw Kora Konstantin haar verklaring schriftelijk vastgelegd. Ze wil die graag voorlezen. Maar alleen als ze niet door ongeoorloofd geroep onderbroken wordt. Vragen kunnen na afloop van haar verklaring gesteld worden. Als iemand bezwaar heeft tegen deze werkwijze, laat hij dat dan nu zeggen.'

Aangezien Istvan Kallay het opstijgende geroezemoes als instemming opvatte, verzocht hij de toehoorders Kora tijdens haar verklaring onder geen beding in de rede te vallen met uitingen van bijval of afkeur, en gaf Kora wederom het woord. Zij ging staan en zette haar bril op. Ik leunde achter in de kerk tegen een pilaar en keek vergeefs uit naar Dimitru. Maar er was geen enkele zigeuner naar de kerk gekomen.

'Zo waarlijk God mij helpe, verklaar ik, Kora Konstantin, woonachtig te Baia Luna, Vrijheidsstraat nummer 11, de waarheid te spreken. Op woensdag 6 november jongstleden zag ik vanuit mijn keukenraam rond drie uur 's middags een vrouw door het dorp sluipen. De persoon droeg een zwarte hoofddoek, rubberlaarzen en een donkere jas en keek voortdurend om zich heen als iemand die niet gezien wil worden. Het weer was grauw en het regende, dus ik herkende niet meteen haar gezicht. Toen zag ik echter dat het leerkracht Barbulescu was. Eerst dacht ik: die heeft vast wat op school laten liggen. Maar ze ging niet naar de school. Ze liep regelrecht naar de pastorie. Ik zag dat ze langdurig op de bel drukte, tot de deur openging. Dat Barbulescu nooit eerder de pastoor heeft opgezocht, is genoegzaam bekend.' Kora keek op van haar papier en ging met haar ogen de zaal rond. 'En als ik zeg "nooit", dan bedoel ik ook dat dit vrouwspersoon gedurende de zeven jaar en drie maanden dat ze hier gewoond heeft, niet één keer het huis van de pastoor heeft betreden. Voornoemde waarneming wordt intussen ook bevestigd door de bibliothecaris Dimitru Gabor.'

'Nou en!' riep grootvader. 'Wat bewijst dat? Johannes Baptiste was na het bezoek van de juffrouw nog in leven. En hoe! Hij is de hele middag en avond op mijn verjaardag geweest.'

Er werd geklapt. 'Daar heb je een punt!' Anderen verbaasden zich erover dat hun gewoonlijk zo terughoudende waard zo energiek het woord deed. Kora echter liet via haar zwager weten dat dit de laatste keer was dat zij onderbroken werd, anders zou ze haar kennis voor altijd in stilzwijgen hullen. Istvan maande andermaal tot stilte, anders zag hij zich gedwongen de vergadering te schorsen. Kora ging door, daarbij herhalend wat in geruchtvorm allang bekend was.

'Zij van Barbulescu ging naar de pastoor om te verzoeken om het heilige sacrament van de biecht. Maar aan haar zonden kleefde de allerzwaarste schuld. Ondelgbare schuld. Daarom werd haar door pater Johannes vergeving geweigerd. Sommige doodzonden zijn zo zwaar dat zelfs de Heilige Vader in Rome niet over de autoriteit beschikt om er de absolutie over te kunnen uitspreken. De allerergste zondaars neemt God de Heer namelijk op de dag van het laatste oordeel persoonlijk tot zich. Voordat onze mijnheer pastoor zo schandelijk vermoord werd, kon hij als laatste priesterlijke daad maar één ding doen. Hij riep dat mens op het dorp te verlaten. Zoals ik terecht mag vermoeden vanwege de invloed die dat wijf op onze kinderen heeft.'

'Konstantin, je bent niet goed snik!' riep ik ertussendoor, gloeiend van woede. 'Je hoort in het gekkenhuis met je gore fantasieën.'

Ik oogstte wel ingehouden instemming, maar de meesten sisten slechts: 'Stil, stil, anders zwijgt ze voor altijd!'

Istvan zag zich genoodzaakt om voor de allerlaatste keer om doodse stilte te verzoeken. Wie zich daar niet aan hield zou zonder pardon uit de kerk worden verwijderd. De Hongaar oogstte bijval met deze aankondiging – wat Kora tot tevredenheid stemde. Ze las verder.

'Een uur nadat voor Barbulescu de pastoriedeur opengedaan was, sloop ze weer naar buiten. Ik zag hoe in haar ogen de haat gloeide. Haat jegens onze pastoor. Haat jegens de Moederkerk. En haat jegens God de Heer zelf. Op dat moment toonde Barbu haar ware gezicht. Ik zei nog tegen mijn zwager: "Marku, kijk dat gezicht eens. Barbu zint op wraak. Er gaat iets vreselijks gebeuren."'

Marku knikte en sprak omineus: 'Zo ongeveer is het gegaan.'

Later, in het holst van de nacht, voer Kora voort, zou Barbu met een scherp mes onder haar jas nog een keer naar pater Johannes geslopen zijn. Eerst had ze die arme huishoudster zo de stuipen op het lijf gejaagd dat ze dood neerviel. Vervolgens had ze de priester in koelen bloede vermoord. 'Zij heeft hem voor altijd het zwijgen opgelegd, opdat hij haar liederlijke zonden niet meer kon rondbazuinen.'

Ik kon van verbouwereerdheid over de waanvoorstellingen van Konstantin niet eens meer mijn hoofd schudden. Ik keek over haar heen en mijn blik viel op het hanglampje met het uitgedoofde Eeuwige Licht aan de wand rechts van het altaar. Ik dacht aan Fritz Hofmann. Er zou helemaal niets gebeuren, had hij gezegd toen hij het kleine lampje doofde. Maar er was wel wat gebeurd. Baia Luna zwalpte op en neer in een waanzinnige nachtmerrie.

'Moorden vond Barbu níét moeilijk!' Kora liet haar stem stijgen en proclameerde bijna jubelend: 'Ik wist het, ik wist het, ik wist het! Sinds afgelopen zomer! Toen ik in de hoofdstad was! Al is de leugen nog zo snel, de waarheid achterhaalt hem wel!'

Iedereen kon het zich herinneren. Kora had wekenlang apetrots overal rondgetetterd dat ze haar tante in het Parijs van het oosten zou bezoeken, en afgelopen augustus was het dan zover. De vergadering hing aan haar lippen toen ze vertelde hoe slecht ze de kwalijke lucht in de hoofdstad had kunnen verdragen vanwege haar astma. De tante had haar uiteraard met gezwinde spoed naar een apotheek gebracht, waar een grijzende heer haar hoogst voorkomend geholpen had, in tegenstelling tot wat ze in Baia Luna ge-

wend was. Hij had haar niet alleen medicijnen tegen haar ademnood verstrekt, maar ook allervriendelijkst gevraagd waar ze vandaan kwam. Daar was een onderhoudende conversatie uit voort-
gevloeid, waarbij het bijna niet anders kon dan dat het gesprek op
de drankzuchtige lerares kwam.

'Toen ik de onzalige naam Angela Barbulescu in de mond nam,
keek de apotheker bevreemd op. "Kent u dat mens?" vroeg ik. "Ja,"
zei de man. "Ja, ik weet het weer. Maar het is lang geleden. Vroeger kwam een vrouw met die naam bijna dagelijks hier voor hart-
medicijnen. Dure tabletten, hoor. Voor haar zieke moeder Trinka."'

'Nou en!' onderbrak Karl Koch haar. Kora liet zich niet van haar
stuk brengen.

'Maar op een zeker moment, vertrouwde de apotheker mij toe,
bleef bij deze Angela van de ene op de andere dag de behoefde
aan harttabletten uit. Ze kwam nog wel, maar kocht goedkope vitaminepillen die er precies zo uitzagen als de pillen die haar moeder nodig had. De man wist zich zelfs nog te herinneren dat zijn
trouwe klant, die altijd hobbezakkerige kleren aan had gehad,
opeens een dure jurk met zonnebloemen droeg. Inderdaad, de jurk
waarin zij nu een eind aan haar leven heeft gemaakt. Alsof boe-
tedoening er nog iets aan kon veranderen dat haar arme moeder,
die moedwillig onwerkzame pillen toegediend had gekregen, el-
lendig aan haar einde is gekomen. Naar ik mag aannemen.'

Ik rilde van schrik. Angela had in haar dagboek inderdaad laten doorschemeren dat ze eigenlijk een slecht geweten moest hebben en dat haar moeder van de verwisselde medicamenten niets
had gemerkt. Ook was het opvallend dat de naam Trinka in de jaren daarna nooit meer genoemd werd in Angela's dagboek.

'Wie zijn zieke moeder ombrengt omdat ze stoort in het liederlijke leven dat hij leidt, deinst er ook niet voor terug een oude
pastoor die hem de absolutie ontzegt een kopje kleiner te maken.'
Kora voelde dat de stemming omsloeg. In haar voordeel. Wie eerder geneigd was iets van geloof aan haar geruchten te hechten,

was er nu van overtuigd dat zij een punt had. Wie haar gezwets steeds als zwakzinnige lariekoek had afgedaan, sloeg aan het twijfelen. En Kora maakte van die situatie gebruik.

'Als moordenares Barbulescu pater Johannes met haar mes tot zwijgen brengt, ziet zij het bloed aan haar bezoedelde handen. Ze rent naar de drinkbak op het dorpsplein om de sporen van haar gruweldaad uit te wissen, maar ze weet dat haar ziel reddeloos verloren is. Ze wordt een satansbruid. Maar op dat moment vergrijpt ze zich aan God de Heer zelf. Ze dringt de kerk binnen, danst met de duivel op het altaar en smijt de ambo met de Heilige Schrift omver. Ze klimt op een stoel en blaast het Eeuwige Licht uit. Op de weg terug laat zij haar menstruatiebloed overal lopen en stormt haar huis binnen. Ze trekt haar obscene jurkje met de zonnebloemen aan, grijpt naar haar beste vriend, de schnaps, en trekt de bergen in om ook de Madonna van de Eeuwige Troost met haar duivelse toverkracht van haar voetstuk te laten verdwijnen. Om ten slotte de hand aan zichzelf te slaan.'

De vergadering zweeg. Ik bespeurde bij mezelf de neiging om Kora ter plekke de nek om te draaien. Maar ik registreerde ook de stemming in de kerk. Iedere ondoordachte handeling, ieder onverstandig woord zou mij tot een deel van deze waanzin maken. Natuurlijk had Angela Barbulescu de pastoor niet vermoord, net zomin als zij iets te maken had met het doven van het Eeuwige Licht. Maar wat waren mijn mogelijkheden? Moest ik opstaan en de waarheid aan het licht brengen? Wie zou mij geloven? Iemand die een paar weken geleden geëmigreerd was en nu ver weg in Duitsland woonde als dader aanwijzen voor het uitdoven van het Eeuwige Licht zou door iedereen als een goedkope en valse beschuldiging worden uitgelegd, temeer daar iedereen wist dat de families Botev en Konstantin met elkaar op voet van oorlog stonden. Een moment overwoog ik om de leugen van Konstantin met een legitieme tegenleugen te ontzenuwen, waarbij ik zelf de schuld voor het uitblazen van het Eeuwige Licht op me nam: nee hoor, mevrouw Konstantin, ik was het. Het was dan niet de waarheid, maar het zou haar wel de wind uit de zeilen nemen. Het zieke construct van haar waan zou als een kaartenhuis in elkaar zijn gestort. Ik zou hoogstwaarschijnlijk onder gevloek en getier en overladen met schande het dorp uit worden gejaagd – wat ik in deze situatie niet eens erg zou vinden – maar grootvader Ilja, mijn moeder en tante Antonia zouden moeten leven met de schande een heiligschenner grootgebracht te hebben. Opeens begreep ik mijn lieve Buba, die geen enkele manier zag om zich binnen haar clan tegen de wetten van het bloed te verdedigen. Ik was nu zelfs bereid die prijs te betalen, namelijk het opgeven van mijn eigen familie. Maar wat schoot ik daarmee op? Als ik het vergrijp tegen de kerk op mijn schouders zou laden, waren daarmee wel de kwestie van het Eeuwige Licht en die van het bloed aan de drinkbak opgelost, maar nog niet de moord op Johannes Baptiste. Er zou voor altijd een restje twijfel blijven bestaan in Baia Luna. Je kon immers alles verwachten van Angela Barbulescu, die men in het dorp meende te kennen. En ze had haar zieke moeder tenslotte de verkeerde medicijnen gegeven, dat was zeker. Dat deze moeder qua kwaadaardigheid een treffende gelijkenis vertoonde met Kora Konstantin, wist alleen ik.

Karl Koch vroeg het woord. In plaats van de in het dorp gangbare praktijk elkaar met de voornaam aan te spreken, zei hij vormelijk: 'Mevrouw Konstantin. Op 6 november jongstleden hebt u vanuit uw keukenraam gezien hoe lerares Barbulescu naar de pastorie ging...'

'Sloop. Sloop, heb ik gezegd!' verbeterde Kora de Saks. 'Mijn woorden worden al verdraaid voordat ik ze heb uitgesproken.'

'Goed, u hebt juffrouw Barbulescu op haar weg naar de pastorie gezien. En u heeft ook gezien dat de lerares lang op de bel heeft gedrukt.'

'Inderdaad, dat is juist.'

'Maar vanaf de plaats waar u de hele dag achter uw vitrage in de keuken zit, kunt u de deur van de pastorie helemaal niet zien.'

'O, jawel!'

'Nee!' vielen nu Erika Schuster en een paar andere vrouwen in. 'Vanuit de keuken van de Konstantins kun je alleen de straat zien.'

Karl Koch kreeg de geest. 'Als u beweert juffrouw Barbulescu vanuit uw keuken bij de pastoriedeur te hebben zien aanbellen, liegt u dus.'

'Ik lieg niet,' siste Konstantin. 'En bovendien heb ik dat nooit beweerd. Ik heb zeker waargenomen dat Barbu minstens tien minuten aanbelde. Maar ik heb nooit gezegd dat ik daarbij in de keuken was.'

'U bent dus achter Barbulescu aan geslopen naar de pastorie?' vroeg Karl Koch.

'Dat moest toch wel, na alles wat we nu over dat loeder weten!'

Ik verliet de zuil waar ik de hele zitting tegenaan geleund had en schreed langzaam naar voren. Kora trok wit weg en hield haar hand voor haar neus. Ik richtte mijn blik op Istvan Kallay. 'Mag ik ook een vraag stellen?'

Istvan knikte. 'Daar zijn we hier voor.'

'Hij niet. Met hem praat ik niet,' riep Kora, maar haar zwager Marku snauwde haar ongewoon streng af: 'En je geeft hem gewoon netjes antwoord op zijn vraag!' Kora bond in.

'Welnu,' zei ik, 'als je achter Angela Barbulescu aan gelopen bent en ook gezien hebt dat ze na een uur weer uit de pastorie naar buiten kwam, heb je dan met haar gesproken?'

'Ik? Met haar spreken? Wat een ontzettend stomme vraag!' stoof Kora weer op. 'Maar van een Botev had ik ook niet anders verwacht. De appel valt niet ver van de boom. Je grootvader kan nog niet eens lezen: de domkop kan geen a van een b onderscheiden.'

Grootvader sprong van zijn bank, beende door de kerk naar voren en balde tot ieders verbazing zijn vuist. 'Jij lelijke heks, je liegt al dat je barst zodra je je mond opendoet!' Ilja griste het evangelieboek van het altaar en zwaaide ermee boven zijn hoofd. 'Noem mij een vers, Kora Konstantin, en ik zal aan iedereen in deze kerk bewijzen dat je liegt.'

Kora was zo perplex dat ze geen woord kon uitbrengen. Kerk-dienaar Julius Knaup schoot haar te hulp: 'We zullen zien, of lie-ver gezegd, horen. Evangelie volgens Johannes. Derde hoofdstuk. Vanaf vers vier!'

Ilja bladerde een tijdje totdat hij de aangeduide passage gevon-den had. Toen las hij voor: '"Hoe kan iemand geboren worden als hij al oud is?" vroeg Nikodemus. "Hij kan toch niet voor de twee-de keer de moederschoot ingaan en weer geboren worden?" Jezus antwoordde: "Waarachtig, ik verzeker u: niemand kan het konin-krijk van God binnengaan, tenzij hij geboren wordt uit water en geest. Wat geboren is uit een mens is menselijk, en wat geboren is uit de Geest is..."'

'Dank je wel, Ilja, zo is het wel genoeg,' onderbrak Karl Koch hem en hij wendde zich tot Kora. 'Het wordt hoog tijd dat ie-mand jouw leugenachtige smoelwerk eens dichttimmert. Hoe kom je erbij om van onze kruidenier en waard Ilja te beweren dat hij niet lezen kan?'

Kora werd rood als een kalkoense haan en kookte van woede. 'Botev neemt ons in de maling. Hij beduvelt ons. Ik heb niet ge-logen; hij moet in het geheim hebben leren lezen. Alles wat ik over Barbu gezegd heb, is waar. Ik zweer het! Ik zweer het bij het leven van mijn moeder Donata!'

'Mooi,' vervolgde ik, 'dan kun je nu misschien eindelijk mijn vragen beantwoorden, in plaats van mijn belezen grootvader te be-ledigen waar iedereen bij is. Hoe zit het? Heb je met Angela Bar-bulescu gesproken nadat ze uit de pastorie was gekomen, of niet?'

Kora zei van niet.

'En heb je na datzelfde moment nog met pater Johannes ge-sproken?'

Weer ontkende Konstantin.

'Hoe kun je dan weten dat Angela Barbulescu de pastoor heeft opgezocht om te biechten? Als je het niet uit de mond van Jo-hannes Baptiste gehoord hebt, uit wiens mond dan wel? Ik heb eens geïnformeerd. Voor een gewijde priester geldt het biechtgeheim ook als hij een zondaar geen absolutie voor zijn zonden verleent. Johannes Baptiste heeft nog nooit van zijn leven met anderen gesproken over wat hem vertrouwelijk is meegedeeld.'

Er klonk geroezemoes, Kora begon zich in bochten te wringen en keek met wijdopen ogen nu eens naar Marku, dan weer naar koster Knaup. Haar halsaderen zwollen op, haar borsten beefden. Toen begon ze zo hard te krijsen dat de hele kerkvergadering voor de weerklank van haar schorre stem sidderde.

'Ik weet het! Ik weet het! Ik weet het! En ik zweer bij de Almachtige dat ik de waarheid spreek!' Kora wierp zich op de grond, zwaaide met al haar ledematen en gilde als een mager speenvarken, zoals ze wel vaker deed als ze meende aanvallen van demonen het hoofd te moeten bieden. Een paar mannen tilden haar krachtig op aan haar armen en schudden haar door elkaar. Karl Koch diende haar een klinkende oorvijg toe.

Kora zeeg ineen en jammerde: 'Maar als ik het toch weet.'

'Hoe dan?' vroeg een tiental stemmen in koor.

'Zo waarlijk helpe mij God almachtig. Er is één persoon die het gesprek tussen pater Johannes en Barbu gehoord heeft. Iemand die niet gehouden is aan het biechtgeheim.'

'En wie voor den drommel mag dat wezen?' vroeg Karl Koch namens iedereen.

De naam die Kora Konstantin het middenschip in slingerde, trof de aanwezige bevolking van Baia Luna als een mokerslag.

'Fernanda Klein. De huishoudster heeft mij alles verteld.'

In één klap was het stil in de kerk. Iedereen keek elkaar bedremmeld aan. Niemand twijfelde eraan dat Kora Konstantin ditmaal de waarheid sprak. En niemand kon zich voorstellen dat Fernanda, de steun en toeverlaat van haar pastoor, tot zoiets in staat was geweest. Ook ik was zo verbluft dat ik met mijn vuist tegen mijn hoofd sloeg om mijn gedachten bij elkaar te krijgen.

'Kora, het is nu heel belangrijk dat je aan iedereen hier verslag doet van wat Fernanda je precies verteld heeft.'

Ze knikte ijverig. 'Ik zal alles zeggen. Precies zoals het was. Nadat Barbu uit de pastorie was gekomen, bleef ik een tijdje staan wachten. Toen ging ik zelf naar de pastorie. Niet uit persoonlijke nieuwsgierigheid, maar om op de hoogte te blijven van wat er zich in het dorp afspeelde. Fernanda deed de deur open en trok mij meteen de keuken in. Ik moest me stil houden, zei ze, omdat Johannes niet nog eens in zijn middagdutje gestoord mocht worden. "Hoezo nog eens?" Ik moest tenslotte veinzen dat ik van niets wist. Fernanda liet mij raden wie er zojuist op dit onzalige uur mijnheer pastoor had opgezocht. Ik noemde een paar namen, en Fernanda fluisterde mij in mijn oor: "Het was Barbu." Geloof me, ik heb heel wat vertrouwelijke gesprekken met Fernanda gevoerd, en ik weet dat die slet ook de huishoudster een doorn in het oog was. Al heeft ze dat nooit aan de grote klok gehangen. Ze verzekerde mij dat ze onwillekeurig had opgevangen hoe Barbu onze pastoor met de volgende woorden begroette: "Ik smeek u, stuur mij niet weg. Na al die jaren van haat is het nu tijd om te biechten." Johannes Baptiste liet haar binnen in zijn studeerkamer en sloot de deur.'

In het licht van een dergelijke uitzonderingssituatie, zette Kora uiteen voor haar tot het uiterste geboeide publiek, was het niet minder dan verstandig dat Fernanda er het hare van had willen weten en voor de zekerheid even had meegeluisterd achter de deur, ook zij niet uit nieuwsgierigheid, maar om de pastoor bij een eventuele aanval van het onberekenbare mens te hulp te kunnen schieten. Welke specifieke zonden Barbu had bekend, daarover kon de huishoudster niets zeggen omdat die sluwe griet natuurlijk te zacht gesproken had, maar Fernanda had pater Johannes duidelijk horen zeggen: 'Ik kan niet. Gelooft u mij, ik kan niet en ik mag niet!' Daarop had Barbu hem gesmeekt: 'Maar u moet. U moet, mijnheer pastoor. Alstublieft, schenkt u mij vergiffenis.'

Kora Konstantin keek de verzamelde menigte rond, die als één man de adem inhield. Zij hief haar rechterhand en herhaalde haar eed.

'Ik mag voor eeuwig verdoemd zijn als ik lieg. Fernanda heeft mij verteld wat zij uit de mond van de priester gehoord heeft na Barbulescu's gehengel naar absolutie. "Gaat u nu heen, mevrouw Barbulescu. Ik zal voor u bidden. Mijn menselijk begrip is met u. Maar uit naam van de Heer kan ik niets voor u doen." Daarop heeft de pastoor Fernanda geroepen en haar gevraagd de lerares uitgeleide te doen. Pater Johannes wou de zondares zelfs in haar jas helpen, maar Barbu wees dat gebaar gedecideerd af. Ze had haar jas niet eens aangetrokken, maar alleen stevig tegen zich aan gedrukt. Fernanda vermoedde dat ze er iets onder verstopt hield wat ze koste wat kost voor vreemde ogen verborgen wilde houden. Maar helemaal zeker was Fernanda daar niet van, ze vertelde alleen dat Barbu nog om de sleutel van de boekerij gevraagd had, blijkbaar om een boek te lenen. Pater Johannes had haar de sleutel overhandigd met het verzoek die terug te brengen. Fernanda, die bekend was met de slordigheid van Barbulescu, is achter haar aan de trap af gelopen, heeft de bibliotheek afgesloten en gewacht. Bovendien wilde zij, voor de goede orde en omdat de zwarte Dimitru Gabor er als zelfverklaard bibliothecaris met de pet naar gooit, de titel van het uitgeleende boek op een kaartje schrijven. Maar dat was niet nodig. Want Barbu kwam helemaal geen boek lenen. Dat zou Fernanda hier kunnen bevestigen, ware zij nog onder ons geweest. En hier,' Kora Konstantin rondde af, 'trek ik mijn eigen conclusies. Waarom wil deze Angela Barbulescu uitgerekend op 6 november naar de boekerij, vlak nadat haar de absolutie geweigerd is? Wat is daarvan de reden?'

Toen Kora de bedremmelde gezichten van de aanwezigen zag, stiet ze een schamper lachje uit. Ze herhaalde luid en duidelijk: 'Wat wilde deze moedermoordenares op 6 november in de boekerij? Jullie zeggen niets, omdat jullie niet beseffen hoe kil en berekenend het kwaad eigenlijk is. Maar Barbu? Zij wel. Toen zij de bibliotheek betrad, stond voor haar allang vast dat onze priester moest sterven. Door haar toedoen. Maar hoe moest ze 's nachts ongemerkt in de pastorie binnendringen? Ze moest helemaal niet vanwege de boeken in de bibliotheek zijn. Welnee, ze opende een venster op de begane grond waardoor ze meende 's nachts onopgemerkt met haar mes binnen te kunnen sluipen. En waarom kon ze dat raam openen zonder dat iemand het merkte? Juist, omdat er niemand in de boekerij was! Omdat die zwarte Dimitru Gabor niet zijn plicht deed, maar aan die vervloekte schnaps zat voor de verjaardag van die Ilja Botev, die ons zo-even in de maling heeft genomen met een uit zijn hoofd geleerde Bijbelpassage.'

Ik verliet de kerk.

'Iedereen hier is getikt, en jij ook,' had Fritz mij naar het hoofd geslingerd voordat hij het Eeuwige Licht in de parochiekerk uitblies. 'Maar of er in deze negorij een lampje brandt of niet, wat maakt dat nou eigenlijk uit?' Voor Fritz inderdaad niets meer. Maar mijn leven werd door dat licht in tweeën gespleten, in een tijd vóór en een tijd na het doven. De duisternis in de kerk was voor mij niet de oorzaak van, maar stond wel in onmiddellijk, chronologisch verband met een serie onheilspellende, gevaarlijke gebeurtenissen die allemaal met elkaar schenen samen te hangen. Na de moord op de priester, de in nevelen gehulde zelfmoord van Angela Barbulescu, de diefstal van de Madonna van de Eeuwige Troost en nu dic van iedere realiteit gespeende hersenspinsels van Kora Konstantin, was niets in Baia Luna meer hetzelfde. Zelfs midden op de dag heerste het aardedonker van de nacht. Mijn enige lichtpuntje was Buba. Maar wanneer ik haar weer zou zien was één groot vraagteken.

De verzoeking om mij in het dranklokaal met tsoeika te verdoven, weerstond ik. Was Baia Luna echt zo veranderd? Waren de mensen echt andere mensen geworden? Of had de dode op de Maanberg het dorp veeleer gedwongen zijn tweede gezicht te laten zien? Ik wilde niet meer bij die mensen horen. Ik wilde weg. Maar waarnaartoe?

Buiten hoorde ik opgewonden stemmen. Grootvader kwam de winkel binnen. Met in zijn kielzog Trojan en Petre Petrov, de Saksen Karl Koch, Hans Schneider, Hermann Schuster en zijn zoon Andreas, alsmede Karol Kallay, herder Avram Sjerban en tot ieders verbazing zelfs de oude Bogdan, de vader van de drie broertjes Brancusi. De mannen schoven twee tafels tegen elkaar en gingen zitten. Ilja vroeg of er wat te drinken gewenst was. Iedereen bedankte.

'Dat Barbulescu zich heeft opgeknoopt,' Avram zette het verhitte gesprek voort, 'verbaast mij niets. Het heeft zo moeten zijn. Als Fernanda niet achter die deur had meegeluisterd, zou het vergooide leven van Barbu voor ons voor altijd met raadselen omgeven zijn gebleven. Maar de moord op de pastoor? Daar heb ik toch mijn twijfels bij.' Niemand sprak hem tegen.

'Als jullie gezien zouden hebben hoe Baptiste daar op zijn stoel zat, naakt en gekneveld, temidden van die verschrikkelijke bende,' vulde Karl Koch aan, 'dan zouden jullie het met mij eens zijn geweest: hier zit geen vrouw achter. Ik wil wedden dat het meerdere daders waren.'

'Maar heb je de mensen in de kerk gezien? Dan zie je wat ervan komt als je bijgelovig bent en jezelf de vooruitgang ontzegt. De meesten in het dorp geloven die malende kwezel van een Konstantin,' foeterde Bogdan Brancusi. 'Maar als Barbu de priester niet heeft vermoord, wie dan wel? Karl, wil je soms beweren dat er iets politieks achter deze onfrisse geschiedenis zit? Ook al zullen mijn zoons zich inzetten voor de kolchoz, met deze aangelegenheid hebben ze niets te maken. Daar steek ik mijn hand voor in het vuur.'

'Ik ook. Zoiets doen jouw jongens niet.' Grootvader nam het woord. 'Maar we moeten ons toch af blijven vragen: wie heeft er eigenlijk belang bij dat Baptiste dood is?'

'Dat hij dus niet meer kan spreken,' vulde Karl Koch aan, waarop een instemmend geroezemoes door het gezelschap ging.

'We moeten het chronologische verloop van de gebeurtenissen duidelijk zien te krijgen,' mengde ik mij in het gesprek. 'Om definitief uit te kunnen sluiten dat de lerares voor de moord verantwoordelijk is.' Toen niemand bezwaar aantekende, ging ik verder: 'Konstantin gaat ervan uit dat pater Johannes om het leven gebracht is in dezelfde nacht als die waarin Angela Barbulescu verdween. Dat was op de verjaardag van grootvader Ilja. Maar ik weet zeker dat Johannes en Fernanda toen nog in leven waren. Wij hebben de priester toch pas drie dagen later gevonden, nadat de politieagent Patrascu en de securist Lupu Raducanu hier waren geweest?'

'Maar nadat pater Johannes bij ons is weggegaan na mijn verjaardag heeft niemand hem meer in levenden lijve gezien,' zei grootvader. Hermann Schuster onderbrak hem. 'Pavel heeft gelijk. Het is juist dat geen van ons Johannes Baptiste gezien heeft. Maar Fernanda leefde nog. Honderd procent zeker. Ze heeft toch iedere bezoeker van de pastorie onverrichter zake naar huis gestuurd omdat pater Johannes ongestoord aan zijn preek wilde werken? Dat weet ik van Erika. Mijn vrouw wilde Baptiste de dag na Ilja's verjaardag opzoeken. Ze werd door Fernanda vierkant geweigerd omdat mijnheer pastoor in geen geval te storen was. Op dat moment hing Barbulescu waarschijnlijk al aan haar tak.'

'Ik denk dat we alleen verder komen als we te weten komen wie er verdomme nog an toe baat bij had dat die preek van zondag niet doorging. Iedereen wist dat pater Johannes van plan was van leer te trekken tegen die vervloekte collectivisatie.' Karl Koch werd nu pas echt kwaad. 'Die schurken van de Securitate laten je toch al in de diepste kerker verrekken als je een grapje over de Partij maakt. Elke omhooggevallen Partijbons is een preek tegen de kolchoz een kanjer van een doorn in het oog.'

'Ken jij dan iemand die heeft gezeten?' vroeg de oude Brancusi.

'Als je je oor te luisteren legt, hoor je wel eens wat,' antwoordde Koch.

'Aha, je kent dus niemand persoonlijk,' spotte Brancusi, 'maar wel net doen alsof alle communisten niks beters te doen hebben dan priesters vermoorden.'

'Dat zei ik niet,' protesteerde Koch fel. 'Maar die afstotelijke melkmuil van een Raducanu lijkt mij tot alles in staat. Als die zijn tronie hier nog eens durft te laten zien...' De mannen trommelden met hun vuisten op tafel.

'Pavel, ik heb een droge keel, doe mij er toch maar eentje.' Ik haalde een fles tsoeika. Als eerste schonk ik mezelf een glas in en nam een slok, zonder dat ook maar een van de volwassenen er aanstoot aan nam. Petre Petrov bood mij een Carpati aan. Ik negeerde grootvaders afkeurende blik en rookte.

Toen nam Petre het woord en hij memoreerde de reis met mij en Istvan naar Kronauburg en het bezoek aan de patholoog-anatoom Paula Petrin en de gepensioneerde commissaris met zijn vlassige haar. 'Patrascu weet meer dan hij loslaat. Hij wil met rust gelaten worden op zijn oude dag. Maar hij liet onmiskenbaar doorschemeren dat de staatsmacht achter de moord op de pastoor en het verdwijnen van zijn stoffelijk overschot zit. Die duldt geen anticommunisten, en wil al helemaal geen grafmonumenten voor anticommunistische martelaars zien. Patrascu heeft meerdere malen herhaald dat de kwestie met Johannes Baptiste ons zou verzengen als wij er niet in zouden slagen de vlam klein te houden.'

'En ik weet zeker,' vulde Istvan Kallay aan, 'dat dat geen dreigement was. Het was een waarschuwing. Maar Petre heeft gelijk. Aan de ene kant doet die Patrascu alsof de hele bolsjewiekenterreur hem niks kan maken, maar aan de andere kant zit hij er middenin. Hij weet alles over de moord op pater Johannes, maar hij houdt zijn mond.'

'Hij schijt natuurlijk peulen,' vermoedde Petre.

Hans Schneider schudde zijn hoofd. 'Twintig jaar heeft het niemand een reet uitgemaakt wat pater Johannes in de kerk allemaal verkondigde. En uitgerekend toen hij in zijn hoofd aanzienlijk minder helder begon te worden betekende hij opeens een gevaar voor de Securitate? Dat lijkt me sterk. We moeten de mogelijkheid dat Barbulescu er iets mee te maken heeft niet uit het oog verliezen. Natuurlijk kan zij de misdaad niet in haar eentje gepleegd hebben. Misschien had zij een handlanger. Misschien zelfs iemand hier uit het dorp.'

'De moordenaars kwamen uit de stad. Dat is zo klaar als een klontje!'

'Hoezo, Pavel? Ben jij tegenwoordig helderziend?' vroeg Karl Koch.

'En dat vraag je aan mij? Jij hebt in de kamer waar het gebeurd is zelf het bewijs in je handen gehad en uit het raam gegooid.'

Kochs brein werkte op volle toeren. 'Verdomme, ja, die muis. De moordenaars hadden een dode muis in Baptistes mond gestopt. Alleen zijn staartje hing er nog uit, net een stuk schoenveter.'

'Die muis zijn ze heus niet eerst in de pastorie gaan vangen, die hadden ze bij zich,' zei ik. 'Het was een stadsmuis. Jullie hebben geen idee hoe vaak we op school het verschil tussen de huismuis en de veldmuis wel niet hebben moeten leren. Is dat tenminste toch nog ergens goed voor geweest. De huismuis is grijs. Maar de muizen hier in Baia Luna zijn bruin. Daar hadden de moordenaars niet bij stilgestaan.'

'Ja, inderdaad, het was een grijze,' merkte ook Hermann Schuster nu verbaasd op. 'Jij hebt je ogen niet in je broekzakken zitten, Pavel.'

Grootvader gaf hem een knipoog. 'Nee, die ogen van Pavel zitten overal, maar niet daar.'

'Maar waarom die moord? De staatsveiligheidsdienst heeft er zeker lucht van gekregen dat pater Johannes de bolsjewieken op zijn oude dag flink wilde dwarszitten,' vermoedde Karl Koch. 'De Securitate steekt toch overal zijn neus in.'

'Nu is het omgekeerd. Zij zitten óns dwars. Merken jullie niet dat ons dorp meer en meer uit elkaar valt?' Grootvader sprak met een felheid die niemand achter hem gezocht had. 'Sinds Johannes er niet meer is, volgt de ene rampspoed op de andere. Zien jullie niet dat het bergafwaarts gaat met Baia Luna? Wat is er nog over van de dorpsgemeenschap? De ene helft staat achter die getikte Konstantin en wij zitten hier in het wilde weg maar wat te gissen. Securitate! De almachtige Securitate, hoor ik de hele tijd.

Hier. Hier in het dorp zit het probleem. We moeten ons eindelijk eens af gaan vragen hoe die almachtige veiligheidsdienst precies ter ore is gekomen dat het eerstvolgende woord van de kansel zo staatsgevaarlijk zou zijn. Dat kunnen zelfs zij niet met hun neus ruiken. Iemand moet de Securitate iets over die preek verteld hebben. Voor mijn part Raducanu. Of weet ik wie. Anders hadden ze nooit een moordcommando op ons afgestuurd, hier, hoog in de bergen. Zien jullie dan werkelijk niet dat er binnen de gelederen van ons dorp een of zelfs meerdere verraders moeten zijn?'

De mannen slikten.

'Verrader!' Ik pakte mijn glas en dronk. Daarna stond ik op en pakte uit het rek achter de kassa voor het eerst onder grootvaders ogen een pakje sigaretten. Ik trok aan mijn Carpati, drukte hem weer uit. Een monsterlijke gedachte schoot door mijn hoofd. Verrader! Ja, ik kende iemand die weliswaar geen verrader was, maar die geknipt zou zijn voor die rol. Iemand met wie ik nog een appeltje te schillen had.

'Iedereen komt in aanmerking als Judas,' zei de Hongaar Kallay. 'Want iedereen wist immers dat Baptiste een anticommunistische preek voorbereidde: dat had hij zelf aangekondigd.'

'Hoe kom je daar nou bij?' wilde Hermann Schuster weten. 'Weten jullie nog? Het idee van de preek ontstond na het bolsjewiekengeleuter uit het televisietoestel. Na de rede van Chroesjtsjov. Toen de Russen hun Spoetnik de hemel in geschoten hadden. Met de hemelvaart van een hondje zou de doos van Pandora geopend zijn, zoiets zei onze pastoor, hier, in Ilja's zaak. Daar wilde hij over preken.'

'Maar hij heeft het ook over de kolchoz gehad. Dat weet ik heel zeker,' zei Ilja. ''s Avonds laat. Nadat de Brancusi's een fles op jouw hoofd hadden...'

'Waarvoor mijn zoons zich in alle toonaarden verontschuldigd hebben,' onderbrak de oude Bogdan hem. 'Waarom moet dat toch telkens weer worden opgerakeld?'

'In ieder geval,' ging grootvader verder, 'was de stemming op mijn verjaardag verpest, en jullie waren allemaal al naar huis. Pater Johannes bleef nog even plakken. Hij stond hier in de deuropening en had zijn wandelstok al in zijn hand. Ik bood aan hem naar huis te begeleiden. Dat sloeg hij af. Hij zei nog: tot zondag in de kerk. Met de Spoetnik was de maat vol, het werd langzamerhand tijd om de collectivisten in de geest van de Bijbelse boodschap het hoofd te bieden. Dat zei hij.'

'Wie was er nog meer bij, toen Johannes dat zei?' Karl Koch kreeg het warm van ongeduld.

Grootvader dacht even na. 'Ik natuurlijk. Pavel. En Dimitru.'

'De zigeuner! Denk je dat die zwarte Johannes Baptiste aan de Securitate heeft verraden?' Hermann Schuster was hevig ontsteld. 'Uitgerekend Dimitru! Nee, hij mag dan een opschepper zijn, maar tot zoiets zie ik hem niet in staat.'

'Ik wel.' De herder Sjerban deed ook een duit in het zakje. 'De zigeuner kent vriend noch vijand. Net als Judas. Een zwarte zou zijn moeder nog verkopen, als het maar geld oplevert. Ik was er destijds al tegen dat die Gabor-clan zich hier in het dorp vestigde. Wat moeten die lui hier nog?'

'Dimitru was het niet,' zei Ilja beslist. 'Hij is geen verrader. Bovendien had hij niets te verraden. Hij heeft het hele einde van mijn verjaardag niet meer meegemaakt, doordat hij zo dronken als een tor was. Hij is zelfs buiten van de trap gelazerd en heeft daarbij, naar ik vermoed, wel een ribbetje of wat gebroken. Pavel moest hem zo ongeveer naar huis dragen.'

'Maar wie is er dan nog over als informant? Als ik hem in mijn vingers krijg...' Karl Koch schuimbekte van woede.

Ik gooide mijn glas om. De tsoeika stroomde over het tafelblad. Aller ogen waren op mij gericht.

'Er was nog iemand.' Ik aarzelde, maar het was al te laat om mijn woorden terug te nemen. 'Er was nog iemand. Behalve pater Johannes, Dimitru, grootvader en ik was er die avond nog iemand hier: Fritz Hofmann!'

Twee, drie ademtochten bleef het stil, zo sprakeloos waren de mannen. Niet omdat ze geen woorden konden vinden. Ik denk dat er zich in hun brein te veel informatie tegelijkertijd had opgehoopt om nog samenhang te kunnen vertonen. Duizenden beelden warrelden door hun hoofd. De reusachtige inspanning van de afgelopen uren, dagen, ja weken, verdichtte zich in deze ene naam. Fritz Hofmann! Een blaag van het schoolplein!

Iedereen begon door elkaar heen te praten. Allemaal hadden ze hun eigen mozaïeksteentje bij te dragen, hun puzzelstukje dat het ontbrekende kon zijn in de compositietekening van de verrader. Was het toeval geweest dat er koud een week na de moord op Johannes Baptiste een Duitse vrachtwagen in het dorp verschenen was en de Hofmanns Baia Luna voorgoed hadden verlaten? Had de priester de schooljongen ten overstaan van alle mannen in Ilja's schenkerij niet als vroegwijs opscheppertje afgeserveerd? Had er geen koelbloedige woede op het gezicht van het joch gestaan na die afgang? Goed, een schooljongen beschikte nauwelijks over mogelijkheden om zijn wraaklust om te zetten in daden. Maar zijn vader! Heinrich Hofmann, die voor alles wat er in het dorp gebeurde niets dan verachting had. De kunstenaar-fotograaf. De gescheiden man. Wie God de Heer gestolen kon worden. Die geld had. Een zware, Italiaanse motorfiets reed hij. En was zijn vrouw niet zelfs de trotse bezitster van een elektrisch fornuis? Die deftige mijnheer Hofmann! Die nooit groette, voor wie Ilja's kroegje niet goed genoeg was en die liever in de stad in de betere kringen verkeerde. Die met doctor Stephanescu, de oppercollectivist van het district Kronauburg, mocht jijen en jouen. Fritz en Heinrich Hofmann, dat was algemeen bekend, speelden onder één hoedje met de Partijbonzen. Zij moesten de beulen naar het dorp gestuurd hebben, om een voorbeeld te stellen. Met de moord op een bejaarde priester die zich wel aan het Woord van God hield, maar niet aan de spelregels van de wereldlijke machthebbers.

Ik schrok van mezelf. Ik werd mij bewust van de verborgen krachten waarover ik bleek te beschikken. Alleen al door het noemen van een naam had ik de verdere loop van de gebeurtenissen een richting gegeven. Mijn richting. De reactie die de naam Fritz Hofmann teweegbracht, katapulteerde mij regelrecht de volwassenheid in. Vanaf nu was mijn stem van belang, de mannen hadden mij in hun kring opgenomen. Ik was geen jongen meer. Vele jaren later zou ik begrijpen dat het op dat moment mijn eigen schuldigheid was die het laatste vonkje van kinderlijkheid uit mij verdreef. Want doordat ik de naam van mijn voormalige schoolkameraad had genoemd, werd ik schuldig. Bewust, met opzet en berekenend. Als Fritz Hofmann al niet moest boeten voor een daad die hij wel op zijn geweten had, dan toch zeker wel voor een daad die hem met zekerheid niet aan te rekenen was.

Fritz had het Eeuwige Licht gedoofd. Hij was de kerkschender, en ik was degene die voor zijn daad door Johannes Baptiste vervloekt was. *Loop naar de hel!* Verdoemd had hij mij. Toen hij in koelen bloede was vermoord, had hij de geest gegeven in de veronderstelling dat ik, Pavel Botev, me had bevlekt met de schande van het sacrale vergrijp, terwijl de geborneerde aanhang van Konstantin in de overtuiging verkeerde dat Angela Barbulescu achter al deze waanzin zat. Alleen Fritz had de lerares van deze smaad kunnen en moeten zuiveren, maar in plaats van de verantwoordelijkheid voor zijn daad op zich te nemen was hij ertussenuit gepiept, had hij de wijk genomen naar Duitsland. Fritz Hofmann had mij alleen achtergelaten. Met het uitgedoofde lichtje in de kerk, met alle bijgeloof in het dorp en met wetenschap van de smerige zaakjes waarmee zijn vader zich inliet. Onder mijn matras lag een foto van een naakte vrouw met een zonnebloemenjurk, Alexa genaamd, tussen wier dijen Stefan Stephanescu een fles schuimwijn leegspoot. Op de gevoelige plaat vastgelegd door Heinrich Hofmann. Was het eigenlijk niet meer dan eerlijke, ouderwetse gerechtigheid als de mannen in het dranklokaal Fritz en zijn heerszuchtige vader een verraad in de schoenen schoven waaraan zij zich beiden niet hadden schuldig gemaakt?

Ik greep naar mijn pakje en bood de mannen een Carpati aan. Petre, de oude Brancusi en de herder Sjerban tastten toe. De misprijzende blik van grootvader bleef achterwege. Ik was volwassen. De mannen hadden mij als een van de hunnen geaccepteerd. Maar ik hoorde er niet bij. Ik had geen plaats meer in Baia Luna, in dit gespleten, verscheurde dorp. Ik gruwde van de kliek rondom Kora Konstantin en de mannen in de kroeg waren even braaf als onbenullig. Hun woede over het verraad aan Johannes Baptiste was oprecht, maar vond geen uitlaatklep. Fritz Hofmann was weg, zijn vader was onbereikbaar en genoot de bescherming van de allerhoogste politieke kringen. En dan kon je het gevoeglijk vergeten met je wraak. Karl Koch had weliswaar in een vlaag van verstandsverbijstering gezworen dat hij die heerszuchtige Hofmann nog wel eens een lesje zou leren en de onbesuisde Petre Petrov had plechtig beloofd dat hij wel even een paar blikken benzine in een bekende fotostudio in Kronauburg zou flikkeren. Maar hun welgemeende woede zou binnen afzienbare tijd in rook opgaan, eerst overgaan in bittere wrok en ten slotte in het beklemmende gevoel van de onmacht.

En de ware schuldige?

Ik stond er helemaal alleen voor. En ik had geen andere keus dan moed te houden en af te wachten. Totdat ik Angela Barbulescu kon wreken. Ze was dood, maar ze had de Partijsecretaris niet meegenomen naar de hel. Wat had het leven nog in petto voor deze kwaadaardige mens, de man die ik moest vernietigen? De lerares had mij tot haar werktuig gemaakt. Maar ik was klaar voor mijn kruistocht, klaar voor een strijd waarvan ik nog niet wist waar hij plaats zou vinden, noch met welke wapens hij gestreden zou worden. Het enige wat vaststond, was dat ik naar Kronauburg moest, zodra de sneeuw zou zijn gesmolten.

9

De erfgenaam van Icarus, de donkere kamer en het allerheiligste van Heinrich Hofmann

De lente liet lang op zich wachten. Pas half mei van het jaar 1958 liet de natuur merken dat wij mensen nog konden bouwen op haar onveranderlijke ritme. Ahorn, es en beuk persten hun krachtige knoppen tevoorschijn, krokussen en narcissen schoten uit de grond, gierzwaluwen flitsten weer langs de hemel en in de dorpsweiden blaatten de eerste lammeren. Zoals ieder jaar. De boeren trokken met paard, ploeg en eg het land op om hun akker klaar te maken voor het zaaien, terwijl de zigeuners na de dooi urenlang aan de oever van de Tirnava stonden en in de alles meesleurende stroom staarden, biddend dat het wassende water dit jaar hun onderkomens zou sparen. Dimitru had zich in de boekerij verschanst. Ik nam aan dat hij aangaande zijn speculaties over de mogelijkheid van de fysieke opname van de Moeder Gods in de hemel nog altijd in het ongewisse verkeerde.

Het deed grootvader Ilja veel verdriet dat hij Dimitru in zijn naïviteit tot getuige van die verschrikkelijke Kora Konstantin had gemaakt. Hij deed allerhande pogingen om de oude vriendschap in ere te herstellen. De ene keer ging hij berouwvol met een flesje schnaps naar de bibliotheek, een andere keer bracht hij de zigeuner een cubaan uit Bulgarije, wat zijn gebruikelijke rookritme geheel ontregelde. Mijn tante Antonia, die wel voelde hoezeer het verlies van de vriendschap haar vader dwarszat, ging er zelfs zonder morren mee akkoord dat hij ook haar laatste doos nogabonbons aan Dimitru offreerde. Deze nam de geschenken wel aan, maar sprak geen woord en boog zich meteen weer over zijn boeken, wat grootvader deed vrezen dat de breuk definitief was.

Van alle slechte eigenschappen en karaktertrekken die men de zwarten in het land toedichtte, was er één uitgezonderd. Van het koesteren van wrok of wraakzuchtige gevoelens konden zelfs de meest rabiate zigeunerhaters hen niet beschuldigen. Ook toen grootvader voor Dimitru had afgedaan als bondgenoot in zijn historische missie, had hij zich in stilte allang met Ilja verzoend, zoals hij mij jaren later toevertrouwde.

Ik grijp daarom even naar voren, naar 12 april 1961. Die datum kan ik me nog goed herinneren omdat op die dag voor het eerst in de geschiedenis een mens, in de persoon van Joeri Alexejevitsj Gagarin, in de gewichtloosheid van het heelal zweefde. Op die dag verbrak Dimitru Carolea Gabor een jarenlang stilzwijgen en vertrouwde mij op een rustig moment zijn gedachten toe. Ik wist natuurlijk al zeker dat hij met zijn gewaagde, doldrieste theorieën hopeloos de mist in ging. Maar dat was toen. Nu, op mijn leeftijd, matig ik me zulke oordelen niet meer aan.

'Pavel,' zei hij, 'er was niemand meer, en ik droeg het kruis van de eenzaamheid alleen op mijn schouders. Niemand in het dorp was en is in de verste verte ook maar in staat om de wereldhistorische dreiging der Sovjetraketten in principio te vatten. Ook voor jouw goede grootvader Ilja was die uitdaging te hoog gegrepen. De berekenende calculus is niets voor hem. En het is mijn eigen error fatalis geweest om mijn vriend te betrekken bij de redding van Maria de Moeder Gods. Ilja beschikt niet over de strategieën van de list. Zijn oprechtheid siert hem, maar toch zeker niet tegenover die stomme Konstantin en haar vrome vriendjes. Bovendien heeft hij zijn mond voorbijgepraat. Maar het is mea maxima culpa. Ilja heeft zijn mond voorbijgepraat omdat ik hem te veel verteld heb. Vandaar dat ik constitueerde. Ik nam het besluit te zwijgen. En ik legde een gelofte af. Geen woord zou meer over mijn lippen komen tot de dag dat mijn streven naar kennis gekroond zou worden met het succes van het weten, het antwoord op de vraag: waar is Maria gebleven na haar hemelvaart?

Weet je nog, Pavel... Papa Baptiste had er al voor gewaarschuwd dat hemelvaarten voorbehouden waren aan de Verrezene en zijn moeder. En nu pocht de Sovjet dat hij hetzelfde kan. President Chroesjtsjov heeft een maanlanding beloofd en zijn beste raketttenbouwer moet die belofte waarmaken. Alleen de hybride Koroljov is daartoe in staat. Hij is een gehaaide vakingenieur, uitgekookt en belezen. Een marxist! Daarom heb ik destijds alle delen van Karl Marx doorgespit. Ik hoopte uit de eerste hand een clandestiene verwijzing naar het thema opstanding en hemelvaart te vinden. Nou, vergeet het maar, Pavel, daar staat niets nuttigs in. Toen overwoog ik met dezelfde intentio de werken van Lenin uit te pluizen en deed een ontdekking: ik kreeg een geschrift in handen dat ik jou ook al jaren geleden dringend ter lectio heb aanbevolen. Maar jij luistert toch niet naar mij. Het boek lag opengeslagen onder een van de vele stapels. Terwijl het mij lag aan te gapen herinnerde ik me de woorden van papa Baptiste, die mij eens had aangeraden: "Dimitru, vergeet die marxisten. Als je je aan de stormen van de geloofstwijfel wilt blootstellen, lees dan Friedrich Nietzsche."

Daarna bestudeerde ik de geschiedenis die ik al tientallen keren had doorgenomen, opnieuw. Een gek rent op klaarlichte dag met een lantaarn over straat en zoekt God. Maar hij vindt hem niet. En dan beweert hij ook nog dat wij hem gedood zouden hebben. Heel terecht merkt die knakker op dat een daad als de Godsmoord een maatje te groot zou zijn voor de mensheid. Daar deze, zoals ik zelf consterneer, sindsdien in de koude van de nacht door een oneindig niets rondbuitelt. Maar is dat niets überhaupt denkbaar? En zo ja, is het te verdragen? Wie kan dat uithouden? Moet het niet overwonnen worden? "Moeten wij zelf geen goden worden?" Dat is de vraag, Pavel Botev! Knoop het in je oren. Nietzsches geweldige mens heeft die vraag gesteld, en nu wordt hij beantwoord. Met ja, welteverstaan. Door Koroljov. Zelf goden worden! Zelf God zijn! Die boeken van Marx heeft ingenieur numero uno alleen maar in de kast staan om zijn kameraden te vriend te houden. Geloof me, Pavel, Koroljov heeft Nietzsche zitten lezen. Daardoor wist hij dat de mens met de lantaarn zijn tijd vooruit was. Hij was te vroeg met zijn boodschap. De tijd was nog niet rijp voor het overlijdensbericht van God. Maar nu wel. De Russenspoetnik heeft geverifieerd dat de zwaartekracht te overwinnen is.

Goden worden! Naar de sterren vliegen! Het vaderland in het firmament! Gewichtloos! Aan de banaliteiten van dit aardse tranendal ontstijgen! Pavel, dat is het! Koroljov solliciteert naar de erfenis van Daedalus en Icarus. Maar dan veel slimmer. De beide Grieken waren eertijds gevangen in het labyrint van de tiran Minos, de doolhof die Dacdalus dom genoeg zelf zo geraffineerd aangelegd had. Helaas had de bouwmeester op zijn oude dag de uitgang vergeten, maar hij had nog niets aan spitsvondigheid ingeboet. Kijk, Pavel, als je links, rechts, vooruit en achteruit niet verder kunt, blijft alleen nog de weg naar boven over. In korte tijd vervaardigt Daedalus vleugels voor zichzelf en zijn zoon. Prachtig, niks aan de hand, zou je zeggen. Minder verstandig is echter dat de stomkop voor de bevestiging van de vleugels zijn toevlucht neemt tot was. En die onstuimige Icarus wil niet alleen uit het labyrint geraken, maar ook nog eens naar de hemel. Vliegt hoger en hoger, te dicht bij de zon. De was smelt, zoals hij eigenlijk van tevoren had kunnen bedenken, en plons, de waaghals valt als een steen in de zee.

Zo stom is Koroljov niet. Zijn vliegmachines zijn piekfijn in orde. De testspoetniks hebben zich goed gehouden. De bedoelingen achter "het project" zijn evidentisch. Zelf goden worden! Koroljov is de nieuwe Icarus. Die snorremans Nietzsche is de uitdaging, begrijp je wel, Pavel? Papa Baptiste had gelijk. Zoals altijd. Maar moet je nou eens in het dorp kijken. De mensen lopen achter Konstantin aan en de herinnering aan papa Baptiste zaliger verbleekt. Geen graf, geen aandenken, niets. En ik wil wedden,

Pavel, dat achter het verdwijnen van zijn stoffelijk overschot en het verdwijnen van de Madonna van de Eeuwige Troost dezelfde causaliteiten schuilen.'

Met het late voorjaar van 1958 keerde in Baia Luna het leven terug. De boeren bewerkten het land, de vrouwen kwebbelden weer bij de wasplaats en alle ouders hoopten dat de districtsregering gauw een nieuwe leerkracht naar Baia Luna zou sturen.

Bij ons thuis was de stemming niettemin slecht. Grootvader Ilja liep met zijn ziel onder zijn arm. 's Morgens kwam hij uit de veren, sleepte zich met een inktzwart humeur door de dag, om 's avonds weer rusteloos zijn bed in te rollen. Wie toevallig langsging in de schenkerij trof een prikkelbare en nurkse waard aan die de flessen met een dreun op tafel zette en behalve een paar chagrijnige flarden van zinnen geen vriendelijk woord over zijn lippen kreeg. De breuk met Dimitru zat hem meer dwars dan hem lief was. Sinds Kora's solo-optreden in de kerk had de tzigaan geen woord meer met Ilja gewisseld. Grootvader trachtte zich over het verlies van zijn vriend heen te zetten door de dag te beginnen met een glas tsoeika, om toch een zekere mate van gelijkmoedigheid te verkrijgen. Daar de drank op den duur steeds sneller uitgewerkt raakte en zijn humeur er alleen maar slechter op werd, zag hij zich genoodzaakt zijn kunstmatige gemoedsrust overeind te houden met meerdere glazen per dag. Totdat Vera Raducanu op een dag om een pak suiker vroeg en grootvader kortweg antwoordde met: 'Je kunt de pot op!' Toen Vera vervolgens nadrukkelijk snoof en kraaide dat het dieptepunt van de service in Baia Luna toch echt wel bereikt was als de vrouwelijke clientèle bij het betrekken van haar comestibles op een schnapskegel getrakteerd werd, verloor mijn moeder haar geduld.

'Nu is het mooi geweest!' voer ze tegen haar schoonvader uit op een toon die er geen enkel misverstand over liet bestaan wie er in huize Botev de lakens uitdeelde. Ze ging zo uitzinnig tekeer dat haar scheldkanonnade ook tante Antonia en mij trof. Antonia lag meestal te maffen en ikzelf had me ook voor geen zier meer om mijn plicht in de winkel en in het dranklokaal bekommerd. Het getier van mijn moeder lieten wij als natte poedels van ons afglijden.

'Er mag dan van alles aan de hand zijn in het dorp, maar het leven gaat door. Jullie mannen moeten jullie verdomde plicht maar eens een keer doen. Als jullie niet als de sodemieter uit jullie schulp kruipen, houd ik het hier voor gezien. Dan ga ik zó naar de stad. Verloeder hier dan maar een eind weg met jullie geknies. Maar niet met mij!'

Zo had ik mijn moeder nog nooit meegemaakt. Zelfs Ilja kende zijn schoondochter zo niet. Maar de uitwerking van haar toorn was heilzaam. Wij begrepen meteen wat ons te doen stond. Alleen al het vooruitzicht naar Kronauburg te gaan verloste mij uit mijn lethargie en bracht de opstandigheid die ik zo node ontbeerd had voor mijn missie weer tot leven. En mijn missie was: mijn gewezen lerares Angela Maria Barbulescu gerechtigheid te laten wedervaren. Ik pakte een schrijfblok en hielp grootvader met de inventarisatie van het magazijn. Bijna alles was op. In de lange wintermaanden waren alle olie, suiker en surrogaatkoffie erdoorheen gegaan. De zoutvoorraad was nog net toereikend voor een paar dagen. De laatste flessen silvaner waren al weken geleden opgedronken en ook de glazen pot met Amerikaanse kauwgom was leeg. De rit naar de groothandel in Kronauburg was hoe dan ook veel te laat. Terwijl Kathalina de plankenvloer schrobde en de rekken afstofte, bracht ik met grootvader de paardenkar waarmee wij de volgende morgen naar de grossier in de districtshoofdstad zouden afreizen in gereedheid.

Nog slaperig van het vroege opstaan hingen wij op de bok, slaakten geeuw na geeuw en beperkten onze conversatie tot het hoognodige. Als we al spraken, was het over onze vrees dat de inkoopsprijzen net als ieder jaar weer gestegen zouden zijn. Ik deelde weliswaar grootvaders bezorgdheid over het feit dat de karige financiële middelen van de familie mogelijkerwijs niet toereikend waren om alle voorraden in het magazijn aan te vullen, maar realiseerde me tijdens de reis ook dat het niet mijn levensdoel was om als waard en kruidenier in zijn voetsporen te treden. Maar wat moest ik dan?

Tegen zeven uur bereikten wij het Schweischdal met zijn uitgestrekte velden, die ooit eigendom geweest waren van de rijkste grondbezitters van Transmontanië. Tot hier was het Kronauburger land reeds gecollectiviseerd en de bergboeren uit Baia Luna gingen ervan uit dat ook hun bescheiden lapjes grond weldra ten prooi zouden vallen aan de gedwongen onteigening. Na Apoldasch kwamen we langs de toekomstige stallen voor rundveeteelt en varkensmesterij, waarvan de afmetingen even indrukwekkend waren als hun monotone vormgeving, die exact met het tekentafelontwerp overeenstemde. Overal staken bouwkranen de hemel in, de rupsbanden van de egaliseershovels doorploegden de zware bodem en vrachtwagens sleepten bouwmaterialen aan. Op disproportionele posters stond te lezen dat het nieuwe, volkseigen 'Agro-industrieel Complex Apoldasch-2' al op 1 juni in gebruik zou worden genomen, een gebeurtenis waarbij zelfs staatspresident Gheorghiu-Dej verwacht werd. Toen we het terrein van de mestfabriek bereikten, blonken tweeëntwintig fonkelnieuwe, vermiljoenrode tractoren in rijen van twee ons in de morgenzon tegemoet, een tamelijk indrukwekkend gezicht. De landbouwwerktuigen kwamen ongetwijfeld uit de nieuwe tractorenfabriek 'Vreugde des Vaderlands' in Stalinstad. Grootvader wees op de trekkers. 'Schroefje voor schroefje door onze Alexandru in elkaar gedraaid. Hij zal er wel een fraaie oorkonde voor krijgen.' Voor het eerst sinds lange tijd kon ik weer lachen.

Tegen elf uur bereikten wij de stadsgrenzen van Kronauburg en stuurden ons voertuig naar de levensmiddelengroothandel waar Ilja's vader al klant geweest was. Maar in plaats van het bekende firmaplakkaat GEBR. HOSSU. IMPORT-EXPORTGROOTHANDEL troffen wij een bord aan met VOLKSEIGEN BEDRIJF. CONSUMPTIECOMPLEX HANDELSORGANISATIE KRONAUBURG. We betraden de op-

264

slaghallen, op zoek naar de oudste van de gebroeders Hossu, met wie grootvader zijn bestellijst en de prijzen placht door te spreken. Het zag ernaar uit dat men het personeel in aantal had verdubbeld en van identieke blauwe stofjassen had voorzien. De meesten zaten op houten pallets te roken. Toen grootvader naar Vasili Hossu vroeg, antwoordde een van de magazijnmedewerkers slechts: 'Middagpauze,' en wees met zijn duim naar een kantoordeur met het opschrift DIRECTIE. Ilja klopte aan. Toen er geen reactie kwam, duwde hij de klink omlaag en gingen wij naar binnen. Achter een bureau zat een jonge vrouw haar nagels te vijlen.

'Middagpauze,' sprak zij. 'Kunt u niet lezen?'

'Bij de Hossu's kon je op ieder tijdstip terecht,' antwoordde grootvader. 'Waar kan ik de heren vinden?'

'Komt u om dertien uur dertig maar terug. Tot die tijd geen mededelingen,' antwoordde de kantoorkracht zonder van haar manicure op te kijken. Wij verlieten het magazijn en reden met de paardenkar een stuk verder. De 'Pofta buna!', die niet meer was dan een armzalige planken keet, bestond gelukkig nog. Hier, bij de 'Eet smakelijk!', kregen de afgepeigerde paarden van de handelslieden water en stro en sterkten de mannen zich met bier, brood en gehaktrolletjes van de houtskoolgrill. Voor de Pofta stond al een vijftal voertuigen geparkeerd. Opa spande uit, verzorgde het karrenpaard en ging met mij op een houten bank zitten. De gebroeders Hossu waren, hoorden wij van de eigenaar, al sinds het begin van het jaar onteigend en als van de aardbodem verdwenen, maar meer liet hij niet los. Aan de tafel naast ons waren twee mannen druk in gesprek over het prijsbeleid van de nieuwe handelsorganisatie. Ze maakten geen ontevreden indruk. De andere klanten hadden zich in de aangrenzende schuur in het stro ingegraven om een uiltje te knappen tijdens het wachten. Om halftwee loeide er een sirene. De middagpauze was voorbij.

De directeur van de volkseigen levensmiddelencoöperatie was een kleine, gedrongen midvijftiger die een lichtblauwe stropdas en een ietwat krap gesneden bruin pak droeg. 'Nieuwe klanten?'

loenste hij over zijn brillenglazen heen en hij ging achter zijn volgepakte bureau zitten onder het bevingeren van bepaalde papieren.

'Nee,' antwoordde grootvader. 'Wij zijn al tientallen jaren klant hier. Familiebedrijf Botev. Baia Luna. Vredesstraat nummer 7. Waar zijn de gebroeders Hossu?'

De directeur bood ons een stoel aan. 'Uit Baia Luna! Allemachtig. Geen wonder dat jullie daarboven niets meekrijgen van de ontwikkelingen in het land. De Hossu's zijn van hun privaateconomische activiteiten ontheven. Waar ze nu zijn? Geen idee. Hier in elk geval niet. Jullie zijn private klanten?'

Grootvader knikte.

'De HO verkoopt niet meer aan particulieren. Orders van hogerhand. Maar geen nood. Hoe groot is jullie winkel?'

Ilja schatte het aantal vierkante meters en noemde een getal.

'Maar het grootste deel van het winkeloppervlak wordt voor de schenkerij gebruikt,' merkte ik op.

'Aha, aan gastronomie doen jullie daarboven dus ook. Die zal wel goed lopen. Er is bij jullie toch niks anders te beleven. Hebben jullie een concessie? Drankvergunning?'

'Drankvergunning?' Grootvaders aanvankelijke verwondering sloeg om in boosheid. 'Zeg, hebben jullie ze nog wel allemaal op een rijtje? Zoiets hebben wij al generaties niet nodig. Hebben jullie dan echt niets beters te doen dan die hele bureaucratische rompslomp uit te dokteren?'

'Tuttut. Er wordt door mij helemaal niets uitgedokterd. Maar orde moet er zijn. En wet is wet. Als iedereen particulier maar wat aanmoddert, wordt het een janboel. Dan zaten we met het kapitalisme van de Ami's, waarin iedereen maar kan doen en laten wat hij wil. En de zigeuners gingen ongestoord hun gang.'

'Maar wij hebben verse voorraad nodig.' Ilja verloor zijn zelfbeheersing. 'Ons magazijn is leeg en de mensen in het dorp beginnen te morren. Jullie kunnen toch niet van de ene dag op de andere ophouden aan particuliere klanten te leveren?'

'Ik zei toch: geen nood. Je hoeft je met je zaak alleen maar bij het Handelscollectief aan te sluiten. Het is slechts een formaliteit; jullie private zaak wordt dan gedeprivatiseerd. Verder blijft alles bij het oude. Jullie krijgen jullie waren tegen de gunstigste inkoopsprijzen. Je betaalt hoe dan ook minder dan bij die kapitalisten van een gebroeders Hossu. Wel eerst eventjes bij het collectivisatiebureau langsgaan om te tekenen. En nu jullie toch in de stad zijn, vraag meteen even een drankvergunning aan. Zonder concessie krijg je bij de HO alleen maar limonade. Alle betreffende overheden vinden jullie aan het Plein van de Republiek. Daar kunnen jullie te voet heen. Tot vier uur zijn alle kantoren geopend.'

Met de somberste voorgevoelens en duizend verwensingen aan het adres van staat, Partij en socialisme haastten we ons naar de stad en zaten twintig minuten later op een houten bank in een gang waar geen hond te bekennen was. Op de deur tegenover ons hing een stuk karton met de handgeschreven instructie 'Niet kloppen. Toegang alleen op afroep'. Naast de deur was een bordje aangebracht met: HO CONCESSIES A-D.

We hadden nog maar een paar minuten gewacht, toen de deur openging en er een vrouwenhoofd tevoorschijn kwam. 'Waarom klopt u niet gewoon even op de deur? Komt u binnen.' De vrouw droeg een eenvoudig kostuum en straalde een vriendelijkheid uit die ons verbaasde. Ze nodigde ons uit plaats te nemen en vroeg zelfs of wij een kop mokka konden gebruiken. Wij bedankten.

'Uit Baia Luna komt u? Ik wist helemaal niet dat daar een winkel was.'

De vrouw glimlachte nog steeds en verklaarde dat het voor staat en Partij in de lijn van de opbouw van het socialisme van het allergrootste belang was de dekkingsgraad van de bevoorrading ten behoeve van de volksgezondheid te waarborgen en continu te optimaliseren. Een afgelegen dorp als Baia Luna mocht in geen geval achter de ontwikkeling van het land aan hobbelen. De vooruitgang zou de staatshandelsorganisatie met haar coöperatiepartners garanderen. Ze vertelde ook dat het kapitalisme van het Westen de massa's binnen afzienbare tijd aan de bedelstaf zou brengen, terwijl de nieuwe Republiek steeds op wereldniveau zou blijven.

Grootvader onderbrak haar college. 'Ik wil weten hoe het met onze zaak verder moet. In Baia Luna is geen suiker meer, noch zout en olie. Wij hebben dringend behoefte aan grutterswaren.'

'Die krijgt u ook,' zei de vrouw, zonder ook maar een millimeter van haar vriendelijkheid te verliezen. Ze liep naar een kastenwand die vol stond met ordners.

'Botev. Baia Luna. Hier hebben we hem al.'

Ze sloeg een ordner open en bladerde. Wij zagen ogenblikkelijk dat zich daarin de pakbonnen en rekeningen bevonden die de gebroeders Hossu de afgelopen jaren voor ons geschreven hadden.

'Tja, grote hoeveelheden hebt u nooit afgenomen. Ik zie dat vlees- en worstwaren geheel ontbreken, net als verse groenten. De boeren in uw dorp zijn waarschijnlijk zelfvoorzienend. Particulier, ieder voor zich?'

Grootvader knikte. 'Alleen geld is in het dorp niet zo rijkelijk voorhanden.'

'Daar gaan we wat aan doen. Sluit u aan bij de coöperatie, en u zult zien dat uw bevoorrading niet alleen beter wordt, maar ook gunstiger qua prijs. Aan olie, zout en suiker is gebrek, zegt u. Doordat er zich een oververvulling van het plan voordoet heeft de regering de prijzen voor basislevensmiddelen vorige maand bijna gehalveerd.'

Wij keken elkaar sprakeloos aan. 'En we kunnen alles doorverkopen zoals altijd?'

'Ja. Maar niet meer als zelfstandig ondernemer die zijn eigen verkoopprijzen en winstmarge bepaalt. U wordt employé van de HO, krijgt een vast maandinkomen en koopt alle producten op commissiebasis, met een maandelijkse afrekening. En dat bij vastgelegde openingstijden van uw HO-filiaal van acht tot twaalf en vijftien tot achttien uur op werkdagen. 's Zaterdags natuurlijk alleen tot de middag. Maar onder ons gezegd: in Baia Luna komt vermoedelijk niemand controleren of u zich wel aan de winkelopeningstijden houdt.'

Alleen al de gedachte niet meer als zelfstandig kruidenier en waard zijn winkel te kunnen drijven was grootvader een gruwel. Ik zag zijn buik samentrekken van de kramp. Hij schoof heen en weer op zijn stoel en deed wat hij kon om de winderigheid waar hij last van had te onderdrukken. Toen de staatsambtenares hem echter het salaris meedeelde dat wij iedere maand van de geldbode zouden krijgen, ontsnapte hem een luide scheet. Het was zo ongeveer het dubbele van de inkomsten die in het verleden na aftrek van de kosten onder de streep waren overgebleven.

Grootvader dacht erover na. Ik informeerde verder. 'Welke alternatieven bestaan er voor dit coöperatiemodel?'

'Geen,' zei de vrouw en ze trok een contract uit haar bureaula. 'U hoeft niet te tekenen. Er is niemand die u dwingt. Het zou alleen jammer zijn als u zonder goederen naar uw dorp terug moest. Om niet brodeloos te raken zou u natuurlijk bij een van de nieuwe staatsbedrijven kunnen solliciteren. Voor zover ik de regio kan overzien zou het nieuwe Agrocomplex in Apoldasch in aanmerking komen. Maar onder ons gezegd en gezwegen, gelooft u nou werkelijk dat iemand die falend inzicht aan den dag legt bij de noodzakelijke collectivisatie van een private onderneming op een mooie betrekking bij een staatsbedrijf kan rekenen? Dat kunnen de heren natuurlijk niet ernstig menen.' Ze glimlachte nog altijd. 'Onderteken het contract en ik garandeer u dat het niet in uw nadeel zal zijn. Ik kan u ook verzekeren dat tot op heden slechts één zelfstandige niet getekend heeft. En weet u wat er gebeurde? De persoon raakt bevangen door een woedeaanval, ramt de deur open, stormt zo de straat op en komt onder een vrachtwagen. De beklagenswaardige ligt nog steeds in het ziekenhuis en zal nooit meer op eigen benen kunnen staan. Hoe moet deze man, vader van vijf kinderen, nu zijn gezin onderhouden? Als hij twee minuten eerder even getekend zou hebben, zou hij verzekerd zijn geweest van een invaliditeitspensioen van de HO-coöperatie. Maar nu? Helemaal niets. Hier is het contract. Daarin is alles geregeld. Neemt u maar rustig de tijd om het door te lezen. Wilt u er nu misschien een mokka'tje bij?'

Wij lazen het. Wij begrepen niet meteen alle voorwaarden in detail, maar het leek ons een faire aangelegenheid, voor zover ik het kon beoordelen zonder contractuele voetangels en klemmen.

'Hoe zit het dan met ons dranklokaal?' vroeg Ilja. 'Er werd mij verteld dat ik een drankconcessie moest halen.'

'Bent u ook caféhouder?' De jongedame raakte in verwarring.

'Ik ben waard en kruidenier. Dat doen we in mijn familie al generaties lang.'

'En dat in hetzelfde pand! Zoiets heb je toch echt alleen in de bergen. Levensmiddelenverkoop- en cafébedrijf onder één dak? Ongelofelijk.'

'Waar anders onder?' vroeg ik.

'Dat heb ik even niet gehoord. Levensmiddelenhygiëne is niet mijn terrein. Voor de drankvergunning bent u hier verkeerd. Dat is twee verdiepingen hoger. Afdeling HO-genotsmiddelen en gastronomie. Zij zullen u hetzelfde contract aanbieden als wij van de HO-levensmiddelen. Zonder contract geen verkoop van sterkedrank.' De vrouw dacht even na. 'Weet u wat? Ik maak het wel voor u in orde. Dat geren van de ene overheid naar de andere is ook geen pretje. Vooral niet als men uit de bergen komt en de weg niet weet. Ik heb alleen uw identiteitspapieren nodig.'

Grootvader haalde zijn paspoort tevoorschijn. De ambtenares bekeek het papier en schudde haar hoofd. 'Dat is verlopen. Het is nog uit de tijd van koning Carol. En de pasfoto? Moet dat u voorstellen? Nee, nee hoor, uw papieren moeten beslist vernieuwd worden. Hier beneden aan de markt is een fotozaak. Foto Hofmann. Daar kunt u nieuwe pasfoto's laten maken. Zonder geldig paspoort kan ik u met de beste wil van de wereld geen drankvergunning verstrekken. Komt u morgenochtend terug met de foto's.'

Toen wij het collectivisatiebureau verlieten, zei ik alleen: 'Wij hebben geen keus.' Grootvader knikte.

Op het marktplein tegenover het politiebureau viel mij weer het HO-filiaal op waar ik vorig jaar november zo geweldig van onder de indruk was geweest, toen ik met Istvan en Petre tevergeefs naar de verblijfplaats van de dode Baptiste had gezocht. Over het vermiste stoffelijk overschot werd in Baia Luna nauwelijks meer gesproken. De dorpelingen hadden nu, in het voorjaar, wel andere zorgen aan hun hoofd dan het lege graf voor de kerk. Toen ik op de Kronauburger markt ten tweede male voor de enorme glazen pui van de HO-supermarkt stond, scheen de zaak mij veel minder indrukwekkend toe dan ik me herinnerde. De banderol met de rode letters DANK AAN DE REPUBLIEK, DANK AAN DE PARTIJ hing nog altijd boven de ingang, maar hij had in de wintermaanden zichtbaar onder de weersinvloeden geleden.

Ik sprak een voorbijganger aan. 'Foto Hofmann. Is dat hier ergens?' Mijn knieën knikten van opwinding.

'U staat bijna pal voor de deur,' gaf de man ten antwoord. 'Daar, waar die regeringsauto geparkeerd staat.'

Grootvader stond op het punt om te foeteren dat hij voor geen goud voor de lens van die politiespion Hofmann zou poseren, maar ik kon hem nog net op tijd toebijten: 'Wees stil. Moet je daar eens kijken!' Mijn ogen waren strak gericht op een zwarte limousine met verchroomde bumpers die voor de fotozaak geparkeerd stond. Een geüniformeerde chauffeur met een pet met een klep op opende de kofferbak en laadde twee koffers in. Ik herkende de chauffeur: het was degene die Petre, Istvan en mij na de moord in de pastorie naar Kronauburg gebracht had, waar de lijken van Fernanda Klein en Johannes Baptiste zouden worden geobduceerd. Hij opende de portieren en salueerde met de hand aan zijn pet. Heinrich Hofmann verscheen in de deuropening. Toen zag ik de man die ik sinds het lezen van Angela Barbulescu's dagboek kende zoals bijna niemand hem kende. Achter de heer Hofmann verliet ook dr. Stefan Stephanescu de fotostudio. Beiden droegen een donker pak van fijne wol, maakten grappen over en weer en waren duidelijk in een opperbeste stemming.

Het werd zwart voor mijn ogen. Mijn knieën dreigden het te begeven. Moeizaam sleepte ik me naar een lantaarnpaal en klampte me eraan vast. Dat kon niet waar zijn! De knappe vrouw die achter Stephanescu uit Hofmanns zaak naar buiten stapte, kon onmogelijk Angela Barbulescu zijn. Maar zo zag ze er wel uit. Precies als de jonge Angela van de foto met de getuite lippen. De vrouw in de deuropening was begin twintig, droeg haar blonde haar in een paardenstaart en lachte van oor tot oor. De gelijkenis was beangstigend. Ik zag Heinrich Hofmann haar nog een paar aanwijzingen geven voordat hij achter in de limousine plaatsnam. De blondine trad op Stephanescu toe en reikte hem de hand. Hij aaide haar terloops over haar wang en nam plaats op de passagiersstoel. De chauffeur sloeg de deuren dicht, veegde met een zakdoek de buitenspiegel schoon en ging achter het stuur zitten. Zij zwaaide hen uit.

'De ene jonge vrouw na de andere. Stuk voor stuk knap, stuk voor stuk blond,' had Fritz gezegd toen hij in de verhuisdozen van zijn vader gesnuffeld had en op hoogst onbetamelijke foto's gestuit was.

Toen de regeringsbolide wegspoot, knaagde er geen twijfel meer aan mij. Angela Barbulescu had haar eigen doodvonnis geveld op het moment dat zij geheel aan de grond zat en zonder blikken of blozen in haar dagboek schreef: 'De foto's die Hofmann in Florins praktijk met al die naarlingen gemaakt heeft, hebben mij jarenlang de mond gesnoerd. Heinrich kan mij niet meer bedreigen. Wat mij betreft kan hij die afstotelijke plaatjes naar de dorpspriester sturen. Doe met mijn foto's maar wat jullie willen. Hang ze voor mijn part aan iedere lantaarnpaal. Waarvoor zou iemand als Barbu zich nog moeten schamen?'

Ik besefte nu dat Angela een tragische inschattingsfout had gemaakt. Deze heren zouden nooit ofte nimmer hun handen aan zoiets vuilmaken. De macht van Heinrich Hofmann en Stefan

Stephanescu bestond uit het zaaien van angst. Hun wapen was dreiging. Alleen wie ongevoelig was voor hun intimidatie werd een kopje kleiner gemaakt. Zoals Angela, die uit de school wilde klappen omdat ze niets meer te verliezen had. Had Angela zich echt uit eigen beweging opgehangen? Of hadden deze twee mannen haar zelfgekozen dood aan een boom op de Maanberg in scène laten zetten?

'Heb je dat gezien?' vroeg grootvader ademloos aan mij. 'Nu is hij ervandoor, die priesterverrader. Ik zeg je, Hofmann, dat hondsvot, zit tot over zijn oren in die bonzenbende.'

Ik zweeg en dacht na. Twee koffers, twee mannen, een chauffeur. Hofmann en Stephanescu zouden een paar dagen wegblijven. 'Machtigen vallen van hun troon,' had Angela in haar groene schrift geschreven. Ze had zich vergist. De Kronauburger Partijchef wekte allesbehalve de indruk dat de profetie van de lerares weldra in vervulling zou gaan.

'Tot over zijn oren, inderdaad,' beaamde ik met enige vertraging. 'Maar nu is Hofmann er even niet. Laten we eens in zijn winkel rondkijken.'

Ik had me de fotozaak van Heinrich Hofmann aanmerkelijk kleiner voorgesteld. In de uitnodigende etalageruiten aan het marktplein maakte een imposante tentoonstelling gewag van het kunnen van de vakfotograaf. In het middelste raam hingen drie reusachtige portretten, waarvan ik er twee reeds kende. Een ervan had ik in kleiner formaat hoogstpersoonlijk naast president Gheorghiu-Dej aan de muur gehangen. In de etalage maakte Kleine Stalin een nog imposanter en heldhaftiger indruk. En het bedrieglijke lachje van de Kronauburger Partijvoorzitter Stephanescu deed zijn innemende uitwerking nog evidenter gelden. De derde foto was een groepsopname van de negenenzeventig leden van het Centraal Comité van de Communistische Partij. De overige vensters waren ingericht om ook gewone stervelingen ertoe te bewegen een portretfoto van zichzelf te laten maken. Links waren honderden pasfoto's aaneengeplakt tot een gigantische puzzel, die bedoeld leek om ook de kwantitatieve prestaties van de fotograaf te onderstrepen. Rechts hingen op wijnrood fluweel zwart-witte trouwfoto's in protserige, vergulde sierlijsten.

Het ingetogen rinkelen van messing belletjes weerklonk toen wij de deur van Studio Hofmann openduwden. Ik kreeg van de spanning ternauwernood een groet over mijn lippen en keek verstolen om mij heen in de ruim bemeten winkel. De blonde schone, die tot en met haar kapsel op Angela Barbulescu leek, kon ik tot mijn teleurstelling nergens vinden. Achter de toonbank stonden twee verkoopsters, die zich naar mijn smaak ook niet hoefden te verstoppen. Ze waren allebei blond. Een van hen was bezig een zilveren fotolijst in te pakken voor een oudere heer. Wij gingen op een lederen bank zitten, naast een exotische groene kamerplant die met aan zekerheid grenzende waarschijnlijkheid niet afkomstig was uit de inheemse flora. Rechts van ons zat een jong stel voor een adviesgesprek aan een niervormige tafel. Zij hielden elkaars hand vast, knikten steeds instemmend en bekeken onder het uitroepen van 'Mooi zeg, prachtig, prachtig, hartstikke mooi!' een album dat de tweede verkoopster met haar luchtige, blonde engelenhaar voor hen doorbladerde. Alleen haar blauwe ogen al zouden iedere klant over de streep trekken.

Al met al straalde de fotozaak een koele ordelijkheid uit, die mij deed denken aan de spaarzaam ingerichte, voormalige woonkamer van de familie Hofmann. De lange toonbank bestond uit licht, gladgeschuurd beukenhout, erachter lagen fototoestellen als technische kunstwerkjes in glazen vitrines en aan de wanden streden kunstzinnige portretten van zonder uitzondering beeldschone dames om de aandacht.

Het verliefde stel stond op. 'Dan doen we het zo,' hoorde ik de man zeggen. 'Tot zondag dan, om elf uur bij de Pauluskathedraal. Zult u ons niet vergeten?' Eén blik van de juffrouw met het engelenhaar volstond om de bezorgdheid van het aanstaande bruidspaar weg te nemen. 'Maakt u zich toch geen zorgen. Het wordt vast en zeker een droombruiloft.' De belletjes rinkelden en het stel verliet, net als de heer met de fotolijst, de winkel.

De witte deur achter de kassa viel me pas op toen hij open-zwaaide. Daar was ze. De jongedame met de blonde paardenstaart keek kort de winkelruimte rond en richtte het woord tot haar bei-de collega's. 'Halfvijf geweest. Hier is waarschijnlijk toch niets meer te doen. Als jullie willen, mogen jullie naar huis.' Ze lachte onze kant op. 'De heren kan ik alleen wel af.' Een minuut later was het getinkel van de belletjes weer te horen toen de twee arm in arm giechelend de stad in gingen.

'Excuseert u mij dat wij u even hebben laten wachten,' zei de blondine. Ze was echt mooi. Haar gelijkenis met de jonge Ange-la Barbulescu sprong niet meer zo in het oog, maar was er wel de-gelijk nog. Ik probeerde me deze vrouw voor te stellen over twin-tig jaar, voor het schoolbord in Baia Luna, met rubberlaarzen, in een donkerblauwe soepjurk en met in het wilde weg afgeknipt haar. Wat helemaal niet lukte. Ze nam mijn en grootvaders kledij in zich op zonder er zich een reactie op te verwaardigen. 'De he-ren komen zeker voor een pasfoto voor hun identiteitspapieren?'

Wij knikten.

'Als u mij volgen wilt, hier is onze kleine studio.'

In een achterkamertje stonden een gigantisch fototoestel op een driepotig statief, enkele uit de kluiten gewassen schijnwerpers en een kruk.

'Wees maar niet bang,' glimlachte de medewerkster, 'het doet geen pijn. Ik ben overigens juffrouw Irina Lupescu, de rechter-hand van mijnheer Hofmann zelf.'

'Is uw baas er dan niet?' huichelde ik.

'Nee. Hij moet zo vaak weg. Hij is net weer naar de hoofdstad vertrokken. Een Partijcongres of zoiets. Daar fotografeert mijn-heer alleen de allerhoogste echelons van de politiek. En mijn col-lega's en ik mogen het kruimelwerk opknappen: huwelijken, jubi-lea, pasfoto's. Waarmee ik u niet beledigen wil.'

'Maar mijnheer Hofmann,' ik was perplex, 'fotografeert hij op al die vele huwelijken dan niet zelf?'

'Ach nee,' lachte Irina. 'Met zoiets houdt hij zich al jaren niet meer bezig. Dat deed mijn voorgangster altijd. En tegenwoordig zorg ík ervoor dat de trouwdag voor bruidsparen tot een onvergetelijke gebeurtenis wordt. In deze maand, mei, overlappen de huwelijken elkaar zelfs soms. We hadden alleen vandaag al meer dan tien aanstaande bruidsparen over de vloer voor een afspraak.'

'Ja, ja,' merkte grootvader op. 'In de lente komt de sapstroom weer op gang.'

Irina lachte kwajongensachtig. 'Ik denk dat het niet zozeer aan de lente ligt. Het zijn eerder die lange winters die het 'm doen. In de koude nachten kruipen de mensen dichter tegen elkaar aan, als u begrijpt wat ik bedoel. En tja, in mei moeten de bruiden dan allemaal tegelijk naar het altaar. Maar wat wil je? Niet iedereen hoeft toch meteen te zien dat er een kleintje aan zit te komen?'

'Uw voorgangster, zei u, fotografeerde vroeger alle bruiloften. Knap werk. Dat kan in de etalage zelfs een blinde nog zien. Waarom is zij weg?' Ik probeerde mijn nieuwsgierigheid binnen de perken te houden.

'Ik heb geen flauw idee. Zij is op een morgen, laatstleden november, gewoon niet op het werk verschenen. Helaas heb ik haar nooit persoonlijk leren kennen.'

'Dan bent u zelf waarschijnlijk nog niet zo lang hier?'

'Sinds januari pas. Ik ben opgeleid in een studio in de hoofdstad.'

Ik wist niet of mijn vragen niet te opdringerig waren naar Irina Lupescu's smaak, maar ik besloot vol te houden. 'Waarom bent u dan niet in de hoofdstad gebleven? Daar is alles toch veel beschaafder dan hier in Kronauburg?'

Irina lachte onbekommerd. 'Laat ik het zo zeggen: iemand die mij na aan het hart ligt, heeft mij getipt en mij aan de heer Hofmann voorgesteld. En zo geheel en al onbeschaafd is dat Kronauburg van jullie nou ook weer niet. Maar kom, laten we eerst eens... Ik zie trouwens dat u op een officiële pasfoto niet geheel voorbereid bent. Ik bedoel, gezien uw vormeloze kledij.'

'Als wij wisten dat wij nieuwe paspoorten moesten laten maken, had ik mijn pak aangetrokken,' verontschuldigde grootvader zich.

'Op zulke gevallen zijn wij voorbereid. Moet u straks in de etalage maar eens kijken naar al die pasfoto's. Het zijn er meer dan duizend. Ik durf te wedden dat één op de vier, nee, waarschijnlijk één op de drie mannen hetzelfde jasje, hetzelfde overhemd en dezelfde gestreepte stropdas draagt.' De assistente opende een kast en haalde een paar kledingstukken tevoorschijn. 'Zoekt u maar iets uit wat enigszins past. Borstel en kam vindt u hiernaast voor de spiegel. Ik moet vijf minuutjes de kelder in, naar het laboratorium. Als u zich omgekleed hebt, ben ik weer geheel tot uw dienst.'

'Had jij gedacht dat Hofmann zo'n vriendelijke medewerkster zou hebben?' vroeg grootvader.

'Dat heeft die rotzak niet verdiend.'

Ik trok mijn trui uit en schoot in een wit overhemd en een indigoblauw colbert, dat mij als gegoten zat. In plaats van de streepjesdas koos ik een donkere, maar had geen idee hoe ik dat verfoeide ding moest omknopen. Ook grootvader, die in zijn jeugd wel eens een das had gedragen, kreeg het accessoire niet op zijn plaats.

Irina's hakjes klikten de keldertrap op. Met een 'Kan ik u ergens mee helpen?' had ze mij in een oogwenk de cravate omgebonden.

'Zo, dat ziet er alweer heel anders uit. Kleren maken de man,' grapte ze. 'Mag ik vragen waar u vandaan komt?'

'Uit Baia Luna.'

'Hoe is het mogelijk! Dan kent u de chef toch zeker wel? Hij heeft jarenlang met zijn gezin in de bergen gewoond. Het moet daar erg goed toeven zijn, vooral in de zomer. Maar, dat zeg ik er eerlijk bij, mijnheer Hofmann is geen mens voor het dorpsleven. Ik vraag me af hoe hij daar terecht is gekomen. Daar huilen 's nachts de wolven, is het niet?'

'Overdag nog meer.'

Mijn spot ontging Irina. 'Moet je nagaan. Nee, dat zou niets voor mij zijn. Jammer, u hebt hem net gemist.'

'Nou en of. Ontzettend jammer.' Ik stelde vast dat Hofmanns assistente geen enkel gevoel voor ironie bezat. Ze was een en al goedgelovigheid. Met zachte dwang zette Irina mij op de kruk. Borst vooruit, kin licht naar voren. Zo ja. Ze stelde de camera in en nam de draadontspanner ter hand.

Toen de flitsers plopten, had ik vreselijk met Irina te doen. Want ik besefte op dat moment dat ik een loopje met haar moest nemen. Ik had een gewaagd plan, waardoor mijn reis naar Kronauburg een heel andere dimensie kreeg dan alleen maar met suiker en olie terug naar Baia Luna te hobbelen. De hele winter hadden onmacht en ledigheid mij in een diepe zwaarmoedigheid gehouden. Maar vandaag kon ik in mijn veldtocht tegen de machinaties van Heinrich Hofmann en doctor Stefan Stephanescu een belangrijke stap verder komen. Ik hoefde alleen de nauwgezetheid en de arbeidsvreugde van het onbevangen wezen Irina Lupescu voor mijn doel in te zetten. Ik kleedde me weer om. Grootvader wurmde zich in dezelfde kleren, koos echter voor de streepjesdas, en liet het fotografische gebeuren over zich heen komen.

'Zo'n camera is een heuse toverdoos, hè? Hij klikt en ploft, en hup, je bent vereeuwigd op de gevoelige plaat,' hield ik me van den domme.

Irina glimlachte. 'Nee hoor, zo eenvoudig is het helemaal niet. Eerst moet de film nog ontwikkeld worden, en gefixeerd en gespoeld. Als het negatief droog is, kun je er vervolgens fotografisch papier mee belichten.'

'Een negatief? Wat is dat?'

'Hebt u nog nooit een negatief gezien?'

'Bij ons in Baia Luna hebben wij dat niet. Maar het zou best spannend zijn, ik bedoel, erg spannend, om het proces eens te zien van hoe zo'n pasfoto op het papier komt. Of is dat bedrijfsgeheim?'

'Mijn hemel!' Irina kreeg er schik in. 'Dat leer je toch gewoon op school? Scheikunde en fysische natuurkunde. Gut, eigenlijk was ik van plan jullie pasfoto's pas na sluitingstijd te ontwikkelen, maar er zijn nu toch geen klanten. Als je zin hebt, laat ik je in de doka zien hoe dat in zijn werk gaat. Ik bedoel, als het je interesseert. Je hebt er toch niets op tegen dat ik je tutoyeer?'

'Nee hoor, helemaal niet.' De rol van nieuwsgierige jongen beviel mij uitstekend. 'Zo'n donkere kamer eens in het echt vanbinnen te zien, dat lijkt me geweldig.'

'Kom dan maar mee!'

'Ik heb geen verstand van die technische foefjes,' verklaarde grootvader. 'Ik kijk zo lang wel even in die HO-coöperatiewinkel rond.'

Ilja verliet de fotozaak.

Irina haalde de cassette uit de camera en ik volgde haar de trap af. Beneden in de kelder hield de ordelijkheid op. In scheve kasten waren ontelbare kartonnen dozen met foto's opgestapeld tot aan het plafond. Overal stonden kolven met vloeibare chemicaliën en in een hoek lag een stapel stoffige fotolijsten en in onbruik geraakte optische apparatuur. Irina opende een zware stalen deur en schakelde het rode licht in. Het duurde een tijdje voordat mijn ogen gewend waren aan het halfduister van de donkere kamer, maar toen ontwaarde ik vergrotingsapparaten, bakken met vloeistoffen, maatbekers, tangen en waslijnen waaraan stroken film en papieren afdrukken te drogen hingen. Hoewel ik deze gereedschappen voor het eerst zag, begreep ik meteen waarvoor ze gebruikt werden. Fritz Hofmann had me uitentreuren uitgelegd hoe het fotografische proces in zijn werk ging. Irina pakte een zwarte lap en hing het verduisteringsgordijn voor een kelderraam.

'Als het zó niet donker wordt... Daar komt geen sprankje licht meer doorheen. Negatieffilms kunnen alleen bij volstrekte duisternis ontwikkeld worden, zie je. Eén straaltje licht, en je kunt je gevoelige materiaal weggooien.'

'Waarom metselen jullie het raam niet gewoon dicht, in plaats van er iedere keer een doek voor te hangen?'

'Dat is vanwege de chemicaliën in de baden, die kwalijke dampen verspreiden. Als je de hele tijd die dampen inademt, word je misselijk. Je moet kunnen luchten.'

De laborante pakte de cassette en deed het licht uit. 'Pas op. Nu wordt het donker. Het duurt een paar minuten om de film in de ontwikkelaar te laten ontwikkelen. Als hij uitontwikkeld is, moet hij gefixeerd en gespoeld worden; daarna doe ik het licht weer aan en krijg jij het eerste negatief van je leven te zien.'

Ik hoorde Irina rondstommelen, ze kende blijkbaar de weg in de aardedonkere doka. Na een minuut of vijf deed ze het licht weer aan en ze draaide de waterkraan open. 'Je kunt het evengoed zelf afspoelen,' lachte ze en ze reikte mij de ontwikkelde film-strook aan. 'Maar pas op dat je die alleen bij de rand vasthoudt, anders krijg je straks je eigen vingerafdrukken op je gezicht. Als je de film tegen het licht houdt, zie je waarom een negatief een negatief is. Jouw lichte huid is daarop donker en je oogpupillen zijn kleine, witte vlekjes. Op een negatief is alles omgekeerd. Snap je? Overigens moeten de klanten gewoonlijk drie dagen wachten voordat ze hun pasfoto's af kunnen halen. Voor jullie maak ik een uitzondering. Maar mocht je mijnheer Hofmann tegen het lijf lo-pen, mondje dicht, hè? Hier beneden is het streng verboden voor vreemden. Zelfs mijn collega's mogen hier niet komen. Mijnheer Hofmann is bang dat iemand per ongeluk het licht aandoet als hier gewerkt wordt. Daarom zit de schakelaar ook hier, boven de deurpost. Maar sommige dingen mag alleen mijnheer Hofmann zelf doen. Ik ben de enige aan wie hij het dokawerk toevertrouwt. Alleen het allerbelangrijkste doet hij zelf. Ziezo. Nu zal ik je la-ten zien hoe je van een negatief een positief maakt. Je kunt het beeld op het papier zien ontstaan.'

Onder andere omstandigheden had ik de uitleg van de labora-toriumassistente hoogst interessant gevonden, maar in deze situ-atie kostte het mij moeite mijn aandacht erbij te houden. Mijn hoofd stond naar heel iets anders, maar ik moest geduld hebben en het juiste moment afwachten. In het doffe schijnsel van het ro-de licht trok Irina een vel fotopapier uit een platte, kartonnen verpakking en legde het in een kader onder het vergrotingsapparaat. Daarbovenop legde ze de film, waarop vier negatiefbeelden van pasfotoformaat waren belicht en dekte het geheel met een glasplaat af. 'Wanneer een klant afdrukken in groot formaat wenst, moet ik het negatief achter de lens van de vergroter schuiven, maar pasfoto's worden direct op het papier belicht. Een contactafdruk heet dat. Ik hoop dat je het een beetje kunt volgen. Daar gaan we.'

Irina schakelde de vergroter in, telde 'eenentwintig, tweeëntwintig' en knipte de schakelaar weer uit. Toen pakte ze het fotopapier en deed het in de bak met ontwikkelvloeistof. 'Nu begint de tovenarij,' fluisterde ze, terwijl ze het vel met een tang heen en weer bewoog. Ik zag dat de rand van het papier geleidelijk zwart verkleurde, toen verschenen het colbertjasje en de donkere stropdas, tot de contouren van mijn gezicht ten slotte zichtbaar werden. De assistente wachtte nog een tijdje, nam het papier uit de bak en liet het in het fixeerbad glijden. Ze reikte mij een tang aan en zei: 'Flink bewegen. Tel langzaam tot zestig. Daarna kun je het gewone licht weer aandoen, het papier laten afdruipen en onder de kraan een paar minuten afspoelen. Als dat gelukt is, benoem ik je officieel tot eerste assistent van de assistente. Misschien kun je alvast uitkiezen welke foto je in je paspoort hebben wilt.'

Het moment waarop ik had gewacht was daar. In de verte was duidelijk het gerinkel van de belletjes van de winkeldeur te horen.

'Verdorie. Ik had moeten afsluiten. Ik moet naar boven, maar je weet wat je te doen staat.' Irina duwde de stalen deur open en verdween.

'Achtenvijftig, negenenvijftig, zestig.' Ik had snel, maar niet te snel geteld. Ik legde de afdruk in de spoelbak en draaide de kraan open. Toen rende ik naar het verduisterde venster en trok de zwarte doek opzij. Daarachter bevond zich een lichtkoker, die via een tralierooster op een binnenplaats uitkwam. Het raam was dicht. Ik moest denken aan Kora Konstantin. Bij nader inzicht had dat malle mens ook haar goede kanten. Want zij had mij op het idee gebracht van wat ik nu deed: in het verhaal dat zij uit haar duim zoog, had Barbu zich nachtelijke toegang tot de boekerij verschaft door van tevoren stiekem een raam open te zetten. Ik draaide de klink negentig graden om. Het raam was nu moeiteloos te openen en te sluiten. Ik sloot het, hing de doek er weer voor en ging door met het spoelen van mijn portretjes.

Irina Lupescu kwam terug. 'Dat was je grootvader weer. Hij verveelde zich in de stad en wacht boven op je. En, heb je al een foto voor je paspoort uitgekozen?'

Ik zei van niet. 'Waarom heb je eigenlijk vier foto's gemaakt? Een is toch genoeg?'

Irina trok het fotopapier uit mijn handen en bekeek de portretjes een voor een. 'Kijk, dáárom! Hier, moet je kijken, deze is helemaal scheef. En op de volgende heb je precies op het moment van de flits je ogen dicht. Die andere twee zijn gelukt. Ik zou deze nemen. Daarop kijk je vriendelijk en vastberaden, maar niet al te streng en stijf.'

Ik was het met Irina's keuze eens.

'Ik zal je foto nog even uitsnijden en dan druk ik nog gauw even de pasfoto's van je grootvader af.'

'Wat doe je eigenlijk met de mislukte foto's?'

'Die gaan de prullenbak in. Maar je kunt de jouwe gerust meenemen. Wij kunnen daar toch niets mee.'

'En het negatief?'

'Dat kan ik je helaas niet meegeven. Strenge orders van mijnheer Hofmann. De negatieven zijn het belangrijkste wat een fotograaf heeft; voor mijn baas zijn ze zelfs heilig. Je kunt daarmee te allen tijde zoveel afdrukken bijmaken als je maar wilt, ook al maken de klanten zelden van die mogelijkheid gebruik.'

'En wat doen jullie met al die ongebruikte negatieven?'

'Opslaan en archiveren. Hiernaast is de archiefruimte, die wij hier op de zaak ook wel gekscherend "het tabernakel" noemen, het állerheiligste van mijnheer Hofmann. Daar liggen duizenden negatieven opgeslagen. Allemaal keurig in ordners, netjes ingeplakt en van bijschriften voorzien. Anders vind je ze nooit meer terug.

Het kan toch zijn dat je over twintig jaar zelf kleinkinderen hebt en ze een foto uit je jeugd wilt geven? Opa als nette jongeman, helemaal jasje-dasje.'

Irina moest weer hartelijk lachen. Ik moest mijn best doen haar niet al te aardig te vinden.

'Tjeempie, ik sta je hier van alles te vertellen en ik weet je naam niet eens. Hoe heet je eigenlijk?'

'Pavel. Pavel Botev. Mijn grootvader heet Ilja. Mijn vader is helaas niet meer in leven.'

'Pavel Botev. Mooi zeg. Ik vind het een leuke naam.'

'En jij? Ben je al getrouwd? Heb je al kinderen?'

Irina keek mij aan, een en al ernst. 'Nee, ik ben pas verloofd. Maar ik wil heel graag kinderen. Het is mijn liefste wens. Maar eerst de bruiloft.'

Ik verzamelde al mijn moed en vroeg: 'Mag ik misschien ook weten wie de gelukkige is?'

'Natuurlijk mag je dat. Maar ik wil het nog niet verklappen. Mijn moeder zegt altijd: de bazuinen schallen pas als de klokken luiden, niet als de jurk in de kast hangt. Nog even niet dus. Hij werkt vaak en nauw samen met mijn baas, mijnheer Hofmann.'

Ik beet op mijn tong om het niet uit te schreeuwen. Het liefst had ik haar aan mijn borst gedrukt en tegen haar gezegd: Doe het niet! Draai het terug! Ga terug naar de hoofdstad. Vergeet die man. Vergeet hem voor de rest van je leven. Maar in plaats daarvan flapte ik zijn naam er uit.

'Het is doctor Stephanescu, nietwaar?'

Irina staarde mij hoofdschuddend aan. Toen barstte ze in een smalend gelach uit dat mij mateloos irriteerde.

'Haha! Ben je wel helemaal lekker? Hoe kom je nou op onze Partijchef? Die is veel te oud voor mij, hij kon mijn vader zijn. Maar mijn verloofde kent mijnheer Stephanescu goed, heel goed zelfs. Ze gaan vaak samen eten, bij De Gouden Ster. Meestal is mijn baas er ook bij. Als je belooft het niet verder te vertellen...'

'Beloofd. Op mijn erewoord.'

'Hij heet Lupu. Lupu Raducanu.'

Toen we weer boven kwamen, was grootvader op de lederen bank ingedut. Ik schudde hem wakker. 'Opa, we zijn klaar. Je moet nog betalen.'

'Laat maar zitten dat geld,' zei Irina. 'Ik heb het leuk gehad met jullie tweeën. Trouwens, mijnheer Hofmann verdient toch al haast niets aan pasfoto's. Ik weet er alles van. We kunnen deze dienst alleen aanbieden omdat er door opdrachten van de Partij genoeg geld in kas komt. Maar dat heb ik even niet gezegd, oké?'

'Maar we willen gewoon betalen, net als iedereen!' Omdat ik vreselijk spijt had van wat ik gezegd had, probeerde ik de communicatie met Irina weer in het zakelijke te trekken.

'Zeg, wil je mij beledigen? Nee hoor, alleen even mondje dicht als je mijnheer Hofmann toevallig tegen het lijf loopt.'

Toen we weer op het marktplein liepen, voelde ik me vies. De goedgelovigheid van Irina Lupescu drukte op mijn geweten. Ik had koelbloedig misbruik van de situatie gemaakt. Maar wat had ik anders moeten verzinnen? Stephanescu zou niet van zijn troon vallen, zoals Angela Barbulescu voorspeld had. Hij moest van de troon gestoten worden. En als er iets was wat deze man ten val kon brengen, dan bevond het zich wel in de archiefkelder van vakfotograaf Hofmann.

Omdat wij pas de volgende morgen nieuwe paspoorten konden krijgen om ons contract met de staatshandelsorganisatie te kunnen ondertekenen, moesten we de nacht doorbrengen in de districtshoofdstad. Wij gingen terug naar het terrein van de coöperatie HO Kronauburg, maar kwamen voor een met een kettingslot afgesloten poort te staan. Twee agressieve herdershonden sprongen tegen het traliehek op.

'De broertjes Hossu hielden hier nog geen kennel en ze waren op dit tijdstip gewoon open,' zei grootvader argwanend. Wij liepen verder naar de Pofta buna en gaven de waard een paar kleine bankbiljetten om de komende nacht een oogje op onze wagen en het bruine trekpaard te houden.

'Ik heb nog nooit in een hotel geslapen. Jij wel?' zei ik.

Grootvader deed alsof hij er lang over moest nadenken. 'Ik kan het me even niet herinneren. Maar heb je enig idee hoe duur zo'n hotel is? Dat is niks voor mensen als wij.'

'Op de markt heb ik De Gouden Ster gezien, dat zag er goed uit. Waarom gaan we daar niet gewoon vragen wat een overnachting kost? Dat is toch geheel vrijblijvend. Bovendien kunnen we daar eten: er is een heus restaurant. Mijn maag begint al te knorren. En we hebben toch geld uitgespaard? Die foto's hebben we niet hoeven betalen, en als straks de postbode met het eerste geld van de HO komt, zitten we er warmpjes bij!'

Opa dacht na. Natuurlijk zou de familie van zijn overleden vrouw, mijn grootmoeder Agneta, ons ook wel onderdak bieden, zoals altijd wanneer wij in Kronauburg moesten overnachten. Maar grootvader had rust nodig en zat niet te wachten op verplichte gesprekken met de familieleden. Bovendien had ook hij trek gekregen. 'Goed, we gaan terug naar de stad. Vragen staat vrij.'

De prijzen bij De Gouden Ster, waar in de royalistische tijd koning Carol nog overnacht had, waren pittig, maar stukken minder hoog dan wat grootvader gevreesd had. Na het overgaan van het bedrijf in staatshanden zag men er weliswaar niet van af reclame te maken met de koninklijke klandizie van weleer, maar men had de tarieven voor een kamer in de standaardklasse drastisch omlaag gebracht. Bij de receptie, waar zijn paspoort probleemloos werd geaccepteerd, betaalde grootvader voor een tweepersoonskamer.

De kamer, met een druk bloemetjesbehang, was klein en op het ongezellige af proper. Het beddengoed was frisgewassen en verspreidde een mij onbekende geur. 'Lavendel,' zei Ilja ten teken van herkenning en hij wees op de hoofdkussens, waarop twee piepkleine stukjes chocolade lagen. De badkamer was uitgerust met een wit geëmailleerde badkuip met twee kranen, die opa meteen uitprobeerde. Warm en koud. En ze deden het nog ook. Aan een smetteloze metalen stang hingen twee badlakens en op een plank lagen keurig gevouwen handdoeken op een stapeltje.

'Moet je dit nou eens zien.' Grootvader straalde als een kind. Hij hield twee stukken zeep in goudfolie in zijn handen. 'Onvervalste Luxor! We gebruiken er een, de andere nemen we mee naar huis. Die tang van een Raducanu zal vreemd opkijken als ze weer eens om haar luxezeep vraagt.'

Wij fristen ons op en namen, daar wij ons in de lift niet op ons gemak voelden, de trap naar de eerste verdieping. Wij duwden de klapdeuren met het opschrift RESTAURANTUL open, onwetend van de verrassingsaanval op de zintuigen die ons erachter wachtte. De wanden waren feloranje geschilderd en streden in een schril contrast met het blauwe vloertapijt om de aandacht.

'Wensen de heren een plaats aan het venster?' Uit het niets was er een ober opgedoken. Hij droeg een zwarte frak en over zijn linkerarm losjes een wit servet. Ik moest meteen denken aan wat de lerares ons over het Parijs van het oosten verteld had. Wat de verworvenheden der beschaafde cultuur betrof, kon Kronauburg zich weliswaar in de verste verte niet meten met de hoofdstad, maar voor een voorproefje was het meer dan voldoende.

'Venster is in orde,' antwoordde ik en ik merkte tot mijn verbazing dat mijn schouders een beetje naar achteren gingen en mijn kin wat meer naar voren. Net als op mijn nieuwe pasfoto.

'Volgt u mij, heren.'

Grootvader was al neergeploft toen ik de kelner mijn stoel liet aanschuiven. Terwijl wij de tafel met het witte, gesteven kleed, waarop meerdere borden, glazen en schaaltjes smaakvol klaarstonden, in ons opnamen, probeerde ik niet te laten merken hoezeer ik onder de indruk was. Als jongste bediende in het dranklokaal was ik natuurlijk in grote lijnen bekend met het gastronomische metier, maar zoals hier de messen en vorken, grote en kleine lepels op de millimeter nauwkeurig aan weerszijden van het in een piramidevorm gevouwen damasten servet gerangschikt waren... pico bello. Er stond zelfs een vaas met rode rozen in het midden van de tafel.

Ilja maakte geen bezwaar toen ik een pakje sigaretten tevoorschijn haalde. In een oogwenk was de kelner er weer om mij een vuurtje te geven.

'Wat hebben jullie te eten?' vroeg grootvader.

'De heren wensen de menukaart. Komt eraan!'

'Ja, graag,' zei ik vlug, voordat opa iets kon sputteren wat onze herkomst verried. Wij hadden nog niet met onze ogen geknipperd of daar stond de ober weer en reikte ons de opengeklapte spijskaart aan. Hij wachtte op de bestelling. Ik werd zenuwachtig van die vent.

'Wij zijn er nog niet uit.' Ik nam weer de krachtige houding met de naar voren gestoken kin aan, die ik van Irina geleerd had. Het werkte. Geruisloos zweefde de kelner over de blauwe vloerbedekking weg. De kaart vermeldde in krullerige letters gerechten van meerdere gangen die ons zeer dubieus voorkwamen. Blijkbaar bereidde men in dit etablissement culinaire curiosa die niet mét elkaar, maar ín elkaar werden geserveerd, zoals artisjok ín vinaigrette, waarbij grootvader zich niets concreets kon voorstellen. Daarbij waren de prijzen astronomisch. Op de laatste pagina ontdekten wij echter onder het kopje 'Schatten uit de overvloed der volkskeuken' iets wat onze smaakpapillen wel aankonden. De prijs was nog altijd vorstelijk, maar bleef deze keer binnen de dampkring. Wij wenkten de bediening en opa bestelde gevulde koolbladeren, varkenskarbonade en gekookte aardappels, met een zure penssoep vooraf. 'Doet u voor mij hetzelfde. En niet te krap bemeten, graag.' De ober beval er een tapbier bij aan, waar grootvader enthousiast op inging, want bij ons thuis in de schenkerij was er vrijwel nooit blond, schuimend gerstenat. Ik bestelde spuitwater. Van alcohol, zo vreesde ik, zou ik te slaperig worden; ik moest de komende nacht mijn verstand erbij houden.

Hoewel Ilja na het eten zijn lippen aflikte en nog een bier bestelde, kon hij niet nalaten te mopperen dat Kathalina beter kookte, maar dat de maaltijd naar stadse maatstaven acceptabel was. Alleen om hem tegen te spreken hield ik vol dat ik nog nooit zo

voortreffelijk gedineerd had. Toen de ober de lege borden afruim-
de en vroeg of de heren misschien nog een digestief of een kopje
mokka wensten, kon ik me er definitief een voorstelling van maken hoe moeilijk een geboren stadsmens zou kunnen wennen aan
de grove gebruiken en het ruwe leven in Baia Luna, waar voor alle dranken maar één soort glazen voorhanden was. Grootvader
was helemaal op dreef geraakt en bestelde nog een pilsener. Na
een uitnodigend 'Zoals hier word je niet iedere dag bediend, opa.
Neem het er eens van!' bestelde ik voor hem nog een dubbele Napoleon-konjaki, zonder dat hij in de gaten kreeg waar ik opuit
was. Ik kon een stevige roes en navenant diepe slaap van grootvader goed gebruiken om 's nachts ongemerkt de hotelkamer uit
te sluipen.

De konjaki werd in een groot ballonglas gebracht. Ik kende dit
type glazen. Stefan Stephanescu had er op de verjaardag van de
jonge arts Florin Pauker zo een in zijn hand gehouden, midden
in zijn flirt met de hopeloos verliefde Angela Barbulescu. Op dat
moment had Heinrich Hofmann op de ontspanner gedrukt. Maar
het bewijs welke man de vrouw met de zonnebloemenjurk wilde
kussen, was boven de salontafel in de woonkamer van de lerares
door de kaarsvlam verteerd. Daarmee was de mogelijkheid van een
bewijs nog niet uit de wereld. Via Irina was ik weer een klein beetje meer over Heinrich Hofmann te weten gekomen. Als er überhaupt voor de vakfotograaf nog iets heilig was, dan waren het de
negatieven in zijn archief.

Grootvader gaapte als een hooischuur: de konjaki miste zijn uitwerking niet. Toen de kelner even voor negenen voor de laatste
bestelling kwam, reikte grootvader mij de envelop en verzocht mij
met dubbele tong de rekening te voldoen. Omdat ik nog nooit
van een fooi gehoord had, hield de ober het bij een kortaf 'Goedenacht' en zag ervan af ons naar de uitgang te begeleiden.

Wij beklommen de trappen naar onze kamer op de vijfde verdieping. Om de uitzonderlijke gelegenheid te baat te nemen stelde grootvader zijn nachtrust nog even uit voor een warm bad. Ik

ging in mijn bed liggen. Ik had nog een hele tijd te wachten.

Toen de klok van de Pauluskathedraal twaalfmaal sloeg, strikte ik mijn veters. Grootvader ademde regelmatig en diep en was vast in slaap. Ik stak de kamersleutel in mijn broekzak en trok de deur achter me dicht. Op de hotelgang brandde een nachtlamp, op de trap waren mijn stappen onhoorbaar door de dikke loper. Naast de entree hing de nachtportier op een stoel. Hij sliep, met zijn kin op zijn borst. Ik duwde tegen de toegangsdeur. Die zat op slot. Ik stootte de portier aan.

'Wat is er?' De man stond vliegensvlug op. 'Daarbuiten is niets te doen. Alles dicht.'

'Ik kan de slaap niet vatten,' zei ik en ik hoestte. 'Die verdomde astma ook. Als je uit de bergen komt, stik je zowat in de stad. Ik loop even een blokje om, dan word ik vanzelf wel moe.'

'Zeg dat wel,' antwoordde de nachtportier slaperig. 'Kom uit Schweischdal. Lucht beter daar.' Hij deed de deur van het slot. 'Ik laat de deur los en de sleutel in het slot. Als je terugkomt, draai hem dan twee keer om. Maar stil een beetje, laat mij gewoon slapen.'

De lantaarnpalen op het marktplein waren gedoofd, maar het maanlicht aan de wolkeloze hemel was genoeg om me te kunnen oriënteren. Ik keek om me heen. In geen van de woonhuizen brandde nog licht. Zelfs daar waar ik het politiebureau vermoedde, was alles donker. Langzaam sloop ik langs de fotozaak van Hofmann. Ik begon te vrezen dat de lichtkoker op de binnenplaats alleen via een straat achter de markt bereikbaar was. Tot mijn opluchting ontdekte ik een paar meter naast de winkelpui een smalle steeg. Ik streek een paar lucifers af en stond voor een huisdeur met wel tien naambordjes en belknoppen. De deur stond op een kier en ik drong door in een hal, waarvandaan een gang naar de donkere binnenplaats leidde. Ik hield een moment mijn adem in om te luisteren, maar alles bleef rustig. Toen ging ik op de tast langs de linker huismuur, waar ik de vertrekken van Hofmanns fotohandel vermoedde. Ik stapte op een metalen rooster, waaronder zich een lichtkoker naar de kelder bevond. Ik bukte om het rooster op te tillen, maar het gaf slechts een klein beetje mee. Een korte inspectie met een lucifer maakte mij duidelijk dat ik hier nooit binnen zou kunnen komen: het tralierooster was met een kettingslot vastgezet. Ik drukte me tegen de muur en schoof nog twee, drie meter verder totdat ik ineendook omdat mijn rechtervoet in het niets zakte. Ik ging op de grond liggen, reikte met een arm diep in de schacht en duwde met mijn hand tegen een raam. Het ging naar binnen toe open. Ik schatte de diepte van het gat op hooguit een meter. Voorzichtig liet ik me naar binnen zakken en klom onder de zwarte doek door de donkere kamer van Hofmann in. Op mijn tenen sloop ik naar de deur en tastte naar de lichtschakelaar boven de deurpost. Het licht floepte aan. Op de snijtafel lagen een schaar en de resten fotopapier waarop Irina mijn en grootvaders pasfoto's had afgedrukt. Ik opende de deur van de donkere kamer, stond in de gang van de kelder en knipte de plafondlamp aan. Heinrich Hofmanns allerheiligste, het archief met de negatieven, bevond zich hiernaast, had Irina Lupescu verklapt. Ik ontdekte de stalen deur meteen, drukte de klink omlaag en trok. Niets. Ik wierp mij met alle kracht die ik in me had tegen de deur, rukte en trok aan de zware klink, tot iedere twijfel moest wijken voor de waarheid: hier kwam zonder de juiste sleutel geen mens naar binnen. Ik ergerde me mateloos. Dat had ik wel eerder kunnen bedenken! Als de negatieven en foto's die ik hoopte te vinden echt achter deze deur lagen, had alleen Heinrich Hofmann er toegang toe. Dat de sleutel ergens in het zicht aan een haak zou hangen leek mij uitgesloten.

Ik had mijn kruistocht niet goed overdacht. Hoe had ik nou kunnen denken dat mijn tegenstanders zich niet zouden houden aan de basisregels van hun euvele spel: geheimhouding en voorzichtigheid? Waar ik wel een blik in kon werpen, waren de ontelbare kartonnen dozen waar de scheve kasten van de gang tot aan het plafond mee gevuld waren. Ik trok er op goed geluk een tevoorschijn. 'HW Codarcea, Kronauburg 17/5/1956' was in vette, zwarte viltstiftletters op de deksel geschreven. Ik opende de doos. Hij zat vol met trouwfoto's. Ook uit 'HW Gherghel, Kronauburg 19/5/1956' kwam een bruidspaar tevoorschijn, een puisterige bruidegom met een bruid die je zo voor zijn moeder kon verslijten. In de doos 'HW Iliescu, Kronauburg 4/10/1955' keek een ouder echtpaar, zo te zien vanwege hun gouden bruiloft, in de camera. Onder 'HW Schweischdal, Georgescu-Buzau, 28/4/1957' kon het de toeschouwer niet ontgaan hoe een piepjonge echtgenoot lachte als een boer met kiespijn, terwijl zijn kersverse eega de jurk om de buik spande.

Ik zette een hele stapel dozen opzij om tenminste een paar steekproeven in de dozen eronder te kunnen nemen, waarin waarschijnlijk sinds de jaren veertig niemand meer een blik had geworpen. Maar niets. Ik stuitte alleen op echtgenoten die frontaal in de lens keken, terwijl hun bruiden steevast en profil naar hen opblikten. Verder ouders en schoonouders, bruidsmeisjes met boeketjes in hun handen, kinderen met bloemenmanden, grote en kleine huwelijksgezelschappen en soms feestbanketten en momenten tijdens de bruiloftsdans. Daartussendoor steeds weer onderscheidingen en uitreikingen van oorkonden aan verdienstelijke kameraden en helden van de arbeid.

Na twee uur was ik niet verder gekomen dan de constatering dat Heinrich Hofmann zijn assistentes een ijzeren discipline bijbracht om de dozen netjes van naam, plaats en datum te voorzien. Zelfs als ik tot de volgende avond zou doorzoeken zou ik hier geen aanwijzingen vinden dat hij met zijn kompaan Stephanescu door middel van hoogst pikante foto's mensen tot zwijgen bracht. Of tot praten. Of tot wat dan ook.

'Ik laat me tegen betaling fotograferen,' stond er in Angela Barbulescu's dagboek. Haar vroegere vriendin Alexa had laten doorschemeren dat er in de hoofdstad mannen genoeg waren die er veel geld voor overhadden om dat soort beelden te zien. En ook die er misschien nog wel meer voor overhadden om ervoor te zorgen dat niemand ze te zien kreeg. Alexa liet zich, zoals Stephanescu dat noemde, 'tussen de benen flitsen'. Er moesten ook foto's van deze aard bestaan van Angela. Al die jaren in Baia Luna was zij bang geweest dat ze op de een of andere manier in de handen van pastoor Johannes Baptiste terecht zouden komen. Al die jaren had ze vanwege die angst haar mond gehouden. Heinrich Hofmann had de opnamen gemaakt, in de praktijk van een arts die haar kind op brute wijze uit haar buik gehaald had. Wat het ook voor foto's zijn mochten, Barbulescu's optreden voor het oog van de camera was niet vrijwillig geweest. Men had iets met haar gedaan wat zij helemaal niet wilde.

Ik hurkte neer op een krat met lege flacons van fotochemicaliën. Ik had sporen achtergelaten hier op de gang. Te veel sporen. Op zijn laatst morgenvroeg zou Irina Lupescu constateren dat er ingebroken was. Ontmoedigd stak ik een Carpati op. Ik stelde me voor dat op dit moment de belletjes van de deur zouden rinkelen en Irina met haar hakjes de trap af zou klikken. Hé, Pavel, beste vriend, zou ze zeggen, hier heb je de sleutel van het archief. Geef die Hofmann maar mooi een koekje van eigen deeg. En die rotzak van een Stephanescu ook. Mijn verloving heb ik trouwens verbroken, die Lupu kan me gestolen worden. Wij gaan samen die misdadigers een poepie laten ruiken!

Ik dacht aan Buba, wat zij nu zou zeggen, wat haar derde oog nu zou zien, en stelde vast dat zij mijlenver van mij af stond. Ik sloot mijn ogen. Ik zag Fritz Hofmann, maar niet in Duitsland. Ergens op de wereld zag ik hem. Op weg, rusteloos en radeloos, immer op zoek. En altijd keek hij door de zoeker van een camera, net als zijn vader. Toen ik mijn ogen weer opendeed, zag ik de verhuisdoos.

Tussen de gebroken passe-partouts die achteloos in een hoek waren gegooid, schemerde een stuk bruin karton. Ik maakte mijn sigaret uit en schoof de lijsten opzij. Ja, het kon niet anders: het was een van de twee dozen die Heinrich Hofmann bij zijn verhuizing van Baia Luna naar Kronauburg achter op zijn motorfiets vervoerd had. Ik trok de zware doos tevoorschijn.

Goed verstopt tussen oude trouwfoto's had Fritz Hofmann daarin de foto van Kerstmis 1948 ontdekt waarop Alexa in het zonnebloemenjurkje van haar vriendin Angela met haar benen wijd de sekt opving die Stephanescu uit de fles over haar heen spoot. Ik kieperde de inhoud van de doos op de vloer en hurkte voor een berg zwart-witfoto's waar geen enkele ordening in zat. Ertussen lagen een stuk of tien vergeelde enveloppen. Ik groef me een weg door bruiloften, bruiloften en nog eens bruiloften, waarschijnlijk stuk voor stuk uit de vroege naoorlogse jaren. Ik keek eens wat beter naar de opschriften op de enveloppen. Op de meeste ervan stond 1946 of 1947. De opnamen waren waarschijnlijk allemaal gemaakt in de hoofdstad. Onvervangbare foto's, in de zomer geschoten, van jonge mensen. Ik nam aan dat het studenten waren. Ze gingen met hun vriendin uit in de stad, zaten hand in hand op bankjes in een park of in buurtcafeetjes, flaneerden voor het standbeeld van de dichter Mihail Eminescu en trokken rare grimassen. In sommige van de enveloppen zaten foto's die Heinrich Hofmann tijdens nachtelijke fuiven gemaakt had. Er werd veel op gelachen en nog meer gedronken. Op bijna alle foto's hadden de mannen hun haar gepommadeerd achterovergekamd, hielden een meisje aan hun arm en grijnsden in de lens. Angela Barbulescu was nog op geen van de taferelen te zien, wat mij niet meer dan logisch leek, aangezien ze Stephanescu pas later had leren kennen. Ik herkende hem op veel foto's onmiddellijk. Hij stond altijd in het middelpunt, had altijd een sigaret in zijn mondhoek en verkeerde strijk-en-zet in de nabijheid van twee of drie aantrekkelijke vrouwen. Onmiskenbaar was ook toen al zijn voorliefde voor blond. Veel aanstootgevends viel er overigens op de kiekjes niet te bespeuren. Maar bij één foto viel mijn mond open. Stephanescu lag ontspannen op een bank neergeploft, met zijn arm om een lachende jonge vrouw. Niet dat hij zijn hand te diep in haar decolleté had viel me op, maar de jurk van de vrouw. Die had een streepjesmotief. Angela Barbulescu had voor Kerstmis 1948 haar zonnebloemenjurk met haar vriendin geruild voor haar gestreepte. Maar deze foto zat in een envelop van het jaar 1947. De knappe brunette aan Stephanescu's zijde kon alleen maar Alexa zijn. Dat was ook af te leiden uit het kleine glas in haar hand: Alexa dronk, volgens Angela's dagboek, het liefst likeurtjes. In mijn fantasie had ik van Alexa steeds een grove, laag-bij-de-grondse meid gemaakt. Dat beeld was voor mij maar moeilijk bij te stellen. De vrouw die door Stephanescu onbekommerd haar borsten liet betasten, zag er eerder uit als een mooi, misschien iet-wat prettig gestoord meisje dat over alle mogelijke vrouwelijke charmes beschikte.

Toen ik een envelop met de datum 24/12/1948 in mijn vingers kreeg, begonnen mijn handen te beven. Dat was de dag van de 'schijnheilige nacht' bij ene Koka, de nacht die voor Angela zo el-lendig zou eindigen. Vlug maakte ik de envelop open. Op de eer-ste foto gaapte mij een man aan met een sigaret in zijn mond en een opvallende moedervlek op zijn rechterwang. Dat moest Al-bin zijn. De onbekende die Angela op haar laatste dag in Baia Lu-na bezocht had? Salman, de neef van Dimitru, had onderweg een man met een wrat op zijn wang opgepikt toen hij de televisie voor grootvaders verjaardag naar Baia Luna bracht. Op de volgende fo-to was de tafel met het dure buffet te zien. Koka had een enorme gebraden ham opgedist waar gigantische messen en vorken in ge-prikt waren. De onduidelijke voorwerpjes die zich daarnaast op een zilveren schaal tot een piramide verhieven kon ik niet thuis-brengen, maar ik vermoedde dat het de omineuze oesters waren waarover de gastheer later op de avond zijn blaas zou ledigen. De weddenschap! Angela Barbulescu had een krankzinnige wedden-schap vermeld tussen Koka en Albin, waarbij het erom ging wie in een minuut de meeste 'Russenpis' kon zuipen, wat tot een dap-pere strijd tussen de beide opponenten had geleid. Hofmann had met de camera vastgelegd hoe ze de wodkafles aan hun lippen hielden. Albin was degene met de moedervlek, de ander moest dus Koka zijn, een functionaris van de Communistische Partij. Hij was de man die Angela Barbulescu nog het diepst beledigd had, omdat zij van mening was dat de wedstrijd onbeslist was geëindigd. Een 'goedkope slet' had hij haar genoemd, en Stefan had pijnlijk demonstratief verzuimd de ellendeling de mond te snoeren. Twee andere foto's lieten Koka al dansende zien. De omstanders klapten in hun handen. Die met de bril zou Florin Pauker kunnen zijn. De lachende Alexa had haar arm door de zijne gestoken, een likeurglaasje in haar andere hand. Ze droeg inderdaad de zonnebloemenjurk van haar vriendin. Angela zelf was op maar één foto van deze avond beland, en dan nog slechts als een onscherpe vlek op de achtergrond.

Fritz Hofmann had deze foto's ooit ontdekt toen hij rondsnuffelde in zijn vaders verhuisdozen. Het was waar wat hij mij op de dag van zijn vertrek uit Baia Luna verteld had. Toen Alexa op de ontruimde buffettafel haar benen spreidde, had Heinrich Hofmann balorig een paar keer op de ontspanner gedrukt: er waren vijf afdrukken van het tafereel. Vier ervan legde ik achter elkaar, waarbij ik geen enkele moeite had om de juiste chronologische volgorde te vinden. De enige foto waarop Stefan Stephanescu herkenbaar was, ontbrak. Die lag namelijk in Baia Luna onder mijn matras. Stephanescu moest zich na de eerste flits, die hem had vastgelegd, uit de explosieve situatie hebben teruggetrokken. Ook Koka was niet te zien. Ik vermoedde dat de arm met de fles die rechts aan de beeldrand te zien was aan de gastheer toebehoorde. Op de andere liet Alexa zich ongegeneerd in haar naaktheid zien op tafel, terwijl Albin, de man met de bril en twee anderen aan hun stijve pik trokken.

Toen ik de foto's van kerstnacht 1948 weer in de envelop stopte, voelde ik dat er in het papier nog een kleiner envelopje geplakt zat. Ik griste het open en balde met een kreet van vreugde mijn vuisten naar het plafond. Heinrich Hofmann had gezondigd tegen de hoofdregel bij duistere praktijken: voorzichtigheid. Hij had zijn allerheiligste niet goed beschermd. Wat ik tegen het licht hield, waren de negatieven. Hoewel daar met het blote oog niet veel op te zien was, kon je er wel degelijk twee zwarte vrouwendijen op iets nog donkerders op onderscheiden. Op een afdruk, zo had ik vandaag geleerd, zou dat een wit tafellaken worden. En de donkere strepen boven Alexa's schaamstreek waren de lichte sporen die schuimwijn veroorzaakt wanneer je de fles krachtig schudt.

'Doe maar met mijn foto's wat jullie willen.'

Dit soort afstotelijke foto's had Heinrich Hofmann ook van Angela Barbulescu gemaakt, dat kon niet anders. Tegen haar zin. Wat er ook op te zien was geweest, ze speelden nu geen rol meer in het spel met dreiging, chantage en moord, dat laaghartige spel naar de regels waarvan ik alleen kon gissen. Het maakte niet meer uit waar dat materiaal nu lag – waarschijnlijk achter de gesloten deur van Hofmanns archief – met de dood van Angela hadden ze al hun macht verloren. Maar dat gold geenszins voor de foto onder mijn matras, waarvan ik nu het negatief onder mijn trui stak.

'Hang ze voor mijn part aan iedere lantaarnpaal.'

Ik moest de lans der bedreiging nu omkeren. Als hij zijn eigen foto op iedere lantaarnpaal zou tegenkomen, zou de schuimwijnspuiter en Kronauburger Partijchef dr. Stefan Stephanescu wel anders piepen.

Dof klonk de klokslag van de Pauluskathedraal door in de kelder. Ik wist niet of ik nu vier of vijf slagen had gehoord. Hoe dan ook, de tijd drong. Vlug smeet ik de berg trouwfoto's terug in de verhuisdoos. Toen ik niets meer dacht te kunnen ontdekken, vond ik toch nog iets. Onopvallend, met een elastiekje samengebonden, lag daar het bundeltje opnamen waarvoor Fritz de kwalificatie 'spijkerhard' had gebruikt. Het waren foto's waarop onverbloemd alles te zien was. Ze moesten van later datum zijn. Ik herkende een van Hofmanns werkneemsters die ik gisteren in de winkel nog met het jonge bruidspaar in de weer had gezien. De weelde van haar blonde haar sprong meteen in het oog. Door een duizeligmakende mengeling van afschuw, fascinatie en grote opwinding raakte ik in totale verwarring. Er waren twee, drie verschillende vrouwen, allemaal van hetzelfde type, die ik nog nooit gezien had. Net zomin als de mannen. Op sommige foto's kroop mijnheer Hofmann met zijn lens bijna in de vrouwen, bij andere composities was een iets grotere afstand gekozen. Zo vlug als ik kon keek ik ze door. Wederom dook de schone met het engelenhaar op. Ze was naakt en boog zich over een oudere heer heen die met zijn gulp open op een bed lag. Daarbij maakte ze gebruik van haar mond. Ik kende die man. Ik wist honderd procent zeker dat ik hem eerder gezien had. Maar waar? Hoe koortsachtiger ik erover nadacht, hoe dieper het beeld zich ergens achter in mijn geheugen nestelde. Wat het heden overigens des te aanweziger maakte. Toen ik de achtergrond van het indiscrete kiekje beter bekeek, zag ik waar het plaatje geschoten moest zijn. Ik herkende het bloemetjesbehang van de kamers van hotel De Gouden Ster.

Nu moest ik echt gaan. Ik propte de verhuisdoos weer achter de oude passe-partouts, ruimde de gang een beetje op en was me er terdege van bewust dat mijn heimelijke bezoek heus niet onopgemerkt zou blijven. Toen ik via de donkere kamer en de lichtschacht weer naar buiten wilde gaan, bemerkte ik dat het knellen van mijn gezwollen geslacht niet minder was geworden. Ik voelde een sterke drang die druk te verlichten.

Ik knoopte mijn broek los en dacht aan Irina Lupescu, die ik tussen alle dames die zich lieten vastleggen op de gevoelige plaat niet had kunnen vinden. Toen besefte ik met een schok dat ik de assistente van Heinrich Hofmann en verloofde van securist Lupu Raducanu in een netelige, zo niet onhoudbare positie had gebracht. Zij droeg de verantwoordelijkheid voor de donkere kamer in de kelder. Ik hield op mezelf te beroeren, knoopte mijn broek weer dicht en kroop naar buiten.

Vijf minuten later opende ik de hoteldeur. De portier was nog vast in slaap. De klok boven de receptie wees kwart over vijf aan. Zonder dat ik iemand zag, kwam ik weer op onze kamer. Grootvader sliep. Ik had zin in een sigaret. Toen ik in mijn broekzak voelde, realiseerde ik me dat ik een blunder gemaakt had. Op de vloer van Hofmanns kelder lagen een doosje lucifers en een pakje Carpati.

Na twee uur lichte slaap werd ik gewekt door Ilja. Hij kreunde iets over hoofdpijn. 'Dat was die Napoleon-konjaki.'

Wij zagen af van een ontbijt en begaven ons om acht uur met onze pasfoto's naar het bevolkingsregister. Dat men de uit de hand gelopen bureaucratie van de Nieuwe Republiek sloom personeel en een bedroevende kennis van zaken toedichtte, werd voor ons deze ochtend op geen enkele manier bevestigd. Al om halfnegen werd mij door een ambtenares mijn eerste paspoort uitgereikt, met een goedbedoelde opmerking over mijn stijve pose op de pasfoto. Meteen daarna kon grootvader zijn nieuwe identiteitsbewijs ondertekenen.

'Ik kan alleen maar lezen. Schrijven kan ik niet,' zei hij. De ambtenares haalde een stempelkussen. 'Dat komt vaker voor dan men denkt. U mag tekenen met uw duim.'

Even later zaten wij op het kantoor van de afdeling collectivisatiezaken in kamer 'HO-concessies A-D' en dronken een kop mokka. Een uur later was grootvader coöperatiecontractant van de Handelsorganisatie Levensmiddelen, afdeling Kronauburg, filiaal Baia Luna. Bovendien was hij geen zelfstandige cafébaas meer, maar in het bezit van een officiële staatslicentie voor spiritualiën met maximaal veertig volumeprocent alcohol. Maar dat alleen op werkdagen tot halfelf en op zondagen tot negen uur 's avonds.

'Hoe is het toch mogelijk dat onze bureaucratie eindelijk de kont eens van haar stoel krijgt?' vroeg grootvader toen wij aanstalten maakten het kantoor te verlaten.

De dame schraapte haar keel. 'U moet het zo zien. De efficiëntie in onze overheden is enorm toegenomen sinds kameraad doctor Stephanescu eerste Partijsecretaris van Kronauburg geworden is. Als u het mij vraagt, is die man een zegen voor ons allemaal.'

Ik vroeg het haar niet. En hoe ver de brave werkneemster ernaast zat, werd meteen duidelijk toen ik met grootvader het centrale magazijn van de handelsorganisatie betrad om eindelijk aan onze voorraad te komen.

'Het zal mij benieuwen hoe het met de nieuwe prijzen zit,' zei Ilja. 'De Hossu's waren in ieder geval altijd schappelijk.'

Hossu! Dat was hem! Een paar keer had ik de gebroeders Hossu vluchtig gezien toen ik met grootvader meeging naar de groothandel. Ik kende hun voornamen niet, maar wel hun gezichten. Een van die gezichten had ik in de afgelopen nacht voorbij zien komen, maar ik had de naam niet kunnen koppelen aan het gezicht. Dat een oudere heer eens een keer met een blonde schoonheid rollebolde op een hotelkamer, alla, dat kon gebeuren. Maar dat hij zich daarbij vrijwillig liet fotograferen?

10

Een filtersigaret, de schok der herkenning en Maria en de zeeën

Toen we tegen de avond met volgeladen paard-en-wagen in Baia Luna de brug over de Tirnava over gingen, verspreidde zich onder de klanten als een lopend vuurtje het gerucht dat er binnenkort niet alleen verse, maar ook exotische waar bij Botev te koop was. Wij hadden de kar nog niet uitgeladen of de vrouwen stonden al in de rij om hun provisiekast weer te vullen met zonnebloemolie, zout, suiker en tarwemeel. Er waren zelfs, voor het eerst en speciaal voor de dames, prees grootvader aan, afwasmiddel met citroengeur, blikjes met witte handcrème tegen kloven en twee flessen parfum van het merk Nachtdromen. Natuurlijk kocht Vera Raducanu er daar meteen een van; de tweede zou nog jarenlang onverkocht in de rekken staan, tot het moment dat de zigeuner Dimitru en ik er een toepassing voor zouden vinden. Het meest felbegeerd waren een paar bitterzoete, buitenlandse vruchten waarvan alleen de oudsten zich konden herinnerden ze in de royalistische tijd wel eens gezien te hebben. Geproefd had niemand ze ooit.

Voor de lage, maar onnodig onpraktische prijzen die per staatsdecreet tot twee cijfers achter de komma waren vastgesteld, verontschuldigde Ilja zich door te vermelden dat hij de nationale subsidiepolitiek nog niet geheel begreep en door te wijzen op zijn nieuwe status als coöperatiecontractant van het staatshandelscollectief, wat Hermann Schuster tot de kwaadaardige opmerking verleidde: 'Aha, doe jij nou ook al zaken met de communisten!'

Erika Schuster nam grootvader tegen haar man in bescherming en stelde voor die akelige politiek er eindelijk eens buiten te laten en het leven te beoordelen op wat er onder de streep overbleef. De vrouwen in het dorp deelden deze zienswijze. Alleen de kinderen keken sip toen grootvader hun te verstaan gaf dat er voortaan alleen nog maar zuurtjes met frambozensmaak zouden zijn, en geen echte kauwgom meer. Omdat hij de bedroefde blik in de kinderogen niet aan kon zien, zoog hij een verhaal uit zijn duim over een vrachtschip uit Amerika dat wegens zwaar weer op de Atlantische Oceaan niet tijdig in de Zwarte-Zeehaven Konstanta had kunnen afmeren, maar dat weldra zeker zou binnenlopen. Dat de directeur van de Handelsorganisatie Kronauburg Amerikaanse kauwgom tot decadente uitwas van het kapitalistische consumentisme had verklaard en het voor eens en voor altijd uit het assortiment had geschrapt, hield hij voor zich. Van nu af aan zouden de kinderen, als ze hun handje in Ilja's snoeppot staken, uit alle macht moeten pulken en peuteren aan een ongenaakbare suikerklont van aan elkaar gekleefde frambozenballen.

Al met al vatte in Baia Luna het bewustzijn post dat de tijden dan niet rooskleurig mochten zijn, maar dat het dorpsleven, ook zonder priester, zonder de Madonna en zonder het Eeuwige Licht, weliswaar nooit meer zoals vroeger zou worden, maar op den duur weer een acceptabele regelmaat zou krijgen, zolang de regering in de hoofdstad tenminste de prijzen binnen de perken hield en de Kronauburger collectivisten zich niet in het dorp lieten zien. Wie kinderen had, was er allerminst over te spreken dat er nog geen nieuwe leerkracht op school was aangesteld, maar daar zou dan vast en zeker komend schooljaar of het jaar daarop verandering in komen.

Voor onze zaak leek het nieuwe coöperatiemodel lucratief te zijn. Bij de eerste inkoop had grootvader de helft van de voorraad contant betaald van het familiespaargeld, de andere helft was hem op commissiebasis verstrekt, zodat de waren pas na verkoop hoefden te worden afgerekend. Als wij de kosten voor de overnachting in De Gouden Ster en het eten in het restaurant ervan aftrokken, bleef er zelfs nog wat geld over. Daarvan had grootvader, op mijn aandringen, voor onze terugkeer uit Kronauburg naar Baia Luna een apparaat aanbetaald om het 'culturele niveau' van het dorpsleven wat mee te kunnen opkrikken: een antenne voor de televisie. Met de antenne kreeg Ilja een werkend televisietoestel, en zijn veronderstelling dat een werkende televisie de kwakkelende populariteit van ons dranklokaal weer kon opvijzelen was zonder meer juist. Zodra de bode het eerste maandsalaris had gebracht en wij weer naar Kronauburg zouden gaan voor de inkoop, zou hij de antenne afbetalen. Toen grootvader de mannen dan ook weer verse silvaner en zelfs een krat Kronenbräu voorzette, gaven zelfs de meest fervente tegenstanders van het bolsjewiekendom toe dat het socialisme, hoewel het een duivelse uitvinding bleef, toch ook zijn goede kanten had. In plaats van in onze kroeg te kaarten of een potje te dobbelen, zouden alle ogen voortaan op de beeldbuis gericht zijn.

Terwijl het aanzien van grootvader door het televisietoestel een merkwaardig hoge vlucht nam, kreeg ik het na mijn terugkeer uit Kronauburg flink voor mijn kiezen. Ik meed de nabijheid van mijn moeder en waagde het nauwelijks haar in de ogen te kijken. Kathalina had mij op een verloren uurtje even apart genomen en mij met een toornige blik in haar ogen duidelijk gemaakt dat ze dit soort ongein onder haar dak niet duldde. Bij het keren van de matrassen was ze in mijn kamer op een foto gestuit waarvan ze niet eens wilde weten waar hij vandaan kwam. Ik werd zo rood als een kalkoense haan en wilde in de grond zakken van schaamte. Moeder zei dat ze het gore maaksel natuurlijk ter plekke aan snippers gescheurd en in de kachel gegooid had. Daarmee was voor Kathalina de kous af. Blijkbaar had ze noch de schuimwijnspuiter doctor Stephanescu, noch een van de andere mannen op het aanstootgevende plaatje herkend.

Na een afkoelingsperiode van een paar dagen normaliseerde de verhouding tussen mij en mijn moeder weer. Dat de foto nu vernietigd was, was niet het probleem. Tenslotte had ik het negatief in mijn bezit. Maar aan de filmstrook alleen had ik niets. Het ontbrak mij aan de technische mogelijkheden om van het negatief een afdruk te maken. Postergrote afdrukken zweefden mij voor de geest, van afmetingen zoals die in de etalage van Hofmanns fotostudio. Een plan voor hoe ik aan de benodigde materialen moest zien te komen had ik niet. Maar het doek zou weldra vallen voor doctor Stephanescu. Ik moest nog even geduld oefenen. Het was een kwestie van afwachten.

Allereerst moest ik deze keer een veiliger plaats zoeken voor het negatief, voor Angela's dagboek, dat ik tussen de leerboeken in mijn nutteloos geworden schooltas verstopt had, en voor de half verbrande kusfoto, die nog altijd tussen de pagina's van Marx' *Het kapitaal* zat. Ik nam de foto eruit en keek naar Angela met haar paardenstaart. De gelijkenis met Irina Lupescu, de assistente van Heinrich Hofmann, was onvermijdelijk, maar Irina, zag ik nu, was naar de bestaande maatstaven beslist de mooiste van de twee. Als je beter keek, was er iets in de schoonheid van de jonge Angela Maria Barbulescu wat pas tot zijn volle recht kwam als je haar kende. Boven alle begeerte verheven. Toen ik ontdekte hoe dierbaar het beeld van de lerares voor mij was, wist ik ook meteen waar ik het veilig kon opbergen. Als het zilveren sleuteltje van pater Johannes, dat ik in de pastorie van het bord naast de garderobe ontvreemd had, paste op het slot waarop ik dacht dat het moest passen, was die plaats de beste en veiligste kluis voor de foto en het negatief dat alles aan het licht zou brengen.

Toen Baia Luna sliep, sloop ik naar de kerk. Op de tast ging ik naar het altaar en de muur onder het gedoofde Eeuwige Licht. In het schijnsel van mijn afgestreken lucifers zag ik de zilveren metalen plaat met de symbolen van brood en wijn. Het was de deur naar het ingemetselde tabernakel. Hier bewaarde Johannes Baptiste vroeger de hosties. De sleutel paste. In de kast stond een lege misbeker, afgedekt met een witte doek. Ik legde het negatief en de foto's van Angela Barbulescu in de kelk, legde het groene dagboek erbovenop en deed het deurtje op slot.

De terreinwagen dook in Baia Luna op toen, behalve ik en Karl Koch, geen mens meer aan Lupu Raducanu dacht. De verloofde van Irina Lupescu verscheen met de volkspolitieagent Cartarescu en drie zwaarbewapende leden van de volksmilitie. Cartarescu droeg een nieuw uniform met strepen en gouden sterren op de epauletten. Op het dorpsplein stapten ze uit en zetten linea recta koers naar ons HO-filiaal. Door de vensterruit zag ik dat Cartarescu de mannen met de kalasjnikovs gebaarde om op het trapje te wachten.

Grootvader had de vraag 'Wat doen die hier?' nog niet gesteld of ik kreeg al antwoord. De mannen kwamen voor mij. Op het moment dat Lupu Raducanu buiten zijn sigaret uittrapte was het mij duidelijk dat de majoor van de Securitate de sporen had gevolgd die ik op de bewuste nacht in Heinrich Hofmanns atelier had achtergelaten. Ik had die sigaretten niet in de kelder mogen laten liggen.

Raducanu en Cartarescu stapten binnen en groetten.

'In de zomer is men blij als men af en toe de stad eens uit moet,' zei de securist. 'Het is heerlijk toeven hier bij jullie boven. Frisse lucht is heel belangrijk,' hij keek mij aan, 'vooral als je 's nachts rondspookt in je hotel omdat je last hebt van astma.'

'Wat komen jullie doen?' vroeg grootvader terwijl Kathalina de keuken in vluchtte.

'Een routinezaak,' zei de tot kapitein bevorderde Cartarescu. 'Algemene identiteitscontrole. Uw paspoort graag.'

Grootvader trok zijn nieuwe paspoort uit zijn portefeuille.

'Jij ook!' blafte Cartarescu tegen mij.

'Het ligt op mijn kamer.'

'Hup, naar boven dan.'

Ik rende naar mijn kamer, ging op mijn bed zitten en haalde

een paar keer diep adem. 'Alles komt goed. Alles komt goed,' mompelde ik, terwijl ik, zoals al eens eerder was gebeurd, de stem van Buba's oom Dimitru hoorde: 'Je moet de wereld op zijn kop zetten.'

Ik legde mijn paspoort naast dat van grootvader op de toonbank. Raducanu greep eerst Ilja's pas, bekeek hem met uitgestreken gelaat en zei alleen: 'Zo, zo. De goeie ouwe streepjesdas. Die raakt nooit uit de mode.'

Hij bestudeerde mijn pasfoto. Hij keek een paar maal beurtelings van het identiteitsbewijs naar mijn gezicht. Ik bleef kalm.

'Is er iets niet in orde?'

'Alles is in orde,' antwoordde Raducanu. 'Nieuwe foto zeker? Waarom kijk jij zo ernstig? Hij komt van foto Hofmann, nietwaar?'

Ik keek Raducanu recht in zijn ogen.

'Precies. Jullie zijn ook goed geïnformeerd. Petje af. We hebben de foto's daar onlangs nog laten maken. Mijn eerste echte paspoort. En de eerste keer dat ik op de foto sta. Foto Hofmann, een prima zaak, kan ik jullie vertellen. Die weten wat fotograferen is, dat ziet een blinde nog.'

Ik zag dat Raducanu's ogen heen en weer schoten in hun kassen en dat zijn hersenen op volle toeren werkten.

'Hebben jullie een asbak?' vroeg hij opeens, hoewel er links van hem een op de toonbank stond. Grootvader schoof het glazen ding in zijn richting. Raducanu pulkte een witte Kent uit zijn pakje. 'Wil je eens een echte proberen? Met filter. Uit Amerika.'

Ik stak mijn kin naar voren. 'Nee, dank u. Ik rook niet.'

'Je moet ze echt eens proberen. Deze zijn puik. Je krijgt er niet zo'n schorre stem van als van die Carpati's.'

'Nee, het spijt me, maar ik rook echt nooit.'

'Goed dan.' Lupu Raducanu glimlachte gespannen. Ik voelde de dreiging groeien. Nu kwam het op grootvader Ilja aan. Hij wist dat ik loog.

'Maar, als ik eerlijk ben,' zei ik om mijn vege lijf te redden, 'dat ik nooit gerookt heb, is niet helemaal waar. Ik heb eens met een oude schoolkameraad, Fritz Hofmann, achter de school een half pakje weggepaft. En kotsen! Nou, toen was ik gauw genezen.'

Ilja zweeg, en ik was trots op hem. Maar Lupu deed nog een poging. Hij graaide in zijn broekzak alsof hij naar een aansteker zocht.

'Heb je misschien lucifers voor mij?'

'Ja hoor,' antwoordde ik. In plaats van het doosje uit mijn broekzak op te diepen liep ik naar de kast in de winkel, trok een nieuw pak open en reikte de Securitate-majoor een gloednieuw doosje lucifers met de opdruk VOLKSEIGEN COÖPERATIE, HO KRONAUBURG.

'Houd maar. Toch, opa?' Ik keek naar Ilja.

'O, nee, hij hoeft niet te betalen. Uiteraard niet.'

Raducanu's gezicht verschoot van kleur. Hij was de situatie niet meer helemaal meester. Het bloed schoot omhoog in zijn bleke gezicht, en zijn kraaloogjes keken alle kanten op. Toen schreeuwde hij met overslaande stem: 'Jij bent bij Hofmann in de kelder geweest! Wat deed je daar? Ik weet dat je daar was, ik weet het heus wel!' Raducanu liet zijn stem weer dalen. 'Je bent nog jong. Maar ik kan je verzekeren: als ze je over vijf jaar vrijlaten uit Aiud of Pitesti, zie je er oud uit. Geef nou maar gewoon toe, en ik beloof je dat we de zaak in der minne zullen schikken.'

Ik deed mijn ogen dicht en sloeg mijn handen voor mijn gezicht, wat als een volledige bekentenis kon worden uitgelegd. Ik voelde dat Raducanu zijn arm om mijn schouder legde. 'Iedereen doet wel eens domme dingen in zijn jeugd.' De stem van de securist had niets dreigends meer. 'Geloof me, wat ik vroeger niet voor stommiteiten heb uitgehaald...'

Ik snikte.

'Ik geef het toe. Ja, ik ben in de donkere kamer geweest. Maar ik heb haar met geen vinger aangeraakt. Echt niet!'

Geërgerd wisselde de securist een blik uit met Cartarescu, die van verwarring niet wist waar hij moest kijken.

Raducanu rukte zijn arm weg en baste tegen mij: 'Over wie heb je het?'

'Die vrouw, dat blonde meisje, bedoel ik, met die paardenstaart. Ze was zo aardig. En toen heb ik haar gevraagd of ik mocht kijken in de donkere kamer. Ook al interesseerde dat hele fotocircus mij eigenlijk geen moer. Maar ik heb geen vriendin, en omdat ik haar zo mooi vond... Hoe kon ik nou weten dat ze verloofd was? Als ik geweten had dat u Irina's aanstaande bent, zou ik toch nooit met haar de kelder in zijn gedoken... Op mijn woord van eer: ik heb alleen maar naar haar gekeken. Ik heb niets gedaan. Ook al was het donker.'

Ik had de indruk dat er een spottende grijns over Raducanu's gezicht trok.

'Uw paspoorten zijn in orde,' nam Cartarescu het woord en hij wendde zich tot de majoor. 'Onze missie lijkt mij volbracht. Ingerukt.'

'Momentje. Dat televisietoestel daar. Van wie is dat?'

'Van mij,' antwoordde grootvader bars.

'Dat kunt u wel bewijzen, mag ik hopen?'

Opa greep weer in zijn portefeuille. 'Hier! De eerste termijn voor de antenne. En, wacht even, de rekening van het toestel zelf, waar heb ik die gelaten?' Hij opende de kassalade en haalde het betalingsbewijs tevoorschijn dat Dimitru erbij gegeven had. 'Alsjeblieft. Alles dik in orde.'

Raducanu wierp een vluchtige blik op de rekening.

'Het gaat uw zaakje tamelijk voor de wind, zie ik. Hoe komt u aan al dat geld?'

Grootvader draaide om het antwoord heen.

'Als u ons niet hier en nu kunt uitleggen hoe u aan dat geld komt, wordt het toestel geconfisqueerd en gaat u met ons mee,' dreigde Cartarescu.

Toen grootvader antwoord gaf, kon ik mijn verbazing ternauwernood verbergen. Grootvader was niet gewoon een slimme man, hij was een verdraaid slimme man.

'Zaken,' zei hij zachtjes. 'Private zaken.' Zijn portefeuille bleek een onuitputtelijke bron van overtuigend bewijsmateriaal. 'Hier is het nieuwe contract met de volkseigen handelscoöperatie. Tegenwoordig loopt de bevoorrading op rolletjes. Maar hoe moest ik anders, in de jaren vóór het communisme, een fatsoenlijke tsoeika voor de mannen hier op tafel krijgen? Jullie weten toch zelf dat de bevoorrading hier in de bergen naadje pet is? In de winter schoot het al helemaal niet op. Je werd gewoon van het kastje naar de muur gestuurd. Maar met de illegale stook bleef er destijds voor mij nog best wat aan de strijkstok hangen. Dat geld heb ik al die jaren apart gelegd. Voor de televisie. Ik kan jullie op een briefje geven wie hier allemaal illegale stookketels in hun achtertuin hebben staan en jullie kunnen ze een voor een arresteren. Maar als jullie de televisie zo nodig in beslag moeten nemen, wat moeten we hier dan nog? Je krijgt hierboven toch al haast niets mee van de wereld. Vraag maar in het dorp. Toen de Spoetnik-toespraak van Chroesjtsjov werd uitgezonden, over het overwinnen van de zwaartekracht en de overwinning van het socialisme, zat hier de tent stampvol met belangstellenden.'

Cartarescu somde op: 'Onwettige productie van alcoholhoudende dranken. Achterhouding van belastinggelden. Illegale verkooppraktijken. Het televisietoestel wordt in beslag genomen!'

'Laat die mensen hun toestel toch houden!' Geërgerd blafte Lupu de nieuwbakken kapitein af. 'Denk je dat ik helemaal de bergen in ga voor wat illegaal stoken en om een televisietoestel in beslag te nemen? Lik m'n reet met je gemierenneuk. Waar is trouwens die Saks, die Karl Koch?'

Zonder te groeten stapte Raducanu de winkel uit. Buiten liepen de drie militieleden met hun machinegeweren achter hem aan.

Na aankomst van de terreinwagen hadden de boeren hun hak op de velden achtergelaten en hadden zich naar het dorp gespoed. Onder hen was ook Karl Koch. In zijn hand hield hij een lijst met de namen van alle volwassen mannen uit Baia Luna. De securist liep langzaam op hem toe.

'Hier heb je je vervloekte lijst, jij...'

'Melkmuil! Melkmuil, dat wilde u toch zeggen, mijnheer Koch?'

Hermann Schuster porde zijn Saksische vriend met zijn elleboog tussen zijn ribben en siste: 'Hou liever je mond, jij.'

Karl Koch zweeg. Lupu Raducanu nam de lijst aan en lachte. Toen scheurde hij hem voor ieders ogen in honderdduizend stukjes en gooide de snippers over zijn schouder.

'Jij galgenbrok!' Karl Koch stormde voorwaarts, en werd nog net op tijd door Schuster en Istvan Kallay tegengehouden.

'U bent een echte strijder,' grijnsde Raducanu. 'Een vechtersbaas. Altijd al geweest. In Rusland was het, niet? Vrijwillig hebt u zich destijds gemeld voor de grote veldtocht tegen de bolsjewieken. Was u toen net zo moedig als nu, bij de vrouwen en kinderen in de dorpen aan de Don, weet u nog, mijnheer de hitlerist?'

Karl Koch spuwde Raducanu in zijn gezicht.

De securist pakte zijn zakdoek, knikte kort naar de militieleden en zei alleen: 'Meenemen.'

Hermann Schuster werkte zich naar voren en riep: 'Jullie kunnen niet willekeurig mensen gaan arresteren. Zelfs in deze staat hebben jullie daar nog altijd een arrestatiebevel voor nodig!'

'Laat die vent eens zien dat alles zijn loop heeft,' wendde de securist zich tot Cartarescu. Toen de chef van de Kronauburger volkspolitie een gerechtelijk bevel voor de dag haalde, beseften de mannen van Baia Luna dat het lot van Karl Koch al lang tevoren bezegeld was. Cartarescu werd formeel. 'Mijnheer Koch, u wordt ten laste gelegd: opstandigheid jegens staatsorganen, antisocialistische propaganda en verstoring van de openbare orde. Wij hebben opdracht om u in voorlopige hechtenis te nemen.'

Koch wrikte zich los uit de houdgreep van Hermann Schuster en Istvan Kallay. Voordat hij Raducanu naar de keel kon vliegen duwden de militieleden hun wapens tegen zijn borst.

'Jullie kunnen mij ter plekke doodschieten, maar naar Pitesti krijgen jullie mij niet!'

'Maar wie heeft het nu over Pitesti, mijnheer Koch?' Raducanu ging pontificaal voor hem staan. 'Wacht eerst uw proces maar eens af. Misschien bent u wel onschuldig en kunt u al veel eerder terug naar uw gezin dan u denkt.'

Toen de vertegenwoordiging van de staatsmacht met Karl Koch vertrok, klaagde grootvader in de winkel over zweetaanvallen en misselijkheid. Kathalina ging meteen koude kompressen halen. Toen zag ze haar schoonvader op de vloer liggen. Grootvader was zijwaarts geklapt en van zijn stoel gevallen. Toen hij na enige tijd de ogen weer opende, moest ik hem alles vertellen wat er het afgelopen uur in Baia Luna gebeurd was. In zijn geheugen gaapte een gat.

Op een zaterdag midden in de zomer, rond het middaguur, vertrokken de zigeuners naar de grote paardenmarkt in Bistrita; juist toen ik de winkel wilde sluiten en de treden naar de ingang wilde schoonvegen, staken de paard-en-wagens de brug over de Tirnava over. Ik wierp de bezem weg en rende erachteraan. Na een paar minuten had ik de karavaan ingehaald. Buiten adem liep ik op een wagen in het midden van de rij af, waar op het open achterste gedeelte Buba en haar moeder Susanna zaten. Uit de verte zag Buba er met haar korte, zwarte haar uit als een jongen. Ze zwaaide enthousiast, alsof ze vurig naar dit moment had uitgezien. Toen haar moeder mij in het vizier kreeg, daalden haar woedende vuisten op Buba neer. Het lukte mij nog net om haar iets in haar hand te duwen. Omdat ik behalve haar naam niets wist uit te brengen, riep Buba alleen: 'Ik wacht op je!', waarna haar moeder haar de wagen in rukte. Ik bleef staan tot de zigeunerkaravaan uit het zicht verdwenen was. In haar vuist hield Buba een priegelig pasfotootje, waarop een zelfverzekerde jongeman met een colbertje en een donkere stropdas te zien was.

Diepbedroefd sjokte ik naar het dorp terug. Een dergelijk verdriet zou ik pas weer ervaren toen ik tientallen jaren later tot de ontdekking zou komen dat mijn liefde in een moeras van uitzichtloos ongeluk terechtgekomen was.

Dimitru Carolea Gabor en de familie van Ion Vadura, die waakten over de nederzetting van de zigeuners, waren in Baia Luna achtergebleven. Dimitru had zijn afkeer van reizen nog geprobeerd te motiveren met het belang van zijn studiën, maar was bij zijn clan op louter onbegrip gestuit omdat hij zijn verklaring met handen en voeten aflegde in plaats van met woorden. Hij handhaafde zijn aan zichzelf opgelegde spreekverbod zo standvastig dat hij zelfs met zijn eigen familie geen woord meer sprak. In het dorp was hij zelden te zien. Soms slofte hij naar de dorpspomp om een kan vers water te halen. Zijn toestand wekte de bekommernis van Erika Schuster en mijn moeder, die om beurten een extra maaltijd kookten en die bij Dimitru in de deuropening van de boekerij zetten, zodat hij tenminste niet zou verhongeren.

Ook grootvader maakte deze maanden een merkwaardige verandering door. De slechte tijden voor zijn nering mochten dan voorbij lijken, met zijn gezondheid ging het bergafwaarts. Het zwijgen van zijn vriend Dimitru bedrukte hem. 's Morgens kwam hij moeilijk uit de veren en 's avonds ging hij zo vroeg naar bed dat ik noodgedwongen de klusjes in de winkel en het café moest doen, wilde de zaak niet verslonzen. Hij was zo diep weggezakt in het moeras van zijn zwaarmoedigheid dat zelfs opbeurende woorden of scheldkanonnades hem hooguit voor korte tijd uit zijn lethargie konden opwekken, zodat Kathalina en ik ons steeds meer zorgen gingen maken.

Het werken in de zaak nam mij dermate in beslag dat de zomer en de herfst voorbijvlogen. En dat terwijl ik wekenlang had zitten kniezen over het feit dat de zigeuners die nazomer zonder Buba waren teruggekeerd. Ik had wel gehoopt dat Buba's moeder Susanna van gedachten zou veranderen, maar eigenlijk geloofde ik er niet in.

De voorraden moesten aangevuld worden voor de winter. Daar ik grootvader niet in staat zag tot een lange reis met paard-en-wagen, vroeg ik Petre Petrov met mij mee te gaan naar Kronauburg. Toen we het terrein van de Kronauburger Handelsorganisatie bereikten, stond er een lange rij coöperatieleden te wachten op bevoorrading. Het werd ons duidelijk dat we vanwege de beperkte openingstijden pas de volgende dag geholpen konden worden. Wij besloten de nacht op een stromatras in de Pofta door te brengen en van het geld dat we daarmee uitspaarden in de stad een paar biertjes te drinken. Voor de zekerheid meed ik de omgeving van Hofmanns fotoatelier, maar op het marktplein van Kronauburg lopen leek me veilig. Irina de laborante wilde ik onder geen beding tegen het lijf lopen. Op zoek naar een goedkoop lokaal sjokte ik met Petre de middeleeuwse Burgberg op. Onder aan de klokkentoren ontdekte Petre een zaakje dat kennelijk nog altijd in particuliere handen was. Op het uithangbord stond te lezen: GHEORGHE GHERGHEL ANTIEK. IN- EN VERKOOP. OOK IN COMMISSIE. Achter een etalageruit die al in geen jaren meer gezeemd was, lagen diverse optische toestellen: antieke monocles, een verrekijker en telescoopvizieren uit oude legerinventarissen, loepen en zelfs een telescoop op een driepotig statief. Petre, van wie ik zelfs niet wist dat hij onder andere wel eens in het geheim 's nachts met zijn vader Trojan op jacht ging met een karabijn, tuurde als geëlektriscerd naar een van de vizieren.

'Laten we hier even binnen kijken.'

Ik had een bedaagde heer met spierwit haar verwacht, maar in plaats daarvan vroeg een jongen die niet veel ouder was dan ikzelf wat hij voor ons kon doen. Terwijl Petre het telescoopvizier uit de vitrine liet halen en tot zijn schrik vast moest stellen dat de oude toestelletjes zijn financiële mogelijkheden verre oversteegen, keek ik om me heen.

Ik ontdekte iets wat ik in mijn stoutste dromen niet had verwacht. Tussen op elkaar gestapelde buizenradio's, een grammofoon en een paar gammele schrijfmachines stond een vergrotingsapparaat.

'Wat moet die vergroter kosten?'

'Dat moet ik aan mijn oom vragen,' zei de verkoper. 'Hij is ziek. Maar ik weet wel dat hij dat ding niet los verkoopt. Alleen compleet. Een hele doka-uitrusting. Die is van een gepensioneerde rechter geweest die ieder vrij uurtje dat hij had de bosjes in kroop om schuwe dieren te fotograferen. Hij is afgelopen voorjaar overleden.'

'Wanneer kun je je oom naar de prijs vragen?'

'Nu meteen. Hij woont hierboven en hij ligt in bed. Hij is, hoe zeg je dat netjes, niet goed meer van boven. Het huis hier is niet van ons, moeten jullie weten. De eigenaar heeft het aan een hoge pief van de Partij verkocht. Sinds oom Gheorghe weet dat hij eruit moet en als kleine zelfstandige wel nooit meer een ruimte zal kunnen vinden, is het hem in de bol geslagen.' De jongeman verdween en kwam na een paar minuten terug. 'Gheorghe slaapt. Ik wil hem niet wakker maken. Maar ik schat dat de hele bubs, inclusief de camera, zo om en nabij de drieduizend moet gaan kosten.'

Ik slikte. Dat bedrag was een half jaarsalaris van mijn grootvader.

'Maar oom Gheorghe is geen oplichter. Als hij je mag, verkoopt hij spullen soms zelfs voor minder dan hij er zelf voor betaald heeft. Maar onder de tweeduizend wordt het lastig. Kom nog eens terug als hij wakker is.'

Ik maakte me geen illusies dat ik dat geld ooit bij elkaar zou krijgen.

Tegen zessen ging ik met Petre een kroegje binnen waarvan de gevel even weinig beloofde als het interieur te bieden had. Het lokaaltje was uitgewoond, de waard een vadsige bonk met een korstige hoofdhuid en een dunne krans haar. Wij hadden dorst en waren moe; we hadden geen zin door te zoeken naar een betere tent en gingen dus maar aan een tafeltje bij het raam zitten.

'Hebt u ook bier?' vroeg Petre.

'Jazeker, heren.'

De waard opende twee flesjes, veegde met zijn schort de halzen ervan af en zette het bier op tafel. Ik keek naar de twee vrouwen aan de bar. De ene hing slaperig over de toog, de andere keek onze kant op. Ze was hooguit twintig. Het was niet de vraag of ze contact met ons zou zoeken, maar wanneer.

Ik had mijn flesje na de eerste slok nog niet op tafel gezet, of ze stond al voor me. Ze had een goedkoop jurkje aan dat veel te strak om haar billen en borsten spande.

'Ik heet Luca. Hebben jullie er bezwaar tegen als ik met mijn collega bij jullie kom zitten? Gewoon, een beetje praten. Zij komt uit de hoofdstad en kent hier bijna niemand.'

Wij keken elkaar aan. Toen we niet meteen nee zeiden, riep Luca: 'Ana, kom maar. Die jongens zijn oké.'

De tweede vrouw viel bijna toen ze van haar kruk gleed. Hoewel ze haar best deed om rechtuit te lopen zwalkte ze alle kanten op en moest zich met beide handen aan de stoelen vastklampen.

'Wij willen eigenlijk even rustig...'

Ik onderbrak Petre. 'Ga toch zitten.' Ik voelde een klap in mijn maagstreek. De vrouw die bijna niet meer op haar benen kon staan, heette geen Ana. Ze zag eruit als iemand die alles in het leven achter zich heeft, maar niets meer in het vooruitzicht. Haar rechteroog was blauwpaars aangelopen en toen ze een gekweld lachje uitstiet, zag ik tussen haar gesprongen lippen dat ze haar bovenste snijtanden miste. Er was niets meer over van het kindvrouwtje dat ooit schuimwijn over haar schaamstreek had laten spuiten door doctor Stephanescu. Petre stapte snel opzij en de dronken verschijning liet zich op een stoel zakken. Luca schoof naast mij aan.

'Ik neem ook een bier,' zei ze ferm. 'En voor mijn vriendin een kirsch, als jullie toch een rondje geven.'

Ik negeerde haar bestelling. 'Goedenavond, Alexa.'

'Ze heet Ana,' zeiden Luca en Petre in koor.

Ik had een heftige reactie verwacht, maar de aangesprokene keek mij alleen maar moe aan. 'Ana, Maria, Elena, Alexa. Jongen, wat jij wilt.'

De waard kwam met een glas bier en een waterglas dat voor de helft was gevuld met schnaps.

'Ana woont hier pas sinds november,' legde Luca uit. 'Haar beste jaren heeft ze gehad in de hoofdstad. Nietwaar, Ana? Zo is het toch?'

Alexa knikte zwakjes en nipte aan haar glas. Met bevende hand bracht ze haar wijs- en middelvinger aan haar mond. Ik bood haar een Carpati aan. Ze rookte gehaast, met haar blik op oneindig.

'Ze heeft te veel gedronken,' smoesde Luca in mijn oor alsof ze een geheim verklapte.

'Ik ga plassen.' Petre stond op, de waard gebaarde naar een afgebladderde deur. Alexa greep weer naar haar glas. Ik stond op en legde mijn arm om haar heen. Er was maar één manier om deze vrouw te bereiken, als dat al mogelijk was. Ik fluisterde haar een zinnetje in het oor dat ik een paar seconden later zou berouwen: 'Hij stond je wel goed, Angela's zonnebloemenjurk.'

Plotseling was de vrouw naast mij een en al angst. Haar glas viel uit haar handen en spatte uiteen op de grond. Alexa sprong op en rende naar buiten. Luca stormde op mij af. Haar oorvijg belandde in het luchtledige. 'Hé, gore klojo, wat moest je van haar?' Ze spurtte achter haar vriendin aan.

'Waar zijn de dames?' vroeg Petre toen hij bemerkte dat hij tussen de glasscherven in een plakkerige vloeistof stond.

'Weg.'

'Godzijdank! Nemen we er nog een?'

'Ik heb genoeg gehad.' Ik wenste in stilte dat de oorvijg van Luca mij had geraakt.

In de loop van de herfst bleek dat grootvader beter de raad van dokter Bogdan zaliger had kunnen opvolgen. De dorpsarts had Ilja er jaren geleden voor gewaarschuwd dat zijn gevoelige gestel sinds de zware vergiftiging in zijn jeugd zelfs de geringste hoeveelheid alcohol niet meer zou kunnen verdragen. En hij had gelijk. Aanvallen van zweten en rillen had grootvader weliswaar zelden, maar zijn geheugen begon hem steeds meer in de steek te laten.

Het begon ermee dat hij de bestellingen van de klanten aannam, naar het magazijn liep en vervolgens hulpeloos voor de rekken stond omdat hij vergeten was wat hij moest halen. Het viel Kathalina op dat haar schoonvader, die vroeger blind kon varen op zijn onfeilbaarheid in de wereld der getallen, zich steeds vaker in zijn eigen nadeel vergiste als hij een rekening opmaakte. Als ze vlot bediend wilden worden riepen de vrouwen mij erbij. Grootvader trok zich steeds meer terug in de wereld van zijn verbeelding omdat hij zich in de echte niet meer thuis voelde.

Ook voor de mannen was Ilja als waard niet meer de oude. Vaak moesten ze hem drie of vier keer vragen hun glazen bij te vullen, waar hij in het begin nog voorkomend, maar later met steeds meer tegenzin gehoor aan gaf. Hij reageerde zelfs met gevloek en getier en begon te schreeuwen als een viswijf wanneer iemand het waagde hem aan te spreken als hij voor de televisie zat. In het begin keek hij alleen naar het nieuws en Sovjetspeelfilms, later keek hij naar alles wat er maar op het scherm bewoog, zelfs naar het testbeeld dat verscheen als het programma afgelopen was. Een andere eigenaardigheid die grootvader had ontwikkeld was dat het televisietoestel nooit voor zes uur 's avonds, de officiële sluitingstijd van zijn HO-filiaal, aangezet mocht worden. Daar konden mijn moeder en ik mee leven, temeer daar grootvader tussendoor ook heldere dagen had, waarop hij heel gewoon en hebbelijk in de omgang was.

Maar Kathalina's geduld raakte op toen tijdens een krachtige herfststorm in het jaar 1960 de antenne van het dak woei. Opa bleef gewoon voor de sneeuwbol zitten en schoof zijn stoel steeds dichterbij. Telkens als de zwarte balk van boven naar beneden over het scherm zakte, klapte hij in zijn handen en schaterde als een kind zo blij: 'Daar is-ie weer! Daar is-ie weer!'

In onze radeloosheid om Ilja's persoonlijkheidsverandering en kindsheid zochten moeder en ik de Saks Hermann Schuster op, die er ook niets anders op kon verzinnen dan grootvader op de bok van zijn rijtuig te zetten en hem voor onderzoek naar het hospitaal in Kronauburg te brengen. Ik stond erop mee te gaan, gedeeltelijk uit oprechte bekommernis, maar ook omdat ik hoe dan ook van de gelegenheid gebruik wilde maken om een bezoekje te brengen aan een zeker iemand in het ziekenhuis. Te weten dokter Paula Petrin.

Gelukkig had grootvader toen hij door de neuroloog onderzocht werd een van zijn zeldzame heldere momenten. Hij was zich er terdege van bewust dat hij aan een ziekte leed die alleen behandeld kon worden door opname in de kliniek en uitvoerige neurologische tests en onderzoeken. Na zes weken konden we grootvader weer komen ophalen.

Toen Hermann Schuster naar de uitgang van het volksziekenhuis Gezondheid van het Vaderland liep, vroeg ik hem om vijf minuten geduld. Zonder op zijn antwoord te wachten rende ik de trappen naar beneden af en volgde de pijltjes met PATHOLOGISCH INSTITUUT tot ik voor de vergeelde deur met het bordje DR. MED. PAULA PETRIN, SPECIALIST INTERNE GENEESKUNDE stond. Ik klopte aan.

'Ja-haa!'

Ik trad binnen. De arts keek op van haar bureau, waarop een enorme stapel dossiers torende.

'Zeg het eens,' zei ze, zonder ook maar een spoor van haar vroegere vriendelijkheid.

'Pavel Botev. Uit Baia Luna. Drie jaar geleden waren we hier met z'n drieën, we zochten naar het stoffelijk overschot van onze dode pastoor. Johannes Baptiste.'

Paula's gezicht klaarde op.

'O ja, natuurlijk. Ik kan me dat nog goed herinneren. Ik heb jullie nog naar de oude Patrascu gestuurd.'

'Ja, we zijn ook bij hem geweest. Maar hij kon ons destijds niet verder helpen.'

'Goed dat je nog even langskomt. Helaas heb ik het op het moment nogal druk. Over een halfuur moet er een belangrijk bericht bij de directeur op zijn bureau liggen. Jullie priester was toch katholiek, niet hervormd?'

'Inderdaad.'

'Voor zover ik weet worden katholieke priesters niet in hun gemeente, maar op het bisschoppelijk kerkhof begraven. Ik ben lang niet meer in de Pauluskathedraal geweest, maar er is daar een Domschatkamer, een soort museum. Van daaruit loopt er een gang naar een binnenplaats waar graven en gedenkstenen voor priesters en bisschoppen aangebracht zijn. Misschien ligt jullie priester daar. Het spijt me, maar ik moet nu echt verder met mijn werk.'

'Hartelijk dank voor de informatie.' Ik draaide me om naar de deur. 'Hoe is het eigenlijk met de oude commissaris?'

'Wisten jullie dat niet? Hij is dood. De beste man heeft maar een week of drie van zijn pensioen kunnen genieten.'

'Waaraan is hij gestorven?'

'Zijn hart wou niet meer. Hij rookte ook wel erg veel Carpati's...'

'Hebt u zijn lijk onderzocht?'

'Nee. Waarom zou ik?'

Hermann Schuster had er geen bezwaar tegen om een uitstapje naar de Pauluskathedraal te maken. We troffen er het kerkhof precies zo aan als Paula Petrin beschreven had. De oudste grafstenen waren uit de achttiende eeuw. Het jongste graf was relatief nieuw. De bodem was verzakt en de rand was met grind opgevuld. In een eenvoudige steen stond gebeiteld: JOSEPH AUGUSTIN METZLER 16-3-1872 – 12-11-1957.

'Dat is ook raar,' zei ik, 'op bijna alle grafstenen staan de geboorte- en overlijdensplaats. Bij pastoor Metzler ontbreekt zelfs de naam van zijn gemeente.' 'Vreemd,' vond ook Schuster. 'Die Metzler is rond dezelfde tijd gestorven als onze Baptiste.'

Toen we het kerkhof verlieten, zakte mijn hoop dat ik ooit de verblijfplaats van het stoffelijk overschot van pater Johannes nog zou achterhalen tot het nulpunt.

Veertien dagen later reed er een witte Rode Kruisauto in Baia Luna voor. Niet het feit dat Ilja Botev eerder dan verwacht uit het ziekenhuis ontslagen was zorgde in het dorp voor gespreksstof, maar het feit dat de staatshandelsorganisatie blijkbaar voorbeeldig voor haar leden zorgde en zelfs gratis ziekenvervoer voor ze regelde.

Grootvader stapte uit, lachte en wuifde. 'Ik ben weer beter!' riep hij.

Kathalina, die hoogstzelden op lichamelijke wijze uiting aan gevoelens van vreugde gaf, vloog haar schoonvader om de hals en overlaadde hem met kussen. Ilja kon niet ophouden de competentie van de Kronauburger artsen te prijzen; een zenuwarts in het bijzonder – hij kon even niet op zijn naam komen – had hem daarbij nog wel het meest aangenaam getroffen. De eerste drie, vier dagen na zijn aankomst in het hospitaal had hij zich kiplekker gevoeld en geen van de behandelend medici had ook maar de geringste afwijking bij hem kunnen vaststellen. Op de afdeling was zelfs het woord 'simulant' gevallen. Maar daarna had hij een merkwaardige aanval gekregen die hij zich niet meer kon herinneren, en die door de artsen later steeds als 'grande malle' werd aangeduid. Opa vertelde dat hij 's morgens bij de thee met wittebrood en jam een soort lichtflits in zijn hoofd had gekregen en daarna zou hij een doordringende schreeuw uitgestoten hebben, gesidderd hebben van de krampen en op de grond gevallen zijn. Daarbij zou hij paars aangelopen zijn en keihard op zijn tong hebben gebeten zonder daar pijn van te voelen. Zijn tong had verschrikkelijk pijn gedaan toen hij wakker werd, maar dat was nog niet half zo erg geweest als de pijnlijke constatering dat hij door de aanval zijn darmen niet meer in bedwang had kunnen houden. Dat scheen normaal te zijn bij een dergelijk syndroom, hij had het van de artsen gehoord nadat ze hem van de verstikkingsdood hadden gered.

'Ik moest aan het zuurstofmasker en kreeg injecties. Toen ik weer kon praten, kreeg ik te horen dat ik in de middeleeuwen of eerder allang dood zou zijn geweest.'

'Waarom?' wilde ik weten.

'Epileptici beschouwde men vroeger als bezetenen; er werd een gat in het hoofd van lijders aan de vallende ziekte geboord om de demonen te laten ontsnappen. Tegenwoordig zijn er medicijnen. Als ik mijn pillen regelmatig inneem, waar een goedje in zit van iets met fenicium en marsepine, blijven de aanvallen weliswaar niet helemaal weg, maar blijven ze wel beheersbaar. Dat zei die zenuwdokter met de bril. Hij was belezen tot en met, en wist alles over mijn ziekte. Heel vroeger noemde men het de Sint-Janskoorts, omdat men tot de apostel Johannes bad om de aanvallen te doen ophouden. Tegenwoordig weet men dat bij epilepsie iets in de hersenen niet stroomt zoals het hoort. Vroeger geloofde men dat het aan de maan lag. Maanziekte. Zelfs de Romeinen hadden het over *morbus lunaticus*. Staat ook in de Bijbel, zei de dokter. Evangelie volgens Matteüs. Hoofdstuk zeventien.'

Kathalina maakte er meteen werk van. Uit een hoek haalde ze de Heilige Schrift tevoorschijn en reikte hem Ilja aan. Hij bladerde. Toen las hij zonder haperen voor: '"Heer, heb medelijden met mijn zoon, want hij is maanziek en lijdt daar erg onder; hij valt dikwijls in het vuur of in het water. Ik heb hem bij uw leerlingen gebracht, maar zij konden hem niet genezen." Jezus antwoordde: "Wat zijn jullie toch een ongelovig en dwars volk, hoe lang moet ik nog bij jullie blijven? Hoe lang moet ik jullie nog verdragen? Breng hem bij me." Daarop sprak Jezus de demon op strenge toon toe. Deze ging uit de jongen weg, en vanaf dat moment was hij genezen. Later kwamen de leerlingen naar Jezus toe. Eenmaal met hem alleen vroegen ze: "Waarom konden wij die geest niet uitdrijven?" Hij antwoordde: "Vanwege jullie gebrek aan geloof. Ik verzeker jullie: als jullie geloof hebben als een mosterdzaadje, dan zullen jullie tegen die berg zeggen: 'Verplaats je van hier naar daar!' en dan zal hij zich verplaatsen. Niets zal voor jullie onmogelijk zijn."'

In de daaropvolgende weken kwam het meermaals voor dat zelfs ik in de Bijbel wilde lezen, maar dat ik mij moest neerleggen bij grootvaders woorden: 'Ik ben eerst.' De lectuur van het Woord Gods werd zijn nieuwe passie. De wens om daar aan toe te geven was bijna even sterk als het verlangen zijn vriend eindelijk uit de diepe duisternis van zijn zwijgen te kunnen verlossen.

De sleutel daartoe werd aangereikt door een gebeurtenis op 12 april van het jaar 1961, slechts drie dagen na het opstandingfeest van Pasen. Mijn moeder had tijdens de verplichte middagpauze van ons filiaal de televisie al vroeg aangezet. Zoals op iedere woensdagmiddag zond de staatstelevisie vanuit de hoofdstad ieder halfuur het programma *Huisvrouwentips. Smakelijk eten in een handomdraai!* uit. De chef-kok van het Athénée Palace demonstreerde daarin vanuit een kookstudio hoe je met simpele ingrediënten en een paar culinaire handigheidjes lekkere en goedkope gerechten op tafel kon toveren. Kathalina keek graag naar het programma, niet omdat haar hoofd naar afwisseling in de keuken stond, maar omdat ze de kok zo leuk vond en hij haar aan het lachen maakte. Hij had een uitzonderlijk gevoel voor humor en gebaartjes. Hij stak om de haverklap zijn pink in de pannen, likte die met gesloten ogen af en verzuchtte daarbij met gespeelde wanhoop: 'Ik mis, ik mis... ik weet niet wat het is.' Om het ontbrekende ingrediënt vervolgens verbaasd op de tafel te ontwaren onder het uitroepen van: 'Kijk aan, kijk aan, ik heb het hier al staan.'

Terwijl moeder zat te lachen om de kok, zat grootvader op de bank naast de potkachel te zuchten. Bij zijn Bijbellectuur was hij met het Oude Testament begonnen, hij had Mozes uit en was via Jozua, Samuel en Koningen bij het eerste boek van de Kronieken aangeland. Toen hij was blijven steken in het zesde hoofdstuk, na eindeloze opsommingen van wie met wie getrouwd was bij de genealogie van de zonen van Manasse, ontstak hij opeens in zo'n grote woede dat hij de Heilige Schrift door het dranklokaal smeet.

'Wie verzint in 's hemelsnaam zulke slaapverwekkende kul. Daar blijft toch bij geen mens iets van hangen?'

Kathalina keek heel even weg van haar televisiekok en merkte terloops op: 'Als pater Johannes predikte, was de Bijbel altijd spannend. Waarom lees je niet wat de patroonheilige van zijn naam heeft geboekstaafd?'

Grootvader volgde haar advies op, pakte de Bijbel en bladerde vooruit naar het laatste boek van het Nieuwe Testament, de Openbaring van de apostel Johannes. Om een vage reden die Dimitru later 'intuïtie' zou noemen begon hij de Apocalyps niet te lezen bij het eerste hoofdstuk, maar bij hoofdstuk twaalf. Precies op het moment dat grootvader besefte wat daar in de eerste twee verzen geschreven stond, was de middagpauze voorbij.

Toen ik het bordje aan de deur op OPEN draaide, sprong Ilja als door duizend horzels gestoken op en raakte buiten zichzelf van euforie. Hij jubelde en balde triomfantelijk zijn vuisten alsof hij een onoverwinnelijke tegenstander op de knieën had gekregen. Eerst dacht ik dat zijn maanziekte weer de kop opstak. Net zoals hem de zwarte balk op het televisiescherm had gefascineerd, riep opa achter elkaar: 'Dat is het! Dat is het!' Daarbij roffelde hij met zijn knokkels op hoofdstuk twaalf van de Openbaring. 'Het bewijs! Hier staat het bewijs!'

'Hé! Stil eens even, verdomme nog aan toe.' Kathalina draaide aan de volumeknop van de tv.

'Wij onderbreken ons populaire programma *Huisvrouwentips. Smakelijk eten in een handomdraai!* voor het volgende. Na de succesvolle vlucht van de Spoetnik in 1957 heeft de Unie van Socialistische Sovjetrepublieken andermaal een mijlpaal bereikt in de geschiedenis van de mensheid. In de persoon van majoor Joeri Alexejevitsj Gagarin van de luchtmacht is voor het eerst een mens rond de aarde gevlogen. Vandaag, 12 april 1961, heeft de kosmonaut aan boord van ruimteschip Vostok 1 honderdacht minuten in gewichtloosheid doorgebracht. Gagarin is intussen behouden op aarde teruggekeerd. Wij feliciteren onze Sovjetvrienden met deze prestatie van de eeuw en maken u attent op de speciale uitzending om 20.15 uur, *Joeri Gagarin: de mens verovert het heelal.*'

Grootvaders vreugde om zijn inzicht in de Openbaring van Johannes sloeg om in regelrechte ontsteltenis. 'Kom mee,' beval hij mij. Hij pakte zijn Bijbel en holde naar de pastorie. Zonder aan te kloppen liep hij de boekerij binnen, waar Dimitru met verwilderde haren en doffe ogen naar een ordeloze berg boeken staarde. Drie jaar en vijf maanden duurde zijn kluizenaarsbestaan nu al, en nog steeds had hij geen woord gesproken.

'Hier! Lees dit! Openbaring van Johannes. Hoofdstuk twaalf, vers een!'

Dimitru gehoorzaamde als iemand die de kracht niet heeft om tegen te spreken.

'Er verscheen in de hemel een indrukwekkend teken: een vrouw, bekleed met de zon, met de maan onder haar voeten en een krans van twaalf sterren op haar hoofd. Ze was zwanger en schreeuwde het uit...'

Dimitru huilde. Hij huilde in de armen van zijn vriend Ilja.

'Papa Johannes wist het,' zei Dimitru zacht. 'En nu weten wij het ook. De vrouw, bekleed met de zon. Als ze de maan onder haar voeten heeft, betekent dat...'

'... dat zij op de maan moet staan,' vulde Ilja aan.

'Dat is het. Dat is het bewijs. Nu wordt het mij helder. Daarom moest de Madonna van de Eeuwige Troost verdwijnen.'

'Hoe bedoel je?'

'Ilja, goede vriend, ik weet nog precies hoe het gezicht van de Madonna eruitzag. En dat minuscule kindeke Jezus! O, en dan haar reusachtige borsten. En haar zachte voeten. Die voeten! Dat is het gewoon! De Madonna staat op een sikkel. Een maansikkel! Het sprookje over het ontstaan van Baia Luna is een miskleun. Een error fatalis waar iedereen ingestonken is. De maansikkel verwijst niet naar de overwinning van de christenen op de moslims, hij getuigt van Maria's hemelvaart! De beeldhouwer moet dat geweten hebben. Begrijp je het nu? Daarom hebben de bolsjewieken de Madonna van de Maanberg gestolen. Opdat de bekering van de mensheid tot het atheïsme vlotjes zou verlopen. Niets mocht ons eraan herinneren dat de Moeder Gods op de maan verblijft. Maria is de heerseres der maan.'

'Asjemenou,' zei Ilja, 'waarom zijn we daar niet eerder op gekomen?'

'Omdat wij de Heilige Schrift niet bestudeerd hebben. Zij is de bron van alle kennis, de bron waaraan papa Baptiste zich laafde. Bestaat er een groter bewijs dan Gods Woord zelf?'

Grootvader schudde zijn hoofd. Dimitru keek naar het plafond, tot in de verste uithoeken van zijn ziel opgetogen over de licht-straal der kennis. Hij viel Ilja om de hals, die de natte kussen der vriendschap met evenzoveel geluk beantwoordde.

'Ik heb gesproken! Ik heb gesproken!' riep de tzigaan plotseling toen het tot hem doordrong dat de ban van het zwijgen eindelijk verbroken was. Lichtvoetig, gewichtloos haast, huppelde en dans-te hij over de boeken die op de vloer verspreid lagen. Toen meng-de ik me in het gesprek.

'Je zult weldra nog wel meer moeten praten, Dimitru. De toe-stand is ernstig. Koroljovs "project" is in de eindfase beland. Hij schiet nu geen honden meer naar de hemel. Gagarin is in het heel-al geweest. Vanavond is het bewijs op televisie te zien.'

'Nou, waar wachten we dan nog op? Tempus fugus! We zitten hier onze tijd te verdoen.' Dimitru sloot de boekerij af en para-deerde arm in arm met Ilja met ons mee naar huis. Kathalina's hart sprong op toen ze uit de mond van de tzigaan de woorden 'Wees gegroet, lieveling!' hoorde, en ook ik liet me ontvallen: 'Ein-delijk ben je weer onder de levenden.'

'Zo is dat,' lachte Kathalina en ze snoof nadrukkelijk, 'maar voordat de levenden zich ook weer onder jou begeven moeten we eerst een paar hoognodige hygiënische maatregelen treffen. Alle-machtig, Dimitru, wat kan jij stinken.' Moeder zette de badketel op het vuur en kookte water voor de wastobbe. Daarna stuurde ze mij naar Hermann Schuster om het nieuws van Dimitru's weder-geboorte te verkondigen en om te vragen of zijn oudste zoon An-dreas misschien een broek, hemd en jas overhad die hij mocht le-nen. Na het bad plantte ze Dimitru op een stoel op het terras en nam de schaar ter hand. Onder luid gejoel van de dorpskinderen knipte ze zijn haar.

'Maar van mijn baard blijf je af!'

Toen Kathalina gekscherend opmerkte dat hij zonder baard nog onweerstaanbaarder zou zijn voor het vrouwelijk schoon, zei Dimitru: 'Denk je nou werkelijk dat het volk Israël Mozes door de Rode Zee gevolgd zou zijn als hij niet zo'n weelderige baard zou hebben gehad? Nooit ofte nimmer. Niet ondanks, maar dankzij het feit dat hij een baard had, was de profeet immer verzekerd van een bedgenote.'

Toen grootvader daar instemmend aan toevoegde: 'Lees de Bijbel, Kathalina, dan zie je gauw genoeg voor wat een gigantische stam Mozes heeft gezorgd,' was het duidelijk dat Dimitru Carolea Gabor weer helemaal de oude was. En zijn vriendschap met grootvader Ilja ook.

Om zeven uur waren de beste plaatsen voor de televisie bezet en om halfacht zat het dranklokaal mudjevol. Het aangekondigde wereldnieuws om kwart over acht begon met een lang voorprogramma waarvan zelfs wie het propagandistische doel ervan doorzag, moest toegeven dat het buitengewoon slim in elkaar zat.

Een trage, loodzware treurmars leidde het bericht in. Na drie maten kreeg je de indruk dat er iets van grote betekenis ten grave werd gedragen. Op het zwarte scherm werd over de volle breedte een Amerikaans dollarbiljet geprojecteerd. Het gedragen commentaar luidde: 'Dit geld wil de wereld regeren.' Er volgden dramatische paukenslagen. Tromgeroffel. 'Maar wie? Wie zit er achter dit geld?' Na die vraag werd de treurmuziek nog treuriger en filmsequenties volgden elkaar in hoog tempo schijnbaar willekeurig op. Sigarenrokende kapitalisten lieten gekleurde chauffeurs de deur van hun limousine voor zich openhouden terwijl rijen werklozen met gebogen hoofd voor gesloten fabrieksdeuren stonden te wachten. Een van hen was zelfs barrevoets. Verbijsterd en met open mond keken wij allen toe hoe een populaire filmproducent in een kniebroek een filmschoonheid met puntborsten in haar billen kneep, meteen gevolgd door het neerregenen van tientallen politieknuppels op een weerloze zwarte. Het hoogtepunt van de smakeloosheid was een peroxideblondje dat met haar opwaaiende jurkje uitgerekend pal boven een ventilatierooster moest gaan staan, zodat iedereen haar onderbroekje te zien kreeg. Daarna trad er nog een gelikte lachebek op die door een batterij halfnaakte vrouwen met grappig bedoelde hazenoren over zijn hele lichaam werd gekust. De muziek werd zo luid, schel en wild dat menigeen in de kroeg de handen voor zijn oren hield. Op woest gitaargejank wiegde een uitzinnige schreeuwlelijk overdreven met zijn heupen onder het uitstoten van onduidelijke klanken in een microfoon. Om hem heen graaiden jonge meisjes krijsend en extatisch met hun handen naar de animale knakker. Terwijl Dimitru nog ritmisch met zijn voet meebewoog, hield de muziek abrupt op. Er verschenen Amerikaanse studenten in beeld die op een campus rondlummelden en kauwgom kauwden.

'Is dit nou de jeugd die de menselijke geest vleugels zal geven en de vooruitgang zal realiseren?' vroeg de stem van de presentator. Er ging een gemompel door het dranklokaal, gevolgd door een plotselinge schreeuw. Op een lanceerplatform was een raket te zien. Er werd afgeteld. *Faiv, for, srie, toe, wan* en nog een paar woorden die niemand verstond. Een reusachtige rook- en vuurbal vulde het scherm. Er verscheen een balk met de tekst: 'De start van de satelliet Vanguard 1. USA, 6 december 1957'. Langzaam verhief de raket zich ten hemel, maar algauw kantelde hij en explodeerde. 'De Amerikaanse droom is een nachtmerrie gebleken,' zei de stem. Cut.

Nu was het de beurt aan muziek van Tsjaikovski. Een glunderende Joeri Alexejevitsj Gagarin zwaaide naar de camera's. Heel veel camera's. Weer een lanceerinstallatie. Torenhoog. De ruimtecapsule Vostok 1. Letterlijk: 'Het oosten'. Alleen de naam al is de Amerikanen een doorn in het oog. Aftellen in het Russisch. Negen uur en vijf minuten Moskouse tijd. Weer vuur en rook. Fantastische start. Fabelachtige rookpluim. Hoger, steeds hoger. Gagarins stem: 'Kijk omlaag naar aarde. Zicht goed. Alles in orde. Alles functioneert uitstekend. Vlieg verder. Moed erin. Alles gaat naar wens. Machine werkt probleemloos. Observeer de hemel.'

Cut en flashback. Scènes uit zijn loopbaan: Gagarin, afkomstig uit een arm landarbeidersgezin, zoon van het volk, ijverig, ambitieus, blik vooruit. De scholier Gagarin, de wiskundestudent, de Partijkameraad. De belezen Gagarin, Marx en Lenin onder zijn arm. De luchtmachtmajoor, altijd de beste, altijd onderscheiden wegens uitmuntendheid, maximaal. Kosmonaut, Held van de Unie van Socialistische Sovjetrepublieken, de eerste mens in de ruimte, gewichtloos, onsterfelijk. Genoeg Gagarin.

Chroesjtsjov schoof in beeld. Doelbewust, zelfverzekerd, joviaal. Zwaaide met een telegram in zijn hand. Gelukwensen van de Amerikaanse president. Kennedy feliciteerde hem, had het over de verheven doelen der mensheid en bood de Sovjets zelfs een samenwerking aan. Samen de hemel onderzoeken? Chroesjtsjov lachte, schudde zijn hoofd. Wie ging er nou met verliezers in zee? De toeschouwer wist allang dat het de Amerikanen in de verste verte niet zou lukken. Toen Chroesjtsjov bij het handenschudden, schouderklopjes. Hij pakte Gagarins hand en hield hem in de lucht. 'Mooi werk, Joeri!' Een zee van flitslicht. Dát was wereldgeschiedenis.

En toen de beslissende vraag: 'Kameraad Joeri, heb je daarboven eigenlijk God gezien?'

Gagarin antwoordde: 'Nee.'

'Goeie vraag van Nikita,' merkte Nico Brancusi op. 'Goed antwoord van Joeri,' zei zijn oudere broer Liviu.

Niemand uit Baia Luna bracht daar iets tegen in. De speciale uitzending was afgelopen. Ilja schakelde het toestel uit. De gasten gingen naar huis alsof er niets gebeurd was. Alleen grootvader, Dimitru en ik bleven in het dranklokaal achter.

'Vinden jullie ook niet dat het, na mijn jarenlange abstinentie, tijd wordt voor een glaasje?'

Ik stond op. Maar anders dan vroeger, toen ik Dimitru nog als jongste bediende ingeschonken had, zette ik voor het eerst een fles tsoeika voor de zigeuner op tafel in mijn hoedanigheid als waard. 'Deze is van het huis.'

'Tjonge, Pavel,' sprak hij bewonderend. 'Je bent een echte man geworden.'

Tot mijn en Ilja's verbazing hield de tzigaan het inderdaad bij één glaasje.

'Het ziet er niet zo best uit voor Amerika,' zei grootvader. 'Hun raketten deugen voor geen meter. Maar ik denk toch dat Chroesjtsjov een fout begaan heeft.'

Dimitru schudde zijn hoofd. 'Jazeker, mijn vriend, dat heeft hij. Een error fatalis maximus.'

'Als de Ami's verstandig zijn,' vervolgde grootvader, 'begrijpen ze nu waarom de Russen kosmonauten in hun raketten stoppen.'

'Maar dat zijn ze niet. Ze hebben alleen het geluk dat Chroesjtsjov nóg dommer is. Hij is zo oerstom dat hij elke scheet die "het project" vooruitkomt meteen breed uitgemeten de wereld in slingert in plaats van te wachten tot de beslissende slag hem lukt. De Russen zijn nog niet op de maan. De Madonna hebben ze nog niet. De vraag of Gagarin God had gezien kwam te vroeg.'

'Veel te vroeg,' zei grootvader. 'De Amerikaan ruikt lont, dat kan niet anders. Hoeveel miljarden denk je dat die nu opzij zetten om te bewijzen dat God in de hemel toch bestaat? Ze gaan heus niet al hun dollars de lucht in schieten om onverrichter zake thuis te komen.'

'Absoluut exact,' zei Dimitru stellig. 'Chroesjtsjov heeft te vroeg gejuicht. Een blunder van jewelste. Hij is regelrecht in de val van de ijdelheid gelopen. Het is algemeen bekend dat superbia, causaliter causalis, de oorzaak van alle menselijke domheid is. Ik wed dat Koroljov zich ervan bewust is dat zijn president een halve idioot is. Maar zo gaat dat in de politiek: de een heeft de kennis, de ander heeft de macht. Dat blijkt pas goed als de wereld geregeerd wordt door proletariërs in plaats van door mannen van de geest.'

Grootvader krabde op zijn hoofd. 'Samenvattend: Maria, de Moeder Gods, is lichamelijk ten hemel opgenomen. Dat bevestigt het pauselijk dogma. Daarbij is zij op de maan terechtgekomen. Daarvoor staat God persoonlijk in met Zijn Openbaring aan de apostel Johannes. Rest de vraag: wat doet de bolsjewiek op het moment dat hij de Madonna vindt?'

'Mijn beste Ilja, dat is inderdaad de vraag der vragen. En er wil mij maar één antwoord te binnen schieten als ik me houd aan de wetten van de logica.'

'En dat is?'

'De Sovjet maakt de hemelvaart ongedaan. Hij zal de Madonna naar de aarde terugbrengen.'

'En dan? Ze zullen haar toch niets aandoen? Of haar doden? Of deinst de bolsjewiek zelfs niet terug voor moord op de Moeder Gods?'

'Zeker niet. Koroljov is geen domme marxist, maar een slimme nietzscheaan, als je begrijpt wat ik bedoel.'

Grootvader schudde zijn hoofd.

'Doet er ook niet toe. Maar moet je opletten. Als hij de moeder van Jezus naar de aarde haalt, trekt Koroljov daaruit de logische conclusie dat God bestaat, ook al heeft Gagarin hem dan niet vanuit het raampje van zijn raket gezien. Maar als God bestaat, kan ingenieur nummer één het plan om zelf een god te worden wel vergeten. Hij zal wel uitkijken om de Moeder Gods ook maar een haartje te krenken of haar zelfs door de Securitate uit de weg te laten ruimen. Dan kan hij namelijk het eeuwige leven dat Jezus ons belooft na de dood op zijn buik schrijven. Een Madonna-moordenaar hoeft niet eens voor Gods troon te verschijnen op de dag des oordeels, maar gaat linea recta naar de hel.'

'Dat lijkt mij ook,' zei Ilja. 'Maar wat doet ingenieur nummer één dan met Maria hier op aarde?'

'Hij laat haar vrij. Geen dank en succes ermee. Dan kan ze rustig op klaarlichte dag hier door de straten sjouwen en beweren dat ze de Moeder Gods is. Als ze geluk heeft, wordt ze alleen maar uitgelachen, maar als ze pech heeft, belandt ze voor de rest van haar levensdagen achter de tralies van een gekkengesticht. En Koroljov kan dan beweren dat hij het toch goed met haar gemeend heeft, en als Pilatus zijn handen in onschuld wassen.'

Ik geeuwde en deelde mee dat het nu toch echt sluitingstijd was. Dimitru reikte mij de aangebroken fles aan, met het verzoek hem voor morgen te bewaren. Grootvader nam met een glas water zijn epilepsietabletten in.

Toen ik naar mijn slaapkamer ging, was mij de zin en de onzin van het gesprek tussen Dimitru en mijn grootvader nog niet geheel duidelijk, maar ik had een idee gekregen. En hoe langer ik erover nadacht, des te vastomlijnder werd mijn plan om de hersenspinsels van die twee voor mijn eigen doel in te zetten.

Toen Dimitru de volgende middag daadkrachtig het lokaal betrad, sluisde ik grootvader en hem direct naar de keuken en vroeg hun te gaan zitten. Ik hing het bordje GESLOTEN op de deur, haalde Dimitru's tsoeika tevoorschijn en pakte ook een stoel. Ik kwam meteen ter zake.

'Weten jullie eigenlijk wel hoe groot de maan is? Ik heb in de natuurkundeles op school geleerd dat haar diameter ongeveer drieduizend vierhonderdtachtig kilometer bedraagt. Dat is een kwart van de diameter van de aarde.'

'Echt?' Grootvader was verbaasd. 'Dat is fiks.'

'Om niet te zeggen volumineus,' vond ook Dimitru. 'Dat zou je van hieruit niet zeggen.'

'Inderdaad,' zei ik veelbetekenend. 'En daar zou voor de Sovjet nog wel eens het probleem kunnen zitten.'

'Welk probleem?'

'Als ik jullie gisteren goed begrepen heb, zijn jullie ervan overtuigd dat de Madonna sinds haar tenhemelopneming op de maan woont en dat de Sovjets haar naar de aarde willen terughalen.'

'Zo is het,' knikte de tzigaan. 'En degene die daarachter zit, is die raketgeleerde Koroljov. Een doorgewinterde materialist. Stof tot stof. En nu je dat allemaal weet, Pavel, beloof je dat je het niet verder zult vertellen?'

'Op mijn woord van eer.'

'Mooi. Onze missie is dat we de Amerikanen willen waarschuwen. Ze moeten de Russen op de maan anticipatoir voor zijn en de Madonna beschermen, begrijp je wel?'

'Ja. Maar daar zit 'm, lijkt me, de kneep. Met zo'n enorme maan moeten ze, of het nu Russen zijn of Amerikanen, toch jaren zoeken voordat ze de Moeder Gods gevonden hebben? Het is zoeken naar een speld in een hooiberg. En misschien vinden ze haar wel nooit. Ze kan zich ook verschuilen.'

De twee keken elkaar aan. Aan hun blik kon ik zien dat ze mij konden volgen.

'Daar leid ik uit af,' gaf grootvader ter overweging, 'dat we van tevoren met een zekere precisie moeten weten waar de Moeder Gods zich op het maanoppervlak bevindt, alvorens de Amerikaanse president een brief te schrijven of per boot de Atlantische oceaan over te steken.'

'Dat is wat ik bedoel,' zei ik.

'Mensenkinderen,' zuchtte de zigeuner, 'waar je allemaal niet aan moet denken. Maar hoe komen we erachter waar de Moeder Gods zich precies ophoudt? Van hieruit met het blote oog kunnen we niet veel uitrichten.'

'Ik zou wel een methode weten hoe we de afstand als het ware kunnen verkleinen en de maan dichterbij kunnen halen.'

Toen de twee mij vol verwachting aankeken, speelde ik mijn troef uit. 'Wat jullie nodig hebben, is een telescoop.'

Het advies had een overrompelende uitwerking. Ik zei dat ik zo'n optisch hoogstandje onlangs nog in de etalage van een antiquair in Kronauburg had gezien. Dimitru en Ilja stonden meteen in vuur en vlam. Ik vermeldde er meteen bij dat zich in het bezit van ene Gheorghe Gherghel, een geesteszieke man, bovendien een complete doka-uitrusting bevond, inclusief camera en lenzen. Eerst begrepen ze het nut van laatstgenoemde instrumenten niet, maar ze raakten door het dolle heen toen ik hun uitlegde dat je met alleen de telescoop de Madonna weliswaar kon opsporen, maar met een filmpje in de camera kon je zelfs een voor iedereen zichtbaar bewijs vastleggen.

Dimitru gaf weer een van zijn vreugdedansen ten beste, maar grootvader bracht hem gauw weer tot bedaren.

'Pavel, heb je toen je in die winkel was ook gevraagd wat dat spul kosten moest?'

'Het is vrij goedkoop. Gezien de kwaliteit dan. Vijftienhonderd. Tweeduizend hooguit. Alles bij elkaar. Compleet.'

Grootvader greep naar zijn kin en schudde zijn hoofd. 'Helaas, helaas. Zoveel geld heb ik niet. Daar zou ik zeker nog een jaar voor moeten sparen.'

Dimitru vloekte. 'Wat ben ik toch ook een stomme oen. Dat ik zo nodig drie jaar moest gaan zitten zwijgen. Tja, dan is het lastig relikwieën verkopen, zonder babbel kun je die dingen moeilijk aan de man brengen. Ik hoop dat jullie dat begrijpen.'

Opeens knipte Ilja met zijn vingers. 'Ik heb wel een idee hoe we aan dat geld kunnen komen. Maar ik weet niet of je dan boos op me wordt, Dimitru, en niet meer tegen me spreekt.'

'Ik zal mijn hele leven nooit meer boos op je zijn, wat er ook gebeurt.'

'We kunnen jouw verjaardagscadeau verkopen. De televisie.'

'Zou je dat doen? Mijn cadeau aan jou... Wil je echt van de kijkbuis af om met mij Koroljov aan het kruis te kunnen nagelen?'

'Dat is het mij wel waard.'

De volgende morgen bij zonsopgang zat ik op de bok van de paardenwagen. Grootvader en Dimitru zaten in de laadbak met hun armen rond een vierkant voorwerp dat was ingepakt in een deken.

Tegen de middag bereikten we Kronauburg. Ik stuurde de kar naar een plein op de Burgberg, niet ver van de klokkentoren. Nadat ik me ervan vergewist had dat de uitdragerij van Gherghel er nog was en de telescoop nog in de etalage stond, sleepte ik het zware toestel de winkel binnen.

'Momentje, heren,' riep een man van in de zeventig met spierwit haar, 'ik koop niets meer aan.'

Dimitru trok de deken van het apparaat en mijnheer Gherghel zette zijn bril op. Zijn blik verried dat hij een kenner was.

'O la la, zoiets zie je niet zo vaak. Wat een prachttoestel. Een beauty. Allerhoogste kwaliteit. Een Loewe Optalux, uit Duitsland. Uit West-Duitsland, welteverstaan. Maar jullie zijn te laat. Ik koop echt niets meer aan. Eind volgende week moet ik er hier uit. Ik houd opheffingsuitverkoop.'

'Wat zou u voor het televisietoestel hebben gegeven als uw zaak nog liep?' vroeg ik stoïcijns.

'Met de aankoop van een dergelijk toestel zou ik algauw de grenzen van mijn financiële mogelijkheden bereiken. Zestien, achttien misschien... Als dat jullie niet te min zou zijn. En uiteraard alleen als u het aankoopbewijs kunt laten zien. Zonder bon heb ik nog nooit iets van een klant aangenomen, dure apparatuur al helemaal niet. Als je gestolen waar in huis hebt, sta je al met één been in Pitesti. Maar zoals gezegd, ik koop niet meer aan. Ik ben al blij als ik de voorraad hier nog kwijtraak.'

Ik keek om me heen. De objecten van mijn begeerte stonden er allemaal nog. Toen somde ik op: 'De telescoop in de etalage, de camera met de lenzen en de doka-uitrusting met alles erop en eraan, vloeistofbassins, papier, chemicaliën, wat zouden die in één koop kosten?'

'In één koop? Hebben jullie daar geld voor?' Mijnheer Gherghel maakte een raming. 'Rond de tweeduizend. Dat is echt meer dan redelijk.'

Grootvader mengde zich in het gesprek. 'Wij doen u een voorstel: we ruilen. De televisie tegen de optica. Is dat ook redelijk?' Daarbij haalde hij de aankoopbon tevoorschijn.

Gheorghe Gherghel was met stomheid geslagen. Hij liep naar een trap die naar zijn privévertrekken voerde en riep ene Matei. In een ommezien kwam zijn neef naar beneden, die mij herkende van mijn eerste bezoek.

'Hallo. Ben je nog altijd geïnteresseerd in de vergroter?'

Voordat ik kon antwoorden zei Matei's oom: 'Kijk eens naar

deze televisie. Wij mogen hem hebben in ruil voor de hele bubs optica. Wat zeg je ervan?'

Matei zei alleen: 'Dan hoef je 's avonds niet meer van verveling uit het raam te kijken.'

Een kwartier later twijfelde geen van ons drieën er nog aan dat Gheorghe Gherghel niet alleen een redelijk, maar ook een gelukkig man was. Toen wij te kennen gaven dat we uit de bergen kwamen, kregen wij er nog een licht beschadigde, maar werkende radio-ontvanger bij, zo een met het groene, magische oog. Matei vroeg mij of mijn begeleider van de vorige keer nog steeds zo geïnteresseerd was in een van de telescoopviziers. Na mijn antwoord 'Maar wel zeker!' kregen we er nog een vizier uit een legerdump bij. 'Die dingen koopt tegenwoordig toch geen mens meer, zeker niet nu de jacht verboden is.' Terwijl ik al voor me zag hoe blij Petre Petrov zou zijn, tilde Gheorghe Gherghel de telescoop uit de etalage en vertelde dat het om een achromatische keplertelescoop ging met een aanzienlijke vergrotingsfactor.

Dimitru wilde alleen weten: 'Is die onverchroomde buis ook geschikt voor de maan?' waarop Gherghel wel even vreemd opkeek, om hem vervolgens te verzekeren dat het toestel speciaal was ontworpen om ver afgelegen hemellichamen tot in de kleinste details te kunnen observeren. 'Jullie hebben mazzel. Bij de telescoop krijgen jullie ook nog een oude maankaart van de astronoom Giovanni Batista Riccioli. Dat was een zeer geleerde, Italiaanse jezuïet. De kaart is van midden zeventiende eeuw. Nee, niet het origineel natuurlijk, dat is onbetaalbaar, maar een goede replica van later datum. Daar zullen jullie wel wat aan hebben bij jullie studie van het maanoppervlak.'

Toen de vriendelijke antiquair de kopie van de 'Maria et Monti Lunae'-kaart uit 1651 uitrolde, verstarde Dimitru in een schok van herkenning. Toen begon hij luidkeels te juichen: 'Maria en de bergen! Die geleerde, die jezuïet, heeft Maria driehonderd jaar geleden ook gezien! Op de maan! En dat met zijn zelfgemaakte kijker.'

'Wie? Wie heeft Riccioli gezien?' Gheorghe Gherghel schudde zijn hoofd.

'De maagd Maria. De Moeder Gods in persona. Deze astronoom heeft haar ontdekt.'

'Hoe kom je daar nu in 's hemelsnaam bij?'

'Daar!' Dimitru tikte met zijn wijsvinger op de kaart. 'Daar staat het: "Maria et Monti Lunae". Volgens mijn bescheiden kennis van het Latijn, met dank aan wijlen papa Baptiste, zou dat betekenen: "Maria en de maanbergen".'

Gheorghe Gherghel sloeg zich op zijn dijen en hield zijn buik vast van het lachen. 'Jullie daar in de bergen, jullie leven echt ergens voorbij de maan. Lieve hemel, is me dat een mooi stelletje experts. Maria! Maria! Je moet er maar opkomen! "Maria" is het meervoud van "mare". En "mare" betekent "zee". De eerste astronomen verkeerden namelijk in de veronderstelling dat de donkere vlekken op de maan zeeën waren. Vandaar die naam. Mare Australis, de Zee van het Zuiden. Mare Imbrium, de Zee van de Regen. Mare Vaporum, de Zee van de Dampen. Tegenwoordig weten we dat die zeeën reusachtige steenwoestijnen zijn. Maar de namen is men blijven gebruiken. En alle zeeën samen heten dus "maria". Met de klemtoon op de eerste a: mária, niet maría. Dat is wat de wetenschap erover zegt, maar hoe konden jullie dat ook weten?'

Dimitru schraapte geïrriteerd zijn keel, maar was er samen met grootvader nog altijd heilig van overtuigd dat de overeenkomst tussen het meervoud van het Latijnse 'zee' en de naam van de Moeder Gods allesbehalve toeval kon zijn.

11

Mare Serenitatis, twaalf witte stippen en een staaltje amateurtoneel

Om niet al te veel opzien te baren met de optische instrumenten sleepte ik ze pas na het invallen van de duisternis naar ons magazijn. Ilja en Dimitru brandden van ongeduld om hun telescoop in gebruik te nemen. En wat was een toepasselijker plek om de verblijfplaats van Maria op de maan vast te stellen dan op de top van de Maanberg? Het liefst waren ze meteen met hun expeditie van start gegaan, maar 's middags dreven er geregeld wolkenvelden over waarachter de nachtelijke sterrenhemel schuilging. De beide maanwetenschappers gingen echter niet bij de pakken neerzitten. Om met de geografie van de aardsatelliet vertrouwd te raken bogen ze zich over de kaart 'Maria et Monti Lunae'. Met potlood, passer en liniaal voerden ze diverse berekeningen uit om de Maagd te lokaliseren alvorens de kijker daadwerkelijk op haar te richten. Toen Dimitru met behulp van een Latijns woordenboek alle benamingen op de maankaart had vertaald, nam hij een besluit.

'Maria troont in de Mare Serenitatis.'

'Wablief?' vroeg grootvader.

'In de Zee van de Helderheid. Alle andere zeeën kunnen we uitsluiten.'

'Hoe weet je dat zo zeker? De maan is groot,' wierp grootvader tegen. 'Mare Imbrium, Mare Humorum, Mare Nubium. De heilige Maagd kan bij haar tenhemelopneming overal wel geland zijn. Met andere woorden: we moeten haar overal zoeken, behalve in de Mare Moscoviense. De Zee van Moskou mijdt ze natuurlijk als de pest.'

'Lijkt mij ook.' De tzigaan meende ook andere plaatsen per definitie uit te kunnen sluiten. 'Geloof je nou werkelijk dat ze een feestje aan het bouwen is met de apostelen in een onherbergzaam oord als Oceanus Procellarum, de Oceaan van de Stormen? Of in de ijzige Mare Frigoris, waar de Moeder van Onze-Lieve-Heer Jezus Christus moet klappertanden van de kou? Of zelfs in het vreselijkste,' Dimitru kneep zijn neus dicht, 'in de dampen van de Mare Vaporum of het Palus Putredinis, het Moeras van de Rotting?'

'Jullie zijn niet goed wijs!' sputterde Kathalina, eerst nog gekscherend, daarna zichtbaar bezorgd om de geestelijke toestand van de twee maanmannen, en ze raakte uiteindelijk danig uit haar humeur. 'Er is geen land meer met jullie te bezeilen. Sinds Johannes Baptiste niet meer onder ons is, hebben jullie de kolder in je kop. Maria op de maan! Ik hoop maar dat er gauw een nieuwe pastoor in het dorp komt, die jullie met je krankzinnige hemelbestormingen weer tot jezelf brengt.'

In de overtuiging dat de hoogste autoriteiten achter haar stonden, een pauselijk dogma en het Woord Gods in de Bijbelse Openbaring, twijfelde Kathalina niet aan de waarheid van Bijbel en Kerk, maar zo langzamerhand wel aan de werken van de Heilige Geest. In plaats van haar medemensen te verlichten, vertroebelde die kennelijk hun brein. 'Alleen halvegaren komen op het idee om zo'n prachtige televisie in te ruilen voor een oude radio en zo'n berg nutteloze toeters en bellen.'

Ondanks de bezwaren van mijn moeder werd de radio voor Ilja en Dimitru de verbindingsdraad met de wereld waarlangs het laatste nieuws doordrong tot in ons dranklokaal. Het betrof dan wel berichten die door het filter van de staatscensuur waren gekomen of door de tomeloze fantasie van de propaganda gekleurd waren. Daarbij kwam nog dat onze informatievoorziening te lijden had van wrijvingsweerstand ten gevolge van de sleetse techniek. Het radiotoestel had, zoals ik na enig geknutsel vaststelde, geen moeite met het ontvangen van het zendersignaal, maar kampte met aanzienlijke problemen bij de geluidsweergave. Dimitru vermoedde dat de plus- en de minpool van de luidspreker-magneet bij het transport op de hotsende paardenkar omgewisseld waren. Het defect uitte zich doordat de ontvangst urenlang glashelder kon zijn, waarna er plotseling geknetter klonk of geruime tijd helemaal niets. Als dat gebeurde, knipte de zigeuner met de vingers van zijn rechterhand en draaide met zijn linker onophoudelijk aan de afstemknop, wat een dermate grote belasting vormde voor Kathalina's zenuwen dat ze soms zonder pardon de stekker uit het stopcontact trok.

Niet lang na de Sovjettriomf van Gagarins ruimtevlucht hoorden wij het bericht dat grootvaders geliefde Amerika niet alleen waardeloze raketten bouwde, maar ook nog eens de ene slechte beurt na de andere maakte op het politieke wereldtoneel. Toen hij de naam Fidel Castro hoorde, spitste mijn grootvader zijn oren. Dimitru draaide de geluidssterkte op maximaal. Amerika had blijkbaar geprobeerd de binnen de Transmontaanse Arbeiderspartij zo gevierde revolutionair ten val te brengen. Terwijl Castro alle kapitalisten van het eiland Cuba had verjaagd, de proletarisering voortvarend ter hand nam en nu ook nog onder een hoedje speelde met de Sovjet-Unie, had de VS de tegenaanval ingezet. Als men de verslaggever moest geloven, zouden contrarevolutionaire Cubanen met een handjevol dollars naar de VS zijn gelokt en tot de tanden bewapend hun landgenoten terug naar het eiland hebben gejaagd. Wat er op Cuba vervolgens met hen gebeurd was, bleef een raadsel doordat de radio weer kuren kreeg. Wat grootvader en Dimitru nog wel uit het geknetter opvingen was de naam van de Amerikaanse president die Chroesjtsjov na de ruimtereis van Gagarin een gelukstelegram had gestuurd. Het leek erop dat deze John Ef Kennedy ook bevel had gegeven tot de bestorming van Cuba om de bewoners de Amerikaanse vrijheid te brengen die men op het eiland van de revolutionairen niet op waarde wist te schatten. Fidels rebellengarde, zo begreep Dimitru, had alle indringers in een Varkensbaai geworpen, waarop mijn intussen tamelijk Bijbelvaste grootvader slechts opmerkte dat Jezus eens door hem uitgedreven demonen bevolen had om in de zwijnen te varen, die zich vervolgens in zee stortten en verdronken. Voor mij was de essentie van de berichten dat Kennedy en de zijnen van de val van Castro een potje hadden gemaakt. Ilja en Dimitru vroegen daarom logischerwijs of de Amerikanen wel slim genoeg waren om de geheime plannen van Koroljov überhaupt te doorzien en er, zo ja, een effectieve strategie tegenover te stellen.

'Amerika,' vond grootvader, 'moet eindelijk overgaan tot de tegenaanval.'

En dat deed het. Op 25 mei 1961. De president van de Verenigde Staten had voor het Amerikaanse Congres een rede van het grootste nationale belang gehouden. Hij sprak over een aanstaande slachting tussen vrijheid en tirannie, die Amerika, ongeacht de uitkomst ervan, in alle gevallen zou winnen. En over de strijd om de verovering van het heelal. Kennedy proclameerde: 'Onze natie stelt zich ten doel om nog voor het einde van dit decennium een mens naar de maan en weer behouden terug op aarde te brengen!'

Voordat Ilja en Dimitru goed en wel beseften welk geluk hun ten deel zou vallen, eiste een volgend bericht hun volle aandacht op. De Transmontaanse staatsraadvoorzitter Gheorghiu-Dej, die als steile bondgenoot van Moskou gold, richtte persoonlijk het woord tot de natie. In een redevoering over de politieke toestand in de wereld verklaarde hij dat de grootheidswaan van de VS bij de verovering van de hemel omgekeerd evenredig toenam met zijn mislukkingen op aarde. Kennedy zou zijn utopische plan om naar de maan te vliegen alleen hebben ontvouwd om nationaal en internationaal opschudding te veroorzaken teneinde de aandacht af te leiden van zijn Cuba-debacle en seksschandalen rond zijn persoon. Toen Dimitru hoorde dat Kennedy's geflikflooi met een aan alcohol en pillen verslaafd filmsterretje zijn positie in de binnenlandse politiek verzwakt had, klapte hij juichend in zijn handen.

'De bolsjewieken voelen nattigheid. Ze worden zenuwachtig.

Nu snuffelen hun speurhonden ook al rond in het presidentiële bed. Als de Rus in zijn denkerwt geen oplossingen meer vindt, trapt hij zijn tegenstander gewoon in zijn ballen. Maar een man die koste wat kost naar de maan wil, is niet tegen te houden met een affairetje hier of een schandaaltje daar. Hou me ten goede, Ilja, als iemand Koroljov kan stoppen, is het John Ef wel!' Dimitru zweeg en sloeg zich tegen het voorhoofd. 'Allemachtig, Ilja, de minnares van de president! Dat is pure voorbeschikking. Op Radio Londen hebben ze het steeds over ene Marilijn. Weet je hoe je dat vertaalt? Marietje, Maria'tje. Maria en John Ef! John is de afkorting van Johannes. Ef. Evangelist! De evangelist Johannes was de enige mens aan wie de Vrouwe op de Maan zich in een visioen getoond heeft. Begrijp je wel?'

'De Ami heeft het helemaal begrepen.' Grootvader was verrukt. 'Kennedy begint zijn tegenoffensief. Hij wil naar de maan, en hij weet donders goed dat de tijd dringt.'

'Ik zou zeggen dat John Ef weldra de geldpers een slinger geeft. Zo'n maanvlucht kost een lieve duit. Als ik de berichten uit Londen goed begrepen heb, heeft Amerika zelfs een Duitser ingehuurd voor de bouw van de raket. Burner Braun of zoiets. En ik kan je vertellen: als een Duitser iets aanraakt, werkt het.'

'Als de Duitser meedoet met de Ami,' stelde grootvader vast alsof het een voldongen feit was, 'kan Koroljov wel inpakken.'

'Daar kun je gif op innemen. Pavel, een tsoeika alsjeblieft!'

Zoals gebruikelijk werd het avondnieuws afgesloten met het weer. Voor vrijdag 26 mei en de volgende dagen werden voor de Karpaten zomerse temperaturen en een stralend blauwe hemel verwacht. Ilja en Dimitru snelden naar de deur. De nachthemel was kristalhelder. Over twee dagen zou het volle maan zijn. Wat kon er gunstiger voor hun telescopische waarnemingen zijn dan deze laatste dagen van de Mariamaand mei?

De volgende dag vroegen de lunologen in spe mij hoe de hemelkijker moest worden opgesteld en hoe de fotocamera, film en flitsblokjes werkten en verzochten mijn moeder proviand voor een paar dagen in te pakken. Na Dimitru's hint dat ze vanwege de langdurige blootstelling van hun ogen aan het oculair waarschijnlijk ook wel een concentratiebevorderend drankje konden gebruiken, stopte ik daar ook een paar flessen pruimenbrandewijn bij, waarschijnlijk omdat ik toch wel een beetje een slecht geweten gekregen had bij de hele onderneming. Tenslotte was ik het geweest die de idiote poging van de Mariazoekers door het bezoek aan de uitdragerij van Gheorghe Gherghel mogelijk had gemaakt.

'Vergeet je maanziektepillen niet,' smaalde Kathalina.

Bij het vallen van de avond gingen de twee op pad.

Tegen middernacht kwamen ze bij de kapel waar ooit de Madonna van de Eeuwige Troost had gestaan. Op een open plek tussen de rotsen richtten ze hun observatorium in. Ze plantten het driepootstatief in de grond en monteerden de telescoopbuis. Ze dankten de hemelse machten voor hun vrije zicht op de heldere, bijna helemaal ronde maan en mompelden er nog een schietgebed achteraan waarin ze de Moeder Gods smeekten zich niet aan het zicht van het glazen oog van hun kijker te onttrekken. Bij de vraag wie als eerste door de telescoop mocht kijken vlogen ze elkaar bijna in de haren. Ze wilden allebei de ander voor laten gaan. Uiteindelijk richtte Ilja de refractorbuis op de maan.

Op het moment dat hij zijn oog tegen de oogdop drukte, verliet Ilja de aarde. Terwijl hij zich vergaapte aan de maan ging hij de ruimte tussen de tijden binnen. Het bestuderen van de maankaart was de moeite waard geweest. De jezuïet Giovanni Batista Riccioli had uitstekend werk verricht. De cartografische aanduidingen van de astronoom kwamen precies overeen met Ilja's waarnemingen. Alsof zijn geest de kloof tussen hemel en aarde overbrugde, zweefde hij tussen de peilloze diepten van monumentale bergketens, vloog hij over brokkelige kammen en geërodeerde ruggen en gleed over uitgestrekte woestijnen. Grijs beschaduwde vlakten zag hij, onderbroken door wallen met inhammen en roodbruin gekleurd steengruis. Daartussendoor ontsproten patronen die deden denken aan de lijnen en knoesten van drooggevallen rivierbeddingen, verhieven zich torenhoge kraters, rond en ovaal, sommige zo groot als peilloze ravijnen, vele niet groter dan een speldenknop. Ilja herkende de krater die de naam droeg van de Romeinse geschiedschrijver Plinius. Hij lag in het noorden van de Mare Tranquilitatis, de Zee van de Stilte, die met de zuidzijde aan de Mare Serenitatis grensde.

'Ik heb het!' riep Ilja uit.

'Wat?'

'De Zee van de Helderheid.'

'En?' Dimitru bibberde niet meer van de kou, maar van opwinding. 'Zie je haar?'

'Nee. Kijk zelf maar!'

'Krek als het niet waar is. Mare Serenitatis. Maar ik zie alleen maar stenen.'

De vraag 'Wat zie je?' en het antwoord 'Niets' zouden de komende vier nachten nog met regelmatige, zij het steeds grotere tussenpozen te horen zijn in het kersverse observatorium. Omdat ze pijn in hun ogen kregen, wisselden de maanvorsers elkaar ieder halfuur af. Maar het mocht niet baten. Als de maan achter de donkere horizon verdween, spraken ze elkaar moed in aangezien er niets anders te bespreken viel en verzekerden ze elkaar dat ze geduld moesten hebben. Met de eerste stralen van de opkomende zon daalde Ilja naar een bronnetje af, leste zijn dorst en nam zijn epilepsietabletten in, terwijl Ilja voldoende tsoeika tot zich nam om tot de volgende avond door te slapen. Op de laatste meidag, een woensdag, waren brood, worst en spek allang op, maar ondanks een knorrende maag, een pijnlijke rug en vreemde vlekken voor hun ogen besloten ze ook de nacht van woensdag op donderdag vol te houden. Toen het eindelijk begon te schemeren en de maan opkwam, ontkurkte Dimitru de laatste fles schnaps. Omdat Ilja met zijn oog aan de telescoop klaagde over duizeligheid en zwarte vlekken, lalde Dimitru dat hij een koppige ezel was die in bed hoorde te liggen, waarop grootvader gauw onder het tentzeil kroop.

Dimitru keek. Door het oculair bleef zijn verlichte oogbol aan de Mare Serenitatis gekleefd, zelfs als zijn keel door dorst geplaagd werd. Tussendoor deed hij korte dutjes, tot hij de indruk kreeg dat de maanschijf langzaam begon rond te draaien. Dimitru draaide mee en werd ondergedompeld in de schrille kleurencascades van de Regenboogbaai Sinus Iridium, werd bedwelmd door het purper van het Palus Somnii en vergaapte zich aan de geometrische zuiverheid van de concentrische ringen van de krater Taruntius. Van de Mare Humorum zweefde hij westwaarts, passeerde de Zee van de Wolken tot de Mare Nectaris, zwenkte in noordelijke richting tot zijn oog over de krater Plinius weer het beginpunt van de reis terugvond, de Zee van de Helderheid. Hij nam een laatste slok tsoeika en perste zijn oog met uiterste krachtsinspanning tegen de oogdop.

Toen in de verte zachtjes twaalf klokslagen klonken van de kerk van Apoldasch, zag hij haar. In het midden van een onopvallende krater aan de zuidwestrand van de Mare Serenitatis flitste ze op, haar stralende aangezicht naar de aarde gericht. Aan de rand van de krater werd ze, als de cijfers op een wijzerplaat, omringd door de twaalf apostelen. Uit hun keel klonk als het gezang van engelen het *Salve Regina, mater misericordiae.*

Dimitru huilde van vreugde toen hij zich herinnerde wat het doel van hun missie was. Hij monteerde het fototoestel aan de telescoop, ontstak het magnesiumflitslicht om de hemel te verlichten en maakte de ene na de andere opname. Daarna stortte hij dronken van de tsoeika en nog dronkener van gelukzaligheid ter aarde, de telescoop met beide armen omklemmend als een geliefde na een wilde nacht.

Grootvader maakte hem wakker toen de zon zijn hoogste punt naderde.

'En?' vroeg hij. Dimitru antwoordde slechts: 'Ilja, mijn vriend, onze expeditie wordt een triomf.'

Terwijl grootvader de camera met de kostbare film en de telescoop weer inpakte, haalde Dimitru de Percheron, die ergens stond te grazen, spande hem voor de wagen en ze aanvaardden de thuisreis.

'Ik heb haar gezien. Sine dubio. Zij toonde zich aan mij zoals ze zich ook aan de evangelist Johannes geopenbaard heeft,' zei Dimitru en hij overhandigde mij de fotocamera. 'Pavel, hier zit het allemaal in. Nu doen wij een beroep op jou. Weet je zeker dat je de film in dit toestel in een echte afbeelding op papier kunt veranderen?'

'Geen probleem.' Mijn nieuwsgierigheid naar de fotografische resultaten van Dimitru was gewekt, maar nog spannender vond ik het om eindelijk het beeldmateriaal af te drukken op de negatieven die veilig in het tabernakel van de kerk van Baia Luna lagen. 'Ik ga vannacht nog aan het werk,' beloofde ik.

Aangezien grootvader en de tzigaan in technisch opzicht een onbeschreven blad waren, lieten ze de inrichting van de donkere kamer aan mij over. Het feit dat ik voor de in te richten doka moest kunnen beschikken over stromend water had Dimitru op het idee gebracht dat ik de bijkeuken van wijlen huishoudster Fernanda Klein in de leegstaande pastorie voor dat doel kon gebruiken.

De inrichting van het roodlichtlaboratorium leverde geen noemenswaardige problemen op. De vorige eigenaar van de apparatuur had deze zorgvuldig onderhouden en ook alle gebruiksaanwijzingen keurig bewaard. Ik had de installatiehandleiding uitgebreid bestudeerd en droeg de apparaten en de camera in het holst van de nacht naar de waskelder van de pastorie. Ik hing een zwarte lap voor het raam, bouwde de vergroter op op een oude strijkplank en controleerde of de tijdschakelaar en de lichtbron nog werkten. Ik loste volgens de instructie soda, natriumsulfide, metol en ontwikkelingszouten in water op en goot de ontwikkelaar en fixeervloeistof in de betreffende baden. Als laatste sloot ik de rode lamp aan en opende de dozen met het lichtgevoelige papier.

Teleurgesteld stelde ik vast dat de meeste dozen reeds aangebroken waren. Er zaten ontwikkelde foto's in die mij niet interesseerden, maar wel veel prijsgaven over de liefhebberij van de voormalige eigenaar van de apparatuur. Bruine beren en imposante herten tijdens de bronst behoorden duidelijk tot zijn lievelingsonderwerpen. Helaas bleven er van de vele dozen maar weinig onbelichte vellen voor mijn eigen afdrukken over.

Ik haalde mijn kostbaarste bezit tevoorschijn, dat ik van tevoren uit de kerk had gehaald: het negatief. Ik legde de film in de filmhouder en schakelde het licht van de vergroter aan. Het werkte. Langs een tandheugel kon ik de vergroterkop zo ver omhoogdraaien dat de lichtkegel de afmeting van een poster had. Ik stelde de projectie van het negatief scherp, deed het licht uit en legde bij wijze van proef een vel fotopapier onder de vergroter. Omdat ik geen enkele ervaring had met belichtingstijden, kwam ik pas na een aantal mislukte pogingen en dus verspilde vellen in de buurt van de juiste waarde.

Twee uur later kon ik het resultaat van mijn werk bekijken. Aan een waslijn in de kelder van de pastorie hingen vijf grote foto's. Twee ervan werden helemaal grijs bij het drogen. Er bleven er drie over. Ze toonden doctor Stephanescu met zijn gepommadeerde haar die schuimwijn tussen de naakte dijen van een vrouw in een zonnebloemenjurk sprenkelde, met op de achtergrond een man met een bril, Florin Pauker, meende ik, die zich stond af te trekken. De drie afbeeldingen zouden inslaan als een bom. De strekking ervan zou Partijchef Stephanescu van de troon stoten. In Angela's dagboek stond: 'Hang mijn foto's aan iedere lantaarnpaal.' Ik wist een betere plaats om de Kronauburger Partijchef publiekelijk te presenteren. Maar in mijn koortsachtige enthousiasme bij de gedachte aan het succes van mijn kruistocht beging ik een fout.

Dimitru's Madonnafoto's moesten nog ontwikkeld worden. Toen ik de film uit de camera trok, herinnerde ik me op slag de uitleg van doka-assistente Irina Lupescu: 'Eén straaltje licht, en je kunt je gevoelige materiaal weggooien.' Ik had Dimitru's film in mijn handen en bemerkte tot mijn ontzetting dat het licht nog aanstond. Mijn laatste sprankje hoop dat er op de negatieven nog iets te zien zou zijn vervloog toen ik de film uit de ontwikkelaar haalde. De film was zo helder als glas. Dat betekende dat de afdruk niets anders zou worden dan een zwart vlak. Maar daarmee kon ik Dimitru en mijn grootvader in geen geval onder ogen komen. Ik dacht koortsachtig na. Het geloof dat ze de Moeder Gods op de maan betrapt hadden, was niets anders dan de idiotie van twee gekke, maar onschuldige mannen, die met hun ongerijmde ideeën beslist geen kwaad in de zin hadden. Moest ik ze nu teleurstellen? Of zou ik om ze een plezier te doen naar de trucagefotografie grijpen? Dimitru had beweerd dat hij hetzelfde had gezien als de apostel Paulus. Voor zover ik me kon herinneren was in de Apocalyps een teken verschenen, een stralende vrouw, onder haar voeten de maan en op haar hoofd een krans van twaalf sterren. Iets dergelijks moest ik nu op het fotopapier zien te krijgen.

Ik zocht al mijn kleingeld bij elkaar, een grote munt van tien en een stuk of tien minuscule aluminium muntjes. In de overgebleven doos zaten nog maar vier fotopapieren van briefkaartformaat. Ik legde een onbelicht vel onder de vergroter en legde de grote munt precies in het midden. De andere schikte ik eromheen. Ik belichtte het papier kort en liet het in het ontwikkelbad glijden. Al na een paar seconden werd het zwart met een ronde witte vlek in het midden, omgeven door kleine witte stippen. Hetzelfde deed ik met de overgebleven papieren, spoelde ze af en hing ze te drogen.

Grootvader en Dimitru zaten nog steeds aan de keukentafel. Ze hadden de hele nacht zitten wachten. Dimitru kuchte van ongeduld. 'En? En? Is het wat geworden?'

'Het is maar hoe je het noemt,' antwoordde ik. Ik legde vier zwarte foto's met witte stippen op tafel.

Dimitru verstarde. 'Wat, wat moet dat voorstellen?'

346

'Geen idee wat je daarboven hebt staan fotograferen,' antwoordde ik koeltjes, 'maar het ziet er opmerkelijk uit. Het kunnen de
maan en sterren zijn. Misschien heb je te fel geflitst en al het andere wat er te zien was overbelicht.'

'Maar dat is de Madonna toch niet?' Ook grootvader was diep
teleurgesteld. 'Wat heb je daar nou geschoten, Dimitru? En jij zegt
nog wel dat je haar hebt gezien?'

'Heb ik ook. Ik zweer het. Ik heb haar echt gezien.'

'En hoe zag die Madonna van jou eruit?' Dimitru ontging de
spot in mijn stem.

'Mooi! Mooi zag ze eruit! Madonna's zien er altijd mooi uit.'

Dimitru stond op. Terneergeslagen van de ontluistering en
bleek van vermoeidheid sjokte hij terug naar de zigeunerneder-
zetting. Zeven dagen en zeven nachten begroef hij zich in zijn bed
en straalde zoveel bitterheid uit dat men het niet waagde hem aan
te spreken.

Toen hij eindelijk op een zaterdagmorgen uit zijn hol kwam,
waren de zigeunerkinderen niet de enigen die zich een hoedje
schrokken. Dimitru's volle, zwarte baard was helemaal grijs geworden. Hij ging naar de bibliotheek, die hij na het verbreken van
zijn zwijggelofte niet meer betreden had. De boeken lagen nog
altijd verspreid in het rond en nog altijd was de lucht bezwangerd
van het stof dat zijn gepieker en getob had doen neerdalen. Dimitru schoof de gordijnen opzij, zette alle ramen open en liet de
boel doortochten. Vervolgens zette hij alle boeken terug op hun
plaats. Toen hij de grot der chaos in een tempel van orde had veranderd liep hij terug naar zijn clan, ging in de warme junizon op
een stoel zitten en riep de vrouwen. Hij spoorde hen aan om ter
plekke alles aan hem wat aan de Mozes uit de Bijbel deed denken, te verwijderen. De vrouwen gingen aan het werk. Een kwartier later had Dimitru zijn prachtige baard niet meer. Hij ging in
de badkuip zitten, liet zijn rug schrobben en zich droogwrijven.
Vervolgens parfumeerde hij zich met een fles Tabac oriental. Hij
trok een wit overhemd aan en kleedde zich in het zwarte pak dat

hij gewoonlijk alleen tijdens zijn zakenreizen droeg, zette zijn breedgerande hoed op en wandelde naar zijn vriend Ilja.

Kathalina, grootvader, mijn tante Antonia en ik zaten in de keuken en zagen pas in tweede instantie dat het Dimitru was.

'Ongelofelijk,' zei Antonia, 'wat kun jij een knappe en trotse man zijn.' Ook Kathalina was overrompeld. 'Het lijkt erop dat je in je beste jaren eindelijk eens verstandig bent geworden. Ga zitten en eet mee.'

Toen de vrouwen de tafel hadden afgeruimd sprak Dimitru: 'Ilja, wat ben ik toch dom geweest. Ik geloofde dat de heilige Maagd zich zou onderwerpen aan de wetten van de optica en de fotografische apparatuur. Hoe kon ik er zo ver naast zitten! Hoe kan iemand met een helder verstand er nu van uitgaan dat de Madonna zich in een donkere kamer en met chemische goedjes op een vel papier laat toveren?'

Grootvader haalde de afdrukken met de witte stippen tevoorschijn. 'Moet je kijken, Dimitru! Kijk dit dan eens! Zo slecht ziet het er toch niet uit? Was de Madonna, toen je haar zag, heel licht en helder?'

'Als de stralende zon.'

'En de apostelen, waren die te zien?'

'Zoals de sterren op haar stralenkrans.'

Opgewonden tikte Ilja op de foto's. 'Nee maar, Dimitru. Dat is het. In het midden, die witte cirkel, dat is haar. Precies in het midden van de zwarte duisternis, begrijp je wel? Maar zo lichtgevend en helder als ze is, overstraalt ze gewoon alles. En om haar heen, die kleinere stippen, dat zijn de apostelen. Deze afdrukken zijn voldoende bewijs voor hem die de taal der tekenen verstaat.'

Dimitru spitste zijn oren. 'Er zit wat in, wat je daar zegt.' Toen telde hij en kwam tot elf. 'Er is een stip te weinig. Het zouden er twaalf moeten zijn. Twaalf apostelen, twaalf witte stippen. Maar ik tel er slechts elf.'

'Ja, dat was mij ook al opgevallen.' De opwinding was van grootvaders gezicht af te lezen. 'Sinds ik de Bijbel lees, denk ik logisch na. Dimitru, je moet het ook eens proberen. Elf apostelen is het juiste aantal. Niet twaalf. En weet je waarom?'

'Vertel op!'

'Tijdens het Laatste Avondmaal had Jezus twaalf van hen om zich heen verzameld. Maar we moeten ervan uitgaan dat zijn moeder, daarboven op de maan, de verrader van haar zoon niet in haar buurt wil hebben. Judas is die twaalfde, en die ontbreekt uiteraard.'

'Sic est! Helemaal waar. Ik neem aan dat de verrader, zijn dertig zilverlingen vervloekend, ronddoolt in de Mare Moscoviense.' Dimitru wilde tevreden over zijn baard strijken, maar hij bemerkte dat zijn hand in het niets greep. 'Je bent een slimmerik, Ilja. Maar toch. We moeten onze hersens erbij houden. Dit, dit fotografische papier, laat de ziende slechts zien wat hij al weet. En de blinde blijft net zo blind als voorheen.'

'Zou best kunnen,' gaf grootvader toe. 'Maar wat moeten we nu met ons beeldmateriaal?'

'Laat zitten die foto's,' flapte ik er in mijn radeloosheid uit. 'Ik heb op de radio een nieuwe zender ontdekt. De aanrader van de eeuw. Korte golf, frequentie 3564 kilohertz, Radio Vrij Europa. Vanuit München. Jullie hoeven de wereld niet meer te redden: de Ami's bouwen een gigantisch ruimtevaartcentrum in Huntsville, Alabama. En ze hebben een man tot directeur van alle ingenieurs benoemd die beter zou zijn dan jullie aartsvijand Koroljov. En weten jullie wie die nieuwe Amerikaanse rakettendirecteur is?'

'Burner Braun,' zei Dimitru. 'Een Duitser.'

'Tjongejonge, jij bent op de hoogte. Wernher von Braun heet de man. Weet jij soms meer over hem?'

'Hoe zou ik kunnen? De presentator van Radio Londen ratelt altijd zo snel.'

'Net wat ik zeg, Radio Vrij Europa is veel beter. In ieder geval heeft die Von Braun verstand van raketten. Hij was al ten tijde van de Führer rijksingenieur nummer één. Tegenwoordig is hij Amerikaans staatsburger. Zoals iedere goede Amerikaan gelooft hij in God. Dat bevestigt zijn vrouw, die overigens Maria heet.'

Grootvader en Dimitru werden onrustig. Ik trok een papier te-voorschijn. 'Hier, ik heb het opgeschreven. Zodat ik niet zou ver-geten wat Von Braun op de radio gezegd heeft.'

'Boven alles staat de eer van God, die het grote universum ge-schapen heeft waarin de mens met zijn wetenschap vol ontzag dag in dag uit verder probeert door te dringen en het tracht te door-gronden.'

'Heeft die Duitser dat echt gezegd?'

'Zo waar als ik hier sta. Hoewel hij voor de hitleristen destijds behoorlijk gemene raketten gebouwd heeft. Hij schijnt helemaal bijgedraaid te zijn. Misschien heeft hij het gevoel dat hij iets goed te maken heeft.'

Dimitru wiegde met zijn hoofd. 'Bijgedraaid, zeg je? Zou pos-sibel kunnen zijn. Maar de Duitser is sluw en vergeet nooit iets. Burner von Braun heeft nog wat uit te staan met de bolsjewieken nadat hij aan die geschiedenis met het Duizendjarige Rijk de brui heeft moeten geven. Burner kan niet vergeten zijn dat hij bevrijd is en zijn mooie raketten naar de schroothoop moest brengen. Ik wed dat Burner von Braun tegen elke prijs wil voorkomen dat de Sovjet zijn hamer-en-sikkelvlag op de maan hijst. Het was voor hem al pijnlijk genoeg de rode Russenvlag op de Rijksdag te zien wapperen.'

'En daardoor weet de Amerikaan,' merkte grootvader op, 'dat er op de aardbol geen betere rakettenboer te vinden is dan deze voormalige bruine Duitser.'

'Klopt. Op de radio werd ook gezegd dat Kennedy Von Braun een paar miljoen dollar in de hand heeft gedrukt om een gigan-tische Saturnus-raket te bouwen die alles in de schaduw stelt wat de Sovjet tot nu toe aan raketten heeft voortgebracht.'

'Ik trek een conclusio.' Dimitru reikte grootvader de hand. 'Har-telijk gefeliciteerd, Ilja. Amerika heeft ons niet meer nodig. On-ze missie is volbracht.'

'Hè, wat jammer nou,' zuchtte grootvader. 'Ik wou nog wel zo graag naar Noejorke...'

'Dat komt wel een andere keer,' troostte ik hem. 'Maar jullie kunnen er om te beginnen zeker van zijn dat jullie aan de goede kant staan. Amerika zal zegevieren.'

Vanuit de keuken hoorde ik dat de eerste gasten het dranklokaal betraden. 'Hoezo gesloten? Waar blijft de bediening?' De stem van Liviu Brancusi herinnerde mij aan het feit dat het zaterdag was. De drie Brancusi's, die in het nieuwe Agrocomplex van Apoldasch een baan in de varkensmesterij gevonden hadden, waren in opperbeste stemming en stonden te trappelen er een mooi weekend van te maken. Wat betekende dat ze het op een zuipen wilden zetten. De Transmontaanse Arbeiderspartij, pochte degene van hen die altijd het woord deed, had vandaag haar miljoenste lidmaatschapskaart uitgereikt.

Toen ik de schnapsfles op tafel zette, zong Liviu: 'Het so-hociali-hismes zegenrijk werk wordt nie-hiet gedwarsboomd door paus of kerk.' Hij begon onverstoorbaar voor de zoveelste keer met zijn wervingsactiviteiten. Hij wees mij erop dat het voor mij als coöperatielid van de Handelsorganisatie Kronauburg niet alleen mijn beroepsmatige plicht maar ook mijn burgerplicht was om de Partij van het Volk mijn verbondenheid te tonen. Zo niet als actief lid, dan toch tenminste als toeschouwer op de grote Dag van de Partij op het marktplein in Kronauburg, om de verdiensten der kameraden de passende solidariteit te betuigen.

'Dat is de moeite van het overwegen waard, Liviu,' zei ik. 'Wanneer vindt die grote dag plaats?'

'Op een zaterdag, vandaag over twee weken,' antwoordde hij. 'Er komen duizenden mensen. Eten en drinken zoveel je maar wilt. Op kosten van de Partij. Alles wat maar een rang of een naam heeft, zal aanwezig zijn. Het wordt een onvergetelijk gebeuren. Mij kun je trouwens in de menigte makkelijk herkennen: ik ben onderscheiden vanwege voorbeeldige uitvoering van het plan. Ik zal bij de optocht van de collectieven de banier van ACA-2 dragen.'

'Van wát?'

'Agro-industrieel Complex Apoldasch twee.'

Ik beloofde dat ik erover na zou denken. Ik moest binnenkort trouwens sowieso naar Kronauburg om in te kopen voor de winkel. Dat zou ik dan vrijdagmiddag kunnen doen. In de nacht van vrijdag op zaterdag zou ik dan mijn persoonlijke bijdrage kunnen leveren om de Dag van de Partij voor de Kronauburger Partijsecretaris Stephanescu inderdaad onvergetelijk te maken.

'De prijs wordt bepaald door vraag en aanbod,' sprak de waard in de Pofta buna me belerend toe, die het tarief voor een nachtje op een strozak onlangs verdriedubbeld had. Ik betaalde zonder morren. Ik was niet de enige die, aan de vooravond van het Partijspektakel, de nacht in Kronauburg wilde doorbrengen. Voor het goedkope etablissement stonden een stuk of twintig beladen voertuigen van HO-coöperatieleden die de vrijdag gebruikt hadden om hun voorraden aan te vullen om de volgende dag ter meerdere eer en glorie en op kosten van de Partij te kunnen meefeesten. Ik schoof aan bij mijn collega-kooplieden en bestelde een bier, brood en *mititei*, gebakken gehaktrolletjes. Als ik de stemming zo peilde, had niemand van het coöperatiemodel iets te klagen. Integendeel. De verbeterde leverantie werd toegejuicht, net als de subsidiepolitiek van de staat. De enigen in dit land die echt altijd wat te mopperen hadden, meende men, waren de boeren. Toen ik opmerkte dat de Partij bij de collectivisatie niet bepaald zachtzinnig te werk ging, was het enige wat men daarop te zeggen had de tegeltjeswijsheid 'Waar gehakt wordt vallen spaanders'. Toen ik informeerde of iemand wist wat er met de vroegere groothandelaar Hossu gebeurd was, oogstte ik slechts schouderophalen en mismoedige blikken. De enige die iets zei, was een ouder coöperatielid, en dan alleen dat het in deze tijden raadzaam was om sommige vragen niet te stellen.

Om van tevoren de situatie ter plaatse te verkennen slenterde ik aan het begin van de avond naar het marktplein. De organisatoren hadden de gevels aan het plein met rode vaandels en reusachtige nationale vlaggen veranderd in een decor van een propagandistische bombast die mij de adem in de keel deed stokken. Als men de vijfentwintig meter lange spreuken op de vaandels moest geloven, was ons land het meest vooruitstrevende, vreedzaamste en productiefste ter wereld, er steeds toe bereid net dat ene beslissende beetje meer te geven. In de spreuken werd wakker geschud, aangepakt en opgebouwd dat het een aard had, werden solidariteiten gesmeed, volkerenvriendschappen gesloten, verbonden bekrachtigd, tot revoluties opgeroepen en erg veel gedankt. Het vaderland werd innig gedankt, de proletariërs aller landen werden gedankt, evenals de internationale tegen kapitalisme, imperialisme en fascisme. In naam van het volk dankte de Partij echter vooral zichzelf.

Op het marktplein waren massa's medewerkers bezig met de laatste voorbereidingen. Radio- en televisiemensen bouwden hun zendinstallaties op, coördinatoren renden af en aan. Er hingen nationaal-alarmisten in camouflagepakken rond en op iedere straathoek stonden soldaten in burger met zwarte leren jassen voortdurend om zich heen te kijken en in hun walkietalkies te praten. Voor het HO-warenhuis van het Volk waren timmerlieden doende de laatste planken aan het gigantische spreekgestoelte van de eretribune te spijkeren. Tevreden stelde ik vast dat de sprekerskatheder uitkeek op het politiebureau en fotostudio Hofmann. Ik had genoeg gezien en deed een schietgebedje in de hoop dat er zich 's nachts geen mensen meer op het plein zouden bevinden.

De tijd op mijn strozak in de Pofta verstreek even taaivloeibaar als de behangplak die ik in Baia Luna aangemaakt had en in een jampot had gegoten. Naast mij snurkten coöperatieleden, soms brieste een van de paarden. Verder was alles rustig. Op een zeker moment sloeg de torenklok van de Pauluskathedraal viermaal kort en driemaal lang. Het was tijd. Hoewel het warm was, trok ik mijn jas aan en kroop tussen de wielen van mijn rijtuig. De foto's zaten opgerold in een kartonnen koker, die ik aan de vooras bevestigd had. Ik verborg de foto's onder mijn jas. In mijn ene zak zat de pot lijm, in de andere een halfvolle fles tsoeika. Je kon nooit weten.

Een kwartier later bereikte ik de markt achter de steiger van de sprekerstribune. De straatlantaarns waren gedoofd. Voor de ingang van hotel De Gouden Ster stond een groepje soldaten. Hun gelach schalde gedempt over het plein en de blauwige rook van hun sigaretten zweefde in de lichtbundel van een lantaarn. Ik luisterde scherp, maar behalve de gedempte stemmen van de soldaten was er niets te horen. Toen ik de drie etalageruiten van de fotostudio voorbij was, kon ik de soldaten voor het hotel duidelijk onderscheiden. Soms gleed hun blik over het plein, maar ik wist zeker dat ik in de duisternis onzichtbaar was. Ik rolde de foto's uit, smeerde lijm op de achterkant en plakte er op alle drie de ruiten een. De domklok sloeg halfvier. De soldaten waren weg.

Zware laarzen klonken over de kinderkopjes van het marktplein zonder dat ik precies kon horen waarvandaan. De stappen kwamen mijn kant op en hielden stil. Ik deed mijn ogen dicht en ademde diep. Voor mijn geestesoog flitste een vluchtig beeld voorbij. Buba met een kruik water. Ze reikte hem haar oom Dimi aan, die alleen zei: 'Jouw Pavel, schatje, kan de wereld op zijn kop zetten.'

Ik pakte de schnapsfles uit mijn jaszak en zette struikelend koers het plein op.

'Teringwijf dat je d'r bent!' brulde ik luidkeels in de duisternis. 'Stomme slet, je kan, je kan m'n reet likken. Lik m'n reet, ja, jij goedkope...'

Meteen floepten er zaklampen aan. Ik hoorde iemand het bevel 'Inspecteren!' roepen. Het metalige geklik van machinegeweren klonk door de nacht. De soldaten hadden mij in het vizier.

'Halt. Staan blijven!'

Ik negeerde het bevel, stak de fles in de lucht en zwalkte een paar stappen heen en weer. 'Teringwijven. Hoeren zijn het, allemaal...' lalde ik verder. Toen bleef ik plotseling staan en grijnsde met verdraaide ogen de soldaten aan. Ik salueerde ordeloos en stak de fles uit naar het militaire gezag. 'Op de heilige natie! Klotefascisten! Leve Fidel! Viva la revolución! Zuipen, kameraden, zuipen!'

De commandant trad op mij toe en greep me krachtig in mijn kraag. 'Wegwezen hier. Dit hier is verboden gebied,' blafte hij in mijn gezicht en hij rukte de fles uit mijn hand. 'Ingerukt!' Ik hobbelde rustig verder. 'Nog zo'n bezopen mafketel,' hoorde ik een van hen zeggen. Ik schoot een steeg in. En zette het op een lopen.

Het werd al licht toen ik mijn paard inspande en de slaapdronken waard van de Pofta naar me toe kwam. 'Waar gaat dat heen zo vroeg? Ik dacht dat je nog wel even op kosten van de Partij je buik wou volvreten.'

'Al gebeurd.' Ik sprong op de bok.

'Wacht eens, je moet nog tekenen! Aankomst en vertrek moeten door alle gasten ingeschreven worden. Nieuwe wet.'

'Ik was hier niet vannacht. Ik heb hier gisteravond gegeten en ben toen meteen teruggegaan naar de bergen. Gesnopen?'

'Nee,' zei de waard en hij wreef het slaapzand uit zijn ogen. 'Je staat hier voor mijn neus.'

Ik besloot een dreigement in te zetten. 'Als je aan iemand vertelt dat ik vannacht in Kronauburg was, stuur ik de geheime politie op je af. Je snapt zeker wel wat zij doen met kapitalistische woekeraars die voor veel te veel geld strozakken verhuren. Denk aan wat er gebeurd is met de Hossu's.'

De man stelde ogenblikkelijk voor om mij de volledige logiesprijs terug te betalen.

'Hou je geld maar!'

'Dank je. Ik ken je niet. Wegwezen.'

Ik legde de zweep over mijn paard. Nog voor het middaguur kwam ik in Baia Luna aan.

De hele middag zat ik aan de radio gekluisterd, waarop voortdurend berichten te horen waren over het geweldige succes van de Partijdag te Kronauburg. Tegen vier uur kondigde de commentator de live-uitzending aan van de redevoering van de speciaal uit de hoofdstad ingevlogen president Gheorghiu-Dej, voorafgegaan door de officiële begroeting van het staatshoofd door de eerste districtssecretaris doctor Stephanescu.

Ik had verloren. De Kronauburger Partijchef zat nog in het zadel. In plaats van de berichten die ik verwachtte, klonken de gebruikelijke grote woorden uit het toestel. Ik had de macht van de foto's en van mijzelf schromelijk overschat.

Die maandagmorgen vroeg ik mijn moeder om voor mij in te springen in de winkel en ging te voet naar Apoldasch, waar de *Kronauburger Bode* te koop was. Drie dubbele pagina's stonden vol met het spektakel van zaterdag. Louter loftuitingen op de Partij. Op meerdere foto's was de ouder geworden president Gheorghiu-Dej te zien. En Stephanescu. Hij lachte, klopte vlaggetjeszwaaiers op de schouder, schudde handen, nam kinderen op de arm. Stefan Stephanescu's macht was ongebroken, zoveel was duidelijk. Toen zette ik grote ogen op. Onder het laatste bericht las ik de regel: 'Alle foto's: Irina Raducanu'. Maar niet het feit dat Irina Lupescu intussen met majoor Raducanu getrouwd was verbaasde mij. Ik keek ervan op dat in de krant niet stond: 'Alle foto's: Heinrich Hofmann'. Een week later wist ik waarom.

In Baia Luna dook een jongeman op die naar een babbelzieke zigeuner en een oudere heer met zijn ongeveer twintigjarige kleinzoon vroeg. Men stuurde hem naar onze zaak. Ik herkende hem meteen. Het was Matei, de neef van antiquair Gheorghe Gherghel.

'Nee maar, wat doe jij hier?'

'Ik kom jullie waarschuwen,' zei Matei. 'In Kronauburg gebeuren griezelige dingen die ik niet begrijp. Gisteravond hebben ze mijn oom aangehouden. Vanwege illegale handel en steun aan de contrarevolutie. Je reinste onzin! Politiek is het laatste wat mijn oom interesseert.'

'Wie heeft hem gearresteerd?' Ik beet nerveus op mijn lippen.

'Cartarescu, de politiechef uit Kronauburg. En zo'n linkmiegel van de staatsveiligheid, die de hele tijd grijnst. Raducanu heette hij.'

'En wat moeten ze van jullie? Waarom kom je naar ons?'

'Ze hebben oom Gheorghe verhoord. Urenlang. Raducanu wilde per se weten wie de doka-uitrusting had gekocht. Telescoop en camera interesseerden hem niet, maar de vergroter des te meer. Cartarescu was van mening dat het bezit van een donkere kamer geregistreerd moest worden omdat er zonder controle onrechtmatige en staatsgevaarlijke foto's in omloop konden komen.'

Ik stond te trillen op mijn benen. 'Wat... wat zouden dat dan voor foto's zijn?'

'Geen idee. Dat grijnshoofd zwatelde iets over de Koude Oorlog en de trucs van geheim agenten uit het westen. Die zouden door de VS betaald worden om het socialisme en de Partij te verzwakken. Blijkbaar zijn bepaalde politieke kaders gechanteerd met foto's waarop zij, laten we zeggen, in een penibele situatie te zien zijn. Daarom zet Raducanu alles op alles om bezitters van doka-apparatuur te achterhalen. Maar dat lijkt mij niet het hele verhaal. Hoe zouden jullie hier in de bergen nou hoge functionarissen in compromitterende omstandigheden moeten aantreffen, met een fototoestel nog wel? Belachelijk gewoon. Maar ze zitten toch achter jullie aan.'

'Hebben jullie hun over ons verteld?'

'Ik niet,' zei Matei. 'Echt niet. Ze lieten mij gaan toen ik zei dat ik bij de verkoop van het apparaat niet in de winkel was. Mijn oom heeft steeds alleen maar gezegd dat er een zigeuner met een baard, een oudere en een jongere man, jij dus, in de winkel waren. Jullie namen kende hij niet. Hij herinnerde zich ook niet waar jullie vandaan kwamen, wel dat het ergens in de bergen was. Ze hebben de privévertrekken van mijn oom doorzocht. Ze ontdekten de televisie en hebben die meteen in beslag genomen. Geloof me, ze kunnen elk moment voor de deur staan. Ze weten jullie te vinden door die kijkkast.'

De angst sloeg me om het hart. 'Weet je het zeker?'

'Ja. Toen Raducanu het toestel zag, begon hij te grijnzen. Mijn oom haalde jullie rekening tevoorschijn om te bewijzen dat er geen illegale transacties hadden plaatsgevonden en dat hij geen gestolen waar had geheeld. Toen die securist de rekening in zijn handen had, trok de grijns nog verder over zijn gezicht. Alsof hij het papier ergens van kende. Maar dat kan niet. Toch?'

'Jawel. Raducanu is hier al eens eerder geweest. Ze hebben die televisie al eens van ons willen afpakken, maar mijn grootvader kon met diezelfde rekening bewijzen dat hij de rechtmatige eigenaar ervan was.'

'Ik begrijp er geen snars van. Maar vertel me nou eens, waarom hebben jullie in dit dorp eigenlijk een doka nodig?'

'Dorpsfeesten en partijen, bruiloften, pasfoto's, portretten,' zei ik. 'Ik wilde graag het dorpsleven vastleggen en de foto's verkopen. Het is te ver weg naar Kronauburg. Foto Hofmann levert prima werk, maar ik vind hem toch te duur.'

'Ik kan me niet voorstellen dat je in deze uithoek geld verdienen kunt met foto's. Maar dat moet jij weten. En fotograaf Hofmann is nu toch geen concurrentie meer.'

'Hoe bedoel je?'

'Jullie weten hierboven ook echt niet wat er speelt, hè? Motorongeluk. Bij Campina.'

Ik verbleekte. 'Leeft mijnheer Hofmann dan niet meer?'

'Het stond met koeienletters in de krant: "Fotovakman verongelukt". Midden op de snelweg. Honderdtwintig kilometer per uur. Pardoes onder een militaire vrachtwagen. Zonder helm. Zijn hoofd werd pas uren later gevonden. Het lag dertig meter verderop in een maïsveld. Netjes van de romp gescheiden. Zo stond het tenminste in de *Kronauburger*.'

'Maar hoe kon dat gebeuren? En wanneer?'

'Ik weet alleen wat er in de krant stond. Bij te hoge snelheid de controle over het stuur verloren. Maar wanneer? Ik meen vorige week zondag, een dag na al die Partijbombarie in de stad.'

Ik werd duizelig. 'Matei, wist je dat mijnheer Hofmann uit Baia Luna kwam? Zijn zoon Fritz en ik waren klasgenoten.'

'Nee, dat is nieuw voor mij. Ik kende hem alleen uit de krant. Hij verkeerde in de hoogste kringen. Ik heb hem een paar keer in de stad gezien waar hij op weg was naar De Karpatenster. Niet mijn wereld. Veel te opgeprikt. Je hoorde wel dat Hofmann tamelijk dik was met onze Partijbons Stephanescu. Hoewel, nu ik er zo over nadenk... op de Dag van de Partij was ik ook op de markt, je weet wel, gratis schranzen en bier drinken, ik heb het er met mijn vrienden flink van genomen. We waren er zelfs nog toen die mallotige redevoeringen gehouden werden. Daar stond hij, Stephanescu, op het podium naast de president. Maar Hofmann was er niet. Die zou zijn opgevallen omdat hij zich altijd zo aanstelde met de hoge heren. Maar die zaterdag stond hij niet op het podium. De foto's werden gemaakt door een knappe, blonde fotografe.'

Toen ik zweeg, ging Matei verder: 'Als Hofmanns zoon je makker was, geen wonder dat zijn dood aangrijpend voor je is. De krant stond vol overlijdensberichten. De ene pagina na de andere. De grootste was van Stephanescu.'

'Wat stond daarin?'

'Iets van eeuwige vriendschap over de grens van de dood heen. Als je het mij vraagt, naar mijn smaak was het een beetje erg dik aangezet. Als je begrijpt wat ik bedoel.'

'Nou, niet echt.'

'Hoe zeg je dat, de rouwadvertentie maakte een overdreven indruk. Gekunsteld. Het magische oog van de meester, een leven voor het lichtbeeld, de onvervangbare blik van een groot kunstenaar, van dat soort dingen. Maar iedere malloot weet toch dat Hofmann zijn foto's niet zelf maakte? Dat deden zijn assistentes. Hij was een hielenlikker en heeft de politieke kaders alleen maar zo afgebeeld zoals ze zichzelf graag zagen. Degelijk vakwerk, dat wel. Maar wat heeft dat met kunst te maken?'

'Dat kan ik niet beoordelen. Maar waarom kom je helemaal uit

Kronauburg hiernaartoe om ons te waarschuwen?'

Matei keek verbaasd. 'Maar dat spreekt toch voor zich? Misschien heb ik op een kwade dag ook hulp nodig. Verzin in ieder geval een list als die Raducanu hier zijn opwachting maakt. Hem gaat geen zee te hoog als het om smerige zaakjes gaat.'

Toen Matei afscheid nam om in Apoldasch nog net de avondbus naar Kronauburg te kunnen halen, had ik er spijt van dat ik Gheorghe Gherghels neef gewantrouwd had in plaats van hem te bedanken en hem onze vriendschap aan te bieden.

Ik stond er alleen voor. Ik had olie op een laaiend vuur gegooid, waardoor ik nu zelf bijna verteerd werd. 'Hou de vlam klein. Anders hebben jullie hier een vuur waar jullie je aan branden,' had commissaris Patrascu ons na de moord op pater Johannes Baptiste op het hart gedrukt. De *capitan* met zijn vlassige haar had niet van zijn pensioen kunnen genieten. Was hij echt het slachtoffer geworden van zijn onafgebroken gepaf? En nu Heinrich Hofmann. Ik kreeg een angstig voorgevoel. Ik had met mijn foto's op de winkelruiten in de richting van Heinrich Hofmann gewezen. Maar had ik hem daardoor getroffen? Wie de posters ook ontdekt had, men had voorkomen dat ze de Partijchef in de problemen hadden gebracht. Maar als Stephanescu het voorval ter ore was gekomen, wat waarschijnlijk was, dan zou hij zijn handlangers opdracht geven de eigenaar van de negatieven te achterhalen. En zou Stephanescu's toorn dan niet ook Heinrich Hofmann gelden? Had de fotograaf het belastende negatief niet zo veilig moeten opbergen dat niemand het in handen kon krijgen? Was de vriendschap tussen hen opgehouden te bestaan toen Hofmann voor de Partijchef een veiligheidsrisico begon te vormen? Waarom was Heinrich niet op de Dag van de Partij aanwezig geweest? En een motorongeluk, nog geen dag later? Zonder helm? Ik had hem op zijn Italiaanse scheurijzer nog nooit zonder helm gezien.

Ik had dringend behoefte aan iemand met wie ik de last van al deze vragen kon delen. En mijn angst. Ze waren mij op het spoor, dat kon niet anders. Ik was een spaak in het wiel van de macht.

De dingen liepen verschrikkelijk uit de hand. Maar er was niemand die mijn angst minder maakte. Fritz woonde in Duitsland. Was hij op de hoogte van zijn vaders dood? Dat hij voor de begrafenis van zijn gehate ouweheer met zijn moeder naar Kronauburg gekomen was, achtte ik onwaarschijnlijk. Ik verlangde naar Buba, had haar het liefst bij de hand genomen, weg, weg van hier. De bergen in. Me er met haar doorheen slaan, zo goed en zo kwaad als het ging. Zoals de opstandelingen in Walachije. Of naar Duitsland. Zoals Fritz. Maar ik had geen flauw idee waar en met wie Buba haar dagen sleet. Duizenden keren had ik het haar oom gevraagd en evenzovele eden had Dimitru gezworen dat hij niet wist waar zijn nicht terecht was gekomen.

Stephanescu zou zijn beulsknechten naar Baia Luna sturen. Als ze niet al onderweg waren. Raducanu zou weldra verschijnen. En met grote zekerheid niet alleen. En de tweede keer zou ik er niet met een smoesje van afkomen. Ik moest handelen, en wel meteen. Alle sporen die van de etalage van Foto Hofmann naar Baia Luna leidden, moesten worden uitgewist. De ruil van het televisietoestel tegen de doka-uitrusting en de telescoop was na Raducanu's bezoek aan Gheorghe Gherghel niet meer te ontkennen. Alleen mocht niets in het dorp er nog op wijzen dat er inderdaad een donkere kamer was. Van het bestaan daarvan wisten alleen Ilja, Kathalina en Dimitru. Nu zou duidelijk worden of mijn familie slim genoeg was om mij op geen enkele manier verdacht te maken. Ik riep grootvader, mijn moeder en Dimitru voor een dringend gesprek bij elkaar. Ik moest een tipje van de sluier oplichten, maar zonder dat zij iets te weten zouden komen over mijn mislukte poging de Kronauburger Partijchef uit het zadel te werpen. Toen iedereen aan de keukentafel zat, sprak ik zonder verdere omhaal mijn moeder aan.

'Herinner je je die aanstootgevende foto nog die je onder mijn matras gevonden had?'

Kathalina begon te blozen. 'Toe maar, wrijf het er nog maar eens in.'

'En herinner je je ook die vent die met schuimwijn spoot?'

Moeder knikte schaamtevol. 'Waarom wil je nu opeens dat soort dingen weten?'

Dimitru sprong als een bok op de haverkist. 'Waar heb je het in 's hemelsnaam over, Pavel? Mag ik eerst misschien even weten waarom ik hier zit?'

'Op die foto zijn een ontklede juffrouw en een paar halfnaakte mannen te zien, waaronder de Kronauburger Partijsecretaris,' legde ik uit. 'Fritz Hofmann had hem in de verhuisdozen van zijn vader gevonden en aan mij gegeven. En deze doctor Stephanescu heeft er buitengewoon veel belang bij dat die afdruk nooit ofte nimmer vermenigvuldigd of verspreid wordt. Daarom zit de Securitate nu achter het negatief aan.'

'Ik begrijp het niet,' zei grootvader, 'dan moeten ze toch bij Foto Hofmann gaan zoeken? Wat hebben wij ermee te maken?'

'Heinrich Hofmann is tien dagen geleden met zijn motor verongelukt. Hij is dood.'

'Maar dat kan toch niet waar zijn!' Kathalina sloeg haar handen voor haar gezicht. 'Dood, zeg je?'

'Ja. Het probleem is dat de Securitate denkt dat ik in het bezit van de negatieven ben. Ze zitten achter mij aan.'

'Maar hoe komen ze daar dan bij?' wilde Ilja weten.

Ik loog: 'Dat weet ik niet. Waarschijnlijk omdat ik Fritz goed heb gekend. Of vanwege de telescoop en de fotografiespullen. Een donkere kamer zonder negatieven heeft tenslotte geen zin. En hoe moet ik de veiligheidsdienst uitleggen dat we het gebruikt hebben voor jullie Madonnafoto's? Dan beland ik toch regelrecht in het gekkenhuis? Gheorghe Gherghel hebben ze ook opgepakt. Zo-even was zijn neef Matei hier. Hij zegt dat ze zijn oom gisteren gearresteerd hebben omdat hij ons de doka meegegeven heeft. Het bezit van optische apparatuur is ook al verboden vandaag de dag.'

'De hamvraag is deze,' opperde Dimitru, 'heb je dat negatief, of heb je het niet?'

Ik moest nog een keer liegen. 'Nee. Maar de Securitate zal toch alles overhoop halen. We moeten alles verstoppen: de doka, jullie telescoop en de camera!'

'Ook Dimitru's Madonnafoto's?' vroeg grootvader.

'Alles moet weg.' Ik dacht even na. 'Alleen de radio niet.'

'In orde,' zei Dimitru. 'Heb je al een plan de campagne?'

'Zo ongeveer.'

Kathalina kon het niet meer aan. Mijn moeder huilde, sidderend van angst. 'Ik wíst het. Die malle obsessie van jullie geeft niks dan narigheid. En als straks de securisten komen, nemen ze ons allemaal mee! Jullie komen allemaal in het cachot, en ik ook. Allemaal door zo'n schandelijke, hondse foto...'

'Moeder, wees nou maar rustig.' Ik legde mijn arm om haar heen. 'Die foto heb je toch verbrand?'

Kathalina snotterde onbedaarlijk, wiste toen met haar schort de tranen van haar gezicht. 'Ik heb, ik heb,' stotterde ze, 'ik heb hem niet verbrand. Dat wou ik, maar toen... Ik heb hem verstopt.' Moeder liet ons aan tafel achter, ging de trap op en kwam met een vuurrood hoofd terug. Ze opende de kacheldeur.

'Ben je nou helemaal!' riep Dimitru. 'Hier ermee, niks verbranden.' Met een krachtige sprong was hij bij haar en rukte de foto uit haar handen. Hij tuurde naar het beeld en trok zijn hoofd naar achteren. Ik kreeg de indruk dat Dimitru geenszins verrast was, maar alleen zijn ogen niet geloofde. Hij hield de foto tegen het licht en daarna weer vlak onder zijn ogen, alsof hij zocht naar iets verborgens. Toen tikte hij met zijn vinger op de man met de fles sekt.

'Pavel. Die daar, is dat hem, Stephanescu?'

'Ja.'

'Ik snap het,' mompelde de tzigaan. 'En hij zou de foto en het negatief maar wat graag in zijn bezit hebben. Om evidentele redenen. Moeten wij dat voorkomen? Ja, dat moeten we. Wat de toestand zorgwekkend maakt, dramatisch zorgwekkend.'

'Geef hier die foto!' gilde Kathalina 'Hij moet verbrand!'

'Jawel, schattebout! As tot as. Maar alles op zijn tijd. Voor verbranden is het nog te vroeg. Ben je misschien bang dat dit kiekje ons ongeluk zal brengen? Nee hoor. Dat zal niet gebeuren. De enige voor wie het een bedreiging vormt, is die Stephanescu. Ja, ja, het zit hem geweldig dwars. Pavel zal goed op dit portret passen. Als een echte relikwie, niet die neptroep die de zigeuners je aansmeren. Geloof me, het zou verkeerd zijn om hem in het vuur te gooien. Een error fatalis. Maar een nog groter fout zou het zijn als dit kleinood in de handen van de Securitate viel. Pavel, weet jij een verstopplaats waar die stommelingen van de veiligheidsdienst nooit op kunnen komen?'

'Ik denk van wel.'

'Mooi.' Dimitru gaf de foto aan mij. 'Kunnen we de optica daar ook kwijt?'

'Nee, daar is geen plaats voor. Maar jullie Madonnafoto's passen er nog wel bij.'

Dimitru sloot zijn ogen en keek naar het plafond.

'Wat doe jij nou?' vroeg grootvader, die niet stil kon zitten van de spanning.

'Sst. Ik zin op een verstopplaats en smeek papa Baptiste om hemelse bijstand.'

'Johannes Baptiste!' riep ik uit. 'Dat is het! Ik weet waar de Securitate nooit zal zoeken naar de apparatuur!'

Dimitru sloeg zijn ogen weer op. 'Ik ook.' Zonder onderbreking vroeg hij: 'Hebben jullie zin een beetje toneel te spelen? We zouden een toneelstukje kunnen instuderen.'

'Wat bedoel je? Hoezo, toneelspelen?'

'Doodeenvoudig. Als die Lupu hier verschijnt, staan we allemaal op een podium en trekken het doek op. Dan geven we een voorstelling ten beste in overeenstemming met ons fantasmagorische vernuft. Honden blaffen alleen als je bang voor ze bent. Wij gaan de wereld op zijn kop zetten en die hond van een Raducanu een been toewerpen waar hij voorlopig even op te kluiven heeft.'

364

Twee uur later hadden wij een strategie bedacht en onze rollen grofweg ingestudeerd. Moeder was weer tot bedaren gekomen, ze voelde zich weer op haar gemak en wist precies wat ze moest doen en zeggen. Ook ik had de angst afgeworpen en Dimitru wreef zich gnuivend in de handen, alsof hij niet kon wachten tot het moment dat Lupu Raducanu echt voor ons zou staan.

We moesten er rekening mee houden dat Raducanu en de zijnen het hele dorp overhoop zouden halen bij het zoeken naar de fotoapparatuur; ik ging op weg naar de Petrovs om Petre en zijn vader Trojan te waarschuwen voor een mogelijke huiszoeking. Het bezit van een karabijn met telescoopvizier, die ze overal lieten slingeren, zou de Petrovs in grote problemen kunnen brengen. Maar de waarschuwing bleek overbodig. 'Dan moeten ze zich een ongeluk zoeken in de bergen,' lachte Petre.

Toen ik er zeker van was dat Baia Luna sliep, sloop ik naar de kerk, opende het tabernakel en legde daar de Madonnabeelden en mijn foto in. Ik stal een paar half opgebrande offerkaarsen en ging naar de bijkeuken van de pastorie, waar Dimitru op mij wachtte.

Alles stond er nog precies zo bij als ik het twee weken eerder achtergelaten had. Zoals verwacht rook het er doordringend naar chemicaliën en zoals afgesproken had Dimitru uit onze winkel een flesje damesparfum van het merk Nachtdromen, dat al jaren onverkocht in de schappen stond, meegenomen. Ik gooide de bruinige, troebele ontwikkelvloeistof weg, spoelde de wasbak schoon en demonteerde de vergroter. Na een halfuur waren alle sporen die wezen op een donkere kamer uitgewist. De zigeuner sleepte een paar oude matrassen uit de kelder tevoorschijn en verstoof de Nachtdromen om de chemische dampen te verdrijven. Het rook doordringend naar rozen. Ik voelde een steek in mijn hart. Het was hetzelfde parfum als Barbulescu gebruikt had. Ik zag haar in haar zonnebloemenjurk nog bungelen aan een rode beuk op de Maanberg. 'Je laatste uur heeft geslagen,' had Angela in haar afscheidsbrief aan Stephanescu geschreven. Maar dat was niet zo. Aan Angela Barbulescu was in haar levensdagen geen gerechtigheid geschied. En zelfs na haar dood niet. En mijn poging om de neergang van Stephanescu met een scandaleuze foto te bewerkstelligen was jammerlijk mislukt.

Na middernacht slopen wij met de doka-apparatuur over het dorpsplein naar het kerkhof. Wij stonden voor de grafkuil waarin jaren geleden pastoor Johannes Baptiste begraven had moeten worden. Even later waren vergroter, vloeistofbassins, chemicaliën, fotocamera, telescoop en de sleutel van de bijkeuken in het gat verdwenen en bedekt met verrotte kransen, plastic bloemen en halfvergane zijden linten. Een kartonnen doos met foto's van bronstige herten hield ik achter, als onderdeel van het plan dat we beraamd hadden. Wij gingen naar bed. Lupu Raducanu was welkom.

De volgende morgen om acht uur stond hij voor de deur. Zoals verwacht niet alleen.

Uit drie olijfgroene jeeps sprong een dozijn militiesoldaten die zich in groepjes van drie opstelden.

'Doorzoeken! Leegstaande huizen eerst!' beval capitan Cartarescu.

De mannen stoven uiteen. Cartarescu stapte met majoor Raducanu regelrecht op ons HO-winkeltje af: Kathalina's eerste bedrijf kon beginnen.

Ze deed de deur open en liep op hen af.

'Het werd tijd dat jullie je gezicht hier weer eens lieten zien. Hebben jullie de spullen bij je of komen jullie met een vergoeding over de brug?'

Raducanu en Cartarescu vertraagden hun pas. Grootvader, Dimitru en ik kwamen in de deuropening staan. Ik snauwde tegen mijn moeder: 'Vergoeding? Ammehoela, ik wil mijn camera en mijn doka terug.'

'En ik mijn telescoop. Hier met dat ding.' Opa was lekker op dreef. Zijn boosheid kwam levensecht over.

'Dieventuig!' schamperde Dimitru. 'Eerst de hele bubs in beslag nemen en dan zeker met een vergoeding aan komen zetten.

Weten jullie hoe ik dat noem? Je reinste diefstal.'

Raducanu verloor zijn zelfbeheersing. 'Koppen dicht!' schreeuwde hij. En nog een paar keer: 'Koppen dicht,' met overslaande stem. Zijn baardeloze gezicht gloeide.

Dimitru was totaal niet onder de indruk. 'Jullie stelen als de raven en schuiven het vervolgens de zigeuners in de schoenen.' Hij balde zijn vuist en spuwde op de grond.

Capitan Cartarescu had ook moeite zich in bedwang te houden en greep naar zijn pistool.

'Allemaal de winkel in. Iedereen wordt verhoord!'

'Maar jullie hebben ons twee weken geleden al uren aan de tand gevoeld. En nu weer. Het begint onderhand vervelend te worden.' Ik merkte dat ons spel volgens plan verliep.

Majoor Raducanu vroeg om een asbak en stak een Kent op. Hij inhaleerde diep en deed zijn uiterste best om rustig te blijven. 'Jullie hebben in een zaak in Kronauburg een donkere kamer en optische apparatuur gekocht. Waar zijn die?'

'Niet gekocht. Geruild,' riep Ilja, 'tegen een goede televisie. Een Loewe Optalux uit Duitsland. Weten jullie wel wat zo'n toestel waard is?'

'Waar is verdomme nog aan toe die doka nu?' Raducanu zweette van woede.

'Dat meen je toch niet serieus?' vroeg ik ongelovig. 'Jullie collega's hebben hier veertien dagen geleden alles al meegenomen. We zouden het terugkrijgen als het juridisch in orde was. Nou, daar wachten we nu dus op.'

'Wie? Welke collega's?' stamelde Cartarescu.

'Bij jullie weten ze ook van voren niet wat ze van achteren doen, hè?' zei ik. 'Er waren hier twee majoors van de staatsveiligheidsdienst.'

'En Heinrich Hofmann,' voegde Ilja toe. 'Maar die had met de inbeslagname niets te maken.'

Rusteloos en zichtbaar in verwarring stond Raducanu over zijn slapen te wrijven. Blijkbaar wist hij niet met welke vraag hij moest beginnen. 'Dus nog een keer: er waren hier twee majoors van de staatsveiligheid. Maar dat kan niet. Dan had ik het geweten.'

Ik trok een hulpeloos, onschuldig gezicht. 'Maar ze waren hier toch. Met Heinrich Hofmann.'

'Die had misschien nog iets te doen in zijn oude huis, want ja...' Raducanu onderbrak grootvader ruw. 'Over Hofmann later. Die twee mannen, wanneer waren ze hier en wat wilden ze precies?'

'Dat vragen wij ons nou ook al de hele tijd af,' antwoordde ik. 'We hadden eerst helemaal geen idee dat ze van de staatsveiligheidsdienst waren. We dachten dat het collectivisatieambtenaren waren. In verband met de ophanden zijnde onteigeningen.'

'Ze zaten daar!' Grootvader wees naar een van de tafels in het dranklokaal. 'Mijn schoondochter heeft hun nog koffie geschonken.'

'Geen bedankje kon eraf,' siste Kathalina.

Ik ging door. 'Ze vroegen mij of ik Heinrich Hofmanns zoon Fritz kende. Hoe kun je mij dat nou vragen? Ik heb acht jaar naast hem in de schoolbanken gezeten! En of ik nog contact met hem had. Pardon? Hij woont al jaren in Duitsland en prijst waarschijnlijk iedere dag die hij niet in dit ingeslapen gat hoeft door te brengen. Of ik belangstelling heb voor fotografie, wilden die lui opeens weten. Ja, dat natuurlijk wel. Sinds mijnheer Hofmanns assistente mij hoogstpersoonlijk in de donkere kamer heeft laten zien hoe het afdrukken van foto's in zijn werk gaat. Ik ben zelfs met die twee naar ons magazijn gegaan en heb ze alles laten zien wat we bij Gheorghe Gherghel tegen de televisie geruild hebben. En weet je wat een van die twee zegt?'

'Ik ben een en al oor,' antwoordde Raducanu.

'"Die apparatuur is voldoende voor een arrestatie!" Ik dacht dat ze niet goed bij hun hoofd waren. Ik had de spullen nog niet eens uitgepakt! En die lui zeggen zomaar dat ik illegaal aan mijn spullen ben gekomen.'

'Maar alles was legalamente. Of mag je volgens de statuten van het socialisme soms geen eerlijke waar ruilen?' Raducanu luisterde naar Dimitru's inbreng. Hij richtte zich tot Kathalina.

'Die twee mannen, blijkbaar van een overheidsorgaan, hoe zagen die eruit?'

'Daar vraag je me wat, hoe zagen ze eruit? Stads. De ene droeg een chique jas, tweekleurig, van een heel goede stof. De grootste van de twee droeg een lange, bruine leren jas. Ook al was het heel warm. Hij was minstens een kop groter dan zijn collega met de bril. De brildrager zag er naar mijn idee hoogopgeleid uit. Niet zoals die lomperiken van de militie.'

'De bril zag eruit als een politicus,' vulde ik aan. 'Of een arts.'

'Een arts met een bril?' Raducanu luisterde aandachtig, trok een schrijfblok tevoorschijn en maakte een paar aantekeningen. Aan de ringvinger van zijn rechterhand glansde een gouden trouwring.

'Hebben ze zich voorgesteld?'

'Nee. Maar de lange,' verklaarde Kathalina, 'was heel opvallend. Hij had een snor. Begin veertig, schat ik.'

'En hij had een wrat op zijn wang,' vulde ik aan. 'Rechts. Nee, links. Van mij uit gezien links.'

'Een joekel,' zei Dimitru.

Kathalina schudde haar hoofd. 'Dat was geen wrat, het was een moedervlek. Maar opvallend was het wel.'

De majoor stond ijverig te pennen. Hij scheen te kalmeren.

'Wat deed fotograaf Hofmann hier?' Raducanu richtte het woord tot grootvader Ilja.

'Ik zou het niet weten. Hij was al jaren niet meer hier in het dorp geweest sinds hij naar Kronauburg verhuisd was. Het schijnt dat hij zijn huis hier aan de straatstenen niet kwijt kan. Wie trekt er in deze tijden ook naar Baia Luna? Toen wij verhoord werden, was hij in ieder geval in zijn oude huis. Misschien had hij bij de verhuizing iets vergeten. Ik weet alleen dat hij met de twee anderen weer in zo'n groene jeep weggereden is. Met mijn telescoop en de fotospullen van mijn kleinzoon.'

Raducanu keek mij doordringend aan. 'Waar heb jij een donkere kamer voor nodig?'

'Momentje!' Ik rende de trap op, kwam terug met een stapel foto's en spreidde de bronstige herten op tafel uit. 'Indrukwekkend, hè? Toen ik de foto's bij mijnheer Gherghel zag, wist ik meteen: dat wil ik ook. Jagen, maar dan met een camera. Dat leek mij nou mooi. Verder is er hier in Baia Luna toch niets te doen. En bij ons in de bergen lopen nog mooiere herten dan deze. Zulke foto's moeten beslist goed verkopen.'

Raducanu dacht na. 'En de telescoop?'

'Het is toch te gek om los te lopen!' barstte Kathalina los, alsof ze op die vraag gewacht had. 'Zo'n prachtige televisie ruilen tegen zo'n sterrenkijker. Het is die twee in de bol geslagen, vrees ik.' Ze gebaarde naar Dimitru en mijn grootvader. 'Heb ik soms niet meteen gezegd dat van dat ding alleen maar narigheid kon komen? Maar naar mij luistert toch niemand.'

Dimitru trok een beledigd gezicht. 'Jij begrijpt niets van wetenschappelijke acribiek, laat staan van morbus lunaticus.'

'Laten we de ziekte dan bij de echte naam noemen. Mijn schoonvader is maanziek en heeft de vallende ziekte,' foeterde moeder verder, 'en die zigeuner heeft hem die telescoop aangepraat. Om naar de maan te koekeloeren.'

Ilja ging naar de kassa, waarin alle belangrijke familiedocumenten lagen, en overhandigde Cartarescu zwijgend een medische verklaring.

'Dat is juist,' stelde Cartarescu vast. 'Het hospitaal in Kronauburg heeft de diagnose epilepsie gesteld.'

Raducanu keek niet eens naar het papier. Hij vroeg om een glas water, draaide een medicijnenbuisje open en slikte een handvol hoofdpijntabletten.

'Dat zeg ik toch,' dramde Dimitru. 'Mijn vriend Ilja lijdt aan het lunatisch syndroom. En daarom is het niet meer dan logisch om de maan door een hemelkijker ten nauwkeurigste te observeren. Dat heet oorzaakonderzoek. Maar het lijkt erop dat bepaalde kringen in dit land er buitengewoon veel baat bij hebben om onze onderzoekingen te dwarsbomen. Stelen gewoon onder het mom van de staatsveiligheid onze apparatura! En waar blijft de schadevergoeding?'

Raducanu hief zijn waterglas en smeet het Dimitru naar zijn hoofd. Hij miste en het glas vloog tegen de muur aan scherven. De securist schoot van zijn stoel overeind, riep: 'Verdomme, verdomme, verdomme,' en stormde naar buiten.

Onder de nieuwsgierigen die op veilige afstand om de jeeps op het dorpsplein stonden, was ook Vera Raducanu. Ze snelde op haar zoon toe en stortte haar verwaarloosde en miskende moederhart bij hem uit.

Knorrig duwde Lupu zijn moeder van zich af. 'Jij hoort hier!' waren zijn enige woorden.

Een voor een druppelden de huiszoekingscommando's binnen. Ze hadden geen van alle bijzonderheden te melden. Alleen de commandant van de groep die de pastorie doorzocht had, repte van een merkwaardige ruimte in de kelder met matrassen, kaarsen en een doordringende parfumgeur, die wel dienst zou doen als heimelijk liefdesnest. Na onderzoek was gebleken dat alleen kerkdienaar Julius Knaup er de sleutel van bezat. Toen de militiesoldaat vroeg of de majoor het nodig achtte de koster te verhoren en de ruimte te inspecteren, stapte Raducanu in een van de auto's, sloeg keihard het portier dicht en scheurde ervandoor.

Capitan Cartarescu greep naar zijn pet, salueerde en verontschuldigde zich voor het ongemak. Hij mompelde daarbij iets van 'misverstand in het spel' en zou alles in het werk stellen om de familie Botev in de toekomst niet meer lastig te vallen.

Toen de wagens van de militie de Tirnava overstaken, gingen Erika Schuster en een paar andere vrouwen meteen op inspectie in de pastorie en de waskelder. 'Zo rook het ook in Barbu's klerenkast,' stelde Erika vast. Tegelijkertijd wist iedereen dat Vera Raducanu de enige in het dorp was die dit parfum gebruikte.

Terwijl in het dorp de geruchten over het verborgen minneprieel van de koster voor veel hoon en hilariteit zorgden, dansten Dimitru en ik in de kroeg een opgeluchte vreugdedans. Ik ontkurkte een fles van het huis. Grootvader zat op de kachelbank uitgeput naar lucht te snakken. Ten slotte viel de spanning ook, schoksgewijs, van Kathalina af.

'Nooit, nooit meer!' schreeuwde ze. 'Nooit meer laat ik me met jullie krankjorume ideeën in. Ik dacht dat ik doodging van angst. O, o, wat was ik bang!' Ze beefde over haar hele lichaam en weende bittere tranen.

Pas tegen de avond kwam moeder weer echt tot bedaren, toen Dimitru, haar schoonvader en ik haar plechtig beloofden in de toekomst uitsluitend nog verstandig te zijn. Ilja en Dimitru moesten er zelfs een heilige eed op doen, met de hand op hun hart en in naam van de Heilige Drie-eenheid. De naam van de Moeder Gods had Kathalina tot taboe verklaard.

12

Het gouden tijdperk, de Vierde Macht en Ilja Botevs missie

'Ze zijn ons vergeten,' zei Hermann Schuster. 'Domweg vergeten.' Evenals de Saks konden ook zijn zoons Andreas en Hermann junior, Hans Schneider, de Hongaar Istvan Kallay en de beide Petrovs niet zeggen of Schusters inschatting van de situatie goed of slecht nieuws was. Ook ik had geen speciale aandacht geschonken aan de mededeling die op een voorjaarsavond van het jaar 1962 uit de radio kwam, maar daarna luisterden wij allemaal met gespitste oren.

Het Nationaal Congres profeteerde de triomfale overwinning van het socialisme niet meer voor de toekomst, maar proclameerde die voor het heden. De toekomstutopie muteerde per decreet naar de bereikte nummer-eenstatus.

'Tienduizenden boeren zijn vandaag naar de hoofdstad gestroomd, bejubelden het Centraal Comité en dankten de Partij voor haar onvergelijkelijke prestaties. Onder euforische loftuitingen maakte president Gheorghiu-Dej de succesvolle afronding van de collectivisatie van de landbouw in Transmontanië bekend. Daarmee zijn alle private boerenbedrijven in het hele land overgegaan in productieve staatscoöperaties. Naar aanleiding van de festiviteiten is, zo vernamen wij uit kringen van de Staatsraad, aan vierduizend voormalige contrarevolutionairen gratie verleend. Zij zijn genadiglijk uit hun gevangenschap vrijgelaten en hebben nu de mogelijkheid gekregen om bij de opbouw van de Nieuwe Natie hun patriottische plicht te vervullen.'

'Het socialisme bereikt? Waar dan?' vroeg Trojan Petrov en hij
snoof verontwaardigd. 'Wij zitten hier al jaren op die verduivelde
onteigenaars te wachten. Maar ze laten zich gewoon niet zien. Ze
moeten ons echt vergeten zijn. Na Apoldasch houdt voor de communisten de wereld blijkbaar op.'

Op 1 mei, de Dag van het Internationale Proletariaat, betrad
Karl Koch door de poort zijn erf. Drie jaar had zijn vrouw Klara
met de kinderen op hem gewacht. Om de paar maanden had de
postbode haar een kaart bezorgd waarop steeds hetzelfde bericht
stond: 'Ik ben gezond. Het eten is goed.'

Toen Koch aan zijn eigen huisdeur klopte, verstarde Klara een
seconde van schrik en viel hem vervolgens om de hals en huilde
van geluk. Ze had bij zijn thuiskomst een uitgeteerde man verwacht, maar tegen alle verwachting in was Karl sinds de dag van
zijn arrestatie door Raducanu en Cartarescu uiterlijk niets veranderd. 'Je zult wel trek hebben,' zei Klara. Ze zette zwarte bonen
op de keukentafel en ging naast hem zitten. Hij schoof zijn bord
weg en keek naar de spreuk op het borduurwerkje boven de haard.
'Van niets komt niets.'

'Ik ben laat dit jaar. Ik moet als de donder inzaaien. Wie niet
zaait, zal niet oogsten,' zuchtte hij en hij ging naar buiten. Maar
hij draaide weer om. 'Morgen,' zei hij, 'morgen. Vandaag ben ik
te moe.'

De volgende morgen liet de Saks Klara weliswaar een lunch-
pakket voor de arbeid op het land inpakken, maar hij kreeg zichzelf niet in beweging. Toen deze procedure zich zo een paar weken herhaalde, wist Klara dat haar voor de rest van hun leven
samen niets anders zou resten dan de pijnlijke herinnering aan de
Karl Koch van weleer.

Daar ik in de kroeg in de loop der jaren een fijn gevoel had
ontwikkeld voor stemmingswisselingen, voelde ik aan dat het
land zich op een breekpunt bevond. Alexandru Kiselev, die elke
twee maanden van de tractorfabriek in Stalinstad voor een week-

je vakantie naar zijn eigen dorp kwam, bracht niet alleen aardig wat geld mee naar huis, maar ook nieuwtjes die bij de jonge mannen in het dorp gretig aftrek vonden. Vooral bij Hermann Schuster junior. Hij maakte er nooit een geheim van dat hij, tot ergernis van zijn vader, geen toekomst in de landbouw zag en veel liever de fabriek in wilde. Maar Alexandru deelde hem steeds alleen mee dat nieuwe vacatures uitsluitend werden vervuld door Partijleden. Met een Partijlidmaatschap op zak, dat stond voor Hermann vast, kon hij zijn vader nooit meer onder ogen komen. Toch vroeg hij Alexandru steeds weer: 'Hoe staat het ermee in Stalinstad?'

'Prima. Alleen heet Stalinstad geen Stalinstad meer. Het is nu Brasov, net als vroeger.'

Hermann hechtte geen betekenis aan de naamsverandering, maar ik baseerde er mijn vermoeden op dat de eens zo machtige zuilen van de buitenlandse betrekkingen met de Unie van Socialistische Sovjetrepublieken aan het wankelen waren gebracht.

Mijn vermoeden werd bevestigd toen Liviu Brancusi op een avond vrijuit sprak over onlusten die waren uitgebroken in het Agrocomplex van Apoldasch, doordat de waardevermeerderende volksgenoten opgejaagd werden tot steeds grotere quotaverhogingen, onder druk van Moskou welteverstaan. Uiteraard was hij zelf als meermaals onderscheiden collectivist te allen tijde bereid om zijn arbeidskracht tot ver boven het plan ten dienste te stellen aan de proletarische zaak, te weten de verbetering van de nationale voedselvoorziening, maar het was niet de bedoeling dat hun eigen vette mestvarkens van ACA-2 dan allemaal naar de Sovjet-Unie werden geëxporteerd. Liviu benadrukte dat het volstrekt in overeenstemming was met de Partijlijn om de wurgende vriendschapsbanden met het grote socialistische broederland stapsgewijze te laten vieren, al was het niet de bedoeling ze geheel te verbreken. Om de internationale proletarisering niet te belemmeren moest een kameraad in de eerste plaats in staat zijn om in zijn eigen achtertuin bij te sturen. 'Onze onafhankelijke, zelfstandige soevereiniteit is van levensbelang,' zei hij, 'anders worden we door de Russen leeggezogen.'

Achter het herdopen van Stalinstad in Brasov zat een systeem. Andermaal werden in het hele land de straatnaambordjes vervangen. Van alle Stalinpleinen, Stalinlanen en Stalinboulevards werd de naam Stalin vervangen door Gheorghiu-Dej, totdat ook die in het licht van zijn opvolger zou verbleken. Het Centraal Comité zwoer weliswaar onverminderd trouw aan de onverbrekelijke solidariteit met de Sovjet-Unie, maar de troepen van het Rode Leger moesten zich in het kader van de nationale onafhankelijkheid uit Transmontanië terugtrekken. Het Sovjetstandbeeld voor de onbekende soldaat in de hoofdstad werd gedemonteerd, en op het Russische Museum prijkte een bord WEGENS VERBOUWING GESLOTEN. Op de scholen werd Russisch als verplicht vak geschrapt en alles wat ook maar in de verte aan de Slavische wortels van de Nieuwe Natie deed denken, verdween uit de geschiedenisboekjes. De reden daarvoor was dat een grote natie ook behoefte had aan een grote onafhankelijkheidsgeschiedenis; bovendien wilde men die van de Hongaren uitwissen. De socialistische buur bleef onvermoeibaar territoriale aanspraak maken op zijn oorspronkelijke herkomstgebied in Transmontanië, terwijl de Transmontaniërs beweerden dat zij daar in voorchristelijke tijden als eersten leefden, of liever gezegd hun voorvaderen de Daciërs en de Romeinen.

Om deze bewering te staven stuurde de nieuwe Eerste Secretaris van het Centraal Comité en latere Conducator archeologische onderzoeksteams het land in die oude scherven uit de Romeinse tijd moesten opgraven. Werden er inderdaad Romeinse vondsten gedaan, dan belandden die steevast in de vitrines van een van de ontelbare Vaderlandsmusea die in ieder provinciestadje werden geopend. Waren de potscherven echter van Slavische oorsprong, wat zeker in het district Kronauburg eerder regel dan uitzondering was, dan kreeg men de opdracht de vindplaats onmiddellijk weer dicht te gooien. Volgens inofficiële berichten had de

Eerste Secretaris, teneinde de geschiedenis naar zijn hand te zetten, een speciale werkplaats laten bouwen waar pottenbakkers in het diepste geheim oud vaatwerk in de stijl van de oudheid reproduceerden, om die vervolgens aan gruzelementen te slaan en de scherven in een van de door de Hongaren geclaimde gebieden te begraven. Anders was het niet te verklaren dat men zelfs bij ons in Baia Luna op Romeinse overblijfselen was gestuit. Toevallig, bij werkzaamheden.

Toen eigenlijk niemand in het dorp meer dacht dat er ooit nog wat zou veranderen, verscheen er als een donderslag bij heldere hemel een bouwploeg met zwaar materieel. De arbeiders verspreidden over alle huishoudens de Partijbrochure *Kinderen zijn de toekomst*. Ze wisten van aanpakken: binnen een dag was het leegstaande schoolgebouw gesloopt en na een paar weken hingen er portretten van de aanstaande Conducator en de Kronauburger Districtssecretaris Stephanescu in drie splinternieuwe klaslokalen.

Vlak voor het begin van het schooljaar 1967-'68 reed er een vrachtwagen met schoolbanken en leerboeken het dorp binnen, gevolgd door een rammelende Lada, waaruit de nieuwe leraar Adrian Popescu stapte. De midveertiger betrok het oude huis van de familie Hofmann en bleek een mensenschuwe eigenheimer te zijn die de mannenbijeenkomsten in de kroeg meed. Omdat hij goed met de kinderen overweg kon, over voldoende strengheid beschikte en verder niemand in het dorp tot last was, wende men algauw aan zijn aanwezigheid. Tussen hem en de Hongaar Istvan ontstond zelfs iets van een vriendschap, omdat ze allebei van mening waren dat de vervalsing van de potscherven je reinste verlakkerij was.

Toen de opvolger van Kleine Stalin midden jaren zestig proclameerde dat de Nieuwe Natie na het afsluiten van de socialistische fase thans trots en met geheven hoofd de weg naar het communisme kon inslaan, deed men dat in het dorp in eerste instantie af als opgeblazen politiek gezwatel. Socialisme? Communisme? Wat moest dat allemaal voorstellen? Behalve een nieuwe school, lage levensmiddelenprijzen en een stortvloed van propaganda uit de radio kon niemand in Baia Luna precies zeggen waar het nieuwe eigenlijk in zat bij de Nieuwe Natie. Maar toen versnellingsbakmonteur Alexandru Kiselev onder afgunstige blikken achtereenvolgens een elektrische naaimachine, een automatische centrifuge, een haarföhn en een televisietoestel met antenne naar het dorp sleepte, moesten wij wel inzien dat de vooruitgangsbeloftes van de Partij meer waren dan alleen gebakken lucht.

Dat er voor de opbouw van de natie rijkelijk kredieten van uitgerekend de kapitalistische klassenvijand vloeiden, hadden wij te danken aan de Conducator, die zich in het begin van zijn heerschappij voordeed als onvermoeibaar arbeider en nederige dienaar des volks. Totdat het een aan de bedelstaf geraakte poëet opportuun leek om hem als 'bloeiwaarborger' en 'trotse jonge loot des vaderlands' te bezingen. Omdat de verzen vooral bij zijn gade Elena in goede aarde vielen, ontbood zij de Dichter des Vaderlands op audiëntie en bestelde nog een stuk of wat van dergelijke rijmen. Men prees de lichtende avondsterre, vierde de hoeder der wijsheid en bejubelde het universele genie van de titan der titanen, wat Elena ertoe bracht per vliegmachine naar Perzië af te reizen. Daar kocht ze van de sjah voor een appel en een ei een gouden scepter. Ze naaide eigenhandig fantasiesjerpen van glanszijde in elkaar die ze haar man omhing als hij bij optredens in het openbaar met zijn nieuwe heerserstaf zwaaide.

De eerste steen voor zijn opkomst legde de Conducator na zijn aantreden als Secretaris-Generaal in het jaar 1965 met het besluit om uit de voetsporen van zijn overleden voorganger Gheorghiu-Dej te treden. In plaats van de gewoonte van Kleine Stalin om alsmaar naar Moskou op en neer te vliegen over te nemen, ging hij liever naar China en Amerika en mengde alle fronten van de Koude Oorlog door elkaar. Hoewel hij een verklaard marxist was, rolde men in de VS de rode loper voor hem uit in de opportunistische hoop dat hij in ruil daarvoor een wig in het communistische kamp zou drijven. Toen in 1968 de Sovjettanks door Praag rolden, liet hij dan ook Leonid Brezjnev en de socialistische ge-allieerden in de kou staan en hield zijn troepen thuis in plaats van tegen de opstandige Tsjechen ten strijde te trekken. In eigen land leverde dit verzuim hem de status van nationale held op. Tot vreugde der poëten. Ook in het buitenland werd hem de hoogste officiële lof toegezwaaid, niet in de laatste plaats omdat hij aan de lopende band hooggeplaatste gasten uitnodigde, die hij met gul-le gebaren en vorstelijke banketten overlaadde. Zo vergaarde hij ontelbare onderscheidingen en geschenken voor zichzelf en zijn vrouw en werd hij door de koningin van Engeland zelfs in de adel-stand verheven. De grootste troef van de Conducator waren de wereldomspannende betrekkingen met de Amerikaanse president Richard Nixon, met wie hij persoonlijk bevriend was. Nog voor zijn presidentschap had deze boezemvriend het wagenpark van de Conducator verrijkt met een vuurrode slee, waarin hij zich echter nooit liet rondrijden omdat de carrosserie niet driedubbel gepant-serd was.

Naast de Saks Karl Koch waren er twee andere inwoners van Baia Luna voor wie het in de jaren zestig geen snars uitmaakte of het land nu opbloeide of niet: Ilja en zijn vriend Dimitru.

's Morgens tegen achten stond grootvader op, ontbeet en nam zijn pillen tegen de vallende ziekte in. Als hij een goede dag had, hielp hij mij in de winkel of veegde het magazijn; op slechte da-gen hing hij chagrijnig rond, ruziede met zijn dochter, mijn zwaar-lijvige tante Antonia, en liep alleen maar in de weg. Op zijn bes-te dagen maakte hij lange wandelingen langs de Tirnava. Soms ging Dimitru met hem mee. Ze spraken nauwelijks met elkaar omdat er bijna niets meer te bespreken viel.

Kathalina vermoedde dat hun tanende levenslust samenhing met hun voornemen om alleen nog maar te doen wat hun ver-stand hun ingaf. Onuitgesproken knaagde de belofte die ze hen had laten doen aan moeders geweten, daar ze vreesde dat die hun plezier in het leven had vergald. Maar nog zo'n toneelvoorstelling voor die Lupu Raducanu konden haar zenuwen niet aan. Grootvader en Dimitru voelden zich weliswaar streng aan hun gelofte gebonden, maar het was niet de werkelijke bron van hun neerslachtigheid.

De onheilstijding bereikte hen op 5 augustus van het jaar 1962 toen Dimitru voor de luidspreker naar Radio Londen zat te luisteren.

'Stil! Nee toch, nee! Dat kan niet. Ze is dood!'

'Wie is dood?' vroeg ik.

'Marilijn! Marietje. De geliefde van John Ef! Een zelfgekozen einde! Pillen, zeggen ze. Te veel pillen en whiskyschnaps. Daar zou ze aan gestorven zijn. En pas net midden dertig!'

'Maar waarom moest uitgerekend zij er een eind aan maken?' mengde Kathalina zich in het gesprek. 'Ze was, voor zover hier bekend, toch mooi en beroemd, had geld als water en kon aan iedere vinger tien mannen krijgen. Dan ga je toch geen pillen slikken!'

'Dat lijkt mij ook niet,' beaamde Dimitru. 'Dat zou niet verstandig wezen. Er zit iets duisters achter! Dat ruikt een zwarte als ik.'

Moeders bestraffende blik en de zin 'Begin nou niet weer!' volstonden om Dimitru de mond te snoeren.

Hoewel Dimitru en grootvader iedere speculatie over de dood van de blonde actrice uit de weg gingen, werd hun vermoeden het jaar erop bevestigd: in Amerika en de Sovjet-Unie waren duistere machten aan het werk. Hun vage vrees sloeg om in een deprimerende zekerheid op de dag dat zelfs de Transmontaanse omroep het over niets anders had dan de moord op de Amerikaanse president John Fitzgerald Kennedy. In een lovend in memoriam werden de visionaire kracht en de ruimtevaartambities van de president geprezen. Over zijn liefdesaffaires had men het niet meer. In plaats daarvan vermeldde men dat Kennedy als laatste officiële handeling nog de directeur van het nationale ruimtevaartcentrum in Huntsville had ontvangen. Wernher von Braun zou de president een uiteenzetting gegeven hebben over alle details van de Saturn-raket en het Apollo-maanvluchtprogramma.

Toen Dimitru en grootvader hoorden dat de dader van de aanslag, een zekere Lee Harvey Oswald, vroeger in de Sovjet-Unie had gewoond, wisten de vrienden wie er achter het moordcomplot moest zitten. Ik weet zeker dat de naam Koroljov alleen niet viel om Kathalina niet op de kast te jagen.

Dimitru beperkte zijn commentaar tot: 'Oswald praat niet. De Amerikaanse geheime dienst kan hem folteren tot ze een ons weegt. Als Oswald voor de Russen werkt, bijt hij nog liever zijn tong af.'

Twee dagen later verdampte voor Dimitru alle twijfel omtrent de samenzweerders achter de aanslag op de Amerikaanse president. Oswald was op weg naar de gevangenis doodgeschoten door een schimmige nachtclubeigenaar en tot zwijgen gebracht. Grootvader en de tzigaan zouden die gebeurtenis later beschouwen als een vonk in een kruitvat, het in gang zetten van een kettingreactie die dood en verderf zaaide.

De Sovjet ging over lijken. De Amerikaan niet minder. De oorlog die beide grootmachten voerden, mocht dan een koude zijn, ze schakelden nog altijd met speels gemak kopstukken van hun tegenstander uit als ze daartoe de kans kregen. Dat was tenminste wat Dimitru en grootvader uit de radioberichten konden opmaken en ze meenden dat jaren later alleen maar bevestigd te zien.

'Moskou, 5 januari 1966. De Sovjet-raketspecialist Koroljov is enkele dagen in het ziekenhuis opgenomen om een gezwel te laten verwijderen. Na zijn genezing wordt de bekendmaking verwacht van de eerste maanvlucht van de Sovjet-Unie. Kosmonaut Joeri Gagarin deelt mede dat hij tot de missie bereid is. Ook, zo voegde hij eraan toe, als hij nooit meer terug zou komen.'

'Moskou, 14 januari 1966. De Sovjetraketingenieur Sergej Pavlovitsj Koroljov is tegen aller verwachting in gestorven aan kanker. Hij overleed na een mislukte operatie twee dagen na zijn negenenvijftigste verjaardag in een Moskous ziekenhuis. Door zijn dood zal het Sovjet-maanlandingsprogramma naar alle waarschijnlijkheid jaren vertraging oplopen.'

'Washington, 1 januari 1967. De Amerikaanse vicepresident Richard Nixon kondigt voor de eenentwintigste februari de lancering van het Apollo-ruimtevaartuig voor de eerste bemande ruimtevlucht van de VS aan.'

'Moskou, 2 januari 1967. De Unie van Socialistische Sovjetrepublieken heeft er het volste vertrouwen in dat zij ter gelegenheid van het vijftigjarig jubileum van de Oktoberrevolutie in staat zal zijn kosmonauten naar de maan te sturen.'

'Cape Kennedy, 27 januari 1967. Zware tegenslag voor het Apollo-maanlandingsproject van de Verenigde Staten van Amerika. Bij een test tijdens een gesimuleerde countdown is in een ruimtecapsule brand uitgebroken. De drie astronauten Gus Grissom, Ed White en Roger Chaffee zijn omgekomen in de vuurzee. De zoon van een van de slachtoffers heeft na het ongeluk laten weten dat Grissom herhaaldelijk met de dood bedreigd was en dat hij er rekening mee hield slachtoffer van een aanslag te worden. Een sabotageactie wordt niet uitgesloten.'

'Moskou, 27 maart 1968. Joeri Gagarin, de man die zeven jaar geleden een mijlpaal in de wereldgeschiedenis bereikte met de eerste bemande ruimtevlucht, is dood. Hij is neergestort in een testvliegtuig en is slechts vierendertig jaar geworden. Een sabotageactie wordt mogelijk geacht.'

'6 juni 1968. De drieënveertigjarige Robert Francis Kennedy is vermoord. Kennedy, die in de voetsporen van zijn broer John Fitzgerald campagne voerde als kandidaat voor het presidentschap van de Verenigde Staten, raakte bij een aanslag zwaargewond en overleed ter plekke.'

'Het kwaad is sterker dan wij,' zei Dimitru mat. 'Het is voorbij. Onze missie is definitief mislukt. Marilijn, John Ef, zijn broer Robert, Koroljov, Gagarin, drie Amerikaanse astronauten. Om nog maar te zwijgen van de vele roemloze kosmonauten die bij de lanceerproef al met hun raketten de lucht in gevlogen zijn, zij allen

moesten sterven. Verbrand, vergiftigd, overhoopgeschoten, neergestort... Misschien tollen er zelfs nog wel een paar rond in de
koude leegte van het heelal om nooit meer op aarde terug te keren. Niemand hoort nog hun roep. En van Chroesjtsjov hoor je
ook bijster weinig meer. Moeten ze elkaar dan allemaal wederzijds afmaken? Ilja, is dat het allemaal waard?'

Grootvader deed er het zwijgen toe. Kathalina had in de ne-
derlaag van de vrienden een triomf van het verstand kunnen zien,
maar de tzigaan zo geplaagd en vertwijfeld te zien deed haar verdriet. Ook ik kreeg last van mijn geweten, ze moesten eens weten hoe ik hen omwille van mijn persoonlijke doelen had gema-
nipuleerd en misbruik had gemaakt van hun lichtgelovigheid. De
telescoop, Dimitru's wittestippenverzameling, de vertoning voor
Lupu Raducanu, al deze listen en lagen die ik alweer jaren geleden had uitgehaald, maakten dat ik me vreselijk schuldig jegens
hen voelde. Ik had iets goed te maken. Net als mijn moeder koesterde ik het vurige verlangen dat Dimitru en Ilja weer net als vroeger zouden worden.

Onze wens ging in vervulling op een warme zomerdag van het
jaar 1969, toen ik grootvader en Dimitru op een van hun wandelingen buiten adem achternarende met groot nieuws. Ik trof ze
aan bij de kruising waar Laszlo Gabor was verongelukt toen hij
grootvaders jonge gezin had geprobeerd te redden uit de Tirnava. De vrienden zaten op de oever, kauwden op een grassspriet en
keken zwijgend in het stromende water.

'Hebben jullie het nog niet gehoord? De hele wereld heeft het
erover!' riep ik.

'Wat bedoel je?'

'De Apollo 11 start zo dadelijk. Over een paar uur vliegt er een
raket met Amerikanen naar de maan. Onze Secretaris-Generaal
heeft aangekondigd de vlucht van start tot landing te volgen. Zelfs
op televisie. Vierentwintiguursuitzending. Als jullie opschieten
kunnen we nog net het verslag van de lancering horen, je weet
wel, dat er iemand van tien tot nul telt.'

'Dat, mijn beste Pavel, heet nou *kaundaun!*'

Ilja loerde naar Dimitru en schudde zijn hoofd. 'Een vlucht naar de maan! Kan niet. Moorden, ongelukken, aanslagen. Iedereen van het maanproject is een kopje kleiner gemaakt. Aan beide zijden, dood is dood, of het nou een Rus is of een Ami. Oorlog voeren ze.'

'Grote god!' Dimitru kwam kreunend overeind. 'Ilja, je kletst weer eens uit je nek. Ja, ze voeren oorlog, maar ze hebben elkaar voorlopig nog niet wederzijds uitgeroeid. Eentje leeft er nog. Eén rakettenbouwer leeft nog! De Duitser! Burner Braun! Zei ik het niet, een Duitser kan niet vergeten.'

Hoewel grootvader tegen de zeventig liep en ook Dimitru niet meer de jongste was, renden ze als een pijl uit de boog naar het huis van de familie Kiselev. Bij hen in de woonkamer stond in een gefineerde hoekkast het enige televisietoestel van Baia Luna.

'Jullie zijn te laat,' zei Petre Petrov, een van de velen die bij de Kiselevs binnengevallen waren. 'De countdown is net afgelopen. De Apollo is onderweg.'

Toen Dimitru en Ilja naar het beeldscherm keken, zagen ze in het midden van de beeldbuis alleen nog een heldere vuurstraal die kleiner en kleiner werd, tot hij zo klein werd als een aluminium muntje, wat mij aan Dimitru's Madonnafoto's deed denken. Toen uiteindelijk een wit puntje ter grootte van een speldenprik in de nacht van het heelal verdween, vroeg de tzigaan: 'Alles vlotjes verlopen?'

'Een voorbeeldige start,' antwoordde Petre. 'Om door een ringetje te halen. Jullie hebben echt wat gemist.'

'En? Hoeveel koppen telt de bemanning?'

'Slechts drie. Collins blijft in de commandomodule, Armstrong en Aldrin gaan naar buiten. Met hun maanlandingsvoertuig! Driehonderdtachtigduizend kilometer! Stel je voor. Over vier dagen zijn ze boven. Als alles goed gaat. De commentator zei zoeven dat de speechschrijvers van president Nixon de necrologieën al in zijn jaszak hebben gestopt. Voor het geval dat.'

'Hebben ze ook verteld waar de astronauten precies gaan landen?' Dimitru barstte bijkans van nieuwsgierigheid.

'Allemachtig, Dimitru, jij altijd met je gevraag,' zei Petres vader Trojan geïrriteerd. 'Op de maan, nou goed? Of begrijp je dat nu nog steeds niet?'

'Waar? Waar precies? In welke mare?'

'Geen idee.' Trojan haalde zijn schouders op. 'Ergens in het stof. Plaats genoeg voor de Egel.'

'Voor de wát?'

'Zo heet die maanlander,' verklaarde Petre. 'Wij begrepen ook al niet waarom de Amerikanen geen betere naam konden verzinnen.'

Zoals in de goede oude tijd nam Dimitru Petres opmerking te baat voor een sermoen over de menselijke domheid en legde minzaam uit dat 'igol' in het Amerikaans geen stekeldier was, maar de naam van een reusachtige vogel.

Terwijl de andere mannen de een na de ander Elena's woonkamer verlieten omdat ze zich bij de beelden van het lanceerplatform in Houston verveelden, zaten grootvader en Dimitru vier dagen achter elkaar zo geboeid voor de televisie dat de tzigaan niet eens concentratieverhogende drankjes nodig had.

Het was 20 juli 1969. De woonkamer van de Kiselevs zat tjokvol mensen. Elena ging rond met toastjes en de goede kaaskoekjes uit de hoofdstad, maar niemand nam er een. Aller ogen waren strak gericht op het beeldscherm. Om zestien uur zeventien, honderdtwee uur en vijfenveertig minuten na de start, landde het maanvoertuig. Het viel niemand op dat Dimitru zestig seconden later met zijn handen naar zijn hoofd greep van ontzetting. De toeschouwers voor het scherm wachtten geduldig. Weldra zou er voor de allereerste keer een mens op de maan staan. De zigeuner maakte het niet meer uit. Hij vermoedde, nee, wist zeker: alles was voor niets geweest. Negentien uur vierendertig. De spreker meldde dat Armstrong en Aldrin hun ruimtepakken aan het aantrekken waren. Wat heel lang duurde. Tweeëntwintig uur negenen-

dertig. Neil Armstrong stond in een opgeblazen overall op de trap
van de maanlander, hij maakte echter nog geen aanstalten om af
te dalen. 'Toe dan,' riep Petre Petrov. Zes minuten later stak Armstrong zijn linkervoet uit en beroerde als eerste mens de maan.
Hij zei iets in het Amerikaans, wat niemand in Baia Luna verstond. Godzijdank werd het door de verslaggever vertaald, en wel
met een trots in zijn stem alsof hij zelf daarboven stond. Iedereen
juichte en viel elkaar in de armen. Dimitru bleef zitten. Hij huilde. Van ontroering, dacht iedereen. Maar de kleine stap voor een
mens noch de geweldige sprong voor de mensheid kon Dimitru
in beweging krijgen. Hij plukte grootvader aan zijn mouw, nam
hem apart, fluisterde hem iets in zijn oor. Maakte ook een wen-
kend gebaar naar mij. Wij verlieten de woonkamer van de Kiselevs, gingen buiten op de bank naast de drinkbak zitten, waar normaal gesproken alleen Karl Koch onbeweeglijk naar zijn handen
zat te staren.

De Mariamissie van de Amerikanen was mislukt. Dat stond
voor Dimitru al een minuut na de landing vast. Commandant
Armstrong had contact gezocht met de vluchtleiding in Houston.
Houston meldde zich, vroeg hoe de toestand was. Armstrong had
in zijn radiotelefoon gezegd: 'Tranquility Base here. The Eagle
has landed.' Maar waar? 'Tranquility Base!'

'De Ami's hebben het alweer verknald,' kreunde Dimitru. 'Zo
vinden ze Maria nooit. Daar helpt geen Burner von Braun aan.'

'Hoe weet je dat nou?' vroeg grootvader. 'De astronauten zijn
toch pas net boven aangekomen?'

'Armstrong ploetert daar voort in de Mare Tranquilitatis in
plaats van in de Mare Serenitatis. Maar Maria troont in de Zee
van de Helderheid, niet in de Zee van de Stilte.'

'Verdomme,' liet Ilja zich ontvallen.

Ik moest reageren. Iets zeggen. Het maakte niet uit wat. De
vrienden zakten tegen elkaar aan. Radeloos, sprakeloos, hulpeloos.
Zonder zin, zonder doel, zonder hoop. Ik wilde een sprankje vertrouwen bij hen wekken, hun levensmoed inblazen uit oprechte

bezorgdheid. Maar ik had grootvader en Dimitru onderschat. Ik had in hun treurnis om de Madonna slechts een tijdelijke waan gezien, iets van voorbijgaande aard, en had geen oog gehad voor hun vertwijfeling, hun eerlijke, oprechte ernst. En nu gaf ik met de lachwekkende stroom van mijn gedachten de aanzet tot het volgende hoofdstuk in een tragedie waarvan ik het verloop niet meer in de hand had.

'Dimitru,' zei ik. 'Die Duitser. Wernher von Braun, heb je altijd gezegd, is een geslepen vent. Wat als die Von Braun de Zee van de Helderheid helemaal niet heeft gemist? Als hij dat al niet opzettelijk wilde! Als hij Armstrong en zijn collega met opzet, berekenend als hij is, naar de verkeerde mare heeft gestuurd?'

'Wat, Pavel? Berekenend? Maar dat is sabotage! Denk je nou werkelijk dat Burner wil voorkomen dat de Amerikaan de Madonna ontdekt?'

'Ik weet het niet, maar het zou best kunnen.'

'Maar dat is niet evidentisch! Burner von Braun wordt dik betaald door de Ami. Speelt die Duitser soms in het geniep onder één hoedje met de Sovjet? Tegen de Ami?'

'Nou, dat kun je vergeten,' foeterde grootvader. 'De Duitser, ik bedoel de Duitser uit het Westen, zou nooit tegen de Amerikaan in opstand komen. Dan wordt de luchtbrug over de muur naar Berlijn ook opgerold. En dat, lijkt me, kan nooit zijn bedoeling zijn. Maar die Von Braun zit me toch niet lekker. Heeft hij werkelijk spijt betuigd over het feit dat hij bomraketten heeft gebouwd voor het Duizendjarige Rijk van de Führer? Hij, de redder van de Moeder Gods? Of koestert hij stiekem misschien wel heel andere, ondoorzichtbare plannetjes?'

'O, o, o, Ilja, ik heb het! En ik recapituleer: de Sovjet wil de Madonna van de maan roven om de hemelvaart ongedaan te maken. Dan kan hij vrijelijk verder met zijn atheïsme. De Amerikaan wil juist het bestaan van God bewijzen, en moet de Moeder Gods vinden omdat hij zijn dollars niet wil verkwisten. Maar de Duitser staat daartussenin: hij wil noch het een, noch het ander.

Hij heeft er op de een of andere manier baat bij dat Maria on-ontdekt blijft. Daarom heeft Burner von Braun Armstrong en Al-drin de verkeerde kant op gestuurd. En daarom moesten de Kennedy's, Koroljov, Gagarin en vele andere astronauten en kosmonauten sterven. Alleen Burner heeft het overleefd. Hij zit overal achter. Ik vraag me alleen nog af: waarom? Ik bedoel, wat heeft de Duitser daaraan?'

'Wát zei je daarnet nou?' wilde grootvader weten. 'In welke zee is de maanlander terecht gekomen?'

'In de Mare Tranquilitatis.'

'Dat is geen toeval. De Duitser wil rust hebben,' verklaarde grootvader.

'Rust waarvan?'

'Tjongejonge, Dimitru, dat moest jij als zigeuner weten. Ze wilden jullie zwarten destijds ook allemaal vermoorden. Begrijp dat dan! Sinds het met het Duizendjarige Rijk niets is geworden, wil de Duitser eindelijk rust hebben van de vermoorde Joden. En Maria is een Jodin! De Moeder Gods is afkomstig uit het volk Israel! Maria is de enige van haar volk die lichamelijk is opgestaan. Dat zegt ook het pauselijke dogma. Stel je eens voor dat die Von Braun haar zou vinden. Ha, Maria zou een appeltje met hem te schillen hebben over de omgang met haar volk, en de Duitsers dwarszitten bij het vergeten daarvan. Voor de Duitsers zou het het beste zijn als Maria gewoon daar bleef, in het maanstof. Dan kon ze een feestje bouwen met de apostelen en de loop der dingen hier beneden niet in de war sturen met haar herinneringen.'

'Hm, klinkt logisch, Ilja,' zei Dimitru, zonder meteen een gat in de lucht te springen. 'Maar papa Baptiste heeft mij geleerd iedere theorie met contradictorische theorieën te achterhalen en te bevestigen.'

'Mag ik weten wat je daarmee bedoelt?'

'Misschien is die Burner echt maar een rakettenboer die van niks weet. Een wetenschapper puur zang, die gewoon weten wil hoe het allemaal werkt daar op de maan. Misschien is hij wel helemaal geen Duitser meer, maar op en top een Amerikaan, die er spijt van heeft dat hij zijn wetenschappelijke nieuwsgierigheid in een vorig leven in het verkeerde Rijk heeft botgevierd. Hij was toch bevriend met Kennedy? Die heeft de Duitsers toch ook al lang vergeven en hun niet steeds aan de donkere tijden helpen herinneren? John Ef heeft zich zelfs tot Berlijner bekeerd.'

'Klinkt niet oninteressant, Dimitru,' bemoeide ik me ermee, terwijl ik me bewust was van de bespottelijkheid van mijn vermoeden. 'Maar dat zou betekenen dat er een heel andere macht is die aan de touwtjes trekt. Niet de Sovjet, niet de Ami, en ook niet Wernher von Braun. Iemand in het verborgene. Iemand die koste wat kost wil voorkomen dat de Madonna ontdekt wordt. Iemand die écht peulen schijt voor de Moeder Gods als Jodin...'

'Sic cst!' Dimitru was geheel in de ban van de reikwijdte van zijn kennis. 'Ik trek de conclusio. Een macht, laten we haar X noemen, heeft Burner von Braun voor haar doel ingezet. Hem misschien om de tuin geleid, naar de verkeerde mare. De Amerikaan niet, de Sovjet niet, de Duitser niet, geen van hen heeft de touwtjes in handen bij de verovering van de hemel. Deze Vierde Macht, Ilja, ik zeg je, het is deze Vierde Macht, die overal achter zit. En ik zal het je sterker vertellen: papa Baptiste wist ervan. Deze macht heeft Maria op haar hemelse troon gehesen, heeft een Jodin tot de fysieke Regina coelestis van de hemel verklaard in 1950, nadat men haar volk op aarde zo smadelijk in de steek had gelaten.'

'En welke macht mag dat zijn?'

'Het Vaticaan, natuurlijk!'

Zoals overal ter wereld zorgde de maanlanding ook in Baia Luna voor volop gespreksstof. Maar dat duurde slechts twee dagen. De drie Amerikaanse astronauten dáchten nog niet aan terugkeren of het dorp raakte door een gebeurtenis van een heel andere orde in rep en roer.

Een gloednieuwe, grijze limousine zoefde Baia Luna binnen. De breedvoerige aankondigingen van de Conducator dat de boerenstaat Transmontanië onder zijn leiding zou uitgroeien tot een moderne industriële natie bleken geen loze beloftes. De eerste man van de staat had woord gehouden: de Nieuwe Natie beschikte tegenwoordig over haar eigen automobielfabriek. 'Dacia' prijkte er in zilveren letters op de achterkant van de wagen, waaruit twee heren in het zwart stapten. Ze groetten bedachtzaam, hieven hun rechterhand en bogen hun hoofd, eerst naar de ene, toen naar de andere kant. Waardig stelde de oudste zich voor als de vicaris-generaal van het bisdom Kronauburg.

'De kerkgemeente van Baia Luna,' sprak deze, 'krijgt binnenkort een nieuwe herder.'

Eerst wisten de omstanders niet precies hoe ze op het bericht moesten reageren, maar toen de Saksen elkaar met een handdruk begonnen te feliciteren klonken de eerste uitroepen van vreugde, hoeden vlogen de lucht in, en uiteindelijk brak er een stormachtig gejuich los waar het gegil van de zigeunerkinderen een niet gering aandeel in had. De vertegenwoordigers van de bisschop van Kronauburg namen de reactie met genoegen in ontvangst en verzochten de gemeente om de jonge priester Antonius Wachenwerther, die vanuit de Oostenrijkse diaspora tot zijn roeping gekomen was, met passende eerbied te ontvangen. De dag van zijn feestelijke ambtsaanvaarding zou over ruim een week, op de laatste dag van de maand juli, plaatsvinden. De mannen en vrouwen beloofden voor die tijd de pastorie en de kerk grondig stofvrij te maken en hun dorp feestelijk te versieren.

'Als de zeer geachte excellenties mij toestaan is het misschien goed om u te laten weten,' nam koster Julius Knaup het woord, 'dat onze Madonna van de Eeuwige Troost jaren geleden gestolen is en dat het Eeuwige Licht boven het tabernakel ook niet meer brandt. En als u er prijs op stelt om mijn mening te horen, nou, dan zijn daar satanische machten aan het werk geweest in de gedaante van ene Barbu, een door en door zondige, verworden...'

'Hé, wat ruik ik nou? Je meurt nog steeds naar rozen, Julius!' riep Petre, waarop de mannen die eromheen stonden hun buik

moesten vasthouden van het lachen. De vertegenwoordigers van
de clerus keken ongemakkelijk om zich heen en lachten uiteindelijk mee.

Tot de vicaris-generaal uiteenzette dat het gedoofde licht op
het moment van aantreden van de nieuwe herder Wachenwerther
weer net zo zou branden als in geloofssterke tijden, ontstoken met
het gewijde vuur van een altaarkaars van de Kronauburger Pauluskathedraal. Wat de roof van de Madonna betrof, baarde het
stijgende aantal plunderingen van kostbare altaarstukken en heiligenbeelden het bisdom grote zorgen. Over de daders, die wil-
lens en wetens te werk gingen, wilde de vicaris-generaal zich niet
uitspreken, maar hij kon niet nalaten te vermelden dat zij leden
waren van een landelijke minderheid die meermaals in het oog
sprong door diefstallen en die kostbaar cultuurgoed via een internationaal opererende en vanuit Moskou geleide iconenmaffia naar
de kapitalistische kunstmarkt smokkelde. Hij zou pastoor Wachenwerther daarom aanraden de kerkdeur alleen tijdens de heilige mis geopend te houden.

Een nieuwe priester, dat betekende voor mij dat het tabernakel
in de kerk weer voor geestelijke doeleinden gebruikt zou gaan worden. Gegeneerd bemerkte ik hoe lang ik al niet meer aan het dagboek van lerares Angela Barbulescu gedacht had. Het vuur in mijn
hart smeulde nog wel, maar branden deed het niet meer. Ik kon
mijzelf in de spiegel niet meer aankijken. Van de jeugdige strijder
die zonder erbij na te denken het ene risico na het andere nam,
was ik veranderd in een vriendelijke en geliefde, maar halfzachte
man, een kroegbaas en HO-filiaalhouder van eind twintig die zijn
best deed om iedereen te vriend te houden en trachtte tegen iedereen eerlijk te zijn. Ik was voor niemand bang, en niemand hoefde bang voor mij te zijn.

Van mijn passieloosheid gaf ik niemand anders de schuld dan
mijzelf. En misschien een beetje de tijd, die in Baia Luna met een
dodelijke saaiheid voorbijkroop. Ik deed mijn werk, verkocht mijn
waren, bediende mijn gasten en reed eenmaal per maand naar Kro-

nauburg om de voorraad aan te vullen. Zeker, ik zag tekenen van ontwaken, soms wilde ik het dorp ontvluchten, maar ik was allang aangestoken door het virus van de doffe berusting. Een enkele keer deed zich mijn oude levensdrift nog gevoelen, meestal door de drang van mijn geslacht. Ik liet me dan in de districtshoofdstad bevredigen door publieke vrouwen, die in het socialisme eigenlijk niet bestonden. Als de vrouwen dan de volgende klant in het oor fluisterden dat hij hen flink te grazen moest nemen, dacht ik met weemoed terug aan de belofte die ik op die wonderbaarlijke nacht van mijn zestiende verjaardag aan Buba Gabor gedaan had en zij aan mij. Dat wij eens man en vrouw geworden waren, bleef ik me na mijn bezoeken aan de vreemde vrouwen slechts bewust als een doorn in het vlees der herinnering, een herinnering die allang niet meer zo'n pijn meer bij me opriep. Als ik me op eenzame momenten Buba's zinnetje dat ze op mij zou wachten herinnerde, voelde ik me huilerig worden. Ik bedronk me dan, voelde me sterk en vol strijdlust, maar werd de volgende morgen wakker met een bonkende schedel, niet in staat om te handelen naar het besluit dat ik de avond tevoren had genomen. Wat moest ik doen? Buba was weg. Ergens. Angela had het bij het verkeerde eind gehad. Stephanescu was niet gevallen, laat staan vernietigd, maar kwam om de haverklap in het nieuws met de succesberichten uit het district. Heinrich Hofmann was al jaren dood. Of het nu door een ongeluk was of door een doelgerichte actie van Stephanescu's beulsknechten, dat zou geen rechtbank in Transmontanië vandaag de dag meer kunnen achterhalen. De wereld was onrechtvaardig. Misschien aan het einde der tijden? Maar het geloof in de dag des oordeels, waaraan mijn grootvader zich nog altijd als aan een laatste strohalm vastklampte, wat moest je ermee? Het kon zijn dat er zoiets bestond, maar het kon evengoed onzin zijn.

Ik betrad op klaarlichte dag de kerk, sprong de treden naar het altaar op en opende het tabernakel. Alles was er nog. In het groene schrift zat Angela's kusfoto, de foto met daarop haar voormalige vriendin Alexa met opgestroopte zonnebloemenjurk, het bijbehorende negatief en vier zwarte, briefkaartgrote foto's met één grote en elf kleine witte stippen. Ik sloeg het dagboek open en gedurende één ademtocht steeg de geur van vuur, rook en vochtige aarde op uit het boekje. 'Wie niet hoopt, wordt ook niet teleurgesteld.' Ik schrok. Ik zag Buba voor me. 'Dat klopt niet, Pavel,' had zij in mijn armen tegen mij gezegd. 'Wie geen hoop kent, is geen mens van vlees en bloed.'

Ik stak het dagboek en de foto's bij me, sloot het tabernakel af en liet de kleine, zilveren sleutel in het slot zitten. Voor Antonius Wachenwerther. Daarna ging ik linea recta naar de zigeuners. Naar Susanna Gabor.

'Waar is Buba?'

Buba's moeder rilde bij de ijzige kilte waarmee ik dat zei. Ze was oud geworden, haar haren waren verfomfaaid en haar rug was krom geworden. Haar eens zo grote ogen, die haar dochter van haar geërfd had, waren verkommerd tot smalle kijkspleetjes waardoor ze knipperend naar mij loenste.

'Ik weet van niks. Maak dat je wegkomt, gadjo! Ik weet niet waar ze is.'

Het werd rood voor mijn ogen van woede. Ik pakte haar beet en omvatte met ijzeren greep haar keel. 'Ik draai je de nek om,' zei ik met zo'n vaste stem dat Susanna wit wegtrok van angst en rochelde: 'It-t-talië.'

Ik liet haar los. 'Wat zeg je?'

De zigeunerin zakte zuchtend op een stoel. 'Buba is in Italië. Geloof me, ik heb dat niet gewild. De mannen zeiden dat ze iedere maand goed geld naar huis zou sturen en ik heb haar aan die kerels meegegeven. Ze wilden via Joegoslavië naar Italië. Maar er kwam geen geld. Ik heb nooit meer iets van haar gehoord.' Susanna weende zonder tranen. 'Ik heb dat toch niet gewild. Het was alleen vanwege de schande die je over ons gebracht hebt. En ik wil ook geen geld meer. Ik wil alleen dat Buba terugkomt. Voor mijn part mag je haar hebben. Haal haar maar terug. Ga, ga maar naar Italië.'

Toen ik terugliep naar het dorp riep mijn vroegere schoolka-meraad Hermann mij toe: 'Doe ook eens wat, jij!' Ik nam de aan-sporing voor wat ze was en ging naar bed. Een reis naar Italië was wel het laatste wat ik me kon veroorloven.

Intussen waren de bewoners van Baia Luna druk bezig met de voorbereidingen voor de feestelijke intocht van pastoor Antonius Wachenwerther. De schoolkinderen leerden gedichten vanbuiten. De mannen poetsten hun karren tot ze glommen en borstelden hun paarden. De vrouwen zaten tot diep in de nacht achter hun naaimachines wit-gele processievlaggetjes en kostuums in de stijl van de oude Kronauburgse klederdracht te naaien. Voor mij was het dezer dagen eigenlijk tijd voor een ritje naar Kronauburg, maar in mijn indolentie schoof ik de inkoop voor me uit tot na de aan-komst van de priester. Wat ongelukkig uit zou pakken voor mijn grootvader, want zijn epilepsiemedicijnen waren bijna op.

De ceremonie van de ambtsaanvaarding van priester Antonius Wachenwerther verliep naar ieders wens. Tenminste voor de eu-charistievierders van de kerkgemeente. De processie vond op ge-disciplineerde en ordelijke wijze plaats, zodat de Kronauburger vicaris-gencraal de bewoners van Baia Luna voortdurend goed-keurende blikken toewierp. Ook de jonge pastoor maakte geen ontevreden indruk, ook al vermeed hij oogcontact met zijn ge-meenteleden vooralsnog. De rituele stoet werd aangevoerd door een prachtige schimmel met ingevlochten manen en bonte linten in zijn staart, bereden door Andreas Schuster, die met kaarsrech-te rug het patronaatsvaandel droeg. Achter Antonius Wachen-werther sloten de vicaris-generaal en de priester uit het bisdom aan. Toen volgden de schoolkinderen met hun leraar, de vrouwen met de kleine kinderen, de jonge mannen, de grijsaards en de zi-geuners. De hekkensluiter was, hoewel hij eigenlijk niet meer bij de stoet hoorde, Karl Koch, die op de een of andere manier ach-terop was geraakt en nu door twee loslopende honden werd aan-geblaft.

Het hoogtepunt was de aansluitende mis in de kerk. Het mag

zeker niet onvermeld blijven dat de kerkelijke hoogwaardigheidsbekleders uit Kronauburg het gewijde vuur voor het Eeuwige
Licht vergeten waren mee te brengen. De vicaris-generaal, die
praktisch ingesteld was, had zich zodra ze dat bemerkten, naar de
mannen gehaast en om lucifers gevraagd. Toen ik een doosje uit
mijn broekzak haalde, fluisterde hij mij in het oor: 'Steek jij vlug
even het Eeuwige Licht aan, wil je?' Ik voldeed aan zijn verzoek
en zo gebeurde het dat het kleine, rode lichtje weer precies zo
brandde als op de dag dat ik naast mijn vader en de zigeuner in
mijn jongelingsjaren op een van de voorste rijen zat toen we naar
de eerste preek van de nieuwe priester luisterden.

Zonder enige plichtpleging of groet verklaarde Antonius Wachenwerther meteen waarom hij voor zijn preek niet de kansel zou
bestijgcn. Het tweede Vaticaans Concilie, waar niemand zich iets
bij kon voorstellen, verbood de verkondiging van Gods Woord van
bovenaf, een feit dat hem persoonlijk, als het erom ging het Woord
van God te eren, zeer speet. Toen liet hij doorschemeren dat de
vernieuwingen van die modernistische intellectuelen uit Rome
ook hun goede kanten hadden, namelijk dat men nu tenminste
eindelijk eens de strijd aanbond met het wijdverbreide bijgeloof
onder het volk. Al over twee weken, op 15 augustus, zou hij er in
zijn preek ter gelegenheid van de feestdag van Maria-Hemelvaart
op wijzen dat de lichamelijke opname van Maria in de hemel beslist niet letterlijk moest worden opgevat, daar de hemelvaart naar
Bijbelse getuigenis voorbehouden was aan de Zoon van God. Bovendien zou de verering van de vrouw, zoals Eva met haar ontblote borsten reeds aangetoond had, de man ervan afleiden om
zich geheel in het mysterie van de maagdelijkheid van de Moeder Gods te verdiepen. Toen ik een blik van verstandhouding met
Dimitru wilde wisselen, stelde ik vast dat hij in slaap gevallen was.

Na het credo, de voorbede en het Onzevader trof de priester de
voorbereidingen tot de eucharistieviering. Terwijl de nieuwe geestelijke net bezig was om met zegenende woorden profane wijn en
profaan brood in het heilige lichaam en het heilige bloed van

Christus te veranderen, werd grootvader duizelig.

Ik dacht eerst dat het de wierook was.

Ilja richtte zich op, met strak gerichte blik, en wees op de lege sokkel waarop vele jaren geleden de Madonna van de Eeuwige Troost had gestaan. Toen brulde hij tot ieders ontzetting: 'De priester liegt! We worden belazerd. Maria bestaat! In levenden lijve! Zij troont in de Zee van de Helderheid. Weg met de kerk! Weg met de paus! Weg met de Vierde Macht!'

Grootvader stiet een doordringende kreet uit, maaide met zijn armen om zich heen en rende naar het altaar. Dimitru, die uit zijn dutje was gewekt, sprong met knipperende ogen achter hem aan, maar werd door de ongecontroleerde vuistbewegingen van zijn vriend zo ongelukkig op zijn slaap getroffen dat hij tegen de communiebank stortte en bewegingloos bleef liggen. Grootvader werd door krachtige mannenarmen gegrepen, maar hij was amper in bedwang te houden. Ten slotte zeeg hij plotseling als een lege zak ineen.

De gouden miskelk viel uit de handen van de pastoor. De gewijde hosties vlogen alle kanten op en een bloedrode plas wijn verspreidde zich over het witte altaarkleed. Van ontzetting en schaamte vluchtte de jonge priester naar de sacristie, terwijl de vicaris-generaal zijn zelfbeheersing behield en de hosties bij elkaar veegde.

Hermann Schuster, Hans Schneider en ik leidden mijn zwaar aangeslagen grootvader met vaste hand de kerk uit.

De verbittering van de priester over de mislukte toetreding in zijn ambt verteerde nog jaren later zijn gemoed. Maar in plaats van zijn toorn om grootvaders respectloze optreden de vrije loop te laten, vluchtte Antonius Wachenwerther in een woordeloze wrok die in zijn latere dienstjaren slechts bleek uit een afgrondelijke haat jegens iedereen die in zijn nabijheid de naam Botev liet vallen.

Zoals te verwachten bij de vallende ziekte, kon Ilja zich niets van zijn absence herinneren en hij was ook na onvermoeibare over-

redingspogingen van Hermann Schuster niet bereid zich tegenover Antonius Wachenwerther te verontschuldigen. Grootvader
zanikte in plaats daarvan alsmaar door over een Vierde Macht die
in de persoon van de nieuwe priester ook in Baia Luna aan het
werk was. Dat was ook de reden waarom hij dringend naar de
hoofdstad moest, want daar zou over twee dagen de Amerikaanse president Richard Nixon de Conducator met een staatsbezoek
vereren. Hermann nam grootvaders aankondiging niet serieus,
maar vroeg Ilja toch belangstellend wat hij nu met die omineuze
Vierde Macht bedoelde.

'Die zit in het Vaticaan. De paus en de zijnen zetten alles op
alles om te voorkomen dat de Moeder Gods ooit gevonden wordt.
Daarom verdraait die Wachenwerther ook de leer van de fysieke
tenhemelopneming van Maria. Hij maakt van de verloste vrouw
en moeder een vleesloze maagd. Hij probeert de aandacht af te
leiden van het feit dat zij, met lichaam en al, nog leeft en bestaat.
Zij heerst op de maan, en daarom heeft ook Chroesjtsjov Gagarin gevraagd naar God te zoeken.'

'Allemachtig, Ilja, wat heb jij? Sinds je die maanziekte hebt,
word je steeds gekker.' Hermann Schuster pakte grootvader bij
zijn kraag, schudde hem door elkaar en probeerde hem tot rede
te brengen. Maar grootvaders vraag was raak: 'Hermann, jij was
er toch bij in de oorlog? Zeg eens eerlijk, wist jij dat de Duitsers
alle Joden hebben omgebracht?'

De Saks liet grootvader zakken. 'Ja, Ilja. Ik wist het. Maar ik
wilde het niet geloven. Ik was jong en lag aan het front. Wat kon
ik eraan doen?'

'Jij misschien niets, maar wat dacht je van de paus in Rome?
Hermann, hij had een banvloek moeten uitspreken of zoiets, iets
moeten roepen! Maar dat deed hij niet. En daarom heeft hij in
het jaar 1950 het dogma van de lichamelijke tenhemelopneming
van Maria afgekondigd. En weet je waarom? Omdat hij wroeging
had jegens de Joden. Hij heeft het uitverkoren volk ten tijde van
het Derde Rijk laten stikken. Johannes Baptiste zei het ook al: dat

de kerk in zijn geschiedenis nog nooit een vinger naar de Joden heeft uitgestoken als het erop aankwam, hoewel zij het loodzware lot op zich genomen hebben om hun eigen Jezus te kruisigen en daardoor ons te verlossen. Met zijn dogma wou de paus Maria tegemoetkomen en haar de verzekering geven dat zij niet tot het stof der aarde vervallen was. Door de proclamatie van haar hemelvaart heeft Rome tenminste achteraf nog één Jodin gered.'

Hermann Schuster was met stomheid geslagen.

Grootvader ging zonder blikken of blozen verder. 'Daarna werd het ingewikkeld voor het Vaticaan. Eerst had je de Spoetnik. Bij de afkondiging van het dogma wist de paus nog niet dat de mens weldra de zwaartekracht zou overwinnen en zelfs op de maan zou landen. Als het dogma waar is, dan moet Maria op een dag gevonden worden. Door de Russen, de Amerikanen of wie dan ook. Maar daar zit het Vaticaan natuurlijk helemaal niet op te wachten. Daarom stelt de clerus alles in het werk om dat te voorkomen. Voor de kerk zou het het beste zijn als helemaal niemand meer op het idee kwam om Maria te zoeken. Daarom staat die Wachenwerther te stamelen dat het dogma niet letterlijk bedoeld is: dan maakt namelijk iedereen die vasthoudt aan zijn zoektocht naar Maria zich belachelijk.'

Nadat Hermann Schuster twee uur zijn best had gedaan Ilja te volgen dreigde nu zijn schedel uit elkaar te barsten. Belast met de treurige zekerheid dat de eens zo verstandige kroegbaas Ilja door de morbus lunaticus zijn verstand was kwijtgeraakt, slenterde hij terug naar zijn Erika, terwijl grootvader voor het eerst van zijn leven de pen ter hand nam en in een ongeoefend handschrift een brief opstelde. Geadresseerd aan de laatste machtige man op aarde die de Vierde Macht nog kon tegenhouden.

Zoals mij later ter ore kwam, vroeg grootvader zijn dochter, mijn tante Antonia, het epistel zorgvuldig met naald en draad in de voering van zijn wollen jas te naaien. Voor de zekerheid met driedubbele naad.

We schrijven de laatste dag van juli 1969. Voor 2 augustus stond het bezoek van Richard Nixon in de hoofdstad op het programma. Dat slechts een paar dagen na de geslaagde maanlanding een Amerikaanse president voor het eerst een socialistisch land bezocht, was te danken aan de Conducator, van wie de dichters zongen dat hij zelfs de zon kon trotseren. Er was een parade georganiseerd. Van het vliegveld tot het Paleis van de Republiek. Met gelegenheid tot handenschudden. Het was nu of nooit voor Ilja.

Dimitru, die graag met zijn vriend mee zou zijn gegaan, was daar niet toe in staat. Hij lag met een hersenschudding op zijn chaise longue, zozeer aangepakt dat hij niet eens naar morfiaten verlangde. Ilja legde hem in kort bestek zijn plan uit en kuste de tzigaan ten afscheid op zijn voorhoofd. Dimitru knikte slechts zwakjes en zei alleen: 'Mijn vriend, ik ben bij je. Pas op ons.'

'Je bent niet goed wijs! Waar wil je dan heen?' schreeuwde Kathalina tegen haar schoonvader toen Ilja het paard van stal haalde.

'Ik ga naar Amerika!' riep hij, niet omdat dat in zijn bedoeling lag, maar eerder omdat hij zelfs zijn naaste verwanten het doel van zijn missie niet toevertrouwde.

Ik deed eerst niet eens een poging om grootvader van zijn idee af te brengen. Dat zou zinloos zijn geweest. Bovendien zou hij na een paar dagen vanzelf weer opduiken. Maar stukje bij beetje begon ik te begrijpen dat ik grootvader in plaats van hem tegen zijn Madonnakoorts te beschermen, steeds dieper in het ongeluk had gestort.

Grootvaders vertrek luidde ook de laatste dagen van Dimitru's verblijf in Baia Luna in. Eerst had hij in de boekerij nog op Ilja's terugkeer gewacht, maar uiteindelijk nam hij het besluit om Baia Luna de rug toe te keren. Het was de dag waarop hij Antonius Wachenwerther vervloekte en God de Heer smeekte dat er een hel mocht zijn.

Enkele dagen na zijn ambtsaanvaarding begon de nieuwe priester orde in de gemeente te scheppen. Eerst liet hij alle katholieken zich in de pastoorswoning registreren en hij legde kerkboeken aan. Dat had Johannes Baptiste nooit gedaan. Vervolgens nam hij de pastoriebibliotheek onder handen. Dimitru, die zich op zijn rode chaise longue had teruggetrokken, moest op Wachenwerthers aanwijzingen met canapé en al naar de kelder verhuizen en de sleutel van de bibliotheek inleveren. Een dag bracht de priester alleen in de bibliotheek door, en alle boeken waren gesorteerd. De boeken die hem ongeschikte lectuur voor de gemeente leken, liet hij in de voormalige bijkeuken opstapelen, waar de geur van muf papier in de loop der jaren het nog altijd aanwezige rozenparfum mocht verdrijven.

Toen inspecteerde hij het kerkhof. Met de opmerking dat het halflege, nutteloze gat in de grond naast het graf van Fernanda Klein getuigde van verwaarlozing van de begraafplaats, liet hij het dichtgooien. Daarna liet hij zich door koster Julius Knaup aan de hand van de namen op de grafkruizen invoeren in de geschiedenis van de families in het dorp. Voor een met woekerende planten en versierselen overdekte grafheuvel bleef de priester staan en keek argwanend naar de bonte berg plastic bloemen die het kruis met de naam aan het oog onttrok.

'Wie ligt daar?'

'Laszlo Gabor, de vader van die zonderlinge zigeuner uit de boekerij. Hij is onder mysterieuze omstandigheden om het leven gekomen. In 1935, aan de oever van de Tirnava, terwijl een moeder uit ons dorp met haar dochter in de golven van de ijzige rivier vertwijfeld om hulp riep. En, als u mij de opmerking niet kwalijk neemt, Gabor is als ongedoopte gestorven.'

Om het verval van het katholieke geloof daadkrachtig te keren werden de overblijfselen van Laszlo Gabor geëxhumeerd en zijn beenderen in een houten kist gestopt.

Dimitru kon geen woord uitbrengen toen de koster hem het gebeente van zijn vader overhandigde, met de opmerking dat er buiten de kerkhofmuur naast het graf van Barbulescu nog een plekje was.

Binnen het uur bepakte Dimitru een open wagen met de kist

en zijn schamele bezittingen, spande in en reed langs ons huis om afscheid te nemen.

'Kathalina, Pavel, lieve schatten. Bedankt voor alles.'

Moeder wendde zich af en begon te huilen.

'Waar wil je naartoe, Dimi?' vroeg Antonia, die voor de gelegenheid uit bed was gekomen.

'Ik ga naar waar mijn vader is. Maar eerst ga ik jouw vader, mijn vriend Ilja, zoeken. Net zolang tot ik hem gevonden heb.'

'Dan ga ik mee. Ik bedoel, als je het niet erg vindt dat zo'n stevige vrouw als ik je begeleidt...'

'Antonia, ik vind het best.'

'Neem dit als herinnering van mij aan.' Kathalina reikte Dimitru de Bijbel die priester Johannes Baptiste grootvader ooit voor zijn vijfenvijftigste verjaardag had gegeven. 'Ik hoop dat Ilja bijdraait en gauw terugkomt. Hij zal de Bijbel niet missen, en zo ja, dan weet hij dat het Woord van God in goede handen is.'

'Mijn dank voor deze gave. Ik neem hem gaarne aan. Maar, Kathalina, begrijp dat ik er pas weer in zal lezen als ik mijn vriend teruggevonden heb.'

Ik besloot nog een paar dagen op grootvader te wachten en dan zelf op zoek te gaan. Ik omarmde Dimitru en vroeg hem om mij bericht te sturen als hij iets over de verblijfplaats van Buba te weten zou komen.

Dimitru zei alleen: 'Pavel, denk aan de dwaze maagden. Toen zij ter bruiloft gingen, was de olie in hun lampen opgebrand.' Toen perste hij zich naast Antonia op de bok en stuurde zijn kar voor de laatste maal van zijn leven over de brug over de Tirnava.

Ik moet erbij zeggen dat de overstroming van het jaar daarop niet alleen de ijzeren brug zou wegslaan. Toen de rivier buiten zijn oevers trad, spoelden als eerste de lemen huizen van de zigeuners in de golven weg. De dakloze Gabor-clan trok vervolgens enige tijd met paarden en woonwagens naar de rand van Apoldasch, waar de mannen als dagloners bij de bouw van een stuwdam in de bovenloop van de Tirnava werden ingehuurd. Een gigantische elektriciteitscentrale zou de watermassa's van de rivier in de toekomst in bedwang houden en het district Kronauburg, waar Baia Luna toe behoorde, vierentwintig uur per dag van stroom voorzien. Tot de tijd van het grote geld- en grondstoffengebrek, toen de lichten overal in het land uitgingen en het aardedonker werd, een tijd waarin niets in Baia Luna er meer aan herinnerde dat er ooit zigeuners hadden geleefd.

Toen grootvader veertien dagen na zijn vertrek naar Amerika, waar natuurlijk niemand in geloofde, nog niet naar Baia Luna teruggekeerd was, maakte ik me gereed om hem te gaan zoeken. Ik vermoedde dat Ilja bij het staatsbezoek van Richard Nixon per trein van Kronauburg naar de hoofdstad was gereisd en de wagen bij de Pofta had gestald. De waard wist mij echter niets anders te vertellen dan dat hij nog nooit van ene Ilja Botev uit Baia Luna had gehoord.

Ik ging alle mogelijke scenario's af: een ongeluk, een misdrijf of het veel waarschijnlijkere geval dat grootvader na een epileptische aanval ergens in een greppel gevonden was. Op het traject van Kronauburg naar de hoofdstad ging ik alle politiebureaus en ziekenhuizen af en ik eindigde zelfs in de centrale van de Securitate in de Calea Rahovei. Daar liet men mij mijn verhaal doen, maar in het labyrint van de zwijgzaamheid kwam ik niets te weten over de eventuele verblijfplaats van mijn grootvader. Ik reed terug en hoopte tegen beter weten in dat grootvader intussen weer in Baia Luna aangekomen zou zijn.

Ook dat was niet het geval.

Om verzekerd te zijn van een goede plaats stond Ilja Botev reeds in de middag van 31 juli 1969 tegen een dranghek op de Boulevard van de Overwinning geleund. Hier zouden de Amerikaanse president en de Conducator de volgende dag voorbijkomen. De bonte zee van vlaggetjes die reeds over de straten uitwaaierde, beloofde een parade van megaformaat.

Twee mannen in donkere leren jassen kwamen op Ilja af en

vroegen naar zijn identiteitspapieren.

'Die heb ik niet bij me.'

'Wie bent u? Wat doet u hier?'

'Ilja Botev uit Baia Luna. Ik sta te wachten.'

'Dat zien wij ook wel. Baia Luna? Waar ligt dat?'

'District Kronauburg. Gemeente Apoldasch.'

'U gaat ons toch niet vertellen dat u helemaal uit de bergen gekomen bent om de Amerikaanse president te zien, wel?'

'Dat zeg ik toch ook niet!'

'Wat doet u hier dan? Zonder paspoort?'

'Dat gaat jullie niets aan, stelletje dikdoeners!'

Bliksemsnel greep een van hen Ilja's pols en draaide zijn arm
op zijn rug. Zijn begeleider fouilleerde hem, rond zijn heupen, van
zijn geslachtsdelen langs zijn broekspijpen tot zijn schoenen, vervolgens overhemd, buik en rug.

'Niets! Geen wapens, geen pamfletten. Nou ja, wat doet u hier
dan?'

'Dat is mijn zaak.'

De securist die Ilja's arm in de houdgreep hield, gaf een rukje.
Het gezicht van de oude man vertrok van de pijn in zijn ontwrich-
te schouder, maar hij klemde zijn tanden op elkaar.

'Ik ben een oude man,' kreunde Ilja. 'Waarom doen jullie mij
dit aan?'

Hij kreeg geen antwoord. In plaats daarvan duwden de veilig-
heidsmedewerkers Ilja voor zich uit en smeten hem op de achterbank van een grijze auto. Ze reden regelrecht naar de Calea Rahovei.

In zo'n gigantisch gebouw als dat van de centrale van de Staatsveiligheidsdienst was Ilja Botev in zijn hele zevenenzestigjarige
leven nog nooit geweest. De mannen leidden hem door zijvleu-
gels, gangen en etages en sloten hem op in een ruimte waar twee
stoelen en een gedeukte, aluminium tafel met daarop een zwarte,
bakelieten telefoon stonden. Hoewel het zomer was, heersten in
de verhoorkamer temperaturen als in een ijskast. De securisten

ontdeden Ilja van zijn jas en broek en lieten hem alleen achter.

Ilja rilde over zijn hele lijf en zijn rechterschouder deed verschrikkelijk pijn, toen een majoor van de Staatsveiligheid de ruimte betrad. Hij droeg een bontjas, vroeg Ilja naar het doel van zijn verre reis en was na een halfuur overtuigd van de onschuld van de arrestant. Je had veel gekken in dit land, maar zo'n kwibus die bij hoog en bij laag beweerde dat hij van de bergen naar de hoofdstad was gekomen om president Nixon te vragen of hij een schip met echte kauwgom naar Transmontanië wilde sturen, zo bont had nog niemand het gemaakt in de talloze verhoren die hij had afgenomen.

De majoor gaf Ilja zijn broek aan en hielp hem in zijn jas. Daarbij stuitte zijn hand op iets hards. Hij rukte de voering van de wollen jopper los en hield een brief in zijn handen en een zwarte foto met een dozijn witte stippen. Hij las de brief, schudde zijn hoofd en verliet de ruimte weer.

Na een tijdje kwam hij terug met zijn meerdere. Ilja Botev herkende de man die hem met zijn vette kop priemend in de ogen keek meteen.

Overste Lupu Raducanu hield Ilja's brief voor zijn neus. Hij was gericht aan de eerste voorzitter van de Staatsraad en begon met de woorden: 'Hooggeachte kameraad Secretaris-Generaal, titan en Conducator, wij hebben uw hulp nodig.' Lupu las de brief door en begon te grijnzen. 'Ilja Botev uit Baia Luna. Kijk nou toch eens aan. Mijnheer Botev, wat moeten we nou met u?'

Ilja zweeg.

'U hebt, zie ik, een grenzeloos vertrouwen in ons land. Het zou u dus wel aardig lijken dat ons staatsopperhoofd raketten liet bouwen? Een eigen maanlandingsprogramma voor onze natie, gefinancierd door de president van Amerika. Ach, waarom ook niet?'

Raducanu legde Ilja een wollen deken over de schouders. 'U hebt het koud, hè? Ik denk dat uw ideeën in de toekomst heel vruchtbaar zullen blijken te zijn. Er moet wat mee te beginnen zijn, denkt u niet?'

Het vertrouwen straalde uit Ilja's ogen.

'We zullen zien,' zei Raducanu, 'de Conducator komt er vast wel uit met die Vierde Macht. Als hij het niet doet, doet niemand het, wel?'

Ilja knikte.

'Uw opdrachtgever, als ik het goed begrijp, is een Jodin, Maria van naam, die op de maan in een heldere zee woont, omringd van een oogverblindende glans, zoals de witte stippen op deze foto hier aanschouwelijk maken.'

'Zo is het.'

'Weet u wat, mijnheer Botev? Ik houd de brief bij me en zal hem persoonlijk aan de Conducator overhandigen. Dan hoeft u niet in het gedrang tussen al die duizenden mensen bij de parade te staan. Het staatshoofd zal de zaak dan verder met president Nixon bespreken. Lijkt dat u wat?'

Ilja knikte opnieuw. Raducanu stak de brief en de foto bij zich en nam de telefoonhoorn van de haak. Kort daarop kwamen er twee mannen in burger binnen. Voordat Ilja kon begrijpen wat hij met het bevel 'Naar dokter Pauker brengen!' bedoelde, werd hem een spuitje toegediend.

Op drie uur rijden van de stad werd Ilja wakker, in een afgelegen oord in het dal van een zijrivier van de Alt. Achter de gevels van een voormalige kazerne was een psychiatrisch sanatorium ingericht waarvan de mensen in de omgeving fluisterden dat men, als men daar eenmaal opgesloten was, geen schaduw meer had.

Wie verwacht had dat Antonia aan de zijde van Dimitru, die bij eerdere gelegenheden vaak opgeschept had over de kracht van zijn lendenen, tot zijn geliefde zou zijn geworden, zou bij het zien van het wonderlijke paar waarschijnlijk snel op andere gedachten zijn gekomen. Terwijl Antonia Botev het voor elkaar kreeg om zelfs in tijden van gebrek nog in volume toe te nemen, was de tzigaan in de loop van de tijd steeds verder weggeteerd. Hij kromp gewoon, werd steeds kleiner en was op het laatst zo petieterig geworden dat je twee keer moest kijken om hem naast zijn grote gezellin überhaupt nog te zien. In ieder dorp waar ze stopten, bleven ze zelden langer dan een paar uur, alleen om her en der naar Ilja Botev uit Baia Luna te vragen. Maar niemand had zelfs ook maar van de naam gehoord. Slechts één keer, het moest in het zevende of achtste jaar van hun zoektocht zijn geweest, vertelde een kistenmaker in het Maramureschgebergte van een begrafenis die onlangs op de begraafplaats van Viseu de Jos plaatsgevonden had. Voor zover hij zich kon herinneren was de overledene boven de zeventig geweest en zou Botev geheten hebben.

Dimitru kocht een van de witgelakte babykistjes die de timmerman in afwachting van de winter op voorraad had, legde de beenderen van zijn vader erin en ging op weg naar de aangeduide begraafplaats. Daar bevond zich op een verse heuvel tot beider ontzetting inderdaad een kruis waarop de naam Ilja Botev geschreven stond.

Het duurde niet lang eer ze de familie van de overledene gevonden hadden. Het waren aardige mensen, die hun meteen voor de komende dagen onderdak boden, hoewel ook meteen bleek dat zij met de Botevs uit Baia Luna geen familiebanden hadden. Tot hun opluchting konden Dimitru en Antonia zo vaststellen dat de dode onmogelijk hun vriend en vader geweest kon zijn.

De tzigaan en zijn gezellin bleven een nacht en trokken toen verder, nu wetend dat Ilja Botev in een respectabele familie in het uiterste noorden van Transmontanië een onbekende naamgenoot had gehad.

Ook al waren Antonia en Dimitru in de gebruikelijke betekenis van het woord geen paar, hun verhouding was toch veel meer geworden dan die van een stateloze zwerver en zijn vrijwillige begeleidster. In de eerste plaats beviel Antonia het voortdurend van plaats veranderen, ze zag het zelfs als een daad van bevrijding. In de tweede plaats had Antonia een sympathie voor Dimitru opgevat die niets te maken had met de vluchtige extase van de begeerte, noch met de gevestigde liefde tussen man en vrouw. Haar verhouding tot Dimitru was er eerder een van een zorgzame moeder, en daarmee was Antonia zo in haar nopjes dat ze de jaren in Baia Luna voor het eerst begon te zien als verslapen tijd.

Hoewel zijn fysieke gedaante bleef krimpen, had de tzigaan geenszins aan verstandelijke alertheid ingeboet. Hij straalde zelfs een gemoedstoestand uit die Antonia's moederrol zeer van pas kwam. Het was niet dat Dimitru zich kinderachtig gedroeg, hij zat niet de hele dag te jengelen of te mokken op de bok, dat was het niet. Ook voor het overige maakte hij overdag geen infantiele indruk. Maar 's nachts, als hij zich op de van hem bekende wijze oprolde als een foetus en als hij zelfs midden in de zomer rilde van de kou, was er voor hem geen groter geluk denkbaar dan zich te koesteren in de geborgenheid van haar grote lijf. Niet als een man, maar als een verdrietige, gekwetste jongen.

Zijn kostbaarste bezit, zag men aan Dimitru's kindergrafkist met de beenderen van zijn vader, was Ilja's Bijbel. Omdat het voor een zwarte een doodzonde was een vaste belofte te doen en nog erger een gedane belofte te breken, hield hij zich striktamente aan zijn belofte om niet in de Heilige Schrift te lezen voordat hij zijn vriend Ilja gevonden had. Omdat Dimitru echter zelfs op de donkerste bodems van dalen zijn laatste restje geslepenheid niet verloor, wachtte hij geduldig tot Antonia uit de twee facticiteiten dat hij wel een Bijbel bezat maar er niet in mocht lezen, de juiste conclusio trok.

'Dimi, mijn schat,' zei Antonia toen ze zich op een avond in augustus naast hun wagen in de laatste zonnestralen lagen te koesteren in het gras, 'jouw belofte sluit toch niet uit dat ik je niet uit de Heilige Schrift mag voorlezen?'

'Lieveling, ik word helemaal blij van je intelligentie. Jij reciteert, ik rememoreer. Pas als ik het Woord Gods completamente van buiten ken, kan mijn belofte mijn rug op. Waarom beginnen we niet meteen? Van hoofdstuk een tot hoofdstuk... hoeveel hoofdstukken heeft God de Heer zijn kroniekers destijds eigenlijk gedicteerd?'

'Een hele zwik, zou ik zeggen. Hele grote zwik.'

Voortaan las Antonia voor en overhoorde de volgende morgen wat ze Dimitru had voorgelezen, wat hij, behalve als hij concentratieverhogende dranken tot zich genomen had, immer foutloos en met bijbehorende boeknaam, hoofdstuk- en versnummer reproduceerde. Daar het gehobbel op de bok een behoorlijk afmattende aangelegenheid was, was zijn bevattingsvermogen 's avonds vaak beperkt en kwam Antonia bij haar voorleesuurtje vaak niet verder dan twee, drie verzen.

Zo kon het gebeuren dat de catastrofe pas na het begin van de jaren tachtig, in het twaalfde jaar na aanvang van zijn zoektocht naar zijn vriend Ilja, Dimitru Carolea Gabor trof. Ze waren bij het evangelie van Johannes aangeland, waar Dimitru zich vreselijk op verheugde omdat hij door de vroegere preken van papa Baptiste nog met zoveel passages vertrouwd was. Zijn voorpret gold het einde, als de opgestane Christus nog éénmaal naar de aarde afdaalt om zijn wonden te tonen, waar de ongelovige Thomas zijn handen op mag leggen om van de Heiland te horen dat diegenen zalig zijn die niet zien en toch geloven. Deze zin vond Dimitru heel belangrijk. Hier bewees het Woord van God immers dat slechts de kleingeestige behoefte aan zichtbare zaken had, en dat alleen hij die vertrouwen had de werkelijkheid van de ideeën kon zien. Van alle zinnen die zijn leergierige oren ooit gehoord hadden, hield de tzigaan daarom, net zoals vroeger papa Baptiste, het meest van het begin van het evangelie van Johannes.

'In het begin was het Woord, het Woord was bij God en het Woord was God,' las Antonia. Toen zij vervolgde: 'Het Woord is mens geworden en heeft bij ons gewoond', straalde haar Dimi als een komeet aan het firmament.

'Dat, lieveling, is het mooiste bericht dat de wereld ooit deelachtig is geworden.' Toen Dimitru deze zin uitsprak, wist hij niet dat zijn levenslicht een paar hoofdstukken later uit zou doven.

Antonia las verder. In al die jaren dat zij nu de Bijbel voorlas, had zij haar commentaar altijd voor zich gehouden om Dimitru niet in verwarring te brengen bij het in zich opzuigen van het Woord van God. Ze kwam bij hoofdstuk drie, vers vijf van het Johannes-evangelie: 'Waarachtig, ik verzeker u: niemand kan het koninkrijk van God binnengaan, tenzij hij geboren wordt uit water en geest. Wat geboren is uit een mens is menselijk, en wat geboren is uit de Geest is geestelijk.' Antonia riep uit: 'Maar dat ken ik! Dat heeft mijn vader Ilja in de kerk van Baia Luna voorgedragen om Kora Konstantin te bewijzen dat hij de kunst van het lezen machtig was!'

'Zo is het,' zei Dimitru. 'Lees verder.' Zo vernam hij bij monde van Antonia Jezus' woorden: 'Wanneer jullie me niet geloven als ik over aardse dingen spreek, hoe zouden jullie me dan geloven als ik over hemelse dingen spreek? Er is toch nooit iemand opgestegen naar de hemel behalve degene die uit de hemel is neergedaald: de Mensenzoon?'

'Wat zei je daar?'

Antonia herhaalde de laatste zin.

Dimitru rukte in grote ontzetting de Bijbel uit haar handen en brak zijn gelofte. Hij zei zachtjes: 'Er is toch nooit iemand opgestegen naar de hemel behalve degene die uit de hemel is neergedaald: de Mensenzoon?'

'Wat heb jij ineens, Dimitru?' vroeg Antonia, al net zo perplex, maar vooral bezorgd om de aanblik van haar metgezel.

'Alles is voor niets geweest. Maria is nooit in levenden lijve ten hemel gevaren. Hier staat het. God zelf zegt in zijn waarachtige Woord: er is er maar één ten hemel opgestegen. Alleen Jezus, de Mensenzoon. Verder niemand. Waarom heeft niemand dat ons ooit verteld? Had ik dat maar eerder geweten! Dan had ik Ilja toch nooit uit Baia Luna laten weggaan? Het is mijn eigen schuld. Ik heb mijn vriend in de grootste fout van mijn leven meegetrokken. Maria was een mens en bleef een mens. Ze is niet op de maan. Ze is vervallen tot het stof der aarde. Ilja zal het mij nooit vergeven. Nooit.'

'Maar Maria is in de hemel! Dat heb je mij toch zelf verteld, jij hebt haar zelf gezien, op de Maanberg, toen je door je telescoop keek.'

'Antonia, Antonia!' jammerde Dimitru. 'Ik heb haar gezien! Heus! Maar ik weet het niet meer. Ik was toch dronken, doordat jouw neef Pavel ons zoveel schnaps meegegeven had!'

'En het dogma van de paus? De tenhemelopneming van de Moeder Gods werd daarbij onfeilbaar verkondigd!'

'Een leugen! Ik weet niet waarom, maar het is een leugen. Hoe moet een zigeuner als ik nou doorzien waarom de paus zijn wereldlijke woord boven het goddelijke in het evangelie stelt?'

Toen Antonia daarop niets te zeggen wist, voelde ze haar eigen Dimitru in haar armen tot een meelijwekkend, klein grijsaardje verkommeren.

13

De afgrond achter de woorden, onverhoopte ontmoetingen en de gevaarlijkste aller vijanden

Nu, op het moment dat ik op mijn oude dag terugkijk, komt mij het gouden tijdperk van onze natie voor als de opkomst en ondergang van een ster aan de hemel, die een tijdje schijnt en warmte verspreidt tot hij opzwelt tot een gigantische rode reus die uiteindelijk onder zijn eigen gewicht ineenstort. Uiteindelijk bleef er van de Nieuwe Natie niets ander over dan een gulzig zwart gat dat alle tijd van leven opgeslokt had en waarin de gloeiende dromen uit mijn jeugd tot ijs afgekoeld waren.

Wij konden geen kleuren meer zien. Hoewel de weiden in Baia Luna in het voorjaar groen waren, de hemel in de zomer blauw en de sneeuw in de winter wit, zagen wij alleen nog maar grijs. We waren blind. En we konden geen woord meer uitbrengen. Er waren tijden geweest dat wij gezwegen hadden uit vrees voor de Staatsveiligheidsdienst. Maar de angst voor overste Raducanu en de zijnen had mij nooit lamgeslagen, hij had me alleen uit de slaap gehouden. Wij verstomden omdat het leeg werd achter de woorden. Niets, niets voelden we er meer. Alleen een afgrond. Natuurlijk praatten we nog wel met elkaar, maar de dingen losten achter de woorden op en verdwenen in hun namen. De tijd was opgeraakt, zozeer dat de namen geen dingen meer aanduidden en je er niet eens meer met je vinger naar kon wijzen. Je kon niet meer zeggen: dat daar is dat, zoals men het noemt.

De kerk was geen Huis van God meer, maar slechts een paar muren van dode steen. De torenklok was geen klok meer. De priester was geen zielzorger en het kerkhof geen laatste rustplaats meer, maar een plek om van de lijken af te komen. Zelfs het Eeuwige Licht was alleen nog maar een flakkerend potje olie. Niets was meer zoals het heette.

Ons HO-winkeltje met zijn lege rekken was alleen nog in naam een kruidenierswinkel. Er was geen suiker, geen melk, geen olie, alleen nog maïsmeel op rantsoen. En tomaten in blik. Daarvan hadden we genoeg. Maar verder niets. Om tenminste nog op feestdagen een beetje vet op de soep te hebben gingen de vrouwen voor Kerstmis naar de districtshoofdstad. Te voet, omdat er wegens gebrek aan dieselolie geen bus meer reed. Ik weet nog goed hoe moeder met een varkenshoef en twee kippenpoten thuiskwam. In haar razernij liet ze al haar woede op de pastoor neerdalen. 'Loop naar de hel, enge doodgraver,' blafte ze hem in het gezicht. Iedere morgen ontbeet Antonius Wachenwerther in zijn pastorie met de worsten, eieren en spek die de mensen bij hem langsbrachten, terwijl de kinderen in het dorp wekenlang geen slokje melk te verteren hadden.

Ikzelf was al niet meer naar de kerk gegaan sinds de priester het gebeente van de ongedoopte zigeuner Laszlo Gabor had laten opgraven. Die daad had weliswaar bijval gekregen in het dorp, maar niet van iedereen. De Kallay's, de Petrovs en de gebroeders Sjerban had men sindsdien niet meer in de mis gezien. Net zomin als Hermann Schuster. De Saks kon geen Onzevader meer over zijn lippen krijgen. Geef ons heden ons dagelijks brood, met die Wachenwerther erbij ging het niet meer. Hermann Schuster is helaas kort na de Revolutie gestorven. Net als Istvan Kallay. Ik had gehoopt dat zij de vrijheid nog hadden mogen beleven.

De rode reus stortte ineen, maar niet met de te verwachten oorverdovende en verwoestende explosie... Nee, hij vergloeide geluidloos, zo geleidelijk dat wij in Baia Luna de ondergang van het gouden tijdperk niet eens merkten. De glans van de man die zelfs de zon kon trotseren, koelde af tot een witte dwerg, waarvan de laatste stralen alleen nog verdoolde dwaallichten in het donker waren, hoewel men namens iedereen verkondigde dat ook die voor een muur op de binnenplaats van een kazerne ten overstaan van een executiepeloton voor altijd gedoofd waren.

'Daar gebeurt wat. Ik weet zeker dat daar wat gebeurt.' Petre Petrov trok opgewonden de aandacht van Istvan Kallay's zoon Imre en mij. 'Proberen jullie eens.'

Al urenlang hingen we voor de radio, draaiden aan de afstem-knop, maar steeds weer viel de ontvangst van Radio Vrij Europa weg.

'Een stoorzender,' meende Imre. 'Ze willen niet dat wij mee-krijgen wat er zich in het land afspeelt.'

Wij wisten alleen dit: in de stad Temeschburg werd gevochten. Er was een opstand. Imre vond eindelijk een Hongaarse zender. Volgens de berichten waren er soldaten en eenheden van de Securitate met tanks uit de hoofdstad naar de Banaat in het westen van het land gedirigeerd om de revolte met traangas en waterka-nonnen, schilden en gummiknuppels neer te slaan. De gerefor-meerde predikant Laszlo Tökes was de aanstichter van deze op-stand, met dappere preken waaruit zijn groeiende aanhang maar één conclusie kon trekken: de Conducator moest het veld ruimen. Blijkbaar had zijn eigen broodheer en bisschop hem in de rug aan-gevallen en onder druk van de Securitate zijn gedwongen over-plaatsing naar de provincie gelast, naar een dorp dat niet eens op de Transmontaanse landkaart stond.

Maar de mensen deden mee en gingen achter hun pastoor staan. De demonstraties kregen een steeds grotere betekenis. Arbeiders weigerden om nog een vinger uit te steken naar hun volkseigen bedrijven, riepen op tot stakingen, dromden samen onder het roe-pen van: 'Vrijheid! Vrijheid! Weg met de titan! De dood aan het communisme!' Ze zwaaiden met de Transmontaanse vlag, waar het landsembleem met de rode ster uit gesneden was, zodat er nu grote gaten in het midden zaten.

Vervolgens de eerste schoten. Het eerste bloed. De eerste doden. Aan de zijde van de opstandelingen.

We gingen naar de tweeling van Kiselev, schaarden ons rond de televisie in hun woonkamer, Petre Petrov, Imre Kallay, Andreas Schuster en ik. Drina verontschuldigde zich dat ze ons geen koekjes kon aanbieden. De Conducator zou spreken voor de staatstelevisie. Zijn vrouw Elena trok zijn das recht. Hij begon aan zijn toespraak. Nu luisterde het volk nog naar hem. Het was de avond van 20 december 1989.

'Hoelegens!' sprak hij. 'De hoelegens hebben het gedaan! Zij gooien stenen door de winkelruiten, zij steken mooie auto's in brand en willen ons gouden tijdperk stukmaken!'

'Hoelegens? Wat zijn dat nou weer,' vroeg Petre zich af. Ook ik wist niet waarover het staatshoofd het had. Wij kregen te horen wie er nog meer schuldig waren aan de ordeverstoringen in het land. Reactionaire oproerkraaiers in dienst van het kapitalistisch imperialisme. Notoire druktemakers hadden het gedaan, die zich met valse deviezen uit de portefeuille van de westelijke geheime diensten hadden laten omkopen. Iedereen was betaald door spionnen uit Engeland, Frankrijk, Amerika, misschien zelfs uit Rusland. Alleen op de Chinezen konden ze nog vertrouwen. Die zaten nog fier in het zadel. Het werkschuwe tuig had het gedaan. Luie slampampers. De zigeuners voorop. Ondankbaar volk, en ze hadden nog wel zulke mooie huizen gekregen. Ze liepen gluiperig achter de hoelegens aan totdat zo'n terrorist een baksteen door een ruit gooide, om vervolgens hun eigen volkseigen juwelierszaken leeg te plunderen. En wie had hen opgehitst, door wie waren ze tegen de staat opgezet? Boedapest natuurlijk! De Hongaren zaten erachter, ze leidden achter de schermen de revolte, nadat ze zelf hun eigen socialisme verraden hadden en zich nu op slinkse wijze half Transmontanië wilden toe-eigenen. Verraders waren ook de Oost-Duitsers, die hem net nog de gouden Karl Marx-orde verleend hadden en hem beloofd hadden dat os noch ezel hen nog kon tegenhouden op hun weg naar het wereldniveau. Verraders waren ook de Polen, die hun oren lieten hangen naar de paus en de Zwarte Madonna in plaats van naar Lenin. De Tsjechoslowaken waren geen haar beter en de Bulgaren al helemaal niet. Broederlanden? Laat de Conducator niet lachen. Judasstaten waren het, in dienst van het grootkapitaal. Goed, in eigen land viel er heus nog wel het een en ander te verbeteren. Uitsluitend de hoge olieprijs zorgde ervoor dat er olie uit de Sovjet-Unie ingevoerd moest worden. Het lag allemaal aan de mislukkende varkensmesterij, de mestvarkens waarmee de Russen zich voor hun olie lieten betalen. En aan Gorbatsjov zelf, die de wereld met zijn glasnost-idioterie op de rand van de chaos bracht. Natuurlijk bleef de vrijheid in het land onveranderd gegarandeerd. Iedereen was welkom: Cubanen, Chinezen en Noord-Koreanen. Maar in de allereerste plaats, zo tierde de Conducator later in een achterkamer, zou hij zijn incompetente ministers ter verantwoording roepen.

'B-b-breng die hoelegens tot zwijgen!' bulderde hij tegen zijn generaals. 'Of ik zet jullie tegen de muur!'

Elena maande tot stilte en sprak sussende woorden. 'Allereerst roepen wij de noodtoestand uit. Organiseer een mooie optocht. Deel vlaggetjes uit, produceer rode banderols met verheffende spreuken. Dan komt het allemaal heus wel weer goed.'

De functionarissen moesten kijken naar videobeelden van het Plein van de Hemelse Vrede in Peking, wilden ze eindelijk eens begrijpen hoe een resolute staatsmacht het aanpakte als er opstandelingen tot rede gebracht moesten worden. De president liet een hotline inschakelen. Ad-hocoverleg met alle districtssecretarissen van het land. Allemaal beloofden ze voor brandstof te zullen zorgen en met alle bussen die nog konden rijden overtuigde collectivisten naar de hoofdstad te vervoeren om te juichen.

Behalve een.

In Kronauburg stond de telefoon van doctor Stefan Stephanescu roodgloeiend. Chroniqueurs zouden later schrijven dat hij in die uren belangrijke mensen aan het ronselen was voor een Reddingsfront voor de Nationale Wedergeboorte.

Het was 21 december 1989. Rode vlaggen, rode spandoeken, eeuwige dank zo ver het oog reikte. In het Parijs van het oosten hielden tienduizenden mensen kartonnen borden in de lucht, foto's van de koning, foto's van de koningin, die er nu overigens heel wat ouder uitzagen dan op de tentoongestelde portretten. De massa's beloofden trouw aan de Natie, trouw aan de Partij en eeuwige trouw aan de Conducator.

Imre, Petre en ik zaten nog altijd bij Drina voor de tv. Wij konden onze ogen niet geloven. Wat hadden we nou net op Radio Vrij Europa gehoord? Opstand! Revolte! Omwenteling! Ja, maar waar?

De volgende dag, 22 december. Steeds meer mensen kwamen naar de hoofdstad. Zonder vlaggen. Zonder spreuken. Zonder portretten. Een onafzienbare zee van donkere gezichten die vastbesloten iets van plan waren, maar nog even de kat uit de boom keken. De televisiecamera's toonden hoe de eerste vuisten op de poort van het regeringsgebouw beukten. Toen zwenkte de camera naar het balkon. De Conducator verscheen. Nam plaats achter de microfoon. Zonder scepter. Zwart colbert, wit hemd, donkere stropdas met een stippenmotief dat eruitzag als kleine zonnetjes. Toen hij zijn mond opendeed brak de toorn van het volk los, geschreeuw van alle kanten, oorverdovend gefluit. Het staatshoofd stak zijn handen in de lucht, wist niet meer wat hij moest zeggen. Loonverdubbeling, verdriedubbeling! Dat krijgen jullie! Pensioenen omhoog, kinderbijslag ook! Genoeg te eten. Warmere huizen. Dat wordt allemaal goed geregeld. De Conducator veranderde in een stokoud jongetje dat belooft alles goed te maken, zonder te weten wat het verkeerd gedaan heeft. Niemand luisterde naar hem. De luidsprekers klonken luid, maar het volk was luider. Het boegeroep, getier en gebrul werden tot een nietsontziende orkaan van woede. Kruisig hem! Kruisig hem! Bij het personeel van de staatstelevisie regeerde de angst. Mochten ze dit laten zien? De laatste lichtstraal van de stervende ster was nog onderweg, kon nog altijd iemand verbranden. Plotseling hoorden we niets meer. De dames en heren televisiemensen hadden het geluid uitgeschakeld.

Toen er rond het middaguur een helikopter opsteeg van het dak van de zetel van het Centraal Comité bleven de televisieschermen zwart.

We schakelden de radio van Drina Kiselev in en vonden Vrij Europa. De zender meldde dat de dictator en zijn echtgenote gevlucht waren. Maar Petre en ik waren de ongelovige Thomas, wij wilden het zien, niet alleen maar horen. We wachtten tot er 's middags weer bewegende beelden over de buis flikkerden.

Aan een lange tafel in het oude Koninklijk Paleis zaten de aanvoerders van de Revolutie. Voiculescu, Roman, Brucan, Mazilu. En een paar generaals, militairen die de zijde van het volk gekozen hadden. Behalve de naam Iliescu, drager van de Orde van de Hamer en Sikkel eerste klasse, had ik hun namen nooit eerder gehoord. Waarom zou ik ook? Allemaal Partijkameraden uit de tweede en derde rang die nu uit de anonimiteit traden. Ze wilden allemaal bij de microfoon. Toen was Mircea Dinescu aan de beurt, een dissident, een schrijver die onder permanent huisarrest stond. Hij deelde mee dat het dictatorsechtpaar op de vlucht was. Maar ik had geen oog voor de dichter, ik had slechts oog voor de man naast hem, aan zijn linkerzij. Grijze haren, netjes over zijn hoofd gekamd, een serieuze verschijning. Men reikte hem de microfoon.

'Beste kameraden...' Doctor Stefan Stephanescu viel stil en glimlachte fijntjes. Iedereen behalve de dichter moest lachen. 'Geachte dames en heren. Ik wend mij in de ure der Revolutie tot alle mensen in ons land en roep hierbij het Front voor Nationale Redding uit. De arrestatie van de Conducator en zijn eega, die ons land in de afgrond gestort hebben, is nabij. Zij zullen voor het gerecht ter verantwoording worden geroepen en ik beloof u, ons veelgeplaagde, dappere volk...'

Ik zag hoe cameramensen zich rond Stephanescu verdrongen.

Ze trokken en duwden elkaar opzij. Midden in de drom journalisten baande iemand zich een weg naar het podium, moeiteloos, zelfs zonder zijn ellebogen te gebruiken, alsof hij van het tumult om hem heen helemaal niets merkte. Het leek wel of hem vrijwillig de doorgang werd verleend. Zonder zich te haasten liep hij bedachtzaam op Stephanescu af. Je zag alleen zijn rug. Uit zijn lichte kledij bleek dat hij geen landgenoot was. Een westerling. Een Amerikaan misschien? Hij hield een fototoestel voor zijn gezicht. Hij flitste een paar keer. Stephanescu glimlachte.

Plotseling klonken er schoten, de televisiebeelden begonnen aan een wilde dans, mitrailleurs ratelden, granaten ontploften. Het beeld verschoof naar het plein voor het vroegere Koninklijk Paleis. Mensen renden alle kanten op, brandende barricaden, gillende sirenes. En overal schoten, bloed, gewonden en doden. De laatste getrouwen van de Conducator zaaiden dood en verderf, tot het laatste moment. Daartussendoor bewoog zich weer de man met de lichte kledij. Alsof hij nergens bang voor was, schoot hij zijn plaatjes. Ik kende zijn tred, zag vluchtig zijn gezicht. Het was meer dan dertig jaar geleden dat ik hem voor het laatst gezien had. Petre Petrov herkende de man niet, maar voor mij was er geen twijfel mogelijk: Fritz Hofmann was terug. In de voetsporen van zijn vader, als fotograaf. Hij documenteerde het einde van het gouden tijdperk.

Ik verliet de woonkamer van Drina Kiselev.

'Waar ga je naartoe, op zo'n historisch moment?' vroeg Petre ongerust.

Maar ik was al na tien minuten terug. In mijn zak had ik een groen dagboek met twee foto's. Ik keek Petre aan en zei alleen: 'Wachenwerther heeft een Duitse Volkswagen.'

'Ik ga mee.'

Na Petres oude legerkarabijn in de kofferbak te hebben gegooid scheurden wij ervandoor en bereikten de volgende morgen de hoofdstad. Het was twee dagen voor Kerstmis, de nacht was nog niet ten einde, de dag was nog niet begonnen en in de koude decemberlucht hing de bijtende geur van traangas.

Petre sloot zich aan bij een groep opstandige mijnwerkers uit Lupeni, die in de schermutselingen van de revolte niet goed wisten op wie ze eigenlijk moesten schieten, ik ging op een dik gepolsterde bank in de foyer van Hotel Intercontinental zitten. Daar was het hoofdkwartier van de pers gevestigd. Ik wachtte op de man die ooit het Eeuwige Licht in Baia Luna had gedoofd en wie ik het verraad aan priester Johannes Baptiste in de schoenen geschoven had.

Hij kwam de trap af, met kalme pas. Hoewel hij een zware tas met fotoapparatuur over zijn schouder droeg, had zijn tred iets lichtvoetigs, alsof niets en niemand hem van zijn stuk zou kunnen brengen. Hij was het echt, Fritz Hofmann. Mijn hart ging als een dolle tekeer. Hij was een vreemde voor mij geworden. 'Jij bent niet een van ons,' had ik destijds tegen hem gezegd. Nu was hij teruggekomen, uit een andere wereld.

Ik liep op mijn vroegere schoolkameraad af. Fritz knipperde met zijn ogen en bleef staan. Toen liet hij zijn tas van zijn schouder glijden.

'Pavel Botev,' riep hij en hij spreidde zijn armen, maar liet ze meteen weer zakken. Een fractie van een seconde had ik de indruk dat Fritz mij niet aankeek, maar door mij heen blikte. We reikten elkaar de hand als twee mensen die hun vreugde om het weerzien niet vertrouwen.

'Pavel, hoe heb je het in dit land in godsnaam uitgehouden?'

'Dat vraag ik me ook af. En daarom ben ik hier ook naartoe gekomen.'

Terwijl de schoten door de hoofdstad dreunden, bleven Fritz' fotospullen in zijn tas. Tot de morgen van de dag voor Kerstmis zaten wij in zijn hotelkamer. Fritz luisterde aandachtig, vertelde honderduit en verbaasde mij met een openheid die ik niet verwacht had.

'Je bent dus fotograaf geworden. Net als je vader.'

'Ja. Net als mijn vader. Maar met één verschil. Hij fotografeerde de machtigen, om zich bij hen aan te kunnen sluiten. Ik maak foto's omdat ik weet dat ik nooit ergens bij zal horen.'

'Hoe bedoel je?'

'Je hebt lang geleden eens een zin tegen mij gezegd waarvan ik destijds geen idee had hoe waar die voor mij zou worden. Weet je nog, die nacht voordat ik het Eeuwige Licht uitgeblazen had? Jij zei toen dat ik voor mijn vertrek uit Baia Luna een zware tol zou moeten betalen. Daar had je gelijk in.'

'Zei ik dat echt? Het is ook al zo lang geleden.'

'Voor mij niet, hoewel ik na dertig jaar voor het eerst weer in het land ben. Toen ik met mijn moeder naar Duitsland verhuisd was, dacht ik dat ik Baia Luna wel snel vergeten zou zijn. Misschien zou dat ook wel gelukt zijn, ware het niet dat ik in het voorjaar na onze verhuizing een brief van Julia kreeg.'

'Van onze klasgenote Julia Simenov?'

'Ja. Ze vertelde daarin dat lerares Barbulescu tijdens de kerstprocessie op de Maanberg gevonden was. Ze overlaadde mij met verwijten. Ze meende dat ik Barbu met mijn brutaliteit en driestheid tot haar daad had gedreven, je weet wel, dat ik dat rijmpje over die schoorsteen op het schoolbord geschreven had. Het ergste was nog wel dat Barbu niet naar haar stok greep. Ik wou dat ze mij toen op mijn sodemieter had gegeven. Slaag deed mij niets. Gewenning waarschijnlijk. Maar toen ze daar zo voor het bord stond te huilen wou ik alleen nog maar weg. Ik kon die aanblik niet verdragen. Weet je nog dat we daarna 's nachts, op de verjaardag van je grootvader, de dronken zigeuner naar huis hebben gebracht? Het was mij meteen opgevallen dat er in Barbu's huis geen licht brandde, en ik kon op mijn vingers natellen dat ze zichzelf iets aangedaan had. Wat maakt het uit, zei ik bij mezelf. Wat maakt het uit? Elke keer weer. Ze was toch maar een aan lagerwal geraakte alcoholiste. En daarna blies ik in de kerk het licht uit. Om te bewijzen hoe weinig alles uitmaakte. Ik was zo dom, oerstom gewoon. En dan schrijft Julia mij dat het mijn schuld is dat de lerares haar toevlucht heeft genomen tot de galg. Ik wou haar helemaal niet kwetsen, Pavel! Het was een spel, net zoals de fantasiegetallen die we in ons schrift schreven. Ik wilde kijken hoe ver ik kon gaan, maar ik was er toch niet op uit dat ze zich om mij iets aan zou doen?'

Ik zweeg om te laten merken dat ik het begreep.

'Geloof me, ik heb de afgelopen twintig jaar als fotograaf meer van de wereld gezien dan mij lief is. Altijd alleen de ellende. Ik heb echt heel, heel verschrikkelijke dingen gezien. Altijd als er ergens een huis afbrandt, moet ik erheen. Het is een soort dwang. Het is de prijs die ik ervoor moest betalen. Ik houd het nooit lang uit op een plek. Maar ik wilde als fotograaf laten zien wat mensen elkaar aandoen. Niet omdat ik zo edelmoedig ben, o nee. Alles wat mooi is, is saai voor mij, leeg. Alleen oorlog, catastrofe, hongersnood, leed en pijn zijn echt. Pas als ik het leed van anderen zie, voel ik dat ik leef.'

'Jouw leven is wel heel gevaarlijk,' zei ik gegeneerd.

Fritz aarzelde voordat hij verderging. 'Van de buitenkant misschien. Maar voor mij is rust iets onverdraaglijks. Het ontheemdzijn is mijn thuis geworden. Maar ik ben het zat, Pavel. Altijd op weg en nooit waar ik zijn wil. Om beelden van de gruwelen van de wereld te schieten, alleen om die ene foto in Baia Luna niet meer te hoeven zien. Alsof ik één gruwelijk beeld met een massa nog gruwelijkere kan camoufleren. Maar ik krijg het niet voor elkaar. Barbu komt steeds weer opduiken als vanuit een zwart water. Soms maanden niet. Maar dan zie ik toch steeds weer voor me hoe ze zich daar in haar eentje de Maanberg op sleept. Vlak voor ze de strop om haar nek legt, hoor ik haar zeggen: "Fritz, je bent precies je vader." Zelfs toen jij beneden in de foyer op mij toeliep en ik blij was je te zien, stond ze opeens achter je. Zij stond weer achter in het klaslokaal tegen de muur, en ik zat weer naast jou in de bank. Ik bewerkte weer Partijgedichten. Van die...'

'Margul-Sperber!'

'Juist! Alfred Margul-Sperber. *Hymne aan de Partij!*' Fritz lachte fijntjes. Toen moest hij breed grijnzen. 'Geef nou maar toe, Pavel, mijn verzen waren, vergeleken met die op rijm gezette flauwekul in de lesboeken, eigenlijk ware poëtische meesterwerken, vind je niet?'

'Juf Barbu helpt hen mee om te bereiken dat heel het land naar de vernieling gaat,' citeerde ik uit mijn hoofd. Ik reikte naar Fritz' pakje sigaretten en stak een Marlboro op. 'Angela Barbulescu heeft jouw parodieën overigens stuk voor stuk bewaard. Zelfs onze rekenkundige experimenten. Ze vond echt dat jij dichterlijk talent had. Alles was anders dan wij dachten, Fritz. Ook zij was anders. Misschien was haar dood wel helemaal geen zelfmoord. Wat Julia jou geschreven heeft, is bezijden de waarheid. Het kan ook heel goed zijn dat haar zelfmoord in scène gezet was, dat ze door anderen opgehangen is. Op de dag dat ze voor de laatste keer in Baia Luna gezien is, was ze in het gezelschap van ene Albin, een uit de kluiten gewassen type met een wrat op zijn wang. Of nee, een moedervlek. Die Albin was een makker van Stefan Stephanescu en jouw vader Heinrich. Ik weet zeker dat Angela Barbulescu's dood niets met jouw malle spreuken te maken had; eerder met die gore foto's die jij in die verhuisdoos van je vader gevonden had.'

'Hè? Wat zeg je nou?'

Ik pakte het aanstootgevende plaatje dat Fritz bij mij achtergelaten had uit Angela's dagboek. Fritz zei niets. Hij kneep alleen af en toe zijn ogen tot spleetjes, alsof hij niet kon geloven wat er in het groene schrift geschreven stond. Pas toen hij Angela's notities over het kerstfeest bij de Partijbons Koka gelezen had, gaf hij weer commentaar.

'Maar die foto uit de doos van mijn vader? Voor mijn verhuizing naar Duitsland beweerde jij dat de naakte vrouw die daarop te zien was, onze lerares was. Maar het was haar vriendin Alexa.'

'Inderdaad. Maar ik kende dit dagboek toen nog niet. Hoe moest ik weten dat die twee onderling van kleding ruilden?'

'Dat mag niet waar zijn.' Fritz las hardop uit Angela's afscheidsbrief aan Stephanescu voor. 'De foto's die Hofmann met mij en

422

jouw onfrisse kornuiten gemaakt heeft zijn afstotelijk. Ik heb er jarenlang niet over kunnen praten. Nu doe ik dat wel. Wat mij betreft mag hij ze naar de pastoor sturen. Doe er maar mee wat jullie willen. Hang ze desnoods aan iedere lantaarnpaal. Ik ben niet meer bang.'

Fritz verbleekte. Ik liet hem de afgebrande foto van de jonge Angela met haar kusmondje zien. 'Zo zag ze eruit voordat ze met de verkeerde mensen omging.'

Fritz bekeek de vrouw met de blonde paardenstaart minutenlang, sloot zijn ogen en balde zijn vuisten. Toen haalde hij diep adem. 'Pavel, ik begin te begrijpen wat er toentertijd in werkelijkheid gebeurd moet zijn. Op de dag dat jij het portret van Stephanescu in de klas moest ophangen, vond de lerares dat wij de glimlachende doctor uit Kronauburg in het juiste licht moesten zien. Het was niet alles goud wat er blonk, zoiets zei ze. Maar ik had geen idee waar ze het over had. Ik heb het wel aan mijn vader verteld. Uit woede. Mijn vader was een hufter. Ik zeg het nu zonder haat, maar hij was echt een verschrikkelijke klootzak. Op een keer toen hij mij er weer met zijn riem van langs wilde geven, heb ik hem gedreigd dat Barbu een boekje open zou doen over zijn vriendje Stephanescu. Zonder dat ik wist wat er eigenlijk te verklappen viel. Ik weet nog precies hoe ik in mijn vaders gezicht grijnsde toen ik hem het dreigement toevoegde. "Als Stephanescu valt, is het voor jou bekeken. Zonder je invloedrijke vriendje de Partijsecretaris ben jij als fotograaf een nul." Maar ik had eigenlijk geen flauw idee van wat ik zei.'

'En hoe reageerde je vader?'

'Hij heeft me in ieder geval niet bont en blauw geslagen. Hij liet me met rust. Maar de volgende dag beval hij mij een envelop bij pastoor Baptiste in de brievenbus te gooien.'

Ik brandde van nieuwsgierigheid. Van opwinding voelde ik me zo alert dat de afgelopen tweeëndertig jaar niet langer geleden schenen dan de dag van gisteren.

'Daar zaten natuurlijk ook die weerzinwekkende foto's van Angela in!'

'Daar kunnen we van uitgaan. Maar hoe kon ik dat weten? Ik vroeg natuurlijk wel wat voor brief het wezen mocht, want mijn ouweheer had nooit iets met die priester te stellen gehad. Nu weet ik dat hij loog. Hij zei dat hij uit de kerk wilde treden. Zijn doopbewijs, trouwakte en nog wat documenten van de pastoor zouden erin zitten. Ik dacht alleen: die laffe zak laat mij ook nog zijn zaakjes opknappen. Maar ik had de brief thuis laten liggen, omdat jij 's middags opeens langskwam om te vragen of ik naar de nieuwe tv van je grootvader kwam kijken. Ik herinnerde me de envelop pas weer toen we met Johannes Baptiste in de schenkerij zaten en de priester dat rare verhaal over de Spoetnik en het hemelvaartproject van Koroljov vertelde. Weet je nog? Voor mijn dwaze daad met dat Eeuwige Licht zei ik tegen jou en Buba dat ik nog wat te doen had. Dat was ook zo. Ik moest de brief nog bij de pastorie in de bus doen. Maar mijn vader had hem intussen blijkbaar zelf te bestemder plaatse gebracht. Dat hij zulke verschrikkelijke foto's van Angela Barbulescu gemaakt had, daar had ik geen flauw benul van. Nu begrijp ik het. Mijn vader ging ervan uit dat door die beelden voor Barbu in Baia Luna het doek gevallen was. Dat haar alleen nog het touw zou resten.'

'Maar de foto's zijn verdwenen! Ze zijn nooit in de openbaarheid gekomen. In plaats daarvan is Johannes Baptiste vermoord. En de hele pastoorswoning is overhoop gehaald. Die onnozele Kora Konstantin heeft vervolgens het gerucht verspreid dat Angela Barbulescu de priester de keel doorgesneden heeft om hem tot zwijgen te brengen, en na haar bloedige daad zichzelf heeft berecht. Maar de meeste mannen in Baia Luna gingen ervan uit dat de Securitate de moord had gepleegd om te voorkomen dat hij het verzet tegen de kolchoz zou mobiliseren. Snap je?'

'Ik denk eerder dat de daders de foto's gezocht hebben. Daarom hebben ze hem vermoord. Maar ik kan me niet voorstellen dat mijn vader zo ver zou zijn gegaan. Hij was een middelmatig fotograaf, een middelmatig mens, een hielenlikker van de machtigen die heimelijk nietzscheaanse übermenschfantasieën koesterde. Misschien kwam hij een tijdje goed van pas, tot hij in de ogen van bepaalde figuren achter de schermen een fout maakte. Johannes Baptiste mocht dan een seniele oude baas lijken, hij was misschien desondanks een verstandig man. Ik kan dat niet beoordelen. Dom was hij zeker niet. Toen hij de foto's van Angela in zijn handen hield, moet hij zich toch afgevraagd hebben: wie zijn die lui op de plaatjes? Wie maakt zulke foto's? En waarom liggen die kunstuitingen opeens bij mij in de brievenbus? Ik vraag me af met welk doel mijn vader de priester de foto's heeft doen toekomen. Heeft het zin om een vrouw die allang aan het eind van haar Latijn is, nog een trap na te geven? Smerige foto's zijn niet alleen belastend voor degene die erop te zien is. De meeste smeerlapperij blijft ongezien. Het kleeft degene die de foto's gemaakt heeft en degene die ze verspreid heeft aan. Mijn vader kon de foto's alleen gebruiken om mee te dreigen, maar nooit om daadwerkelijk mensen mee te chanteren. En als je mij vraagt wie er belang bij gehad zou hebben dat dit afpersingsmateriaal voor eens en voor altijd in de vergetelheid zou geraken, dan denk ik eigenlijk alleen aan Stephanescu. Als het klopt wat er in het dagboek staat, heeft hij ervoor gezorgd dat Angela niet is bevallen van haar kind. In handen van een priester zouden de foto's misschien de hele waarheid over het doen en laten van Stephanescu aan het licht hebben gebracht. Dat wilde onze doctor voorkomen.'

Ik bevestigde het vermoeden van Fritz en vertelde hem over het bezoek aan assistente Irina Lupescu, de diefstal van het negatief en mijn mislukte poging Stephanescu ten val te brengen door zijn foto's op de ruiten van zijn vaders fotozaak te plakken.

'En jij zegt dat mijn vader dat ongeluk kreeg op de dag na het grote Partijspektakel? Toen ons het bericht van zijn overlijden bereikte, was hij al een week dood. Mijn moeder en ik zijn tot op de dag van vandaag niet bij zijn graf geweest. Het districtsbestuur van Kronauburg schreef ons dat hij met zijn motor onder een vrachtwagen was gekomen.'

'Zonder helm,' vulde ik aan. 'Het stond in de krant.'

Fritz Hofmann beet op zijn lippen. 'Dat vermeldde het schrijven aan ons niet. Maar dat lijkt mij zeer onwaarschijnlijk. Hij droeg altijd een helm. Als kind heb ik hem nog nooit zonder helm op zijn motor zien zitten. Nooit. Ik weet niet meer wat ik ervan moet denken. Ik dacht altijd dat hij een klojo was. Misschien was het gewoon een slappeling, een lafaard, en slechts een radertje in een misdadig geheel.'

'Misschien werd hij zelf afgeperst?'

'Ik weet het niet.' Fritz zweeg en bestudeerde de foto die hij tweeëndertig jaar eerder ook in zijn hand gehouden had. 'Wie zijn die geile figuren naast onze tegenwoordige nieuwe man van de Nationale Redding, die daar zo triomfantelijk sekt staat te spuiten?'

'Die naast Stephanescu moet dokter Florin Pauker zijn. Bij hem moest je wezen als je met een ongewenste zwangerschap zat. Of, liever gezegd, als je een meisje zwanger had gemaakt. Die daarnaast ken ik niet. Die sladood met zijn snor en zijn moedervlek is Albin, degene die op de middag dat Angela verdween in Baia Luna gesignaleerd is. En die hand met die fles, helemaal rechts op de foto, zou van die Koka kunnen zijn, de gastheer van het kerstdiner. Van die wodkaweddenschap met Albin.'

'Heb je niet toevallig een foto van Koka gevonden?'

'Nee. Hoezo?'

'Tjee, Pavel, had je echt geen idee hoe explosief deze beelden zijn, of liever gezegd, destijds waren?'

'Ja, me dunkt. Stephanescu stuurt toch niet voor niets zijn securist Raducanu naar Baia Luna om overal naar die donkere kamer te zoeken?'

'Maar in opdracht van wie? Het kan ook zijn dat Stephanescu zelf slechts een handlanger was, een marionet. Als er iemand was naar wie de Kronauburger Partijsecretaris zijn oren liet hangen, dan was het Koka uit de hoofdstad. Daarom heeft hij ook geen kik gegeven toen Koka zijn Angela beledigde tijdens dat diner. Maar voor dat schoenlappertje hoeft hij niet meer bang te zijn.

426

De vent die bij dat feestje zo lollig was om over de oesters te pissen heeft eergisteren per helikopter de wijk genomen.'

'Wat zeg je nou? De Conducator? Wat heeft die met de Koka uit Angela's dagboeken te maken?'

'Allemachtig, Pavel. Ik dacht dat je dát tenminste wel had begrepen. Het is een en dezelfde persoon: Koka is de Conducator.'

'Waar maak je dat uit op?'

'Dat is toch zo klaar als een klontje? En trouwens, het staat gewoon in dat dagboek. Kerstmis 1948 heeft Stephanescu zich vrolijk gemaakt over die ongeschoolde schoenlapper uit de Partij, hoewel hij gauw inbond toen Koka Angela uitschold voor goedkope katholiekensl... nou ja, je weet wel.'

'Maar de Conducator ging met de machtigste mannen van de wereld om, hij was toch geen schoenlapper?'

'En of hij dat was. Koka was een vroegere bijnaam van hem. Zijn maatjes noemden hem zo toen ze nog niet hadden geleerd om bang voor hem te zijn. In het buitenland stond de Conducator er toch ook overal om bekend dat hij zijn drankjes, zelfs op officiële banketten bij staatsbezoeken, altijd aanlengde met Amerikaanse cola? Moet je nagaan wat daar al niet een grappen over zijn gemaakt. Eersteklas bordeaux met Coca-Cola! Bruine champagne! Daar viel de mond van menig politicus op het wereldtoneel van open. Geen van de staatslieden waagde het natuurlijk om daar openlijk de draak mee te steken. Maar wij journalisten des te meer. De tranen gelachen hebben we ons om het optreden van de Conducator. Net als om de presidentsvrouw. In Angela's dagboek staat toch dat Koka getrouwd was met ene Lenutza, dat hete ding dat op het kerstfeest die bepiste oesters opslobberde? Haar meisjesnaam was Petrescu. Lenutza was een botergeile hoer die later tot revolutionaire Heldin van de Arbeidersklasse werd omgedoopt. Na het huwelijk veranderde ze haar naam in Elena. Van haar verleden wou ze niets meer weten. Met drie jaar middelbare school word je in de regel geen veelvuldig gepromoveerde scheikundeprofessor, wetenschapper nummer een en machtigste vrouw van het land. In dit land wel.'

'Dat kan toch niet waar zijn. We moeten in Baia Luna echt geen idee hebben gehad van wat er zich in het land afspeelde.'

'Angela heeft van haar vriendin Alexa gehoord,' vervolgde Fritz, 'dat Koka mijn vader geld had geleend voor een motorfiets en zijn woning voor die speciale tak van fotografie beschikbaar stelde. Blijkbaar werden er ook in het geheim foto's gemaakt. Dat kan alleen maar betekenen dat mijn vader, Stephanescu en Koka onder één hoedje speelden. Tot de blunder van mijn vader: het moment waarop hij de foto's waarop Barbu herkenbaar was aan Johannes Baptiste ter hand stelde.'

Ik herinnerde me opeens de waarschuwing van de gewezen commissaris met het vlassige haar weer. 'Hou de vlam klein. Anders hebben jullie hier een vuur waar jullie je aan branden.'

'Dus jij denkt dat Stephanescu en je vader alleen maar duvelstoejagers van de Conducator waren?

'Geen idee. Mogelijk is het wel. Maar ze zijn er allemaal beter van geworden. Zeker financieel. Mijn vader had toegang tot de hoogste maatschappelijke kringen, hoewel je al blij mocht zijn als er bij een bruiloft één foto van zijn hand gelukt was. Doet er ook niet toe. Maar het staat wel vast dat Stephanescu er ook buitengewoon veel aan gelegen was dat zijn spuitwijnfoto achter slot en grendel bleef. Voor Koka vormde die ene foto geen probleem: hij staat er niet herkenbaar op. En nu spelen die oude geschiedenissen sowieso geen rol meer. De Conducator en zijn Lenutza komen helemaal niet meer voor de rechter. Als ik de situatie zo inschat, hebben ze nog maar een paar uur te leven. En ik wil wedden dat de ster van onze Kronauburger Partijsecretaris gewoon blijft rijzen als we van die gruwel af zijn.'

'Wat? Dat stuk ellende?'

'Ja. Stephanescu houdt zich nu nog op de vlakte. Maar in zijn kringen wordt allang aan zijn legende geschreven. Namelijk dat hij altijd al een echte man van het volk was en een gezworen tegenstander van de Conducator. Daar hoefde niemand wat van te merken; oppositie van binnenuit heet dat. Bovendien moet de doctor achter de schermen de val van de Conducator beramen. Zo effent hij de weg voor zijn politieke toekomst.'

'Ja maar, ja maar... daar klopt geen hout van,' was het enige wat ik uit kon brengen. Ik sloeg lukraak een pagina van Angela's dagboek open. 'Zijn laatste uur heeft geslagen als hij helemaal boven is.'

'Wat wil dat zeggen, Fritz? Angela is al meer dan dertig jaar dood.'

'Ik tast volledig in het duister. Maar er is nog iemand die een raadselachtige belangstelling voor onze doctor Stephanescu aan den dag legt. Het viel me gisteren op bij de persconferentie, toen het Front voor Nationale Redding werd uitgeroepen. Tussen de journalisten zat die vrouw. Terwijl al mijn collega's hun microfoon in de lucht hielden of aantekeningen stonden te maken, bleef zij onbeweeglijk op haar plaats zitten. Ze deed mij denken aan Buba Gabor.'

'Aan Buba? Hoezo? Hoe zag ze eruit?'

'Goed. Ik bedoel, voor haar leeftijd zelfs heel goed. Maar niet zoals de mensen van hier. Ook niet als een zigeunerin. Eerder westers gekleed. Ik zou zeggen, Zuid-Europees, als een Spaanse. Of een Italiaanse.'

'Wat deed ze dan op die persbijeenkomst?'

'Geen idee. Ze viel me alleen op. Misschien wel omdat ze zat te bibberen van de kou, ook al stond de verwarming aan. Ze sloeg totaal geen acht op mij en keek alleen strak naar Stephanescu. Een heel merkwaardige blik. Hoe zal ik hem omschrijven? Niet doordringend, eerder ongeïnteresseerd. Alsof ze ergens op wachtte. Ze hield het grootste deel van de tijd haar ogen dicht. In trance. Als je begrijpt wat ik zeggen wil.'

'Dat begrijp ik. Dat is Buba! En Buba weet dat Stephanescu zal vallen als hij helemaal boven is. Ze heeft Angela's dagboek ook gelezen, samen met mij. Maar de redder van de natie valt niet zomaar, daar moeten wij een handje bij helpen. Het wordt nu echt de hoogste tijd om de doctor een paar spaken in het wiel te steken. Goed, Fritz, hoe komen we bij die hoge heren terecht?'

'Met een perskaart.'

'Heb jij die?'

'Maar natuurlijk, meer dan één. Zelfs een paar van Amerikaanse persbureaus. Zo handig, je komt overal binnen in dit land. In Amerika is zoiets een waardeloos papiertje, maar hier opent het alle deuren. Jullie reddingsfronters lonken naar elke reporter die hun ook maar het kleinste beetje internationale status verleent. Dat was onder de Conducator niet anders. Maar wat was je van plan?'

'Ik bedenk wel wat.'

Fritz lachte en stak mij een plakje Amerikaanse kauwgom toe. 'Oké. Wat je ook bedenkt om de poten onder Stephanescu's troon weg te zagen, ik doe mee.'

Al uren wachtte Petre Petrov in de middag van 24 december in de foyer van het Interconti, waar het wemelde van de mensen. Opstandige studenten, gewonde demonstranten, militairen, Partijkader, securisten in burger, reddingsfronters, witwassers, fotografen. Niemand wist meer wie bij wie hoorde en aan wier zijde hij stond. Dat gold in versterkte mate voor de westerse journalisten, die een veel grotere nieuwswaarde hechtten aan het lot van de Conducator dan aan het tumult en de verdeeldheid rondom de politieke toestand van het land.

Toen Petre mij eindelijk de gang uit zag komen, beet hij mij toe: 'Waar zat je nou al die tijd? Ik dacht dat we meededen met de Revolutie...'

Voordat ik antwoord kon geven hield Petre geschrokken zijn mond. Hij bekeek de man naast mij van top tot teen en zocht koortsachtig in de verste hoekjes van zijn geheugen. Toen stormde hij met gebalde vuisten op de fotograaf af. 'Hofmann, hufter die je daar bent. Vuile priesterverrader! Wat doe je hier?'

Ik trok Petre met geweld van Fritz af. 'Petre, niet doen. Hou op! Het zat heel anders. Fritz had niets te maken met het verraad aan Baptiste. Helemaal niets. Het was Stephanescu.'

Petre staakte zijn aanval.

'Wát zou ik gedaan hebben? Baptiste verraden?' vroeg Fritz ongelovig. 'Hé, zijn jullie wel goed bij je hoofd?'

'Pavel beweerde vroeger dat jij en je vader de pastoor aan de beulen van de Securitate overgeleverd hadden omdat hij van plan was om tegen het socialisme en de collectivisatie te preken. En toen ben jij met de noorderzon naar Duitsland vertrokken.'

'Ach, flauwekul,' zei ik harder dan nodig en ik werd rood tot achter mijn oren. 'Dat heb je niet goed begrepen, Petre.'

Fritz vertoonde zijn onbeschaamde grijns die ik zo goed van onze schooltijd kende. 'De stand is nu dus één-één. Jij had rottigheid met dat Eeuwige Licht, het verraad komt voor mijn rekening. Uitkomst onbeslist, oké?'

'Dat is goed,' zei ik, toen ik op mijn schouder werd getikt.

'Je bloost nog net zo vlug als vroeger.'

'Buba! Nee maar, nou ja! Jawel! Ben je hier?'

Ik bekeek Buba vol verbazing van top tot teen en zag dat Fritz gelijk had. Ze was anders. Ze paste niet in het verbleekte beeld dat mij als een vaag restje herinnering bij was gebleven en toch herkende ik de Buba die mij eens zo vertrouwd was. Ze was mooi. Ze had een wollen doek om haar schouders geslagen die haar beschermde tegen de winterkou, maar die haar ook iets lichts, iets welhaast zwevends gaf. De rimpeltjes rond haar ogen deden haar blik fonkelen en ze straalde een warmte uit die mij niet alleen aangenaam trof, maar ook beangstigde. Toen Buba achteloos haar zwarte lokken uit haar gezicht streek en met haar ranke vingers aan een gouden oorring plukte, stak ik van verlegenheid mijn handen in mijn broekzakken.

Ik schrok. Mijn afgedragen jas, mijn versleten broek en de afgetrapte schoenen waren veel meer dan alleen goedkope kleren. Ze getuigden van een slonzigheid die in de loop der jaren zijn weg van buiten naar binnen gevonden had en bezit had genomen van mijn persoonlijkheid. Het liefst had ik me verstopt. Ik stond hier tegenover een vrouw die zich bewust was van haar vrouwelijkheid. Maar ik was geen man die zichzelf haar waardig achtte. Vertwijfeld probeerde ik me te herinneren dat het Buba Gabor was die zich in de mooiste momenten van mijn leven aan mij gegeven had. Zij was er, maar ik was verdwenen.

'Ben je hi-hi-hier vanwege Stephanescu?' stamelde ik in een poging om mijn schaamte te verbergen.

'Nee. Dat wil zeggen, eigenlijk niet. Ik ben twee dagen geleden vanuit Milaan hierheen gevlogen. Jouw tante Antonia heeft mij bericht gestuurd. Vanwege oom Dimitru. Het wordt zijn laatste Kerstmis. Oom Dimi gaat dood. Maar Antonia schreef mij dat hij nog niet kan gaan. Iets ontbreekt er nog. Ik weet niet wat, maar ik moest overkomen, zodat hij zich op het einde kan voorbereiden. Daarom ben ik hier. En jij?'

Iemand duwde mij omver. In de foyer ontstond tumult, dat in een mum van tijd uitmondde in paniek. Buiten klonken als zweepslagen weer de schoten door de straten. Eerst verdwaalde, losse knallen, toen ratelende machinegeweren, recht voor de deur van het Interconti, handgranaten versplinterden de pui, sirenes loeiden, huilende mensen renden voor hun leven en stormden de hal binnen.

Fritz schoof een plakje kauwgom tussen zijn kiezen en hing zijn fototoestel om zijn nek. 'Ik zie jullie later.'

Toen ik overeind krabbelde, werd er een zwaargewonde door de opstandelingen naar binnen gedragen. Voorzichtig werd de man op de grond gelegd. Geschokt wendden de omstanders zich af. Niemand kon meer wat voor het slachtoffer doen. Zijn bovenlichaam was bijna helemaal van zijn benen gescheiden, maar in zijn ogen was nog leven. De man was ongeveer even oud als ik, maar toen ik zijn gezicht zag, slaakte ik een kreet van ontzetting. Ik stond bij deze man in het krijt. Ik knielde neer en pakte zijn slappe hand vast, waaruit de laatste warmte verdween.

'Dank je wel, Matei,' fluisterde ik tegen de neef van de Kronauburger antiquair Gheorghe Gherghel. Matei bewoog niet meer.

432

Ik sloeg een kruis en sloot mijn trouwe metgezel, die mij nog gewaarschuwd had voor securist Raducanu, de ogen.

'Ik wil Dimitru graag zien,' zei ik tegen Buba.

'Dat is goed. Ik breng je naar hem en je tante toe. Maar het
wordt wel schrikken. Ook voor mij. Maar eerst hebben wij nog
iets af te maken. Dat wil zeggen,' Buba aarzelde even, 'als ik bij
ons nog van een "wij" kan spreken?'

Ik was nu echt de kluts kwijt en stamelde in het wilde weg: 'Ik
zag Fritz op tv en ik moest erheen. Want ja, je krijgt in Baia Luna niets mee van de Revolutie.'

'Je bent dus hier vanwege je klasgenoot. Tja, waarom zou je ook
uitgerekend nu mij gaan zoeken? Dat heb je tenslotte dertig jaar
lang niet gedaan. Ik neem aan dat...'

'Maar jij, jij hebt ook niets van je laten horen,' viel ik haar in
de rede. 'Jij bent ook alleen maar voor je oom teruggekomen!'

'O, gaan we ruziemaken? Zou ik niet doen. Wat weet jij eigenlijk helemaal van mij? Weet je soms niet dat de man de vrouw
zoekt, maar dat de vrouw de man vindt? Daar zou ik met mij maar
niet over twisten. Ik heb in Italië stevig leren bekvechten. En ik
zeg je er voor de zekerheid bij dat elke man die zonder te betalen
aan mij zit zo'n oorvijg te pakken krijgt dat-ie huilend naar zijn
mammie rent.'

Ik wist van verbouwereerdheid niet wat ik moest zeggen.

'Wat weet jij nou van het leven in Italië? Ik zit al twee dagen
in dit rothotel te wachten tot jij me komt zoeken. Oom Dimi had
nog zo gezegd: "Buba, met dromen kom je nergens. In deze tijden al helemaal niet. Zet die Pavel uit je hoofd. Die zit aan Baia
Luna vastgebakken." Weet je eigenlijk dat Dimi jou vertrouwde?
Hij was dol op je. Hij hield van je, als was je zijn zoon. Meer nog.
Toen ik nog een meisje was, zei hij op een keer: "Die Pavel, dat
is de ware voor jou. Pavel Botev, die kan iets wat geen gadjo ooit
voor elkaar krijgt. Hij kan de wereld op zijn kop zetten." Dat, dát
zei mijn oom. Maar jij, jij...'

'En nou hou je je kop!' schreeuwde ik in haar gezicht. 'Je hebt geen idee waarover je praat. Drie decennia gevangen in een hemeltergend gouden tijdperk. Weet je wel wat dat betekent? Hoe wil je nog kleuren zien als alles grijs is? Hoe wil je de wereld op zijn kop zetten als die van pure waanzin allang op zijn kop staat? Hoe wil je nog weten waar boven en onder is, als alles verdraaid is en uit zijn verband gerukt?' Ik trok het schrift onder mijn jas vandaan. 'Hiervoor ben ik hier! Niet om de wereld op zijn kop te zetten, maar juist weer met zijn voeten op de grond. Ik heb Stephanescu op tv gezien. Toen hij de Nationale Redding proclameerde. Iedereen in dit land moet zo langzamerhand gered worden, Buba. Maar niet door die engerd.'

Buba sloeg haar ogen neer. 'Zoiets zei oom Dimi gisteren ook al.' Als een schuchter meisje tastte ze aarzelend naar mijn hand. 'Het dagboek. Je bent Angela dus nog niet vergeten.'

'Jawel, Buba. Ik heb al jaren niet meer aan haar gedacht. Alles wat mij ooit lief was, is vervluchtigd, verdwenen. Uiteindelijk zelfs de kracht om me te verzetten. Alleen in mijn herinnering was alles nog levend, was ik levend. Ik heb heel vaak geprobeerd me jou voor de geest te halen. Maar je beeld was uitgewist. De herinnering was er nog, maar het was een dode herinnering. Wat is er toch met me? Waarom moest ik eerst die ellendeling van een Stephanescu op het scherm zien voordat ik wakker geschud was?'

'Je bent een goed mens,' zei ze zachtjes. 'Want je bent niet vergeten dat je die dingen bent vergeten. Kom mee! Dit is geen goede plek.'

Ze nam me bij mijn arm en trok me mee naar buiten, ver weg, waar geen mensen meer om ons heen doolden op wier duistere gezichten vrees, hoop en onzekerheid te lezen stond. Het was al donker en het was stervenskoud. Tussen de ruïnes waartussen de laatste geweerschoten van de voorlaatste dag van de Revolutie nagalmden, liepen wij hand in hand door de kerstnacht van 24 december 1989. Wij vertelden elkaar van ons wedervaren door te zwijgen.

Toen onze voeten pijn deden, ontdekten we een kerk waarvan

de deuren open waren en waarin enige in het zwart geklede vrouwen *Doamne miluieste, Doamne miluieste* mompelden. Heer, ontferm u over ons. Tegen middernacht zaten we alleen in een van de achterste banken, omklemd door elkaars hongerige armen en warm gehouden door Buba's wollen omslagdoek. We sliepen. Naast het altaar hiéld een klein, rood lichtje de wacht.

Toen Buba de volgende morgen vroeg wakker werd, kuste ze mij op de lippen.

'Pavel, ik krijg één ding niet uit mijn hoofd. Iets wat ik niet begrijp. Toen ik in de hoofdstad geland was, ben ik meteen op een bus gestapt naar Titan-2. Dat is de wijk waar mijn clan woont sinds de Conducator het rondtrekken met zware sancties bestrafte. Ik wou meteen naar oom Dimi, maar het duurde een eeuwigheid omdat de straten verstopt waren vanwege de Revolutie. Er sprongen de hele tijd mannen in de bus. Ze riepen: "Vrijheid, vrijheid! Weg met de Conducator!" en deelden pamfletten uit. Wat die mensen wilden, leek mij allemaal heel zinnig, totdat ik onder een van de pamfletten de naam doctor Stefan Stephanescu zag staan. Het was net alsof ik in een afgrond stortte. Het was niet vanwege die door en door slechte man, en ook niet om het verloren kind van Angela. Het was niet een pijn om het leed van anderen. Het was mijn eigen pijn. Ik wist niet meer waarom ik er was en wat ik wilde. Zelfs het lot van oom Dimi kon me op dat moment gestolen worden. Ik dacht aan jou, Pavel. Aan onze nacht samen. En mijn hart kromp ineen bij de gedachte dat dat er allemaal niet meer was. Ik was stokoud. Toen ik weg moest uit Baia Luna was ik diepbedroefd, maar ik was jong en vol geloof en vertrouwen dat alles op een dag weer goed zou komen. Omdat ik dacht dat het leven onrechtvaardig was. Maar dat is het niet. In Baia Luna niet, in Milaan niet en ergens anders ook niet. Voor een zigeuner is die gedachte onverdraaglijk. Daarom moeten wij op de hemel vertrouwen en in de hel geloven. Maar als de hemel sterft, wat blijft er dan over? Stof ben je, tot stof keer je terug? Daarom schrok ik zo van oom Dimi toen ik bij hem aankwam.

Ik houd van hem, Pavel. En die liefde doet zo'n pijn. Hij is geen zigeuner meer. Hij is zoals ik.'

Buba knielde en vouwde haar handen om te bidden. Ze besloot met het Weesgegroet, 'en bid voor ons zondaars, nu en in het uur van onze dood'. Toen vervolgde ze: 'Het vreemde waarover ik je wilde vertellen gebeurde de ochtend na mijn aankomst. Ik vertelde mijn oom van het manifest van dat democratische Front voor Nationale Redding, waarin diezelfde middag in het Koninklijk Paleis een persconferentie aangekondigd stond. Toen de naam Stefan Stephanescu viel, sprong Dimi opeens uit zijn bed en riep: "God in de hemel, doe dan toch eindelijk één keer een zwarte een plezier. Laat hem vallen." Is dat niet eigenaardig?'

'Zeker,' zei ik. 'Je zou bijna denken dat Dimitru Stephanescu heeft gekend. Maar hoe zou dat kunnen?'

'Daarom ben ik ook naar de conferentie in de stad gegaan. Ik wilde zien wat voor een mens hij was. En ik zal je zeggen, als je hem aankijkt heeft hij een vriendelijke, zelfs charmante uitstraling en als hij lacht, heeft hij in minder dan geen tijd ieders sympathie. Maar als je niet naar hem kijkt, hem alleen hoort spreken zonder hem te zien, breekt het koude zweet je uit. Hij spreekt tot je, maar hij heeft het niet tegen jou. Hij is hol. Hij vult de mensen met zijn woordenvloed en zuigt ze tegelijkertijd leeg. Dus ik vroeg aan oom Dimi wat hij van Stephanescu dacht.'

'En wat zei hij toen?'

'Weer iets wat ik niet begrijp. Dimi meende dat het zijn bevoegdheden oversteeg om daarover te oordelen, dat het iets was tussen God de Heer en Stephanescu zelf bij het laatste oordeel. Hij wist alleen dat die man een demon in zich droeg. Wie hem de voet dwars zette, zou hij doden. Maar mijn oom had er nog meer over te zeggen. Hij waarschuwde mij. Hij heeft mij zelfs verboden om ook maar iets tegen Stephanescu te ondernemen of tegen hem te strijden. Hij zou te sluw zijn, de gevaarlijkste vijand die je kon hebben. Dimi bekrachtigde zijn verbod met een gebed. Je tante zei nog dat dat de eerste keer was sinds ze met paard-en-wagen langs velden en wegen op zoek waren naar jouw spoorloos verdwenen grootvader. Hij bad zelfs heel lang. Hij sprak daarbij in een vreemde taal, die soms een beetje op Italiaans leek. "Papa Baptiste, papa Baptiste" was het enige wat ik kon verstaan. Hij richtte zijn smeekbede tot de ziel van de vermoorde pastoor. Daarna legde hij zich ter ruste. Toen hij wakker werd, zei hij opeens dat er maar één manier was om de doctor te overwinnen.'

'Dat zou ik dan wel eens willen weten,' zei ik met ijzeren vastberadenheid.

'We moeten het moment van zijn doorbraak afwachten en dan zijn eigen wapens tegen hem gebruiken. Dimi zegt dat de demon zijn ware gezicht zal laten zien wanneer hij tot de uiterste grens van de dreiging wordt gedreven. En wie de demon in zich draagt zal dan verlost zijn, of hij verbrandt.'

'Goed,' zei ik, 'we zullen de wereld eens een beetje op zijn kop gaan zetten.'

'Dat gaan we doen. Met een toneelstukje.'

Het was 25 december 1989. Toen ik met Buba Gabor in de vroege ochtenduren terugliep naar Hotel Intercontinental rijpte in ons een vermetel plan waarvan we niet wisten dat we het nog dezelfde dag ten uitvoer zouden brengen.

Op Eerste Kerstdag 's middags om twee minuten over drie rinkelde bij de receptie van hotel Athénée Palace, het beste adres van de hoofdstad, de telefoon. De beller, een arts van de militaire kazerne van Targoviste, die net twee overlijdensaktes had opgesteld, liet zich doorverbinden met de gast in de presidentiële suite, waar Richard Nixon nog had gelogeerd. Stefan Stephanescu nam de hoorn van de haak en hoorde uit de mond van dokter Florin Pauker de woorden: 'Het is voorbij.'

Een uur later troffen de sleutelfiguren van de omwenteling, met uitzondering van dichters en dissidenten, elkaar in de conferentiezaal van het hotel voor een geheime bijeenkomst. Ten aanzien van wat daar werd besproken gold een strenge zwijgplicht. Terzelfder tijd werd onder de journalisten in het Intercontinental het tot op heden nog onbevestigde bericht verspreid dat de staatspresident standrechtelijk ter dood was veroordeeld en de Internationale had aangeheven, kort voordat het vonnis door een vuurpeloton werd voltrokken.

Het nieuws van de executie van de Conducator en de presidentsvrouw verspreidde zich als een lopend vuurtje. Omdat er die dagen echter met het uur absurdere geruchten de ronde deden, waarvan het waarheidsgehalte uiterst dubieus was, bleef grootscheeps gejuich en feestvieren vooralsnog uit. Toen bij monde van de Nationale Garde werd medegedeeld dat studio vier van de onder controle van de revolutionairen gebrachte staatstelevisie een video-opname van de terechtstelling van het dictatorenechtpaar zou uitzenden, waren straten en pleinen in minder dan geen tijd leeg. Terwijl de mensen aan het beeldscherm gekluisterd zaten en de uitzending van de band door de verantwoordelijken van de omroep steeds uitgesteld werd om de mogelijkheid van een geraffineerde vervalsing door contrarevolutionairen uit te kunnen sluiten, zat de harde kern van het Front voor Nationale Redding om een ronde tafel.

Na een kleine twee uur waren onder regie van Stephanescu de ministersposten van de overgangsregering verdeeld, waarbij de fractie van de Kronauburger districtssecretaris er geen enkele twijfel over liet bestaan wie als toekomstig minister-president de leiding over het land zou nemen. Stephanescu verordonneerde zwijgplicht tot de avond en sloot de vergadering. Voor acht uur 's avonds werd in het voormalige Koninklijk Paleis officieel de Republiek uitgeroepen. Stephanescu werd voorgesteld als staatschef en werd ermee belast om voor de draaiende camera's de dood van de Conducator en de overwinning van de vrijheid op het communisme te verkondigen.

Toen Fritz Hofmann, Buba Gabor en ik vernamen wie het land uit de duisternis naar het licht van een democratische toekomst zou leiden, zei ik tegen Fritz: 'Het is zover. We moeten zagen aan zijn troon.'

Een kwartier later zaten wij gedrieën in Fritz' hotelkamer. Met de opmerking 'het beste middel tegen microfoontjes' draaide hij de waterkraan van het bad vol open. 'Echt waar, zo'n waterval drijft iedere geheime dienst tot wanhoop bij het afluisteren. Hoewel ik me afvraag of er op dit moment überhaupt securisten zijn die zin hebben in een potje luistervinken. Maar zekerheid boven alles.'

Ik deed het plan dat Buba en ik hadden beraamd uit de doeken. Fritz luisterde aandachtig. Hij wreef in zijn handen. 'Oké,' zei hij, 'helemaal mee eens. Ik doe mee. Maar met die kleren kom je er zelfs als collega-journalist niet doorheen. Zeker niet bij een interview met zo'n gehaaide staatsman.' Fritz gebaarde naar de klerenkast. 'Je past vast wel iets. Zoek maar uit.'

'En als je toch van plan bent iets aan je uiterlijk te doen,' bracht Buba te berde, 'zouden een bad en een scheerbeurt ook geen kwaad kunnen. Maar ik moet ook gaan. Zoals ik er nu uitzie, zal niemand geloven dat ik een vurige Italiaanse ben. Maar ik heb nog wel het een en ander in mijn koffer.'

'Hoe lang heb je nodig om bij je oom te komen, je op te tutten en weer hierheen te komen?' vroeg Fritz.

'Dat wordt wel een uurtje of twee, drie, als ik de bus neem.'

'We zitten midden in een revolutie,' zei ik. 'En het is Kerstmis. Dan rijdt er toch geen bus?!'

Fritz greep in zijn fototas en haalde een stapeltje groene biljetten tevoorschijn. 'Voor het hotel staan taxi's klaar.' Hij gaf Buba een briefje van vijftig dollar. 'Dat moet genoeg zijn. Maar wacht... wat nou als je controle krijgt en ze een perskaart willen zien?'

'Zeg, je gaat toch niet twijfelen aan mijn talenten?' pruilde Buba. 'Ga er maar gerust van uit dat ik weet hoe je met mannen spreekt als je iets van ze gedaan wilt krijgen. Tot om negen uur dus. Wij zien elkaar bij het Atheneum, voor het standbeeld van... kom, hoe heet die dichter ook alweer?'

'Mihail Eminescu!'

14

Een uitgekookt plan, de achilleshiel van de sluwen en de val van de ware Conducator

Buba kwam om tien uur. 'Ik ben opgelicht door de taxichauffeur. Hij wou me voor geen dollars ter wereld naar Titan-2 brengen. Hij zou aan de rand van de wijk op mij wachten. Toen ik me omgekleed had, was hij weg. Ik ben ook zo'n stomkop. Ik had hem dat geld nooit van tevoren moeten geven. In Italië was mij zoiets nooit gebeurd. Dus ik ben komen lopen, op deze schoenen nog wel... Is hij al in het hotel?'

'Allemachtig, Buba, ik ben allang blij dat je niets is overkomen!' Het was een pak van mijn hart dat ze er was. Ook Fritz was opgelucht. 'Nee, ze zijn allemaal nog in het Koninklijk Paleis. Ik schat dat er een paar duizend mensen in de feestzaal gestouwd zitten. Maar in de stad is het een gigantische drukte. Iedereen wil Stephanescu horen. De opperrevolutionair. Ons schema schuift dus op. Voor middernacht zal de nieuwe regeringskliek niet in het hotel verschijnen. We hoeven alleen nog maar te hopen dat onze doctor een dijk van een redevoering houdt. Dan krijgt hij goeie zin om zijn triomf aan de bar weg te spoelen.'

'En als hij nou minder drinkt dan vroeger? Ik bedoel, dan op de feestjes ten tijde van Angela?' Buba begon zenuwachtig te worden. 'Als hij nuchter blijft en zijn hoofd erbij wil houden, wat doen we dan? Wat moet ik dan met hem beginnen?'

'Hij drinkt heus wel,' stelde Fritz haar gerust. 'Lui zoals hij kunnen zichzelf anders niet verdragen.'

'Laten we naar zijn hotel gaan en daar wachten.' Ik klappertandde van de kou. Ik droeg slechts een antracietkleurig colbertjasje, een wit overhemd en een smetteloze jeans. Mijn gladgeschoren wangen verspreidden, zoals Buba opmerkte, de geur van versgezaagd cederhout en Italiaans citroenijs. 'Wat ruik je lekker, Pavel. En wat zie je er goed uit.'

Een portier in een jas met pailletten, geflankeerd door twee nationale-gardisten in camouflagepakken, zwaaide de deur van het Athénée Palace open. In de bijna lege lobby hing een sfeer die als het ware boven het begrip 'tijd' was uit gestegen. De last van de geschiedenis was hier net zo aanwezig als de opwindende draaikolk van het heden en de onzekerheid van de toekomst, ook nog eens vermengd met de suikerzoete boodschap van de komst van het kindeke Jezus. Aan het plafond hingen zilveren, plastic guirlandes. In een spar waarvan de top was afgezaagd om hem onder de trap naast de lift te kunnen opzetten, flikkerden bonte gloeilampjes. In de hoeken stonden opgeschoten jongens in soldatenuniformen te soezen met hun arm om hun zware geweren. Toen wij binnenkwamen, keken ze even op, lieten een korte blik over ons glijden en dommelden weer in.

Buba plofte neer in een van de zware, lederen zetels tegenover de receptie. Ik durfde haast niet naar haar te kijken. Ik had een andere Buba verwacht en, zoals ik alleen aan mezelf bekende, ook een andere Buba gevreesd. Een vrouw die begerige blikken trok. Opdringerig, opwindend, ordinair. Maar Buba was, als je oppervlakkig keek, zoals ik nu, eerder van een grote onopvallendheid, ze leek bijna in de zwarte fauteuil weg te zinken, te verdwijnen haast. Ze legde haar donkere mantel over de armleuning en ik zag dat ze daaronder geheel in het zwart gekleed was. Met haar elegante schoenen, haar zijden kousen, haar lange rok en pullover van fijne, soepele wol en zeer decente snit gaf Buba tot mijn verbazing veel minder van haar lichaam prijs dan ik even gevreesd had. Ofschoon Buba haar vrouwelijke boezem allesbehalve wegstopte, verleende een sierlijk kruisje tussen de welvingen van haar borsten haar een zweem van meisjesachtige deugdzaamheid en onschuldige kuisheid. Ze had alleen wat lipstick aangebracht, van verdere make-up en opvallende sieraden afgezien en haar lokken met een zwarte hoofddoek bedekt. Een weduwe, schoot het door mij heen. Ze was getrouwd en nu verweduwd. Maar toen Buba haar pumps uit schopte, haar pijnlijke voeten een beetje verlichting gaf en mij vanuit haar ooghoeken een schalkse knipoog gaf, wist ik dat dit alles niets anders was dan een geraffineerd spel. Ze had zich niet ontbloot, maar juist verhuld. Ze benadrukte juist haar vrouwelijke aantrekkingskracht door die te verbergen. Voor het eerst sinds mijn weerzien met Buba voelde ik dat ik niet alleen van deze vrouw hield, maar haar ook begeerde, met een hartstocht die mij haast deed verbranden. Ze streek mij over mijn wang. 'Wees maar gerust, liefste. Ik weet wat ik doe.'

'We moesten het aas maar eens uitwerpen.' Fritz Hofmann gooide zijn fototas over zijn schouder. Buba en ik keken hem na terwijl hij doodgemoedereerd naar de receptie sjokte en een paar woorden wisselde met een medewerkster. Zij glimlachte, schoot even een deur in en kwam terug met haar chef. Hofmann reikte hem de hand en schreef een bericht op een papiertje, dat hij de man overhandigde, vergezeld van een groen bankbiljet. Het resultaat was een ingetogen knikje, en het bericht belandde in het postvak van de presidentiële suite.

De liftjongen leidde ons naar de hotelbar op de eerste verdieping. Aan de halfronde bar zaten slechts drie vrouwen in gewaagde rokjes van imitatieleer. Ze trokken aan dunne filtersigaretten, wierpen afkeurende blikken op Buba, giechelden en nipten aan hun cocktailglas. Fritz gaf Buba een kneepje in haar zij. 'Je hebt keiharde concurrentie,' lachte hij met een brede grijns en hij kreeg ten antwoord: 'Maak je niet zo vrolijk over die meisjes. Nog voor de nacht om is worden ze door de lijfwachten uit de bedden gesmeten.'

Buba bestelde jus d'orange. Fritz en ik namen mineraalwater. Tegen halftwaalf verschenen de eerste leren jassen die met stuurse gezichten en piepende walkietalkies de bar in de gaten hielden. Het liep vol. Een paar minuten later kon je bij de bar geen stap meer zetten. Daar was hij. De gasten maakten een pad voor hem vrij en applaudisseerden, eerst een enkeling, later iedereen, totdat het via klappen in de maat uitmondde in een hysterisch hoerage-roep.

Stefan Stephanescu had met een paar reddingsfronters aan een gereserveerde tafel met blauwe, pluchen banken plaatsgenomen. Een ober kwam met Rémy Martin en Dom Pérignon. Na een uur kregen de slapeloze nachten van de revolutiedagen op de meeste gasten hun uitwerking. De eersten taaiden reeds oververmoeid af naar hun bed toen de chef van de receptie binnentrad. Hoewel hij die niet gehoord had, complimenteerde hij Stephanescu met zijn grandioze redevoering en overhandigde hem een briefje, waarbij hij in de richting van Fritz Hofmann wees.

Stephanescu stond op en knoopte zijn jasje dicht. Vervolgens stak hij een Carpati op, nam zijn glas cognac tussen zijn wijs- en middelvinger en liep naar onze tafel.

'Mag ik me even voorstellen? Stefan Stephanescu.' Hij stak Fritz zijn hand toe, toen Buba haar hoofddoek afdeed en met een kalme handbeweging haar lokken naar achteren wierp. 'O, neemt u me niet kwalijk. Een echte heer begroet natuurlijk eerst de da-me.' Het nieuwbakken staatshoofd reikte haar de hand. 'Mag ik me bij uw gezelschap voegen?' Buba schoof een stukje opzij. 'Het zou me een genoegen zijn.'

'En u bent de heer van het Amerikaanse *Time magazine?*' wend-de Stephanescu zich tot Fritz. 'Een zeer gerenommeerd blad, moet ik zeggen. Het zal binnenkort hier te lande ook weer verkrijgbaar zijn. Als die onzalige verzinsels van de Conducator uit de boek-handels verdwenen zijn. Maar wij kennen elkaar, is het niet? Niet persoonlijk. Eergisteren, tijdens de persconferentie van het Front voor Nationale Redding, hebt u mij gefotografeerd, mister...'

'Mister Friets Hofmen,' stelde Fritz zich met zijn vetste Ame-rikaanse accent voor.

'Hofmen? Als die beroemde acteur? Dustin, nietwaar? De legendarische marathonman?

'Precies. En zoals de zaken er nu voor staan, geniet u ook een niet te onderschatten bekendheid. Ik heb daar een neus voor, ziet u. Mijn foto's van u bezitten thans historische waarde. Ik heb ze al tweeduizend maal verkocht. Maar nu begint het feest pas echt. Nu we van de Conducator af zijn, is er een nieuwe tijdrekening begonnen. Op de eerste uitgave van het nieuwe jaar zult u op de cover van de *Time* prijken. Wat dacht u daarvan? De coverstory zit al in de pijplijn. Onderwerp: licht in het Duistere Rijk. Of iets dergelijks. Mijn collega's hebben de eerste teksten al naar Washington gefaxt. Mag ik u mijn Italiaanse partner voorstellen: Angelique Gabo uit Milaan. Naast haar, de onmisbare en onvermoeibare mister Paul, onze tolk.'

Ik tikte met mijn vingers tegen mijn voorhoofd en slaakte een korte geeuw. 'Onvermoeibaar. Altijd paraat. En dat voor een handvol dollars. Maar gezien het late tijdstip willen wij niet te veel van uw tijd in beslag nemen. Om kort te gaan: we willen graag een interview met u houden, mijnheer doctor Stefan... vanaf wanneer mogen we u eigenlijk mijnheer de minister-president noemen?'

'Ik verzoek u daar nog even geduld mee te hebben.' Stephanescu bedwong zijn trots en ijdelheid. 'De officiële benoeming vindt pas morgenmiddag plaats. Maar wanneer wilt u dat interview houden? Toch niet nu?'

'Nu niet. Maar enige haast is toch wel geboden, op zijn laatst morgen aan het begin van de middag,' antwoordde Fritz. 'Met zeven uur tijdverschil heeft de redactie het dan bij het ontbijt op haar bureau. Drie dagen later hangt uw portret dan op iedere straathoek in de kiosken. Daarna volgen alle andere tijdschriften en kranten. Wereldwijd. Maar wij hebben dit gesprek exclusief nodig voor de Amerikaanse markt. De jongens van *Newsweek* lopen hier ook rond, begrijpt u wel? Die ontvangt u pas overmorgen. Ik reken op uw begrip. Zou tweeduizend dollar als tegenprestatie voor uw moeite volstaan?'

'Nou, jullie Ami's laten er geen gras over groeien. Prima werk, ga zo door.' Stephanescu knoopte zijn jasje weer los. Zijn jovialiteit was weer helemaal terug. In één teug ledigde hij zijn glas cognac en riep om een volle fles Rémy Martin. 'U begrijpt, de inspanningen van de afgelopen dagen... Zo'n revolutie is een zenuwoorlog. Kei- en keihard, dat kan ik u verzekeren. Al die stress. Je moet het ergens mee wegspoelen. Maar dat exclusieve interview komt voor de bakker. Voor u altijd. Morgen om twaalf uur komt de nieuwe ministerraad bijeen. Halfelf hier in het hotel? In mijn suite. Dan worden we niet gestoord.'

'Oké. Tien uur dertig dan. Nog een kleine tip: u hoeft de reporters van *Newsweek* geen mededeling te doen over ons vraag- en antwoorduurtje. Anders houden ze namelijk hun dollars in hun zak. Ik stel voor: vijfhonderd vooraf. Als aanbetaling.' Hofmann wendde zich tot Buba. 'Angelique, doe eens een greep in de kas voor bijzondere uitgaven.'

Buba keek naar links en naar rechts en friemelde onzeker aan het gouden kruisje tussen haar borsten. 'Beetje veel pottenkijkers hier,' fluisterde ze Stephanescu met gespeelde schaamte in zijn oor. Ze trok discreet haar rok omhoog, greep traag onder haar zijden kousen en bracht met enige moeite een bundeltje bankbiljetten tevoorschijn. Stephanescu's blik was strak op haar dijen gericht. Toen hij de biljetten niet meteen aannam, maar in plaats daarvan tegen de verblufte kelner blafte dat hij naast de Rémy ook champagne voor de dame had besteld, was het Buba Gabor duidelijk dat de vis goed wilde bijten die dag. Dat hij de haak zelfs inslikte, werd duidelijk toen Fritz en ik opstonden en ook Buba de indruk wekte op te willen stappen.

'Blijft u toch nog even. Weest u mijn gast, ik bedoel, mijn gasten. Op deze historische dag. Bovendien, wie is er met Kerstmis nou niet graag onder vrienden?'

'Als ik eerlijk ben, geachte collega's,' Buba speelde haar rol met een verbluffende geloofwaardigheid, 'heb ik nog niet bepaald het gevoel dat het al bedtijd is. Een glaasje champagne gaat er bij mij nog wel in, na zo'n opwindende dag, waarom niet? Het is hier lekker warm. U moet weten, mijnheer Stephanescu, in mijn kamer in hotel Interconti is de verwarming kapot. Koud dat het er is. Verschrikkelijk koud, en dat terwijl de heren collega's in hun kamers niet kunnen slapen van de hitte.' Buba bracht het zo overtuigend dat ze daadwerkelijk kippenvel kreeg. Toen de kelner gegeneerd de Dom Pérignon ontkurkte, maakten Fritz en ik van de gelegenheid gebruik om afscheid te nemen. Wij wensten hun goedenacht en Buba beloofde over een uur of twee een taxi te nemen.

'Mijn lieve mevrouw, als u mij toestaat u zo te noemen, u hebt het nog steeds koud...' Stephanescu streek Buba over haar arm, vaderlijk bijna. Ze rilde demonstratief van welbehagen. Toen schonk hij haar een glas champagne in, zelf hield hij het bij zijn cognac. 'Dit edele vocht zal u verwarmen. Uit Frankrijk! Laat ik u dit zeggen: Frankrijk kan bij mij niets verkeerd doen. Een droom van een land. De keuken, de wijn, cultuur, Montmarte, Sacré-Coeur, Pigalle. *Phantastique! Paris! Mon Dieu!* Zo zegt de Fransman het. Alleen de vrouwen, die hebben het lichtelijk te hoog in de bol, vindt u ook niet, Angelique? Angelique, dat klinkt toch ook eerder Frans dan Italiaans, is het niet?'

'Ik heb die naam van mijn moeder gekregen. Mijn vrienden noemen me Angie. Dat klinkt Amerikaans. Mijn vader was Italiaan, maar mijn moeder komt uit Parijs. In die wonderschone stad ben ik geboren. Maar ik heb me er nooit helemaal thuis gevoeld. Ik ben heel Europa door gereisd: Madrid, Londen, München. Van hot naar her. Net als de zigeuners.'

'Ik wist het! Ik zag het meteen. U hebt die geheimzinnige gloed, dat innerlijke vuur. Uw man mag zich gelukkig prijzen.'

'Alstublieft! Een ander onderwerp, graag,' zei Buba met een schorre stem en ze slaakte een diepe zucht. 'Mijn man, gelooft u mij, mijnheer Stephanescu, hij was geen... laten we het onderwerp laten rusten. Het is al zo lang geleden. Hij is enkele jaren geleden gestorven. Bij een motorongeluk.' Buba sloeg vluchtig een kruis.

Stephanescu pakte haar hand. Ze rook zijn alcoholkegel. Door de scherpe rook van zijn sigaretten kreeg ze tranen in haar ogen.

'Licht na de schaduw. Zo zei uw Amerikaanse collega het toch ongeveer? Hij heeft gelijk. Maar alstublieft, noemt u mij toch Stefan. Mon Dieu! Een geboren Parisienne! U, op deze plek. Het Parijs van het oosten. Ik zal u iets vertellen, Angie. Eerlijk en in alle openheid.' Stephanescu schonk zijn Rémy Martin bij. 'Ons Parijs is dood. U had het hier vroeger eens moeten meemaken. Maar vandaag is de dag dat ons volk uit de schaduw van het verleden treedt. Ik zal deze stad zijn wederopstanding geven. Ik beloof u, lieve dame, dat op de ruïnes die de Conducator voor ons achtergelaten heeft, het nieuwe Parijs van het oosten zal ontstaan. Wij zullen weer tot leven komen.'

Ontremd door de cognac, was Stephanescu zo luid gaan praten dat de mannen aan de naastgelegen tafels bij het horen van 'het Parijs van het oosten' begonnen te joelen en te applaudisseren, totdat een dronken militair op het idee kwam om de Internationale aan te heffen, waarop enkelen hun wijsvingers als denkbeeldige geweren uitstaken onder het brullen van 'rat-ta-ta-ta, rat-ta-ta-ta'. Anderen staken hun rechtervuist in de lucht en schreeuwden: 'Op naar het laa-haatste gevecht!'

'Beetje woest zootje hier. Wellicht geen passende omgeving voor een dame.'

Buba streek haar haren uit haar gezicht en greep naar de achterkant van haar nek. Ze opende het slotje van de ketting en deed het zilveren kruisje af. 'Ik had er een beetje last van,' glimlachte ze naar Stephanescu. Ze nam haar glas en klonk met hem. Onmiddellijk kwam hij dichter bij haar zitten, legde een arm om haar heen en gluurde ongegeneerd in haar decolleté. 'Stefan, het is hier wel erg lawaaierig. En al die ogen.' Onder tafel liet ze haar hand langzaam langs zijn broek omhoogglijden en masseerde met lichte druk zijn kruis. Toen ze daarvan de reactie bemerkte en hem toefluisterde: 'Ik heb nu een vent nodig die weet wat hij wil,' had ze geen vijf minuten meer nodig om de man die tolde van de roes en sidderde van geilheid de presidentiële suite van het Athénée Palace in te krijgen.

Een kwartier later lag hij naakt, met zijn onderbroek op zijn knieën, te snurken op zijn bed. Op het nachtkastje stonden twee flûtes met lange stelen en een geopende champagnefles uit de minibar. Buba had niets meer gedronken, Stephanescu was niet verder gekomen dan de helft van zijn glas. Meer dan voldoende. Buba gooide zijn glas leeg in de wc. Ze stopte het flesje met de druppeltjes tegen lastige mannen weer in haar bh, nam de telefoon van de haak en belde de receptie.

Fritz en ik hadden in de zwarte fauteuils in de lobby zitten wachten. Eerder dan wij verwachtten deelde de receptioniste ons het verhoopte bericht mee. 'Mijnheer Hofmann, telefoon uit de presidentiële suite. Ik moet u meedelen dat de geplande afspraak voor een foto gewoon doorgaat.'

De rode lampjes van de wekker die in het hoofdeinde van Stephanescu's bed ingebouwd was, gaven een uur achtentwintig aan toen Fritz Hofmann kwam om het decor op te bouwen. Ik zorgde voor de rekwisieten, zette een portret van de Conducator op het nachtkastje en schudde de fles schuimwijn. Buba onthulde haar vrouwelijke rondingen, maar niet meer dan nodig was en zonder ook maar de geringste schaamte. Zich bewust van haar opzettelijke verwisseling van schijn en werkelijkheid ging ze kruiselings op Stephanescu zitten en leunde met een gebaar van extatische verrukking achterover. Met als enige commentaar *'Okay, that's perfect'* drukte Fritz een keer of zes op de ontspanner van zijn camera. Bij het felle flitslicht trok Stephanescu slechts onmerkbaar met zijn ooghoeken.

Terwijl Buba en ik in Fritz Hofmanns kamer in hotel Interconti van uitputting niet in slaap konden komen, maakte de nachtredactie van de krant *Stem der Waarheid* overuren om de internationale persfotografen met raad en daad terzijde te staan. Hoewel de technische mogelijkheden van de fotoredactie beperkt waren, ontwikkelde Hofmann de film tot bruikbare negatieven en vervaardigde een paar afdrukken die hem zeer tevreden stemden. Daarna liet hij de hoofdredacteur, die er in de pagina's van zijn krant geen geheim van had gemaakt dat hij als toekomstige staatspresident ingenieur Ion Iliescu verre prefereerde boven de 'opportunist Stephanescu', zoals hij hem noemde, uit zijn bed bellen. De eerbiedwaardige krantenbaas, die liefst zo min mogelijk woorden verspilde aan het ventileren van zijn oordeel, zei na een blik op de foto's slechts: 'Professioneel. Dat gaat hem de kop kosten. Overmorgen. Voorpagina. Dan barst de bom.'

Buba was op weg naar haar oom Dimitru, toen bewapende militieleden mij en Fritz op maandag 26 december, iets voor halfelf 's morgens, in de lift van het Athénée Palace naar de suite op de bovenste verdieping begeleidden. Doctor Stefan Stephanescu opende de deur. Hij was alleen en maakte een groggy indruk. Knorrig gebaarde hij ons plaats te nemen en hij deed amper moeite om zijn slechte humeur te verbergen. 'Waar is uw Italiaanse collega?'

Ik haalde mijn schouders op.

'Vrouw, Italiaans en stiptheid,' zei Fritz. '*Forget it*. Angelique is vannacht een beetje laat naar bed gegaan, vrees ik.'

'Ze was in elk geval niet bij het ontbijt in het Interconti,' vulde ik aan. 'Maar voor het interview hebben we haar niet nodig.'

'Vooruit met de geit dan. Maak het niet te lang. Ik zit onverwachts krap in de tijd.'

Fritz Hofmann bespaarde Stephanescu eventuele uitweidingen. 'Mijnheer doctor Stephanescu, uw tegenstanders verwijten u uw politieke verleden. Laten we eens terugkijken. Tijdens de socialistische opbouwfase was u verantwoordelijk voor de collectivisatie van de landbouw in Walachije. U hebt het verzet van de boeren, naar men zegt, met harde hand neergeslagen. Nu bent u de aanvoerder van het volk in de Revolutie. Hoe verhouden die twee feiten zich tot elkaar?'

'Goed dat u het vraagt. U geeft mij daardoor de kans het een en ander recht te zetten. Ja, ik was een overtuigd aanhanger van de collectieve gedachte. Zonder twijfel. Dat zal ik nooit ontkennen. Maar hebt u er enig idee van hoe arm de kleine boeren waren na de Tweede Wereldoorlog? Hebt u de tenhemelschreiende ellende van de moeders gezien? Hebt u de hongerige kinderen in de ogen gekeken? Het was onze plicht om daar iets aan te doen. Socialisme! Rijkdom voor iedereen! Jazeker, dat was waar we bij de Partij in geloofden. Ikzelf heb Marx nog nagepraat. Maar ik heb in Walachije altijd ingezet op de macht van het woord. Overtuigingswerk, inzicht in de noodzakelijkheid, ideologische verlichting. Noemt u het voor mijn part propaganda. Maar dit werk was belangrijk en juist. Het probleem was president Gheorghiu-Dej. Die zwichtte voor de druk van Moskou. Naar mijn smaak zelfs te veel. "Kleine Stalin" werd hij hier vroeger genoemd. Dit slechts te uwer informatie. En het is waar, er hebben onfraaie zuiveringsacties plaatsgevonden. Waar gehakt wordt vallen spaanders, al heb ik me nooit met die uitdrukking kunnen vereenzelvigen. Maar wat moest ik? Ik was jong. Een idealist, zo u wilt. Net van de universiteit, pas gepromoveerd in de economie, maar politiek zo groen als gras. En, in de allereerste plaats, zonder invloedrijke vrienden die mijn overtuiging deelden. Maar u weet: alleen samen sta je sterk.'

'Ik begrijp het niet helemaal. Aan politieke protectie lijkt het mij u niet te hebben ontbroken. Hoe had u anders in uw jonge jaren zo'n bliksemcarrière kunnen maken? U was, als ik goed ingelicht ben, als Partijchef te Kronauburg de jongste districtssecretaris van het land. Die positie hebt u dertig jaar lang behouden. En vanmiddag wordt u tot minister-president benoemd.'

'Dat klopt. Ik heb mij in mijn tijd in Kronauburg met allerhande zaken beziggehouden. Weg met de bureaucratische rompslomp. Efficiëntie van de overheid, werkgelegenheid creëren met het agro-industriële complex in Apoldasch, optimalisatie van de grondstoffen- en levensmiddelentoevoer en zo verder. Met de stad Kronauburg ging het voor de wind, net als met de rest van het district. Nieuwe scholen, niet te vergeten. Zelfs in het achterlijkste bergdorp. Kinderen zijn onze toekomst. Dat motto is, in alle bescheidenheid, van mij afkomstig. Dat kunt u terugvinden. Om een lang verhaal kort te maken: ik was, zonder mijzelf ervoor op de borst te slaan, geliefd bij de mensen. Dat is er niet in de laatste plaats de reden voor geweest dat het Centraal Comité ervoor terugdeinsde om mij geheel uit te schakelen. Mijn vlam werd klein gehouden, maar niet geheel gedoofd.'

Toen Fritz Hofmann instemmend knikte en ook ik net deed of ik het ermee eens was, maakte Stephanescu's aanvankelijke kater plaats voor een schier onophoudelijke stortvloed van woorden. Hij stond op, liep naar de minibar en haalde er een glas en een aangebroken fles uit. Wij maakten een afwerend gebaar. Toen Stephanescu zijn eerste slok nam, wist ik dat we onze vijand hadden waar we hem wilden hebben. Doctor Stephanescu glimlachte. Hij was zeker van zijn zaak.

'Konjaki Napoleon. Niet het beste spul, maar het verjaagt de spoken van het verleden. Toegegeven, spoken waar ook ik aan blootstond. Goed. Mijn centrale rol bij de ontwikkeling van het district Kronauburg kon in de hoofdstad natuurlijk niet onopgemerkt blijven. Vooral niet na de watersnoodramp. De overstroming van de Tirnava had grote delen van het district verwoest. Nadat ik binnen korte tijd een stuwdamproject en een waterkrachtcentrale had gerealiseerd en daarmee de stroomvoorziening van zelfs de meest afgelegen berggebieden in het district veiligstelde, nam mijn invloed in de Partij toe. Mijn naam werd zelfs genoemd voor de ministerspost van Binnenlandse Zaken. Maar met de opkomst van de Conducator sloeg de stemming om. Hij eiste de merites van het stuwdamproject voor zichzelf op en liet zich bij de feestelijke ingebruikname van de waterkrachtcentrale per helikopter invliegen en door het volk bejubelen. Vanaf dat moment heeft hij alles op alles gezet om mij te dwarsbomen. De bouw van wegen, bruggen en andere projecten werd door het Centraal Comité tegengehouden. De geldkraan werd beetje bij beetje dichtgedraaid. En weet u waarom? De gigantische suikertaart, het paleis van de Conducator, waarvoor hij het halve centrum van ons wonderschone Parijs van het oosten heeft laten slopen, zal u niet zijn ontgaan. Bekijkt u dat nog maar eens goed, en u zult begrijpen waar het geld dat het volk toekwam gebleven is. Ik was altijd al tegen dat monsterlijke monument van verspilling. Maar, dat kunt u rustig van mij aannemen, de stem van het verstand telde niet in de waan van onze dictatuur. De enkeling was machteloos. Iedere oppositie werd meteen de kop ingedrukt. De Conducator en zijn akelige gade duldden niemand naast zich.'

'Betekent dat dat u een tegenstander van de Conducator was?'

'Dat zou mij, eerlijk gezegd, toch iets te veel eer zijn.' Stephanescu schonk een tweede glas konjaki voor zichzelf in. 'Om eerlijk te zijn, ik was bevriend met de Conducator. Natuurlijk niet ten tijde van het gouden tijdperk. Toen was het ten gevolge van zijn grootheidswaan allang tot een breuk tussen ons gekomen. Ik heb hem in mijn studentenjaren leren kennen. Zijn, hoe zal ik dat zeggen, ongeciviliseerde gebrek aan niveau werd al vroeg zichtbaar. Zijn slechte karakter ontging mij niet, maar in die vroege jaren was het nog niet zo uitgesproken. Het slechtste in hem werd, als u het mij vraagt, naar boven gehaald door zijn echtgenote Elena. Zijn vertrouwelinge achter de schermen. Speciaal voor de lezers van *Time magazine*. Toen de Conducator nog een onbeduidend Partijmannetje was, noemden we hem Koka. Hij was verzot op Amerikaanse Coca-Cola, dat wist iedereen. Overal goot hij het spul doorheen. Rode wijn, champagne, alles. Een gruwelijke vent. Altijd geweest. Maar ik wil hier geen mooi weer spelen. En ik moet tot mijn schande bekennen dat ik de politiek in ben gegaan om het goede te bewerkstelligen, maar er uiteindelijk alleen in geslaagd ben om het allerergste te voorkomen. En ik kan wel zeggen dat dat het lot is van de meeste mensen in ons land. Dat kunt u rustig zo opschrijven.'

'U hebt het over schande, schuld. Doctor Stephanescu, bent u een gelovig iemand?'

'O ja, ik ben religieus. Anders zouden we hier niet zitten. Mijn hele volk heeft in het diepst van zijn hart nooit zijn geloof verloren. Hoewel de Conducator ooit de eerste atheïstische natie uitriep, zijn wij in onze ziel gelovigen gebleven. Niet iedereen, natuurlijk. Sommigen ontbrak het aan respect voor het leven. Maar gaat u eens naar Kronauburg. Toen de opstanden in Temeschburg onlangs oversloegen naar mijn stad, viel het ergste te vrezen. Vraagt u de mensen maar eens hoeveel doden de Securitate in mijn district op zijn geweten heeft op de dag dat de opstandelingen de centrale van de Staatsveiligheidsdienst bestormden. Geen enkele, dat verzeker ik u. Op mijn bevel is er geen schot gevallen. In vertrouwen nog het volgende: u moet weten dat er krachten in het land waren die het volk zijn god wilden afpakken. Kerken moesten cultuurtempels worden, Partijslogans moesten de gebeden vervangen. Maar als het geloof sterft, sterft de samenleving. Ik heb me daar altijd sterk voor gemaakt: gun het volk zijn kerk. Dat was mijn motto. Ik wilde dat ik mijn zin had gekregen. Er was een invloedrijke securist in Kronauburg die de kerken liet ontruimen. Gewijde schatten, iconen, heiligenbeelden, Madonna's. Ik ben niet bangelijk van aard, maar voor deze man deed ik het in mijn broek. Houdt u het alstublieft voor u, hij heet generaal Raducanu, maar ik weet niet of hij op dit moment aan de zijde van de Revolutie of aan de zijde van het verraad staat. Ik wil u wel één raad geven. Pas op voor hem. In ieder geval liet Raducanu de waardevolste antiquiteiten via Polen naar de kapitalistische kunstmarkt sluizen. Vanwege de deviezen. Het onverkoopbare spul staat te verstoffen in de kelders van de Staatsveiligheidsdienst. Het was een grote fout om de vrome ziel van het volk te mangelen. En ik garandeer u dat de mensen hun Madonna's en heiligen terugkrijgen. De kerken zullen weer vol stromen.'

Fritz en ik zwegen.

'Wat wilt u nog meer weten, heren? O ja, voordat ik het vergeet, dat van dat honorarium, daar kunnen we beter iets anders op verzinnen. Als het in de openbaarheid komt, kan er een verkeerd signaal van uitgaan in de ogen van het eenvoudige volk. Ik denk dat ik de overige vijfhonderd aan een weeshuis doneer. Of in een stichting steek voor weduwen van de Revolutie. Wat vindt u, mijnheer Hofmann?' Stephanescu viel stil toen hij de naam uitsprak. Hij raakte in verwarring. 'U zou, u zou... kunt u niet een foto van de transactie maken? Hé! Waarom maakt u eigenlijk geen aantekeningen? Waar is uw opnameapparatuur?'

Ik veegde mijn bezwete handpalm aan mijn broek af. Fritz bleef gelaten.

'Doen we. Een foto in dat weeshuis. Ik beloof u dat u er net zo flitsend bij zult staan als op uw portret dat vroeger in die Kronauburger fotohandel hing. Heinrich Hofmann maakte uitstekende foto's. Ze voldeden in ieder geval voor hun doel.'

Stephanescu's gezichtsuitdrukking verstarde. Verstoord drukte hij de brandende Carpati in de asbak. 'U bent niet van *Time magazine*! Wie bent u? Uw papieren!'

Fritz Hofmann wierp een groen paspoort op tafel.

'U bent Duitser!' Stephanescu opende het paspoort. 'Geboorteplaats Baia Luna. U, u bent Heinrichs zoon. Fritz Hofmann! Wat wil je van mij?'

'Waarom moest mijn vader Heinrich sterven?'

Stephanescu hapte naar adem. 'Weet je wat, Fritz? Je hebt mij voorgelogen. De hele tijd. Een beetje doen alsof je een journalist bent. Jouw vader, dat zeg ik je nog, was mijn vriend. Maar jij stelt mij diep teleur. Weet je wat? We houden het kort. Het gesprek is beëindigd. Jullie verdwijnen. Of ik laat jullie door de militie arresteren.'

'Niks arresteren.' Voor de eerste keer nam ik het woord. 'We gaan het nog even over de doden hebben. Waarom moest pastoor Johannes Baptiste uit Baia Luna sterven?'

Stephanescu schoof zijn cognacglas van zich af. 'Moest er een pastoor sterven? Ene Johannes Baptiste? Het spijt me, maar die naam zegt mij niets.'

'Oké,' glimlachte Fritz, 'als die naam u niets zegt, vertel ik u ook niet waarom onze charmante collega Angelique hier vanmor-

gen niet naast u in bed lag en waarom u vanmiddag niet tot minister-president benoemd zult worden. Het spel is uit, mijnheer
de doctor. Alleen u weet het nog niet. Maar wij rekenen op uw
nieuwsgierigheid.'

Toen Stephanescu hoestte en een braakneiging onderdrukte,
wist ik dat de demon nu eindelijk klaarwakker was. Hij verborg
alleen nog zijn gezicht.

'Door wie zijn jullie gestuurd?'

Ook zonder Fritz' korte blik wist ik dat het nu mijn beurt was.

'Ik kom in opdracht van een kind.'

'Wat? Waar slaat dat op?'

'En in opdracht van zijn moeder. In opdracht van Angela.'

'Wat moeten jullie van mij? Welke vervloekte duivel heeft jullie naar mij toe gestuurd? Ik ken helemaal geen Angela!'

'Jawel, mijnheer de doctor, u hebt Angela Barbulescu goed gekend. U zag haar het liefst in haar zonnebloemenjurk.'

'Nee! Nee! Nee! Ik zweer het, zo'n vrouw ken ik niet.'

'Dan zal ik u maar even helpen. Het was veertig jaar geleden,
preciezer gezegd: 7 oktober 1947, hier, in het Parijs van het oosten.' Ik trok de eerste foto tevoorschijn. 'Kijk eens, mijnheer de
doctor, dit was Angela Barbulescu. Gefotografeerd door uw ken-
nelijke vriend Heinrich Hofmann. Op het verjaardagsfeest van uw
kompaan Florin Pauker. Kijkt u maar even rustig naar haar.'

'Jullie zijn gek! Krankzinnig! Jullie horen in Vadului thuis! In
het gekkenhuis! In het gesticht!' Stephanescu brulde van pure razernij. De deur van zijn suite werd opengerukt.

'Alles in orde?' vroeg een van zijn lijfwachten.

'Eruit! Wegwezen!' donderde zijn baas. Hij zakte weer in zijn
stoel. Hij stak een Carpati op en bekeek de foto. De demon verhief zich. Hij liet Stephanescu grijnzen.

'Ik zie daar een blonde vrouw met een paardenstaart. Een leuk
ding, moet ik toegeven. O ja. Ik ben in mijn jonge jaren inderdaad eens op een verjaardagspartijtje van Florin Pauker geweest.
Als ik deze jongedame daar tegen het lijf was gelopen, had ik haar

waarschijnlijk moeilijk kunnen weerstaan. Maar mijn god, dat is vier decennia geleden. Over drie jaar word ik zeventig. Hoe zou ik me alle vrouwen moeten herinneren die ik in mijn jeugd ooit ben tegengekomen?'

'Deze foto is genomen op het moment dat Angela Barbulescu haar geliefde Stefan een zoen gaf.'

Stephanescu staarde mij aan. De tijd leek even stil te staan, totdat Stephanescu in een schaterlach uitbarstte. Hij hoonde uit de hoogte van zijn schijnsuperioriteit: 'Jij bent me er eentje. Dat die blonde Angela, of hoe ze ook heet, iemand kussen wil, zie ik. Maar hoe kom je erbij dat uitgerekend ik die man zou zijn? Wat zou dat kiekje bewijzen? Van een vrouw die ik helemaal niet ken? Wat willen jullie? Mij chanteren? Met een foto waarop ik helemaal niet te zien ben? Belachelijk.' Hij lachte weer. En dronk.

'Maar er bestaat nog een foto met Angela Barbulescu, waarop u wel heel goed te herkennen bent. Zij draagt haar zonnebloemenjurk en u, mijnheer de doctor, spuit champagne tussen haar benen.'

Stephanescu verbleekte, werd krijtwit, alsof al het bloed uit zijn aderen wegtrok. Mijn bloed bevroor. Ik keek bij degene tegenover mij in dode ogen. De demon liet zijn gezicht zien. En verraadde zich. Toen ik de foto met de halfnaakte vrouw op tafel legde, was het al te laat. Stephanescu wist dat hij de woorden 'Dat was Angela niet. Dat was Alexa,' niet meer terug kon nemen. Nu moest de demon zich gereedmaken voor zijn laatste strijd. Stephanescu duwde zijn handen tegen zijn mond om niet over te geven. Daarna speelde hij zijn laatste troef uit.

'Het was Kerstmis 1948. Koka had ons uitgenodigd voor een "schijnheilige nacht". Ik nam Angela en Alexa mee. De twee vriendinnen waren onafscheidelijk en hadden voor de gelegenheid elkaars kleren aangetrokken. We hadden allemaal gedronken. Koka zat tjokvol wodka. De stemming was uitstekend. En opeens gaat Alexa op die buffettafel liggen. Spontaan, uit balorigheid. Iets te veel likeurtjes. Mijn god, wat was die heet. Florin, Albin, de

456

halve kliek zat zich aan haar op te geilen. Gewoon, voor de lol. Angela heeft er later tegen mij een scène over getrapt. Die had toch geen flauw benul van een beetje geiligheid. En ik had haar nog wel alles van het goede leven laten zien. Ik ben zelfs met haar naar zee gegaan. Van het ene moment op het andere veranderde zij van een preuts ding in een bruid die er geen genoeg van kon krijgen. Die vrouw was gewoon niet uit bed te slaan. Toen was ze super. Maar ze was zo vol van de moraal. Onverdraaglijk. Burgerlijk. Ze bleef maar ouwehoeren over trouwen, kinderen krijgen, een huis. Ze wou mij voor zichzelf houden. Als ik eens iets had met iemand anders, sloot ze zich dagenlang op in haar kamer en zat de hele dag te huilen. Ze hing me danig de keel uit. Ze was voor mij niet meer dan een tijdelijke bevlieging.

Natuurlijk kostte al die luxe toen een lieve duit. Elke avond uit eten, alleen in de beste restaurants. Reisjes naar de Zwarte Zee. Ik had een auto nodig, Heinrich een motorfiets. Angela had echt geen idee waar we dat allemaal van betaalden. Zo naïef. Koka had een idee hoe we aan geld konden komen. Toen hij de foto's zag die Heinrich op kerstavond van Alexa genomen had, werd hij helemaal enthousiast. Lenutza ook. Alleen Florin Pauker deed het zowat in zijn broek. Hij eiste dat wij die plaatjes vernietigden. In verkeerde handen zouden die zijn carrière als arts wel eens in gevaar kunnen brengen. Hij had ook geen zin om nieuwe vrouwen te versieren voor onze "kunstzinnige portretten", zoals wij ze noemden. En Albin had zo'n lelijke wrat op zijn wang. Een wijf versieren was voor hem een kwestie van een lange adem. Dus ik plukte het vrouwelijk schoon overal vandaan. Heinrich fotografeerde. Als de dames niet mee wilden werken, deed ik een paar druppeltjes door hun bubbels. Alles bij Koka thuis. Alexa vond het leuk werk. Tot ze op een bepaald moment liet vallen dat ze zwanger was. Florin had gewetensbezwaren. Hij wou het kind niet wegmaken bij haar, maar Koka herinnerde hem aan zijn medische carrière en die fijne kiekjes. Van toen af aan was Florin onze man voor bedrijfsongevallen. Angela heeft hij ook behandeld. Die verscheen op een dag met een dikke buik bij mij op kantoor en beweerde dat het kind van mij was. Nou, dat zal ook wel, want met anderen deed ze het immers niet. Misschien hadden we haar het wurm moeten laten houden. Maar Florin had zijn werk al gedaan, en nu moesten wij er alleen nog voor zorgen dat zij haar mond hield.

In Kronauburg gingen de zaken door. Heinrich had uiteindelijk twee, drie blondines in zijn atelier werken. Een van hen was fotografe, Irina heette ze. Securist Raducanu had een oogje op haar. Haar hebben we niet aangeraakt. Maar die met het engelenhaar was top. Die kon je op iedereen loslaten die nog een beetje gevoel in zijn broek had. De allerergste graftak kreeg zij nog het bed in. Meestal gebruikten we De Karpatenster voor onze opnamen. Heinrich schoot ongemerkt zijn plaatjes en alles liep op rolletjes. Grapje. Tot op een dag de boel begon te wankelen, uitgerekend op het moment dat ik me uit de business wilde terugtrekken.

Ik was net Partijchef en districtssecretaris in Kronauburg geworden, toen Heinrich meldde dat Barbulescu over mij uit de school wilde klappen. Dat had ze niet moeten doen. Maar naïef was ze altijd al. Wij moesten Barbulescu tot zwijgen brengen. Definitief. Maar Heinrich was te slap. Te week. Nietzsche citeren, dat kon hij als de beste, maar als er iets stilgehouden moest worden, kreeg hij plotseling bedenkingen. Daardoor ging de hele boel eigenlijk aan het schuiven. Heinrich gokte erop dat zij de hand aan zichzelf zou slaan. Daarom ging hij met die geile plaatjes van Barbulescu naar die pastoor in Baia Luna, in de hoop dat daarmee de kous af was. Heinrich zat er niet eens ver naast: ze heeft zichzelf van het leven beroofd. Maar kon ik dat weten? Ik moest op safe spelen. Albin moest het vuile werk maar opknappen. Hij ging naar Baia Luna, maar zijn geweten speelde op, zo lekte hij later naar Alexa. De slappeling. In plaats van Barbulescu te liquideren gaat-ie haar waarschuwen. Als verrader had Albin natuurlijk zijn eigen doodvonnis getekend. Maar daarmee was de zaak nog niet uit de wereld. Het eigenlijke probleem was die pastoor

Johannes Baptiste. Tot die tijd had de Securitate priesters van de katholieke kerk altijd ongemoeid gelaten. Raducanu's mensen waren weliswaar lichtelijk overijverig, maar ze zouden de priester met rust hebben gelaten als hij de beelden in de openbaarheid zou hebben gebracht. Een priester erbij te betrekken was Hofmanns eerste fout. Zijn tweede kwam aan het licht toen de een of andere grapjas op een nacht enorme foto's van mij, Alexa en de sektfles op zijn pui had geplakt. Ze werden meteen verwijderd. Blijkbaar was er ingebroken in zijn studio: er waren negatieven verdwenen die nooit ontdekt hadden mogen worden. Jouw vader,' voor het eerst in zijn verhaal sprak Stephanescu rechtstreeks tot Fritz Hofmann, 'was een gevaar geworden.'

Fritz Hofmann luisterde allang niet meer. Hij had over de hele wereld ellende gezien en gefotografeerd. En verdragen. Maar de woorden uit de mond van Stefan Stephanescu, die verdroeg hij niet. De man zonder masker, die nu niets meer verborg, wekte woede noch haat bij Fritz, en ook geen wraakgevoelens. Stephanescu kon hem niets meer schelen. Fritz had zijn ogen laten dichtvallen en zag zichzelf. Hij zag zichzelf als vijftienjarige die in een kerk op een stoel stond om een piepklein rood lampje uit te blazen. Fritz bad nooit. Maar nu, in de presidentiële suite van het Athénée Palace, bad hij God om vergiffenis op het moment dat uit de leegte van mijn verbouwereerdheid alleen de woorden opklonken: 'U bent een duivel.'

'Wat weet jij nou? Geen ene reet! Hoeveel jaren heeft de geschiedenis van dit land jou afgenomen? Hoeveel weggegooide tijd heb jij aan de Conducator te danken? Vertel op, hoeveel dagen, maanden, jaren? Van mij had je ze mogen houden. Jij weet niet dat alleen ik dit land had kunnen redden. Ik, ik alleen! Ik wist van de sleutel tot de macht. En als Heinrich Hofmann die sleutel niet uit handen gegeven had, zou zo'n lachwekkende titan dit land niet in het Duistere Rijk hebben gestort. Terreur, onderdrukking, angst. Dat waren de wapens van de Conducator. Alleen ik had de moed om deze wapens tegen hemzelf te gebruiken. Wat maakt het leven van zo'n oude pastoor nou uit? Zo'n seniele mafkees die zelfs zijn eigen katholieke kerk aan zijn laars lapte. Toen Lupu's mannen hem naar Kronauburg brachten om hem te laten verdwijnen heeft zijn eigen clerus hem op het domkerkhof onder de grond gestopt, onder de een of andere bedachte naam. Wat is het leven waard van iemand wiens eigen kerk niet eens meer achter hem staat? Wat is het waard als je bedenkt dat er een heel volk naar een waarlijk gouden tijdperk gevoerd wordt? Dat is altijd een kloof geweest tussen Heinrich Hofmann en mij. Het streven naar macht was nooit in hem ontvlamd. Het brandde niet. Hij was al bang voor een alcoholistische dorpsjuf, voor een wrak, een onbeduidende nulliteit. Anders zou hij de sleutel die de deur naar de macht opende nooit naar de pastoor hebben gebracht. Ik moet de foto's die we met Angela in Florins praktijk gemaakt hebben nog eens laten opzoeken. Dat moet ik echt doen. Niet vanwege Barbulescu, want het had evengoed iedere andere vrouw kunnen zijn. Maar die foto's waren uniek. Koka stond erop. Begrijp dat dan! Koka in z'n nakie in een ranzige setting. Ik had die foto's zelf kunnen gebruiken. Ze hadden Koka met gemak de das omgedaan. De duivel zou hij weliswaar blijven, maar dan zonder macht. Als ik over die kiekjes zou hebben beschikt zou hij het nooit tot die karikatuur van een president geschopt hebben. Ik was beter dan hij. Met mij had de geschiedenis een andere loop gekregen, en was dit land er beter aan toe geweest. Dat moment is nu aangebroken. Over een paar uur ben ik de machtigste man van het land. En jullie kunnen mij niet tegenhouden. Wat ik jullie heb opgebiecht, is de waarheid. Maar daar hebben jullie niets aan. Jullie kunnen haar alleen als een leugen doorverkopen. Niemand zal jullie geloven. Het volk heeft genoeg van die al die onzin. Getuigen hebben jullie niet, laat staan bewijzen. En ik hoef maar met mijn vingers te knippen of jullie kunnen ook helemaal niet meer bewijzen dat jullie hier vanmiddag met Stefan Stephanescu gezeten hebben.'

Hij reikte naar de foto met de fles sekt, pakte zijn aansteker en stak hem in brand. Wij lieten hem begaan. Zwarte as dwarrelde door de presidentiële suite, daalde neer op het tapijt als zwarte sneeuw, waarin Stephanescu's schoenen een spoor van zijn fauteuil naar de minibar achterlieten. Hij opende de deur.

'Maar ik geef jullie nog één kans. De laatste mogelijkheid om mij te overwinnen. Ik wed om vijftienhonderd dollar dat jullie hem niet zullen benutten.' Stephanescu haalde een pistool tevoorschijn en legde dat op tafel. 'Pak maar. Jullie kunnen mij doden. Maar dat zullen jullie niet doen, daar zijn jullie te zwak voor. Wat is jullie moraal waard? Ik zal het jullie uitleggen. Jullie kunnen nog geen duivel doden. Schiet dan, Hofmann! Leg mij dan om! Zie je wel, je kunt het niet. Je bent net als je vader. Vieze plaatjes bij een oude pastoor langsbrengen, tot meer ben je niet in staat. Je bent net als hij.'

'Ik heb me vergist,' zei Fritz zachtjes. 'Ik had gedacht dat het mij plezier zou doen uw einde mee te maken. Maar dat doet het niet.' Toen sprak hij met heldere stem: 'Ja. Ik ben net als mijn vader. Ook ik breng vieze plaatjes langs bij oude mannen.' Hij knipte zijn fototas open en haalde er een bruine envelop uit. 'Alstublieft, mijnheer de doctor, een aandenken aan afgelopen nacht. Met de stoute groetjes van Angelique, Angie en Angela. Het gaat niets worden met uw gezicht op het omslag van de *Time*. U moet het doen met de *Stem der Waarheid*. Morgenochtend. Voorpagina.'

Toen de deur van de presidentiële suite achter ons in het slot viel, maakte Stefan Stephanescu de envelop open en hield een zwart-witfoto in zijn handen. Hij zag zichzelf. Naakt. Hij kokhalsde.

Buiten laaiden nieuwe gevechten op. Te oordelen naar de geweersalvo's en detonaties, die uit de richting van de universiteitsbibliotheek kwamen, waren ze heftiger dan de dagen ervoor. Ronkende tanks lieten het asfalt sidderen en rolden in zuidelijke richting langs het Atheneum. Op alle daken hadden zich scherpschutters verschanst. Niemand had een idee op wie ze hun geweerloop zouden richten. Studio vier had wel een video van de executie van de staatspresident en zijn eega uitgezonden, maar was niet in staat geweest met het bewijs te komen dat de opname geen vervalsing was. De angst dat de Conducator in weerwil van alle vreugdefeesten en verbroederingsgebaren met zijn beulsknechten zomaar ergens op kon duiken hing nog in de lucht. Zijn trouwste volgelingen, die het gevaar liepen in de maalstroom van de ondergang meegezogen te worden, gebruikten de macht van hun wapens in een poging het rad van de geschiedenis terug te draaien. De Revolutie was niet zeker van haar overwinning.

Voor het Athénée Palace stonden tientallen taxichauffeurs in rammelende Dacia's te wachten, maar in deze uren van onzekerheid durfde niemand zich per taxi door de stad te laten vervoeren. Ik sprak een paar van hen aan, maar toen ik het doel van de reis, Titan-2, noemde, oogstte ik slechts hoofdschudden. De vijfde of zesde chauffeur zei dat hij zijn wagen nog liever recht het granaatvuur in reed dan naar de zwartenwijk.

Fritz Hofmann maakte aanstalten om het transportprobleem met een zeer royaal bedrag tot een oplossing te brengen, toen er plotseling drie jeeps aangestoven kwamen en met piepende remmen voor het hotel tot stilstand kwamen. Een tiental gemaskerde mannen met machinepistolen sprong eruit. Twee van hen posteerden zich voor de ingang van het hotel, de anderen bestormden het Athénée. Toen de eerste salvo's door de lobby schalden, riep de taxichauffeur alleen: 'Instappen maar.' Hij gaf plankgas en bracht Fritz en mij tot op een halve kilometer van het zigeunerkwartier.

Toen ik de wereld aan de rand van de hoofdstad betrad, waande ik mij in het miserabelste oord dat ik ooit gezien had, een kwalificatie die ik de volgende dag weer zou moeten herzien. De huizen die de Conducator de zigeunervolksgenoten beloofd had, ontpopten zich als troosteloze ruïnes. De behuizingen van meerdere verdiepingen en zonder elektriciteit en stromend water waren uitgebrande woonholen, zonder deuren, en met venstergaten als dode, zwarte ogen van waaruit je alleen de smerige, grijze gevels met de dode ogen aan de overkant kon zien. In de onverharde straten loerde overal onraad. Alleen de vorst van de laatste decemberdagen verhinderde dat er geen rottende gasbellen uit het open riool opstegen. Op de straathoeken stonden mannen met diep over hun ogen getrokken mutsen hun handen te warmen. Ze verdrongen zich om roestige oliedrums waarin ze plastic afval verstookten, dat meer pruttelde dan brandde. Halfnaakte kinderen sprongen met blote voeten op een versleten matras, hoestend van de zwavelige rook en aangetaste longen. Fritz moest zijn braakneigingen onderdrukken toen een paar opgeschoten kinderen met botte messen stukken vlees hakten uit een kadaver waarvan niet meer te zien was of het van een paard of een koe was.

Toen de aanwezigheid van de twee gadjo's werd opgemerkt, raakte de halve wijk in rep en roer. Kinderen liepen te hoop, joelden en lachten, waarbij hun aandacht vooral naar Fritz uitging. Ze riepen: 'Foto! Foto! Amerika! Amerika!' waarop Fritz de fout maakte een pakje kauwgom uit zijn jaszak te halen. Binnen een mum van tijd had hij een hele zwerm kinderen om zich heen; hun aantal leek zich steeds te verdubbelen. Uiteindelijk vloeiden er bittere tranen bij degenen die geen 'gumma's' hadden weten te bemachtigen. De aanvankelijke vreugde sloeg om in een wild gejammer en geween, versterkt door het geschreeuw van de moeders, die vanuit de raamgaten vurige verwensingen de straat op slingerden. Pas toen de mannen de kinderen met een paar oorvijgen op redelijke afstand hadden gebracht, kon ik naar de zigeuner Dimitru Carolea Gabor vragen.

Eerst haalden de mannen verslagen hun schouders op, maar toen iemand vroeg: 'Willen jullie naar papa Dimi?' werden Fritz en ik bedolven onder de aanwijzingen en wezen de wijsvingers alle kanten op.

'Ik breng jullie wel naar hem toe,' bood uiteindelijk een zekere Jozsef aan, die trots vermeldde dat Dimitru's zwager Salman de halfbroer van zijn neef Carol Costea Gabor was. Na een kwartier bereikten wij met onze gids een krot dat wij in deze troosteloze zee van krotten zonder hulp nooit gevonden zouden hebben.

Jozsef wees naar het bellenbord, dat het bij gebrek aan stroom niet deed en dat slechts uit een bos uitgerukte elektriciteitsdraadjes bestond. 'Dimi en de dikke, witte vrouw wonen helemaal boven.' Hij vroeg Fritz om een sigaret, tikte tegen zijn voorhoofd en verdween met de woorden: 'Pas maar op. Hij is ziek in zijn hoofd.'

Antonia deed open, na herhaaldelijk aankloppen. Ze wreef haar ogen uit, slaakte een diepe zucht en zei: 'Pavel!' Toen riep ze luidkeels: 'Dimi! Dimi! Hij is gekomen! Pavel is hier,' waarbij ze mij zo stevig aan haar machtige boezem drukte dat alle lucht uit mijn longen verdween.

Fritz en ik betraden een brandschone woning. Buba begroette ons met een zuinige kus op de wang, draaide de gaskachel aan en zette koffiewater op. Haar lippen waren bloedeloos en ze zag er afgemat uit.

Toen pas ontdekte ik de tzigaan. Dimitru zat in een hoek en kwam moeizaam overeind met behulp van een stok. Ik kon haast niet geloven dat deze man inderdaad Dimitru Carolea Gabor was en zag tot mijn verwondering dat hij op een afgesleten, wit kistje zat dat eruitzag als een babygrafkist. Dimitru had hetzelfde zwarte pak aan dat hij decennia geleden al op feestelijke gelegenheden in Baia Luna gedragen had. Vroeger verleende het hem een zekere deftigheid, nu leek hij erin te verdwijnen. Ik schrok van Dimitru's onopvallendheid. Ik herkende hem niet. Zelfs bij de blik in de ogen van de uitgemergelde grijsaard vond ik niets terug van de listige slimheid van de onvervangbare Dimitru van weleer. Maar hij was het echt, zijn stem was onveranderd gebleven.

'Je bent laat, jongen.'

Hij draaide zich om en slofte met zijn te lange broekspijpen achter zich aan terug naar zijn kist.

'Praten doet hij niet veel meer,' fluisterde Antonia in mijn oor, 'maar hij hoort alles.'

Buba zette kopjes op tafel. Toen ze inschonk, beefden haar handen en ze zei zachtjes: 'Zoiets als gisteravond moeten we nooit meer doen, Pavel. Nooit meer.'

Alsof deze woorden ervoor nodig waren geweest, voelde ik met een schok hoe de ontmoeting met Stephanescu mij tot ver over mijn grenzen heen uitgeput en afgebrand had. Ook Fritz werd plotseling overmand door een loodzware vermoeidheid, waardoor hij bijna niet meer rechtop kon zitten.

'Ik kan niet meer,' zuchtte hij en hij plantte zijn armen op de rand van de tafel. Net toen zijn hoofd op zijn armen zakte, door-kliefde een glasheldere stem onze bodemloze zielsvermoeidheid.

'Wie de demon dwingt zijn gezicht te laten zien, begeeft zich op zeer glad ijs. Want zijn aanblik maakt leeg. Hij zuigt de men-sen uit. En als de mens hol is, glipt de demon bij hem naar bin-nen. Wie de demon ziet, wordt een ander mens.'

Buba beefde over haar hele lichaam en riep: 'Oom Dimi, je maakt me bang!'

'We zijn allemaal bang, Buba,' vervolgde Dimitru. 'Want we hebben vernietigd. We hebben vandaag een mens vernietigd. Het maakt niet uit of hij zijn verdiende loon krijgt of niet. Oordeelt niet, opdat gij niet geoordeeld worde. Maar wij hebben het ge-daan. Jij, Buba, jij, Pavel, jij, Fritz. En ik. Ik heb gezondigd. Ik heb voor hoogste rechter gespeeld. Ik heb het oordeel al lang, lang geleden geveld. Maar ik moest wel. En ik zou het morgen weer doen. Al zou het mij voor eeuwig mijn gemoedsrust kosten.'

'Dimitru,' smeekte ik de oude man. 'Wat zeg je nu? Ik begrijp niet wat je zegt! Heb je het over Stefan Stephanescu? Ja, die heb-ben wij vernietigd. We hebben hem onschadelijk gemaakt. En het was verschrikkelijk. Maar toch zou ik het zo wéér doen. Moeten doen! Die man was onverdraaglijk! Wat hadden we anders moe-ten doen? En jij? Wat voor oordeel heb jij geveld? Dimitru, ik be-grijp niet wat je bedoelt!'

Zonder mij antwoord te geven vervolgde de oude zigeuner van-uit zijn hoek: 'De demon is dom. Zeer dom. Maar hij is kwaad-aardig. Zeer kwaadaardig. Daarom zoekt hij de sluwen uit. Alleen aan hen laat hij zich zien. Alleen als hij in een geslepen mens zit, kan hij machtig worden. En dan worden de sluwen, zonder dat zij het merken, tot dommen. Omdat ze de macht van de demon met hun eigen macht verwarren. Ze voelen zich onverslaanbaar en hebben een glimlach op hun gezicht die velen doet verstijven. Maar er zijn mensen die een engel in zich dragen. En alleen zij kunnen de demon...'

Op dat moment gebeurde er iets bijzonders. Fritz Hofmann wiste zich een traan van zijn wang, ging staan en vroeg Dimitru of hij het goedvond dat hij bij hem kwam zitten. Toen Dimitru antwoordde: 'Altijd, permanente, wanneer je maar wilt,' kreeg iedereen de indruk dat het een beetje lichter was geworden in de kamer.

Fritz knielde voor Dimitru neer en zei: 'Ik geloof niet in engelen. En van mensen als Stephanescu verstijf ik niet, maar word ik witheet van woede. Maar vertel me eens, Dimitru, kun je die demon doden?'

'Wie ben jij? Ik ken je ergens van.'

'Ik ben Fritz Hofmann. Uit Baia Luna.'

Dimitru keek hem aan. 'Dat klopt. Jij bent het. Fritz, de slimmerik. Jazeker, je bent een vos. Dat was je als kind al. Maar, Fritz, een demon kun je niet doden. Dat kan geen mens. Zelfs de uit de dood verrezene ter rechterzijde van de Vader kan dat niet. Er is maar één manier om de demon voor altijd te laten verdwijnen. Eén manier maar.'

Inmiddels hadden ook Buba, Antonia en ik ons in een halve kring om Dimitru geschaard.

'En ken jij die manier?' vroeg ik.

'Ja. Ik weet ervan. Maar ik ben die weg nooit gegaan. De demon kan alleen gedood worden door hem te verlossen. Eerst moet men hem dwingen zijn gezicht te tonen. Als je vanbinnen hol bent, kruipt de demon in je. Verlost wordt de demon alleen als hij een engel ziet. De engel, lieve mensen, heeft, zoals jullie zouden moeten weten, grote, witte vleugels. Hij vliegt met de demon weg.'

'Waar vliegt hij dan naartoe, oom Dimi? Naar de hemel?'

'Ho, ho, lieve Buba. Met een demon op hun rug blijft de hemelpoort zelfs voor de machtigste engelen gesloten. Eerst moeten ze naar het vagevuur. Daar wordt de demon gelouterd. Als al het kwaad in hem verbrand is, wordt hij zelf een engel. Dan is hij vrij en kan hij vliegen naar waar hij maar wil. Naar de hemel, naar de mensen, naar de bergen, wat zijn bestemming ook is.'

'Oom Dimi, ik heb nog een vraag. Hoe kun je een engel bij jezelf naar binnen laten?'

Iedereen keek Dimitru aan, gespannen en aandachtig. Voor onze ogen voltrok zich een merkwaardige gedaanteverwisseling. Dimitru leek niet alleen te groeien, hij was ook echt een stukje groter geworden toen hij met vaste stem sprak: 'Hoe je de poorten opent voor een engel, dat weet ik niet. Ik heb ze zelf altijd op een afstand gehouden. Ik was bang voor ze. Ik vond ze te vluchtig. Te ijl. Voor zo'n luchtig iemand als ik is dat niet goed. Ik was bang mezelf erdoor te verliezen. Dus ik zocht een andere weg, en ik meende die gevonden te hebben. De weg naar een wezen dat alle weten in zich draagt. Het moest uit licht bestaan, zoals de engelen, maar tegelijkertijd een fysieke verschijningsvorm hebben. Het kon alleen een verlost wezen zijn, geestelijk en toch van vlees en bloed. Het enige wezen dat die eigenschappen in zich verenigt, is de Moeder Gods. Zij was de mens van wie ik aannam dat ze fysiek naar de maan gevaren was. Daarom liet zij mij niet los. Waar is zij? Dat moest en zou ik weten. En ik kreeg antwoord op mijn vraag. Dacht ik tenminste. Ik wist zeker dat ze op de maan moest zijn. In de Mare Serenitatis. Dat was mijn error fatalis. Ik heb er niets van begrepen. En het ergste is nog dat ik de enige ware vriend in mijn leven heb meegesleept in die dwaling. Borislav Ilja Botev. Pavel, ik moet jouw grootvader om vergiffenis vragen. Lang heb ik hem gezocht, heb Ilja niet gevonden. Ik smeek je, Pavel, help mij. Ik smeek jullie, help mij! Anders kan ik niet sterven.'

Dimitru bad het Onzevader. Aan het eind zeiden we in koor 'Amen.' Antonia stond op en haalde de Bijbel tevoorschijn die pastoor Johannes Baptiste ooit aan Ilja Botev geschonken had.

'Ik ben geen ontwikkelde vrouw,' sprak ze, 'maar mijn lieve man Dimitru treft geen blaam. Honderden malen heb ik het hem al gezegd, maar hij luistert niet naar mij. Duizenden malen heb ik het hem gezegd, maar die apostel Paulus, die Bijbelschrijver, is de schuld van alles. Hij alleen, en niemand anders. Alleen omdat hij op latere leeftijd gek geworden is. In zijn jonge jaren, toen hij zijn evangelie schreef, was zijn verstand nog helder, toen zou er niemand anders ten hemel zijn gevaren dan de Mensenzoon. Maar niet Maria, de Moeder van Jezus. Zij niet. Daarna heeft Johannes zijn leven lang gewacht tot zijn Heer Jezus Christus weer naar de aarde af zou dalen om het rijk Gods op te bouwen. Maar Jezus kwam niet. Daardoor is Johannes gek geworden. Voor zijn verscheiden kreeg hij zijn openbaring en zag daarin die rare dingen en die kwaadaardige dieren die steeds vuur spuwden.' Antonia klopte op de Bijbel. 'Ik heb het allemaal gelezen. Hier staat het. De oude evangelist zou aan het eind van zijn dagen een vrouw op de maan hebben zien staan, getooid met de zon en een sterrenkrans. Eerst geen hemelvaart te bekennen, en dan opeens toch. Eerst zus, dan zo. Daar is mijn Dimi helemaal ziek van geworden.'

'Laat eens kijken.' Fritz Hofmann nam de Heilige Schrift ter hand.

'Helemaal achterin, hoofdstuk twaalf,' zei Antonia.

Fritz las hardop: '"Er verscheen in de hemel een indrukwekkend teken: een vrouw, bekleed met de zon, met de maan onder haar voeten en een krans van twaalf sterren op haar hoofd. Ze was zwanger en schreeuwde het uit in haar weeën en haar barensnood..." En die Johannes beweert dat alleen Jezus ten hemel is gevaren?'

'Zo is het,' zei Dimitru. 'Maar toen was hij nog goed bij zijn hoofd.'

'Ik begrijp het probleem niet,' zei Fritz. 'Aangenomen, puur hypothetisch natuurlijk, dat alles klopt wat er in de Bijbel staat, dan heeft Johannes misschien wel beide keren de waarheid gesproken.'

Dimitru schoot overeind. 'Hoe bedoel je dat, Fritz?'

'Zo klaar als een klontje. Een kwestie van logisch nadenken! These: Maria is niet ten hemel gevaren. Punt. Antithese: Johannes ziet op de maan een vrouw met een krans van twaalf sterren. Punt.'

'En de synthese?' De tzigaan beefde van opwinding. 'Fritz! Wat is nu jouw synthese?'

'De vrouw die Johannes zag, met de maan onder haar voeten, is Maria niet.'

Dimitru straalde. Ik zag niet alleen hoe zijn ogen weer vonken schoten zoals vroeger, maar ook hoe zijn lichaamslengte aanzienlijk toenam.

'Fritz, mijn zoon, dat is de slimste als-danconclusio die ik ooit uit de mond van een heiden heb gehoord. Jullie moeten weten dat ik die vrouw op de maan ooit met eigen ogen gezien heb. Toen ik met mijn vriend Ilja op de Maanberg in Baia Luna door een telescoop keek. Hoe ze eruitzag? Ik weet het niet meer. Het is zo lang geleden. Ik weet alleen dat zij heel mooi was. Maar misschien was het niet Maria. Johannes was niet gek. Ik zag een andere vrouw. Maar wie? Ik weet het niet. En mijn vriend heeft daar helemaal niets van meegekregen! Ilja!' Dimitru jammerde gekweld. 'Mijn allerdierbaarste Ilja. Ik moet je wat zeggen. Ilja, het was Maria niet. Ilja, waar ben je? Ik kan je niet zien. Laat je zien! En zeg me eindelijk waar je bent.'

Ik pakte Buba's hand. 'Kun jij mijn grootvader zien? Wil je het proberen?'

Buba kwam overeind. 'In Italië heeft het derde oog nooit gewerkt.' Ze trad naar het venster, keek naar buiten en sloot haar ogen. Ze vouwde haar handen. Het was helemaal stil, alleen in de verte klonk vaag een sirene.

Een uur stond Buba daar, beweginloos. Toen zei ze: 'Achter zijn hoge huizen. Ze reiken tot in de hemel en raken de wolken. De wolken zijn van as en rook. Daar is een vrouw. Zij is van gigantische afmetingen. In haar hand draagt ze een fakkel. Ilja zit aan haar voeten, kijkt naar haar op, maar zij kijkt niet terug. Ze kijkt strak voor zich uit naar de hoge huizen. De hoge huizen storten in. De vrouw weent. De zon schijnt, maar het is koud. Ilja heeft het erg koud. Hij, hij is niet echt. De zon schijnt fel, maar Ilja werpt geen schaduw op de grond.'

Buba deed haar ogen weer open en zonk neer op het tapijt.

'In Amerika?' vroeg ik ongelovig. 'Is grootvader dan bij de fakkel-Madonna, in New York?'

'Nee, dan had Buba een schaduw moeten zien,' antwoordde Dimitru. 'Op welke plaats zou Ilja geen schaduw hebben? In het antwoord op die vraag ligt de sleutel van de deur die ons naar hem toe leidt.'

'En als de schaduw nou een metafoor is?' opperde Fritz. 'Een soort symbool voor het duistere? Voor mijn part ook het kwaad?'

'Dan zou iemand zonder schaduw iemand zijn die niets kwaads meer bij zich draagt,' vulde ik aan. 'Iemand die onschuldig is. Of niet schuldig kan zijn. Een klein kind, misschien.'

'Of een van al die mensen die ziek in hun hoofd zijn,' dacht Antonia. 'Die arme dwazen die hier overal...'

'Ik weet waar grootvader is!' Aller ogen waren op mij gevestigd, zelfs Buba werd weer wakker. '"Jullie zijn geestesziek." Dat heeft Stephanescu vanmorgen tegen Fritz en mij gezegd. "Jullie horen in Vadului thuis!" zei hij. Bij de gekken.'

'Daar heeft die demon mooi zijn mond voorbijgepraat. Ik zei toch al, hij is zo dom als een baal stro!' Dimitru klapte in zijn handen. 'Riu Vadului. Die naam zegt me iets. Het is de plaats waar mijn neef Salman op zijn zakenreizen altijd een wijde boog omheen maakte. Vadului, dat is de plaats waar Ilja is!'

'In het centrum staat een Duitse Volkswagen,' zei ik. 'Wie gaat er mee?'

Het vierstemmige 'ik' klonk als een 'wij'. Dimitru wilde het liefst stante pede afreizen, maar omdat het al avond was, besloten Fritz en ik eerst de nacht door te brengen in het Interconti. Fritz ver-

470

klaarde zich bereid om via bepaalde kanalen en door middel van een handvol dollars benzine te regelen, ik zou in de tussentijd proberen Petre Petrov te vinden.

Toen ik met Fritz het hotel binnen kwam, ging het gesprek onder de schare internationale journalisten nog maar over één ding. Het was vast komen te staan dat de Conducator nooit meer zou terugkeren. De banden van de executie van het dictatorsechtpaar waren echt. Dat zich onder de laatste slachtoffers van de aanhoudende schermutselingen ook de grootste kanshebber voor het ambt van nieuwe minister-president bevond, werd door de vertegenwoordiging van de wereldpers met een schouderophalen geregistreerd. Bij de bestorming van het Athénée Palace, kregen wij te horen, was de Kronauburger districtssecretaris Stefan Stephanescu door gemaskerde onbekenden vermoord. Een Amerikaanse fotograaf die ter plaatse was, vertelde vol afschuw dat de moordenaars blijkbaar gericht in de presidentiële suite waren binnengedrongen en hun slachtoffer niet alleen hadden doodgeschoten, maar beestachtig hadden verminkt tot hij onherkenbaar geworden was.

Ik ging op zoek naar Petre, maar in de duisternis kon ik hem nergens vinden. Tot mijn opluchting dook hij midden in de nacht in het Interconti op. Eerst wierp hij mij verwijtend voor de voeten dat ik er steeds tussenuit kneep terwijl hij zijn schouders onder de Revolutie zette. Gelukkig draaide hij bij, en hij was zelfs razend enthousiast toen ik hem vertelde dat het zeer wel mogelijk was dat zich onder de gestolen religieuze kunstvoorwerpen in de kelders van de Securitate ook de Madonna van de Eeuwige Troost bevond. Petre verklaarde dat hij nog de volgende dag naar Kronauburg af zou reizen om de Madonna, als het moest op zijn schouders, naar Baia Luna terug te brengen.

Voordat ik 's morgens de Volkswagen van priester Antonius Wachenwerther terugvond op de plek waar Petre en ik hem dagen geleden geparkeerd hadden, kwam Fritz aan met de laatste editie van de *Stem der Waarheid*. Opgelucht stelden wij vast dat de

hoofdredacteur van publicatie van een foto van de naakte Stephanescu had afgezien. In plaats daarvan stond op de voorpagina een
oudere portretopname van een glimlachende doctor Stephanescu.
De redactie had de dode met rust gelaten; ze onthield zich weliswaar van een in memoriam, maar ging uitvoerig in op de speculaties rond de in nevelen gehulde identiteit van de daders. Of
achter de moord kringen van het politiek versplinterde Reddingsfront zaten of contrarevolutionaire, geheime afdelingen van de Securitate, zou ook de volgende dagen en weken onopgehelderd blijven. Ondanks de moord op Stephanescu had de ministerraad van
de overgangsregering in de middag een nieuwe premier benoemd.
Zijn naam had ik nog nooit gehoord. Het nieuwe staatshoofd beloofde voor de moord op Stephanescu een onderzoekscommissie
in te stellen, waarvan niemand later wist of zij ooit bijeen was gekomen.

15

Het oord zonder schaduw, de redding uit Amerika en Dimitru's geheim

Op dinsdag 27 december 1989 stuurde ik de Volkswagen door het uitgestorven berglandschap van de Karpaten. Naast mij zat tante Antonia; Fritz Hofmann, de zigeuner Dimitru en Buba zaten op de achterbank. In de kofferbak lagen Fritz' koffer, zijn fototas, Petres karabijn en Dimitru's kistje met het gebeente van zijn vader Laszlo. Er werd de hele reis geen woord gesproken. Aanvankelijk kwamen ons achtereenvolgens een vrachtwagen en een Dacia tegemoet, daarna af en toe een paard-en-wagen en het laatste half-uur voor we het dorp Riu Vadului bereikten helemaal niets meer.

Aan de rand van het plaatsje lagen de kazernes. Ik parkeerde voor een gesloten poort. Een roestig, blikken bord verried dat er zich achter de poort een neurologische kliniek en psychiatrische inrichting moest bevinden.

'Wacht hier even!' Ik stapte uit, schoof de poort open en ging er naar binnen Ik zag niemand, alleen gele bakstenen barakken en een uitgestrekt stuk braakland aan mijn linkerhand. Een handvol honden gromde toen ze mij in de gaten kregen. Ik kwam niettemin naderbij. Toen zag ik de houten kruizen. Het waren veel kruizen, sommige met onkruid overwoekerd, andere nieuw. Allemaal anoniem. Ik bevond me op een begraafplaats. Het oord zonder schaduw. Ik smeekte de hemel dat dit niet de plaats was waar mijn grootvader onder de grond was gestopt. Een stel zwerfhonden groef iets op uit de grond. Ze vochten om de arm van een kinderlijkje.

Ik ging terug naar de auto. Fritz en Buba waren uitgestapt.

'Kunnen we er naar binnen?'

'Ja, maar alleen Fritz en ik. Jij niet, Buba.'

Ze wou protesteren, toen keek ze naar mijn gezicht.

'Is het zó erg?'

'Ja.'

'Zonder afspraak geen toegang,' blafte een poortwachter van wie Fritz en ik niet konden zien of het nu een patiënt was of een personeelslid van de inrichting.

Fritz gaf hem tien dollar.

De man rukte het biljet uit zijn hand en hield het tegen het licht. 'Wat moet dat? Oplichter. Oud geld!' Hij versnipperde het buitenlandse papiergeld en verklaarde: 'Echt geld moet ik hebben!' Fritz gaf hem wat lokale valuta, die de man dadelijk in zijn broekzak stak.

'Jij kunt naar binnen. Maar die daar,' hij wees op mij, 'die daar blijft hier!'

Ik sloeg het verbod in de wind en wilde de bewaker domweg passeren, toen er plotseling een paar in lompen gehulde gestalten uit het niets opdoken. Ik versteende. Voor mij stond het vleesgeworden leed.

'Breng je eten?' vroeg iemand.

Op het ruwe 'Nee' begon de man zo erbarmelijk te janken, als een wolf, dat het mij door merg en been ging.

'Ik kom uit Duitsland,' zei Fritz rustig. Het geweeklaag hield abrupt op. 'Ik zorg ervoor dat jullie spoedig te eten krijgen. Genoeg voor altijd. Niet nu meteen, maar spoedig. Ik beloof het.'

'Het is een Duitser!' riep iemand en iedereen begon door elkaar te schreeuwen. 'De Duitser is gekomen. Hij is ons niet vergeten. Hij geeft ons te eten. De Duitser vergeet niet!'

'Maar hij daar, dat is geen Duitser!' De bewaker bemoeide zich er weer mee, en toen er weer een luid gejammer opsteeg, trok ik me terug.

'Fritz, ik kan dit oord niet betreden.'

'Het is oké, Pavel. Ik zal mijn best doen.'

Ik zat weer in de auto toen Fritz naar ene Ilja Botev uit Baia Luna vroeg. De bewaker schudde zijn hoofd, net als de andere mannen, die blijkbaar niets konden met voor- en achternamen.

'Bent u echt Duitser?'

Fritz draaide zich om en zag een jonge man die zich voorstelde als dokter Adrian Bacanu, hoofd van de instelling, gevolgd door het verzoek: 'Help ons.'

Bacanu verklaarde dat hij de leiding over de instelling pas twee weken geleden op zich had genomen. Zijn voorganger, dokter Pauker, had zich naar het leger laten overplaatsen. Hijzelf had in zijn allerergste nachtmerries niet kunnen bevroeden welke verschrikking hem in Vadului te wachten stond.

'Ik wil arts zijn, geen doodgraver,' zei Bacanu, en Fritz zag aan hem dat hij het meende. Toen Fritz zich voorstelde als persfotograaf viel Bacanu hem bijna om de hals. 'Fotografeer deze arme schepselen hier. Alstublieft! Laat in Duitsland zien wat voor ellende hier heerst.'

'Nee! Ik wil niet fotograferen. Maar ik geef u mijn woord dat binnen drie dagen mijn collega's uit de hoofdstad hier zullen zijn.'

'Drie dagen! Die kunnen er nog wel bij.'

Toen Fritz Hofmann Adrian Bacanu's stille vreugde opmerkte, wist hij dat hij van zijn levensdagen nooit meer een camera aan zou raken. Toen zei hij dat de Ilja Botev die hij zocht, als hij nog in leven was, hoogbejaard moest zijn. Ver boven de tachtig, en hij zou mogelijkerwijs al meer dan twintig jaar geleden zijn opgenomen.

Maar ook Bacanu zei geen Ilja Botev te kennen. Er waren onder de driehonderd patiënten wel een paar hoogbejaarde mannen, maar hij kon zich niet voorstellen dat iemand twee decennia Vadului kon overleven.

'Nauwelijks eten. Als er wel eten is, is het waterige koolsoep. Geen medicijnen. Geen verwarming in de winter. Zelfs als de patiënten hun ziekten overleven, sterven ze wel aan de liefdeloosheid. Ze verdorren hier als bloemen zonder water. Niemand geeft om ze. Ze hebben geen thuis. Geen zin en geen doel. Ze doen zelfs geen moeite om ons medelijden te wekken. De meesten zijn geheel uit de wereld gestapt en spinnen zich in hun eigen schijnwerkelijkheid in. Alsof ze bang zijn dat de een of andere zenuwarts ze terughaalt naar de realiteit.'

'Zoals de blinde in de bunker,' merkte de bewaker op, 'de gekke New Yorker.'

Slechts een paar dagen geleden had Fritz Hofmann in het Interconti gezegd: 'Pas als ik het leed van anderen zie, voel ik dat ik leef.' Toen hij de traptreden naar het keldergat in Vadului afdaalde, schaamde hij zich diep voor deze uitspraak.

'Nu moet u niet schrikken,' zei dokter Bacanu en hij stiet de deur naar een leeg kolenhok open. Fritz ging er naar binnen 'Ik ben al een paar keer bij hem geweest,' fluisterde Bacanu, 'maar hij zegt niets. Ik laat u nu met de heer alleen. Misschien vindt u het toverwoord dat hem uit zijn zwijgen verlost.'

'Oké!'

Fritz Hofmann had daarmee het verlossende woord al gesproken.

Een hoopje mens hief zijn hoofd op in Fritz' richting.

'Jij komt uit Amerika?'

De man zat in de schaduw. Achter zijn rug viel uit een smalle spleet een lichtstraal op de zwarte muur tegenover hem. In het naakte steen was lange tijd geleden iets ingekerfd. Het silhouet van het Vrijheidsbeeld. Toen Fritz' ogen aan het halfduister gewend waren, zag hij dat links en rechts naast Ilja de contouren van wolkenkrabbers op de muur gekrabbeld waren.

'Je geeft geen antwoord. Zeg op! Kom je uit Amerika?'

'Ja. Ik kom uit Amerika. Uit New York.'

'Kan ik je vertrouwen? Ken je mijn naam? Weet je waar ik vandaan kom?'

'Jij bent Ilja Botev. Kroegbaas uit Baia Luna. Je kleinzoon Pavel is hier. Hij wil je meenemen naar huis. Ik ben zijn vriend. Ik heet Fritz en je kunt mij vertrouwen.'

'Ik kan je niet zien, maar ik ken je stem. Pavel komt mij helemaal niet halen. Hij is moe. Ik vertrouw je niet. Je wilt mijn missie dwarsbomen.'

'Je vriend Dimitru wacht ook op je.'

'Dimitru zal mij nooit in de steek laten. Nooit. Wij zijn vrienden. Maar jij! Jij weet te veel. Je wilt me alleen maar uithoren. Maar ik laat niets los.'

'Vertrouw me, Ilja. De Conducator is dood. Je bent vrij. Je kunt naar huis, Ilja. Iedereen wacht op je. Dimitru, Pavel, Kathalina en ook je dochter Antonia. Je missie is ten einde.'

'De Conducator is dood, zeg je? Nee, nee. Hij leeft nog. Hij is een titan! Je wilt mij een loer draaien. Je komt zeker van het Vaticaan, van de Vierde Macht. Die wil de Madonna vernietigen. De Jodin, de lichamelijk verrezene.'

'Vergeet die Vierde Macht toch. Die is veel te zwak. De Moeder Gods is vele malen sterker. En zij maakt het goed.'

'En de Conducator? Heeft de Amerikaanse president hem geholpen? Hebben ze de Madonna gered? Is mijn brief aangekomen?'

'Maar natuurlijk. Je brief is precies in de juiste handen terechtgekomen. Alles is oké. Geloof me. Voor zijn dood heeft de Conducator alles geregeld. Wat kan een Vierde Macht nou uitrichten tegen een man die zelfs de zon trotseert? De Conducator heeft zelfs de paus in het Vaticaan vervangen. Door een Pool. Die heeft de bescherming van de Moeder Gods tot hoogste prioriteit verklaard. Geloof me, met de Madonna op de maan gaat het goed. Prima zelfs. De Madonna van de Eeuwige Troost zal weldra naar Baia Luna terugkeren. En het Eeuwige Licht brandt weer.'

'Je liegt. Die Wachenwerther heeft je gestuurd. Je bent een handlanger van Rome. Bewijs mij maar eens dat je uit Amerika komt!'

Fritz graaide in zijn zakken en haalde een paar dollarbiljetten tevoorschijn. Toen hij de oude het papiergeld wilde aanreiken, viel er iets op de grond. Iets met een zilveren glans. Hofmann stopte het geld weer in zijn zak, raapte het reepje kauwgom op en drukte het Ilja stevig in zijn handen.

Voorzichtig bevoelde Ilja Botev het zilverpapier als een kleinood. Toen boog hij het plakje behoedzaam heen en weer, wikkelde het papier eraf en besnuffelde het met zijn neus. Hij knikte, schoof het in zijn mond en kauwde.

Ilja Botev ging op zijn beide benen staan en sprak: 'Amerika. Wat een land! Het beste. Breng mij naar huis.'

Toen men zich in Transmontanië weer vrijelijk kon bewegen en honderden reporters hun berichten over het Duistere Rijk over de hele wereld verspreidden, drong een Franse journalist zelfs door tot het dorp Baia Luna. Het moet in maart of april 1990 zijn geweest dat de man bij ons aan de keukentafel zat om mijn tante Antonia een interview af te nemen.

'Uit Parijs bent u afgereisd? Van zo ver weg? Nou, aan mij zult u wel niet veel hebben. Ik kan me niet voorstellen dat ik nog iets zinnigs te melden heb voor mijnheers microfoon, maar als u wilt ben ik gaarne bereid om u antwoord op uw vragen te geven.

Mijn naam is Gabor, Antonia Carolea Gabor. Ik ben zestig jaar oud en ben hier in Baia Luna geboren. Misschien is u het kruis op de oever van de Tirnava op weg hiernaartoe opgevallen? Nee? Maar daar kun je toch niet overheen kijken! Het ongeluk in de rivier gebeurde in 1935. Nu denk ik dat mijn lotslijnen toen al bepaald waren. Ik was zes toen mijn moeder Agneta met mij in de winter met de wagen in de Tirnava stortte. Mijn vader Ilja en mijn latere echtgenoot, de zigeuner Dimitru Gabor, hebben ons uit het ijskoude water gehaald. Dimitru's vader Laszlo is bij die reddingspoging om het leven gekomen. Moeder stierf later aan een longontsteking. Is het niet eigenaardig dat ik bij het ongeluk mijn moeder verloor, en Dimitru zijn vader? Maar het heeft nog heel lang geduurd eer Dimitru en ik een paar werden. Ik heb de helft van mijn jaren hier zitten verslapen. Waarom? Er was iets in mij wat zo zwaar was dat ik gewoon niet uit mijn bed kwam. Wat dat was, tja. Ik weet het niet. Ik denk dat het mijn gemoed was. Nu gaat het beter met mij. Als Pavel dit voorjaar met zijn vrouw naar Italië vertrekt, neem ik de schenkerij over. Weet u, of we nou socialisme, communisme of democratie hebben, in Baia Luna verandert toch nooit wat. Tsoeika blijft tsoeika. Dat hebben de mannen nou eenmaal nodig. O, wat spijt me dat, ik heb u helemaal geen glas brandewijn aangeboden...'

'Non, non, merci, madame Gabor,' sloeg de journalist af. 'Ik wil behouden een helder hoofd.'

'Zoals u wilt, mijnheer. In ieder geval werden mijn vader Ilja en Dimitru na het ongeluk bij de Tirnava vrienden, en dat zijn ze tot hun dood gebleven. Mijn vader stierf op 28 december 1989, mijn man ging hem drie dagen later achterna, op oudejaarsavond. Twee decennia waren ze elkaar uit het oog verloren, maar hun vriendschapsband heeft het overleefd. Geen macht ter wereld kon hen scheiden. Ik heb met Dimitru vele jaren door het land gereisd. Hij was op zoek naar zijn vriend, ik naar mijn papa. Toen viel mijn Dimi ten prooi aan een diepe zwaarmoedigheid. Er zou iets niet kloppen aan de geschiedenis van de Moeder Gods. Staat in de Bijbel, helemaal achterin bij de heilige Johannes. Joost mag het weten waar die vrouw met de maan onder haar voeten vandaan komt of wie het is, het is in elk geval niet de hemelkoningin Maria. Toen Dimi stierf, had hij geloof ik wel een idee wie de vrouw op de maan dan kon zijn. Maar met mij praatte hij over zulke zaken niet. Ik heb hem zijn geheimen altijd gegund. Voor mij was het voldoende om in zijn nabijheid te zijn. Mijn vader hebben we pas laat gevonden, toen Dimi alle hoop al had laten varen. Hoe moesten we ook weten dat ze Ilja in het gekkenhuis van Vadului hadden gestopt?

Ook hier in het dorp hebben de mensen het erover dat mijn vader ziek in zijn hoofd zou zijn geweest. Omdat hij zo van Amerika droomde. Maar gek was hij niet. Hij is alleen een beetje van het pad af geraakt. En, mijnheer de journalist, weet u waarom hij zich vergist heeft bij zijn zoektocht? Hij geloofde in de paus. Dat verhaal met de tenhemelopneming van de Moeder Gods. Maria zou met lichaam en geest in de hemel opgenomen zijn. Maar in de Heilige Schrift staat dat heel anders. Alleen Jezus is opgestaan. Verder niemand. Zal ik u de Bijbeltekst voorlezen?'

'Non, non madame. Ik denk niet, de mensen zijn door deze verhaal geïnteresseerd.'

'Jammer. U had ervan kunnen leren op hoe weinig zaken men tegenwoordig nog vertrouwen kan. De heilige apostel Johannes schrijft dat alleen de Mensenzoon ten hemel is opgestegen. En de pausen verkondigen dat Maria dat ook is. Wie heeft er dan gelijk? Wie moet je dan nog geloven? Mijn vader koos voor de paus. Daarom is hij de Madonna met Dimitru gaan zoeken in de hemel. Op de maan nog wel! Vindt u dat vreemd? Nee hoor, jongeman! Mijn vader Ilja en Dimi waren net zomin krankzinnig als de evangelist Johannes. Mijn Dimitru was een slimme man. Het kan zijn dat de hersenstromen bij mijn grootvader zo nu en dan buiten hun oevers traden, maar hij had dan ook de vallende ziekte en de pillen daartegen waren er op een gegeven moment niet meer.

Op een dinsdag, het was na de Revolutie, op 27 december in het jaar 1989, hebben we Ilja gevonden. Dat wil zeggen, Fritz Hofmann heeft hem gevonden. Stelt u zich voor: twintig jaar heeft mijn vader in een donkere kelder gehuisd. We zijn allemaal vreselijk geschrokken toen we hem na al die tijd weer zagen. Ik heb hem eerst urenlang afgeboend zodat hij er weer een beetje als een mens uit ging zien en Fritz heeft een deel van zijn kleren aan hem afgestaan.

Mijn Dimitru was diepbedroefd. Aanvankelijk had zijn vriend Ilja hem niet herkend. Vader was blind, en kon zich niets en niemand meer herinneren. Ook mij niet. Noch zijn schoondochter Kathalina en kleinzoon Pavel. Of hij deed alleen maar alsof hij ons niet herkende. Hij was achterdochtig geworden. Maar op een dag na zijn terugkeer hier in het dorp gebeurde het wonder. Wat zegt u? U gelooft niet in wonderen? Dan moet u nu eens opletten.

Op 28 december, onnozele-kinderendag, kwam onze Madonna van de Eeuwige Troost terug in het dorp. Petre Petrov heeft haar eigenhandig op zijn schouders hiernaartoe gesleept. En dat beeld weegt wat, kan ik u vertellen. Meer dan dertig jaar was ze weggestopt geweest. Maar alles komt vroeg of laat aan het licht. De Securitate van Kronauburg had de Madonna gestolen. Blijkbaar was ze niet waardevol genoeg voor de export. Petre vond haar onder dikke lagen stof in de kelder van de staatsveiligheidsdienst. Moet u zich voorstellen wat er in het dorp gebeurde toen hij 's middags met de Maria in het dorp aankwam. Vreugde alom. Pastoor Wachenwerther gelastte Petre de Madonna naar de kerk te brengen. Maar toen bemoeide mijn neef Pavel zich ermee. Hij heeft die Wachenwerther de karabijn van Petre onder zijn kin geduwd en hem te verstaan gegeven: "Jouw tijd in Baia Luna zit erop. Over een uur ben je verdwenen, begrepen?" Achteraf vertelde Pavel dat de karabijn helemaal niet geladen was geweest, daar Petre hem in de hoofdstad tijdens de Revolutie leeggeschoten had. Maar het werkte: een uur later zat Wachenwerther achter het stuur van zijn Volkswagen. Eindbestemming Oostenrijk. Petre Petrov heeft de Madonna toen eerst in onze oude kroeg op de toog gezet. En toen gebeurde het wonder.'

'Oui, madame Gabor. En nu gaat u mij zeker vertellen dat vader Ilja werd plotseling weer ziende?'

'Wat verzint u nou weer? Nee hoor, hij was blind, hij bleef blind, en blind is hij gestorven. De volgende nacht nog. Maar hij stierf als een gelukkig mens. Hij was verlost. Door de Madonna. Toen zij in ons lokaal stond, nam Dimitru Ilja bij de hand en leidde hem naar haar toe. Mijn vader betastte het beeld heel voorzichtig. Het leek wel een eeuwigheid. Ik denk dat hij wilde controleren of het wel de echte was. Eerst het gezicht, toen de reusachtige borsten, toen het kindeke Jezus en ten slotte de maansikkel onder haar voeten. Ik weet niet of u er u wat bij kunt voorstellen, maar toen mijn vader die malle sikkel aanraakte, ging hij helemaal stralen. Hij herkende haar weer. Op dat moment riep hij ons allemaal bij onze naam: Pavel, Kathalina, mij, zelfs Fritz Hofmann en Buba Gabor. En natuurlijk zijn Dimitru. De twee vielen elkaar in de armen en Ilja zei dat hij nu eindelijk aan zijn laatste reis kon beginnen. Hun missie was volbracht. Maar als u mij nu vraagt wat precies die missie van Ilja en Dimitru was, dan moet ik u de uitleg schuldig blijven. Als Maria in het spel was, konden die twee behoorlijk geheimzinnig doen. Zoals vrienden nou eenmaal zijn, als ze steeds...'

Midden in haar zin hield de bandopname op. De Parijse reporter had niet meer opgenomen van het gesprek met Antonia Carolea Gabor.

Op de avond van onnozele-kinderendag uitte mijn grootvader Ilja zijn laatste wens. Hij verzocht zijn familieleden en zijn vriend Dimitru hem onder de blote hemel te laten sterven. Op de plaats waar alles begon op de vroege morgen van zijn vijfenvijftigste verjaardag.

Samen met Fritz droeg ik Ilja's bed naar buiten op de veranda voor het dranklokaal, daar waar grootvader op 6 november 1957 met een blikken trechter tegen zijn oor naar het heelal had geluisterd om het piepen van de Spoetnik op te vangen. Antonia en Kathalina sleepten dekens en veren kussens aan en stopten Ilja in onder de ijskoude en heldere nachthemel. We zaten om grootvader heen. Ik en mijn Buba, Fritz Hofmann en schoondochter Kathalina, Antonia en Dimitru. Hij hield Ilja's hand vast. Ik geloof dat het de eerste maal was na het ongeluk bij de Tirnava dat Dimitru niet bibberde van de kou.

Ik ging de schenkerij binnen, opende de oude kassa en haalde het houten kistje tevoorschijn dat al in geen eeuwigheid meer geopend was. Ik bood Fritz en Dimitru een sigaar aan en stak voor mij en grootvader de laatste cubaan aan.

'Amerika,' steunde grootvader. Boven de bergen verrees de

maan. Ilja kneep in Dimitru's hand en vroeg zacht: 'Herinner je je die nacht nog dat we op de Maanberg door onze telescoop keken?'

'Herinneren! Ilja, beste vriend, als de dag van gisteren.'

'Mooi. Heel mooi. En, Dimitru? Heb je toen echt de hemelkoningin gezien? De vrouw met de stralenkrans?'

'Absoluut! Ik zag haar. Slechts kort. Maar ik zag haar heel duidelijk. Helderder dan duizend zonnen. Zoals de evangelist Johannes haar ooit gezien had. Precies zo!'

'En? Was ze mooi?'

'Mooi? Mooier dan mooi. Geloof me, ze was oogverblindend. Magnifica maxima.'

'Ik had haar ook zo graag willen zien. En niet alleen maar witte stippen op zwart papier.' Ilja ademde zwaar. De cubaan gleed uit zijn vingers. Buba schoof naar hem toe en legde haar handen op zijn blinde ogen. In het maanlicht zagen we grootvader glimlachen.

'Je ziet haar, is het niet, mijn vriend?'

Ilja knikte zwakjes. 'Ja,' lispelde hij. 'Dimitru, ik zie haar. En ik zie nog meer. Ze is niet alleen.'

'Wie is er nog meer?'

'Er zijn er veel. Heel veel.'

'Herken je iemand?'

'Ja, ik denk van wel. Ik zie Nicolai, mijn zoon. Laszlo, jouw vader, papa Baptiste. En mijn eigen lieve Agneta. Ze wenkt naar mij. En ik zie heel, heel veel andere vrouwen.'

'En de koningin? Wat doet zij? Hoe ziet ze eruit?'

'Zij lacht. Op haar schoot zit een kind. Een jongen. Of een meisje. Ik kan het niet uitmaken. Het kind is blond. Net als de moeder. Haar haren wapperen in de wind. Zij ruikt naar rozen. En ze heeft een mooie jurk aan. Met allemaal zonnebloemen. Ik ken haar. Ik ken haar, maar ik weet niet waarvan.'

'Dat is haar! Zo heb ik haar die keer ook gezien, in de Zee van de Helderheid. Het gaat dus goed met haar?'

'Jazeker, Dimitru.'

De tzigaan kuste zijn vriend op zijn voorhoofd en fluisterde hem toe: 'Ga jij maar voor, Ilja. Ik moet nog één ding afhandelen en dan kom ik achter je aan.'

Op de ochtend van 29 december vroeg Dimitru mij om de rode canapé die Antonius Wachenwerther twee decennia geleden in de kelder van de pastorie had laten zetten weer naar de boekerij te dragen en om de deuren en vensters van de pastoorswoning wagenwijd open te zetten.

Dimitru betrad voor de laatste maal de bibliotheek waarin hij ooit zijn studie naar Maria was begonnen. Hij ging op zijn chaise longue liggen en riep zijn nicht Buba, Fritz Hofmann en mij bij zich.

'Ik heb nog een laatste lied te zingen. Begraaf mij en het gebeente van mijn vader dan naast mijn vriend Ilja. En zorg ervoor dat ook papa Baptiste een mooi plekje krijgt. En als het kan in ons midden een graf voor lerares Angela Barbulescu. Met een wit kruis. Jullie vinden wel een plekje. Dat weet ik. Ga nu zitten, want ik wil biechten.

Vele nachten, ontelbaar vele nachten heb ik in deze boekerij doorgebracht. Ik studeerde hier. O, vele boeken heb ik hier gelezen. Maar niet alleen. Er waren nachten dat ik niet alleen was. De mens heeft warmte nodig. En die heb ik gezocht bij een vrouw die zelf op zoek was naar warmte. En toch zijn wij nooit man en vrouw geworden. Ik wilde mij niet tot haar bekennen, en zij kon zich niet tot mij bekennen. Mijn engel, had ik haar genoemd, maar dat was een leugen. Dat was slechts de lust des vlezes. En na de lust kwam dat lege verdriet, dat alleen maar meer lust zoekt om zichzelf niet tegen te hoeven komen.'

'Wat! Jij, jij had een geheime verhouding met Angela Barbulescu?' Ik flapte de vraag eruit zonder de monstruositeit ervan te begrijpen.

'Ja, dat had ik.'

'Maar, oom Dimi, je hebt nooit van haar gehouden.' Buba beefde.

'Nee. Ik heb Angela gebruikt. En toen ik van haar begon te houden, was het te laat. Bij onze nachtelijke ontmoetingen spraken wij weinig met elkaar. Maar ik had altijd het gevoel dat haar onrecht was aangedaan. Iets duisters van vroeger, uit de tijd vóór zij naar Baia Luna kwam. Ik zag haar schaduwen, maar ik sloot er de ogen voor. Ik wou ze niet zien. Ik wou haar niet zien. Zij moest haar hart voor zichzelf houden. Tot onze laatste nacht, voor de vijfenvijftigste verjaardag van mijn vriend Ilja. Het was al bijna winter en Angela kwam door de koude naar mij toe. Ze rilde van de kou en wij hebben elkaar bemind. Maar wij werden niet meer warm. Ze kleedde zich weer aan en zei alleen: "Dimitru, van nu af aan kom ik niet meer. Ik ga me onderdompelen in het zwarte water."'

Dimitru huilde. 'Ik zou er op dat moment alles voor over hebben gehad om haar van die laatste stap te weerhouden. Alles. Maar het was te laat. Toen Angela mij haar hart liet zien, had haar laatste uur al geslagen. Ze had mij beroerd, maar ik zag een hart zonder bloed. Het was stervende. Aan verwondingen van lang, lang geleden. Toen ik eindelijk mijn liefde voelde, wist ik wat daar de schuld van was. Zij was verloren. En ik had haar niet bijgestaan. Ze zou sterven en het duistere geheim van haar verleden met zich meenemen.'

'Oom Dimi, Angela heeft een dagboek geschreven dat...'

'Ik weet het, mijn lieve Buba, ik weet het. Laat me uitspreken. Ik was vertwijfeld. Ik kon aan niets anders denken dan aan Angela. Tegelijkertijd was het de verjaardag van mijn vriend Ilja. Toen ik die middag het televisietoestel de schenkerij binnen droeg, had ik al tsoeika gedronken. Ik kon mijn vriend op zijn feestdag toch niet met de last van mijn slechte geweten opzadelen? Dus ik dronk door. Onze gesprekken met papa Baptiste, over Koroljovs Spoetnik en de maagd Maria, gingen geheel aan mij voorbij. Ik was zo dronken dat ik op weg naar huis van het trapje voor Ilja's zaak viel. Pavel en Fritz, weten jullie nog dat jullie mij toen naar huis gedragen hebben?'

'Nou en of,' zei Fritz, 'die nacht zal ik niet licht vergeten.'

'Ik was dronken, geloof me, maar ik was niet blind of doof. Ik hoorde de torenklok halftien slaan en zag dat er in Angela's huis geen licht brandde. Om die tijd was bij haar de lamp altijd nog aan. Toen wist ik dat ze al onderweg was naar het zwarte water. Ik sliep in, maar midden in de nacht werd ik wakker. Ik had het vreselijk koud. Het was net of ik haar zachtjes hoorde roepen: "Dimitru! Dimitru! Ik heb het koud. Ik heb het zo koud." Ik stond op. Buiten was niemand te zien. Ik smeekte God de Heer dat Hij Angela naar de bibliotheek zou sturen. Hoewel ik wist dat dergelijke gebeden nooit verhoord worden, ging ik naar de pastorie. Zo nam het onheil zijn loop. Als ik daar niet geweest was, zouden die misdadigers papa Baptiste niet vermoord hebben.'

Dimitru liet zijn tranen de vrije loop. Buba legde haar hand op zijn hoofd. 'En wat gebeurde er toen, oom Dimi?'

'Het was mijn nieuwsgierigheid! Die envelop. Hij stak uit de brievenbus van de pastoorswoning. Hoewel hij niet voor mij bestemd was, nam ik hem mee en verschool me in de bibliotheek. Er zaten foto's in.'

'Die waren afkomstig van mijn vader Heinrich,' onderbrak Fritz de tzigaan. 'Mijn vader heeft die envelop daar in de bus gedaan.'

'Dat vermoeden had ik toen ook. Op de foto's was Angela te zien. Met een paar mannen. Ze deden dingen met haar die je met een mens niet doen mag. Ik durf er niet over te praten. Maar ik wist nu waarom Angela's hart leeggebloed was. Ze was een moedige vrouw. Ze leefde verder, ook al had men haar allang vermoord.'

'Die foto's,' vroeg ik, 'wat is daarmee gebeurd, Dimitru?'

'Wat moest ik ermee? Ik heb ze verbrand en de as in de Tirnava gestrooid. Daarom moest papa Baptiste immers sterven. Die lui die hem omgebracht hebben, dachten dat hij de foto's ergens had verstopt. Vandaar dat ze er zo'n puinhoop van hadden gemaakt. Maar papa Baptiste had geen idee. Hij kon niets zeggen, omdat hij niets wist.'

'Misschien wist hij toch iets over Angela's verleden?' zei ik aarzelend. 'Kora Konstantin beweerde destijds dat Angela die middag bij de pastoor geweest was om te biechten. Fernanda, de huishoudster, zou aan de deur geluistervinkt hebben en aan Konstantin verteld hebben dat Johannes Baptiste Angela de absolutie geweigerd had.'

'Ja, Pavel, dat oude mens sprak de waarheid. Of wat zij ervan maakte. Maar dat is een ander verhaal. Het klopt dat Angela eerst in de pastorie bij papa Baptiste is geweest en aansluitend in de boekerij. Toen ik een dag na Ilja's verjaardag de bibliotheek in liep, bemerkte ik meteen dat zij er nog een keer binnen was geweest. Het rook er naar rozen. Angela moest een teken voor mij hebben achtergelaten. Ik vond het groene dagboek.'

'Wat!' riepen Buba en ik van schrik en verbazing. 'Jij wist van het schrift af? Je hebt je van de domme gehouden toen je op je kop voor die boekenkast stond en ons naderhand aanraadde om de wereld op zijn kop te zetten.' Mijn verbouwereerdheid vermengde zich met woede. 'Je hebt mij in de maling genomen. Je hebt mij expres op het spoor van dat schrift gebracht, om er zelf niets meer mee te maken te hoeven hebben.'

'Inderdaad. En dat was verkeerd. Ik... Ik wou dat het dagboek gevonden werd. Door jou, om precies te zijn. Maar laat mij nog even vertellen. Dagenlang sloot ik me in die tijd op in de boekerij. Geloof me, ik heb Angela's boek honderden keren gelezen. Het heeft mijn ziel verzengd. Ik was medeschuldig geworden aan haar dood, en tegelijk streefde ik naar gerechtigheid voor haar. Ik nam een besluit en nam mij voor degene te doden die Angela gedood had. Stephanescu moest sterven. Vallen moest hij, als hij helemaal boven was. Net als in de Bijbel, zoals in Maria's Magnificat. En ik, Dimitru Carolea Gabor, die toen Angela nog leefde alleen haar vlees zag, moest ervoor zorgen dat tenminste haar profetie in vervulling ging.'

'Maar Angela heeft zich vergist,' onderbrak ik de tzigaan. 'Ze schreef in haar afscheidsbrief dat Stephanescu's laatste uur had geslagen. Maar dat uur liet nog dertig jaar op zich wachten.'

'Pavel, mijn jongen, wanneer leer je nou eindelijk eens goed lezen? Altijd exactamente. "Je laatste uur heeft geslagen" betekent niet dat je nog maar een uur te leven hebt, maar dat het uur van je dood is ingeluid. Dat is een heel verschil. De wissels waren al gezet voor zijn ondergang. Zijn ontsporing was slechts een kwestie van tijd. Eerst moest hij helemaal boven zijn. Maar je hebt gelijk, Pavel, het ogenblik der gerechtigheid heeft lang op zich laten wachten.'

'Dat moment begon toen de Conducator viel en Stephanescu zich als zijn gedoodverfde opvolger op de borst klopte,' vulde Fritz aan. 'Eén ding, Dimitru, wat ik niet begrijp, is hoe jij erop hebt kunnen vertrouwen dat Pavel, Buba en ik Stephanescu van de troon zouden stoten. Jij hebt hem weliswaar de oorlog verklaard, maar je stuurde ons het slagveld op. Je hebt ons misbruikt!'

Dimitru antwoordde niet meteen. Hij keek naar het plafond en mompelde zacht een monotoon mea culpa, mea maxima culpa. 'Ja, ik heb jullie als instrument gebruikt. Maar toch hebben jullie je eigen strijd gestreden. Wat had ik dan moeten doen? Ik zag geen andere mogelijkheid. Ja, eentje, maar die is mislukt. Nadat Angela achter het kerkhof begraven was, dacht iedereen in het dorp dat ik me in de boekerij had verstopt. Maar ik ben door de sneeuw naar Kronauburg gelopen. Bij de zigeuners op het station heb ik een pistool geregeld. Ik wou Stephanescu doodschieten. Drie dagen heb ik op hem gewacht op het marktplein. Maar hij verscheen niet. Toen ben ik in het donker naar zijn villa op de Kloosterberg geklommen en heb op de belknop gedrukt. Hij stond voor mijn neus, ik trok het pistool, maar haalde de trekker niet over. Ik werd bevangen door een verschrikkelijke angst, zoals nooit tevoren en ook nooit meer daarna. Stephanescu keek mij aan. Helemaal niet ontzet of bevreesd. Nee, hij glimlachte. Ik had alleen mijn wijsvinger maar hoeven bewegen en Stephanescu zou dood zijn geweest. Maar de glimlachende demon niet. Hij zou in mij zijn gevaren. Ik had alleen maar pijn en haat in me, niets wat mij tegen de demon zou hebben beschermd. Geen engelen, geen heiligen, geen Moeder Gods, nop. Ik heb het pistool weggegooid en heb daarna alleen nog maar gerend...

Ik was niet de juiste persoon om Stephanescu ten val te brengen. Iemand anders moest het doen. Iemand wiens oog het onzichtbare kon zien en wiens oor het onhoorbare kon horen. De stomme kreet van het lijden. Het moest iemand zijn die slim was. En onversaagd. Want hij moest zo dicht bij Stephanescu in de buurt komen dat de demon zich gedwongen zag zijn gezicht te tonen. Dat kon ikzelf onmogelijk zijn. Vergeet niet dat ik maar een zwarte ben. Mij kijken mensen als de doctor toch alleen maar met de nek aan. Alleen bij een witte, een soortgenoot, zou Stephanescu zich goed voelen en in de val van een bedrieglijke nabijheid laten lokken. De gadjo in quaestio was jij, Pavel. Jij was anders dan de andere gadjo's die ik kende. Jij wist wat het was om de wereld op zijn kop te zetten. Jij en mijn nichtje Buba. Jullie waren jong, en leerden net de liefde kennen. Ik was al oud toen ik geboren werd. Maar nu mijn muziek ten einde loopt, vraag ik me af of het niet beter was geweest als jullie Angela's dagboek nooit hadden ontdekt. Ik weet het niet.'

Buba nam zijn hand in de hare. 'Maar ik weet het wel,' zei ze. 'Jouw muziek was prachtig. Zonder jouw lied zou ik vergeten hebben dat ik vergeten had. Zonder jou, Dimi, zouden Pavel en ik elkaar nooit verloren, maar ook nooit teruggevonden hebben.'

'Is dat zo, Pavel?'

'Helemaal volkomen. En omdat het waar is, zal jouw nicht binnenkort Buba Botev heten.'

Dimitru kwam overeind. Zijn ogen glansden zacht. Hij zag er heel jong uit. 'Dat is goed nieuws. Maar jullie hadden best eerder op dat idee kunnen komen. Jullie zijn niet meer de jongsten. Pavel, jij moet langzamerhand aan nageslacht gaan denken. De tijd vliegt, voor je het weet ben je een luchtpomp. Maar maak je geen zorgen. Abraham was honderd toen zijn Sara Isaak voor hem baarde. Toen kreeg de oude pas echt goed de smaak te pakken en werd nog een machtige stamvader. Ook jij, Fritz, ook jij moet aan je toekomst denken. En niet zo bij de dag leven, nu eens hier, dan weer daar. Zoals de zigeuners.'

'Ik zal het proberen,' lachte Fritz Hofmann. 'Maar er is één ding dat ik toch niet ongezegd wil laten. Dimitru Carolea Gabor, je bent de sluwste vos die ik ooit ben tegengekomen.'

'O, o, jongen toch. Ook je gevorderde leeftijd behoedt je blijkbaar niet voor dwalingen. Je bent heus wel eens iemand tegengekomen die sluwer was dan ik. Maar vroegwijs als je was, heb je daar natuurlijk niets van gemerkt. Jazeker, een vos ben ik wel geweest. En weet je hoe dat kwam, Fritz? Omdat ik een leraar had die nog slimmer was. Veel slimmer.'

'Je vader?'

'Nee, nee. Mijn vader Laszlo was beslist een genie. Zonder hem was ik nooit in de relikwieën gegaan. Maar hij kon niet tippen aan de slimheid van papa Baptiste. Ik zou hem nooit zijn gaan doorzien als hij mij daar niet zelf het werktuig voor had geleverd, het instrumentum intellect-ta-tilibus of zoiets. Van de papa heb ik namelijk Latijn geleerd. Wat mij trouwens bij mijn melkhandeltje met de orthodoxen geen windeieren heeft gelegd. Maar even bij het begin beginnen. Omdat de bekoring van de vrouwelijke gestalte mij in mijn jonge jaren voortdurend de pas afsneed, belandde ik vaak bij papa Baptiste in de biechtstoel. Ik was het Latijn in die tijd nog niet zo goed machtig dat ik de formules die papa Baptiste voor zich uit mompelde, kon begrijpen, maar op een zekere Goede Vrijdag viel mij op wat hij niet zei. Bij de absolutie zei hij nooit "ego te absolvo".

Daarom is het ook juist wat Kora Konstantin overal rondtetterde, namelijk wat Fernanda Klein de huishoudster gehoord had toen ze stond af te luisteren. Papa Baptiste heeft Angela na haar biecht inderdaad geen absolutie verleend. Hij zou voor haar bidden, iets dergelijks moet hij tegen Angela gezegd hebben. Maar het "ego te absolvo" heeft hij nooit over zijn lippen kunnen krijgen.'

490

'Waren Angela's zonden dan zo zwaarwegend?'

'Ik vind het niet netjes, Pavel, om die vraag te beantwoorden. Wat van belang is, is dat de papa geen zonden kon vergeven. Hij was geen priester!'

'Wat?!'

'Preciezer gezegd: toen hij naar Baia Luna kwam, was hij geen priester meer. Papa Baptiste was geëxcommuniceerd, dat wil zeggen: hij was uitgesloten van het priesterschap, uit zijn benedictijnse orde en uit de kudde van de katholieke kerk verbannen.'

'Maar waarom? Het is niet waar!'

'Jawel hoor. Toen ik papa Baptiste vroeg waarom hij mij nooit het "ego te absolvo" gunde, heeft hij mij onder het genot van een flesje tsoeika alles verteld. Begin jaren dertig was de papa voor de geheime diplomatie bij de Sovjet-Russen in dienst van het Vaticaan geweest. Als priester op een clandestiene, ondergrondse missie. Om de ongelovige Sovjets te bekeren reisde hij steeds op en neer tussen Odessa, Moskou en een plaats met een naam die geen mens kan onthouden. Hij was zelfs bijna in het geheim tot bisschop gewijd, toen de een of andere Judas hem verraden heeft. De papa wist naar Rome te ontkomen, maar een paar ondergrondse katholieke priesters werden ontmaskerd. Ze werden naar een strafkamp op een naamloos eilandje in de Witte Zee afgevoerd. Om de arme drommels vrij te kopen moest het Vaticaan een hele goederenwagon kerkschatten naar Moskou sturen, waar de boel deels omgesmolten, deels tegen harde valuta weer aan het Westen verkocht werd. De papa vertelde mij dat hij op dat moment een nieuwe opdracht van het Vaticaan gekregen had. Ik herinnerde me alleen dat hij moest meewerken aan gecompliceerde verdragen tussen de Duitse hitleristen en de katholieken. Maar Baptiste schreef een epistel waarin hij uitlegde dat men met de duivel geen verbond mag sluiten. Paus Pius heeft het papier verscheurd en papa Baptiste werd naar de benedictijnen in Oostenrijk teruggestuurd, waar hij in de kloosterbibliotheek cataloguskaarten moest schrijven en oude boeken moest sorteren. Dat heeft de papa een tijdje volgehouden, maar toen zei hij: ik kap ermee. Hij heeft braaf ontslag genomen bij de paus. Toen werd hem per oorkonde de excommunicatie aangezegd.'

Ik schudde mijn hoofd. 'Dat is toch van de zotte. Hij heeft hier jarenlang de mis opgedragen en staan preken. De ouderen zeggen tot op de dag van vandaag dat Johannes Baptiste de beste pastoor was die Baia Luna ooit heeft gehad.'

'Correctamente. Hij was alleen niet meer katholiek. Waarom de paus en de bisschop van Kronauburg hem zijn gang hebben laten gaan, daar kan ik alleen maar naar gissen.'

'Het lijkt mij zo dat Johannes Baptiste te veel wist van veel hoge kerkelijken,' suggereerde Fritz Hofmann.

'Exactamente. Dat zal wel zo zijn geweest. Ze dachten zeker dat hij hier boven in Baia Luna geen schade aan kon richten. Hier mocht hij prediken wat hij maar wou. Maar ik zeg jullie, papa Johannes was een eerlijke man. Kinderen dopen, hosties wijden, bruidsparen zegenen, processies naar de Maanberg begeleiden, zigeuners in gewijde grond begraven, het was voor hem allemaal een erezaak. Alleen zonden vergeven kon hij niet. En weten jullie wat hij bij de tsoeika, hier in de bibliotheek, tegen mij zei? "Dimitru," zei hij... Ach, Pavel, een glaasje zou mijn herinneringen aan papa Baptistes woorden aanzienlijk meer glans geven.'

Ik lachte. 'Op een waard van het geslacht Botev kan men zich altijd verlaten.' Ik haalde vier glazen en ontkurkte een fles tsoeika. Buba, Fritz en ik klonken met Dimitru.

'Heer waard, er zit een gat in mijn glas.' Ik schonk hem bij. 'Goed, zo was het toen ook. De papa zat hier met mij op de bank en zei tegen mij: "Dimitru, ik vergeef je alles, maar niet in Gods naam. Daartoe ben ik niet bevoegd..." En dat, dat zit mij nog altijd dwars. Ik heb nooit absolutie gekregen. Officieel, bedoel ik. En nu nader ik de dag des oordeels. Wat nu? Ik wil zo graag naar de Zee van de Helderheid. Naar Ilja. Ik heb het hem beloofd. Maar als ze mij, die nog nooit echt gebiecht heeft, er niet in laten? Als de goddelijke duim naar beneden wijst? Wat dan?'

De tzigaan stond op van zijn rode canapé. Hij liep naar het venster en keek naar de hemel. Hij sloot zijn ogen.

Wat wij voor ons zagen, was geen oude man, maar een verlegen jongetje dat vermanend zijn wijsvinger in de lucht prikte.

'Dimitru, wat ben je van plan...'

'Sst,' fluisterde Buba. 'Hij oefent voor zijn aantreden voor de troon van de Almachtige.'

De jongensmond sprak met een diepe mannenstem: 'De zigeuner Dimitru Carolea Gabor! Opdat hij voor het Hemelse Gerecht trede! Eens kijken in het boek van zijn leven! Zonden! Zonden! Nog meer zonden! En jij waagt het mij onder ogen te komen? Wat lees ik daar? Je hebt flessen zogenaamde melk uit de borsten van de moeder van mijn zoon verkocht aan orthodoxen! Dimitru Carolea Gabor, schaam je! Heb je berouw?'

'Flesjes, heel kleine flesjes,' antwoordde een heldere knapenstem. 'Geloof mij, Heer. Het was niet mijn schuld. Het was een idee van mijn vader Laszlo. Wat moet ik doen, o, Heer? Moet ik soms mijn vader verloochenen? Hem in de steek laten? Zoals u uw zoon in de steek hebt gelaten? Heeft uw Jezus niet bitter over u geklaagd, aan het kruis? "Mijn God, mijn God, waarom hebt u mij verlaten?" Is dat wat u nu in alle ernst van mij verlangt? Mijn vader verraden! Waarom hebt u mij dan überhaupt op de wereld gezet? Als zigeuner!'

Dimitru kwam terug van het venster, pakte zijn glas en nam in opperste tevredenheid zijn allerlaatste slok tsoeika.

'Dat is wat ik vannacht ga doen. Geloof mij, als die oude daarboven erin trapt, kom ik bij Ilja.' Dimitru wierp alle warme dekens van zich af. 'Mijn God, wat is het warm. Lieve vrienden, breng me naar Antonia. Abraham was tenslotte ook al honderd toen hij...'

Inhoud

494